元曲故事大全

马志伟　改编

商务印书馆
The Commercial Press
创于1897
2013年·北京

图书在版编目(CIP)数据

元曲故事大全/马志伟改编. —北京：商务印书馆，2013
ISBN 978 - 7 - 100 - 09979 - 0

I.① 元… Ⅱ.① 马… Ⅲ.① 元曲—通俗读物 Ⅳ.①I222.9

中国版本图书馆CIP数据核字(2013)第111086号

元曲故事大全

马志伟　改编

商 务 印 书 馆 出 版
(北京王府井大街36号　　邮政编码 100710)
商 务 印 书 馆 发 行
三河市尚艺印装有限公司印刷
ISBN　978 - 7 - 100 - 09979 - 0

2013年10月第1版　　　开本 710×1000 1/16
2013年10月北京第1次印刷　印张 47
定价：98.00元

目录 Contents

说明

　　元曲是盛行于元代的一种文艺形式，包括杂剧和散曲，有时专指杂剧。比如明代臧懋循编辑的《元曲选》（又名《元人百种曲》）以及现代学者隋树森所编《元曲选外编》，其中的"元曲"就是专指元人杂剧。

　　元人杂剧异常丰富；然而，随时代变迁，如大浪淘沙，绝大多数剧目已湮没无闻。《元曲选》和《元曲选外编》，共搜集元人杂剧及部分明初杂剧162出，这两部书，几乎成了人们了解元杂剧的唯一桥梁。据中华书局编辑部1986年2月"重版说明"称："综正外二编言之，大抵相当于一部全元杂剧。"这披沙拣金的162出杂剧，不仅是与汉赋、唐诗、宋词、明小说齐名并称的一代文化之精华，而且影响着世界文坛；其中有些剧目，早在1735年就出现了外文译本。

　　《元曲选》和《元曲选外编》为后人保存了这么多深切动人的作品，真堪称中国古代戏曲文学的宝库。然而，面临当今生活的快节奏以及古今语言的障碍，像元杂剧这样剧本形式的作品似乎变得不太适合更多的现代人直接阅读。那么，怎样才能更好地批判继承这笔宝贵的历史文化遗产呢？我认为最有效的办法是先使其通俗化、故事化，使一般平民百姓都能看懂它、喜欢它、记得它，进而使得元杂剧能像《论语》《庄子》《三国》那些优秀传统文化一样，在改革开放的进程中得以广泛的传播和普及。

　　这本《元曲故事大全》，是我依据《元曲选》《元曲选外编》之最权威、最完备的版本（中华书局1989年重排版，是1961年利用世界书局铅印本进行校订，1977年又据涵芬楼影印作过校正的，因此最佳），对硕果仅存的162出杂剧所作的十分详细的剧情介绍。在述说故事的过程中，我特别注意到三个方面：第一，在使用的解说语言方面做到尽可能地新鲜活泼、简捷流畅；争取每个故事的解说不超过4000字。第二，在解说过程中努力保持原作品的风格特点，尽可能多地保存一些原剧本中的佳词美句、经典语言以及插科打诨等生动有趣的"戏眼"内容。第三，元杂剧在结构形式上多为每出四折（有的五折），加一楔子；本书用隔行分段的方法，努力保持元杂剧这一结构特点。

有了这本书，就等于掌握了现存全部的元杂剧内容。它既可以作为茶余饭后的消遣读物，又可以作为语文教学的参考资料（在高中、大学的语文教材上选有《窦娥冤》《西厢记》片段）。因此，读读此书，对文学爱好者提高修养，甚至对戏剧工作者进行创作，或许也是不无裨益的。

我自知功底不深、水平不高，但我是倾尽全力，想搭建一座通往古代文化圣殿的小桥。我热切期望专家和读者不吝赐教。

改编者

❖ 马致远 ❖

沉黑江明妃青冢恨　破幽梦孤雁汉宫秋

　　这日天高气爽，番王呼韩耶单于率部落众头目往沙堤射猎。昨天，他曾派使者到汉朝纳贡，同时要求汉元帝依照盟约惯例，嫁公主到北国来。

　　汉朝中大夫毛延寿，百般巧诈，一味谄谀，哄得汉元帝十分欢喜，对他言听计从，格外宠幸。

　　汉元帝继承祖上基业，每日养尊处优，虽有内宫嫔妃伴驾，仍感后宫寂寞。毛延寿趁机进言："田舍翁多收了十斛麦子，还想换一换媳妇呢；陛下您贵为天子，富有四海，就是把天下十五至二十岁的美貌女子统统选进宫来，又有什么不行！"汉元帝当即加封毛延寿为选择使，带着诏书，遍行天下，寻访美女。

　　毛延寿领旨出京，四处刷选美女，已选够九十九名，并得到大量金银馈送。在成都秭归县，又选得一人，姓王名嫱字昭君，生得光彩射人，十分艳丽，真乃天下绝色。若她肯出百两黄金，就选她为第一。可惜其父王长者本是庄农，家道贫穷；再则倚着自己容貌出众，全然不肯给毛延寿丝毫贿赂。毛延寿十分嫉恨，心生毒计，将王昭君的画像点上些破绽，使皇上看不上眼，必定发入冷宫，受苦一世。

　　王昭君被选充后宫，因为画像被毛延寿弄坏，结果连君王的面也没见着就退居永巷。这天，夜深孤闷，她试弹一曲琵琶消遣。

　　汉元帝引内官提灯巡宫，听见琵琶声便悄悄走过来。昭君急忙起身迎驾，小黄门将纱笼挑起，汉元帝灯下观美娘，不禁赞叹："若是越勾践姑苏台上见她，那西施半筹也不纳，更敢早十年败国亡家。"问王昭君身世及为何不得近幸，王昭君如实禀告。取美人图来，果然双眼被点成瞎子。汉元帝大怒，命人捉拿毛延寿立即斩首。加封王昭君为明妃，并与她约定："明夜里西宫阁下，你是必悄声儿接驾，我则怕六宫人攀例拨琵琶。"

　　番王呼韩耶单于派使者到汉朝请嫁公主，不想被汉帝以公主尚幼为辞拒绝，心中好不自在。他有心起兵南侵，又恐怕失了数年和好，正暗自恼恨之时，毛延寿求见。原来，毛延寿这奸贼听说要将他加刑，得空逃脱，无处投奔，便挟着一轴美人图来到塞北番邦。见到番王，毛延寿编造谎言："汉朝西宫阁下美人王昭君，生得绝色。大王您遣使求公主时，她曾情愿请行。可是汉帝舍不得，我再三苦谏'哪能重女色而失两国之好？'可那汉帝竟要杀我。我如今把这美人图献给大王，大王可按图索要。"番王看过美人图后，立即差一番官，率领部从向边境进发。又给汉帝修书一封，索求王昭君。如若不给，不日南侵！

　　王昭君自那日见到元帝，备受宠幸。这日，她对镜梳妆，准备迎接圣驾。汉元帝自那日见到王昭君，百般宠爱。这日，早早散朝，径直来到西宫。汉元帝站在昭君背后，看她打扮，不禁如醉如痴，赞叹不已："体态是二十年挑剔就的温柔，脸儿有一千般说不尽的风流，原来广寒殿嫦娥在这月明里有！"

　　正此时，尚书令和内常侍二人来到西宫奏驾："北番呼韩邪单于差使臣前来，带着美人图，直接索要昭君娘娘。扬言如若不应，将大举南侵。"元帝听了，怒道："我养兵千日，用兵一时，难道空有满朝文武，就没一个能给我退得番兵的？"尚书令："臣想纣王只为宠妲己，国破身亡，实可鉴也！况且咱这里兵甲不利，又无猛将，倘若疏失，如之奈何？望陛下割恩舍爱，以救一国生灵。"元帝无计可施，只得临朝接见番邦使者。安排使者歇息后，又召集文武百官商议对策。可这些王公大臣平日里山呼万岁，好大嗓门，神气活现，舞蹈扬尘；而今却个个似箭穿着雁口，没一人敢咳嗽。

汉元帝气咻咻："哼！少不得满朝中都成了毛延寿。唉！实在是千军易得，一将难求。"

王昭君挺身言道："既蒙圣恩，当效一死；妾情愿和番，得息刀兵，也可青史留名。"元帝此刻别无他计，只得答应。他恨透了奸贼毛延寿，他舍不得昭君娘娘走，决定明日亲自送行出灞陵桥头。

昭君出塞行至灞陵桥，元帝率百官在此送行。想一别，离乡背井，何时再相逢？两人依依难分。奈何番使几次催促，请昭君娘娘快些上路。元帝死留不住，眼睁睁看着昭君一步一步慢慢走远，"迥野悲凉，草已添黄，色早迎霜；犬退得毛苍，马负着行装，车运着干粮；她、她、她伤心辞汉王，我、我、我携手上河梁；她部从入穷荒，我銮舆返咸阳。返咸阳，过宫墙，绕回廊，近椒房，月昏黄，夜生凉，绿纱窗，不思量，除是铁心肠。铁心肠也愁泪滴千行。"

番王迎亲，封昭君为宁胡阏氏。当队伍行至黑龙江汉番交界处，昭君要撒酒祭奠，祭奠完毕，投江而死。番王惊救不及，大呼可惜。将昭君尸体葬于江边，号为青冢。又思量反正人也死了，枉与汉朝结下这般仇隙，其实都是毛延寿这小子搬弄出来的！命人将毛延寿拿下，交给汉朝处治。

汉元帝自昭君走后，朝思暮想，不愿设朝。这天夜里，景色萧索，他把美人图挂起，看着发呆，时间长了，他慢慢睡去。忽见王昭君逃回汉宫，正欲迎上前相搀，她却又被赶来的番王拿下。汉元帝顿时惊醒，长叹道："做的团圆梦，面对是孤灯；耳听得三两声雁鸣，更难耐一片凄清，直教人暗添白发成衰病。"

早朝散后，尚书来报：番王使臣又到，一是绑送毛延寿；二是讣告昭君已死；三是愿修旧好。汉元帝传旨下去：将毛延寿斩首祭献明妃！光禄寺大排筵席，犒赏来使！

❖ 乔孟符 ❖

韩飞卿醉赶柳眉儿　李太白匹配金钱记

　　明日三月初三，圣上有旨：凡是官员市户军民百姓家的妻妾女孩儿，都要去九龙池观赏杨家一捻红。长安府尹王公弼也有个十八岁女孩儿，小字柳眉儿。王府尹特意把她叫出绣房，为明日事安排嘱咐一番。

　　礼部侍郎兼集贤院学士贺知章，正与幼时好友韩飞卿饮酒论文，酒至半酣，韩飞卿忽然不知去向。问家人，说是去了九龙池。贺知章知道韩飞卿风流倜傥，如今带酒游园，园中又多是贵家妻妾美女，若酒后疏狂，惹出事来，玷辱斯文，不是耍的。赶紧命人备马，追上前去。

　　韩飞卿，洛阳人，学成满腹文章，这次来京城参加考试，卷子已经递交圣上，只是还未授予功名。与贺知章饮酒间，听得九龙池热闹，便逃席出来，一路赏玩。只见佳人才子，翠拥红遮，歌舞吹弹，景色非凡。春风一吹，酒涌上脸，韩飞卿脚下轻飘飘的。正这时，丫鬟引柳眉儿来到此间。

　　韩飞卿一见柳眉儿，顿时为其美貌惊呆："她是一片生香玉，她是一枝解语花；恰便似嫦娥离月殿，神女出巫峡。休说同食共枕，若能说上几句多情话，就是死也甘心作罢。"柳眉儿一见韩飞卿，也不由心旌摇动，不错眼珠地盯着看。四目相视，信息相通。韩飞卿只怨恨那黄莺儿、蜜蜂儿、紫燕儿、蝴蝶儿帮不上忙。柳眉儿只多嫌有个丫鬟在身旁碍手碍脚。丫鬟看出些蹊跷，催促小姐快回家转。柳眉儿无奈，解下随身佩带的御赐开元通宝金钱五十文，偷偷丢在地上，然后恋恋不舍，回头一望，慢慢离去。韩飞卿装作拾手帕，将这信物捡起来。知道小姐也对自己有意，便不顾生死，追了下去。正这时，贺知章赶到，拉韩飞卿回家吃酒。韩飞卿哪里肯回，漫说是酒，就是玉液琼浆他也咽不下呀！贺知章扯住追问究竟，猛发现开元通宝金钱，知道此事非同小可，那小姐必有来头，劝韩飞卿千万仔细，不可造次。可韩飞卿决心已定，就是王侯世家的女子，也要追她到香闺绣闼。贺知章没办法，只好带着随从在后面跟着。

王府尹去赴宴，仆人张千守在后花园。韩飞卿慌慌张张闯进角门，张千喝问："什么人，怎敢闯入这里来？"韩飞卿望见小姐是从这里进去，就装作问路，赖着不走。

王府尹席散回宅，韩飞卿想躲也来不及了。这带酒踏践大臣衙舍之罪可是不轻，王府尹命张千准备大棒子，将韩飞卿押到亭子下审问。王府尹认定韩飞卿夤夜潜入后花园，非奸即盗，必定是贼。韩飞卿不肯承认，只推说自己是个秀才，迷了路。又列举王仲宣、司马迁、贾子建、颜渊等几个做"贼"的古人，列举匡衡凿壁偷光、闵子骞钻穴逾墙等做"贼"的故事，证明自己被诬为贼委实冤枉。王府尹哪里听得进，命张千将韩飞卿吊起来，待酒醒后再慢慢拷问。

贺知章追寻韩飞卿到此，见到此种情景连声叫苦，赶紧求见王府尹，向他介绍了韩飞卿。王府尹久闻韩飞卿大名，急忙命人把他放下来并向他赔礼道歉。韩飞卿也承认过错。王府尹赞叹："好一个有道理的人！"又向贺知章表示："想留韩飞卿在府中当个门馆先生，早晚一起讨论经典，不知他肯不肯答应？"贺知章道："此人心高气傲，哪里肯当门馆先生！"王府尹再次恳请，贺知章硬着头皮问了一句。谁知韩飞卿竟求之不得，非常痛快地答应下来。王府尹甚是高兴，命张千快去打扫书房，以备韩先生安歇。

一个月过去，俩学童在一起议论韩飞卿，王府尹的儿子念着自编的顺口溜："上古天子重英豪，好把文章教尔曹；因咱多年失教训，请个门馆就家学。当日请到书房里，四书经典并不教；每日看着后厅哭，口题小姐女多娇。他是无饥无饱吃酒肉，嘻着贼脸前后瞧；苦还没见我家柳眉姐，哭得他眼泪似尿浇。"另一孩子念到："这个先生实不中，九经三史几曾通；自从到你书房内，字又不写书懒攻。日日要了束脩礼，我看他独言独语似魔疯；每日看着你家后厅哭，敢是要入你姐姐黑窟窿？"正嘲笑着，望见韩飞卿走来，赶紧溜了。

韩飞卿回到书房，长吁短叹，至今未能得见小姐一面，他哪有心情看书写字。朝思暮想，简直愁出病来。忽然，小姐来到书房看望，欲语还羞的样子实在动人。谁知，醒来又是南柯一梦。风月心何日遂，云雨意几时休？韩飞卿祷告一番，自己算上一卦，占得天地否。否意闭塞，谓其事不通，但又有发生之意，先凶后吉。韩飞卿百无聊赖，拿出那串金钱来，睹物思人："知她小姐在哪里呀？"

这时，王府尹带着十瓶御赐美酒来看望韩飞卿，韩飞卿急忙将金钱藏在书册中起身迎接。二人寒暄一阵，饮起酒来。韩飞卿心中愁苦，显得无精打采、萎靡不振。王府尹问："是不是因为思乡？因为病酒？因为尚未授予官职？"韩飞卿摇着头。心里说："我哪里是为这些愁，若能见上小姐一面呀，便不做那状元郎我也眉头不皱。"王府尹又问："近日做什么功课？"韩飞卿答："常习《周易》。"王府尹随手拿过书本，不料从中掉落金钱。韩飞卿顿时惊慌失措。王府尹见状，大为惊奇："这开元通宝金钱明明是皇上赐给我的，我让女儿随身佩带，怎么到了这秀才手里？"韩飞卿抵赖说："这是俺祖上传流。"王府尹料知其中有事，命人把女儿叫出来责骂："你这贱人，做的好勾当！这金钱是我让你悬带来着，怎么到的那小子手里？"柳眉儿谎言道："是在九龙池丢了的。"王府尹哪里肯信，继续斥骂："你不待父母之命、媒妁之言，不学上古烈女，干下这等辱门败户可耻之事！呸，你这小贱人，还不回绣房去！"待女儿走后，王府尹指着韩飞卿骂："好你个韩飞卿，我以为你是个谦谦君子，待你不薄，谁知你是个无上下、无廉耻的东西。你那日闯入我家后花园，原来正是怀着这样的事。"王府尹又命张千把韩飞卿高高吊起，要慢慢审问。

贺知章传达圣旨，又来到王府尹府门。圣旨是宣韩飞卿入朝，要加官赐赏。王府尹只好命人把吊着的韩飞卿放下来。贺知章问王府尹何故将他吊起。

王府尹装聋作哑。贺知章又嘲笑韩飞卿："兄弟，你可是两遭让人家吊起来了。"韩飞卿口说："不碍事。不碍事。"先自走了。王府尹此时扯住贺知章，托付道："等他有了官职，你帮我说亲，招他为婿。"贺知章一口答应："放心，小姐这亲事都在下官身上。您赶快扎结彩楼。准备择日成亲吧。"

李白奉圣旨去找韩飞卿，一来对他加官赐赏，二来要成就他与柳眉儿的婚事。

这时，王府尹家结起彩楼，鼓乐喧天，热闹非凡。王府尹同梅香喜气洋洋等在门前，迎接头名状元韩飞卿，并准备今日招状元为婿。

贺知章与韩飞卿一起骑马朝这边走来。忽然彩楼上抛下绣球，正落在韩飞卿身上。贺知章告诉他："这是王府尹的女孩儿抛下的，你今日心想事成了。"韩飞卿却冷冰冰地说："让她另外找一个吧！"贺知章深责他性情古怪，过去为小姐那般狂荡，小姐也曾因此遭受耻辱，而今却又不肯成亲了。其实，韩飞卿并非不肯成亲，而是心里对王府尹有气。所以，当贺知章催促他快去参拜丈人时，他甩出话来："兄弟平生不折腰于人！"梅香哪晓得他这是成心装幺做大，焦躁地说："过去不得第时，那个模样！现在刚做了官，就要不理我们小姐。不理拉倒，放他走，谁还求他！"

正僵持不下，李白骑马来到，宣读圣旨，命韩飞卿、柳眉儿成亲。韩飞卿就坡下驴："既然是皇上旨意，就成了这门亲事吧。"然后，拜见老丈人，调笑道："您可把我吊得够狠的！"王府尹回答："你可把我傲得够狠的！"接着，请小姐下楼，行礼成亲，喝交杯酒。一对新人双双向王府尹敬酒下跪。贺知章在一旁讥诮："刚才还说什么平生不折腰于人呢，这么一会儿两遭了！"这正是"五十文开元通宝，成就了美夫妻三月桃夭"。

范天章政府差官　包待制**陈州粜米**

　　天章阁大学士、户部尚书范仲淹向皇上奏明陈州灾情，奉旨召集魏国公韩琦、中书平章吕夷简、刘衙内等三人到中书省商议，准备选派两员清廉的官，直至陈州开仓粜米。刘衙内推荐自己的儿子刘得中、女婿杨金吾担当此任，并派人把这两个小子找来。这两个家伙实际都是依仗父亲权势，揣歪捏怪、放刁撒泼、不知天高地厚之徒。见了这两个人，韩琦认为不合适，去不得；吕夷简不表态；刘衙内则极力保举，写下保状；范仲淹却不过情面，同意了这两个人，并嘱咐他们："你俩今天就出发，去陈州开仓粜米，钦定五两白银一石细米，不能多要分毫！你俩一定要奉公守法，束杖理民！"又把敕赐紫金锤交给他俩。

　　杨金吾、刘得中得此美差，趾高气扬来到陈州，他们早与父亲商议好，准备乘机大捞一把。将细米掺上泥土糠粃，将官价五两白银一石私自改为十两白银一石，又买通两个掌斗的人，量米用八升的小斗，称银用加三的大秤。

　　陈州百姓，遭遇旱灾，颗粒无收，日子十分艰难。明知这两个仓官有鬼，可又没别处卖米，只好往这鬼门关里爬。众人凑了些银子，买米救命。明明是凑足二十两，一称说是十四两，众人刚要辩理，刘得中就嚷道："这百姓们刁泼，快拿那金锤来打他娘！"众百姓只好又添上六两银子。量米时，两个掌斗的人又做些手脚，二石米实际只有一石多。百姓们忍气吞声，医得眼前疮，剜却心头肉。

老汉张憨古和儿子张仁也拿着庄院里攒零合整的十二两银子来买米。张仁知道父亲脾气不好，劝他买米时别说话，可张憨古说："柔软莫过溪涧水，到了不平地上也高声。这些家伙故意违背皇帝宣命，都是些吃仓廒的鼠耗，咂脓血的苍蝇！"果然，十二两银子被称作八两，张老汉要自己称一称，他们不让；量米时，他们又一再地往外抓，还口口声声官清耿耿、与民做主。张老汉气得和他们辩理："这点儿米可是关系着八九个人的命啊！你们这么层层盘剥，这不是饿狼嘴里夺脆骨，乞儿碗底觅残羹？你们哪能只为图利而不顾一点儿名声！"刘得中、杨金吾见张老汉公然顶撞，命人将他拿下。张老汉更是不服，骂道："你这两个害民的贼，于民有损，为国无益！"刘得中举起紫金锤，照老汉头上打去，一下儿便将老汉打得昏死过去。杨金吾在一旁还说："打的还轻，依着我性，一下子就得打出脑浆来。"

张老汉慢慢苏醒，质问他们："我只不过是来买米，为什么就要把我打死？"刘得中道："你那命不过当根草，打死有什么要紧！我们两个清似水，白如面，满朝文武都称赞，到哪儿告我们随你的便！"张老汉悲愤地呼叫："天哪！这两个害民贼，拿着国家大俸大禄，说是开仓粜米，赈济饥荒，实际却来苦害俺这里百姓，我是死不瞑目啊！"嘱咐儿子一定要去京城找包龙图告状，然后含冤死去。

刘得中、杨金吾打死了人，满不在乎："别说打死他一个，就是打死十人，也不过是五双，算个什么！穷百姓就算告到京城，还有俺们老子和俺们老子的朋友范仲淹顶着呢！"说着，又去狗腿湾王粉头家喝酒去了。

刘、杨二人在陈州胡作非为的消息也传到京城，皇上命范仲淹再召集大臣们开个会，选派一名正直官员前去结断此事。韩琦、吕夷简先后到会。

张仁到京城告状，正遇上来开会的刘衙内，误认为他是包龙图，将冤情诉说一遍。刘衙内听完，竟冒称包龙图，让张仁不要再去别外告状。进到议事堂，他装作没事人一样，口口声声称自己保举的人绝不会干什么坏勾当。

龙图阁待制包拯，奉命采访五南地区回京，路过议事堂，准备进去看望一下众公卿。张仁听说他才是真包公，赶紧跪下，请他替自己做主。包拯听完案情，让张仁暂且一旁等待。在与众大臣一一见面时，包拯狠狠瞪了刘衙内一眼，示意已知他冒充之事。大家坐下闲聊，都夸赞包拯为官清正。包拯叹道："像我这样的粗直之人，得罪了许多豪门；简直成了他们的死对头，最后恐怕很难落个完全尸首。我有心明天上朝见驾，就准备致仕闲居、告老还家。"范仲淹听后恳切挽留，刘衙内则禁不住说出心里话："你赶紧弃官致仕、告老闲居倒快活。"

　　包拯告辞，走出议事堂，猛见张仁还跪在门首，立刻精神又振作起来，二次回到议事堂，询问陈州粜米之事。范仲淹就势请包拯往陈州去一趟，包拯推辞说："老夫去不得。"范仲淹请刘衙内去劝一劝，并大声说："若包大人坚意不去，就只有你去了。"刘衙内虚情假意劝道："包大人去一遭有什么要紧的？"包拯听到这话，趁势说："既然衙内也同意让老夫去，我就看在衙内的面子上走一趟！"接着，从范仲淹手中接过敕赐的金牌势剑。刘衙内这时害了怕，但已无法阻止，只得再三与包拯陪话："到了陈州，请多多照顾两个仓官。"包拯听着，看着势剑不回答。走出议事堂，带领张千，当日赶往陈州。刘衙内更慌了神儿，请求诸位大臣帮忙。韩琦、吕夷简让他只去找范仲淹。范仲淹劝道："你放心，我陪你前去见驾，请圣上降一道赦活不赦死的圣旨，保得你那两个儿子没事儿不就行了？"

　　刘得中、杨金吾听说包待制要来陈州，不敢再吃喝嫖赌，赶到十里长亭迎接。商量好：朝廷派老包，怕是知马脚；若是不容咱，咱就往家跑。

　　包待制带领张千走在陈州道上，风尘仆仆、日行百里，每天只喝三顿稀粥。张千身背势剑，伴着马走，肚子早就饿了，因此口出怨言。包拯听见，劝他公事为重，否则势剑无情。眼看快到陈州，包拯让张千骑了马、揣着牌先进城，自己在后面微服私访慢慢走。

　　在狗腿湾住的个妓女王粉莲，骑驴出门。驴一尥蹶子，把她摔下来。包拯过去帮她把驴拢住。王粉莲有些感激，问："你是干什么的？"包拯回答：“是要饭的。”王粉莲：“以后不用再要饭了，你就跟着我，帮我照管门户。”又扭着屁股显摆：“这段时间，有两个有钱有势的仓官在俺家中使钱，还把个紫金锤当在我这里呢。”包拯闻听，假意言道：“老汉我活了偌大年纪，从没听说过什么紫金锤；姐姐若能让我见一见呀，定能够消灾灭罪。”并殷勤地把王粉莲扶上驴。

“两眼梭梭跳，必定晦气到。”刘得中、杨金吾迎接包待制，白白等了一天也没见个人影。两人在接官厅摆下酒席，准备喝酒壮胆儿。

王粉莲找到接官厅，进去与刘得中、杨金吾打情骂俏，又拿出些酒肉给那牵驴的老儿吃。老儿说：“这酒肉我不吃，都给驴吃了吧。”刘得中听着这话刺耳，认为是骂自己，立刻叫人将老儿吊在槐树上，说：“等接完包待制老儿，再慢慢拷打你这老儿！”

张千先进城，也来到接官厅，见有酒肉，便吓唬杨、刘二人道：“好哇，你们还在这里吃酒哩，如今包待制要来拿你们了！”杨、刘二人赶紧向他求救、敬酒。张千自吹自擂：“你们放心，我给你们周旋便了。我是立着的包待制。”又起誓：“我若不救你们两个，这酒就是我的命。”可他刚端起酒杯，正望见被吊着的包拯，顿时吓得面如金纸，慌忙改口：“你们两个傻厮，还不快到东门外迎接包待制！”杨、刘等人急忙赶往东门。张千解下包拯。王粉莲也骑驴回家，临走还对包拯说：“有空儿到我家看紫金锤去。”

包拯升堂，命张千把刘得中等人拿来审问。刘得中只推说是听父亲传旨：米价十两一石。因此不知罪。

包拯又命张千把王粉莲和紫金锤解来。王粉莲招认紫金锤是杨金吾给的。包拯命张千将王粉莲打三十大棒赶出堂去。又责问杨金吾：“你竟敢把上有御书图号的紫金锤私自送给王粉莲！”杨金吾哀告：“不是给的，是当在她那里换烧饼吃的！”包拯命人将杨金吾押赴市曹斩首。又把张仁叫上堂来，问：“是谁把张憋古打死的？”张仁回答：“是刘得中！”包拯又问：“是怎样打死的？”示意张仁赶快报仇，张仁说：“是这样打死的。”用紫金锤把刘得中打死。包拯让张千把张仁拿下。

　　正这时，刘衙内手捧赦书急急赶来，大声宣告："有赦书在此，赦活的不赦死的！"包拯问："死的是谁？"张千答："是刘得中、杨金吾。""活的是谁""是张仁。"包拯命人释放了张仁。

　　刘衙内也被拿下，弄了个鸡飞蛋打。

　　包待制陈州粜粮，临风回首笑哈哈。

❖ 无名氏 ❖

金阊客解品凤凰箫　　玉清庵错送鸳鸯被

府尹李彦实被人弹劾，朝廷差金牌校尉拿他进京问罪。想此一去，需要不少盘缠，而他又为官清廉，囊底萧条，只好派人去玉清庵请刘道姑，求她帮忙借十个银子做盘缠。刘道姑来到后，说："这好办，刘员外广放私债，银子有的是，我替你去借。"

刘员外名彦明，广有钱财。听刘道姑提到借钱之事，便问李府尹家还有什么人。刘道姑回答："他家中夫人早逝，只有一个十八岁未曾许聘的女儿李玉英。"刘员外答应借钱，但要李府尹立个字据，李小姐画押，刘道姑做保人。

刘道姑拿了十个银子回来，李府尹叫出女儿，写好字据画好押，求刘道姑交还刘员外。父女二人生离死别，前途未卜，当爹的嘱咐女儿："终身之计，你自家做主吧，我也顾不得你了！"然后登程去往长安。

一年多过去，李府尹尚无消息。刘员外叫过刘道姑来，让她再去李家追还本利二十个银子。道姑请他再等一等。刘员外怒道："放屁！假若相公十年不来，我就等上十年吗？现在是有钱还钱，没钱就让他家小姐给我做老婆。"又威胁："否则的话，我就告到官府，把你个保人打个半死！"又利诱："如果你做成此事，我定要重重酬谢。"刘道姑无奈，只好把羞脸揣在怀里，去找李小姐劝说。

李小姐自父亲走后，终日忧愁，躲在绣房，做些女工。这日，绣好一床鸳鸯被，暗中为自己的婚姻事烦恼。刘道姑来访，见小姐清瘦憔悴了许多，便试探着问："何不拣个好财主好秀才，或招或嫁，不是很好？"小姐欲说又止，最后叹道："有道是'男子无妻家无主，妇人无夫身无主'。我并非没有成婚意，只是无人能成就、能传递。我父亲一去多时，杳无音信，撇得我冷清清泪似丝，闷恹恹过日子，身边只有一个小梅香，姑姑您又是个出家人，这婚事实在难提！"梅香也在旁边搭言："要能找个风风流流、俊俊俏俏的姐夫就好了。"刘道姑就势说出刘员外，夸他是名门旧族、家财百万，并说："你父亲还曾向他借钱，人家催着让还呢！"李小姐正色言道："借钱和婚姻可是两码事。"刘道姑说："人家若因此告官，还要连累我这保人吃官司！"李小姐答："要吃官司，我拼着替你去死就是。"刘道姑说："死是小事，只是出乖露丑不好。"小姐没了办法，只好问道："员外今年多大年纪？"道姑谎称："今年二十三岁，很多人家给他提亲，他都不中意，因此至今还没有娘子。"小姐又问："长得如何？"道姑回答："天生的一表非俗。"小姐终于同意。这道姑让李小姐当晚便到庵中去，同时请刘员外来，成就这门亲事。李小姐将鸳鸯被交给刘道姑，让她拿走作为当晚的信物。道姑喜滋滋去给刘员外报信。

　　傍晚，刘道姑因有施主请去做斋，只好吩咐小尼姑守在庵内，等待李小姐和刘员外。

　　刘员外来到玉清庵门外，正遇上几位巡夜的更卒，见他鬼鬼祟祟，认定是贼，拿到巡捕房去了。

　　秀才张瑞卿，姑苏人氏，上京赶考，来到洛阳。天色已晚，寻个住处，正走至玉清庵。小尼姑听他唤门，以为是刘员外，连忙把门打开并口中招呼："你可来了。"张瑞卿心中奇怪，料定庵中定有私情，便吩咐小尼姑不要点灯。

　　李小姐又羞又怕来到玉清庵，小尼姑开门，把她领进，又絮絮叨叨："我已给你把鸳鸯被铺停当，刘员外早就等你来成亲。你可别忘了我，以后也替我找个好老公。"李小姐来到屋门，进也不是，退也不能，心中可怜自己这没人照看的女娇娃。张瑞卿将小姐迎进，两人相对而坐。李小姐叮嘱："以后可别负了心！"张瑞卿起誓，并声明："今后若得了官，你便是夫人县君。"接着，张瑞卿讲出自己的真实姓名和身份。李小姐也讲明自己的姓名、身世和今晚事情的缘由。二人算是成亲。天色将明，李小姐留下鸳鸯被作定物，嘱咐秀才得官不得官早些回来，然后离开了玉清庵。张瑞卿收拾好鸳鸯被，也不敢停留，上朝取应去了。

小尼姑经过这一夜，再耐不住寂寞，也自作主张，出庵嫁人去了。

刘员外被当贼倒吊了一夜，第二天放出来，立刻命人去叫刘道姑。刘道姑一来就向他贺喜："帽儿光光，做个新郎。"气得刘员外直骂："放你娘的臭屁！"刘道姑以为他吃食讳食，不认账。刘员外说了昨夜情况。两人也猜不出那时是谁和李小姐成了亲。刘员外说："左右李小姐是个破罐子了，你如今就去将她接到我家来，和我永远做夫妻算了。"

刘员外手拿棍子，威逼李小姐随顺自己，如若不肯，就在地上跪着。小姐哭哭啼啼，不肯答应。刘员外转念又想："是不是自己手拿粗棍子，把她个女儿家吓怕了？"就又转换笑脸，请小姐站起，千央及、万央及，甚至要给小姐跪下磕头叫亲娘。可小姐死也不肯。没别的办法，刘员外罚她去酒店卖酒："有来吃酒的，温酒、打菜、抹桌、擦凳，服侍得人家欢喜便罢，服侍得不欢喜，就把你一条腿打断！"

李玉英暗自垂泪："自己本是官宦人家小姐，如今却落得这个处境！《西厢记》里的崔莺莺还有个红娘做伴，自己却孤零零生扭做酒店里的驱丁。这也怨我那父亲呀！他做得太绝情！"正这么站着想，张瑞卿走到酒店门口。原来他自到京都，一举状元及第，已经授为此处的县尹。他微服私行，就为打听李小姐的情况。走进酒店，李玉英急忙接待。张瑞卿心里奇怪："怎么这么大个酒店，不见个男人，却使着个女人？这女人又生得千娇百媚，不像是个下贱的。"于是，他只说要添酒，把李玉英叫过来，问她身世。李玉英讲到父亲的情况，讲到自己委身的那个弱书生，"那书生名叫张瑞卿，他一点儿也不至诚！今后，女孩儿们可不能相信那些酸丁！"到这时，张瑞卿知道眼前这个女人正是自己要找的妻子。但他仍然奇怪："这是谁的酒店？妻子为何到了这里？"便又一一询问。李玉英一一讲述，并表示："任凭他刘员外百般欺凌，也绝不随顺，一马不背两鞍，我就是死也是张家的人，绝不能再进刘家的门！"听到这里，张瑞卿假装明白了："原来你就是李府尹的女儿李玉英啊，我是你的哥哥，出外游学将近二十年不曾回家，今天才找到你。"李玉英听说是哥哥回来，赶紧求哥哥搭救自己。张瑞卿让李玉英把刘员外叫出来。刘员外以为李玉英受苦不过，回心转意，便乐悠悠出来。张瑞卿见过，替妹子还上二十个银子。刘员外还要纠缠，言道："你父亲曾应允把女儿嫁给我。"张瑞卿说："既是这样，你准备下羊酒花红，三天之后，来我家娶她才是正理。我先把妹子接回家去。"刘员外听完，乐不可支，叫着："好大舅子！"把兄妹二人送走，然后乐颠颠准备聘礼去了。

张瑞卿跟李小姐回家，问："是否真欠刘员外银子？"李小姐回答："确实是在借债文书上签了字，所以才被他这样勒索强逼。但是，妹子我情愿受这千敲万打的折磨，也一定守誓不移，绝不能嫁他！"张瑞卿让妹子去拿茶汤，然后把鸳鸯被铺在床上，又推说要出去吃酒，让妹子替他把床铺好。李玉英看见床上的鸳鸯被，大为疑惑："这明明是我亲手绣成，交给了张瑞卿，怎么到了这位哥哥手中？难道这哥哥就是张瑞卿？"她正百思不解，张瑞卿装作喝醉回来。李玉英扶住张瑞卿，想问他鸳鸯被的事，又有些不好开口，只是笑。张瑞卿催她："有什么话快说，干吗只是笑！"李玉英问："这鸳鸯被到底是谁的？"张瑞卿答："是我妹子给我的。"李玉英说："这被子原本是我的！"张瑞卿笑道："是你的就是你的吧！你认得我吗？我便是张瑞卿呀！"李玉英有些羞涩："你可把我想死了！白叫了你三天哥哥。"张瑞卿搂住她道："我还你十天姐姐就是了。"二人关起门来，倾诉衷情。

刘员外来问亲事，见关着门，把门踹开，大叫："你两个干的好勾当！这是我的老婆！"张瑞卿答："这是我的老婆。"刘员外："你冒认亲兄，强赖人妻，我和你见官去！"三人吵吵闹闹，拉拉扯扯出来。

这时，李府尹罪名昭雪，官复原职，带着先斩后奏的势剑金牌回到家乡。见有人吵闹，命随从张千把他们拿过来。李玉英与父亲相认。李府尹又见过女婿、本处县尹张瑞卿。刘员外还不住地叫嚷："你两个官官相护！"被张千扇了几巴掌，责打四十大棒，发往有司问罪。

三人回府，张瑞卿、李玉英拜堂成亲。这正是：父女重聚尽开颜，夫荣妻贵喜团圆。欠钱索债虽常事，倚富欺贫岂有天！

❖ 无名氏 ❖

萧何害功臣韩信　随何赚风魔蒯通

汉丞相萧何曾举荐韩信为帅，五年间除灭项羽扶成大业。现韩信被封为齐王，掌管雄兵数十万。常言道：太平本是将军定，不许将军见太平。萧何一怕韩信才能过人，二怕他军权太重，万一日后有事，自己也要坐罪受牵连，因此他把武阳侯樊哙请到相府，商量计策，除掉韩信。

这老樊本是屠狗出身，只有些勇力，哪有什么计策，因此把事情看得极简单："韩信手无缚鸡之力，只要派两个能干的人把他叫来，咔嚓地一刀两断，不就了结！"萧何认为这样干可不行，又请张良来商议。

张良来到，听说是为此事，竭力劝阻："韩信削平四海，天下只知他有功，不知其有罪，如若害了他，百姓不服。"又责问萧何："当初不是你再三举荐韩信为帅的吗，为何现在又要加害他呢？"萧何推脱说："食君之禄，须忠君之事，韩信不除，必有后患。"张良又一一列举韩信的十大功劳，并表示自己从今也要跳出这是非场，辞官不做，隐居山林，随赤松子学道去了。

张良走后，萧何、樊哙定下计策："假说天子要游云梦山，下诏书让韩信还朝留守。然后夺了齐王印信，诬他一个谋反的情由，列上十恶大罪将他杀掉。"

韩信接到诏书，传手下谋士蒯文通来商议："是去的好还是不去的好？"这蒯文通姓蒯名彻，广有机谋，他当即回答："去不得！古人说勇略震主者身危，功盖天下者不赏，去必自受其祸！"韩信却不相信，认为自己南征北讨，东荡西除，立下十大功劳，"况且圣上平日又对我那么好，解下衣服让我穿，推过饭食让我吃，哪能一下子就把我杀掉！"蒯文通继续劝阻："古人说'威而不猛，高而不危，满而不溢'；你若是再要争名夺利，必定是死无葬身之地。最好的办法是你不但不去，还要写个奏章，学张良范蠡，辞官不做，隐居山林，这才是远害全身之计。否则，祸到临头，再想退身可就悔不及。"韩信更听不进："哪里有放着高官厚禄不享受，反倒餐松啖柏、草履麻绦受清苦的理？"见韩信执意要去，蒯文通打算拜辞元帅，回家侍养老母。临行前，命小卒拿过纸钱、水饭，在韩信跟前烧泼，说是趁着韩信还在，赶紧纪念；免得韩信死后空迎奠。韩信认为蒯文通简直是疯了，等他一走，便领了数百军卒，星夜入朝见圣去了。

萧何设计骗得韩信回朝，将其斩首。听说蒯文通与韩信是刎颈之交，曾多次替韩信出主意，便打算将他也一并杀掉。又听说蒯文通已是疯癫，就叫来随何，命他去往齐国，探听虚实。

蒯文通装疯走在大街上，一群孩子围着他耍闹。只见他面色腌臜，形容猥琐，衣衫褴褛，傻傻呵呵。边走边胡说八道："俺丈人是土地，姑夫是阎罗，姐姐是月里嫦娥。俺爷是显道神，俺娘是个木伴哥……"一个孩子把他推倒，他拍拍屁股，说要去向元始天尊告状；又从怀中摸出个干饼子来，挥舞着把孩子们赶跑。天色晚了，他躲回羊圈中歇息，见旁边没人，悲伤地喊了一声韩元帅，又作歌一首："形骸土木心无奈，就中消息谁能解。忠言反作目前忧，佯狂暂躲身边害……野兽尽时猎狗烹，敌国破后谋臣坏。觑咸阳，天一带，乾象分明见兴败，文星朗朗自高悬，武星落落今何在。"

随何这几天一直躲在旁边偷偷观察，听他吟歌罢，大喝一声："蒯文通，原来你是假装疯魔！"蒯文通见被人识破，也就认定必死，整整衣衫和头发，准备明日与随何一起进京入朝。

萧何樊哙设下油锅，准备把蒯文通烹了，永除后患。又请来平阳万户侯曹参和安国侯王陵等几位大臣一同审判。萧何对他们说："不是我故意残害忠良，是为剪草除根，出于国家万全之虑。"

随何报告："已把蒯文通带到。"

蒯文通被叫进来，只见他不言不语，径直往油锅里跳。萧何拦住，问他："你为何不怕死？"蒯文通答："自知有罪！"萧何又问："可是你当初教唆韩信来的？"蒯文通："正是我！"萧何："你为何不辅佐汉天子却要依顺韩信？"蒯文通："桀犬吠尧，尧非不仁。那狗使劲叫，是因为尧不是它的主人。当初我蒯文通只知有韩信，不知有什么汉天子，我受韩信衣食，哪有知恩不报的道理？"萧何："那韩信明明有反叛之意，理当斩首！"蒯文通："我看这话不对！汉天子得天下，运筹决策，多赖张良；战胜攻取，多赖俺韩元帅。韩信他驱兵领将，直会的真龙出世假龙藏，杀得个满身鲜血卧沙场，才博得这一方金印来收掌。要没有他，你怕做不得凤凰飞在梧桐上！"萧何："当初主公起兵，多亏了众位功臣，也不专靠韩信一人之力！"蒯文通："当初楚汉争锋，韩元帅投楚则楚胜，投汉则汉胜，因此我曾多次劝他留下项羽，决个三足鼎立，韩元帅不听忠言，才落得身遭白刃。就是你萧丞相，不是也曾月下追韩信，竭力保举他为元帅吗？成也是你，败也是你！我蒯文通不做这样两面的人，唯愿一死以报韩元帅！"说着，又要往油锅里跳。萧何命人拦住。樊哙吼道："你蒯文通搬调韩信谋反，必须认罪！"蒯文通长叹一声："如今天下太平，更要韩信做什么，斩就斩了吧！况且他还犯有十大罪恶。"樊哙奇怪地问："刚才你还说韩信是被屈杀，怎么现在又改说有十罪？"萧何也问："有哪十罪？赶快说来。"蒯文通道："他一不该明修栈道，暗度陈仓；二不该取关中，击杀章邯三秦王；三不该涉西河，虏魏王；四不该渡井陉，杀了陈馀并赵王；五不该擒夏悦，斩张同；六不该袭破齐军，击走田横；七不该夜堰淮河，斩杀周兰、龙且二大将；八不该广武山小会垓；九不该九里山十里埋伏；十不该追项王，阴陵道上逼得他自刎乌江。"萧何沉思片刻，感叹地说："这十件确实是韩信之功，哪能说是十罪？"蒯文通："他不但有这十罪，还有三愚。"萧何问："又有哪三愚？""韩信他收燕赵、破三齐之时，有精兵四十万，那时不反今日才反，此一愚；汉王驾出城皋，韩信在修武，统大将二百余员、雄兵八十万，那时不反今日才反，此二愚；韩信九里山前大会垓，百万兵权，皆归掌握，那时不反今日才反，此三愚也。他负有十罪又有三愚，哪有不自取其祸之理？我蒯文通下油锅，也正是兔死狐悲、兰焚蕙叹，请你们大家也反思反思吧！"听完这一番话，众人感念起韩信的好处，大臣们悲怆痛哭，萧何也泪湿罗袍；樊哙也说："这会儿连我也伤感起来了。"曹参叹道："唉！看来不该把韩信一下子杀掉。"萧何打圆场说："现在明白韩信是死得屈了！但人死不能复生，我如今要救他也无能为力。明日咱们一同入朝，向圣上备说因由，将韩信墓顶上封还原爵，给蒯文通加官赐赏，多做些弥补就是了。"蒯文通听罢大笑："要死要活要升要降，哪个能逃出您萧丞相的机谋主张！有道是狡兔死、走狗烹，高鸟尽、良弓藏；当初您举荐他高台拜将，如今杀死他又修庙筑堂。即便是为他春秋祭飨，也济不得他九泉下魂魄凄凉。倒不如早将我油烹火葬，好和他生死相傍。"

这时，太监带领校尉来到，传达圣旨，众人跪下听诏。诏书大意："朕因错听人言，屈杀韩信，实在为他怜悯。兹特还其封爵并令有司为其立墓祭祀。蒯文通无罪，授官京兆，赐黄金千两。"圣旨宣罢，众人谢恩。

蒯文通心中暗自叹息："若是汉天子早把这圣旨降，韩元帅也不必受诬罔，我也不必装疯魔，使伎俩。"他把冠带和黄金统统还给萧何。萧何怒道："这冠带黄金都是圣上赐你的，你怎么都还给了我？你不怕我再安你一个违宣抗敕的罪名吗！"

这正是：萧丞相尽忠报主，防后患设计潜消。想当初筑台拜将，忍教他死后无聊。墓顶上封还原爵，更春秋祭祀东郊。连蒯彻加官赐赏，总之是一体酬劳。

王府尹水墨宴　温太真玉镜台

温老太太的丈夫早死，身边只有一个十八岁的女儿刘倩英。侄儿温峤把她母女二人接到京师旧宅居住。这天，公事稍闲，温峤前来看望姑母。

这温峤字太真，官拜翰林学士，是个饱学有为之士。他踌躇满志，自认为才学可压古人。走进宅门，拜见姑母。姑母让他坐到姑夫从前坐的银交椅上，又把表妹刘倩英叫出，让刘倩英对表哥行拜师之礼。温峤一见表妹仪态，立刻为之倾倒。张口结舌，找不出合适的话说；手足失措，将表妹斟敬的酒全撒了。他假惺惺谦虚一番，定好明日来教倩英弹琴写字。

第二天，温峤早早来到姑母家，见表妹打扮的比昨日更美。温峤教她操琴，只见她挽起金衫袖，琼瑶般玉指在弦上抚动。口诀还没教，她心里就已经领会，真是"海棠色，蕙兰性，想天地全将秀结成，一团儿智巧心灵。"接着，温峤又教表妹写字。腕要平，笔要直，温峤纠正表妹写字的姿势，上去把住表妹手腕。倩英说："男女七岁不同席，这么捻手捻腕成何道理？"温峤受此抢白，反觉比吃着酥蜜还香甜。放开手，道："小生岂有他意。"表妹起身告辞，回了绣房。温峤恋恋不舍，不知想个什么办法，能再和表妹待在一起。

姑母让温峤替表妹保一门亲事，在翰林院找个学士。温峤计上心来，满口应承，说："翰林院正有一位学士，年纪、身形都与我相差无几，文学比我更好。我跟他说一说，选定个日子与他一同来，让姑母相看相看。"姑母听了，十分高兴。

温峤转了一圈儿又回到姑母宅院，对姑母说："刚才我直接去找那学士了，那学士很是乐意，让我趁着今天是良辰吉日，把这玉镜台先送过来作为定物，然后再让官媒来提亲。"温老太太收下了温峤拿来的玉镜台。

媒婆登门拜见温老太太，说："是学士让我转告，请您选择吉日，要娶小姐过门。"温老太太问："是学士，哪个学士？"媒婆："就是温学士。"温老太太更是奇怪："他不是保亲的吗？""他也是女婿，已经送了玉镜台为定礼了。"温老太太听明白后，好生气恼，拿起玉镜台要摔。媒婆急忙劝阻："摔不得！这是皇上御赐之物，你要故意摔了，弄个大不敬的罪名可是不轻。"温老太太无可奈何，只能应允这门亲事。

娶亲这天，吹吹打打十分热闹。众人贺喜新郎，又请新娘出厅行礼。温峤心里发虚，不知表妹对这场婚事持何态度。他进屋看了一下表妹脸色，果然怒气冲冲。让媒婆近前去劝，倩英嚷道："再近前来就抓破你那老脸皮，让你做不得人！"又数落温峤："当初曾拜你为师，行过大礼。如今又随你意，改称夫妻。即便我被接到这里，也要睡在正堂，绝不和你这表哥同居！"温峤给她斟酒，她把酒全撒在地上。眼看这场婚礼官宴被搅得无趣，温峤十分狼狈。媒婆也生气，要去官府如实汇报，给倩英扣个违宣抗敕的罪名。温峤急忙拦住，低三下四地跪地恳求："您千万别去那样说！谁让我年纪大她许多。表妹她哪里知道啊，若是找个少年轻狂的，怎么会像我这样对你万分护呵。"

王府尹知道温峤与夫人关系不谐，特意奏明圣上，设一水墨宴，又叫鸳鸯会，专请翰林院的学士和夫人赴席。准备通过筵席上的活动，促使温峤夫妇关系改善。

温峤与刘倩英到来，王府尹向他俩讲明："这水墨宴有规矩，要请学士夫人在筵席上吟诗作赋，有诗的学士金钟饮酒，夫人也可以戴金凤钗、搽官定粉。若写不出诗来，罚学士去喝瓦盆里的凉水，夫人也要头戴草花、墨汁涂面。"刘倩英听完，立刻慌了，嘱咐温峤："学士，你可得用点儿心，把诗写出来！"温峤："不要叫学士，要叫夫君。""夫君，您千万要用心！"这是婚礼两个月后，温峤第一次听到刘倩英叫自己丈夫。刚听得这一声娇似莺雏，早叫他浑身麻木。他故意装醉装愚，成心拿捏着、拖延着，直到急得娇妻汗湿衣衫，恳求再三，他才舒开茧纸、举起霜毫、一气呵成："不分君恩重，能怜玉镜台；花从仙禁出，酒自御厨来。设席劳京尹，题诗属上才；遂令鱼共水，由此得和谐。"王府尹听罢，大加夸赞："温学士真不愧文坛高才！赐金钟饮酒，夫人戴钗搽粉。"刘倩英此时转忧为喜："夫君，多亏了你！"温峤得意洋洋："夫人，你现在知道我温峤是怎样的人物了吧？"王府尹就势劝倩英："你该依随学士才好。"倩英爽快回答："妾身从今甘愿依随学士。"王府尹高兴地举起酒杯："人间喜事，莫过于夫妇会合。既然夫人从今一心依随学士，我还要奏明圣上，再准备一个喜庆筵席。"

孙虫儿挺身认罪　杨氏女杀狗劝夫

　　南京土街背后住着一户人家，丈夫孙荣，妻子杨氏。孙荣还有一个弟弟孙华，小字虫儿，原和他们住在一起。因当哥哥的嫌弃，孙虫儿被赶出家门，住在城南破瓦窑里。这天是孙荣的生日，孙荣一面吩咐杨氏置办筵席，一面等着自己的两个好朋友柳隆卿和胡子转快来吃喝。

　　这柳隆卿、胡子转是两个无赖，提着一瓶对了水的酒来给孙荣祝寿。孙荣见二人来了，还提着寿酒，心里十分高兴。二人假意给孙荣敬酒，又故意把酒瓶踢翻，还张罗着："这如何是好，等我们再去买来。"孙荣拦住，拿出自家的酒。胡、柳二人又赶紧说："既然哥哥有酒，我们就借花献佛，给哥哥上寿了。"三人又吃又喝。

　　孙虫儿也来给哥哥祝寿。胡、柳二人成心挑逗："快把他带来的寿酒接过来。"孙荣问："你既是来给我祝寿，带的寿酒在哪儿？"孙虫儿答："你们知道我贫寒度日，根本没钱买酒，我只是来拜哥哥嫂嫂两拜，以尽我当弟弟的心意。"孙荣怒道："我才不少你这两拜呢！你拜了我，我就饱了？就醉了？就领你的盛情了？你哪里是给我做生日，明明是来赶嘴的！"说着，连打带骂把孙虫儿赶走。

　　对丈夫的行为，杨氏很不同意，多次劝说，孙荣总是听不进去。

　　明天是清明节，杨氏嘱咐丈夫："准备下祭品，别忘了叫上小弟一块儿去给父母上坟。"

给父母上坟，孙荣也要叫上胡子转和柳隆卿。来到坟前，摆好祭品，胡、柳二人假意说："你的祖宗就是我的祖宗，咱们一齐拜。"草草拜过，三人又在坟前大吃大喝起来。

孙虫儿也带着一刀纸一瓶酒来给父母上坟。杨氏见了，让他先过去到哥哥那里吃几盅酒，暖暖身子。谁知孙荣冷冰冰地说道："你这穷光蛋到这里来干什么？找打吗！"孙虫儿说："我是来给咱爹妈上坟的呀。"孙荣却说："我家坟里哪有你这样的人！"孙虫儿争辩道："你是我哥哥，我也姓孙，咱俩的关系难道不比你和胡、柳的关系亲？"孙荣回答："这是我生死至交的兄弟，你哪儿能和他们比！"胡、柳二人也帮腔："像他这样的不长进的东西，赶紧轰走算了。"刘荣喝道："你要再到这坟上来，我就打折你的两腿；再到我家来，我就打你三百棍！"孙虫儿无奈，不敢到坟前添土，只能在坟外拜上几拜并暗自伤神："爹妈都早早去世，剩下我无人怜悯，照道理这家产应对半儿分，可亲哥哥却待我不如外姓人。"孙虫儿把半盆醪酒浇奠，纸钱儿烧化，以尽孝道。柳胡二人继续挑唆，说孙虫儿在坟外铰纸人埋在地下，咒孙荣早死。孙荣于是又跑过去对孙虫儿乱打一顿。杨氏过来拦住，说他喝醉了，把他扶回家去。孙虫儿深恨那两个帮闲的贼，又埋怨哥哥糊涂，伤心地走回破瓦窑中去。

第二天，孙荣又和柳隆卿、胡子转到谢家酒楼喝酒。席间，柳、胡二人提议："咱们三人结义做兄弟，像刘关张一样，只愿同日死，不愿同日生，兄弟有难哥哥救，哥哥有难兄弟救，做一个死生文书。"孙荣也很赞同。饮到天黑，三人下楼，孙荣醉倒在街上。胡、柳二人叫也叫不醒，眼见得天又下起大雪，二人身上寒冷，不愿再陪着孙荣，干脆撇下孙荣各自回家去了。临走二人还摸走了孙荣靴子里的五锭银子，说什么这是天赐的横财，我们不取，冻死了他，别人也要取去。

孙虫儿在街上提笔卖字，此时也回转破窑。富人们喜欢下雪，以为是国家祥瑞；可对穷人们来说，真好似阎王把命催。孙虫儿抱肩缩头，冻得两脚寸步难行。忽然被东西绊倒，低头一看，原来是自己的哥哥。知道准是柳、胡二人撺掇着哥哥吃得醉如泥，又把他撇在这雪堆里。孙虫儿想着共乳同胞的兄弟情分，怕哥哥冻死在街上，赶紧把哥哥背回家去。杨氏十分感激，留住孙虫儿，给他做了一碗面条儿，让他吃。谁知刚吃了半截儿，孙荣酒醒站起。吓得孙虫儿浑身发抖，脸色更变，一双筷子拿不得放不得，一口面条儿吐不得咽不得。

杨氏过来说明就里，孙荣哪里肯听；又想起靴子里曾剩下五锭钱来，现在怎么不见了。他认定胡、柳两个兄弟是有仁有义的，准是这个孙虫儿趁自己醉把钱偷走了。孙虫儿对天地起誓："我绝对没有看见过什么银子，说谎的是死！"孙荣认为这是咒自己死，上去打一顿，又让人把孙虫儿拿到房檐外大雪地里跪着。

杨氏过去把小叔子拉起来，又拿来热酒让孙虫儿喝了几口，这才没把孙虫儿冻死。孙虫儿十分委屈，想自己平时缺吃少穿、再穷再苦也不曾求哥哥救济过，今天这事儿也是出于好心，怕他被冻死，把他背回家来，他不感谢也到罢了，却不问情由，诬人做贼；竟忍心罚亲弟弟跪在雪地里。杨氏不住地劝慰："小叔叔，你哥哥不懂事，你看我的面子，不要和他一般见识。"

过了一天，胡、柳二人又来找孙荣。杨氏开门质问他们："怎么将孙荣扔在雪地里不管，若不是孙虫儿把他背回来早冻死了！"这两个家伙立刻撒谎："我们哪是那种狗也不如的人！是我两个背着孙大哥回来的，背到门口，我们两个也是醉人，累得不行，正好碰上孙虫儿，才让他背进门的。"孙荣一听就信："我说兄弟们也不是那样的人，走，今天往李家楼喝酒去！"

杨氏心想："丈夫只相信这两个无赖，对自己的亲弟弟却朝打暮骂。必须用个计策，让他分清谁亲谁远、谁好谁坏。"

杨氏花五百钱买来邻居王婆家的一条狗，趁孙荣又同胡、柳二人去吃酒，不在家，把狗皮剥掉，头尾剁掉，穿戴上人的衣帽。估计丈夫将要回来，便关了前门，把那死狗放在后门。孙荣回家，醉醺醺一跤绊倒，爬起一看，见躺着个人，以为是自家使唤的佣人醉倒，上去推了一把，没动静，却弄了两手黏糊糊的，朦胧月光下一看，竟是两手鲜血。孙荣大吃一惊。慌慌张张把门叫开，对妻子说："后门不知是谁杀了人，放在那里；我是好人家的孩子，明天乡邻们送我去官府，我可怎么受得了那刑法，不如现在上吊，死了算了。"杨氏劝他不要慌："这事只有咱们两人知道。你不是有柳、胡两个兄弟，平日吃的穿的都是你的，你们还结成生死之交，对天盟誓，哥哥有难兄弟救，现在正用得着他们。悄悄地把他俩请来，帮忙把这死尸背出去，丢到别处，不就行了？"孙荣认为是个办法，就同妻子来到柳隆卿家。柳隆卿开了门往里让，孙荣说："哥哥事忙，有人欺负我了。"柳隆卿一听："谁敢欺负哥哥？我舍一腔热血，和那人摔一跤去！"孙荣说："不知是谁杀了一个人，放在我家后门，哥哥我特来央求你，把这死尸背到远处去埋了。"柳隆卿一听，心想："你杀了人，让我去背，我才不肯受此牵连呢。"他假意说回屋里再穿件衣服，一下子把大门关上，念了四句诗："你倒生的乖，可我也不呆，你把人杀死，怎么让我埋！"柳隆卿不肯去，孙荣夫妇又来求胡子转。胡子转听明来意，先大骂柳隆卿失信不仗义，又说："不碍事，休说哥哥杀死一个，就是杀死十个，我也替你背出去。"他借口回家取个布口袋装死尸，转身一下子把大门关上，念了四句诗："孙大做事全没理，后门杀下枉死鬼，你今怕死不偿命，死活来朝不由你。"两个兄弟都不肯帮忙，孙荣绝望地说："我只有上吊了。"杨氏劝他别慌："这两个贼子不肯去，只有去求你的亲弟弟孙虫儿了。"孙荣叹息："我平日对他很不好，不是打就是骂，恐怕他也不肯去；就是肯去，我也没脸去求他。"杨氏劝他放心："咱们两口儿一起去。"

　　两人来到破瓦窑，孙荣没脸叫门，杨氏去叫。孙虫儿听出是嫂子声音，认为一个妇道人家，深更半夜来的不是时候，不合礼法，不肯开门。杨氏说："你哥哥也在外面。"孙虫儿听说有哥哥同来，赶紧开门跪倒，求哥哥别打。孙荣把弟弟搀起，杨氏讲明来意，孙虫儿不信。孙荣又把情况讲了一遍，并说曾求胡、柳二人，两个贼子不肯帮助，只好求弟弟看在一母同胞的分儿上救我一救。孙虫儿心里说："你过去怎么不想这共乳同胞一体分，煨干就湿娘艰辛，今日有难却来求我。"便装作要揪孙荣去见官，吓得孙荣体似筛糠，连连哀求："这都是我的不是，请弟弟息怒。"又连呼冤屈，说自己根本就没杀过人。孙虫儿这才说："哥哥嫂嫂休惊莫怕，我逗你耍哩。我去替你们把死尸背走，万一犯了事，要打要杀我来承当。"

孙虫儿把死尸背到河堤幽僻处埋了。回到家，嫂嫂拿来一领棉袄给孙虫儿换，哥哥一看，嫌旧，立刻找来一领新袄给弟弟穿。古诗有云：荆树开花兄弟乐。孙荣此时才明白了这个道理，表示以后再也不理胡、柳两个无赖。

胡、柳二人见孙荣不再理他们，便找上门来，以拉孙荣见官相威胁，要孙荣抬出三千两银子就饶过。孙虫儿鼓励哥哥别怕，并把杀人的责任全揽过来。四人同去见官。

开封府府尹王翛然升堂，问："谁是原告，谁是被告？"柳隆卿答："我和胡子转是原告，告这孙荣伙同弟弟孙华杀人，曾求我们把死尸背走。"王府尹问孙荣："清平世界，怎敢杀人！"孙荣急忙申辩："小人不敢！是那天酒醉回家，见后门口有具死尸，不知是谁杀的。"王府尹："既不是你杀的，怎么死尸放在你家门口，这不是和招认了一样吗？"孙虫儿大声呼告："您千万别听那两个贼子的话，他们是全城有名的无赖，妄告我们杀人，是想诈骗我哥哥钱财！"王府尹哪里肯听，认为这桩案子不打不招，喝令痛打孙荣。孙虫儿扑上去护住哥哥，并一口承认："这件事都是小人做来，不干俺哥哥事！"王府尹命人把孙虫儿拿下。正在这紧急关头，杨氏冲进厅堂，请府尹暂息虎狼之威，申明："此事与他们兄弟二人都没关系，全是小妇人我一人做下的。"王府尹让她从实讲来，若有谎言，活活打死。杨氏陈述了事情经过。请王大人细想，这样人命关天大案，为何没有尸亲来告，却是这两个家伙来告？又指出隔壁王婆儿是卖狗的证人，那死狗也还在河堤岸上埋着。王府尹命人把死狗取来，真相终于大白。

王府尹宣判：将柳隆卿、胡子转各打九十，罚去当差。刘荣虐待亲弟，本该责杖四十，因其妻大贤而免。杨氏杀狗劝夫，予以表彰。孙华孝悌贤良，授官本处县令。

❖ 张国宾 ❖

东岳庙夫妻占玉玦　相国寺公孙合汗衫

"密布彤云，乱飘琼粉，朔风紧，一色如银。"天上纷纷扬扬下着大雪。张孝友同媳妇李玉娥，在自家解典铺看街楼上摆下一桌酒菜果品，请父亲母亲来观赏这好看的冬景。

大汉陈虎因还不起店钱，被店小二推出屋门。他身上单寒、肚中无食，正跌倒在这金狮子解典铺楼下。

老汉张义让儿子张孝友派人把陈虎扶上楼来，给他烤火、喝酒，终于苏醒好转。原来这陈虎是徐州安山县人氏，出来做买卖，染上一场大病。盘缠花光，落到如此绝境。张义让张孝友拿来一领锦团袄给陈虎穿，又送他五两银子做盘缠，打发他快走。陈虎表示："来世当牛做马也要填还恩泽。"

张孝友送陈虎到楼下，忽然想："自家这么大的产业，早晚还要催还债款，要是和这大汉认做义兄弟，不是可以多个帮手吗？"便问陈虎年纪。陈虎回答："二十五岁。"又问："有心认你做义弟，你意下如何？"陈虎自然十分愿意，答道："别说是做兄弟，就是做个执鞭随镫的仆人也高兴啊！"说着就要下拜。张孝友想起还没跟父母商量，就又上楼问父母的意见。张义觉得那人一脸恶相，不如多给他些钱，打发他走。可张孝友坚持说自己有眼力，没问题。于是又把陈虎叫上楼，让陈虎拜见父母和妻子。李玉娥一见这陈虎，便觉得他横眉贼眼，不像个好人。

这时，一个披枷带锁的年轻后生站在楼下讨饭。张老汉觉得可怜，命张孝友下楼看看。这后生名叫赵兴孙，徐州安山县人氏，因路见不平，误伤人命，被判脊杖六十，发配沙门岛。张孝义把情况回禀父亲，张老汉感叹世事多艰，官府不知屈陷多少好人，就又把赵兴孙叫上楼来，送给他十两银子和一领锦团袄。张孝友的母亲赵氏也送他一只金钗做盘缠。赵兴孙问清并牢记这家恩人的姓名，辞拜下楼，决心以后若得不死，必当厚报。

陈虎却从后面追到楼下，自称二员外，劈手把赵兴孙手里的东西夺过来，上楼对张老汉说："这个囚徒早晚饿死，给他这么多钱财实在可惜，还不如给了我当本钱做生意。"张老汉十分生气，申斥陈虎："哪能不讲信义，给了人家东西又夺回？"让张孝友快把钱送回去。张孝友追上赵兴孙，向他道歉，并告诉他，那陈虎并不是什么二员外，也是雪堆里冻倒了刚救活过来的。

赵兴孙和解差走后，张老汉又安抚陈虎一番，让他别见怪，别学庞涓以怨报德，别得时人笑话失时人。

这日，张孝友闷坐在解典铺为妻子的事烦闷，妻子怀胎十八个月了，不知为何，总不分娩。

陈虎从外面要债回来，见义兄不高兴，以为是嫌自己钱财上不明白，假意要告辞回乡。张孝友挽留他并向他说明自己的心事。陈虎听完，回言道："我那家乡徐州，有座东岳庙，很是神灵，投玉杯珓占卜，若是上上大吉便生男孩儿，若是中平便生女孩儿，没有不应验的。咱们可以去算上一卦，同时还能做点儿买卖，能获十倍利钱。"张孝友立刻要去。陈虎又说："咱俩去不顶事，还得大嫂亲自去掷玉杯珓。"张孝友犹豫道："那我去对父亲商议一下。"陈虎不让："此事除非你知我知大嫂知，第四人知道就不灵了。"张孝友便收拾了许多钱财，带上妻子，悄悄随陈虎上路了。

仆人将这情况禀报张义夫妇，两位老人立刻惊呆了。赶紧在后面追，直追到黄河岸边才赶上。张孝友劝两位老人别急："我们是去算卦的。"李玉娥也说："我们算完卦立刻就回来。"张老汉却坚决阻拦："我只知种谷得谷，种麻得麻，东岳神明还能管肚皮里娃娃？你们可别信陈虎他说短论长、俐齿伶牙！"可这张孝友认为阴阳不可不信，好歹非要去一趟，如果不让去，就拿刀子自杀。

孩子们去意难留，张老汉也无办法。问儿子有没有一件贴肉穿的衣服，李玉娥拿出一件汗衫。张老汉让赵氏一撕两半，一半还给李玉娥，一半留下，言道："我们两个老人如有个头痛脑热，想你们时，见这半个衫儿，就像见到儿子儿媳一样。"又拉过张孝友的手，在手指上狠狠咬了一口，张孝友喊疼，张老汉说："你不想我们老两口儿辛辛苦苦把你抚养成，你却撇下我们远去，我们这心里该是多疼！"

眼见得儿子儿媳乘船走了，老两口儿回转城里。不想城里一场大火，把个解典铺和深宅大院烧得个片瓦无存。张义、赵氏流浪街头，沦为乞丐。

再说陈虎，自第一眼看见李玉娥，便存了歹念。后以到东岳庙占卜为由，将她和丈夫骗至黄河，然后把张孝友推下水淹死，又强迫李玉娥随顺。李玉娥到陈虎家，三天后产下一个男孩儿，身体十分强健。陈虎视其为眼中钉，恨不能斩草除根，将男孩儿打死才称心。

李玉娥迫于形势，委曲求全，给孩子起名陈豹。只盼他长大成人，报仇雪恨。

这陈豹长到十八岁，膂力过人，十八般兵器样样精通；每天在山中窝弓射虎，演习武艺。这天陈豹又射杀一只猛虎，可邻居的孩子却混赖说是自己咬死的，拉陈豹到李玉娥跟前告状。李玉娥罚陈豹跪下，怨他总是惹事，又问他为何不去进取功名？陈豹说想去应武举考试，只是没有盘缠。李玉娥给了他一些碎银和一对金凤钗。儿子临行，李玉娥千叮咛万嘱咐："到了京城，一定要去马行街竹竿巷，探问金狮子张员外老两口儿，若找见这两位老亲，就把他们带来。"又拿出一块绢帛儿交给陈豹，告诉她："把这个交给张员外，他就会认你。"

陈豹到了京城，中了武状元，授官提察使。他曾去找过张员外，根本没有踪迹。这天，他在相国寺散斋济贫，老和尚为他做好准备。

张义、赵氏老两口儿沿街乞讨，跪求行人，肚里无食，身上无衣，雪大风紧，眼看要死。有人告诉他们相国寺正散斋济贫，两人勉强挣扎到那里，谁知斋已散完。他们不肯离去，一再讨要，陈豹听见叫嚷，让老和尚把自己的一份饭菜送给他俩。赵氏吃完，送还碗筷，拜谢陈豹，见他特像老头子和儿子张孝友。回到老伴儿身边，让老头子笑，张义咧嘴一笑；又让老头子大笑，张义又张嘴大笑；老婆子说："你也是个傻老弟子孩儿！咱们那张孝友孩儿找到了，我看得真真切切，就是那个散斋的官人。"老头子听说，跑进庙里，找到陈豹，大骂："忤逆不孝的儿！"陈豹耐住性子问："你的儿子叫什么？"张义："我的儿姓张，叫张孝友。"陈豹："你的儿子姓张，叫张孝友；我姓陈，叫陈豹，怎么是你的儿子？"又问："你的儿子多大了？"张义："走时三十岁，如今该是四十八岁了。"陈豹："这么说起来，你儿走时我还没出世哩。"张义跪拜，请陈豹原谅，说自己老眼昏花看错人了。陈豹好像有人推着一样，站起身，把张义叫回，送他一块绢帛儿，让他把衣服破碎处补上。张义一看这绢帛儿，正是儿子临走时留下的半壁汗衫儿。他又怀疑是不是刚才老婆子掉下的。回来一看，老婆子留着的那块还牢牢地揣在怀里。两个老人相对大哭，认为儿子恐怕是早死了。他们又回来找见陈豹，求陈豹讲出这绢帛儿来历："因为它关系着两个人的性命。"陈豹、张义一问一答，张义知道陈豹便是自己的亲孙子，陈豹也知道张义便是母亲要找的金狮子张员外。陈豹给了张义一些碎银，让他去徐州安山县金沙院相等。张义把那两半汗衫儿交给陈豹，让他捎带给李玉娥，并叮嘱他："这些话可别跟你爹陈虎说！"

这天，陈虎去窝弓峪找朋友，剩李玉娥一人在家。

陈豹回来拜见母亲，并告诉她金狮子张员外随后便来，又问这张员外到底和自己是什么关系。李玉娥诉说了事情经过。陈豹听说陈虎不是自己亲爹，而是杀父仇人，顿时气死过去。苏醒之后，立刻起身往窝弓峪捉拿陈虎。

李玉娥听说金沙院和尚广做道场，也去那里搭一份斋，追荐亡夫张孝友。

赵兴孙被发配到沙门岛，上司怜他是个路见不平、拔刀相助的义士，后又捕盗有功，便提拔他当了巡检，让他率五百官兵，把守窝弓峪隘口。

张义老两口正从此地经过，官兵见他们面生，疑心他们与窝弓峪里强盗有关系，把他俩拿住，带到赵兴孙处。赵兴孙一查问，原来竟是自己日夜思念的恩人，赶紧拜倒在地，又问："老人家为何暴穷了？"张义告诉他："全是那个自称二员外的陈虎，断送了俺一家！"接着讲述了事情经过。赵兴孙早就深恨陈虎，此刻知道他也是徐州人，更下定决心拿住此贼。赵兴孙送给老人一些碎银，让两位先到金沙院等候。

张孝友也没死，他被陈虎推下河，多亏渔人救了性命。从此张孝友更信天命，便出家当了和尚，如今是金沙院的主持僧。张义老两口儿走到金沙院，张孝友见了面熟，便过去搭话。张义略述身世，并请和尚诵经，追荐孩儿张孝友亡灵。张孝友确认眼前正是自己父母，跪倒磕头。张义夫妇以为见了鬼，真是又惊又喜。李玉娥此时也来到金沙院，一家四口儿重得欢聚。

陈虎来到窝弓峪，陈豹紧追不舍，大叫："杀人的贼休走！"二人对打。陈虎不是对手，只好逃跑，正遇赵兴孙；赵兴孙率官兵将其拿住。陈豹、赵兴孙相见，押着陈虎同至金沙院。

陈豹拜见母亲，拜见祖父祖母。李玉娥又命其拜见父亲张孝友，陈豹心中诧异："母亲刚丢了一个贼汉，怎么又认了一个秃和尚？"赵兴孙也过来与众人相见，并询问如何处置陈虎。张孝友说："暂不要杀他。偏我眼里认得这样的好人！把他送至官府公断吧。"

李府尹断案：将陈虎碎尸万段，枭首级号令街前。张员外合家欢乐，李玉娥重整姻缘。

❖ **关汉卿** ❖

柳耆卿错怨开封主　钱大尹智宠谢天香

　　钱塘人柳永字耆卿，才学过人，喜风月、好花酒，终日与名妓谢天香为伴。这天，他准备上京应举，不得不暂与天香告别。

　　开封府执事张千通知："有个钱大尹新官到任，你们准备参拜。"柳永一听，这钱大尹正是自己同堂故友，明早可与谢天香同去，请他对天香多加关照。

　　钱大尹名可，字可道，一脸胡须，人称波斯钱大尹。谢天香作为乐人代表，前来参拜。这钱大尹只说了声休要误了官身，就让退下。谢天香心想："这个官好冷脸子。往日见官，好像看小孩儿，今天见官，站了不过一顿饭的功夫，可心里发抖够做两顿饭的时间。"

　　谢天香退下，柳永上前参见，钱大尹一听是杭州柳永，自己的小老弟来了，不胜欢喜。连忙请进来相见。堂上，二人互道悬念之情。钱大尹又亲自把盏，请贤弟喝酒。柳永说不多喝了，准备出发进京应举，钱大尹很是支持，鼓励他大丈夫当以功名为念，等将来得意时，另当称贺。

　　柳永退出，见到谢天香，想起还没请钱大尹关照她，又二次请见。钱大尹问："贤弟是不是看我有什么做的不对的地方，给我指出啊？"柳永说："您兄弟别无他事，只请您对谢氏多加关照。"钱大尹说："耆卿，敬重看待。"

　　柳永退出，见到谢天香，谢天香说："恐怕钱大尹以为这谢氏是个名士大夫，所以不再称你贤弟而呼你表字。"柳永也觉得没说清楚，又三次请见，钱大尹听罢回答："刚才不是说过敬重看待了吗？恕不远送。"

柳永退出，见到谢天香。谢天香说："这敬重看待恐怕是指的你自己要敬重看待自己吧？"柳永见谢天香不放心，又四次请见。钱大尹怒道："耆卿，你种的桃花放，砍的竹竿折。"

柳永退出，见到谢天香。谢天香说："这是责备你重女色轻君子呢。"柳永又五次请见。钱大尹不见，柳永自行闯入。钱大尹大怒，斥责柳永："你这像个什么样子？把我这官府黄堂当成秦楼楚馆，只管谢氏谢氏的叫。大丈夫当先天下之忧而忧，后天下之乐而乐，你再看看自己，整天沉迷声色，不觉得可耻吗？"说着，吩咐左右击鼓退堂，转回私宅去了。

柳永被赶出来，对谢天香发誓说："我到京城，定要得个一官半职，那时，再找他这钱可道！"说着就要起身，谢天香在路边酒馆里为他饯行。柳永填了一首《定风波》相赠，词云："自春来、惨绿愁红，芳心事事可可。日上花梢，莺喈柳带，犹压香衾卧。暖酥消、腻云鬟，终日恹恹倦梳裹。无奈，想薄情一去，音书无个。早知怎么，悔当初、不把雕鞍锁。向鸡窗，收拾蛮笺象管，拘束教吟和。镇相随、莫抛躲，针线拈来共伊坐。和我，免使少年光阴虚过。"

奉钱大尹之命观察柳永行径的张千，也把这首《定风波》词抄了下来，回府读给钱大尹听，当读到"芳心事事可可"一句时，假装认不得了。因为他知道，钱大尹名可，字可道，这可可之字正犯着官讳。钱大尹听完词，便命张千把谢天香叫来，让她演唱这首词。心想：她要犯了官讳，就责打她四十，关押起来，使小兄弟柳永绝了念头，不再迷恋于她。谁知谢天香唱到"芳心事事"，听见张千咳嗽一声，立刻把"可可"改做"已已"。钱大尹说："谢天香，这'已'字是齐微韵，你下面若失了韵脚，差了平仄，乱了宫商，我要责打你四十大板！"谢天香却从容唱到："自春来、惨绿愁红，芳心事事已已。日上花梢，莺喈柳带，犹压绣衾睡。暖酥消、腻云鬟，终日恹恹倦梳洗。无奈，恨薄情一去，音书无寄。早知恁的，悔当初、不把雕鞍系。向鸡窗，收拾蛮笺象管，拘束教吟味。镇相随、莫抛弃，针线拈来共伊对。和你，免使少年光阴虚费。"钱大尹听罢，不禁暗中赞叹："怨不得柳永那么迷恋她，连我也不由得喜欢上她了。"叫过张千来，让他去对谢天香说，准备收她做小夫人，离开妓院，问她意下如何。谢天香虽然心里想着柳永，但此时愁断肚肠也想不出个金蝉脱壳的理由来，只好答应。

谢天香自做了小夫人，早起打好洗脸水，晚上又须铺床被，服侍的夫人入罗帏，她才到别屋独自睡。三年光景，早把那歌妓之心消磨尽了。

这天，两个丫鬟找谢天香来闲聊，又掷色子、赌输赢，正玩得高兴，钱大尹悄悄走过来，把拐杖放在谢天香肩上，谢天香以为是丫鬟开玩笑，骂道："臭驴蹄，还不放下手来，一边坐着去。"回头一看，丫鬟早溜了，竟是钱大尹。自知失言，赶紧跪倒认罪。钱大尹命她以色子为题作诗一首，作上来便饶了她。谢天香略加思索，吟道："一把低微骨，置君掌握中；料应嫌点浼，抛掷任东风。"钱大尹笑道："这诗的意思是怨我娶你三年，不瞅不问，认为我嫌你出身低微吗？"见谢天香不答话，又和诗一首："为伊通四六，聊擎在手中。色缘有深意，谁谓马牛风。"然后，对谢天香说，要拣个吉日良辰，就在这一两天里，立她做个小夫人。谢天香怀疑他瞎说，钱大尹道："我又没吃酒，哪能瞎说？我是爱惜你聪明才学，可怜你烦恼悲啼。"让谢天香后堂换衣服去。

钱大尹听说柳永一举状元及第，夸官三日，便吩咐张千安排筵席，然后去街上拦住柳永，把他请来。"他要不来，就把马带住，别放他过去。"果然柳永不肯来，他心里恨着钱大尹："明知谢氏是我心上人，他却娶去为妻。"无奈张千扯住马头不放，只好进了府门。钱大尹为贤弟作贺，又送过酒来，柳永话中带刺："我如今当了官，有了功名，不敢饮酒。"钱大尹心里说："要真是这样啊，那功名早就有了。"又暗中吩咐张千去叫谢天香。

谢天香换好宫装，打扮整齐，来到前厅。一下子瞅见柳永坐在那里，不知该说什么好，只能装作没看见。钱大尹让她与柳永施礼，柳永只是低头不语；钱大尹又让她给柳永斟酒把盏，柳永只是摇头。谢天香强忍着泪水，也不敢问候。还是柳永先发话："大姐，你怎么比以前瘦了？"谢天香无言答对。

钱大尹打破僵局，对柳永说明就里："我那日看你留恋谢氏，胸无大志，所以将你斥退；后又想惩罚天香，绝你后念，可又甚爱天香才能，于是老夫不避他人是非，将天香娶在我宅中。一是想，若让天香继续迎新送旧，恐花心输与富家郎；二是想，你若得官，恐不得娶娼女为妻。因此，我假装将谢天香推做小夫人，其实是三年培养牡丹花，成全你个有志气的知心友。你若不信可让天香说说心里话。"谢天香道："确实是相公意，难参透，扬言说要结绸缪，可千日何曾靠着枕头！这真是话不说不知，木不钻不透。"柳永此时恍然大悟，与谢天香一起拜谢钱大尹大恩。钱大尹命张千收拾车马，送谢夫人到状元宅去。

❖ **无名氏** ❖

愿受罪千娇赴法　争报恩三虎下山

　　梁山泊首领宋江吩咐喽啰，通知弓手花荣下山，前去接应大刀关胜和金枪手徐宁，这两个兄弟被派去打探东平府消息，两个月过去，至今未归。

　　济州通判赵士谦要赴任去，因梁山一带道路难行，只得把家眷暂寓客店，准备到任后，再派官兵迎接防护。临行，嘱咐二夫人王腊梅好好看顾一双儿女金郎、玉姐，又让丁都管用心服侍两个奶奶。

　　赵通判走后，大夫人李千娇让丁都管前后照料一下，自己去收拾卧房。

　　这丁都管是大夫人带过来的陪房，平时就和二夫人勾勾搭搭。如今正好凑在一起喝酒作乐。

　　大刀关胜奉命下山，因染了一场大病，险些丢了性命；病情好转，准备回山，可又手中无钱，只好偷了人家一只狗，煮熟之后，边卖边做盘缠。他见一男一女坐在一起喝酒，便过去招呼："官人娘子，买些香喷喷的狗肉吧。"王腊梅听后嚷道："你这小子胡说，什么官人娘子，我是夫人，他是我的伴当。"关胜奇怪道："哪有伴当和娘子坐在一块儿喝酒的？"丁都管气恼地说："我坐不坐，干你屁事！"说着，赶着关胜乱打。关胜哪吃这一套，一拳将丁都管打倒。丁都管一动不动没了气儿。关胜以为把他打死了，想跑。王腊梅大声叫嚷："打死人了！"店小二冲出来，喊道："快捉住他！快捉住他！"大夫人李千娇也跑出来问："到底是怎么回事？"关胜为自己分辩，讲了当时情况。李千娇问他姓名，知道他叫关胜，是呼保义宋公明手下第十一个头领。心想："没有必要和这些人作对。"便又问了关胜年龄，认他做了义弟。告诉他自家情况，请日后多加关照。送关胜一只金凤钗压惊，放关胜走了。关胜自是深深感激。

这丁都管会闭气法，做了亏心事就躺倒装死。王腊梅见人都走了，把他叫起来，俩人又跑到后头房里喝酒去了。

徐宁下山接应关胜，也得了大病。又无房宿饭钱，只好白天在街市上要饭，晚上偷偷躲在人家后面小房里睡觉。

王腊梅、丁都管也朝这间小屋走来；因怕李千娇看见，王腊梅扯住丁都管的手，把他脖子往下按，让他再弯点腰，脚抬得轻些。其实李千娇早已发现这两个人，心里说："暂由着这一对儿狗男女胡闹吧。"

王腊梅溜进小屋，一下子被徐宁绊倒，立刻尖着嗓子叫起来："有贼！有贼！"丁都管也嚷："快拿绳子来绑了！"李千娇走过来申斥他们："你们这是嚷什么！响午后已经挨了一顿打，怎么还不吸取教训？"又问王腊梅："你们到这里来干什么？"王腊梅诡称："到这里来拌草料喂马。"李千娇说："这里又没盛料盆，又没喂马槽。"王腊梅："反正我们捉住了一个贼。"李千娇劝她把人放了，说："如果送到官府去，官府必问你们两个情况，你们也说不清，白浪费时间。"接着，李千娇又假装气愤，责骂徐宁："你难道不认得我了？我是你姑舅姐姐李千娇啊！"徐宁过来给李千娇行礼，谎称："您兄弟赤手空拳，所以不敢拜见姐姐。"李千娇把这表弟介绍给丁都管和王腊梅。私下里又问徐宁姓名，知他是宋江手下第十二个头领，便也认做义弟，告诉徐宁自家情况，请他日后关照，又送他一只金钗做回山的盘缠。徐宁心中谨记："有恩的是千娇姐姐，有仇的是丁都管、王腊梅。"

李千娇等人被接到济州。这天，她正在屋内烧香祷祝："一祝天下太平；二祝丈夫孩子身体安康；三祝天下好男子休遭罗网之灾。"花荣正被官兵追捕得急，翻墙跳进院子。听到李千娇第三个祝愿，知是贤达的女子。便故意在外面发出脚步声。李千娇以为是自己丈夫来了，把门打开，一见花荣这条大汉，吓得身难整、脚难挪、手难抬。花荣说："我不是歹人，是宋江手下第十三个头领。"李千娇镇定下来，问了花荣年龄，也认他做了义弟，又介绍了自家情况，请他日后关照。

正这时，丁都管、王腊梅溜到后花园偷情，听见大奶奶房里有人说话，便叫来赵通判捉奸。赵通判踹门而入，花荣慌乱中一刀砍伤赵通判胳膊，逃跑了。赵通判让王腊梅做原告，拖李千娇见官。

济州知府郑公弼审理此案，命李千娇如实说来。李千娇叙说当时情况："确曾有人闯入，但并无奸情。"郑公弼逼问那人姓名，李千娇不得已供出花荣。郑公弼一听是梁山泊强盗，厉声责问："你为何不把他捉住？"命衙役严刑拷打，直打得李千娇皮开肉绽、鲜血淋漓、昏死过去。郑公弼又命人把金郎、玉姐推过去，让他们把母亲唤醒。然后揪起李千娇脑袋让她看着一双儿女挨打哭喊。李千娇受刑不过，招认因奸杀夫，被锁上长枷，下进死囚牢。李千娇心中叹息："过去每日只说王腊梅丁都管有奸情，想不到今天自己却摊上这罪名，这真是：只说獐过鹿过不说麂过（己过）了。"看王腊梅将金郎、玉姐连扇带拖，百般虐待，李千娇痛苦万分。

郑公弼命来日建起法场，将李千娇正刑杀头。

关胜、徐宁、花荣三人听说李千娇姐姐有难，同时请假下山，躲在粥棚吃粥，准备劫了法场。三人回忆起与李千娇结识的经过，深深感激她的恩德，洒粥祭奠，求天地保佑她早脱罗网。

李千娇项戴沉枷、身缠重锁，被刽子手押赴刑场。

看热闹的人挤满巷口，王腊梅等人也站在前边。

关胜、徐宁、花荣冲上法场，大喊："梁山泊好汉全伙在此！"刽子手被吓跑，看热闹的人纷纷逃散。

关胜背起李千娇便走，徐宁见她昏死过去，连忙呼唤姐姐。李千娇苏醒过来，见了三位英雄，心中感慨万端："一恨王腊梅心狠口恶，一尺水翻腾做一丈波；二恨官府坏，施毒刑将人死折磨；三恨自己结这个识那个，结识人多是非多，弄得个平地起风波。"花荣连忙赔罪。他们又截获住王腊梅、丁都管、赵通判及其两个孩子，统统解上梁山。

梁山泊摆下酒宴，请李千娇赴席。关胜端过酒来，请姐姐满饮一杯。李千娇不吃，说："心里惦记一双小儿女，便有玉液金波且莫提。"徐宁把金郎、玉姐领来，母子相见。关胜又请姐姐饮酒，李千娇仍不肯，言道："若拿住两个仇人才甘心做个醉死鬼。"花荣把王腊梅、丁都管、赵通判押过来。王腊梅花言巧语讨饶；赵通判也软下来："这都是王腊梅去告的状，与我无关。"丁都管叫："大奶奶，您从来都是个好人呵！"李千娇恨极，让把他们都碎剔了，自己要趁酒兴，烧块人肉吃。

　　花荣上前求情："看弟兄面皮，单饶了姐夫一人吧。"李千娇不依，说自到官府，就和他绝了夫妻情义。花荣见她执意不肯，假装要把金郎、玉姐也扔到山涧去，吓得李千娇只好认下丈夫赵通判。

　　宋江来到忠义堂，命将王腊梅、丁都管处死，祝贺李千娇、赵通判夫妻团圆，并派人护送他们一家四口下山回乡，平安度日。李千娇等人拜辞。

长眉仙遣梅菊荷桃　张天师断风花雪月

洛南太守陈全忠在府中等待侄儿陈世英。

陈世英西洛人氏，读书勤奋，学识渊博。上朝应举，路过洛阳，特来探望叔父。

叔侄相见，甚是高兴。又恰值中秋，陈太守摆下酒宴，为侄儿洗尘。又嘱咐侄儿，考期尚远，可在洛阳多住几日。并在后花园安排好书房，供侄儿温习功课。

宴罢，陈世英回到书房，只见金风淅淅，玉露泠泠，银河耿耿，皓月澄澄，好一片蟾光。对此良辰美景，陈世英难能入眠，把酒吟诗又焚香操琴。

月宫中桂花仙子正遭受罗睺罗非礼缠搅，危急关头，多亏下界陈世英一曲瑶琴，感动娄宿，救了月宫一难。桂花仙子对陈世英十分感激，决定亲临下界，报答陈世英恩义。她约上封十八姨和桃花仙子私下天宫，偷临凡世，来到人间。

桂花仙子进到书房，拜见陈世英。陈世英又惊又怕，以为是鬼怪妖精，要抽床头宝剑。桂花仙子连忙解释："我是月中桂花仙子，和你有宿缘，今日特来报恩，你让留则宿，不让留，我自回去。"陈世英听说，醒过神儿来，转惊为喜，请仙子坐下一块儿喝酒。见仙子千般体态、万种妖娆，能与共饮，实感三生有幸，情不自禁。桂花仙子见他如此，心里说："这秀才原来是一半儿装呆一半儿懂。"世英问仙女："小生此次前去举应，不知能否得官？"仙子说："我此来是要鸾凤配雌雄，你为何只想得官取功名？来年你登上龙虎榜，总不如今夜抱蟾宫。"

封十八姨和桃花仙子也进书房相见。对桂花仙子说："天色明了，咱们回去了。"陈世英百般挽留，不知仙子此一去，何时再得相会？桂花仙子也恋恋难舍，又惧怕天神惩罚，只好挥泪而别。临行时，桂花仙子嘱咐陈世英："你若十分至诚，可等到明年中秋，再得欢会。"

陈太守十分着急，因为留住侄儿在洛阳温习功课，谁想他却染上一场大病，一卧不起，吃药也没用；自己又公事繁忙，不能照顾。

陈世英得的是相思病，自八月十五与月中桂花仙子在书房相会，便日夜思念。转眼一年过去，今天又是八月十五，陈世英恨太阳迟迟不肯下山，盼明月快快升起。长吁短叹、辗转不安，这真是三十三天离恨天最高，四百四病相思病最苦。

陈府嬷嬷奉太守之命来探望世英病情，陈世英把她误认作是桂花仙子，起身搂抱。等他发现认错了，心中更是烦恼。嬷嬷问他："得的是什么病？"他不耐烦地说："相思病。"嬷嬷又问他："思念的是哪个崔莺莺？"他回答说："月宫中桂花仙子。"嬷嬷劝他："这是没影儿的鬼神事，不要画饼充饥，应好好休息。"陈世英嫌他絮叨，催她快走，自己好歹要在月光下等仙子到来。

陈世英白白等了一夜，不见桂花仙子到来，病体更加沉重。陈太守盼咐张千去找个太医。张千走街串巷找到一家。那医生问："病人病了几日了？"张千回答："七天了。"医生："那让病人来吧。"张千："他走不动。""那就让他抓住椅子抬了来。"张千："也抬不来。"医生："那就让他好了来吧。"张千："胡说，不要歪缠，太守衙里病人等着呢。"那医生兜了一包袱药丸子，跟着张千来到陈府。见到陈世英，医生抡起包袱就打，陈世英痛得直哎哟。医生说："这病能治！打着他还知道痛哩。"医生让陈世英吃药丸子，陈世英吃不下，医生说："你不吃，我替你吃。"吞下几丸之后，自己反而晕倒。等这家伙苏醒过来，张千把他赶跑了。陈世英强撑着恹恹病里身，凝望着盈盈月色新，怨仙子不该如此失信，害得我七死八活愁煞人。

陈太守请来张天师给侄子治病。张天师一看便知，陈世英是被花月之妖缠搅成疾。决定结一坛场，剿除妖怪。

张天师换上法衣，手提法剑，掐诀念咒，设下坛场。他有信香、雌雄剑、降妖印三件法宝，本领很大，专管天上天下三界仙精鬼怪。不一会儿，他命值日功曹把荷花、菊花、梅花、桃花、封姨、雪神一一拘来。荷花自恃出淤泥而不染，不知罪；菊花自恃冷淡东篱傲古今，不知罪；梅花自恃玉骨冰肌无人比，不知罪；桃花自恃千年一度赴瑶台，不知罪；封姨自恃天地正气扫浮阴，不知罪；雪神更是自恃寒气严凝大道成，不知罪。张天师一一驳斥了他们，指出："正是你们这些贱人，引诱桂花仙子私自进入凡界，缠搅良家子弟的！"

桂花仙子也被拘来。众位神仙都埋怨她："受你牵连，被你害得好苦！"桂花仙子也反唇相讥："封姨不想你平日伶牙俐齿，调三唆四；桃花不想你为引逗人家刘晨阮肇，天台流水泛胭脂；荷花不想你那并头莲是个公开的过失；梅花不想你逼得孟浩然雪里寻梅，险些冻死；你这雪神也曾是害孙康、逼袁安、骗了王子猷，苦了雪拥蓝关韩退之。"

在审案过程中，张天师曾把陈世英魂魄摄来，让他与桂花仙子见了一面。如今这桩风花雪月案审理完毕，张天师命天兵天将把这些思凡的罪人发往西池，由长眉仙定罪施行。

陈太守感谢张天师费心除妖；张天师告诉他，陈世英的病很快就好。

长眉大仙接手此案，问桂花仙子因何不守天条，私下瑶台，迷惑秀士？桂花仙子回答："只为报恩，并无淫邪之事。"长眉仙命值日功曹把她押往阴山左侧受罪服刑。桂花仙子悲悲切切，请求饶恕。长眉仙不肯饶恕，并把陈世英魂魄摄来，心想："让他见了这种场面，定会绝了念头，早日痊愈。"谁想陈世英一见桂花仙子，仍是一往情深，拉住桂花仙子要和她一起回返洛阳。

长眉仙再下判断：桂花仙本当重遭，姑念其情有可原，仍容许守月宫玉兔陪伴。众神仙各还本位，风花雪一律赦免。

安秀才花柳成花烛　赵盼儿风月**救风尘**

郑州人周舍是风月场中老手，喜欢上汴梁城中歌妓宋引章，他花数载时间，用心机、使手段，终于骗取宋引章信任。对宋引章想嫁周舍，她母亲也曾百般阻拦，怕女儿久后受苦，但宋引章不听。加上这周舍又千求百赖、广施钱财，终于使这门亲事定了下来。

秀才安秀实是宋引章的旧好，听说宋引章要嫁给周舍，心中愁苦，恳求宋引章的义姐赵盼儿帮助劝一劝，希望能使宋引章回心转意。

赵盼儿也觉得此事不可草率，周舍似乎不大可靠，便答应去说一说。

赵盼儿问宋引章："你初时答应嫁给安秀才，不是很好吗？"宋引章却说："要是嫁给他，两口子都得去打莲花落要饭！"赵盼儿又问："嫁给周舍，是不是太早了点儿？"宋引章说："早晚是做娼妓，让人家大姐大姐（大姊）的叫，都叫出脓来了。赶紧嫁个人算了。"赵盼儿劝她："你还是应该三思而后行，那周舍你了解得清楚吗？"宋引章："那周舍穿着一身儿衣服，可帅了！又会心疼人，热天睡觉给我扇扇子，冬天睡觉给我暖被子。花钱给我买衣服、买头面，出门替我提领系带、整钗环。他这么知重我，我是一心要嫁他。"赵盼儿："你可别被他这一时的甜言蜜语迷惑住，只是娶到家后他就变了样。到那时你再后悔，可就船到江心补漏迟了。"宋引章却说："将来吃苦受罪，是我一人的事儿，绝不来央告你。"这时，周舍走来，嬉皮笑脸和赵盼儿搭讪，请赵盼儿为他保亲。赵盼儿看着他讨厌，讽刺了他几句，告辞出来，通知安秀实："这宋引章一时劝不通了，你暂不必着急，且听我安排。"

周舍雇了轿子，抬着宋引章回了郑州。

周舍把宋引章娶回家，果然变了脸，嫌她出身低贱。一进门先打了引章五十杀威棒，以后更是朝打暮骂。宋引章眼看要死在他手里，才知道"不信好人言，必有恓惶事"。她偷偷写下一封信，交给隔壁王货郎，求他去汴梁做买卖时带给自己的母亲。

引章妈接到女儿的信，哭着赶到赵盼儿家求她想个主意，救回引章。赵盼儿听到这个情况，心里说："当初我警告她的话，果然都应验了。"她气恼地问引章妈："既然是这样，谁让你当初同意女儿嫁他？"引章妈悔恨道："周舍他当初起过誓的！"赵盼儿说："也只有你这样的老实头才相信那些家伙的鬼话。"她拿出两个银子，想和引章妈同去郑州，买下周舍的一纸休书。可引章妈说："周舍扬言，宁可打死，也不许宋引章赎身！"赵盼儿要过宋引章的信看了一遍，又给宋引章写了一封回信。决定自己去一趟郑州，想方设法骗周舍写一纸休书，把宋引章救回。

周舍吩咐店小二："若有好看的妓女来住店，立刻通知我。我要不在粉房就在赌房，不在赌房就在牢房。"

张小闲挑着箱笼走在前面，赵盼儿打扮得花枝招展，骑马走在后面。她问张小闲："看我这样子，能使那男人冲动吗？"张小闲一下子倒在地上。赵盼儿奇怪地问："你这是干什么？"张小闲说："别说使男人冲动，我都被酥倒了。"

两人说话间来到郑州，找客店住下，吩咐店小二将周舍请来，店小二边跑边喊："周舍，店里有个好女子请你哩！"周舍跟他来到店中，一看，果然是个好女子。

赵盼儿见到周舍，使出倩态、柔情，甜言蜜语夸赞道："我那妹子嫁给你真是有见识有福分，你看她打扮得你俊上加俊，更显得年轻了。"周舍说："我好像在哪里见过你，不是在杭州就是在陕西。"赵盼儿道："你真是贵人多忘昏，咱俩武陵溪畔曾相识，你如今是不是假正经装作不认人？我可是为了你断梦劳魂。"周舍想起来了，问："你大概是赵盼儿吧？"赵盼儿："正是。"周舍说："当初破亲的也是你！店小二，给我关了店门，打这两个家伙。"张小闲一听，忙喊："我这姐姐是带着锦绣衣服和被褥特来嫁你的，你怎么倒要打人！"赵盼儿请周舍坐下，言道："你听我说，在南京时，我就听别人提起你的名字，后来听得耳满鼻满的，就是没机会见到你。等见到了你，真是害得我茶不思饭不想，日夜念着你。周舍，我是一心准备嫁给你，忽然听说你要娶宋引章，还让我保亲，我怎能不嫉妒、不恼恨、不破亲！我现在大老远带着嫁妆来找你，是要和你结成婚姻。你怎么见面就骂人打人？"周舍忙说："我不知道，要早知道你是这个心思，怎么肯打骂呢？"赵盼儿："那你就陪我一块儿坐着，别离开我。"周舍被挑逗得欲火烧心："别说跟您一块儿坐一两天，就是坐一年，您儿子也能坐得下去！"

这时，宋引章找来，正看见赵盼儿和周舍坐在一起，骂道："原来是你这不要脸的跑到这里来勾引我丈夫！周舍，你已经三天没回家了，再不回家，我就和你刀对刀！"周舍拿起一根大棍子，大声呵斥："刀对刀怎么着？抢生肉吃？要不是看赵奶奶在这里，我一棍子打死你！"赵盼儿劝他息怒："一夜夫妻百日恩，你拿着这么粗的棍棒，倘若真把她打死了，可怎么办？"周舍："丈夫打死老婆，也不偿命！"赵盼儿假装嗔怪："要这么说，谁还敢嫁你呀？"

看着宋引章走开，赵盼儿施展风月场手段，边媚边骂："好哇，你暗中唆使你媳妇来骂我一场！张小闲，咱们驾车回汴梁！"周舍哪里肯放，死死拦住："好奶奶了，我是真不知道她来，我要是知道她来，我就该死！"赵盼儿："真的不是你让她来的吗？那你把她休了！这妮子不贤惠，你把她休了！我一发嫁你。"周舍："我到家去就把她休了！"转念又想："且慢，我若给宋引章一纸休书，她一道烟跑了，这赵盼儿又不肯嫁我，我岂不是弄个扁担两头脱？我还是先把这一头砸实才对。"于是，他转身说："奶奶，您孩儿是驴马的见识，我今家去把媳妇休了，您可得起个誓嫁我。"

赵盼儿起誓说："我若是不嫁你，我就被堂子里的马踏死，被灯草打折小腿骨！"周舍听完放心，让店小二买酒买羊买红罗做聘礼。赵盼儿劝阻道："这些东西我早就准备好带来了。如今，你的便是我的，我的就是你的，还争什么！"

周舍回到家，媳妇问他吃什么茶，他发怒到："少啰唆，将纸笔来，我写一纸休书，你拿了休书快走！"

宋引章接过休书，假装不走，问周舍："我有什么不对的，你就把我休了？你当初要我时，是怎么说来？你这负心汉，遭天灾的！你让我走，我偏不走！"周舍一把将她推出门外，把大门关上。

宋引章拿了休书，出了大门，急忙往客店去找赵盼儿。心里说："周舍你个蠢货，终于中了赵姐姐的计策！"

周舍到客店找赵盼儿，一看没了人影，心知中计，急急忙忙在后面追赶。

赵、宋二人骑马回转汴梁。赵盼儿看过休书，暗中换过一份，交给宋引章，告诉她："今后你再嫁人时，全凭这一张纸，可要保管好。"

周舍大叫着："贱人哪里走！宋引章你是我老婆，竟敢逃走！"追了上来。宋引章说："你已经给我休书，把我赶出来，谁还是你老婆！"周舍诳道："那休书上的手印只按了四个指头，还少一个指头。"宋引章拿出休书展看，被周舍一把夺过去，连撕带咬弄个粉碎。宋引章气晕过去。赵盼儿忙过来搀扶。周舍说："连你也是我的老婆！"赵盼儿："我一没吃你羊酒，二没受你红罗，凭什么是你老婆？"周舍："你发过誓要嫁我来！"赵盼儿："我发誓是怕你不信。话说回来，你们这些恶棍要讨娼家女的欢心，哪个不是对着明香宝烛，指着皇天后土，赌着鬼戮神诛？要是这些誓言真能应验啊，恐怕你家早成了绝户！"

赵盼儿让宋引章跟周舍回去。宋引章害怕："跟他回去就是一个死！"周舍说："休书已经毁了，你不跟我回去还能怎么样？"赵盼儿："妹子不要怕他，他咬碎的休书是我特地抄给你的，真休书藏在我身上。他便有九头牛的力气也夺不去！"周舍扯着她两人去见官。

郑州太守李公弼升堂问案。周舍叫着冤屈，李太守问他怎么回事，他说："求大人可怜见，有人混赖我媳妇。"太守问："是谁混赖你媳妇？"周舍："是赵盼儿设计混赖我媳妇宋引章。"太守问赵盼儿："你怎么说？"赵盼儿沉着应道："宋引章是有丈夫的，被周舍强占为妻。昨天已经写好了休书，怎么是我混赖他的呢？休书在此，望恩官明鉴。"

　　安秀实接到赵盼儿派人捎回的信儿："宋引章已经有了休书，你赶紧来郑州告状。"他依计到了衙门口，大喊冤屈。太守唤人，问他告谁。安秀实回禀："我已聘下宋引章，被郑州周舍强夺为妻，乞求大人做主。"太守问："谁是保亲人？"安秀实："是赵盼儿。"太守又问赵盼儿："你原说宋引章有丈夫，是谁？"赵盼儿回答："正是这个安秀实，他是个知书达理的秀才，和我同村住，我正是他的保亲人。"

　　人证物证俱全，李太守斥责周舍："人家明明有丈夫，你怎么混赖为你的妻子？要不是看你父亲面上，定要重重问你的罪！"最后判决，责打周舍六十刑棍，罚他和老百姓一样去当差干活儿，安秀实和宋引章终于团聚完婚。

❖秦简夫❖

西邻友立托孤文书　　东堂老劝破家子弟

老汉赵国器幼年做买卖，在扬州东门里牌楼巷积攒下一份家业。原指望儿子能好好继承下来，谁知这小子成人以来只伴着一伙狂朋怪友，饮酒非为、不务正业，娶妻之后也毫无收敛。偌大家业，必败在他手里。赵老汉被他气得忧闷成疾、昼夜无眠，眼见得觑天远入地近，没几天活头儿了。这天，老汉抱病起身，叫儿子："扬州奴过来。"扬州奴一边答应一边嘟囔："我也有了几岁年纪，还老是叫我这小名儿，也不怕折了你那寿。"赵老汉："你去把东邻李家叔叔请来，我有话说。"扬州奴："是。下边小的们，到隔壁去请老叔叔。"赵老汉："我让你亲自去请。""那好。下边小的们，备马！"赵老汉："就这么几步路，怎么还骑马？"扬州奴："亏你这当爹的，还不知道儿子的性儿？我是上茅厕也骑马哩。"赵老汉气得干瞪眼。扬州奴："行了，我去我去，别又说是我气着了你！"

扬州奴敢气他爹，对这李叔叔却有些害怕。因此，到了隔壁，只在门口招呼一声："叔叔在家吗？我父亲不知何事，有请叔叔。"

这李叔叔姓李名实字茂卿，平素很少与人交游，有古君子之风，人们称他东堂老子。他今年五十八岁，比赵国器小两岁。因是同乡，又住在一起，两人结交甚厚，三十余年关系很好。

东堂老来到赵家，询问哥哥病情："这病怕是为忧愁思虑得来的？"赵国器："正是。"东堂老："你城外有田千顷，城内有油磨房、解典库，是扬州数一数二的大户。你儿子也长大成人，娶了媳妇。你还有什么不足，有什么值得忧思的呢？"赵国器："都只为这扬州奴不争气，我这家早晚败在他手里！"东堂老劝道："老兄过虑了。当父母的给子孙成家立业，那是尽自己的一份心；至于子孙成人不成人，那就是他们的事了。父母怎么能管到底！"赵国器："话虽是这么说，但父子之情终难割舍。我把你请过来，就是把这不肖子托付给你，求你将来对他多多关照，免得他流离失所，使我九泉下也不能瞑目。"东堂老初时推辞不肯，无奈赵国器跪地恳请，只得依允。赵国器命儿子搬个桌子来，累得扬州奴呼哧带喘。又命拿过笔纸，赵国器亲自写下文书，并让儿子在文书后画押。扬州奴问："你这不是要把我卖了吧？"赵国器："像你这样的，不卖又能怎的？"画完字，赵国器跪请东堂老把文书收下。然后，命儿子儿媳一块儿跪地拜东堂老八拜。扬州奴勉强拜过，起身搭讪："叔叔家里婶子可好？"气得东堂老瞪他一眼，问："扬州奴，你父亲是什么病？""孩儿不知。""你父亲都病了半年多了，你这当儿子的难道一点儿也不知道？"扬州奴："我就是见他坐了睡，睡了坐，大概是欠活动。"东堂老又问："你知道你父亲立给我的文书上写的是什么吗？""孩儿不知。""既是不知，我就说给你听：你父亲这病就是因为你胡作非为、不务家业才忧闷成疾。这文书上写着，扬州奴所行之事，不曾禀问叔父不许行！假如不依叔父教训，打死勿论！你听见吗？你父亲允许我把你打死！"扬州奴哭了起来。赵国器也是心中悲伤："儿呀，我这也是出于无奈。"东堂老连忙劝导："老兄不必忧虑，扬州奴一定会改好的。"

东堂老走后，儿子儿媳把赵国器扶回后堂。赵国器不免又絮叨一番："儿呀，你如今已长大成人，要管好家，理好财，省吃俭用。我活不了几天了。"

柳隆卿、胡子传是城中有名的无赖，也是扬州奴最要好的朋友。这两个家伙，全凭一张嘴蒙吃骗喝，连老婆的裤子都是扬州奴给买的。这天，他俩一大早就来到茶房，等着扬州奴。

扬州奴自父亲死后，一晃十年，把家里的金银珠宝、古董玩器、田产物业、牛羊牲畜、磨房当铺、丫鬟奴仆，统统典尽卖绝。眼见得手里没了钱，可又大手大脚惯了，仍旧来到茶房，找柳隆卿、胡子传厮混。

柳隆卿、胡子传见扬州奴来了，装好作歹，假说连饭也没吃呢，先骗去一个银子。又对扬州奴说："有一门亲事，俺们正要作成你。"扬州奴叹道："我现在是今非昔比，把日子过得筛子喂驴——漏豆了。就剩下这两件衣裳装点门面。你们还是去作成别人吧。"胡子传："你这真是死狗扶不上墙。"扬州奴："哥，不是扶不上，是腰里没钱杆儿不硬啊！"柳隆卿："呸！你说你没钱，你那房子是披着天王甲，换不得钱的？"扬州奴"哎哟"一声喊："你简直就是我老子，关键时刻提醒我一句。是呀，卖了房子不就有钱了吗！只是有一件，这房子光翻新砖瓦就曾用了一百锭银子，如今谁肯出这么大价钱？"胡子传："咳，该要一千就要五百，该要五百就要二百五十，人们就抢着买了。"扬州奴："说得是！只是还有一件，隔壁李叔叔要是不同意，事情也难办。"胡子传："他要不同意，照他胳肢窝下扎一指头！"扬州奴连连点头。忽又想起一件："卖了房子，我可到哪里去住？"柳隆卿："我家有个破驴棚，可以借给你。"扬州奴："好，只要不漏，能藏下身子就行。只是我用什么东西做饭吃？"胡子传："我家有个破沙锅，两个破碗和两双断筷子，都送给你。"扬州奴："好兄弟，这我就放心了。"三人张罗卖房子的事去了。

东堂老李茂卿坐在家中感叹："老友赵国器真有先见之明，死后不过数年，偌大家业果然被扬州奴弄得一扫无余。真是知子莫如父哇！"

扬州奴的媳妇李翠哥听说丈夫要把唯一的一所房子卖掉，急急惶惶来找东堂老。东堂老让她先沉住气，等他们来了自有主意。

扬州奴领着胡子传、柳隆卿来找东堂老。拜见过叔叔婶子，看见自己的妻子也站在这里，呵斥道："你来这里干什么！告我的状吗？"东堂老问："那你来这里是要干什么？"扬州奴胡乱应付："我媳妇来见叔叔，我怕她年纪小，失了体面。"东堂老又问："那两个是什么人？"柳隆卿、胡子传过来施礼："我们都是读书的秀才，不同一般光棍。"东堂老怒道："你俩来我家干什么？出去！"扬州奴赶紧拦住："这二人是我的好朋友，可别把他们看轻了。"东堂老斥责扬州奴："你和这狐朋狗友作知交，一桩好事不曾学。有道是人伴贤良智转高，你为何把家业全荡掉？你娘被你早气死，你爹又被你给气倒。你的年纪也不小，怎么就糊里糊涂醉不觉？别再痴迷酒色中圈套，那都是招灾伤身祸根苗！我叮咛嘱咐为你好，怕的是你将来流离失所、沿街要饭、学打几句莲花落。"扬州奴接过话去，说："我这趟来，就是要禀告叔叔知道，我也不想在家闲坐了。有道是坐吃山空，立吃地陷，家有万贯，不如日进分文。我要和人一块儿做买卖去，可惜没有本钱。家中也只有这一处宅子了，我打算把它卖个五六百锭，将来加倍赚回。"听他这番话，东堂老无法阻拦，只得言道："既然你要卖，我买下了。"让儿子取出二百五十锭银子做定金，交给李翠哥。扬州奴一把从她手里夺过钱去，骂："瞧你那嘴脸，还能掌钱！"把钱转交给柳隆卿、胡子传，让他们安排酒席、联系妓女去了。

东堂老买下扬州奴的住宅，把钱交付给他，知道他不会去做什么买卖，早晚还得把钱糟蹋精光。不由感慨赵国器那时为赚蝇头小利吃尽千辛万苦，积攒一点钱多不容易；而今却被这扬州奴轻轻易易挥霍殆尽。"唉，败子不回头，有负故人托！"

果然，李翠哥找来哭诉："这扬州奴拿着卖房钱，天天和那两个帮闲在月明楼饮酒作乐。他要是再把这些钱花完了，恐怕连我也要卖哩！"东堂老气坏了，吩咐儿子领上数十人，到明月楼打那畜生去！

扬州奴正张罗酒席，准备和柳隆卿、胡子传来个一醉方休。

东堂老领人赶来，吓得扬州奴连忙站起。东堂老指着桌上的酒席问："这就是你做的买卖？这就是你赚的利钱？"扬州奴支吾道："叔叔，这是我正请伙计呢。"东堂老"呸"一声："找伙计也不能找这样两个坏东西！"胡子传、柳隆卿听见忙说："我们可是知书达理的秀才。"东堂老骂："你们这两个王八蛋，一对害人精！竟然还妄称书生！"一边骂一边追着这两人打。扬州奴却护着二人："我这是仿两个古人，学那东阁招贤的公孙弘和三千食客的孟尝君。"东堂老："呸，亏你不识羞！就你这不养爹娘、不顾妻子的人，还能学名士公卿？你是让人家用泥球儿换了眼睛，被人家哄骗的懵懵懂懂！"扬州奴还犟嘴："我就是有着慷慨大方的性子和乐善好施的心。"东堂老气得浑身发抖:"嘿嘿,你简直能比得鲁肃,伏得刘毅,赛过鲍叔,压过陈登!可惜你施舍的这些人,不是虔婆就是娼妓,还有这胡子传、柳隆卿;真不如逮个苍蝇又放生!等你把家业糟蹋净,这些人跑得无踪影。好言劝你你不听,气得我心头怒火升。你分明是痴心顽骨低劣性,早晚要饿死街头一命终!"

东堂老被气走了。扬州奴也觉败兴,再无心吃喝,快快回家去了。

扬州奴终于沦落成乞丐,住在城南破瓦窑里,每天烧地眠炙地卧,吃了早晨的没有晚上的。回想自己的所作所为受这罪也真是活该自找!他和妻子李翠哥商量:"咱们俩干脆找个树枝吊死算了。"李翠哥说:"当初有钱时,你挥霍享受,我可是没享一天福。如今要上吊,你是理所应当,我又凭得什么?"扬州奴也觉得实在对不住妻子,他让妻子在破窑等着,自己去找柳隆卿、胡子传,向这两个狗东西要钱买米。

柳隆卿、胡子传正躲在茶房里,商量再投靠个好主儿。扬州奴寻到这里来,向这二人打招呼。谁知他俩竟装傻道:"你就是赵小哥?怎么穷成这样?肚里饿不?"扬州奴:"当然饿!你们有什么吃的,快给我点儿。"柳隆卿假意说:"你等会儿,我去给你买只烧鹅。"起身走后,一去不回。胡子传假装去找,也溜出茶房,还对卖茶的说:"我俩欠你的茶钱,都由那个扬州奴包付了,他是扬州城有名的财主。"茶房不信:"哪有这个模样的财主?"胡子传骗道:"他是怕去当差,故意装穷呢。"扬州奴一边捉着身上的虱子,一边耐心等待;可是胡、柳二人不见回来,茶房却过来向他讨十两五钱银子。扬州奴这才明白,自己原来是被人家装在口袋里。他叫苦道:"把我卖给你当佣工吧,我实在是没有一个钱。"卖茶的看他真是个穷光蛋,只得把他放了。

扬州奴干饿了一天,回到破瓦窑,妻子还在等着他讨回米来下锅。他愤愤地说:"你就煮我这两条腿吧!我今天出门,没碰上一个好朋友,全他妈的变了心!我还是死了算了!"李翠哥道:"你过去快活够了,如今自该受罪!咱们走投无路,不如去李家叔叔那里要口饭吃。"扬州奴:"我实在怕见叔叔，要去你一人去吧。"李翠哥："不碍事，还是咱俩一起去。我先敲门，若叔叔在家，我就自己进去；若叔叔不在，你也就跟进去。"

赶巧儿东堂老大清早出门了。夫妇二人拜见了婶子，婶子让人端来面条请他们饱餐。扬州奴正吃着，忽见东堂老回家来了，顿时吓得半死。东堂老一见扬州奴，也是怒火不打一处起，喝问道："你不是说过咱两家一姓赵一姓李毫不沾亲，今天有什么脸又登我的门！"扬州奴哆哆嗦嗦站起，吓得端着碗发呆。东堂老又吼："还不把面放下，守着你那两个好友吃烧羊去！"扬州奴将碗筷掉在地上，急忙往外溜；东堂老追上去要打，婶子过来拦住，护送扬州奴出门，给了扬州奴一贯钱。

扬州奴用这一贯钱做本钱，买了炭又卖出去，赚回两贯钱外加两包炭。他把这两包炭送给婶子烘脚，婶子非常高兴，对他说："我家有，你拿回去自己受用吧。"扬州奴又做起青菜生意，赚钱更多。婶子把这喜讯告诉老头子。东堂老听后，让人把扬州奴叫来问："你是自己担着菜卖还是别人担着菜卖？"扬州奴："我就一点儿本钱，哪敢托别人来担？自然是我担着卖。"东堂老："你卖菜是走前街还是走后巷？""我前街后巷都去。""你担着担子叫卖吗？""不叫，人家怎么知道有卖菜的？自然要叫。"东堂老："那你叫给大家听听。"说着，把人们都召唤过来。扬州奴一看这些瞧热闹的，都是自己过去使唤过的丫鬟奴仆，不由羞愧难当。没奈何，只得颤着嗓子叫一声："青菜白菜赤根菜，胡萝卜芫荽葱儿啊！"勉强喊完，悲从中来，悔不当初，泪流满腮。东堂老听完，忍住心痛，继续问："孩儿，你这一天能卖多少钱？""能卖一贯钱。""那你还不买些烧羊吃？买些鱼呀肉的吃？""不敢，不敢，我每天只是买些仓小米，也不敢舂，恐怕折耗了。熬一些淡粥，拣那些卖不出去的菜叶煨熟了吃。我这真是：执迷人难劝，临危可自省啊！"东堂老长叹一声："你这小子活到今天才说了这一句在理的话。你先回家，以后听我的话，很快就会变得富起来。"

扬州奴回到破瓦窑。东堂老派儿子来告诉他们夫妻俩："我父亲明天请你们赴席吃酒，你们要早些儿来。"扬州奴对妻子言道："叔叔请，不好不去。咱们明日到了那里，我担水运浆，你扫田刮地。"

东堂老在新宅院摆下酒宴，请街坊四邻都过来吃酒。扬州奴和媳妇也来了。看着这本属自己的深宅大院，看着那坐着说笑的众位乡邻，扬州奴黯然神伤，偷偷转过脸去擦泪。东堂老见状叹道："这都是你自做的来有家难奔，到如今才受尽饥寒还归正本。"

东堂老当着众人，拿出赵国器写下的文书，命扬州奴念那上面的遗嘱。扬州奴一见父亲亲笔以及自己画的字，不禁大悲。东堂老劝他别哭，把上面的文字读出来。上面写的是："今有扬州东关里牌楼巷住人赵国器，因为病重不起，有男扬州奴不肖，暗寄课银五百锭在老友李茂卿处，与男扬州奴困穷时使用。"扬州奴读完，简直不敢相信，又读一遍，方信是真。东堂老却对他说："这文书上虽写有五百锭银子，其实都用光了。怎么用的呢？你想那时你出卖田业屋产，我怎肯让别人便宜买去，便暗暗托人转买下来，花的都是这五百锭银子里的钱。我存下一个账目，你那房廊屋舍、条凳桌椅、琴棋书画等一应物件我都一一写在上面。今天，咱们就当着众位街坊交割清楚。"扬州奴跪倒在地，多谢叔叔婶子重恩。李翠哥也感激："要不是叔叔婶子把东西赎过来，恐怕我二人要在瓦窑里住一辈子了。这样大恩，来生来世当牛做马也偿还不清啊！"夫妻二人把盏斟酒，逐一谢过叔叔婶子及各位乡邻。街坊们也对东堂老交口称誉。

柳隆卿、胡子传听说扬州奴又富贵了，赶紧找上门来，拉他去喝酒。扬州奴说："我如今回心转意，明白过来，再不敢惹你们了。你们还是去找别人吧！"东堂老也注意到这两个家伙，叫手下人把他俩赶走，这两个家伙还要纠缠，扬州奴也不耐烦，把他俩推出门去。

轰走这两个家伙后，东堂老对扬州奴说："刚才我真捏着一把汗，你要是再和这两人搭上线，可就再没有五百锭银子钱！"

梁山泊宋江将令　同乐院燕青博鱼

九月九，重阳节。梁山泊首领宋江下令放假三十天，众头领可外出游玩，但须准时回山，若误期三天，定将斩首。

燕青误期十日才回到山上，本该斩首，经军师吴用和众头领苦苦求情，宋江改判作脊杖六十，赶下山去，不再录用。

燕青受刑后，又急又气又痛，忽然两眼失明。宋江也觉可怜，让大家凑了些银两交给他，许他下山寻个良医，治好眼病后依旧录用。

汴梁城有户人家，老大燕和，妻子王腊梅；老二燕顺，人称卷毛虎。王腊梅是燕和后娶的老婆，与花花太岁杨衙内有勾搭。燕顺看不上这嫂嫂，更对大哥甘顶个屎头巾不满，气得离家出走。

燕顺走后，王腊梅约来杨衙内，订好三月三清明节在同乐院相会。

燕青下山几个月，病没治好，钱已花完，被店小二轰出客店。漫天风雪，燕青又冷又饿走在街上。突然，被后面一匹马撞倒，多亏他有些身手，翻身爬起，一把把马揪住，要拉那骑马的人去见官。骑马的人正是杨衙内，他有钱有势，哪里把撞倒一个瞎子当回事，挥起马鞭子照燕青身上抽了一顿就扬长而去，找王腊梅去了。

燕顺正走到这里，把燕青从雪地里扶起来，询问了他的眼睛情况，把他扶回自己住处。燕顺又用神针炙法，治好燕青的眼病。燕青分外感激，跪在地上说："你就是我重生的父母，再养的爷娘。"燕顺将他扶起，问他姓甚名谁。燕青回答："我是宋江手下第十五名头领，浪子燕青。"二人结义为兄弟。燕青问燕顺："刚才在雪地里打我的是个什么人？"燕顺告诉他："兄弟，你别瞎打听了，那人是杨衙内，打死人就像房檐上揭块瓦，他如今不来找你的茬儿就是你的造化了。"燕青听完怒道："有朝一日我要碰上他，非把他揪下马打个半死不可！"

三月三，清明节。燕和与王腊梅到同乐院游春。王腊梅在阁子中暂坐，燕和去买些时鲜果品。

燕青自从眼睛治好，借了些小本钱，做起了鲜鱼买卖，这天也来到同乐院。他手提一尾七八斤大鱼，嘴里喊着："博鱼，博鱼。"燕和走到这里，和他赌博。赌博方法是拿出几个头钱，钱的一面是字儿一面是镘儿，谁若能掷出六个镘儿，称为六纯，谁就赢了。燕和一下便掷出六纯，白白把鱼赢走。燕青急了，追上他，跪下恳求："哥呀，这鱼是我借的本线，被你赢去。您能否先把这鱼借给我，等我再去赌博，赢了肯定拿回来还你。"燕和听了，觉得这鱼贩子可怜，心有肯意。可是王腊梅把鱼拿过去，嚷着："这鱼煎一半儿煮一半儿，留着一半我带回家去吃。"燕青百般求告："大嫂您就是救命的菩萨观世音。"王腊梅却说："你别糖食我，你就是从白天说到黑夜，从黑夜说到白天，我不给你就是不给你！"燕青仍死死纠缠，燕和也在一边说情，王腊梅总算把鱼还给了燕青。

燕青正挑担子走，被杨衙内撞个趔趄。杨衙内反倒不依不饶，命手下人把筐踢翻，扁担踹折，鱼盆摔碎，然后，耀武扬威到同乐院找王腊梅去了。燕青向店小二问清此人正是杨衙内，怒从心头起，把衣裙扎结好，在后面紧紧追去。

杨衙内正勾引王腊梅，燕青一下子把他身子扭过来，一拳把他打翻在地。燕和见了害怕："呀！你把人打死了。"燕青用大拇指掐住衙内人中穴，又含口凉水朝他脸上喷去。杨衙内苏醒过来，仍不忘和王腊梅调情，燕青又要挥拳打，吓得杨衙内连滚带爬跑了。

燕和拉住燕青说："真看不出你这个博鱼的还有这样的好本领，你是哪里人氏，姓甚名谁？"燕青说出自己的身份，燕和认他做了义弟。因天色已晚，燕和约着燕青回到自己家中。

八月十五中秋节。燕和燕青在家中喝酒。王腊梅在一旁相陪，有意把酒冷一杯热一杯递过去，灌得他俩烂醉。这二人回房歇息去了，王腊梅偷偷溜到后花园，等着与杨衙内厮会。杨衙内来后，两个男女向花园后山处摸去，准备在那边小屋里喝酒取乐。

燕青醉酒后，拿个凉席在后花园石台上躺着乘凉。杨衙内和王腊梅黑夜摸过来，以为燕青是块石头，从身上跳过去。燕青被惊醒，看见这两个男女钻进小屋里，便悄悄走近，用唾液润开窗户纸偷偷往里看。只见这对狗男女又吃又喝又海誓山盟，他急忙回屋告诉了燕和，二人来到后花园捉奸。燕青一脚把门踹开，杨衙内却从吊窗跳出去，逃走了。燕和抓住王腊梅骂："你个小贱人，竟敢躲到这里和奸夫喝酒！"王腊梅却嘴硬："奸夫在哪里？是姓张姓李姓赵姓王？是高是瘦是胖？我是因为天气太热到这里来乘凉，哪里有什么奸夫！我是个拳头上能站人，胳膊上能跑马，不带头巾的男子汉，丁当作响的老婆；今天你们要不把奸夫拿来，你们就是诬陷，我和你们没完！"燕青被这泼妇激怒了，质问她："是谁推开吊窗？是谁揉得你头发乱蓬蓬？是谁捏得你脸蛋子青？你为什么用扇子盖着酒两盅？你为什么用这瓷碗遮住这灯？燕和大哥，留这样的淫妇有何用？还不如一刀要她命！"说着，把自己的刀递给燕和。王腊梅苦苦求饶。燕和哆哆嗦嗦实在不忍下手。燕青着急地说："你杀不得，我替你杀！"王腊梅大声叫喊："有杀人贼呀！"

杨衙内带领众多随从冲进来，把燕青燕和拿住，押送死囚牢。燕青埋怨燕和："都是你优柔寡断，将那美女蛇迷恋，现在反遭她毒手算！"

杨衙内王腊梅得意极了，只等着死囚牢结果了燕青燕和性命，就做成永久夫妻。

燕顺自治好燕青眼病，也上了梁山泊，当了头领。他听说燕和、燕青落入杨衙内、王腊梅毒手，被打入死囚牢，便向宋江请了一个月假，下山解救两位兄弟。

燕青、燕和越狱逃出。杨衙内、王腊梅率领兵卒在后面紧紧追赶。

天黑路险，燕和伤重，燕青肩上还戴着枷，二人实在跑不动，只好分开躲藏。燕和被王腊梅发现，又重新被五花大绑扔在一边。王腊梅、杨衙内又去找燕青。燕青却避开他们，转过来把燕和救下。

燕顺正好走到这里，与燕青、燕和碰在一起。燕青有了卷毛虎做帮手，顿时勇气倍增，决心杀死杨衙内、王腊梅，以解胸中怒气、显半世英豪。

杨衙内、王腊梅没搜寻到燕青，又转回来，准备先把燕和结果掉；谁知正撞上燕青。仇人相见，分外眼红，燕青大吼一声："奸夫淫妇，你们往哪里走！"三下两下便把杨衙内打倒在地，士兵们一哄而散。王腊梅也被燕顺、燕和抓住。燕青将这对狗男女绑在一起，押回山寨。

宋江亲自带领一队人马下山，接应燕青。见燕青等三人平安归来，十分高兴。一面吩咐喽啰，把奸夫淫妇分尸断首；一面叫人杀牛宰羊、摆席布宴，大家喜庆一番。

淮河渡波浪石尤风　临江驿潇湘秋夜雨

　　谏议大夫张天觉，秉性忠直。因得罪权奸，被贬江州。这天，他带着女儿翠鸾、仆人兴儿来到淮河渡口。因是限期到任，张天觉不顾风急浪高，也不曾祭奠河神，便命开船。结果，船行至江心颠覆。

　　翠鸾被人救上岸。张天觉生死不明。

　　翠鸾守在岸边，等待父亲消息。眼见得天色已晚，身上衣服又湿。多亏淮河岸边渔夫崔文远老汉认她做了义女，将她接回家中住下。

　　张天觉也没被淹死。他漂到对岸，因翠鸾一时难找，而上任期限又紧，便决定先去江州，然后再派人打探女儿下落。

　　崔文远自义认了翠鸾，心里十分高兴。这个女儿又懂事又勤快，老汉感到极大的安慰。这天，他没出去打鱼，恰巧侄儿崔甸士来访。

　　崔甸士是个书生，祖居河南，因进京赶考路过此地，特来探望伯父。

　　崔文远看这侄儿是个有文才的，久后必然为官，便有心多管闲事，把义女聘给他。崔甸士一见翠鸾，不由心中赞叹："真是个好女子！"

　　翠鸾一见崔甸士，也惊羡他的聪慧风流。崔文远问崔甸士："俗话说淑女配君子，我要招你为婿，你心下如何？"崔甸士自然高兴，一口应承。只是翠鸾想起自己的父亲"生死茫茫未可求，怎便待通婚媾"，有些不肯。崔老汉一力劝说："姻缘姻缘，事非偶然。你不要耽误了自己。常言道女大不中留，你见哪家女孩儿养老在家的？你就依着我，趁今天良辰吉日，两边行个礼，把婚事定下来吧。"翠鸾无奈，只得答应。行完婚礼，翠鸾对义父说："只怕崔甸士此一去应试，久后会变了心。"崔甸士连忙答："我若是变了心，天不盖，地不载，日月不照临。"翠鸾又说："秀才呀，你去应试，可要经常捎个书信回来。"崔甸士："你放心吧，我知道。"

崔甸士辞别伯父和翠鸾，进京应举。翠鸾千叮咛万嘱咐："你可不能心不应口，背亲忘旧，让我独倚柴门，望断归舟！"

崔甸士参加完考试，被拟为第一名。主考官赵钱进行复试，这家伙是个糊涂官。他叫上崔甸士来问道："你识字吗？"崔甸士："我做秀才，怎能不识字？""那我写个字你认认：东头下笔西头落。是个什么字？""是个一字。"赵钱："认得这样的难字，真不枉中了头名状元。你会联诗吗？""会。"赵钱："河里一只船，岸上八人曳。你联下去。""若还断了绳，八人都吃跌。"赵钱："好好，联得好！再试一首。一个大青碗，盛得饭又满。""相公吃一顿，清晨饱到晚。"赵钱："好秀才，好秀才！有这等学问，简直可以做我的师傅了。"他问崔甸士结婚没有。崔甸士反问："结婚了怎样？没结婚怎样？""结婚了就让你去秦川做知县，没结婚就把我十八岁女儿许配给你。"崔甸士此时心中寻思："伯父家的那个，也不是他亲生的，不知是哪里讨的，我要她做什么？宁可欺骗神仙，不能坐失机会。"于是，回答："小生实未娶妻。"这样，崔甸士便娶了赵考官的女儿，夫妻同去秦川县赴任去了。

三年后，翠鸾打听到崔甸士当了秦川县令，千里迢迢赶到秦川相认。找到崔甸士私宅，翠鸾请门人进去通报一声夫人到了。门人听了，十分惊奇："你这娘子大概是找差了，我家相公早有了夫人了。"翠鸾这才明白崔甸士已变心。但已到了这里，她仍央告门人通报一声。门人刚通报完，赵氏女就要发火。崔甸士假装沉着，安慰她："大概是门人听错了，你等着，我先出去看看。"来到门口，翠鸾迎上去质问："你为何变心，得了官不来娶我？"赵氏女也跟出来，一听此言，大骂崔甸士："好你个精驴禽兽，你说你没媳妇，其实早有一个，真把我气死了！"崔甸士急忙劝告："夫人息怒，这人是我家买的奴婢，她偷了我家的银壶台盏逃跑了，我一向寻她不着，她今天竟自己找来了，岂不是飞蛾扑火自讨死吃。左右，给我把她拿进院子来，狠狠地打！"翠鸾气得嘴唇哆嗦："崔甸士，你该不会忘了自己亲设的誓词，天地不会容你！"崔甸士气急败坏，连连拍着桌子："左右，快给我着实地打！你们若不着实地打，我就让你们一个个去充军。"无情棒雨点般打在翠鸾身上，打得她肉飞筋断，痛彻心肺。崔甸士一不做二不休，又命左右在翠鸾脸上刺下"逃奴"二字，将她发配沙门岛。崔甸士是一心一意要置翠鸾于死地。翠鸾骂道："崔甸士，好你个负心的短命贼！看你那嫡亲的伯父来时，你将如何对质？"

翠鸾被押解走了。崔甸士对赵氏女说："如今秋天阴雨，这逃奴必然棒疮迸发，她是没那活的了。我和你还到后堂饮酒去。"

张天觉在江州为官三年，皇上怜他廉能清正、节操坚刚，加封他为天下提刑廉访使，敕赐势剑金牌，审查贪官污吏，先斩后奏。这日，他带着仆人兴儿重返临江驿，只见江水浩荡，雁过虫吟，思念自己失散的女儿翠鸾，倍加愁苦。又赶上秋雨萧萧，只好在孤馆暂歇。

淋漓骤雨中，翠鸾披枷带锁被押解前行，来到临江驿。想自己本是香闺少女，而今却横遭此祸，不禁悲从中来，大放哭声。解差却在后边催逼："快走！快走！"雨急路滑，翠鸾一跤跌倒。解差却说："千人万人走都不跌，偏你走便跌。我走过去试试，要是真滑，万事皆休，要是不滑，看我不把你两条腿打成四条腿！"结果，他也一下子被滑倒。两人在泥泞中一步一步往前挪，眼见得行人踪迹疏，野水连天暮。解差明白这女子确是冤屈，也愤恨当官的太歹毒，同意找个客店暂住。翠鸾浑身湿透，棒疮痛楚，泪珠儿多如这秋夜雨。

临江驿驿丞听说廉访使大人将到，急忙将馆驿打扫干净，预备迎接。

老汉崔文远要去秦川看望义女和侄儿，途经此处。因天黑雨紧，来到馆驿。驿丞让他在厨房檐下暂歇一宿。

张天觉来到公馆。兴儿嘱咐驿丞："大人鞍马劳顿，准备睡觉。莫让外人大惊小怪，使大人不得安歇。"

解差和翠鸾也来到这里，呼唤驿子开门。驿丞把门打开，告诉他们："现有廉访使大人在此安歇，你们只可在门外呆着，若再吵闹，打折你们的腿！"解差连呼倒霉，脱下湿衣服自己拧干，从袖子里掉出个烧饼来。解差把烧饼递给翠鸾。翠鸾此时是精疲力尽十分倦，创口疼痛浑身颤；喉咙哭破泪水干，接过个凉烧饼不知如何咽。

张天觉正在梦中与孩儿翠鸾诉说当年之事，忽被外面声音惊醒，顿觉景物萧条，精神恍惚，焦愁烦闷。唤过兴儿要打。兴儿要打驿丞，驿丞开门要打解差，解差要打翠鸾。翠鸾哀告："从今后忍气吞声，再不敢嚎啕痛哭。"

张天觉仍是辗转难眠，想自己这白头人孤馆孤独，也不知那青春女何处受苦。更觉风雨凄凉，心烦意乱。唤过兴儿要打。兴儿又责怪驿丞可恶，驿丞又开门要打解差，解差又骂翠鸾："你这愁心泪眼的臭婆娘，怎么老不住的喃喃嘟嘟；还不如离门楼赶前路，别寻个人家住宿。"翠鸾又哀告："且休说这雨淋滴风乱鼓，只我这脚上水泡无其数；好歹避过这潇湘夜，发慈悲您就是俺生身父。"

天色明了，张天觉让兴儿到门外看看，究竟是谁吵了自己这一夜。兴儿把翠鸾和解差押进来。翠鸾认出父亲，张天觉认出女儿。父女相认，不胜悲喜。张天觉问女儿何故披枷带锁。翠鸾诉说了事情经过。张天觉听罢大怒，差人速去秦川县将崔甸士拿来。翠鸾说："若差别人拿他，也出不得我心中这口气！还是我亲自去把他拿来。"

崔甸士正等着解差回来报信。翠鸾带领侍从闯进府门，喝令将其拿下。崔甸士大为惊奇："你们是哪里来的？"侍从告诉他："此是廉访使大人的女儿勾你哩！"翠鸾命人剥去他的衣冠，将他锁起来，像牵死狗一样牵着往外走。崔甸士心中后悔："早知她是廉访使大人的小姐，当初认做夫人多好！"翠鸾又命把赵氏女一并锁了，押着这两个贼男女去见父亲。

张天觉准备写表申报朝廷，问崔甸士一个结交贡官，停妻再娶，纵容泼妇，枉法成招的罪名，判处死刑。

崔文远出来看热闹，一下子认出翠鸾。听说要判处侄儿死刑，便劝义女：“看在老汉面上，饶了他这性命吧！”翠鸾尽管怒火填膺，但也不好违背老恩人情面。崔甸士也在那里苦苦哀求。翠鸾只得把义父介绍给父亲，并请父亲把崔甸士饶了。崔老汉向张天觉求道：“侄儿崔甸士已经知罪，他情愿休了现在这媳妇，与翠鸾重做夫妻。”张天觉征求女儿意见，翠鸾说：“这是孩儿终身大事，孩儿也曾认真想过，要是杀了崔甸士，难道我还要再嫁一个吗？唉！只把他那贱女人脸上刺下泼妇二字，打作丫鬟，服侍我算了。”张天觉同意，命左右将崔甸士押过来，教训一番，饶免死罪。将崔老汉接至府中，赡养到老。将赵氏女饶免刺字，贬做侍妾。

一场风波过去，崔甸士喜滋滋设宴庆贺。翠鸾感慨万千：“前一刻，险些儿进了森罗殿；此一时，背飞鸟又扭回成交颈鸳。并非俺只记欢娱不记冤，到底是女孩儿的心肠十分地软。”

郑元和风雪卑田院　李亚仙花酒曲江池

　　洛阳府尹郑公弼命仆人张千收拾琴剑书籍，服侍大公子郑元和进京应举。郑元和二十一岁，很有些才学，临行作诗一首："万丈龙门则一跳，青霄有路终须到。去时荷叶小如钱，回来必定莲花落。"郑公弼说："前两句还有些气概，后两句不怎么样。"又鼓励孩子自去努力，莫因循懒惰。元和答应，拜辞父亲上路远行。

　　三月三，曲江池边好景致。赵大户安排下酒宴，又让刘桃花请她义姐李亚仙来一块儿赏春。

　　李亚仙是城中名妓，很为刘桃花嫁了赵大户这样的粗笨之人惋惜。

　　郑元和也带了张千来此游玩。一眼看见李亚仙，顿时呆了，手中的马鞭也掉下来，张千给他拾起来，他又掉下，再给他拾起，他又掉下，口中只是赞叹："好女子，好女子！"李亚仙也看见了郑元和，有心结识，便让赵大户将他请来一块儿喝酒。赵大户和郑元和也是朋友，自然一请就到。四人边饮边谈，甚是随便。郑元和请赵大户问一问李亚仙，想在她家使些钱，和她相伴一段时间，不知她心下如何。李亚仙说："我没什么，只是我那母亲很厉害。"郑元和："她厉害，我多给她些钱就是了。"李亚仙："恐怕用不了几天，她就能把你榨成一个穷光蛋。"郑元和："我不会搞到那种地步，况且能和姐姐相伴，就是倾囊相赠我也绝不怠慢！"说罢，让李亚仙上了自己的马，送她回家。

郑公弼自送元和上朝取应，不觉两年过去，功名成否尚在其次，只是一直不捎个信来，实在让人牵挂。正在放心不下，张千回来诉说："大公子没进取功名，而是和一个妓女为伴，把钱都花光了，被鸨母赶出来，现在只能靠给人家送殡、唱挽歌维持，您快支些银子，把他接回来吧。"郑公弼一听大怒，命张千备马，自己要亲自进京一趟。

李亚仙自郑元和被母亲撵走，茶不思饭不想，深恨母亲太狠毒。这天，鸨母听说一家大户出殡，郑元和必然夹在那里讨饭吃，便将李亚仙骗到看街楼上，想让她目睹郑元和穷相，今后不再理他，谁知反遭李亚仙抢白："他弄得这步田地，不都是被你害的！"

郑公弼来到京城，见儿子果然正摇着铃儿唱挽歌，顿时气极，命张千去打，张千不敢，他便要过板子亲自去打。骂一声"辱子"，张千接口："休说褥子，破席头也没一块了。"几下子竟把郑元和打倒，再喊"元和"，没了声息。张千过去一摸鼻子，哎呀一声："死都死了，怎么元和？"郑公弼道："既然死了，你就把他尸体扔到千人坑去吧。留着这辱门败户的孽种，还不如无儿一世孤的好。"

赵大户此时也变穷，见郑元和被他父亲打死，急忙去给李亚仙送信。李亚仙赶来，也不怕旁人耻笑，掬些车辙里的雨水灌到郑元和嘴里，又给他擦洗掉脸上的血迹，郑元和竟慢慢苏醒过来。鸨母此时赶来，将李亚仙恶狠狠地拖回家去。郑元和一面养伤，一面仍得沿街讨吃。

到了冬天，纷纷扬扬下着大雪。李亚仙想："似这样天气，郑元和可怎么受得了！"便叫梅香去把他找来。郑元和与赵大户此时果然正缩做一团。梅香见到他俩，把他俩引至家中。李亚仙让他们喝酒御寒，又让赵大户守在门口，若母亲来了，咳嗽为号。

鸨母真来了，赵大户连声咳嗽。鸨母进屋，见郑元和在这里，十分气恼，问李亚仙："这样的锦绣帏、翡翠屏也能留得叫花子睡得！你这小贱人，不快给我把他赶出去我就打死你！"李亚仙不肯："你要把他赶离后院，我就去哭倒长城！"

赵大户还在一旁咳嗽，鸨母正好在他身上撒气，连骂带打把他赶走。

鸨母又要赶打郑元和，李亚仙用身体护住。鸨母劝她："像咱们这样的人家，吃的穿的哪件不要钱使？哪能白白养活着他呀！"李亚仙回答："这郑元和原来带着很多钱财，全都用在咱们家了，咱们要是昧心欺人，神明也不保佑。您今年也已六十岁，我愿将身边积攒的钱全都给你，足够你二十年衣食之用，以此赎出我的身子，与元和另寻房屋居住。"李亚仙说完，竟自拥着郑元和走了。鸨母心中奇怪："怎么偏愿意和这臭稀稀的叫花子做伴，难道是爱他唱挽歌唱得好？"

新任洛阳县令要来参拜府尹，郑公弼接见，一瞧新县令长相，大惊，问道："你不是我的孩儿郑元和吗？"新县令说："怎么这么讨便宜？我哪里是你孩儿！"言罢，骑马走了。郑公弼仍是狐疑，要过新县令档案一看，明明正是自己的儿子。郑公弼心想："准是因为我痛打他一顿，他认为父子恩情都已断绝，故此不肯相认。"又看那档案上写的妻子李氏。郑公弼心想："准是元和孩儿醒转之后，被那妓女李亚仙收留回去，劝他读书，成其功名。如此看来，这儿媳定是贤惠的了。我只要去求她，定能劝元和认我。"于是命张千备马，自己要亲往新县官私宅走一遭。

郑元和跟李亚仙商量："小官若非你拯救，早已成了朽木死灰。如今咱们夫妻完美，不能忘了昔日艰难，我想舍些钱财，周济穷人，你看如何？"李亚仙十分支持。

要饭的都来讨钱。赵大户来了，郑李二人格外照顾，给了五千钱。鸨母来了，只见她发似丝窝，眼似胶锅，伸着手掌，乞钱一个。李亚仙大为奇怪，一问，才知道是因为一把天火，把鸨母的家财全烧光了。李亚仙说："这也是因为你只顾赚钱毒计多，终被天公生折磨。"郑元和看在她允许夫人赎身的份儿上，准备给她另置一所小宅，赡养她终身。可这老婆子得鼻子上脸，竟劝亚仙趁青春年少，仍跟她去卖笑觅钱，被衙役们呵斥着轰走了。

郑公弼来到，命人通报。李亚仙听说，急忙出至门口，跪地迎接。郑公弼对她说明来意。李亚仙问丈夫："为何不认爹爹？"郑元和回答："我听说父子之亲，出自天性。子虽不孝，当父亲的也不会失去顾盼之情，所谓'虎毒不食子也'正是这个道理。可我这父亲，将我活活打死，又弃尸荒野，全无一点休戚相关之意。唉！他竟如此忍心！想我这身体，既是他生的，又是他杀的，我现在活着，全托天地保佑，全是夫人的恩德，和他没有丝毫关系。我们父子恩义已绝，请夫人不要再劝了。"李亚仙说："你那时被打死，我也本想以死相谢。之所以苟活下来，就盼你成就功名，扬眉吐气。今天，你终于一举登科，我也成了夫人县君。可你却不认自己的父亲祖宗，天下人都会说你有逆天之罪、背父之名，而且会把这罪名归咎到我身上，说你生为逆子，是因为一个烟花女子；死为辱子，还是因为一个泼贱妓女。我与其把你的名声玷污，还不如自寻一死。"说着，拔出压衣的裙刀就要自尽。郑元和慌忙把刀夺下，言道："夫人怎么这样性急，我认下父亲不就是了。"这样，父子又得周全，夫妻又得圆满。

这正是：郑元和风流学生，李亚仙绝代婵娟；曲江池前偶相逢，留下莲花落乐府传。

伍子胥一战入郢　楚昭公疏者下船

吴王姬光征伐越国时曾得欧冶子监制的三口宝剑：一叫鱼肠，二叫纯钩，三叫湛卢。这稀世之宝一直在库中收藏。可忽然湛卢剑不见了，后来听说飞入楚国，被楚昭公得到。吴王多次派遣使者，想以重金将剑换回，可楚昭公不肯付还。于是，吴王把大将孙武子、相国伍子胥、太宰伯嚭唤来商议。决定先派人去下战书，然后以孙武子为军师、伍子胥为元帅、伯嚭为先锋，统四十万雄兵攻打楚国。

楚昭公的弟弟芈旋曾劝哥哥把湛卢剑还给吴王，楚昭公不肯，认为这剑是睡觉时飞进寝室，天使其然，既到楚国，岂能再还。

吴国下战书的使臣到了。楚王一看战书，很是惊恐，他深知伍子胥厉害，只怕难找对手去应战。芈旋提醒他："兵来将挡，水来土掩，何不把司马子期、将军子常、上卿申包胥请来商议。"

申包胥来到，分析了两军情况，认为楚军只宜深沟高垒，坚守城池，切不可与吴兵交战。自己愿去秦国借兵，到那时内外夹攻，方能取胜。楚昭公问他："此去借兵，何时能回？"申包胥："只要一个月就可回来。"楚昭公说："秦王可能对你很傲慢，不轻易发兵，若是这样，你可千万别发火儿；只要借得兵来，就是你奇功一件。"申包胥道："我定会借得秦兵。"又叮嘱芈旋："我走之后，你们万不可相信费无忌的话，让他出城和伍子胥厮杀，那将误了大事！"芈旋答应，叹道："这真是家贫显孝子，国难识忠臣。"

楚国命费无忌为帅。这费无忌是个奸臣，伍子胥的父兄就是被他杀害的，伍子胥就是被他逼出楚国逃到吴国的。

吴国伍子胥、孙武子、伯嚭带领兵将杀至郢城。大小三军，摆开阵势。

楚昭公、芈旋、费无忌率兵与吴军对阵。费无忌逞能，要与伍子胥厮杀决战，楚昭公、芈旋站在点将台上观敌，只见伍子胥两鬓苍苍铁甲抖，暮景萧萧雄赳赳。

费无忌、伍子胥互通名姓后杀在一处。费无忌根本不是伍子胥对手，只一两个回合便挨了一枪，拨马逃命。伍子胥在后面紧追不舍，终于将这老家伙生擒活捉。伍子胥又指挥军队向前冲杀。楚军大败，楚王在芈旋保护下逃得残生；只盼着申包胥能快点儿借来援兵。

楚昭公携带妻子、儿子和弟弟芈旋逃至汉江。后面追兵将至，前边江水泛涨，正无计可施，见一艄公撑一小船，急忙唤过来。那艄公却借故船儿小，不肯载渡。芈旋对他说：“你不认得他？他就是俺哥哥楚昭公，被吴兵追赶至近，你要是肯把我们渡过河去，楚国平定以后，把你官封三品，赏赐千金。”艄公这才让他们上船。

船到江心，风起浪涌，小船飘摇，水往里灌。艄公说：“只有请一人下水，才能减轻分量，救这一船人性命。”究竟让谁下去呢？芈旋叫声哥哥，要自己下去。昭公紧揪住他的衣服；夫人明白丈夫的意思是让她下，可又舍不得抛下幼小的孩子。艄公一再急催。夫人只好嘱咐丈夫看护好孩儿，便一头扎进波涛中。下去一人，船轻些，可风浪越来越大。艄公又提出：“再请一个下水去。”昭公又让自己的孩子投了江。

这母子二人都被龙神派鬼力救上岸去。

夫人孩子刚跳下水去，风浪也就平息了。安稳下来，昭公兄弟格外伤感。

船渡过江，昭公兄弟上岸。芈旋赏过艄公，嘱咐他非楚国人莫渡，然后，惶惶如漏网之鱼，向前奔逃。路有两条，走大路害怕撞见伍子胥大队人马，走小路担心碰上孙武子的伏兵。于是兄弟二人决定分开走，再到前边会合。想的是会合，其实吉凶难测。二人频频回首，哭一声行一步，提心吊胆分了手。

申包胥到秦国借兵，未得允许，回到驿亭，依墙而哭，七天七夜不绝，竟将驿亭哭倒。秦昭公听到这个情况，很是感动，召来百里奚商议此事。百里奚认为伍子胥深入敌境，兵老将骄，是可以不战而破的。而打败吴兵，扶助楚国，正是秦国取威称霸的机会。于是秦王把申包胥唤来，告诉他同意借兵，秦国以姬辇为帅，带领十万雄兵直奔楚国。

伍子胥和申包胥本是至交，二人早有盟誓，一个要覆楚，一个要复楚。而今伍子胥见申包胥借来秦兵，也就不战自退了。

楚国转安，楚昭公回到京城，坐在宝殿上，召见申包胥，褒奖他为国家立下一件奇功。欢喜之间，猛然想起渡江时的情景，思念亲人不胜悲，掩面流涕心绞痛。

正这时，芈旋避完难回到都城，兄弟相见，恍如隔世。楚昭公令人准备好酒果，为弟弟拂尘，可芈旋想起嫂嫂、侄儿，一口酒也喝不下。楚昭公对他说："嫂嫂还有。"芈旋信以为真，请出来一看，原来是继室。昭公说："妻子没了，可以再娶，孩子没了，可以再生；而你若是没了啊，我哪里再找个同胞弟兄！"这兄弟俩正互相劝慰，夫人带着孩子也回来了。楚昭公一见，真像做梦一样，急忙问："你们母子从什么地方来的？"夫人说："投江之后，料定必死，谁知水中金光闪烁、冷气逼人，一位神将把我救到岸上；不一会儿，孩子也从江中爬上来；我们母子又被神将投到一个申屠氏家中，一直住到现在。"芈旋说："这都是因为哥哥舍妻子、重孝悌，感动了神龙，保护了善人。"

秦国特使百里奚求见，楚昭公急忙请进来，对他促成秦王借兵救援表示极大谢意。百里奚说："救灾助邻，乃是常理，何足为谢。小官此来，不为别事，而是奉主人之命，想把金枝公主嫁与大王的小公子，两国永远交好。"楚国君臣听了，自然认为这是一件天大的喜事，于是在大殿之上摆下丰盛的宴席，隆重款待百里奚。

❖ 刘君锡 ❖

灵兆女点化丹霞师　庞居士误放来生债

　　襄阳人李孝先家境贫窘，向庞居士借了两个银子做买卖，谁知买卖不成，本利双折。回家路过县衙，见门口有十多个人因还不起债被吊打追逼，想到自己也是无钱还债的，若庞居士告到官府，必然也要受此苦刑，因此忧惧成疾，一卧不起。

　　庞居士一家四口都信佛，这天，他听说李孝先病得要死，便带了仆人来探望。等李孝先说出了得病的根由，他心中暗想："自己原是想做善事，谁知反倒做了冤业。"便让仆人把李孝先的借债文书拿过来，当场撕毁烧掉，又白白送给李孝先两个银子。李孝先激动之余，心情放松，病也好了，连声道："小生今生今世报答不完您，等来生来世变驴变马也要填还您这深恩。"

　　庞居士由此事受到启发，回到家中，让仆人把远年近岁借给人钱的文书都抬出来，连柜子一块儿烧毁。庞婆问他："这是为何？"他说："我自有主意。"

　　上界增福神曾信实，看见下方烟焰直冲九霄，不知庞居士是何缘故，奉玉帝圣旨，按落云头化作一白衣秀士，来到襄阳探问究竟。他问庞居士："圣人曾说，富贵人之所欲，贫贱人之所恶，难道居士另是一付肚肠，和世人不同吗？"庞居士向他讲了自己对钱的认识："钱这东西也养身也丧身，为了它，不知丧了多少人，倒不如将它送与贫家施舍尽，做一个种果收因。"增福神听完，很是赞赏："居士这等疏财仗义，高才大德！今日相别，后会有期。"庞居士见这书生要走，准备送他一饼金和一匹全副鞍辔的马。增福神哪里肯受，约好二十年之后，再与庞居士相会。

天色晚了，庞居士到后院烧香念佛，听见磨房中长工唱曲，以为他心中必然快活。谁知那长工诉苦道："我一天忙到晚，干不完的活儿，拣麦、簸麦、淘麦、晒麦、磨面、打罗、洗麸……哪里有心思唱歌？哼个小曲，是怕自己睡着了，误了工程。"庞居士听完，吃了一惊，过去一看，果然那长工两个眼都用草棍儿支撑着，恐怕打盹儿睡着了。庞居士赶紧给他把草棍儿拿下来，并宣布："从今天起，粉房、油房、磨房都给我关闭了，不要再开。"长工急道："如此，我只有离了你家的门儿，不是冻死就是饿死的人了，求您可怜可怜，别关闭吧！"庞居士想了一下，让仆人拿出一锭大银子送给长工，告诉他："这个就中吃中穿。"长工咬了一口，"哎哟"一声把牙硌了。庞居士教他："把银子凿碎了买吃买穿，白天做些买卖，晚上就能睡个好觉了。"长工千恩万谢，叫声"爹"："我昨日瞒着您，做贼偷了您二升麦子。"庞居士也不计较。

长工回家，解开栓门的绳子，进到屋里，从怀中拿出大银子观看，心里说："这个原来就是银子！"天已一更，他躺下睡觉，刚睡着就梦见有人抢他的银子，他急忙往回夺，一下子从炕上跌到地下。摔醒以后，从怀中拿出银子，他想："还是把它放在灶窝里，用灰盖上，就不怕贼抢了。"天已二更，他又上炕睡觉，忽然梦见小房着火，街坊邻居都来泼水抢救，顿时把他吓醒。急忙起身把银子从灶窝里拿出，转移到水缸里。刚躺下睡觉，又梦见大雨倾盆，山水下来，屋里的东西全泡了汤。他吓醒以后，又把银子埋在门槛下边，可刚躺下，又梦见许多人扛着铁锹、锄头来了，扒门槛拆房子。这次被吓醒，已是五更鸡鸣。他恰好折腾一夜不曾睡觉。心想："这也是命中注定，没有这么大的福分，我还是把这大银子还给庞居士去吧。"

庞居士正和老婆、儿子、女儿聊天，长工来还银子。听完长工叙说，庞居士长叹一声，心想："原来这有钱没钱、有福没福真是前世注定的！"只好换个一两的小银子给长工，长工还觉太大，不敢要，只要了一钱银子，心安理得地去了。

庞居士又到后宅烧香念佛，忽听牲口槽边有驴、马、牛说话的声音，他便凑过去听。驴问："马哥，你为什么来到这里？"马说："我当初少庞居士十五两银子，没法还他；我死之后，就变做马填还他。你为何到这里来？"驴说："我当初欠庞居士十两银子，死后变个驴儿来给他拉车拽磨。"再问牛，也是如此说。庞居士听完大惊，心想："这真是弄巧成拙，当初本想做些善事，怎么却成了放来生债？"

庞居士急忙将老婆、儿子、女儿叫出，向他们说知此事。庞婆也很惊讶："谁想真有这样的因果报应。"庞居士下了决心，命仆人把所有家私文书都搬运出来，全部烧掉，再也不放给别人。庞婆阻拦他，他却不听，说："你也是信佛的人，应知道乐有余便是一世清闲，一世清闲便是我平生愿。"庞婆还是劝他："咱俩已这么大年纪，孩儿们却还小呢，他们久后长大成人，也需要些钱物使用，你还是别烧了吧。"庞居士听完，反倒气恼起来，命人抬过一柜金一柜银一柜珠子，放在老婆面前说："你们娘儿们就每天守着、瞅着这些财宝吧，不许离开半步，等死的时候也把它们带走！"庞婆辩解道："挣成这样大的家业，也不是一天两天，现在一下子把它们扔掉，实在可惜，留一些给后代儿孙受用，有什么不好？"庞居士说："依着你的想法，我现在做财主，又让儿女做财主，儿女的孩子又要做财主，咱家祖祖辈辈做财主！可我问你，那穷汉该让谁去做？"庞婆无言以对。庞居士把奴仆叫来，每人给二十两银子，让他们各自还家；又将牛羊牲畜脖子上挂面小牌，上写庞居士释放，不许人收留，让它们去有水草的地方，任其生死；又打算把家中金银宝贝、玉器玩好用一百只小船运到十只大海船上，明天把这十只大船沉进东海。庞婆还是一再劝说："留些钱物给孩儿们使用吧。"庞居士告诉她："儿孙自有儿孙福，我要散尽家财、义无反顾！"

龙神听说庞居士将来东海沉宝，命令巡海夜叉做好准备，把庞居士船只托住，不使下沉。

庞居士带了庞婆、女儿灵兆、儿子凤毛来到海岸。海岸上看沉船的人挤挤攘攘。

海上风浪越来越急，可是船只越漂越高，庞居士命人将那大船船底凿出十来个碗大的窟窿，可那船仍旧不沉，众人大是奇怪。庞居士心里说："这正所谓虚飘飘世上的浮财。"他带领妻儿老小一齐跪在岸口，虔心祷告上苍："若船只不沉，就一直跪到海门开。"

上帝见他的确虔诚，便传命龙王，把庞居士的家财都收入龙宫。一时间风起浪涌，龙王现出本相，唬得人魂飞魄散。等睁眼再看，钱物都沉进海里。庞婆此时问道："钱都没了，咱们一家四口拿什么做盘缠回家呀？"庞居士回答："我还有一桩手艺，过去瞒着你们；我会编笊篱，明天让儿子凤毛去砍竹子，我一天编它十把；再让女儿灵兆拿去卖了，还不够咱们一家人吃粥吗？"庞婆说："这真是大缸里打翻了油，沿路儿拾芝麻。"

襄阳云岩寺长老丹霞禅师见庞居士女儿灵兆生得美丽，因此，只要是她卖不出去的笊篱，这和尚都买下来，不知不觉已经买下了三屋子笊篱。

这天灵兆又有十把笊篱没卖出去，只好来到云岩寺门口。禅师见了，问道："我有心要买下来，可身上没带钱，你肯跟我到方丈中去取吗？"灵兆说："师父，你是出家人，怕什么，我跟你去。"谁知到了方丈，禅师有意调戏道："老和尚合掌当胸，小娘子自去分解。"灵兆对答："你让那经为枕，比丘取乐；佛铺地，袈裟蒙盖；我就和你共同欢爱。"老和尚不敢。灵兆打禅师头说："掌拍处六根清净，这笊篱打捞苦海。"禅师大悟。等灵兆走后，心想："若不是她真言点化，我险些堕入阿鼻地狱。可她一把笊篱没卖，回家如何交代，我把这一百文钱丢在路边，让吾师捡去吧。"灵兆见到这一百文钱，有些为难，捡起来吧，又怕别人说昧心贪财；不捡起来吧，家中又等钱买米。灵兆便把十把笊篱放在道边，又把一百文钱捡起来，算是以物换钱。

灵兆回到家里，将此事说与父亲，父亲很是夸奖。

正这时，青衣童子奉玉帝旨意请他们一家人上天。眨眼间，再回首，已是沧海变桑田。

他们来到一座半开半掩的石洞门前,庞居士有些踌躇,而庞婆带着孩子们在前边顺利过去了。庞居士这才明白:"原来这婆婆从前也是瞒着自己多行善事,早已心坚石穿。"

过了石洞门,有注禄神来迎,这注禄神正是生前欠庞居士银子的李孝先。接着,又有增福神来访,祝贺庞居士今日功成行满,证果朝元。这增福神正是二十年前化做白衣秀士下界的曾信实,而今,果然又再次相见了。增福神告诉庞居士及其家人:"现在,你们是出世超凡,四圣归天,庞居士乃是上界宾陀罗尊者,庞婆乃是上界执幡罗刹女,凤毛是善才童子,灵兆最杰出,乃是南海普陀洛伽山七珍八宝寺自在观音菩萨。"

庞居士感叹道:我劝你人世官员,多行好事,莫恋浮钱,必定也能一个个得道成仙。

❖ 张国宾 ❖

徐茂公比射辕门　薛仁贵荣归故里

薛仁贵本是绛州龙门镇大黄庄人氏，不喜务农，每日只爱刺枪弄棒、演习武艺，怀有佩印封侯之志。这天在河边射雁玩耍，听说绛州贴出黄榜，招募义军好汉，他便有心去投军立功，赶紧回家禀告父母。

其父薛大伯听说儿子要去投军，不大同意，劝阻道："孩儿呀，你看你爹妈两口儿，眼睛一对，臂膊一双，都指望着你呢。你若投军去了，俺两口儿偌大年纪，倘若有个好歹，可让谁来侍养？"其母李氏也劝儿子听父亲的话，还是不去的好。可薛仁贵一心要去，对父母说："每天晨昏奉养，守在身边，不足为孝，当今国家用人之际，杀敌保国、立身扬名、荣耀父母，这才是自古大孝。孩儿今年二十二岁，练成十八般武艺，智勇双全，哪能只守着这茅檐草舍，甘当庄农？岂不白糟践了一身本事？"父母见他执意要去，也只得同意，给他收拾银两盘缠，叮嘱他路上小心，得官不得官都要常常给家中写信，免得老人忧虑。其妻柳氏恋恋难舍，一直送出柴门；薛仁贵劝她回去，不必再送，叫声："大嫂，二老双亲全靠你侍奉了。"

高丽国王倚仗本国地势险隘、易守难攻，又新得一员大将葛苏文，有万夫不当之勇，因此根本不把唐朝放在眼里。又听说大唐死了秦琼，老了敬德，没什么英雄，便有意挑衅。叫来葛苏文，封他为摩利支，拨给他十万人马，直至鸭绿江白额坡前下寨，又写下战表，向大唐名将挑战："若杀过我葛苏文，我高丽国情愿年年向大唐进贡称臣；若杀不过我葛苏文，那么你这大唐就要反过来，年年向我高丽进贡称臣。"

大唐军师英国公徐茂公在元帅府论功升赏。葛苏文已被打败，高丽兵已被杀退，出马立此大功的是一位白袍将军，他三箭定了天山。可这功劳又有二人申报：一个是总管张士贵，一个是小将薛仁贵。究竟是谁呢？圣上命他审问虚实。

总管张士贵来到辕门请见，徐茂公让他进来，问道："当时三箭定了天山、大败葛苏文，究竟是谁的功劳？"张士贵浑赖道："都是我张士贵的功劳，除了我老张，还有哪个！"徐茂公说："可有人说是一位白袍小将薛仁贵哩。"张士贵说："那一天是我穿的白袍。"徐茂公不信，命人将薛仁贵唤来。薛仁贵回话："我自投了义军，跟随总管前往高丽，先后立有五十四件大功，都被张士贵赖去。今日不是军师亲自动问，我也不敢说出，求军师为我做主。"徐茂公又请当时的监军杜如晦来作证。杜如晦任兵部尚书、蔡国公之职，来到帅府，为薛仁贵作证："我亲眼所见是薛仁贵的功劳。"张士贵气急败坏："我是总管，薛仁贵不过是个马前卒；我是个骑得劣马、拽得硬弓、吃得冷饭、嚼得大葱的铁铮铮的汉子，薛仁贵走到高丽地面就生了一身疥疮，每日就是挠痒痒；我文通三略、武解六韬，一肚子兵书战策，薛仁贵就会扑蚂蚱、摸螃蟹、掏蛐蛐，根本不懂打仗；我看还是把他轰出军营，赶回家乡，让他依旧种田去算了。"

被他这一闹，徐茂公倒有了好主意："何不让他二人当场比试一下武艺？"于是命人在百步之外放下箭垛，上面安一文金钱，张士贵、薛仁贵每人射上三箭，射中金钱的加官赐赏，射不中的罢职受责。张士贵心中发毛，一面不住嘴地嘟囔埋怨，一面让薛仁贵先去射个试试。

薛仁贵三箭都射中金钱。轮到张士贵，张士贵让卒子把箭垛挪近七八十步，卒子说："太近了。"张士贵道："就是再近些，我若能射中就是你的儿子！"果然，三箭没一箭射中。张士贵说："如何？我早就说射不着吧！"徐茂公命人将他拿下，轰出辕门，削职为民。

薛仁贵被皇上加封为天下兵马大元帅。徐茂公设宴款待。薛仁贵酒醉睡去，梦中想念自己的父母妻子。

薛母自仁贵投军走后，天天思念哭啼。十年过去，音信皆无。忽然这天有人敲门，开门一看，原来是儿子回来了。见到儿子，薛母悲喜交加，急忙呼唤丈夫："薛大伯，薛大伯，快来看呀！"薛大伯回家来，见到儿子，举起拐杖就打，说是："打你个不孝儿，把我们老两口抛闪得好苦哇。"薛母急忙拦住。薛仁贵也急忙解释："自古忠孝不能两全，如今您孩儿不是明明白白回来了吗？"薛大伯转怒生悲："想不到你二十二岁投军去，三十三还能回来。当爹娘的等得你筋力衰、鬓发白！"薛仁贵说："父母不知，我这次回来是私自离开边庭，还要赶紧回去呢。"父母一听，急忙当了一对麻鞋，卖了两升荞麦，换钱为儿子置办酒席。谁知正这时张士贵领兵冲上来，说是奉圣旨，因薛仁贵私自还家，不理军事，要拿回京城问罪。士卒上来把薛仁贵用麻绳牢牢捆绑住，推搡出屋门。父母扑上来哀求，被张士贵呵斥打开。又对薛仁贵说："再不老实，立刻把你杀了！"举刀要砍。猛然惊醒，原来是南柯一梦。

　　薛仁贵回想梦中情景，不禁悲伤。徐茂公见状，问他是何原因，薛仁贵将梦叙说一遍，徐茂公听了，答应替他奏明圣上，准他衣锦还乡；并把自己的女儿赐予薛仁贵，让他们夫妻一同返乡省亲。薛仁贵谢过军师大人，带了百两黄金、千瓶御酒，笑吟吟、乐冲冲直奔故乡。

　　寒食节，男女村民上坟扫墓，猛见一队人马风驰电掣跑来，领头儿的是位白袍将军。村民吓得浑身打战，跪在马前磕头如捣蒜。马上的薛仁贵问他们："东庄薛大伯家有个孩子，小名儿薛驴哥，你们可认得？"庄农回答："孩儿我认得他，认得他！俺两个还曾经在一块儿偷瓜、摘梨、拾谷穗；他不喜务农，就爱演习武艺，善使一条方天画戟。"薛仁贵问："他的父母如今什么人侍养？"庄农叹道："那老两口儿年纪高大，孤孤单单，少米无柴，日子过得好苦哇。这薛驴儿投军十年，音信皆无，也不知是在哪个妓院里恋着谁；或者是早死了，真是个不长进的东西！"薛仁贵忍住气，继续问："你现在还能认得那薛驴哥吗？"庄农说："怎么能不认得？我要是见了他，照他那鼻凹子打他五十拳！"薛仁贵听到这儿，怒喝一声：
"你这小子！抬起你那头，睁开你那眼，好好看看，我就是那薛驴哥！"庄
农大惊："早知是您，孩儿我也就不说什么了。"薛仁贵道："你也把我骂
够了！我如今做了天下兵马大元帅，奉圣旨衣锦还乡来了！"庄农急忙奉
承："怪不得您身体将息得如此丰肥，嘴边也长上了胡须，不是和俺一块儿
掏斑鸠、摸蛤蟆时的样子了。"薛仁贵马也不下，耀武扬威赶回家中。

杜如晦奉圣旨通知徐茂公，让他亲自去往绛州龙门镇，给薛仁贵一家
人封官赐赏。

薛母正在柴门外巴望，薛仁贵率领兵卒来到，翻身下马，吓了薛母一
跳。母子相认。薛母急忙叫出薛大伯和柳氏。薛仁贵叫过英国公女儿，让
她拜见公公婆婆，徐小姐上前拜了八拜。薛母说："仁贵孩儿，自你走了这
十年光景，可多亏了你媳妇侍奉俺老两口哇！"薛大伯也禁不住夸赞柳氏。
薛仁贵和徐小姐一起拜谢柳氏。柳氏急忙还礼，并说："我是庶民百姓之
女，你是官宦人家的千金小姐，不要多礼吧！"薛大伯道："从今以后你们
两人也不要分什么前后和大小，只以姊妹相称岂不很好！"一家和和美美，
喜气洋洋。

正这时，徐茂公奉圣旨来，加封薛仁贵为平辽公，食邑十万户；薛父
薛母赏赐黄金百斤；柳氏、徐氏并封为辽国夫人；限期三月，还朝回京。

薛父薛母及柳氏都换好衣冠，薛父叹道："怎想到今日里得这荣华，像
俺这苍颜皓首一庄家，也会紫袍玉带顶乌纱。"与徐茂公重新见礼，设下大
筵席庆贺这人生最喜之事。

❖ 白朴 ❖

李千金月下花前　裴少俊墙头马上

　　唐高宗要修建西御园，命官员们选拣奇花异卉，趁时栽接。工部尚书裴行俭因年高体弱，让儿子裴少俊代自己去洛阳买花栽子。这裴少俊三岁能言，五岁识字，七岁草字如云，十岁吟诗应口，才貌双全，是裴尚书的得意之子。

　　李世杰曾任京兆留守，嫡亲三口儿：夫人张氏；女孩儿小字千金，年方十八，容颜出世。当初李世杰和裴尚书曾商议结为亲家，可后来因为李世杰讽谏武则天，被谪降为洛阳总管，这门亲事也就不再提起了。这日，他因公外出，吩咐孩儿紧守闺门。

　　裴少俊带着仆人张千来到洛阳，正是三月初八，上巳节令，春光明媚，王孙仕女都出来游玩。

　　李千金在梅香劝慰下，来到后花园散心，只见"柳暗青烟密，花残红雨飞"，"榆散青钱乱，梅攒翠豆肥，轻轻风趁蝴蝶队；霏霏雨过蜻蜓戏，融融沙暖鸳鸯睡"。小姐触景生情，很有些孤独伤感，叹道："九十日春光如过隙，怕春归又早春归。"

　　裴少俊骑马与张千边走边看，边看边说："这洛阳真是个花团锦簇之地，这城中名园一座胜过一座，你快看这一所花园，呀，一个好姐姐！"李千金在墙内也正好看见裴少俊，不禁叹道："呀，一个好秀才！"二人四目相对，心中互相赞美。梅香警告李千金："小姐别一个劲儿地盯着那男人了，小心别人看见。"张千也催裴少俊打马快走，不要惹出什么事来。裴少俊哪里肯走，心想："如此佳丽美人，一定认识字，等我写首诗给她，看她什么意思。"于是，要过笔纸，把诗写好，让张千送过去。张千犹豫："这要万一让人撞见，挨顿打可不善。"裴少俊教他："不碍事，要真有人问你，你就说是要买花栽子的。你见到那小姐，就说这诗是我家公子让我转交，如果那小姐喜欢，你就招手叫我；如果遭她抢白，你就摆手，我就赶紧走。"张千依计走过去。事情进展顺利，裴少俊见张千招手叫他，心说："谢天谢地，事情可算有门儿了。"李千金拿过诗来念道："只疑身在武陵游，流水桃花隔岸羞。咫尺刘郎肠已断，为谁含笑倚墙头。"李千金看罢，让梅香拿过纸笔，回诗一首，又央求梅香送去给那公子。梅香假装要去告诉老夫人，可把这李小姐吓慌了。李小姐的诗写的是："深闺拘束暂闲游，手捻青梅半掩羞。莫负后园今夜约，月移初上柳梢头。"裴少俊读完，心中狂喜。梅香叮嘱他："今夜之约，休得失信。"裴少俊问张千："我打那里进去？"张千告诉他："跳墙进去呗！"梅香转身告诉了李小姐。裴李二人只等着早赴佳期，成就这墙头马上。

天色已晚，李老夫人因身体疲倦，早早歇息了。

裴少俊来到后花园墙下赴约。

李小姐更是坐立不安，怕母亲不睡碍了大事；怕那人不来赴约；怕那人找不着门径。好不容易等到申时，便催梅香去外面接那人去，梅香说："这里是线似的一条直路，还怕那人迷了道儿？"小姐仍不放心："你别看道儿直，可也是侯门深似海。"梅香说："好吧，我就去，那人来了，我就叫你。"小姐道："哪能叫我！这又不是秦楼妓院，你难道不明白，这事儿得担着多少风险！"梅香说："这可真是难办，慢也不是，快也不是，到底该如何是好呢？"小姐道："你得轻分翠竹，款步青苔，别惊起庭鸦邻犬，怕的是院公来。"梅香点上灯，到院墙那边等人。

裴少俊嘱咐张千在墙外等着，自己跳过墙去。梅香把他引进屋里，对小姐说："姐夫来了，你两个说话，我到门口去看着。"

裴少俊施礼道："小生是个穷书生，小姐不弃，我杀身难报！"李千金："你可别负了心！"二人脱衣解带，成就好事。

正这时，有个老奶妈走过来，梅香急喊："小姐快吹灭了灯！"奶妈说："吹灭灯有什么用，我早在窗外听了半天了！"裴少俊和李千金急忙跪下哀求，李千金说："这事是我做下来的，没脸再见爹娘，求奶奶你可怜可怜，放我们两个私逃了吧。"奶妈道："你这未出嫁的闺女，身子给了别人，还要随这汉子逃走，这汉子是谁家的？"裴少俊说："我是个客寄书生，奉官差来洛阳买花栽子的。"奶妈道："他是个外地人，准是梅香这小奴才勾引来的。"李千金说："您不要冤枉梅香，这事要怪都怪他这马上客，怪我这墙头女，怪春情使我二人眉来眼去。"奶妈要拖裴少俊去见官，裴少俊索性浑赖道："是你要了我买花栽子的钱，教梅香把我唤来的，见官就见官！"李千金这时也解下裙刀，对奶妈子说："你再逼得紧，我就自伤残害，然后就全赖在你身上！"梅香也在旁边助威："对，我去作证，就说是你要了这秀才的银子，又让我把他叫进来的！"奶妈此时真被唬住了，心想："这三人通同一气，我是拾的孩儿落得摔，非被赖成致命图财不可；况且亲的就是亲的，若小姐父母变了心，我可不枉送了一条老命。干脆，或者放秀才走，让他去求官，将来再娶；或者今夜放他两个都走，等秀才得了官再来认亲。"商量之后，小姐说："还是今夜走的好。"可又想起母亲年高，难能割舍。奶妈倒劝她："夫人处有我照料，你自管放心去吧。"

七年过去。裴尚书多出差在外，很少在家，只见儿子每天在后花园看书，说是只等功名成就才娶妻室。儿子胸怀大志，当爹的自然高兴。这天是清明节，裴尚书让夫人、少俊去替自己祭祖上坟。

裴少俊带着李千金逃回长安，至今已有一儿一女，男孩儿端端六岁，女孩儿重阳四岁，母子三人每天隐藏在后花园，只请一老院公服侍，其余人都不知道。这天，裴少俊要去郊外祭祖，临行叮嘱老院公在意照顾，可别让爹爹撞见。院公满应满许："倚着我呵，万丈水不叫泄漏了一点儿，别说老相公不来，就是他真来了，凭着我这三寸舌、四方口也把他说回去！"

李千金带着儿女在花园中玩耍。老院公扫完地，要了些清明节的酒食，吃饱喝足，昏昏沉沉倚着湖山睡觉。端端打他，老院公醒来，吓了一跳，一看是端端，叫声"小爷爷，快到房里玩去"。又睡着，重阳又打他，老院公醒来，一看是重阳，叫声"小奶奶，你女孩儿家怎么也这么淘气！"又睡着，两个孩子一齐打他。老院公急了，让他们快回书房，否则就去告诉夫人。

　　正这时，裴尚书带着张千来到后花园，一为散心，二为看看儿子做的功课。见老院公睡着了，便过去打醒。老院公以为又是孩子们捣蛋，挥着扫地笤帚，骂着"打你娘"醒来，一见是老相公，吓得不知如何是好。裴尚书又问两个孩子："你们是谁家的？"端端回答："是裴尚书家的。"老院公还要遮掩："谁不知道这是裴尚书家的花园，你们偷折了花，还不快出去！"两个孩子向后面屋里跑去。裴尚书在后面跟着。李千金听见动静，知道要出事，吓得魂飞魄散、肠慌腹热，手忙脚乱想把房门掩，只听裴尚书喝问："屋里是谁家妇人？"老院公急忙说："这妇人也是偷折了花，藏在这里，饶过她，让他们回家去吧。"裴尚书哪里相信，命把他们拿到芙蓉亭审问。李千金此时半死不活，脸上羞、心头怯、喘似雷，哀告道："相公可怜见，妾身是少俊的妻室。"裴尚书问："谁是媒人？下了多少彩礼？谁主的婚？"李千金回答不出。裴尚书又问："这两个孩子是谁家的？"老院公过来赔笑："您老人家不该发怒，应该欢喜才是，您不曾花一分钱就得了这么个如花似玉的媳妇儿和一双好儿女，真应该做个大筵席庆贺一番，老汉我去买羊，大嫂请回书房去吧。"裴尚书大怒："这女人一定是娼妓之流！"李千金申辩："妾是官宦人家，不是下贱之人！"裴尚书喝道："胡说！一个女人共人淫奔，这是逢赦不赦的大罪，要是把你送到官府，看不打下你下半截儿来！"李千金说："人心非铁，况且这也并不是风尘烟月。"裴尚书命张千拷打院公说出实情。张千说："对，这老家伙惯会勾大引小。"老院公此时又气又急说道："七年前，少爷去洛阳买花栽子，是张千这小子搬大引小，让少爷把这女人叼来的！"裴尚书一听，说道："是了，原来这混蛋也知情！"又命人把夫人和少俊找来，对夫人骂道："你和少俊通同作弊，乱我家法！"夫人说："这事我可是一点也不知道！"裴尚书又骂儿子："原来这就是你七年来做下的功课！我把你们都送到官府去！"裴少俊吓坏了，嗫嚅道："孩儿是卿相之子，怎好为一妇人吃官司受凌辱，情愿写给她一纸休书，求父亲宽恕。"裴尚书又骂李千金："都因为你个淫妇，耽误了我儿前程，辱没了我家上祖，你说是官宦人家，怎么还与人私奔，女嫁三夫，伤风败俗！"李千金说："我就只嫁裴少俊一人！这姻缘也是天赐的！"裴尚书说："好，既是天赐的，那你把这玉簪在石头上磨得跟针一样细，磨得成便是夫妻，磨不成你就回家去！"说着，从夫人手里要过一根玉簪交给李千金。丈夫如此地稀泥软蛋，公公如此地乖劣凶顽，婆婆如此地恶语冷言，李千金此时真是愁万缕、闷千叠、心似醉、意如呆、眼似瞎、手如瘸，尽管是轻拿慢捻，仍然把玉簪断做三截。裴尚书为示宽大，又给她一次机会，让她用游丝系住银壶，到井中汲水，"游丝不断便是夫妻，游丝断了，便回家去！"这分明是陷人坑、千丈穴，让人水底捞明月。李千金这次又失败了。裴尚书分外得意："既然是壶坠簪折，可见是天意让你夫妻分离，快写一纸休书，轰这女人回家！少俊你今天就收拾琴剑书箱，给我去上朝求官应举！这一儿一女就留在我家！"

李千金如梦惊醒，哭哭啼啼离别了一双儿女。裴少俊借着上朝取应，瞒着父亲，悄悄把李千金送回家。李千金哀怨地说："少俊呵，我为你干驾了七年的香车，你却一早晨把我这没气性的文君断送了！"

李千金回到洛阳，父母双亡。遗下庄田宅舍，依旧享用富贵，只是想念撇下的一双儿女，又不知少俊情况，因此时时伤感。

少俊上朝取应，一举状元及第，被授洛阳县尹。这天换了衣服，来找李千金重续旧情。迎门碰上梅香，问小姐是否在家。梅香假做不知："你这汉子，不识时务，这里有什么小姐！"说罢，梅香转身进门，告诉李千金："姐夫在门口，你该高兴了！"李千金不信，梅香说："我真的没说谎，他依旧穿着那秀才衣服。"李千金想："准是他不曾考取，羞归故里，原来他这写文章的能手只会印手模；读了那么多书只会写休书。"

裴少俊在门口等了半天，不见梅香出来，只好自己进去。拜见李千金，说："小姐别来无恙，我今天还来找你，依旧和你相好，重做夫妻。"李千金说："你这是什么话！不怕我这嫁三夫的败坏了风俗！再说你爹娘毫无子母情，哪里肯怜顾！"裴少俊说："我如今得了官，就在此处为县尹；我父亲也已告老还乡，不当尚书了。"李千金讽刺道："那正好让他掌管着天下的姻缘簿！"裴少俊死乞白赖，说今日就把行李搬过来。李千金严辞拒绝："我这里你可住不得！"裴少俊说："那时是父亲之命，当儿子的哪能不听父亲的话。"李千金道："当父亲的应盼望儿子夫妻和睦，可他个裴尚书竟替儿嫌弃媳妇！"

裴尚书听说儿子得了官，媳妇儿不肯认他，便带着两个孩子和夫人一起来到洛阳，找到李总管家，命人进去通报，裴少俊迎进去。见到李千金，裴尚书求道："儿呀，谁知道你是李世杰的女儿，我们当初曾议过亲的；谁知道你是暗合姻缘，你当时为什么不说呢？我错怪你了，今天特地带着夫人孩子、牵羊担酒向你赔罪来了。"说罢，亲自把盏，请媳妇满饮一杯。老夫人也求："你看我替你拉扯大这两个孩子的面上，就认了俺们吧！"李千金不肯喝酒，说："你们休了我，我断然不认！"两个孩子哭哭啼啼跑过来，李千金搂住他们，啼哭道："哎呀，儿呀，真是把我想死了！"裴尚书见状，说："她既是不认，咱们就带着孩子走吧。"两个孩子不肯走，对母亲说："你若不认，我们两个就死了！"李千金只好说："罢罢罢，认了认了。"又以媳妇之礼，拜见公公婆婆。

欢宴之间，擎壶执盏，李千金一声感慨："呀，我只怕簪折壶坠写休书。"裴尚书连忙解嘲道："孩儿，旧话休提。你当初等我来问亲多好，为啥要瞒着我私奔来家呢？"李千金回答："既有那沽酒当垆卓文君，就有这墙头马上李千金！"

❖白朴❖

安禄山反叛兵戈举　陈玄礼拆散鸾凰侣
杨贵妃晓日荔枝香　唐明皇秋夜**梧桐雨**

幽州节度使张守珪派安禄山率兵征讨契丹，不见回话。

这安禄山本是胡人，后因母改嫁安延偃，才随安姓。因通晓六蕃语言，膂力过人，在张守珪部下任捉生讨击使。这次领兵征讨契丹，自恃勇力深入，结果丧师败北。禀告主帅，张守珪命推出斩首。安禄山大叫："为何要杀壮士！"张守珪也爱惜他有勇力，便决定不杀，解他进京，听候圣上决断。

唐明皇终日由杨贵妃、高力士、杨国忠等人陪伴消遣。这天，正要传旨排宴、命梨园子弟奏乐，丞相张九龄押安禄山进宫请旨。唐明皇一见安禄山便觉得有趣，问他武艺如何，安禄山答："臣左右开弓，十八般武艺无有不会，能通六蕃语言。"唐明皇又问："你如此肥胖，肚里装的都是什么？"安禄山答："只有对您的赤心。"唐明皇一听，传旨此人不可杀，留下来做个白衣将领。张九龄奏道："陛下，此人有异相，留他必有后患。"唐明皇不信，命左右放了安禄山。安禄山谢圣上不杀之恩，跳起胡旋舞来。杨贵妃看着十分好玩儿，说："留下他解闷倒好。"唐明皇道："贵妃，就把他给你做干儿子，你领走吧。"

张九龄私下对杨国忠说："国舅，这人留下来，他日必乱我大唐。"杨国忠道："来日再奏，务要将他除去为妙。"

这时后宫传来一片喧笑声，有宫娥奏明圣上，说是贵妃娘娘正给安禄山做洗儿会呢。唐明皇说："既做洗儿会，取金钱百文，赐给他做贺礼；再把他传来，朕封他官职。"接着就要封安禄山为平章政事。杨国忠连忙启奏："不可不可，他本是个失律边将，例当处斩，陛下免其死罪已够了，有何功勋加封平章政事？况且胡人狼子野心，不可留居左右。"张九龄也说："杨国忠之言，陛下不可不听。"于是，唐明皇改封安禄山为渔阳节度使。

安禄山出了宫门，心中暗恨杨国忠。准备到了渔阳，操练兵马，再图报复。

这天是七月七日乞巧节，杨贵妃吩咐宫娥在长生殿排设乞巧筵。唐明皇退朝后，轻轻走来，生怕打搅了贵妃娘娘乞巧排筵的兴致。可那玉笼中鹦鹉叫了声："万岁来了，接驾。"惊得贵妃娉婷起身，娇声迎驾。筵席上瓜果点心排设得格外精巧，唐明皇自然十分喜悦，掏出金钗一对、钿盒一枚，赐给贵妃。二人趁着月光并肩闲步。贵妃问道："牛郎织女一年才相会一时便又分离，经年不见，不知是否相思相忆？"唐明皇说："那当然要想的，恐怕牛郎早害上了相思病。"贵妃叹道："妾身虽得侍陛下，倍受宠幸，然而容貌日衰，不像那织女永远年轻。"明皇说："只要两人恩爱真诚，天心必应，那牛郎织女也没有什么可夸耀的。"贵妃道："那牛郎织女天长地久，世人怎像他们那样恩爱情长，但恐妾身春老花残，皇上也会恩移宠衰的。"明皇急忙辩解："贵妃说的哪里话！我和你今生偕老，百年之后，世世永为夫妇。"言罢，搂住贵妃，二人在梧桐树下，海誓山盟："在天常比鸳鸯鸟，在地永似连理生，牛郎织女做显证，不负这千秋万古情。"

安禄山自到渔阳，操练精兵四十万，战将千员，以讨贼为名，起兵直抵京师，妄图抢了贵妃，夺了唐朝天下。

唐明皇正在御花园沉香亭下，观赏杨贵妃新学的霓裳羽衣舞。

有四川使臣求见，进献新鲜荔枝。

杨贵妃由人扶上翠盘，蜂腰扭，燕体翻，两袖风拂散，额头沁出琼珠汗。唐明皇趁五音，敲击着梧桐案，醉醺醺，直吃到夜静更阑。

左丞相李林甫慌慌张张见驾，报告军情："安禄山造反，大队人马杀过来了！"

唐明皇还不以为然："边庭上造反，由你们大臣去管，何苦来惊慌失措冒犯天颜，等不得俺筵上笙歌散。"

李林甫说："如今贼兵已破潼关，就要杀进长安了！"唐明皇："既然贼兵压境，你们众官计议，选将出征不就是了。"李林甫："如今京营兵马不足一万，将官衰老，像哥舒翰这样的名将尚且支持不住，被贼兵打败，还有哪一个可以去抵挡呢？"唐明皇此刻也感觉事态严重，询问众臣有何良策。李林甫说："不如陛下暂赴四川，以避贼兵锋芒，等天下兵马到了再做计较。"唐明皇只得依李林甫所奏，传旨收拾六宫嫔妃及诸王百官，明天早晨起驾往四川去。

右龙武将军陈玄礼点齐禁军，专候圣驾起行。

唐明皇领杨贵妃、杨国忠、高力士及太子等人出了宫门。城中父老纷纷叩头拦驾，说是皇上和太子都去往四川，中原百姓由谁做主？唐明皇一想也是，便宣儿子近前，命他留下统兵杀敌，令郭子仪、李光弼为元帅，拨后军三千跟他们东进抗敌。

安排停当，前军却呐喊不行，陈玄礼报告："众军士说国有奸邪招致此祸，杨国忠专权误国，必须杀之以平民愤。"唐明皇问："将他剥了官职贬做穷民行不行？"众军士怒喊不止。陈玄礼回报："军心已变，臣不能禁止，看来不杀不行。"明皇只得说："随你吧。"众军士仗剑上前，将杨国忠拥走斩首。可是众军仍不肯前进，陈玄礼回奏："杨国忠谋反正法，杨贵妃也要处决！"唐明皇不肯："她又无罪过、颇贤达，岂可叫她受刑罚！"高力士却劝说："眼下将士安则陛下安，贵妃诚然无罪，但将士已把她哥哥杀了，还能容她在陛下左右吗？"杨贵妃道："妾死不足惜，只是与主上数年恩爱难以割舍。"明皇说："事不济了，眼下军心大变，连寡人也不能自保。"陈玄礼催促："愿陛下尽快割恩正法！"贵妃哀求："陛下想法子救我一救。"明皇无法："叫寡人怎生是好！"陈玄礼说："须把杨贵妃斩首，然后使六军马踏其兄妹尸体，六军方肯前进。"唐明皇道："让高力士把贵妃拉到佛堂，令其自尽，然后叫军士验看就行了。"高力士一手拿着白练，一手拉娘娘走。贵妃回头对明皇说："陛下，好狠心呀！"明皇答："你别怨我吧！"

杨贵妃被勒死，高力士出示了她的衣服，扔在马嵬坡下让军士验看，陈玄礼率众军马践踏而过。

唐明皇泪如雨下。掏出手帕，这手帕也是贵妃娘娘留下的，睹物思人，心如刀绞。正是："黄埃散漫悲风飒，碧云黯淡斜阳下；一程程水绿山青，一步步剑岭巴峡。"唐明皇恓恓惶惶哭着爬上这玉骢逍遥马。

贼平无事，主上还国。太子做了皇帝，主上退居西宫养老，每日只是思念杨贵妃；教画工画了一轴真容供养着。这天，又命六宫提督太监高力士将真容挂起。

半年来，这主上白发频添，愁绪万千，一见杨贵妃真容，也不避群臣暗笑，对着画儿就放声高叫，叫不应便雨泪嚎啕。本想修一座杨妃庙，可已是无权柄谢位辞朝。

他越看越伤感，便出门到院中闲走，只见翠盘中生荒草，芳树下暗香消，空对井梧荫，不见倾城貌。本待闲散心追欢取乐，倒惹得感旧恨天荒地老。

他转回寝宫，只见屋里串烟袅袅，银灯惨照；他心焦躁，披衣闷把帏屏靠；只听四壁厢秋虫闹，台阶上哗啦啦落叶被西风扫；他和衣卧倒，忽见贵妃娘娘走来，请他去长生殿赴席；他急忙起身吩咐梨园子弟准备好，贵妃娘娘却顿时不见了。正是："好梦将成还惊觉，半襟情泪湿鲛绡。"

窗儿外，雨潇潇。一阵阵打梧桐叶凋，一点点滴人心碎了。斟量来这一宵，雨和人紧厮熬。雨更多，泪不少；雨湿寒梢，泪染龙袍，不肯相饶；共隔着一树梧桐，直滴到晓。

❖ **武汉臣** ❖

指绝地苦劝糟糠妇　散家财天赐老生儿

东平府有户人家，老汉刘从善，年六十岁；婆婆李氏，年五十八；女儿引张，年二十七岁；女婿张郎，年三十岁。刘从善还有个弟弟刘从道，早年亡化，剩下媳妇宁氏和儿子引孙。因妯娌不和，宁氏带引孙回了蔡州娘家，艰苦度日，供引孙上学。不想这引孙二十五岁上，宁氏也去世了。引孙只好背着母亲骨殖，回到东平府，找到伯父。刘从善对这侄子还过得去，只是李氏却容不得。刘从善让引孙打扫打扫村头两间草房住下，李氏却借口还要留着圈驴，只给一间；刘从善吩咐给引孙拿二百两钱钞，李氏却只给一百两。女婿张郎又偷偷扣下二十贯；待引孙回来核对时，那张郎又从袖中把二十贯摔落地上，反骂引孙糊涂，连钱掉地下都不知道。引孙自叹命苦，发誓冻死饿死也不上这个门来了。

刘从善老来无子，是个极大的缺憾。可近日贴身侍女小梅腹怀有孕，也不知会生个男孩儿还是女孩儿。想到此，他吩咐女婿张郎把过去别人家借钱欠账的文书都抬出来，又让小梅用灯火烧掉。目的是行点儿好，积点儿德，把六十年无儿的冤业消。接着，又把十万贯家私取出，分一半儿给女儿女婿，另一半儿让李氏收起。这三人自是十分高兴。刘从善把他们稳住后，说自己打算到庄上去，找从前的老朋友聊聊天散散心。临行，特意嘱咐李氏："对小梅要好些，如果生下一个男孩儿，立刻给我报个喜信。"

那张郎欢喜了两天，忽然想到："若小梅姨姨生下了男孩来，我这五万贯钱不是还得双手交付给他。"于是和引张商量，想法把小梅谋算了才好。

这夫妻二人定计，假说小梅出去配绒线的时候，跟人私奔了。二人把这情况告诉了李氏，李氏一看小梅果然没了，只得备车下乡，报知刘从善。

刘从善正在庄院里焦急等待小梅产儿产女的消息。同辈的老相识、老朋友背后议论："别看他刘员外空有财，绝户死了没人埋。"这更使刘从善暗暗伤怀。他频频祷告："若能得个儿子，定要杀猪宰羊，做个大大的筵席，把街坊四邻都请来。"

李氏、女儿、女婿到来，告诉他小梅逃走的消息，他顿时惊呆，好像迎头被泼了一桶凉水。他痛定思痛："这正应了俗话所说'二十有志人都爱，三十有命人还待，四十无子人不拜'。"他反躬自省："准是老天爷怪我持家太分外，让我今世无儿，只有些没用的浮财。"他吩咐女婿写下帖子，四处散发："明日在开元寺济贫散财，消磨我这半世的灾。"

开元寺前，刘从善广散家财：大乞儿一贯，小乞儿五百文。有个刘九儿带着儿子小都子领过钱后，又有个大都子再次带着小都子要回五百文，然后提出和刘九儿把这五百文平分。刘九儿不肯，和大都子吵闹起来，说："这小都子是我的儿子，领回的钱全应归我。你这绝户的穷汉怎敢放刁！"吵闹声传进刘从善的耳朵里，刘从善伤心似热油浇。

刘引孙也来寺前讨钱，怕撞见姐夫可偏偏又是姐夫在门口散钱，只好把羞脸揣在怀里，叫声："姐夫，我也来这里叫化些。"张郎一见，十分厌恶："钱都散完了，没的给你，你快走！"李氏也在屋里说："他也来叫化，偏不给他！"边说边把钱藏起来。刘从善把刘引孙叫过去，先指着张郎问李氏："这个是谁的？"李氏回答："这个是俺的好女婿。"又指着引孙问："这个是谁的？"李氏回答："这个是你那不长进的侄儿。"刘从善说："好，我就把这十三把钥匙都给了张郎，所有家私都让他掌管。留下我这亲侄子，我该打就打该骂就骂，好好处分他！"李氏带着女儿女婿欢欢喜喜走了。刘从善眼中垂泪，告诉引孙："我的靴子里还有两锭银子，你拿回去度日。"又嘱咐引孙："千万要苦志勤学，读书学好。缺少儿孙我无靠，拜扫坟茔是你的孝，你往后要经常到祖坟上去瞧瞧。"

清明时节，张郎准备好红干腊肉、各样食品，盛好担子准备去上坟。他和媳妇商量："往年都是先上你刘家的坟，今年先上俺张家的坟吧。"引张说："还是先上俺家的坟。"社长劝道："大嫂，你错了。你虽然姓刘，你丈夫可是姓张，你先上张家的坟才是正理。"张郎也说："你嫁给了我，百年之后就要葬在张家坟里，还是先上俺张家的坟去！"引张说："好，就依着你们，先上张家的坟去。"

引孙也带着一些纸线、半瓶酒和一个馒头来上坟。坟前十分凄凉。引孙用铁锹把坟头培些新土，将馒头掰成两半儿，一半儿供养爷爷奶奶，一半儿供养父亲母亲，又烧了纸钱，祭祀一番。想到这冷酒没法喝，便去附近庄院人家烫热。

刘从善和李氏也来上坟。李氏以为女儿女婿早来了，可这坟前既没搭棚又无红干腊肉，只摆着半块馒头。李氏只好对丈夫说："既是孩儿们还没来，咱老两口先拜了坟吧。"

刘从善问李氏："婆婆，咱老两口儿百年之后在哪里埋葬？"李氏说："我已看好，就葬在那边高冈上。"刘从善说："那是块下雨水淹的绝地，咱们没有儿子，不能葬在那里。"李氏说："咱们没有儿子，可有女儿女婿呢。"刘从善假意说："你看我，怎么忘了；可他们怎么还不来呢？"

刘从善又问："我姓刘你姓李，你为啥要和我葬在一起？"李氏说："你糊涂了！我是你三媒六证娶过来的，嫁鸡随鸡嫁狗随狗，嫁给孤坟坐着守，我这一车骨头半车肉都属你刘了，怎么能不葬在你刘家！"刘从善问："咱女儿百年之后，是葬在刘家还是葬在张家？"李氏省过味儿来："当然也要去张家坟里哩。嗨！咱们这没儿子的好不凄凉啊！哪怕有个刘家门的亲人来，也好哇！"

刘引孙烫了酒回来，李氏问寒问暖，变得格外亲热。刘从善却拉过来要打，说："你既是来上坟，怎么不搭下大棚，不杀羊、漏粉、蒸馒头、烫酒、准备红干腊肉？"李氏急忙拦住，说："孩儿没钱，要吃没吃要穿没穿，如何准备？从今以后，引孙孩儿搬回家里住，我绝不再打你骂你！"

张郎、引张和社长来了，李氏揪住就打："你两个贱人都跑哪里去了，这早晚才来！"刘从善过来劝解："这不干女婿的事。"李氏责备女儿："既来上坟，怎么连衣服也不换？快拿钥匙来，让人去取！"等女婿拿出了钥匙，李氏一把夺过来，说道："你们这两个贱人，以后休要再上我门来！把这十三把钥匙全交给了引孙。以后就让引孙当家了！"引孙谢过伯母，逗张郎说："给你一把钥匙让你继续管，你高兴了吗？"张郎说："当然高兴！"引孙说："你这傻瓜，这是开茅厕门的！"

　　这天是刘从善生日，家里摆宴祝福，顺带着庆贺引孙当家。

　　引张、张郎夫妇也来拜寿，当爹的却不愿见他们。引张叫一声："小梅姨姨也领着孩儿看您了。"刘从善一看，果然是小梅领着一个三岁的孩子来了。小梅让孩子叫爹。这一声"爹"叫得刘从善简直像神仙一般。原来引张也怕小梅生下个弟弟被丈夫算计，从此断了刘家香火，便把小梅寄放在东庄姑姑家中去了。这三年光景，吃穿衣饭都是引张照管。刘从善真没想到女儿也是这般孝顺："原来这亲的就是亲，俺刘家也该把这女孩儿认。"李氏也十分高兴："想不到俺刘员外有了自家的男孩儿了。"刘引孙说："您今日有了亲儿，这十三把钥匙依旧还给伯伯吧。"刘从善把女儿、引孙叫过去，说："咱这三口儿都是亲，我今日就把这家产三份儿分！"

❖ 无名氏 ❖

铁幡竿图财致命贼　朱砂担滴水浮沤记

　　河南府有户人家：老汉王从道和儿子、儿媳。这天，儿子王文用回家，对父亲说："我在街上算了一卦，说我有百日血光之灾，千里之外可躲。我想带些小本钱，到江西南昌去一趟，一为躲灾；二为将本求利；不知父亲意下如何？"王从道不同意："孩子，你没听古人说，离家一里，不如屋里；又道是打卦打卦，只会说话；你别信那油嘴滑舌胡说八道，就在家中谨谨慎慎地消灾延福倒好。"王文用却说："阴阳不可不信，我在家呆着，也要疑神疑鬼生病来，还是出去走一趟好。"王从道见儿子主意已定，也就不再阻拦。这天正好是吉日良辰，王文用辞别了父亲和媳妇出发上路。媳妇嘱咐他："父亲年纪高大，你要早些回来，若遇见便人，一定捎封平安家信。"一家人凄凉离别。

　　王文用到江西南昌做买卖，利增百倍，本想回家，可又不够一百天之数，于是又转往泗州。这天，天色很晚才投店休息，被噩梦惊醒已是鸡叫头遍，急忙起身赶路。走到十字路口，有个小酒店，便坐下暂歇。不想他已被强盗铁幡竿白正盯上。这铁幡竿见他挑着两个沉甸甸的箱笼，便一直跟在后头，等待时机下手，此刻也进了小酒店。

　　铁幡竿坐在王文用旁边，问他做什么买卖。王文用回答："小人做个小货郎儿。"铁幡竿踢那箱笼，王文用忙说："里边只是些胭脂粉儿。"铁幡竿问："你是哪里人氏？""河南府。""河南府哪里住？""东关里红桥西大菜园便是。""你姓什么？""小生姓王，叫王文用。""你家几口人？""三口。""哪三口？""还有父亲、媳妇。""你多大年纪？""二十五。""我可三十岁了。"店小二插嘴说："和我儿子同岁。"被铁幡竿一巴掌打一边儿去。铁幡竿又对王文用说："我做你的哥哥，咱们一块儿做生意去。"王文用只好虚为应付，打了酒来给他喝，冷一盅热一盅地递过去，终于把他灌醉。但这铁幡竿睡倒时，偏要枕着王文用的腿。王文用叫过店小二，声称自己要拉屎去，要不然就得拉在炕上。店小二只好替他。王文用赶紧挑起担儿逃走了。铁幡竿醒来，见没了王文用，气得对店小二说："我要追上他万事皆休，要是追不上，回来就把你这草房烧了，把你一家人杀了！"吓得店小二说："真是倒霉，平白无故受这惊吓，我也不卖酒了，还是找个胡同卖醋去吧。"

王文用慌慌张张一口气跑到三家店，这里一连有三家客店。王文用叫开中间一家，又对店小二说："后面有个大汉在使劲追我，要是他来叫门，你就假说上头有规定，不收单身客人，等明天我还你两个人的房钱。"店小二答应："我知道了，你放心地睡吧。"

铁幡竿赶来，敲打店门。店小二说："不收单身客人。"铁幡竿假意叫道："伙计们，咱们还是到后面那店去住吧。"店小二赶紧把门打开，说："快家来，有房子。"铁幡竿揪住店小二问："在日头似落未落的时候，有没有一个五短身材、黄白面皮、挑着两个箱笼的年轻人来过？"店小二说："从早到晚，还没一个人来过。"铁幡竿道："兄弟，你输了。"店小二不解："怎么是输了？"铁幡竿说："我和我的一个兄弟打赌，看谁走得快，谁要先到了这个店，谁就算赢，如今我先到了，可不他就输了！"店小二道："原来是这样，那他可比你来得早，我去叫他。"铁幡竿说："不必叫了，只告诉我他住在哪间房子就行了。"铁幡竿看好了王文用住的房间，就在隔壁住下。隔墙细听，只听王文用正在检点两个箱笼里的东西："一颗，二颗，谢天谢地，十颗硃砂都没跑丢，可以放心睡了。"铁幡竿就要动手，一想时间尚早，还是先睡一会儿，等半夜前后再说。于是呼呼睡去，鼾声如雷。王文用听见鼾声，有些警觉，举灯过去一看，正是那个贼汉，顿时吓个半死。连忙把灯吹来，摸黑儿摸着了行李和衣服，赶紧从后面倒塌的断墙翻过去逃走。

铁幡竿醒来，见王文用又走了，很有些后悔，便也从断墙翻过去，打算另找买卖。

王文用没跑多远，天上下起了大雨，好在前边有座古庙，便躲了进去。

铁幡竿也跑至此处，一见王文用，一把揪过来说："我要和你一块儿做买卖，你老跑个什么？让我追得好苦。"王文用吓傻了。铁幡竿想试试王文用的力气，脱下布衫让王文用帮着拧一拧。一使劲儿，王文用便被扭翻在地。铁幡竿一看王文用不是有本领的，便露出凶相："巧言不如直说，你快把那红的拿出来吧！"王文用忙答："你是要胭脂？有，有。"铁幡竿喝道："我好俊的脸儿，搽胭脂干什么？我要你箱笼里的硃砂！"待铁幡竿低头去开箱笼时，王文用举起扁担要打。铁幡竿回头把眼一瞪："你要干什么？"王文用吓得直哆嗦："我连这扁担也送给你。"铁幡竿过来揪住王文用头发要杀。王文用说："你图财害命，我到了阴间也要告你！"铁幡竿哼了一声："没什么人做你的证见！"王文用道："这东岳庙太尉爷爷就是证见！"铁幡竿把王文用拉到庙外房檐下，说："这里杀你，还有什么证见？"王文用道："这水洼浮泡儿也做得证见。"铁幡竿一刀把王文用杀死，又推倒了围墙，把死尸埋住。

庙里供奉的太尉爷爷把这一切看在眼里，准备带领鬼兵去擒拿铁幡竿。

铁幡竿害死了王文用，又连夜奔往河南府东关里红桥西，谎称是王文用的伙计，给家里捎一封信来。王从道和儿媳妇热情招待。铁幡竿假说又饥又渴，要喝水。王从道提着桶到井边打水，铁幡竿又把老人推下井去。然后逼王文用媳妇顺从自己，否则一刀砍死。王文用媳妇无奈，只好拖延："等过了丈夫百日，寻个吉日再成婚。"

王从道淹死后，灵魂到地曹判官处告状。地曹判官却也怕恶人，说："你让我去捉拿铁幡竿，只怕他连我也杀了。"

太尉神仙来到此处，地曹判官拜见上仙，把铁幡竿的案卷呈上去。太尉看后责问："既是铁幡竿如此恶贯满盈，你为何不差鬼力把他勾来勘问？"地曹判官回答："上圣不知，我也曾几次三番派鬼力去迷他，无奈他十分凶恶，鬼力不敢靠近。"太尉说："既如此，看我亲自去拿他！"

王文用的灵魂也回到家来，见父亲被淹死，媳妇正给铁幡竿熬粥，悲痛至极，扯住铁幡竿要他偿命。铁幡竿还要强辩："我平日是吃斋把素，伸指头不咬的人，哪能干这种勾当？你说我在太尉庙杀了你，有何见证？"王文用说："太尉庙中滴水浮泡儿就是见证！"铁幡竿说："那你把太尉叫来，我看他如何给你作证？"

太尉带鬼力来到，喝一声："铁幡竿白正，你还认得我吗？我亲眼所见，你在庙中将王文用图财害命，现又淹死他父亲，强夺他妻室，真是恶贯满盈，还有何理说？"铁幡竿跪地求饶。太尉命鬼力将其押赴酆都城，受各种苦刑，永为恶鬼。这真是：人间私语，天闻若雷，暗室亏心，神目如电。

❖ 李直夫 ❖

枢院相公大断案　便宜行事**虎头牌**

　　完颜女真人山寿马，被封为金牌上千户，镇守夹山口子。天晴日暖，没什么事，他带着几个家将打围射猎去了。其妻茶茶在家为他准备茶饭。老千户银住马是山寿马的叔叔，住在渤海寨，这天带了夫人来夹山口子闲走。茶茶一面拜问叔叔婶子远路劳乏，一面派六儿去请山寿马回来。

　　山寿马自小失去双亲，是叔叔婶子拉扯成人。如今听六儿说是六七年没见面的叔叔婶子来了，急忙离开围场赶回家中，拜见叔叔婶子，又吩咐手下：宰猪杀羊安排酒席。

　　正这时，天朝使臣来传圣旨：为因山寿马千户把守夹山口子，征伐贼兵，屡建奇功，加封为天下兵马大元帅，行枢密院事。赐给山寿马双虎符金牌，许他先斩后奏，并可自行安排手下得力人替行以前职务。山寿马谢了圣恩，为使臣送行。

　　银住马听说侄子又升了官儿，便对夫人说：“你去央及一下茶茶，就让元帅把那素金牌子给我带着，让我来把守这夹山口子不比别人强？”茶茶听完，便把老头儿的这个意思告诉了丈夫。山寿马说：“叔叔平日好喝酒，怕他贪杯误事。”茶茶说：“叔叔说了，他若带了牌子，做了千户，一滴酒也不喝了。”山寿马说：“既然如此，就把这素金牌子给叔叔带吧，叔叔年轻时也曾为国家出过许多力。”银住马假意推辞一番，把素金牌接了过去。山寿马又叮嘱他：“接受了这牌子，可与往日不同了，一定要尽心尽力，不能再贪酒了！”银住马满口答应。山寿马去大兴府上任。银住马回渤海寨搬取家眷。

银住马回到渤海寨搬取家小，众多亲戚都请他吃酒。眼看到了上任的期限，他动身前往夹山口子。路过二哥哥金住马居住的村子，他又过去告辞。

金住马也曾做过武官，而今变得很穷。他送给银住马两根竹箭和一根弓弦，苦口良言劝银住马莫把酒贪、莫把财贪。银住马说："哥哥，俺那侄儿做着兵马大元帅，我便有些疏失，谁敢说我。"金住马告诫他："别看山寿马侄儿貌善软，真要犯了错也别想让他见怜，假若是犯了大罪，只怕他那元帅令更狠过帝王宣。"

银住马口里答应，心里很有些不以为然，埋怨哥哥说话絮絮叨叨。

这年的八月十五，银住马正与夫人赏月痛饮，忽有当差来报："老相公，祸事了，夹山口子有失！"银住马连忙披挂上马，带了许多头目，经过一场厮杀，把被掳去的人口牛羊马匹都夺了回来。众头目又为他贺喜吃酒。

元帅府经历几次派人调查此事，可是这银住马倚仗是元帅的叔父，根本不把派去的人放在眼里，不但不认罪，还把派去的人拷打一顿。经历将此事报告元帅山寿马，山寿马十分生气，派出几个关西武将，带着元帅府印信文书，一定要把银住马勾索到元帅府来。

银住马被铁链子套着，押解到元帅府。山寿马和经历升堂审问。经历喝令："把银住马推过来！"这银住马仍是气昂昂地，连跪也不跪。山寿马命人给他开了铁锁，摘了他的素金牌，又让经历问他为何不跪。银住马说："我是元帅叔父，哪有跪他的道理？"经历说："元帅有话，再不跪就安排下大棒子，敲折你的两臁骨。"银住马絮絮叨叨："不怕折你那寿，我就跪你一跪。"经历又拿过状纸，让他画字。画字毕，宣读供状：一、边将闻帅令而不赴者，处死。二、边将带酒不操练三军者，处死。三、边将透漏贼兵不迎敌者，处死。银住马一听，大哭道："这回我该死了！"

元帅命令把银住马推出去斩首。元帅的婶子来求情："俺老两口也曾煨干就湿、咽苦吐甘，把你抚养大，你就看老身面皮，饶过你叔叔这一刀吧。"山寿马说："婶子请起，这是军情事，饶不得。"茶茶也来求情："全靠叔叔婶子把你抬举长大，你才做到这样的大官，看媳妇儿面皮，饶了叔叔可好？"山寿马大怒："我这元帅府断案哪管什么面皮不面皮，快出去！"银住马等人又恳请经历大人和众官人去求情，也被元帅拒绝。经历问银住马："你八月十五失了夹山口子，为何不去夺回？"银住马说："我十六日上马厮杀，已经把人口牛羊马匹都夺回来了。"经历听了，赶紧报告元帅，说可以将功折罪。元帅同意。改过状子，免去死罪，责杖一百。

银住马偌大年纪，打一百棍哪里受得了，于是又央告总管狗儿去求情。元帅寻思了一番，问狗儿："你是否肯替你家主人去吃呀？"狗儿答："我替吃，我替吃。"这样，把狗儿打了六十大棍。狗儿连声喊："再吃不得了，再吃不得了，剩下四十大棍让银住马吃吧。"

银住马受过刑，夫人把他搀走。

山寿马拉住经历，准备来日牵羊担酒，一块儿去慰问叔叔。

山寿马带领夫人、经历和许多侍从来到银住马家。侍从敲门，里边一点动静也没有。经历去敲，银住马说："我不开。"经历吓他："你那旧状子还没改，还要问你罪哩！"银住马说："随你们怎么来，我死也不开门！"茶茶上前叫门，婶婶说："开了吧，她昨日也曾替你求情。"银住马说："求也没求下来，就比如我今日已被打死了，不要开门！"山寿马亲自去叫门。婶婶把门打开。众人连忙给银住马跪下赔罪。银住马怒气不息："你昨日打我这一顿，亏你还有什么面皮来见我！"山寿马说："叔叔，这不干你侄儿的事。"银住马更生气了："我被你打了一顿，还说不干你的事，难道干我的事！"山寿马说："我把让打你的请出来，就是这面素金虎头牌！在军令面前可分不得你亲我爱、爷爷奶奶！"银住马理屈辞穷，说道："既是这样呵，我也不记仇恨了；只是吃酒，吃酒。"

刘安住归认祖代宗亲　包龙图智赚合同文字

这年天灾，粮食颗粒不收。汴梁西关外人氏刘天祥和弟弟刘天瑞商量：是否按上司言语，分房减口，到他邦外府逃荒避难。刘天祥后娶的老婆杨氏，为人不贤，此时插言："俺俩年纪高大，去不得了。"刘天瑞说："哥哥和嫂嫂就在家守看祖业，我带上媳妇和儿子外出逃荒走一遭去。"刘天祥道："既是这样，我昨天写好两纸合同文书，将咱们家中所有房廊屋舍、庄田物件都登记在上面，你去请李社长来做个见证。"

李社长和刘天瑞是好朋友，二人曾指腹为婚，给儿子刘安住和女儿李定奴定下亲。

李社长来到刘家，刘天祥握住手说："请亲家来不为别事，只为年岁饥歉，难以度日，我弟自愿携带弟媳和三岁的侄子刘安住出外逃荒，他们若三两年回来便罢，若十年五年才回来，这文书就是一个大证见。"只见文书上写着："一切家私田产，不曾分另。今立合同文书二纸，各收一纸为照。立文书人刘天祥、刘天瑞，证见人李社长。"李社长读罢，说文书写得好。三人分别签字画押。

刘天瑞带了妻子、儿子辞别了哥哥和李社长，外出逃荒去了。

刘天瑞一家三口人流浪到潞州高平县下马村，村里张秉彝员外见他是个读书人，将他们收留，安排在店房中住下。谁知这夫妇二人染上疾病，一卧不起。张秉彝和妻子郭氏找了些旧衣服送到店房来。

刘天瑞夫妻患病，本来就缺少衣食，如今哪有钱求医诊治？因此这病日甚一日。

妻子临死把合同文书掏出来交给刘天瑞，嘱咐他收拾好，保重。

张秉彝来到，见刘妻已死，刘天瑞正伤心："连领停尸的旧席子也没有，连件裹尸的好衣服也没有。"张秉彝劝他："这些东西我都准备下了。"又命店小二找两个人来，把刘妻尸体抬出村外，找个高处好好埋葬。刘天瑞想到妻子往日的恩爱，想到妻子的贞洁和贤良，不禁大为悲伤；挺起身子，要送她一送。张秉彝劝阻道："你是个病人，不用去送吧。"刘天瑞却颤颤巍巍坚持送到郊原，累得眼晕头旋，呼呼气喘，"哎哟"一声跌倒在地。张秉彝扶住他。刘天瑞从怀中取出合同文书，问张秉彝："员外，我有一事相求，不知肯答应否？"张秉彝："有什么话尽管说。"刘天瑞叙述了这合同文书的来历，又恳求道："望张员外广修阴德，万一我有个好歹，务必把我那刘安住孩儿抬举成人，再把这合同文书交给他。让他带着俺两口骨殖，埋入祖坟。我刘天瑞来世做牛做马，一定报答员外。"张秉彝接过文书，说："我知道了，等你孩子长大，我一定交付给他，让他认祖归宗。一切都在我身上，绝不负你所托。"刘天瑞此时病体沉重，连忙求人扶到外间，不久也客死他乡。张秉彝夫妇本无子女，便承担起抚养刘安住的任务。

十五年过去，刘安住长成十八岁。他从小读书识字，如今教着几个村童。人们叫他张安住，他自己也以为就是张秉彝的孩儿。

这年清明，刘安住随养父母去扫坟，张秉彝让他对坟茔外边那两个坟儿也拜上几拜。刘安住拜完之后，奇怪地问："父亲，这坟里是咱们家什么亲眷？为何每年都要让我拜上几拜？"张秉彝说："孩儿呀，我现在告诉你，你不要难过。你不姓张，本姓刘，这坟里埋的就是你的父母。"接着把当年的情况讲给刘安住听。刘安住听完气绝晕倒，张秉彝赶紧扶住唤醒。刘安住起身道："父亲母亲，你孩儿今天就请起这两把骨殖回家乡去，见了伯父伯母，把骨殖埋入祖坟。未知父亲意下如何？"张秉彝夫妇见孩儿真的要离开，顿时大为伤悲，似刀剜肺腑。因为十五年来，看着孩子长大，虽无生身之恩，却有养育之苦。但又想到刘天瑞临终嘱托，也只好同意。张秉彝拿出那纸合同文书交给刘安住，痛哭流涕地说："回去埋葬了生身的父母，你可别不回来！剩下我们老两口儿，无儿无女，会想死的！"刘安住劝他们："孩儿将骨殖埋入祖坟，一定回来侍奉双亲。"然后，他把父母遗骨取出，用担子挑着，急急赶回家乡。

刘天祥在家守业，自灾荒过后，家境越来越好，还开了一个解典铺。续弦杨氏带过来一个女孩儿，如今也招了女婿。这杨氏想把家产全部霸占，因此，只害怕有朝一日刘天瑞、刘安住回来认亲。

刘安住赶回家乡，向村里人打听到刘天祥家住处，走到门口，放下担子。杨氏此时正没事闲站着，刘安住过去打听："大娘，借问一声，这里可是刘天祥伯父家？"杨氏回答："正是，你问他干什么？"刘安住连忙拜问："这么说，您正是俺伯娘了？"杨氏却把眼一翻："什么伯娘，你这小子倒挺会套近乎！"

刘安住见杨氏如此冷淡，猜想可能是叔嫂妯娌不和，便问伯伯在不在家，杨氏却说："我不知道你的什么伯伯！"刘安住着急地表白："伯娘，我就是您侄儿刘安住啊！"杨氏道："你就是十五年前随父亲出去逃荒的刘安住？你父亲走时，曾有一纸合同文书，你知道吗？你若有这文书便是真的。要是没有文书，就是假冒的！"刘安住赶紧说："这合同文书，有有有。"从怀中掏出来，递过去。心中暗想："幸亏带了这个证明！"杨氏接过文书，假说不识字。刘安住道："您可以拿去让伯父亲眼看一看。"

杨氏拿了合同文书转身进屋，半晌不出。刘安住等在门外，还独自猜想："准是忙着收拾祭物、准备孝服、报知亲属。"刘天祥此时从别处走来，看见刘安住，问："你是谁家小子？干吗在门口走来走去的？"刘安住答："我是来认亲的，又没在你家门口，跟你有什么关系？"刘天祥说："这正是我家门口！我正是这家的主人！"刘安住问："那您该不是刘天祥伯伯吧？"刘天祥道："我正是刘天祥。"刘安住鞠躬施礼："伯伯在上，受您侄儿几拜。"刘天祥问："你在哪里见我那侄儿来？"刘安住解释说："我本身就是刘安住！"刘天祥听完，悲喜交加，嘴里喊着："婆婆，快出来看！真让人高兴！咱侄儿刘安住回家来了。"杨氏却说："什么刘安住？如今骗子极多，看见咱家有些产业，就冒充刘安住来认咱们也说不定。你问问他，身上有没有合同文书。有就是真的，没有就是假的！"刘天祥一想有理，又跑过来问："安住，你身上带有合同文书吗？"刘安住："刚才我已经把文书交给伯母了。"刘天祥又转回身跑进去对杨氏说："婆婆，你别逗我了，侄儿早把文书拿给你看了。"杨氏抵赖道："我根本就没拿什么文书！"又气势汹汹跑出来："你这会说谎的坏小子！我什么时候看见过文书！"刘天住目瞪口呆，半天才说出话："伯母，您别逗孩儿着急了。刚才明明是您拿进去的，怎么又说不曾见？"杨氏发誓赌咒："我若见过你那文书，让我一家四邻害疗疮！"刘天祥劝妻子："你若是拿了，就快给我看看，别这么闹下去了。"杨氏气急败坏地说："你这个老糊涂！我留着那么一纸文书有什么用？糊窗户！你别信这小子的话，他是特意来胡说八道，想诈骗咱们家财的！"刘安住忙道："伯伯，您孩儿不要家财，只要把俺父母俩的骨殖傍着祖坟埋葬了，我就走！"杨氏哪里肯信，一下子把刘安住脑袋打破，喊声："快滚！"又一把把刘天祥拉进屋，把大门一关，说声："你老跟他废什么话！"

刘安住无计可施，在门口啼哭不止。

李社长从此处经过，问他为什么哭。刘安住讲了自己的名字和刚才的情况。李社长听完，劝道："别发愁，这事我替你做主。我是你岳父，你是我的女婿呢！"说着，又把门叫开，质问刘天祥："你亲侄儿回来，你不认他便罢，怎么还听信你老婆的话，把他头都打破了？"杨氏却狡赖道："你这个社长多管闲事！你不知道他是来诈骗的！还是刚才说的那句话，有合同文书便是我家侄儿，没有合同文书便赶快滚开！"又把门关上。

李社长盘问刘安住父母情况，为何出外，以及文书内容。刘安住一一叙说详细。李社长听他讲得完全正确，确认他正是女婿刘安住无疑，便带着他一起去衙门告状。

包拯去西延边赏军还朝，正好来到这汴梁西关，听见社长喊冤，命张千把他们带过来。李社长将事情根由叙说一遍："我们告那狠心的杨氏，先把合同文书骗去，又百般的抵赖，不念一丝连根之情，反把侄儿额头打破，使侄儿进退无路，有家难回。"包拯听完，叫过刘安住："我只问你，十五年来在哪里居住？"刘安住回禀："小人在潞州高平县下马村张秉彝家，是他将我抚养成人。"包拯听罢，命张千接了状纸，把刘安住、李社长带回开封府。

包拯把李社长、刘安住带到开封府住下，一直不曾开庭。十天后，衙役从潞州把张秉彝取到，包拯升堂。李社长、刘安住、刘天祥、杨氏等四人跪下听审。

包拯指着刘天祥和杨氏问："刘安住，这两个是你的什么人？"刘安住回答："是俺伯父伯母。""是谁把你头打破的？""是俺伯母。"包拯又指着刘安住问杨氏："这个人是你亲侄儿不是？"杨氏答："不是！他是要混赖俺家财产！""你拿了他的合同文书，现在藏于何处？""我根本没见什么合同文书！若见了不说，让我害眼疼！"包拯又问刘天祥："这个是你亲侄儿吗？"刘天祥答："俺那侄儿三岁离家，是与不是，连我也弄不清，反正俺那老婆说不是。"包拯怒道："你这老儿好糊涂，难道你老婆说不是就不是了吗？李社长，你说到底是还是不是？"李社长回答："小人作证，这两人是刘安住的亲伯父亲伯母，我是他的亲丈人！"包拯又问刘天祥："你现在怎么说？"刘天祥仍是支支吾吾："反正俺老婆说不是，多半儿就不是。"包拯大怒："既然不是你亲侄子，刘安住，你给我拣一根大棒子，狠狠打这老儿！"刘安住哪里忍心下手，拿着棒子半天不动。包拯表面生气，心中却已明白："侄儿不将伯父打，可知亲的原来就是亲。"喝令："刘安住，让你打这老儿，你左来右去的只是不肯，既然如此，张千，取枷来把这小东西枷了，下到死囚牢里去！"

刘安住吓得如傻如痴，李社长急得抓耳挖腮，只杨氏在一旁面露喜色。

包拯叫过张千，对他耳语几句，命他把刘安住带走，并对众人言道："看来这小东西明明是行诈骗的！"杨氏得意地说："是呀，根本不是亲侄儿，打破他脑袋还是轻的！"

忽然，张千来报："刘安住刚入死囚牢便发起病来，十有八九活不成了！"包拯叹口气："唉！真是天有不测风云，人有旦夕祸福；刚才还没病，怎么一下子就病得如此厉害？你再去看看。"一会儿，张千又来报："病得快没气儿了！"包拯一副吃惊的样子，命张千再去看看。张千又来报："刘安住太阳穴被他物所伤，现有青紫痕可验，是个破伤风的病症，已经死了！"杨氏听了，心中暗想："死了，谢天谢地！"包拯沉思片刻，起身问道："这桩事可怎么了？如今倒成了人命案，越来越重了！杨氏，我再问你，你与刘安住是亲戚吗？"杨氏答："不是！"包拯说："如果是亲戚，你大他小，别说死了一个刘安住，就是死了十个，也是误杀子孙不偿命，只罚些铜钱便可结案。如果不是亲戚，可就免不了杀人偿命，欠债还钱了！他与你攀亲，你不认他也就罢了，却用器仗打破他头，致使他破伤风身亡。刑律上写明殴打平人而致死者抵命。张千，拿枷来把这婆子枷了，给刘安住偿命去！"杨氏此刻才慌了神儿，叫喊着："大人，这刘安住是我的亲侄子！"包拯怒道："刘安住活时，你说不是亲，死了，你又说是亲。官府中哪容你颠三倒四！既说是亲侄儿，有何凭证？"杨氏急忙掏出合同文书献上："现有合同文书在此。"包拯道："合同文书应一式两份，只此一张不能算数！"杨氏连忙又摸出一张。包拯说："既然有了证据，你买个棺材葬埋刘安住去吧！"杨氏连连叩头谢恩。包拯让张千把刘安住尸首抬出来，让杨氏领走。一会儿，张千把刘安住带上来。杨氏一见又叫起来："呀！他不曾死。他是假的！"

包拯把合同文书交给刘安住，刘安住感激涕零："若非青天大老爷，小人就屈死了！"包拯又对他说："还有一件高兴事等着你呢！张千，把张秉彝从司房中叫来。"

张秉彝来到堂前，与刘安住抱头痛哭。刘安住诉说道："险些再也见不到您了！"

包拯判决：张秉彝为本处县令，其妻并赠贤德夫人。李社长赏银百两，其女和刘安住择日成婚。刘安住力行孝道，赐进士冠带荣身。刘天祥年老糊涂，不再追究；杨氏本当重遣，姑准罚铜千斤。

❖ 无名氏 ❖

冰雪堂张仪用智　冻苏秦衣锦还乡

苏大公一家六口，老伴李氏，大儿苏梨，二儿苏秦，均已娶妻。这苏秦不肯干庄稼活儿，每日读书写字。这天，苏秦与他的结义哥哥张仪正在商议趁这七国纷争、急需人才之际，出去进取功名，苏大公差苏梨来唤。苏秦、张仪拜见父母，讲了准备同去应举的打算。苏大公说："咱是庄稼人，常言道：若要富，土里做；若要饶，土里刨。依着我，你两个别去，还是在家种地的好。"李氏却发话："既然他两个要去，就让他们自己筹措盘缠去吧。省得一天到晚'子曰，子曰'咿哩呜噜地在我身边吵。"苏大公一想也对，既然心去意难留，留下结冤仇，何不就放他们去呢？苏秦临行，言道："孩儿我要得了官，父亲便是老评事，母亲便是老夫人，哥哥便是大官人，嫂嫂便是大夫人，我媳妇便是夫人县君了！"苏梨说："兄弟，你今天既夸下了大口，这一家人可就指望着你了。"苏秦吟诗一首："三寸舌为安国剑，五言诗做上天梯，青云有路终须到，金榜无名誓不归。"告辞父母："你们就放心静候佳音吧！"说着，与张仪收拾琴剑书箱，上朝求取功名去了。

苏秦张仪来到秦国弘农县，苏秦染上流行病，不能起身。张仪等不得他，先自进京去了。苏秦住在店里，身体慢慢好转。小店附近住有一人，姓王名真字彦实，幼时颇读诗书；近来与苏秦相处，感觉苏秦谈吐不凡，博古知今，是将相之才。这天，他又叫人把苏秦请至家中闲谈。闲谈中，王彦实问苏秦："先生满腹文章，早应立身扬名，秉政临民，何以至今还不曾发迹？"苏秦长叹一声："唉，只因没有盘缠少进程，心高气傲惹人憎。昨日风乍起，今日雪初晴，我这破衣烂衫只剩个囫囵领，哪一夜不是困坐寂寞对寒灯！"王彦实赞叹、勉励一番，赠他春衣一套、鞍马一副、白银两锭。苏秦谢道："小生久困穷途，蒙遇厚赠，日后倘能发迹，必当重报！"王彦实说："先生何出此言，俗话说宝剑送与烈士，红粉赠与佳人，以先生之才，求取功名易如拾芥。这一点儿薄礼，望乞笑纳。"苏秦告辞王彦实，去那虎狼丛中觅前程。

苏大公自苏秦走后，心中十分惦记，一去多时，久无音讯，也不知他流落何方？暮冬天气，风大雪紧，也不知他如何耐过这寒冷？苏大公吩咐媳妇准备碗热汤，等苏梨回来时吃。

正这时，苏秦回家来了。原来他路上旧病复发，把王彦实赠送的盘缠都使光了，身上一无所有，还能往哪里去？只好回家转。可来到这家门，心中又犹豫起来："进去吧，家里人肯定要问得官了吗，自己该如何回答？不进去吧，自己身上无衣，肚里无食，往哪里去住？"百般无奈，还是将羞脸儿揣在怀里，进到屋内。可父亲、嫂子、媳妇好像没看见他，没一人搭理他。他硬着头皮叫一声："父亲，您孩儿回来了。"说着，拜下身去。父亲却故意转过脸去，不受他拜。他母亲也如此。他妻子则坐在织机上不动。还是大嫂先发问："你考试及第了吗？"母亲也跟着问："你得官了吗？把官印拿出来让大家看看。"苏秦脸红到耳根，说："孩儿还没得官。"父亲怒道："你走时夸下海口，金榜无名誓不归，如今既没得官，回家来干什么？"苏秦说："孩儿回家看望父母。"父亲喝一声："住口！怕我们被猫拖走哇！你快出去，快出去！再进这家门，我就打你三百黄桑棒！"母亲心中不忍，劝道："就让孩儿在家住到来春再去考官吧。"父亲不依："你老婆子知道什么？后边站着去！"苏秦求嫂嫂："我又饥又冷，能不能给我弄点儿热茶饭吃？"嫂嫂怕公婆见怪不敢去做。苏秦的媳妇看在夫妻情分上，使眼色让他躲到门口，给他端来一碗饭。苏秦正吃着，大哥苏梨回来，明知故问："是什么人吃我家的饭呢？"苏秦连忙解释。苏梨讽刺说："你曾许下让我做什么大官人，我白等了许多时，亏你不羞！还拿着我的饭碗吃饭，快出去，快出去！"苏秦被赶出来，发誓道："罢罢罢！我冻死饿死也不回这家门来了！"

苏秦走后，苏大公很后悔，吩咐李氏出去把他追回来，可苏秦真的走远，赶不上了。苏大公心中非常难受，把大儿媳、二儿媳、苏梨逐个骂了一通。

张仪自从在弘农客店与苏秦分别，到了咸阳，见了秦王，献上治国三策。秦王十分满意，当即授为咸阳令尹。没几个月，又升为右丞相。三年过去，尚不知兄弟苏秦是个什么情况。张仪心中很是惦记。

苏秦靠卖文为生，千里迢迢，赶到咸阳，想投靠张仪，图个进身。他来到张丞相府，请把门的张千进去通报。张仪一听是苏秦兄弟来了，十分惊喜，准备起身相迎；忽又沉吟坐下，问张千："苏秦有什么鞍马步从？"张千答："没什么鞍马步从，身上十分褴褛。"张仪一听，把主簿陈用叫过来，贴耳嘱咐一番，让他如此这般去做。又吩咐张千出去对苏秦说："你不自己进去，还要俺相爷接待你呀！"苏秦心想："反正他是我哥哥，我就自己进去怕什么！"进入厅堂，苏秦向张仪施礼下拜，张仪急忙拦住，命张千拿个褥子来垫着，说是免得弄脏了苏秦兄弟的绵绣衣服。二人见过面，张仪问苏秦分别后的情况和家中父母情况。苏秦委委屈屈，讲了回家时如何嫂不为炊、妻不下机，发了一通牢骚。又献上新诗一首，大有怨天尤人之意。张仪读罢，心里话："你把心思放在这上面，可是打错了主意！"把诗往桌案上一扔，对苏秦言道："如今你哥哥是秦国丞相，一人之下百官之上，我这正厅上虽摆着二十四把交椅，可都是公卿官员们的坐处，你是个白丁，如果坐在这里，外人看着不雅，我还是带你去冰雪堂，在那里款待兄弟。"

苏秦哆哆嗦嗦来到冰雪堂，张仪命张千把门窗打开，好好打扫一下。又让几个从人把风车搅动，吹得屋里比外面雪地里还冷。苏秦问："这里为何没个火盆儿？"张仪说："男子汉怕什么冷？还要烤火！这风正是为你拂尘的。"接着，张仪又命人端过一壶雪里冰过的冷酒，请苏秦喝。说是小伙子腊月里喝了冷酒，开春儿不害眼病。苏秦心想："我要喝上一口，不冰断我这肚肠子才怪！"因此推辞不喝。张仪一面吩咐张千把团袄拿来，一面问："兄弟你冷不冷？"苏秦答："我冷得很呀！"张仪说："你冷我也冷。"说着，把团袄自己穿上。张仪又问："兄弟你肚里饥吗？"苏秦答："我饥得很呀！"张仪命张千把馒头和面汤端上来。馒头是两年前祭丁用的冷馒头，面汤里又故意放了些冰凌。苏秦这下子可急了，吼道："嘿，张仪，你是何道理！我和你交情非比寻常，千里飘零特来相访，你见我毫不感伤，反欺我寒酸、雪上加霜！"张千听他直呼丞相姓名，连喊"点汤"。苏秦知道，"点汤"就是逐客的意思。便怒气冲冲走下厅阶。张千还跟着他喊"点汤"，一直喊到大门门楼底下。苏秦想："男子汉顶天立地，哪能平白无故受这样的耻辱！不如我就解下腰带，吊死在这里！"正这时，陈用赶过来将他拦住，劝他："蝼蚁尚且贪生，为人怎不惜命，你干嘛非死不可呢？我们丞相爷做得不对。我就送你白银二锭、春衣一套、鞍马一副，你到别处求个大官去吧！"这可真是死亡线上拉了一把，苏秦发自肺腑地感激陈用。他拿着这些馈赠又回到院里，打算让张仪看看，羞愧他一番。张仪看了却问："你两手拿的东西，莫不是偷来的？"苏秦道："反正不是偷你的！你听着，我将来得官呵，必不在你之下！"张仪轻蔑地说："你还能够得官？我量你一辈子也不能发迹！你要发迹，除非是驴生犄角瓮生根！快出去，快出去！"苏秦又被轰出来。此时的苏秦，被激起胸中豪情三千丈，下定决心当自强，牢记陈用——山海似的大恩人，牢记张仪——咱们将来再算账！

　　自苏秦被赶出家门，苏大公多方打听他的下落，一直没有音讯。这天，忽有差人来庄，讨借锅碗之类，说是苏元帅要用。再一问，才知道这苏元帅就是苏秦。一家人十分欢喜，牵羊担酒去驿馆迎接。

　　苏秦到了赵国，受到赏识。又游说韩魏燕齐楚五国，如今官封六国都元帅，真是出人头地、今非昔比了。

苏大公带领众人来到馆驿，差人进去报告："老相公同家眷来了。"苏秦听了，置若罔闻："什么老相公？让他进来。"苏大公见到苏秦，叫声："孩儿，我就知道你不是个受贫的人！"苏秦冷冰冰问："谁是你的孩儿？"苏大公急忙说："你就是我的孩儿！你得了官，就该回家去，给家里增添多少光彩！为啥住在这客栈里？"苏秦道："我怕一进家门就打我三百黄桑棍！"苏大公说："孩儿，旧话休提，那都是老汉我的不是了！"苏秦怒气不息，命人把苏大公赶了出去！

苏秦自做了六国元帅，一方面派人持千金到弘农县酬谢王彦实；一方面又写下战书，要讨伐秦国，分明是要报张仪之仇。张仪接到战表，心想："要等他大兵到了，可就迟了，不如赶快找到他，向他把此事说开。"于是带着陈用也来到这洛阳驿馆。张仪见到苏大公等人，知道是被苏秦赶出来的，劝道："父亲母亲哥哥嫂嫂放心，我要过去，他必然肯认你们了。"苏大公问："为什么你过去，他就认了？"张仪道："我在冰雪堂对他有一场好款待呀！"

差人通报："秦国丞相张仪请见。"苏秦让差人出去对张仪说："你不自己进去，还要俺元帅接待你呀！"张仪心里话："报复了我一句了。"见到苏秦，张仪下拜，苏秦止住，命人拿拜褥来，言道："免得弄脏了您那锦绣衣服。"张仪心说："这句他也一点儿没忘。"苏秦大喇喇坐下，问："你是什么人？"张仪答："我是你哥哥张仪。"苏秦怒道："原来是你！你倚仗官尊，对我百般奚落，讥笑得我不成人！你不是说我若发迹，除非驴生犄角瓮生根吗？今日看你还有何话说！来人，给我把他轰出去！"张仪急忙伸着手，一面止住一面解释："我好歹也是秦国丞相，哪有随便轰出去的道理？你不给我设置座位，陈用，把交床拿来我坐。"陈用把交床搬过来。苏秦问："你就是陈用？哎呀，哥哥快请坐，受我几拜。"张仪怪道："你真是轻君子重小人！他不过是个泥鞋窄袜的公人，你为何如此相待？"苏秦冲他一瞪眼："就在你冰雪堂冷酒冷汤冷馒头羞辱我后，我险些寻死。是这位陈用兄弟将我救下，赠我银两，我才有了今日。他是我的大恩人，我自然要重重款待！"张仪道："要是这样，你可听陈用细说。"陈用回禀："元帅，常言道：人不说不知，木不钻不透，冰不握不寒，胆不尝不苦。我现在说破就里，请元帅听真，当初俺丞相故意轻慢，激怒你离开府门，暗地里备齐行装，让我出面假做恩，我本是当差听令一公人，哪有春衣鞍马和白银？若不是张丞相瞒天过海智，怎能够使你虎符金印到家门？"苏秦听罢，恍然大悟："原来如此！哥哥你瞒得我好苦！"张仪说："弟弟你傲得我好苦！"又问："父亲母亲都在门口，你到底认不认？"苏秦连忙请他们进来，一一拜认。在喜庆团圆的同时，苏秦心中仍有些感慨："倘若后来又一次马死白银尽，我苏秦不仍是被人瞧不起的旧苏秦！这正是世态炎凉啊，贫在闹市无人问，富在深山有远亲。"

白鹭村夫妻双拆散　翠红乡儿女两团圆

　　蠡州白鹭村有韩弘远、韩弘道二兄弟，韩弘远妻子李氏，生下福童、安童两个男孩，而韩弘道妻子张氏一直没有生养。福童、安童三五岁上，韩弘远便去世了，多亏韩弘道将他们抬举成人，而且家业越挣越大，成了村中豪富。韩弘道近六十，又娶了个小老婆李春梅，这李春梅如今身怀有孕。此事引起李氏嫂嫂和两个侄儿的不满。这天，李氏让福童把张氏请来，以两个孩子到了结婚年龄为由，提出分房的要求。张氏不敢做主，让他等着韩弘道回来，再做决定。

　　李氏正大声小气地叫喊，韩弘道从外面喝酒回来，张氏向他讲了李氏吵闹的原因，韩弘道叫过两个侄子，问他们心里如何打算，福童说："我两个还没娶老婆呢，分了家倒也痛快。"于是，韩弘道让福童把老社长请来主持。福童威胁老社长："你就对俺叔叔说，这家私财产多亏我父亲挣来，要多分我家一些，然后我买羊头薄饼请你吃。如若不然，你可知道我这性子不好！"李社长说："我知道。"到了韩家，李社长把钱钞银子分做十份，让韩弘道拿一份，剩下都给了福童、安童；又对韩弘道说："牛羊牲畜田产器物之类，你要它有什么用，都给了两个侄儿吧。"韩弘道点头称是。分完之后，社长让福童快拿羊头薄饼来，福童却给了他一拳，说："老家伙，哪有什么羊头薄饼，这会儿没工夫去买！"家财分完，住宅也一东一西分成两个院子，中间打起了界墙。

　　眼看着好好一家人家，就这样拆散了，财产又分得如此不公，韩弘道心里十分难受。对张氏叹道："我若早有个儿子，也到不了眼前这种地步，这都是我没有孩子的下场啊！"

李氏带着两个儿子分家单过，心里仍不知足，她想："若那李春梅生个男孩，那一份家业就都是他的了，若是想法儿把李春梅赶走或是休了，那份家业不就全由我这两个孩儿继承了？"于是，她趁着张氏生日，让儿子把婶子请过来。喝酒之间，她调唆道："你听叔叔说了吗，要是春梅生个女孩儿便罢，若得个男孩儿，就让二嫂你烧火打水做饭，让你和母狗一块睡。我听见这话，心里很有些不忿。我要不告诉你吧，将来白白吃亏。咱们妯娌之间，我不能不告诉你，你要早拿主意！"张氏听完，果然没一点酒兴，急急告辞回家。打算找韩弘道算账。

韩弘道因妻子被侄子嫂子叫过去喝酒了，便和李春梅先喝几杯。李春梅向韩弘道诉苦："你不在家时，张家姐姐把我不是打便是骂，这样的苦日子可什么时候到头啊！"韩弘道给她把盏赔罪，劝她不要争竞："你做小伏低，暂时忍耐，等生下个孩儿来，我自会似那心肝儿般知重你！"这些话正好让门外偷听的张氏听见，张氏叫开门，破口大骂："你们这两个老小子、贱奴胎，竟敢在背后把我编派！"又劈头盖脸地打起春梅来。韩弘道边拉边劝："二嫂，可别闪了手！"张氏更怒，正颜厉色对韩弘道说："我老实和你讲，如今是有我没她，有她没我，你爱她就休了我，爱我就休了她！"韩弘道劝她："你怎么说出这样的话来，今天是你的生日，你请坐，我陪你喝几杯。"张氏仍是骂骂咧咧："我喝他娘的什么酒，你赶快把李春梅休了。"春梅哭着说："也别闹了，就把我休了吧！"韩弘道骂她："你这小贱人插什么话！把你娶来，只为让你给我生个孩子，你张姐姐哪能信着别人的话，真的让我把你休了，让我绝户了？"可张氏却威胁道："你不休她，我就去死，俺兄弟七八个，如狼似虎，到城里把你告到官府，看不把你皮也剥了！"韩弘道万般无奈，只好写下休书，交给李春梅。

李春梅走后，韩弘道禁不住落下几滴眼泪，张氏却在一旁冷笑。韩弘道求她说："这时候把李春梅赶走，天寒地冻，让她住到哪里？不如把她找回来，找个庄院人家借住，等她生下一男半女，再赶走不迟。"张氏说"那为什么？"韩弘道："我怕绝户了啊！"张氏："现放着两个侄儿，怕什么？"韩弘道叹道："哪能指望这两个不争气的东西！他们的贼心贼意，你难道还看不清楚？如今是有吃有穿，怎么都好说，到将来咱们无力无子时，可就船到江心补漏迟，你和我等着受罪吧！"

新庄店有个财主俞循礼，岁数老大没子女，天地可怜，让他妻子王氏怀了孕，因他还要亲自去城中索债，不能守在家中等分娩。临行时他嘱咐妻子："你若生个男孩儿，就选匹追风快马，火速给我报信，我回家来，杀羊造酒，摆个大筵席喜庆一番；若是生个女孩儿，就算了！"王氏暗暗祷告："天啊，让我生个男孩才好。"

王氏有个弟弟人称王兽医，夫妻二人，没有子女，妻子刚生下一个孩子，可惜落地便死了，心中很是烦恼。又听说姐姐生了一个女孩儿，这正是姐夫不愿听到的，心中更觉别扭："做娘的都是一样怀胎，分什么男孩女孩！"这天他喝了几口闷酒，看看天色晚了，趔趔趄趄往家走。别人告诉他前边有鬼，他不信，等走到跟前，忽听有叫唤哭泣之声，吓得他毛发倒竖，从腰里抽出根穿牛鼻的木棍，嘴里念叨着："有鬼无鬼，撮盐入水。呔！前边是什么东西？""我是人。""你是什么人？""我是要饭的。""你是男人还是女人？""我是女人。""你在那里做什么呢？""我在这里养娃娃哩。""你养的是男孩儿还是女孩？""是个男孩。"王兽医心想："我姐夫那么富有，偏偏得个女儿；这要饭的女人如此穷困，偏偏生个男儿；这老天爷是怎么配给的啊！"他问："你这妇人要这孩子如何养活，还是给了人吧！"那女人说："给谁呢？谁要哇？"王兽医说："给我，我要。"妇人道："那你就抱走吧。"王兽医将婴儿抱过来，只见高鼻小口，长得很好。他暗想："把这孩儿暗中给俺姐姐送去，不是称心如愿了吗？"于是将身上的散碎银子掏出来，送给那妇人。忙乱中，孩子撒了他一身尿。临走，妇人问他姓甚名谁，王兽医不肯告诉，只问妇人姓甚名谁。妇人回答："我叫李春梅。"王兽医说："李春梅，你放心养好身体，等以后我把孩子拉扯成人，让你们母子团圆也是可能的。”

王氏因生的女孩儿，也不敢给丈夫俞循礼报信，心里很是烦忧。王兽医抱着孩子偷偷从后门进来，碰上老院公，王兽医叮嘱他："此事只有天知地知你知我知，若是泄露出去，我就让夫人打死你！"抱到屋里，王兽医对姐姐说："我弄来一个男孩儿。"王氏问他是从哪儿弄来的，王兽医答："这你就别问了，你就说是你生的，快去给姐夫报信吧！"王氏自然同意，把个女儿交给弟弟，让他带出去丢在河里或是井里。王兽医出门来，心想："我这姐姐也真狠，怎么有个男孩儿就要把女儿害死呢？这女孩再不好，也是她身上掉下来的肉，也是我的亲外甥女，我不能扔了，还是抱回家中让我老婆养着吧。"

俞循礼给自己的孩儿起名添添，如今已长成十三岁。添添聪明伶俐，俞循礼视如掌上明珠。这天早晨，刚吃完饭，正准备让院公送添添到学堂上学，王兽医径自走进院子，嘴里嚷着："姐姐、姐夫，有酒没有让我喝点儿？"看见添添，照脑瓢儿打了一巴掌，添添脚下一滑，趴在雪地上。俞循礼早就对这王兽医有些讨厌，如今见这舅舅不像舅舅，自然气愤："你平白无故打孩子一巴掌做什么？吓着他怎么办？"王兽医却嬉皮笑脸地说："我打这忘恩负义的小崽子，十三年前，也亏我这么抱，抱的这么大了！"俞循礼："你是又喝醉了，有什么事快说吧。"王兽医："我要问你借牛去耕种。"俞循礼："今年不借了！"王兽医问："往年都借，为何今年不借了？"俞循礼："往年借你，因为添添未成人；今年添添十三岁，长大了，你借我牛去了，若是出了毛病，谁赔我？你又无儿，又绝户！"王兽医一听急了："你说我绝户，我看你才绝户！"俞循礼："我有添添儿子，怎么会绝户！"王兽医："我可不知道添添是你的儿，你问我姐姐，是不是你的儿！"王氏急忙劝他："兄弟，你别胡说了。"俞循礼过来一边推一边骂："你这个混账东西，快出去，再也别上我这门来！"王兽医发狠道："好你个姐夫，不借牛就算了，还骂我绝户！我一不做二不休，一定要找到那个李春梅，让她把孩子领走，看是你绝户还是我绝户！"俞循礼也是怒气不息。王氏劝："员外，你就看我的面子，别跟他一般见识。"

韩弘道如今身体更加不好，两个侄子越来越不孝顺。张氏此时方后悔起来，不该把李春梅赶走，弄得老两口无人照顾。

王兽医曾向韩弘道借过十锭钱，本利该二十锭，今天他到白鹭村还钱，见韩弘道精神不振，便问："叔叔怎么了？"韩弘道说出自己因无儿无女，忧虑成疾的情况。王兽医也联想到被姐夫骂做绝户的情况。同是缺少半壁儿的人，自然互相理解。王兽医拿出二十锭钱放在桌子上，韩弘道说："孩儿呀，别人的钱不知白饶了多少，你这点儿算什么？不要还了，连借债的文书一块儿拿回去吧！"王兽医听了，联想到亲姐夫连牛借一下都不肯，对韩弘道更是感激，后悔当初不如把要的那孩子给了韩弘道。韩弘道既不要钱，王兽医便打算上街买酒，与韩弘道一块儿喝几盅，韩弘道阻拦住，说："不用去买，自己家中就有。"吩咐张氏把酒烫热拿来。

两人正喝酒，福童、安童大大咧咧从外面直接进来，也不顾旁边有客人，吵着向叔叔讨几个钱花，并说："要是没有现钱，把过去的放债文书给我们，我们去索要也行。"吓得王兽医慌忙把自己刚才那份文书连扯带咬弄碎。韩弘道骂两个侄儿不成器，惯得没点人样。福童却嫌叔叔小气，说："你要死了，这家私总应该是我们兄弟俩的！"韩弘道气坏了，向他们讲明：一是没什么钱；二是文书也不能给！他命人把文书柜子抬出来，一把火烧掉。要学学庞居士放了来生债。福童、安童讨了个没趣儿走了。

王兽医问："这两个是您什么人？"韩弘道说："这就是我两个不孝顺的亲侄儿！"王兽医："这事儿说来得怨婶子，为何不给叔叔娶个小婆，若早得个一男半女，也强似受这两个侄儿的气。"韩弘道说："也曾有个小婆来，并且身怀有孕；只因和你婶子一时不和，被你婶子赶出门去。十三年过去了，如石沉大海，没有一点儿音讯。"王兽医问："这人长得什么样？多大年纪？叫什么名字？"韩弘道一一回答。王兽医禁不住说："这人肯定还在！"韩弘道急忙问："你难道在哪儿见过？"王兽医又遮掩道："没见，我打了个呵欠。"韩弘道劝他继续喝酒，王兽医起身说："我出去湿湿去。"到外面撒完尿回来，说："我湿湿完了，再给婶子一个娃娃。"接着，又讲了十三年前，夜遇李春梅的事，并告诉韩弘道夫妇："每天上学，打你们门前经过的那个叫添添的小孩儿，就是你们的后代。"韩弘道听罢，欢喜欲狂，春满眼，喜满腮，双手加额谢天地，终于苦尽甜来。让张氏快去杀鸡，再上好酒。王兽医止住："酒也够了，吃不下了。"韩弘道说："那就准备两匹马，你和你婶子先去俞循礼家说明。"王兽医开玩笑说："准备一匹马就行了，我和婶子叠骑着。"韩弘道不但不怪，还跪下说："我去城里请个画匠，把哥哥你的形象画下来，俺子子孙孙辈辈供养！"王兽医："算了吧，就我这副丑嘴脸，哪个巧笔丹青也不敢画。"

添添放学回家，王兽医拦住，告诉他不是俞循礼的孩儿而是白鹭村韩弘道的孩儿。"一会儿你父亲就乘着鞍马来看你了。"添添哭起来，真的等在路旁。

一会儿，俞家老院公来接添添回家，添添使性，一声不言语。老院公又哄又劝，半天，添添说出："我不是俞循礼的儿，我是韩弘道的儿。"院公大惊，问："是谁告诉你的？"添添说是舅舅。院公心说："王兽医呀王兽医，你让我保密，你自己却说出来，你可是断送了一家人呀！"这时王兽医和张氏来了。张氏叫着："这是俺的孩儿。"院公不平地说："是您的孩儿，您倒是真省力气呀！"张氏说："添添认了姓，也还是要经常回俞家的！"老院公觉得也只能如此，便问添添："孩儿，你现在打算怎么样？"添添回答："两家的老人我都要尽孝送终。"于是，张氏拉着添添回家认父亲去。院公却把王兽医死死拖住，大喊："有人把添添夺走了！"俞循礼夫妇闻听，赶紧跑来问："到底是怎么回事？"院公指着王兽医说："你们问他！"王兽医说："添添是韩弘道的儿，人家当然得夺走了！"俞循礼一听，气得要死，把院公推倒，又一把扭住王兽医问："这是真的！你好狠啊！"王兽医挣脱开，赶紧溜走。俞循礼如同被截了枝的老树，呆立在那里纹丝不动。半晌，老院公才陪着他回到家。

俞循礼回到家，埋怨夫人："你整整瞒我十三年啊，一旦被小舅子说破，这父子之恩就这样断了！"王兽医怕姐夫出事，赶来赔礼。俞循礼指着他说："你好狠啊，这样的事你也干得出来！"王兽医辩解道："这不能怨我，应怨那酒，是酒说出来了。"俞循礼此时也拿他没办法，只好说："算了吧，既是人家的孩子，就让人家带走吧！我昧了人家的儿子，死了也难修来世，只是求你这个舅子，把我这八句诗送给孩儿，添添聪明，见了我的诗一定会来看我，唉！要是来得晚了，他也就见不着活的我了。"

韩弘道见到添添，紧紧握着他的手，颤声说："孩儿，叫我一声爹爹。"孩子叫了，韩弘道简直高兴得要死："有如那枯竹上生嫩笋，老树上长新枝；仔细寻思，这也非人力乃是天赐。"王兽医来到，对韩弘道说："你这会儿欢喜极了，我那姐姐姐夫可是烦恼极了。这是我姐夫写的八句诗，添添你看看。"添添念道："璧玉连枝取次分，铁人无泪也销魂；愁云聚此新庄店，喜气生他白鹭村。画阁有谁知冷暖，高堂无客问晨昏；梦回不睹亲儿面，斜月微明独倚门。"念完之后，添添泪如雨下。韩弘道夫妇也十分感动，决定牵羊担酒，亲自登门拜谢俞循礼夫妇对孩儿的养育之恩。

韩弘道高捧酒杯，跪在台阶上给俞循礼敬酒，俞循礼心里难受，唉声叹气地说："你有了儿子，我可是绝户的了。"

王兽医此时把李春梅也找到了，陪她来到俞家。俞循礼一看这李春梅长得又粗又蠢，丑陋极了，心说："这真是鸦窝里出凤凰，粪堆上产灵芝，天公偏偏让她生出个俊秀男儿来。"他不由问妻子："添添这孩子是人家的了，可我问你，那十三年前，你生个什么？"王氏告诉他："生了个女孩儿，让俺兄弟王兽医抱走了。"俞循礼于是又向王兽医要女儿。王兽医只好把抚养了十三年的女儿桂花又还给姐姐、姐夫。王兽医心中叹气："唉，合着这一场恶怨，都泄在我身上，我弄了个一无所有！人家两家可以结为亲家，老人百年之后，有添添、桂花两口儿两边上坟拜扫，只可怜我这一把老骨头，有谁肯把酒浇奠上一两盅啊！"韩弘道、俞循礼安慰他一番，三家人做起个喜庆筵席。

甚黑子花柳鸣珂巷　李素兰风月**玉壶春**

　　嘉兴府有个上等妓女李素兰，幼小时便学会歌舞吹弹；如今十八岁，通晓诗词歌赋，长得十分美丽。清明时节，她领着梅香到郊外春游；她养母闲着没事，到刘妈妈家吃茶去了。

　　维扬人李玉壶，来这江南繁华胜地游学，这天也带了琴童到郊外散心。万紫千红、春光如画，李玉壶慢慢赏玩。猛然间见了李素兰，不禁喝彩："好一个小娘子！"李素兰也看见了李玉壶，赞叹道："好一个俊秀才！"梅香说："好一个傻琴童！"琴童道："好一个丑梅香！"

　　两人一见钟情，李素兰让梅香去问那秀才姓名，李玉壶回答之后又说："我今年二十八岁，未曾娶妻哩。"梅香心里话："这也是个傻东西，谁管你娶没娶妻来？"李素兰又让梅香去问："有心请秀才来花坞中共饮几杯，不知愿意不愿意？"李玉壶自然求之不得。梅香心里说："他还真不客气，一让一个肯。"李素兰和李玉壶见过礼，坐下饮酒。李素兰道："秀才若肯屈高就下，我愿和秀才做一程伴。"并取下随身的翠珠囊一枚、二十五轮香串一腕赠与李玉壶作为信物。李玉壶激动地说："量小生有何德能，竟得姐姐如此厚爱！"取下掠鬓角的玉螳螂一枚、白罗春扇一把回赠，也作为信物。李素兰道："来日我在家专等秀才，不要失信。"李玉壶答："我是孔子门徒，怎敢失信！"李素兰又嘱咐："还有一件事，我那养母又严又恶，你可别见怪。"李玉壶答："姐姐放心，我拼着倾家荡产，也情愿花这个买花儿钱！"

杭州同知陶伯常是李玉壶的好友，最近，他奉命进京，路过嘉兴，特意在驿亭等候，派人去请李玉壶相见。李玉壶带着琴童来到，两位老友寒暄一番后，话归正题。陶伯常劝李玉壶："你有满腹才学，怎么不思进取，只以花柳为念？为兄我怕你在此耽误一生大事！"李玉壶却说："仁兄严训，怎敢不听。愚弟疏狂，使兄长丢脸，也有污名教。虽然如此，可这李素兰实非一般妓女，是个贞节之人，所以我离不开她，并非我一意荒淫。"陶伯常闻言道："既然贤弟坚心，也只好由你，只是我须迅速进京，你平时有什么写好的文章，我可以带进都城保奏，或许能得个一官半职。你认为如何？"李玉壶拿出写好的万言长策交给哥哥。陶伯常粗略看罢，说："据贤弟文章，必得重用！"李玉壶谢道："果能如此，我定不忘仁兄提拔之恩！"二人分手离别。

　　李素兰养母看着李玉壶钱已花尽，如今是筛子里喂驴——漏豆了，打算把他赶走，另外找个有钱的客人。这客人名叫甚舍，外号甚黑子，山西平阳人，是个绸缎商。他来到李素兰家，李素兰养母告诉他："俺孩儿有个旧好，等我把那人赶走，再请你来家住。"甚黑子立刻拿出二十两银子做茶钱，又许下："愿以三十车羊绒潞绸做彩礼，娶了李素兰。"养母自然十分高兴，让甚黑子暂回客店，等听喜信儿。

　　李玉壶与李素兰相伴一年有余，两人赤心相待，感情融洽，难舍难离。这天，李素兰备好茶饭，躺在床上暂歇。李玉壶探望朋友回来，看着素兰娇柔睡态，更把功名置于脑后。李素兰醒来，展开一轴新画，画的是一束兰花插在玉壶之中。李玉壶分外欣赏，亲题《玉壶春》词一首写在上边。李素兰弹琴吟唱："春娇淡雅天然格，蕊嫩幽奇能艳白，看四季永馨香。远蓬荜岂邻野陌，惟待客，不许游人摘……"二人雅兴正浓，养母把门踹开，嘴里嚷着："呆屌唱得好！我把你卖到别处去！"气得素兰大哭起来。

　　养母吩咐梅香把甚黑子请来，对素兰说："你看这人，又有钱，又长得一表人才，哪一点不比那穷秀才强！"甚黑子忙献殷勤："是啊，我甘愿用三十车羊绒潞绸做彩礼，娶你这大姐！"

李玉壶在一旁看着，心如刀割。养母呵斥道："李玉壶，你是个读书人，也该放聪明些！你要娶俺女孩儿，可你姓李，俺孩儿也姓李，同姓不能成亲，你难道不晓得这法度吗！你不去求官，总在这里恋着我的女孩儿做什么，快滚吧！"李玉壶万般无奈，只好离开。

李素兰又气又急，对养母说："你把李玉壶赶走，我没有心思再替你觅钱！"她拿过剪子，一下子把头发剪短，决心宁做尼姑也誓不嫁人。养母没法儿，和甚黑子暂且退出。

李玉壶被鸨母赶出，栖身客店。他求李素兰的好友陈玉英把素兰暗中约来，再见一面。

二人相见，抱头痛哭。陈玉英劝他们："你们都年轻，只要情深意坚，等个几年有何妨碍？那老婆子总有死的时候，怕她做什么？事情常常是先忧后喜，苦尽甜来。"

正这时，鸨母发现素兰不在家，带了甚黑子赶来。进门便连摔带砸，冲陈玉英嚷道："好哇，陈玉英，你我是近邻，竟敢窝藏着我女儿！"接着又撕头发撞脑袋，骂素兰好大的胆子，明着是不会客、当尼姑，暗地里却会情人、不要脸！李玉壶心说："哪里还有什么先忧后喜、苦尽甜来，分明是命中多灾！"鸨母扯住李玉壶："你这个穷光蛋！我家不留你就算了，为什么还搬调我女孩儿和我不和！我不能饶你，咱们见官去！"

陶伯常进京，被提升为嘉兴太守，率领侍从、仪仗来此上任。

鸨母、甚黑子拉着李玉壶等人拦轿喊冤，陶伯常命人把他们统统拿下，带到衙中审问。

陶伯常升堂，命差役把人都带上来，把甚黑子的潞绸，李玉壶和李素兰的玉壶春图画、沉香串、玉螳螂等都摆在堂前。喝令："所有人都跪着，单李玉壶请起。"鸨母和甚黑子嚷："爷爷，我们是原告，他是被告，怎么让我们跪着，倒请他站着？"两旁衙役大声断喝："住口！不许胡说！"吓得这两人不敢再吱一声。

鸨母申诉："爷爷，可怜可怜我吧。这李玉壶先前曾找俺女儿做伴，后来我家另外留了山西客人甚舍，李玉壶自没趣儿走了，可他又搬调我娘儿俩不和，因此特来告他。"陶伯常说："这事当初曾有玉壶春图画，说明你家女儿情愿许配李玉壶了，为什么你又要留了甚舍！"鸨母张口结舌，无言以对。陶伯常又说："那婆子，你听着，因他李玉壶献了万言长策，圣上阅罢大喜，已加他为本府同知，今天就可上任。"鸨母立刻改了口，对李玉壶奉承道："同知大人，我说你就不是个受穷的人嘛！"

陶伯常又问："李素兰，我将你配与李玉壶，你意下如何？"素兰谢道："妾情愿改正从良。"陶伯常又问李玉壶："兄弟，小官将李素兰配与你做夫人，你同意吗？"李玉壶说："全仗仁兄主张。"甚黑子却阻拦道："爷爷，这可不成！他们两人都姓李，同姓不可为婚。"素兰禀告："妾身本姓张，是幼年过继给李氏做义女的。我如今改回原姓，有何不可？"陶伯常问鸨母："是实吗？"鸨母此时自知不能赖过，只好承认。

陶伯常判断：李玉壶给李婆子白银百两作为恩养，甚黑子仗财欺人断遣还乡，素兰女改本姓夫荣妻贵，永团圆谢圣恩地久天长。

❖ 岳伯川 ❖

韩魏公断借尸还魂　吕洞宾度**铁拐李**岳

郑州都孔目岳寿有神仙之份，上八洞神仙吕洞宾来度脱他。吕洞宾来到岳寿家门，大哭三声大笑三声。岳孔目儿子福童放学回家吃饭，向道士作揖，吕洞宾却骂："你这没有父亲的小孽种！"福童回家告诉母亲李氏，李氏出门质问道士为何如此无理，吕洞宾却说："你是寡妇领着个没爹孽种！"李氏气坏了，让道士别走："我丈夫回来定不饶过你！"

岳孔目去迎接钦差大人韩魏公，没有接到，只好先回家吃饭。路上，手下人张千问他："韩魏公来郑州是专门查办滥官污吏的，带着势剑铜铡，先斩后奏，郑州官吏听到消息吓得走的走逃的逃，你为何不逃？"岳孔目答："你哥哥我平日不做亏心事，不曾扭曲作直，为何要逃！"来到自家门口，吕洞宾指着他说："岳寿，你今年今月今日该死了！"岳孔目心里好晦气。连日接新官没接着，偏又撞上这么个疯魔先生。李氏也出来告这道士的状，岳孔目怒道："你这个混账道士好无理，怎么随便骂人！你大概还不知道我是干什么的吧？"吕洞宾说："岳寿，你这没头鬼，你快死了，留下孤儿寡母，还耍什么威风！"岳孔目按住怒火问："我怎么是无头鬼？"吕洞宾说："韩魏公新官到任，你这等扭曲作直的污吏绝难逃脱。"岳孔目一听，这简直是胡说八道，命张千把道士高高吊起来，等吃完饭再慢慢审问。岳孔目一边往屋里走，一边说："休道是个出家人，就是富豪官绅也怕我三分，只凭我二指宽的一张纸条，就能把他拖到有司受牢禁。"

韩魏公微服私访，把道士放走。

张千出门一看道士没了，便喝问："那老头子，是不是你放走了吊着的人？"韩魏公说："是我放了那出家人。"张千怒道："你是吃了熊心豹子胆！我去告诉我哥哥。"岳孔目听说一个庄稼佬竟敢私自解绳子放人，好生气恼，让张千问明他的住处、职业。张千奇怪地问："他一个庄稼佬，问他住处干什么？"岳孔目答："只要他有住处，不出三五日，我就能找个茬儿把他收拾！"张千说："何必跟他这么认真，求哥哥把这个面子给我，我去把他放了，向他讨些酒钱。"岳孔目一想也是，也就同意了。

张千出来对韩魏公说："那老头子，你是盆儿还是罐儿？"韩魏公不解："怎么是盆儿罐儿？"张千："盆儿无耳朵，罐儿有耳朵，你要是个罐儿就该听说过六案都孔目大鹏金翅雕的外号，那就是俺哥哥！能吓你连摔八个大跟头！"韩魏公问："怎么叫大鹏金翅雕？"张千："你这老儿真是什么也不懂！这大鹏金翅雕是一个神鸟，十分厉害，世间万物都能抓过来吃掉。这郑州境内派个官儿来，我哥哥让他做一年便一年，让他做二年便二年。你知道我吧？"韩魏公："你是谁？"张千："我是小雕。我那哥哥管着正官，我这小雕管着佐僚，刚才俺哥哥要送你性命，我替你求情，饶了你了！"韩魏公说："多谢大哥，我走了。"说罢要走，张千一把抓住："你真是好自在性儿，说走就走！难道没听说管山的烧柴，管河的吃水？"朝魏公："老汉不晓。"张千："我替你求情，磨破了嘴皮，你得给我几个草鞋钱！"韩魏公："原来是这个意思，何不早说，我那钞袋里有碎银子，你去拿吧。"张千伸手去摸，拿出一块金牌来，心说："这老头子刚进城，买这么个好礤床儿干什么？"再仔细端详，不由害怕起来。韩魏公问他："岳孔目接谁哩？"张千："韩魏公。""你抬头看，我就是韩魏公！"张千吓得体似筛糠。韩魏公道："你刚才说你哥哥是大鹏金翅雕？"张千："吓成黑老鸦了！"韩魏公："你是小雕？""吓成麻雀儿了。"韩魏公："老夫面前你都敢索要钱财，对百姓如何便可想而知，告诉你那把持官府的岳孔目，快把脖子洗干净，早点儿来州衙试剑！"

岳孔目出门来，见张千撅着屁股跪着地上，问他："你干什么了哩？不是见鬼了吧？"张千答："我见你就跟见鬼一样。"岳孔目怪道："你胡说什么，那庄稼佬哪儿去了？"张千："那庄稼佬就是韩魏公。我曾对他说你是大鹏金翅雕，我是小雕，向他要钱，见到他那金牌。他说让你把脖子洗干净，到州衙试剑去！"岳孔目顿时惊骇，要追上韩魏公，向他解释清楚，谁知脚下一跌，靴子摔掉，竟昏死过去。李氏和张千将岳孔目唤醒，岳孔目喃喃地说："我不是大鹏金翅雕。唉，谁想那百姓们的口也是祸之门，舌是斩身刀！"

韩魏公经过调查，发现岳孔目没有劣迹，而是个很能干的人，便让令史孙福去通知岳孔目："病好之后，依旧六案中重用；赠送白银十锭作为药资，好好疗养。"孙福捧着银子，带着这个好消息，急急赶到岳孔目宅上。岳孔目却昏昏沉沉，快不中用了。他把妻子李氏和儿子福童托付给孙福，又对妻子嘱咐一番："别再嫁人，别辱没我的好名声。"终于一命呜呼。

岳孔目的灵魂被拘到阎王殿，阎王问道："岳寿你知罪么？"岳孔目说："小人不知罪。"阎王："你在阳间做六案都孔目，瞒心昧己，扭曲作直，造业极多，又亵渎大罗神仙。牛头马面，把九鼎油锅烧起来，里面放上一文铜钱，让这岳寿去取！"岳孔目叹道："罢罢罢，这都是我往日造下罪孽，今日受到报应。"他迟疑不敢去取钱，牛头举着热腾腾油叉过来喝道："不去取，我就一叉把你挑下油锅去！"

正这时，吕洞宾来到地府，对岳孔目讲："油锅虽热，全真不怕；苦海无边，回头是岸，岳寿你明白吗？"岳孔目道："徒弟明白了。"吕洞宾："跟我出家去吧。"岳孔目："情愿跟师父出家。"于是，吕洞宾求阎王免岳寿油锅之罪，放他灵魂还阳。可阎王一看，阳间岳孔目妻子已将岳孔目尸体焚化了。没办法，岳孔目只好借郑州奉宁郡东关里李屠户的儿子小李屠的尸体还魂。

小李屠死了三天，只因心头还有热气，不曾发送，如今又活过来，老李屠高兴极了。可这儿子却不认得父亲，叫老李屠做村老子；也不认得媳妇儿子，嘴里直喊："张千，把他们轰走！"折腾了好半天，岳寿才想起自己是借尸还魂，这里是李屠户家。于是，他谎称去城隍庙找魂，准备跑回自己家。谁想刚站起身就跌倒了，原来这小李屠是个瘸子，须拄拐才能走路。他心想："唉，今日身不正，都因为我往日心不直。这做屠户的虽然杀生害命，却强似做吏人的伤天害理；屠户杀的是猪狗，吏人杀的是民意；这活取来的民心骨髓，顶多少猪肝猪蹄！"

李氏正准备请僧人为丈夫诵经，只见一个头发蓬乱、胡子满腮、邋邋遢遢、瘸腿拄拐的人推门进来。她以为是个要饭的，将那个人推出门去。那人摔了个屁股墩儿，爬起来喊："大嫂，我是你丈夫岳寿！"李氏怒道："我那丈夫面白唇红，身体丰满，哪像你这个模样！你跑到这里来讨便宜，我拖你到官府去！"岳寿说："我是借尸还魂。"接着把事情经过详细叙说一遍。李氏听完，将信半疑，放他进门。

张千、孙福也来岳寿家参加诵经，见一个叫花子正伴着嫂子坐着，举棍要打，被李氏拦住。李氏告诉他们："这就是你们那岳大哥。"

李屠户和儿媳妇也跟踪赶来，叫着"儿子、丈夫"，要拉岳寿回家。李氏扯住不放："他是我的丈夫！"张千自然向着嫂嫂，扯过拐来要打李屠户。岳寿没了拐，一下子摔趴在地，仰脸责怪道："张千，你不知道我现在有点瘸！"张千发话："哥哥变成这般嘴脸，还有这样的腿脚，何不早说？我哪里对得上号儿。"

众人把个瘸岳寿争来抢去，没法了结，只好告到官府。韩魏公升堂问案，感觉此事极难判断。正发愁，吕洞宾来了，问岳寿："明白了没有？"岳寿答："弟子明白，从今后，玉锁金枷顿开，撇了酒、色、财，跳出大墙外，草鞋麻袍拄着拐，但得个无烦恼，胜似紫袍金带。"接着，嘱咐李氏，看好福童孩儿，嘱咐李家大嫂，好好侍奉公公，然后跟吕洞宾飘然而去。

吕洞宾把这个由李屠的尸首、岳寿的灵魂二者合一的李铁拐介绍给汉钟离、张果老等众仙，八仙腾云过海，拜三清、朝玉帝去了。

❖ **无名氏** ❖

老尉迟鞭对鞭当场赌胜　小尉迟将斗将认父归朝

定阳王刘武周手下有员大将叫尉迟敬德，后来这尉迟敬德投降了唐朝，留下一个三岁的儿子由老院公宇文庆带着四处流浪。定阳王的儿子刘季真收留了他们，并把孩子要下，起名刘无敌。

二十年过去，刘无敌学成十八般武艺，十分英勇；唐朝却将老兵骄，秦琼病了，敬德告闲。刘季真便起了野心，打算让孩儿刘无敌率领十万雄兵进攻唐朝。先写下战书，单向唐朝大将尉迟敬德挑战，如果刘无敌将他亲父杀败，唐朝江山便可一鼓而下。主意打定，刘季真派人通知刘无敌，准备近日起兵。

宇文庆是刘无敌养爷，几次想把真情告诉孩儿，又怕刘季真知道，白白要了两人性命，一直隐瞒至今。这一日，看见刘无敌在前厅打磨兵器，收拾军装，急忙赶去问他原因。

刘无敌向养爷叙说了将与大唐交战的事情。宇文庆一听便阻止道："小将军，你断然不可去！"刘无敌奇怪地问："为何养爷不让我去？"宇文庆冷笑几声，说："你去也赢不了！你是个朽木材怎比得真梁栋？你是个寒鸦儿怎比得丹山凤？你别学那泼泥鳅，跟着瞎起哄，妄想闹翻水晶宫！"刘无敌更加不服："养爷，你怎么灭自己志气，长别人雄风！我好歹也要会一会敬德老儿，三合两合把他活擒回来！况且这是俺父亲将令，怎能违抗！"宇文庆听到此，气往上撞，骂道："你这小子背祖离宗，把个后老子紧维恭，把个亲爹来不敬重！"刘无敌也气道："这话说到哪里去了！"宇文庆盯着刘无敌，猛然想起他爹尉迟敬德的样子，心中如刀剜般疼痛，不禁痛哭流涕。刘无敌见状，大为惊异，摒退左右，追问根由。宇文庆将他的身世及原名尉迟保林告诉他，又取来尉迟敬德留下的一条水磨鞭、一顶铁头盔、一副乌油甲、一裙皂罗袍。刘无敌此时如梦方醒，打算到了阵前，设法认了生身父亲。

大唐接到刘季真战书，也忙着备战。军师、英国公徐茂公请丞相房玄龄来议事，决定请鄂国公尉迟敬德为元帅，率兵征讨刘季真。

有位皇叔李道宗，是个吃货，酒席宴上，只拣好菜狼吞虎咽，人称净盘将军。这段时间，没人请他，闲得他难受。打听得老尉迟要领兵出征，也来到朝堂找徐茂公请战，心想："老尉迟得了胜，我也跟着弄些封赏。"于是假装气呼呼地说："听说刘季真那狗头下了战书，气得我酒肉也吃不下！"又拿着架子道："你们放心，有我李道宗领兵杀去，保准杀得那狗头没有躲处！"徐茂公吓唬他："刘季真手下兵将骁勇，你去不得！"李道宗更来了劲儿："哎哟，气杀我也！我这么个人去不得，哪个人去得？"房玄龄说："已命鄂国公尉迟老将军去。"李道宗："哎哟，气杀我也！那尉迟如今老了，数不着他了，该轮到我去杀着玩玩了。"房玄龄道："此事非同小可，不是闹着玩儿的，圣上已准奏，让鄂国公挂帅，您请退吧。"李道宗还耍赖："那正好让我当个副帅。"徐茂公说："你做不得副帅，不要在此搅扰，请退！"李道宗只好气呼呼地走了。

尉迟敬德准备领兵出征。徐茂公对他临行告诫："听说那刘无敌十分英勇，和你一样也使一条水磨钢鞭。你须多加小心！"尉迟敬德言道："他这正是担着水到河头来卖！"房玄龄劝他："凡人不可貌相，海水不可斗量，俗话说后生可畏，老将军千万小心在意才是。"尉迟敬德："岂不闻虎瘦雄心在，我虽年过六旬血气衰，还能把三五石硬弓开，凭着我英雄慷慨，定把那逆贼生擒活捉来！"

两军对阵，父子俩开兵见仗，枪对枪鞭对鞭打了起来。刘无敌看父亲果然武艺高强，只是气力不加；尉迟敬德更信了后生可畏的话。

刘无敌准备下马认父，又怕被刘营众将看见，于是诈败落荒而走。尉迟敬德追过去。到一无人处，刘无敌下马跪在地上，对尉迟敬德拜道："父亲认得您孩儿吗？我就是您二十年前撇下的尉迟保林。"尉迟敬德："是谁让你来认我的？"尉迟保林："是养爷宇文庆。你若不信，有这水磨鞭信物在此。"尉迟敬德接过钢鞭一看，果然有自己的印记，不禁大喜过望。真没想到自己临老临老，长大成人的亲儿竟找上门来。他要拉着儿子去见徐茂公。尉迟保林却说："等我拿了刘季真，作为进身之礼！"于是，父子二人各归本阵。

刘季真见小尉迟回来，急忙问胜败如何。小尉迟却喝令手下军校把刘季真绑起来。刘季真大叫："孩儿，你怎么杀得眼花了，连你父亲也要捆起来？"尉迟保林呸了一声，声明："我的亲生父亲是大唐鄂国公尉迟敬德，我已认了亲父，要拿你去献功！"

唐营监军发现尉迟敬德与刘无敌交头接耳一番，又放刘无敌走了，报知圣上。圣上怀疑尉迟敬德有背逆之心，命徐茂公在帅府等尉迟敬德回来问罪。

尉迟敬德回营禀明阵上认子之事。徐茂公不大相信，问："为何不与你一同回来？"老尉迟："他擒拿刘季真去了。"徐茂公："是真是假，也未可知。"房玄龄："我愿为老尉迟做保，若到午时三刻不见刘无敌来，那时两罪俱罚也不为迟。"三人焦急等待。

小尉迟果然捆绑着刘季真来降，宇文庆也跟来做证。

徐茂公令人把刘季真推出辕门斩首，刘季真叹道："罢罢罢！他本是尉迟的孩儿，我没来由把他养大，没得一丝好处，倒成了他降唐的礼物！"

唐王降旨："赐鄂国公千两黄金万顷庄田，封小尉迟为金吾上将。"众人跪倒谢恩。

❖ 戴善甫 ❖

宋齐丘明识新词藻　韩熙载暗遣闲花草
秦弱兰羞寄断肠诗　陶学士醉写**风光好**

中原大宋朝派学士陶毂到江南，向南唐索要图籍文书。南唐丞相宋齐丘既不能拒绝，又不愿交出，便假说南唐主有疾，不能接见，将陶毂羁绊在馆驿中，每日好吃好喝好待遇。暗中又命金陵太守韩熙载观察陶毂动静，稍有破绽，便抓住把柄将他轰走。

这天，韩熙载安排好筵席，准备宴请陶毂，同时，又叫来江南名妓秦弱兰，让她乖觉些，服侍陶学士多喝几杯。

陶毂是晋代文学家陶潜的后代，曾在钱塘王钱俶驾下为臣，颇受信任。宋太祖即位，陶毂劝钱塘王归宋，同至汴京。宋太祖将陶毂留下，官授翰林学士。这次他自荐到江南来，原想借索要图籍文书为名，面见南唐主，凭三寸之舌，说南唐主降宋。谁知自七月初至此，眼下已是八月将尽，还没见上南唐主一面。渐入深秋，亭中闲坐，风光月色，不觉感怀，取笔墨在墙壁上写下十二字隐语："川中狗，百姓眼，虎扑儿，公厨饭。"刚写完，韩熙载带着酒食来了。

韩、陶二人共饮。席间韩熙载假说更衣，招呼秦弱兰上前为陶学士敬酒、唱曲。陶毂却冷冰冰一张脸，凛若寒霜。言道："大丈夫饮酒，妇人来干什么！我不和妇人同食，让她靠后。"弄得千娇百态的秦弱兰十分尴尬。韩熙载打圆场："这妇人弹得好、吹得好，让她吹弹歌舞，为学士助些酒兴。"陶毂却说："快停了乐声，小官一生不喜音乐，听见音乐就头晕脑闷，什么正事也做不得了。"韩熙载又劝："俗话说座上若有一点红，斗筲之器盛千钟；座上若无油木梳，烹龙炮凤总成虚。让她给你把盏，终无恶意。"陶毂却头也不抬、眼也不看，挥手言道："泼贱人靠后，小官一生不吃妇人手内饮食！"秦弱兰从未碰到过这样的男人，拿着酒壶不知如何是好。韩熙载怪她不肯用心，让她大胆上前。陶毂正言厉色道："我头顶儒冠，身穿儒服，乃正人君子，贱人不得无理！"又站起身对韩熙载说："太守，小官酒醉失礼，李太白有诗云'我醉欲眠君且去，明朝有意抱琴来'，我要休息睡觉了。"韩熙载无法，只好命人把陶毂扶到卧房去，让秦弱兰等人先回去。他抬眼看见墙上的字，问明是陶学士写的，赶紧抄写下来，骑马到丞相府回话。

宋齐丘正在相府等候消息，韩太守前来禀告："那陶毂古板得很，将秦弱兰正眼不看。不过，从他所写这十二字隐语中可知此人客心已动。"宋齐丘接过隐语推测："川中狗者蜀犬也，是个独字；百姓眼者民目也，是个眠字；虎扑儿者爪子也，是个孤字；公厨饭者官食也，是个馆字；合起来是'独眠孤馆'，此人果然客心已动，咱们再施一计，他必然要中圈套。那时候，他说不得我主降宋，自己也回不得故国。"

十多天后，风清月朗，闲庭寂静，蛩声聒耳，桂子飘香。陶毂百无聊赖，到后花园散步解闷，想起魏武帝"月明星稀，乌鹊南飞，绕树三匝，无枝可依"的诗句，不正是自己此时心境的写照吗？

正此时，柳荫深处忽传来女子吟诗声："隔窗疏雨送秋声，夜夜愁人睡不成；遇此良宵多感慨，清风明月又关情。"陶毂不禁寻声走去，见一白衣女子烧香祝祷毕，正准备引梅香离开。陶毂暗叹："真是个好女子啊！"过去见礼："请问小娘子高姓，谁氏之家，为何在此官舍？"这女子其实正是秦弱兰，奉韩太守之命，今夜一定要狐媚了陶毂。见陶毂动问，谎言道："妾身夫姓张，两年前身丧，独自持服孝，驿馆守孤孀。"一个孤字，更唤起陶毂惺惺惜惺惺之情，不禁言道："小官乃是大宋使臣陶学士，若小娘子不弃，愿同衾枕，不知小娘子意下如何？"秦弱兰假意推辞："妾身守服之妇，不堪奉陪尊官。"陶毂道："小娘子何发此言，若心肯时，小官三生有幸。"秦弱兰："学士不嫌残床陋质，妾愿奉箕帚之欢。"于是，陶穀携秦弱兰回到官舍。此时的陶穀，再没有半星儿威仪相，全不见一丝儿冷冰霜，也会疏狂，也会惜玉怜香，也会软款安详，也会逗得人春心荡。落下绣帏，塞了纱窗，搂了娇娘，云雨情长。秦弱兰叹道："只怕你异日北去人千里，撇下我南柯梦一场。"陶穀信誓旦旦："小官回京，一定娶你为妻！"秦弱兰："有何物为凭？"陶穀："你要何物？"秦弱兰："久闻郎君锦绣文章，愿乞珠玉。"陶穀满口应承："有有。"挥笔写下《风光好》词："好姻缘，恶姻缘，奈何天，只得邮亭一夜眠，别神仙。琵琶拨尽相思调，知音少，待得鸾胶续断弦。"秦弱兰读罢，赞叹陶穀真是高才，盼望自己将来真能与他结为夫妻。

宋齐丘、韩熙载用计，使秦弱兰骗来陶穀亲笔乐章，决定以此为把柄，羞辱他一场。这天，韩熙载、宋齐丘相继来到馆驿，向陶穀贺喜："我主病体已安，明日早朝，便请相见，学士归期有日了。"陶穀却不以为然："这本来是应该早就完成的差事，何足为喜！"宋齐丘命人摆上酒宴，又让秦弱兰等人上前把盏、歌舞。陶穀又换上一副凛若严霜的面孔。

韩熙载特意让秦弱兰歌一曲，秦弱兰唱道"好姻缘，恶姻缘，奈何天……"陶穀怒道："这妇人在我跟前唱这等淫词艳曲，好生不敬！"宋齐丘说："这也就是一般的风月之词，唱唱何妨？"韩熙载假装斥责秦弱兰："谁让你唱这等词，让学士怪我！"秦弱兰说："陶学士也该记得，这是他亲笔写下的。"陶穀大怒："你这个贱妓女诬赖人，我何时与你见过面！"秦弱兰："妾身不敢，昨夜蒙大人错爱。"韩熙载让秦弱兰把昨夜之事叙说一遍，宋齐丘又要过《风光好》，验看了笔迹。陶穀再无可辩。韩熙载劝道："就让老丞相主婚，小官为媒，招学士为金陵秦弱兰女婿吧。此女聪明，也不玷辱了你。"陶穀装醉："什么媒人？"秦弱兰："这《风光好》才是媒人。"陶穀伏案装睡。宋、韩二人知他羞于见人，先骑马走了。陶穀醒来，埋怨秦弱兰："是你把我害苦了！"秦弱兰问："怎么是我害了你？"陶穀告诉她："我本意是来南唐说降，如今反被他们算计了，我羞回大宋，更耻见南唐主。只好先去钱塘，找故主钱俶寻个前程，那时，我再来娶你。"陶穀心里叹道："唉，只为爱娇这一场，须当戴月离南唐。"

陶穀来到浙江，投托钱塘王。这期间，宋朝以曹彬为帅，下江南灭了南唐。秦弱兰逃避战乱，也来到钱塘，钱塘王很好地收留款待她，同时假说要往郊外行围打猎，在湖山堂上排宴，请陶学士来。陶学士思念秦弱兰，偶填《青玉案》一词："冰澌乍泮春来早，一夜野梅开了。帘幙风闲人静悄，晓窗梦断，篆烟轻袅，庭院苔痕绕。归期暗卜天涯渺，鱼水云鸿信杳。镜里朱颜惊渐老，不求名利，不思宣召，唯恨知音少。"钱塘王读罢大悦，命左右唤歌者来奉酒。所唤歌者正是秦弱兰。钱塘王告知陶穀，让他先躲到人丛中去，看这秦弱兰还认得不认得。

秦弱兰来到堂上，钱塘王问了她一些情况："如何认识陶学士的？""陶学士走后，是怎样过活的？"秦弱兰一一回答，并决心不再做妓女，为陶学士坚贞守志。钱塘王指着一个人说："秦弱兰，你看那不是陶学士吗？"那人也悲伤道："小娘子，你真是想死我了！"秦弱兰呸道："什么时候认得你这般眼暗头昏、抹泪揉眵的！"钱塘王说："他既然不是，你就到这众官中找找看。"秦弱兰行至陶穀跟前，一眼认出，一把扯住，喊一声："你让我找得好苦！"陶穀却假装不认识："这女子，你大概认错了，休得无理！"秦弱兰顿时一愣，心想："我为你离乡背井、抛家失业，你却把我不瞅不睬，不知不识，难道要负心违约！"钱塘王也在一旁说："秦弱兰，你可要认得真呀！"此时秦弱兰怒火满腔，指着陶穀骂道："我以为你是假古板，却原来是真流氓，你竟然瞒心昧己、当面撒谎！诸位武士，各位公相，且看这《风光好》，当是他亲笔招状！我恨不得拉着你同见阎王！"说着，她就要撞死在石阶上。钱塘王急忙拦住："哎呀，秦弱兰，这是逗你玩呢！"陶穀也急忙道歉："姐姐，我也想你想得好苦哇！"

钱塘王向陶穀、秦弱兰贺喜："乐莫乐兮新相知，悲莫悲兮生别离。今日你夫妻二人会合，正应好好庆贺。你两口儿且在我杭州住下，等我进京朝见大宋天子，奏过此事，定会让陶学士官复原职。"

贞烈妇梅英守志　鲁大夫秋胡戏妻

秋胡家贫，与老母刘氏相依度日。秋胡娶了罗大户女儿梅英为妻，完婚第三天，刘氏摆下喜筵，请亲家老两口儿过来吃酒。又让秋胡把梅英从屋里叫出，拜见父亲母亲。虽然这男婚女聘，谢亲回门都是古之常礼，但梅英初为新娘，总有些羞答答的不好意思见人。

正饮酒间，两个征兵的军人来到鲁家庄，进到院子便把秋胡用绳子捆起来，说是奉上司之命，勾秋胡当兵去。梅英大为悲伤，心说："原想秋胡虽然家贫，却是个勤奋的读书人，总会有个出头之日，谁知现在这世道弄得秀才也要当兵！"她与丈夫抱头痛哭。刘氏更是号啕不止："我儿娶亲刚得三日，忽然就勾他去当兵，剩下我个老婆子可怎么活呀！"勾兵的军人却不管这些，吆喝着："文书上期限，一天也耽误不得，立刻就走，赶快出发！"秋胡只得挥泪告别家人，临行叮嘱妻子好生侍奉母亲，又恳请岳父岳母对梅英和自己母亲多加看顾。岳父岳母却想："若秋胡当兵一去不回，我这女儿可就要守活寡了。"

巨野县太公庄上有个李大户，空有钱财却没个好媳妇。此时的罗大户已是家道衰败，成了穷光棍，还借了李大户四十石粮食难以还清。李大户因此打起了梅英的主意，叫来罗大户，对他说："你那女婿秋胡当兵去，吃豆腐拉肚子死了！"罗大户听了，很是伤心。李大户又说："你女婿死了，女儿年幼，难道就让她守一辈子寡吗？还是让她改嫁了我吧。"罗大户觉得不妥，李大户威胁利诱道："你若不肯，我就到官府告你赖我四十石粮食不还，看不把你打死！你若肯了，四十石粮食饶过，再下些花红羊酒财礼钱，你看怎样？"罗大户说："这事咱们得慢慢商议，就是我肯了，也还怕我那老婆不肯。"李大户道："这容易，你先把花红财礼拿走，和你那老婆商量商量，等她们接了红定，我牵羊担酒随后就到。"罗大户见钱眼开，其实心里早肯了，根本不用和自己老婆商量，拿着财礼直接来到鲁家庄秋胡家。

秋胡出去当兵，一去十年，音信皆无。其母刘氏身体不好，全靠媳妇梅英给人家缝补浆洗又养蚕择茧挣些吃穿养活。婆媳艰难度日。

罗大户来到鲁家庄，径自进了秋胡家。刘氏见了，急忙接待，一面请坐，一面问："今天是什么风把您吹来了？"罗大户欺骗道："我只为秋胡数年不回，带着酒来看看，给亲家母消愁解闷，来，我给您递三杯。"刘氏接过酒喝了，说："多谢亲家，我可是很久没喝过这样的好酒了。"罗大户又道："这里还有一块红绢，给我女儿做件衣服。"刘氏把红绢接过，说："多让亲家破费，等秋胡来家，我定让他拜谢您的厚意。"罗大户却鼓掌笑道："了了了。"刘氏问："亲家，什么了了了？"罗大户这才把事情说破："这酒和红绢都不是我的，都是本村李大户的。刚才这三盅酒是肯酒，这块红绢是红定。秋胡已死了，如今李大户要娶梅英，一会儿他就牵羊担酒来迎亲，你酒也喝了，红定也收了，再若反悔，必然闹到官府出丑，快让我女儿准备准备吧。"说完，他先溜了。刘氏此时无可奈何，只得把梅英叫到跟前，又不好明说，只劝她："媳妇儿，虽说秋胡不在家，可你还年轻，应该梳梳头、买些胭脂粉儿搽搽脸，哪能成天蓬头垢面，让人家笑话？"梅英道："秋胡去了十年，咱们要吃没吃、要穿没穿，哪有闲钱用来打扮？"忽听外面吹吹打打、锣鼓喧天，梅英以为是赛社火的，出门一看，竟是爹爹和妈妈来了，忙问："您二老是打哪儿来？"罗大户说："来给你招女婿。"梅英问："爹爹给谁招女婿？"罗大户："给你招女婿。"梅英责怪道："爹爹说的这是什么话！我早已有了丈夫，你怎么又给我招女婿，真是糊里糊涂没见识！"罗大户说："秋胡已经死了，如今李大户要娶你哩！"梅英道："我既为张郎妇，怎么又让我去做李郎妻，哪有这样的道理！"她妈妈劝道："孩儿呀，听父母的话才是孝顺，你就嫁了李大户吧！"梅英勃然变色："我如今是嫁只鸡一处飞，这也是你们当爹妈的给我许配。忍饥挨饿我愿意，别想让我有半点儿改悔！"罗大户见状言道："你也别跟我闹，你婆婆已经接了人家的红定了！"梅英大惊："有这等事，我去问她。"刘氏哭道："媳妇儿，这实在也不干我事，是你父亲强把红定揣给我的，是他卖了你！"梅英悲悲切切："我一心一意等着秋胡，如今又让我嫁给别人，我还要这性命做什么，不如寻个死算了，也省得让九故十亲们耻笑！"罗大户劝道："孩儿，让你另嫁，我是想和你婆婆平分些财礼，落得做个筵席。"罗妻也说："是啊，俺也落得些酒肉吃。"李大户此时也凑过来，洋洋得意道："小娘子，不要多言，你看我这个模样，可也不丑，你瞧瞧哇。"梅英狠狠搠了他一个嘴巴，骂道："清平世界，朗朗乾坤，你竟敢把良家妇女调戏！你再向前来，我便抓毁你面皮，你这分明是倚仗钱财欺负我孤苦婆媳！"罗大户却埋怨女儿："你嚷这些做什么！嫁给李大户，也得个好日子过。"李大户趁机说："小娘子你休闹，岂不闻鸾凤配鸾凤，我也不辱没你，似我这般有钱的，全村找不出第二家！"梅英对他说："你有铜钱你就抱着你那铜钱去睡！"梅英又对鼓师和琴师说："你们还不赶快走，到别处去擂去吹。等我丈夫做官回来，看不把你们这些个驴马村夫一个个治罪！"然后，不由分说，一下子把李大户推倒在门外，把门关上了。李大户悻悻道："我媳妇没娶成，反挨顿抢白吃了跌，难道就这么算了？"罗妻无奈地说："这也是你李大户没缘法，怪不得我女儿。"

秋胡当兵后，元帅见他通文达武，留在身边当谋士。秋胡屡立奇功，官封到中大夫。眼看离家已是十年，鲁昭公赐他黄金一饼，准他请假回家探亲。想当年哭啼啼远去从军，今日个笑吟吟荣转家门，捧着这赤资资黄金奉母，安慰那娇滴滴年少夫人。秋胡一路上春风得意，忙往家奔。

梅英坚决不肯嫁人，依旧在丈夫家辛苦劳作，伺候婆婆。这天，她到桑园采桑，干了一会儿，衣服湿透，她脱了外衣晾在一旁。

秋胡此时换了便服，来到桑园，见园门开着，便走了进去，记得自己走时，桑树很小，而今都长成了。他又猛然看见一苗条女子，背着身儿站着，黑黑的头发，白白的脖子，不禁意马心猿，念出四句诗，想嘲拨那女子回头："二八谁家女？提篮去采桑。罗衣挂枝上，风动满园香。"念了一遍，人家没听见，又大着声音再念一遍，慌得那女子连忙穿衣不迭。秋胡过去作揖施礼，梅英万福还礼。秋胡假意要口水喝，梅英答："我是来采桑养蚕的，不是锄田送饭的，哪有凉水？"秋胡言道："这里也无人，小娘子你近前来，我给你做个女婿，怕什么？"梅英顿时大怒："你这小子怎么人模人样，说出这等不君子的话来！"秋胡继续纠缠："小娘子，左右这里无人，我央及你，采桑不如嫁贵郎，你就随顺了我吧。"梅英骂道："你这小子好无礼！"秋胡想："不动一动手是不行了。"便过去扯梅英。梅英推搡抗拒。秋胡威胁："反正你也飞不出这桑园去！"梅英高呼大叫："沙三、王留、伴哥儿，都快来呀！"秋胡正想过来搂抱，此时吓了一跳："小娘子休要叫！"又从怀中摸出那饼黄金诱惑道："小娘子，你若肯随顺我，我就把这饼黄金给你。"梅英假意说："你既有这黄金，为何不早说？你到这边儿等一等，我到园门看看有人没人。"秋胡以为财动人心，这女子肯了，便让出道路。梅英出了园门，回身骂道："你这贼禽兽，以为金钱是这么好用的！"秋胡一见上了当，忙喊："你现在不同意，我跟你家去，郑重求亲好不好？"梅英说："我家可容不得你这样伤风败俗、天诛地灭的东西！"秋胡气急败坏："我一不做二不休，拼的打死你！"梅英正颜厉色喝道："你敢！你就不怕遭刑律、上木驴、千刀万剐！你家真是缺了八辈子德，生出你这么个辱没祖宗、断子绝孙的贼娃！"说完，提起桑篮走了。秋胡白挨了一顿骂，无可奈何，垂头丧气上马回家。

刘氏正在家门口等着媳妇采桑回来。秋胡一身官服，带着侍从，在门口儿下马。拜见母亲。刘氏惊喜非常。秋胡又问："梅英哪里去了！"刘氏悲伤地说："孩儿，你一去十年，要不是你这媳妇养活我呀，我也早就饿死多时了。她今天一早就到桑园采桑去了。"秋胡一听，心说："刚才在桑园里挑逗的那个女子，别就是我的媳妇吧？"

梅英慌慌张张跑回家，见门口拴着一匹马，很是奇怪，放下桑篮往屋里一看，竟是桑园中遇到的那小子，不由气满胸膛，破步撩衣上去，扯住秋胡要去见官。刘氏忙喊："媳妇儿，他是秋胡回来了。"梅英一愣，摆手把秋胡叫出屋门，问秋胡："你是否曾调逗人家女人来？"秋胡矢口否认。刘氏把梅英叫进屋，告诉她："鲁国国君赐给我儿一饼黄金，我看应该给你，你快收藏起来吧。"梅英说："我不要，您留着打簪子戴吧。"见到黄金，梅英拿住了赃证，心说："秋胡哇，若是遇到别的女人，接了黄金随顺了你，你拿什么来养活你亲娘？更没把我梅英放在心上。"她又悲又气，质问一句："秋胡，你可曾调逗人家女人来？"秋胡反说："你好多心呀！"梅英气极，提起桑篮要走，宁可去沿街乞讨，也不再在这家中待下去了，只让秋胡快写休书。刘氏见他二人争吵不止，问是怎么回事。秋胡答："母亲，梅英不肯认我了。"刘氏更加奇怪，梅英也不解释，只催秋胡："快把休书拿来！快把休书拿来！"

李大户带了梅英父母及好几个恶仆前来抢亲。梅英一见，心说："连这官大夫我都不认，你这土财主更是别想！"秋胡大声喝问："你这家伙来我家做什么？"李大户一见秋胡做了官，顿时软了半截儿，改口说："我们是特来为您贺喜的。"罗氏夫妇往李大户身上啐了一口："呸！你不是说秋胡死了吗？"李大户颤抖着说："他没死，倒是我要死。"秋胡道："噢，原来你是捏造流言，妄图强夺人妻！左右，给我把这家伙抓起来，送到巨野县衙，判他个重重的罪名！"李大户还要强辩："这是你的岳父岳母因欠我四十石粮食还不起，把女儿转卖给我的。"秋胡说："如此看来，你是广放私债，逼勒卖女，更加可恶！左右，去对县官说知，将这家伙责打四十大板，枷号三个月，罚谷一千石！"罗氏夫妇也觉得没脸见女婿，假装送李大户去县衙，溜了。

风波过去，刘氏拉住梅英说："媳妇，你若不认秋胡，我就去寻死！"吓得梅英忙说："行，行，我认了秋胡！"

梅英换过服装，与秋胡双双拜过母亲刘氏，又夫妻对拜，同赴喜庆筵席。

❖ 无名氏 ❖

包龙图单见黑旋风　神奴儿大闹开封府

　　汴梁有义门李家，老大李德仁，妻子陈氏，有个孩儿，因是赛神日子生的，取名神奴儿。老二叫李德义，妻子王腊梅。这王腊梅脾气乖劣，和大嫂妯娌不和，天天撺掇丈夫闹分家。这天，她又让李德义假装喝醉，到哥哥嫂嫂处闹事。李德仁在家中劝说自己妻子："不要和弟媳妇一般见识，处处忍让些。"神奴儿放学回家，哭哭啼啼诉说："同学们都笑我穿的破，没花花袄。"李德仁夫妇听完，很是伤心，打算挑块有颜色的缎子，给孩儿做一件。正这时，李德义两口子进得门来。接着，李二就嫌大嫂没还他礼，骂大嫂不贤慧；嫌神奴儿不叫他，扇了孩子一巴掌。尽管大哥一再道歉，这李二仍是在王腊梅支使下，向大哥嚷着："常言说'老米饭捏不成团'，咱们也难在一块儿住了。与其这样吵闹，不如把家私分了。"李德仁千劝百阻："兄弟，是你嫂子错了就责怪你嫂子，咱们打破盆则论盆，不要缠麻头续麻尾儿，扯出分家的事儿。"王腊梅却对丈夫说："李二，既然他坚意不肯分家，那就让他弃一壁儿就一壁儿——都是那嫂嫂搬调得你们兄弟不和，若是他肯休弃了嫂嫂，就不分这家私。"李德义有些犹豫："嫂嫂与哥哥是儿女夫妻，又没罪过，怎能休了她呢？"王腊梅指戳着他说："我自有主意，你个傻东西就依着我去说！"李德仁听完兄弟的话，真是左右为难："分了家吧，这祖传三辈儿不曾分家的敕赐义门李家就毁在自己手里，违了父母遗训；休了妻子吧，就算这媳妇是墙上泥皮，可也相随百步尚有个徘徊意。"王腊梅却已经拿着纸笔过来，逼着大哥快写休书，不要口强。李德义也说："哥哥既是割舍不得嫂嫂，就把你兄弟休了吧！"李德仁气得手足打颤儿，一下子倒在地上死了。陈氏和神奴儿伏尸大哭。李德义刚哭了两声，被王腊梅拉到一边，耳语道："你哥哥已经死了，就让你嫂嫂领着神奴儿另住、守寡去吧。这天大的家私都是俺两口儿的了。"李德义又高兴起来："也说的是，今日算是称了你的心愿了！"

丈夫死后，陈氏带着神奴儿另住。这天，老院公领着神奴儿上街玩耍。神奴儿哭着要买个傀儡儿，老院公一边让他在桥头站着等，一边走过去买。

李德义刚喝过酒从桥上走过来。神奴儿看见，叫了叔叔。李德义问神奴儿一人在这儿干什么，并要带他回家。神奴儿说不去，怕婶子厉害。李德义答："不碍事，有我呢。"抱起神奴儿往家走。一个当差的公人何正，迎面走来，因走得急，撞了李德义，李德义便骂起来："你这驴前马后的人，瞎了眼了！撞了我不要紧，撞了这神奴儿孩儿可不行！你不认得我吗？我就是义门李家的二员外。你不知道吗？下桥往南，红油板搭高槐树下就是我的住处！"何正一边道歉一边解释："我是去接包待制包大人去的，所以走的急。"李德义却说："你那包待制管得着我什么事！"抱着神奴儿走了。何正对这李二员外留下深刻印象。

李德义把神奴儿抱到家中，吩咐王腊梅好好看顾，自己就去睡觉去了。这王腊梅正想除了这条根，占了全部家私，如今恰好有了好机会。她拿条绳子，把神奴儿勒死，然后叫醒李德义。李德义见状大惊，骂道："好你个不贤惠的妇人！怎么下的手把孩子勒死？我和你见官去。"王腊梅"呸"了一声："见官就见官！反正是你把他抱来的，是你的主事！到了官府，我把事都对在你身上！"李德义一听，软了下来："这可怎么办？"王腊梅说："就把石板掀开，把他埋在阴沟里，然后盖好，谁也不知道。"

老院公买了傀儡儿回来，不见了神奴儿。一时间胆战心惊、忧急成病，使碎心，走断腿，到处找，找不到。他心存侥幸："是不是孩子自己回家了？"急忙跑回家去。一进门，陈氏问道："院公你回来了？"只这一声问，老院公顿时水浇般浑身冷、两眼泪如倾。待陈氏听说丢了孩子，急忙拽上门，又和老院公四处去找。找到天黑也不见个影儿，二人只好回家。开着门，点上灯，陈氏在屋里简直哭破眼睛，老院公坐在大门口苦苦把神奴儿等。

到二更天，老院公迷迷糊糊睡着。神奴儿魂儿托梦给老院公，把自己被叔叔带走，被婶子勒死，压在阴沟石板底下的情况叙说一番。老院公吓醒以后，急忙把梦见的情况告诉陈氏。陈氏听完，顿时昏死过去。清醒以后，天已放明，二人准备到李德义家去问个究竟。

陈氏和老院公来到李德义家。李德义夫妻自然是百般抵赖。老院公指明神奴儿尸体就藏在阴沟石板下。王腊梅此时是狗急跳墙、恶人先告状，把李德义叫过来，指着陈氏说："分明是这妇人年纪小，守不得空房，背地里有了奸夫，暗算了自己孩儿，故意到咱们这里来闹事！"李德义也帮腔："嫂子，你要官休还是私休？若要官休，就把你告到官府，三推六问、吊拷绷扒，你无故因奸气死俺哥哥，谋害俺侄儿，不怕你不招！若要私休，你就把那一房一卧都留下，然后任你改嫁别人。"陈氏说："我没做亏心事，肚里胆壮，怕个什么！我情愿和你们见官去！"

本处县官是个赃官，听见有人告状，只好升堂，念首诗："官人清似水，外郎白似面；水面打一和，糊涂做一片。"这外郎就是本县令史，姓宋名了人，表字赃皮，不是个好东西。李德义到了堂上，立刻过银子舒出两个指头。宋了人悄声叫他晚夕送来，对他格外照顾。县官问了案情，听李德义胡说一遍，就把陈氏押过来问道："你是怎么气死丈夫、勒死亲儿的？给我从实招来！"陈氏不承认，县官便喝令张千："这厮不打不招，给我着实打！"老院公出来做证："我家大嫂决无奸夫！"宋了人却说："看起来偷寒送暖，都是你这老头子！张千，给我连他一块儿打！"

陈氏终因受刑不过，屈打成招，被下在死囚牢去了。老院公决心拼着性命等包龙图到来时，拦桥喊冤。

包拯奉旨到西延边犒赏三军后，风尘仆仆回到汴梁。神奴儿的鬼魂儿拦路在马前打转儿。别人看不见，只包拯看见，他吩咐那鬼魂："有什么衔冤负屈的事。跟我到开封府去说。"

包拯一到开封府，立刻传唤各县司吏。外郎宋了人递上案卷文书，禀告："这是县城的李阿陈，因奸气死丈夫、勒死亲儿的文书，前官已经定案，大人判个斩字，就拿出去杀了吧。"包拯喝令："把这案件的当事人都唤上厅来！"李德义上堂后，又把嫂子诬告一番；陈氏则整个推翻了口供。包拯问道："这文状上有个老院公，怎么不见？"宋了人答："院公下在牢里。"包拯命人快把老院公提来。宋了人慌忙答道："他生了一个大疮，死了。"包拯心里明白："这是用毒刑先害死了证人。"

没有证人，怎么断案？包拯正踌躇间，忽然看见堂下走来走去的何正。叫上来一问，原来只是个衙门中的差人，觉得这事与他无干，便让他下去。谁知何正下堂时撞上了李德义，上去揪住便打，一边打一边说："快招！快招！"包公喝止，又把何正叫回来，问他为什么打李德义。何正回答："大人不知。大人断案，每次都是官不威，爪牙威。"包拯喝道："胡说，还不下去！"可何正下堂后，又揪住李德义撕打一顿。包拯大怒，命何正讲清打人的原因，否则绝不轻饶。何正这才讲出那天接官时撞了李德义的事情，并说打这李德义只为报州桥左侧遭他毁骂之仇。包拯听完，问李德义："事后你将神奴儿抱哪里去了？"李德义回答："是我把他抱到家里去了。吩咐妻子王腊梅看着来。"包拯命何正到红油板搭高槐树李德义家，把王腊梅拿来。

王腊梅上堂后，一口咬定："法律上写得明白，小儿犯罪，罪坐家长，这件事和小妇人我有什么关系！"包拯一想，这女人说得也对，只好放她回去。谁知这王腊梅一出衙门，神奴儿的鬼魂就迎上来，缠住撕打。吓得王腊梅大叫："气死伯伯的是我！混赖家产的是我！勒死侄儿的也是我！"包拯命令何正再把她拿上堂来。可一进衙门，这王腊梅又变得铁嘴钢牙，不认账了。如此三番，包拯猛然想到："这是门神户尉把神奴儿的鬼魂拦在开封府外，不让他进来的缘故。"当即写下一道放行的牒文，让何正拿到门口烧化。神奴儿的鬼魂上堂，说明了真相，王腊梅再也无可抵赖。

案件勘察明白，包拯断道：本处官吏，不知法律，各杖一百，永不叙用。王腊梅不顾人伦，勒死亲侄，市曹中明正典刑。李德义主家不正，知情不报，杖断八十。何正路见不平，拔刀相助，赏银十两。所有家业都由陈氏永远执掌。做一场隆重法事，超度神奴儿升天。

❖马致远❖

三封书谒扬州牧　半夜雷轰荐福碑

天章阁学士范仲淹奉旨到江南采访贤士，先推荐了自己的幼年朋友宋公序为扬州牧。宋公序在登程上任前，求范仲淹留意，为自己的女儿择一门亲事。范仲淹一口答应，说自己有个同堂小弟，名叫张镐，很有学识，只是流落江南，数年不见，这次若能找到他，定让他带上自己的亲笔信，去扬州完婚。

这张镐父母双亡，和范仲淹分手后，飘零在潞州长子县张家庄，在庄上教着几个蒙童度日。东家姓张名浩，是个乡村土财主，在张镐教书时，他也偷听来几句，学会了"知之为知之，不知为不知"。

范仲淹寻贤来到潞州长子县，打听得小兄弟张镐情况，便直奔张家庄。张镐正感叹自己这一介寒儒，半生埋没红尘路，七尺身躯，竟无个安身处。忽见灯花结聚，知道将有贵人来。果然第二天一早便有学童报告："范学士将来相访。"张镐迎出门外，让进草庐，拜见哥哥，与范仲淹叙谈。范仲淹问："贤弟，论你高才大德，博学广文，为何不进取功名呢？"张镐答道："我除去这断简残编孔圣书，就有些养蠹鱼，正似那汉司马相如。"范仲淹说："你为何不肯谒托一两个朋友，请他们济赠些盘费呢？"张镐："今人不同古人啊，再没有管仲鲍叔、周瑜鲁肃。"范仲淹道："常言说得好，'富家不用买良田，书中自有千钟粟；安居不用架高堂，书中自有黄金屋；出门莫恨无人随，书中车马多如簇；娶妻莫恨无良媒，书中有女颜如玉'，兄弟你是个看书的人，终有发达之日。"张镐却感叹："这些话也多虚无，如今是金钱挡住贤才路，越聪明越受聪明苦，越痴呆越享痴呆福。"这时，东家张浩闲着没事，来到书房，张镐把范仲淹介绍给他，张浩假装斯文地说："多劳相公远降，有失迎迓，知之为知之，不知为不知。"范仲淹心里说："这厮真是个愚鲁之人。"等张浩走后，范仲淹问张镐今后的打算。张镐拿出自己写好的万言长策，请范仲淹看，并说明自己是不肯久居于此的。范仲淹看过万言长策，十分高兴，当即表示："等我到别处采访完贤士回京，定把此万言长策献给圣上，保举你为官。你眼下如果不愿意走动，就在这张家庄暂住，等着我派人来取你为官；你如果想走动走动，我就给你写好三封信，投托三个人去，第一封信是洛阳黄员外，你投托他，衣食盘费没有问题；第二封信是黄州团练副使刘仕林，他见我书呈，必有厚赠；这第三封信最要紧，是扬州太守宋公序，你拿着这信找到他呀，别说盘缠鞍马，就是前程大事也解决了。"当下，两人分手。张镐打算走动走动，收拾了琴剑书箱，向张浩辞行。

张镐来到洛阳，住进客店，把第一封信投到黄员外家。第二天他再去黄员外宅上，却见门口挂着纸钱。敲开门，黄员外的媳妇问明是昨日下书的张秀才，便对他说："我家员外昨日看了书信，寒急心疼，一夜之间便死了。这都是你来了妨的，你快走吧！"张镐听完，痛哭道："张镐，你好命薄哇！"转身又往黄州去了。

范仲淹由江南回到朝中，把张镐所作万言长策献给圣上，圣上降旨加封张镐为吉阳县令。范仲淹因公事冗杂，不能亲自去，便派了一个使官，骑马来到潞州长子县张家庄宣读圣旨。张浩跪地接旨，等使官走后，他站起来说："知之为知之，不知为不知，我哪写过什么万言长策！准是那张镐的。且不管他，我就凭着这圣旨上任去，有谁知道？"

张镐正走在去黄州的路上。天气炎热，他坐在树荫处暂歇。一个出家人走来，张镐问："长老，去黄州是否走这条路？"出家人道："正是。"张镐又问："怎么那边此时敲起钟来？"出家人说："这是无常钟，城里死了一个当官的。"张镐问："您可听说那官人的姓名？"出家人答："是黄州团练副使刘仕林。"张镐一听就傻了眼，险些没晕倒，出家人急忙扶住。张镐叹道："唉，我的命怎么这么苦！范仲淹哥哥给了三封信，已经妨死了两个，这托谒扬州牧的信，我不能再去了。罢！罢！罢！我还是回长子县张家庄教书去，等着哥哥消息。"忽然下起大雨来，张镐躲进一座龙王庙休息。他心中烦闷，便卜上一卦，谁知竟一连掷了三个下下不合神道。张镐大怒，指着龙王神像骂道："什么神道不神道，分明是披鳞的曲蟮、带甲的泥鳅，竟敢戏弄我白衣卿相，我定要踢破这庙宇，方出我一腔恶气。"于是，他取出笔墨，在墙上题诗一首，然后睡去。此时龙王正好行雨回庙，见了题诗，自然大为生气："亏心折尽平生福，行短天教一世贪；无端将俺神灵骂，我叫你儒人不如人！"

张浩骑匹快马，走在赴吉阳的路上。张镐疲惫不堪，走在回张家庄的路上，张镐忽然看见张浩，叫了两声；张浩听见有人叫他名字，一看是张镐，不敢答应，快马加鞭跑了。一个衙役气喘吁吁跑过来，张镐拦住问他："那骑马的是谁？"衙役不耐烦地告诉他："叫张浩，住长子县，因为写了万言长策得了官。"说着，衙役甩脱张镐，追马去了。张镐满腹狐疑又无可奈何，只好继续走路。张浩猛跑了一阵，把马停住，等衙役追上来便问："你来接官，却跟不上我，你要饶你那罪过吗？"衙役回答："是要求饶。"张浩问："你在路上曾看见一个秀才么？"衙役说："见来。"张浩："你要我饶你那罪，就把他杀了去！"衙役："杀那书呆子容易，请说个罪名。"张浩："他拐了我的梅香，偷了我的壶瓶台盏。"衙役转身就走，张浩叫住说："你可别骗我，我要你三件信物——他的衣衫襟子、刀上有血、挣命的土印儿。"衙役答应一声往回跑了。不一会儿，赶上了张镐，骗张镐说："俺那相公认得你，让我赠你十两银子，在我这裹腿里，你来拿。"张镐一弯腰，衙役举刀就砍。张镐大惊，急忙乞求饶命："我屈死于九泉之下，不告那张浩，只向阎王告你这衙役。"衙役把刀放下，喝道："你拐了人家梅香，偷了人家东西，人家让我来杀你，还有什么冤枉！"张镐细细把情况叙说一番，告诉衙役："我二人同名同姓，是他赖了我的官爵，怕我日后说破，才故意让您来杀我。"衙役明白了事由，答应不杀张镐。张镐起身就逃，衙役叫住，向他要三件信物。先割下一片衣襟，又要刀子见血。衙役让张镐拣不痛的地方扎一刀子，张镐哆哆嗦嗦问："哥哥，那块地方是不痛的？"衙役说："你打破鼻子。"张镐打了几下儿，没见流血。衙役说："你打重些！"张镐问："怎么重些打？"衙役说："就像我这样。"说着，一拳把自己鼻子打出血。张镐说："哥哥呀，就把你那血抹在刀子上算了，省得我再打了。"衙役说："你这秀才倒便宜了。"又自己跌倒在地，在身上滚些土。张镐感激之极，问了恩人姓名，永志不忘。衙役名叫赵实，回来向张浩交差。张浩验过三样信物，嘴里夸奖赵实几句，心里却想："秀才虽然死了，留着这厮也是祸根。"于是，假意让赵实到井边打水饮马，实际想把他推入井里淹死。但没推动赵实，反被赵实转身按倒在地。两人都叫："有杀人贼了！"正这时，扬州太守宋公序进京路过此处，听见吵闹，命随从把两个人拿近前来询问。赵实把事情经过叙说一番。宋公序因早听范仲淹说过张镐名字，觉得事情非同小可，便把两个都看管好，带着进京。

张镐仍在颠沛流离。打听得范仲淹调往饶州为刺史，就赶到饶州。到了饶州，范仲淹又已被宣召回京，因此，滞留在饶州荐福寺。寺中老和尚待他不错，问他为何自甘流落，何不进京参加三年一度的考试，求取功名？张镐回答："小生也想往京城去，只是缺少盘缠。"老和尚说："这样吧，我这寺中有一颜真卿书法碑文，我明日让小和尚打拓一千张做法帖，卖一贯钱一张，赠给你当盘缠。"张镐十分感激，准备明天有了钱就上路。谁知夜晚忽然巨雷轰鸣、大雨倾盆。龙王带着鬼力来了，把那碑文轰了个粉碎。第二天一早，张镐一见那碑文被雷轰碎，顿时五内俱焚。老和尚也大惊失色，问他："因何得罪了雷神？"张镐诉说了自己确实因一时气愤，古庙题诗骂过龙王。"可这龙王赶到荐福寺来，劈碎碑文也着实过分。"张镐想："自己命运如此，天不相容，还要这命做什么，倒不如一头撞死在槐树上算了！"正这时，范仲淹冲过来，一把把他拖住，劝他："蝼蚁尚且贪生，为人何不惜命，怎能因为一时不遇就一蹶不振！"张镐听到哥哥劝说，打消了死的念头，和老和尚一起，跟随范仲淹进京。

张镐到了京城，参加考试，对策百篇，圣上见喜，加为头名状元。范仲淹在驿亭备下酒食宴请他，祝贺道："兄弟才学过人，也不枉费我一时举荐。"张镐却说："也不是您举荐的功劳，也不是我才学高超。"范仲淹问："那是因为什么？"张镐答："都因为平地一声雷，震碎了荐福碑——那时节，驱逼得我无存济；到此时，运通命达才发迹。"

荐福寺老和尚也来贺喜。宋公序也赶到驿亭来拜见范仲淹。范仲淹把张、宋二人相互引见，并问张镐："当初为何不拿着第三封信到扬州去？"张镐答："我怕再妨得他扬州牧死病难医。"众人大笑。宋公序说："你们不知，我在路上还拿住一个假张镐呢！"范仲淹命令把他们带上来。张镐扶住大恩人赵实下跪拜谢，又怒斥张浩："我与你有何冤仇，你竟派人杀我！"那张浩还是"知之为知之，不知为不知"。

范仲淹下断：贼张浩暗赖了万言长策，诈图官爵，杀人害命，明正典刑；赵实见义勇为，不行邪径，加封为吉阳县令；荐福寺长老，加为紫衣太师；宋公序选吉日良辰，招女婿张镐，杀羊造酒，做一个庆喜筵席。

❖ 无名氏 ❖

杨六使私下瓦桥关　谢金吾诈拆清风府

殿头官宣旨：皇上因官道狭窄，车驾往来不便，使王枢密掌管拆房扩路之事；拆到杨家清风无佞楼止。如有违拒者，依律论罪。

这王枢密姓王名钦若，字昭吉，原名贺驴儿，本是番邦萧太后的心腹。因为他通晓各国语言，萧太后派他到南朝充当细作。怕他忘本，在他左脚板下刺了"贺驴儿"三个大字和"宁反南朝不背北番"两行小字。王钦若来到中原，受到宋真宗宠信，升任枢密，执掌文武重任。唯一妨碍他行事的绊脚石是精忠报国的老杨家。特别是杨令公之子六郎杨景，率二十四个指挥使，镇守瓦桥三关；使北番不能南犯。如何才能除掉这个杨六郎呢？王钦若左右盘算，终于想出一条毒计，叫来自己的女婿谢金吾，让他领人去拆房扩路。他们私下把圣旨上"拆到清风无佞楼止"改为"拆倒清风无佞楼止"。若杨六郎听说拆了自家门楼，必然赶回家来，再预先差人把他拿住，责他个擅离职守、私下三关之罪，定要把他斩首。翁婿二人订好诡计。

谢金吾带领夫役一直拆到清风无佞楼来，他指着门楼大呼小叫："这楼正占着官街，拆倒！拆倒！"杨府老院公上来阻止，被谢金吾骂道："你这老奴才哪里知道？我是奉圣旨扩展街道的！"老院公见阻止不住，急忙进去禀告佘太君。这佘太君是杨六郎的母亲，受封先皇，并有先皇誓书铁券，可与国同休，可免九个死罪。她听了老院公叙说，气冲冲、颤巍巍领着七娘子、八娘子出门阻拦。谢金吾大咧咧地上前问："老夫人，你来做什么？"佘太君指着清风无佞楼说："这楼台是奉圣旨盖，上面有御书的玉札、钦赐的金牌，莫说来朝省的官员都下马，就是天子每年春秋也要降香来。你怎敢把它拆！"谢金吾道："老夫人，你错了。当初是先皇替你家盖的楼，可如今我也是奉圣旨来拆这楼。夫役们，把楼上的砖瓦乱摔下来！"佘太君过去扯住他的腰带，要看他的圣旨。谢金吾拿出假圣旨，佘太君心中明白："一定是王枢密的计策，打着皇帝的旗号，让谢金吾来闹事的。"于是揪住谢金吾去面圣。谢金吾却说："你这个人好不知高低，怎么倚老卖老，唠唠叨叨说个没完？你就是说得长出胡子来，我也不理你！"猛一推，把佘太君推倒在地，挫闪了腰肢，擦伤了膝盖，磕破了脑袋。谢金吾一不做二不休，吆喝着夫役们把拆不动的都打烂，把柱子砍折，甚至把御书的牌额也砸个粉碎。撒泼胡闹一气，谢金吾领人走了。佘太君回府，给杨六郎写下一封信，讲了谢金吾领人拆楼的情况，并指明："这其中定有更大的阴谋，那王枢密一向与咱们家作对，必要小心提防。没有明白的圣旨，千万不要私自下关。"把这封信交给老院公，让他给杨六郎送去。

边关元帅杨六郎接到母亲家书，虽然信中写着："没有明白圣旨，休念老身、私自下关，反堕王枢密奸计。"然而，此仇此恨深入骨髓，哪有不报的道理？杨六郎忍住怒火，慢慢寻思处理问题的办法。此时，巡营的大将焦赞进帐报告无事。杨六郎说："既然无事，兄弟你就回去吧。"焦赞一边往外走，一边心中纳闷："往日主帅见我总是欢天喜地，今日怎么面有不悦？"他就躲在帐门外偷听。听见杨六郎又把家信念了一遍。焦赞立刻火冒三丈，转身就走，打算私下三关，先把王枢密一家老小，诛尽杀绝。杨六郎寻思："必得回家看一看，弄清情况。"于是，把大将岳胜、孟良叫来，让岳胜掌领众将，紧守营寨，提防番兵；自己准备一人一骑，星夜下关，看望母亲。

在京城门外，杨六郎遇上了焦赞。这焦赞非要跟着去。杨六郎只得嘱咐他："千万不可大惊小怪，泄露秘密，黄昏时跟我进城。"

杨六郎回到家，见母亲受伤，气得昏死过去。佘太君、七娘子等人掐人中、揪头发，好不容易把他唤醒。见他苏醒，佘太君命他赶紧回关，免得在这里惹出祸来。杨六郎说焦赞也回来了，进城后，就不见了。佘太君一听，更为着急，她知道焦赞性如烈火，是个不顾死活的人，必定要把事情弄大；急忙催促六郎，不要再等，立刻回关！

杨六郎辞别母亲，登程回返。不想，被王枢密安排的巡军拿住，解往法场。

常言道：君子报冤，且歇三年。对焦赞来说，别说三年，就是一夜也等不及。他入城后，先打听到谢金吾住宅，便从后花园墙上跳进去。三更鼓响，谢金吾正喝完酒要睡，焦赞把门一脚踹开，杀了谢金吾并家眷一十七口。这焦赞又想："我若这样去了，也不算好汉！好汉立不更名、坐不改姓，我就割下一幅衣衫，蘸着鲜血，在墙上题四句诗吧。"他写道："多来少去关西汉，杀人放火曾经惯。一十七口谁杀来？六郎手下焦光赞。"题完诗，他跳出墙来，准备再去杀王枢密。不料被巡军发现，捉拿捆绑住，押去见王枢密。

番邦元帅韩延寿，屡次派人和贺驴儿联系，都没见回音，心中焦躁。这天，又派了一个能干的番兵，怀揣信件，潜伏入关。韩延寿叮嘱这番兵："定要小心在意，别被官军发现；若能见到王枢密，不得回书就别回来！"这番兵走在半山之中，迷失了道路，被巡营的孟良捉住。孟良喝道："你往哪里去？从实地说！你若不说，我一斧劈下你的驴头！"那番兵交代了自己的身份和任务。孟良打算与岳胜商量，押解这个重要人证进京。

王枢密命刽子手把杨六郎和焦赞押到刑场，他心想："恨小非君子，无毒不丈夫！得赶紧把他们一刀哈喇了。否则，杨六郎的夫人是个郡主，若上朝称冤叫屈，这事还有些麻烦。"于是朦胧奏过圣上，他自己就任监斩官，准备午时三刻一到，立刻喝令刀斧手疾忙下手。正在这当口，杨六郎的丈母娘赶来了。她是圣上的姑姑，皇亲国戚，王枢密不得不暂停行刑，施礼问道："国姑，良吏不管闲局，贵人不踏险地。您不该到这杀场来。"国姑也忍住愤恨，向王若钦介绍杨家祖辈立下的功劳，又说："就算六郎有罪，也可将功补过。看我国姑面上，把这两个人饶过吧！"王枢密却把嘴一撇："你这国姑好会做大。看你的面皮，那我的面皮可不让狗吃了！"国姑大怒，揭王若钦的老底儿："你不得志时，提着灰罐儿、卖诗写文，如今也当上个王枢密！江山易改本性难移，那小名贺驴儿的奸细须是你！"说着，唤亲随过去把六郎、焦赞抢过来，开枷放人。王枢密哪肯善罢甘休？一边往回夺人，一边还嘴："如今皇上姓赵，你家姓柴。什么胡姑姑、假姨姨，有什么了不起？我偏不认识你！"两拨人扭扭打打，一直闹到皇宫大殿。

王枢密先赶到朝门，向殿头官哭诉："大人可怜见！国姑欺负死我了。她劫了法场，毁了圣旨，大人要与我转奏圣上啊！"殿头官答应一声，进宫奏明圣上。圣上闻听，龙颜大怒。尽管国姑一再申辩，请求将功折罪，圣上仍是不肯饶过。国姑悲愤地说："既然是饶不得孩儿命，我又有何颜面号称国姑？不如拼着纳下这雪白头颅。"说着，就要向石栏上撞。殿头官急忙拦住，劝阻道："别这样！我再进宫替你求求去。"正这时，孟良押着番兵奸细来到朝门。殿头官亲自审问。那番兵交代出自己是韩延寿差遣的细作，专门来找王枢密送信的。殿头官喝令校尉把王枢密拿下，验看脚板，果然有"贺驴儿"三字。殿头官奏明圣上。圣上降旨："叛国奸臣贺驴儿凌迟处死。杨六郎和焦赞加服受赏。国姑增封食邑，重建清风楼显扬忠良。"

❖ 马致远 ❖

郭上灶双赴灵虚店　吕洞宾三醉**岳阳楼**

这天早晨，岳阳楼下，酒保把旋锅烧热、酒望子挑起，招揽过客。

吕洞宾正在蟠桃会上饮宴，忽见下方一道青气直上云霄，认定下方岳州岳阳郡必有神仙出现，便按落云头，扮作一个卖墨的先生，来到这里。只见楼上写着：世间无此酒，天下有名楼。这岳阳楼果然形胜雄壮，"翠巍巍当着楚山，浪淘淘临着汉江"，一派好景致。吕洞宾上得楼来，拿一锭墨与酒保当了二百文钱的酒，喝了个痛快。喝完就睡着了，酒保叫他也叫不醒，索性上了门板，自己走了。

岳阳楼下有一株老柳树，活了上千年，成了精。这时，他上楼来找杜康庙前的白梅花精。猛然看见吕洞宾，急忙回避，已来不及，被吕洞宾喝住。柳精慌忙施礼："早知上仙在此，只该远接，礼貌不周，万勿见罪！"吕洞宾看了他的原形，知他没干什么坏勾当，便对他说："老柳，你跟我出家去吧。"柳精为难道："我是土木形骸，未得人身，怎能成得仙果？"吕洞宾想了一下，对老柳说："你去岳阳楼下卖茶的郭家托生为男身，名为郭马儿；再让那梅花精去往贺家托生为女身；你们二人结成夫妇。三十年后，我再来度脱你。"

三十年过去，郭马儿和妻子贺腊梅在岳阳楼下开着一座茶坊。日子过得不错，只是结婚数载，没个寸男尺女。为了偷阴功积福力，郭马儿把过往客人吃剩的残茶都吃下去。这天一早，夫妻二人打开坊门。

常言道：玉不琢不成器，人不磨不成道。吕洞宾又来到岳阳楼，点化这柳树精。他装成乞丐的样子，东倒西歪找到茶坊，叫喊着："马儿呀，你原来在这里，如今桃花放罢，柳眼未开。"说着，照着正在打盹儿的郭马儿脸上打了一巴掌，把郭马儿吓醒。吕洞宾一会儿哭，一会儿笑。郭马儿惊奇地问他这是为什么，吕洞宾回答："我笑那曹操奸雄，哭那霸王好汉，你看这龙争虎斗旧江山，百年人光景皆虚幻。"郭马儿听完，也只当是疯话，问："老师父，你来我这里，想做什么？"吕洞宾说："想化一盏茶吃。"郭马儿呼唤妻子倒一碗茶来。吕洞宾却说："哪能如此随便，你得丁字不圆八字不正，深深地对我打个稽首。然后说'上告我师，吃个什么茶？'我才告诉你要吃的茶名。"郭马儿心中说："就依着他，大家一块儿耍一会儿。"问了吕洞宾要吃什么茶。吕洞宾说："我吃个木瓜。"郭马儿说："哎哟，好大口哇！"吕洞宾吃完第一杯，不还杯盏，又要吃个枣酥佥儿。郭马儿说："吃酥佥儿可得小口撮，师父好紧唇呀！"吕洞宾说："我正是一口大一口小。"郭马儿虽知道大口加小口是个吕字倒了，却怎么也没觉悟到是吕洞宾来度脱他了。于是，吕洞宾又东一句西一句，点明郭马儿原就是棵柳树，"三十年前解开你，都是板儿"。可郭马儿仍是执迷，又把吕洞宾吃剩的残茶吃尽。吕洞宾说："你若吃了我吐出的残茶，准能有子嗣。"郭马儿一看吕洞宾那乞丐嘴脸，便觉得恶心，更不肯吃他吐出的脏东西。吕洞宾见郭马儿百般不肯吃，就对贺腊梅说："你吃了吧！"贺腊梅吃完，向吕洞宾稽首说："弟子省了。"吕洞宾对郭马儿说："你看，你老婆吃了我这残茶，便是我的仙友。"郭马儿听他称自己老婆为仙友，大怒，挥拳就打。吕洞宾一边遮拦一边劝他："郭马儿，跟我出家去吧！"郭马儿没好气地问："我跟你出家去，你给我什么好处？"吕洞宾说："我教你逍遥散淡、勘破尘寰。人能克己身无患，事不欺心睡自安。百年能得几时闲？何不及早回头看。直到桑榆暮景残，才叹惜倦鸟知还。"郭马儿听完这番教导，假装同意出家，送师父下江楼，到水湾，先上船；趁吕洞宾不注意，骂了声："推他娘在这水里。"然后转身回茶肆去了。吕洞宾险些没被闪落水中，叹息道："这老柳，太愚顽，久堕风尘大道间，枉费我亲身度他三两番！"

郭马儿自那日推开师父后，一合眼便看见吕洞宾喊他："郭马儿，跟我出家去吧。"郭马儿干脆改了行，不卖茶卖酒，为怕撞见师父，只往后街叫卖。谁知这天正好又迎面撞见吕洞宾，吕洞宾拉住他，指着岳阳楼说："我在这楼上两醉了，今天你再请我吃一醉。"郭马儿无奈，只好陪着上楼。吕洞宾一碗一碗喝醉后，又拉着郭马儿出家。郭马儿推辞说："我若跟着你去出家，我那媳妇发付到哪里去！"吕洞宾却对他说："你把媳妇杀了！"并给了他一把剑。郭马儿拿过剑来，心说："这疯魔道人，好没道理，让我杀了媳妇，我怎么舍得！这口剑倒有些用途，拿回家去切菜。"

郭马儿把剑拿回家，第二天一早儿，他媳妇就不知被什么人杀了。只见那剑上写着一首诗："朝游北海暮苍梧，袖里青蛇胆气粗。三醉岳阳人不识，朗吟飞过洞庭湖。"后面写着洞宾作。郭马儿心想："准是那个道人干的！"于是叫上社长，准备一起去告官，讨个文书，捉拿凶手。谁知刚走到街口就碰上披蓑衣、戴箬笠、吟着诗、敲着简的吕洞宾。郭马儿和社长急忙上去，一边一个，把他扭住。吕洞宾问："郭马儿，你为何当街把我截住？"郭马儿说："就是你把我媳妇杀了，我要拉你去见官！"三人走过杜康庙，吕洞宾叫道："你是个红尘道上千年柳，快看那白玉堂前一树梅。"随着他这一声喊，郭马儿分明看见贺腊梅站在那里。吕洞宾又喊声："疾！"贺腊梅立刻又不见了。郭马儿不晓得其中玄机，扯住吕洞宾让他还媳妇："你把我媳妇杀了还是藏哪儿去了？你拐了我媳妇可不行！我要拖你到官府去！"说着，又和社长上前揪住吕洞宾的两只袖子。吕洞宾气道："似这等呆头呆脑迷不起，白赔我奔走红尘九千里。"说着两臂一顿，走脱了。郭马儿嚷着："不怕他飞上天！村长，咱们两路包抄，赶赶赶！"

吕洞宾敲着渔鼓、唱着小调："世间甲子管不得，壶里乾坤只自由；数着残棋江月晓，一声长啸海门秋。"正走着，郭马儿冲上来一把抓住，嚷着："我这回再也不能让你溜了。"吕洞宾骂道："你这个愚愚之物、落落之徒，凭什么当街纠缠我这有道的师父！"正这时，一个官人带领侍从走过来，喝道："什么人在这里乱嚷，给我拿过来！"郭马儿大声喊冤："大人与我做主哇，这道人杀了我的媳妇！"那官人道："清平世界，朗朗乾坤，那道士，你怎敢杀人！"吕洞宾从容答道："郭马儿告我杀了他的媳妇，可他的媳妇根本就没有死！"官人问："他媳妇在哪里？叫来我看！"吕洞宾道："现在此处，疾！"贺腊梅立刻现身，稽首问："师父，唤你徒弟有什么吩咐？"官人叫过郭马儿问："这是不是你媳妇？"郭马儿说："是！"官人大怒："郭马儿，你告人家杀你媳妇，可你媳妇见在，这分明是诬告！诬告别人死罪，自己反坐，如今非杀你不可！"郭马儿吓坏了。吕洞宾问："用不用我救你一救？"郭马儿哀求："求师父救我一救！"忽然，官人、侍从都不见了，变成了汉钟离、铁拐李、蓝采和、张果老、徐神翁、韩湘子、曹国舅，吕洞宾一一介绍给郭马儿。郭马儿此时猛然省悟过来，自己就是三十年前柳树精，妻子贺腊梅是杜康庙前白梅树。汉钟离见他省悟，指示道：你本是人间土木之物，差洞宾将你引度，到今日行满功成，跨苍鸾同登仙路。

葛皇亲挟势行凶横　赵顽驴偷马残生送
王婆婆贤德抚前儿　包待制三勘蝴蝶梦

"月过十五光明少，人到中年万事休。儿孙自有儿孙福，莫为儿孙作远忧。"话虽这样说，哪个当父母的不为自己的子女费心呢？开封府中牟县王老汉有三个儿子，都不肯务农，只爱读书。这天，王大对父母说："父亲母亲在上，您孩儿一举首登龙虎榜，十年身到凤凰池。"王二也说："父亲母亲在上，您孩儿十年窗下无人问，一举成名天下知。"王三却说："父亲在上，母亲在下。"王老汉气道："怎么母亲在下？"王三："我小时侯看见俺爹在上头，俺娘在底下，一同床上睡觉来。"王老汉气得指着他骂："你这个浑小子！"

气归气，闹归闹，王老汉还是与老伴商量：咱们如何多攒些钱，明年开春好送三个儿子赶考去。

王老汉到长街市上，替三个孩子买些纸笔；走得乏了，坐在路旁休息；偏赶上皇亲葛彪此时骑马来街上闲逛。这葛彪撞倒了王老汉，反骂："你竟敢冲碰我的马头，看我打你个老驴！"几下子，把王老汉打得倒地不起。葛彪嘴里哼一声："你老家伙诈死。就是真死了，我也不怕，只当房檐上揭片瓦似的。"

地保把噩耗告知王家。王家母子四人赶到当街，只见王老汉浑身血污，遍体鳞伤，面色金黄，手脚冰凉。尽管母子连哭带喊，王老汉却已死去多时了。王家兄弟三人十分悲愤，寻找葛彪偿命。葛彪正醉醺醺从酒馆中出来，王家兄弟上去扯住他质问："是不是你打死俺父亲？"葛彪满不在乎地说："就是我打死的，你们能怎样？我才不怕你们！"王家兄弟连推带打，葛彪倒在地上不动了，再到他鼻子底下一试，竟真的没了气。王婆大惊："你三人平昔无瑕疵，而今却惹下刑名事；虽说他强贼合该死，将军着箭痛，正似射入时；可你们也少不得要吃官司。"果然，几个公人冲过来，喊着："拿住杀人贼，休叫他们跑了！"王婆哭道："苦孜孜，泪丝丝，这场灾祸从天至，把俺横拖倒拽怎推辞？一壁厢碜可可停着老子，一壁厢眼睁睁送了孩子，可知道福无重受日，祸有并来时！"

开封府府尹包拯升堂，审问过一起盗马案，将罪犯赵顽驴上了长枷，下入死囚牢。这时，包拯忽觉困倦，暂时合眼歇息，他梦见自己来到后花园，见花丛间亭角上有个蜘蛛网，一只蝴蝶飞来正好撞入网中，包拯看它那苦苦挣扎的样子，不禁暗暗伤怀："休道人无生死，草虫也有飞灾。"忽见飞来一只大蝴蝶，把网中小蝴蝶救走。又一只小蝴蝶落入网中，那大蝴蝶却两次三番只在花丛上飞，不救这只小蝴蝶了。包拯大为奇怪，自己动手，把小蝴蝶放掉。此时，衙役张千报告："午时到了。"包拯撒然梦觉，张千又报告："中牟县解到一起犯人，弟兄三人，打死皇亲葛彪。"包拯命令："将犯人一步一棍打进厅来！"

王婆也跟进厅来，包拯命人开去王大等人刑枷，又斥责王婆教子不严，纵子行凶。王婆竭力为三个孩子争辩，包拯却认为刁顽不训，命人加力痛打弟兄三人。王婆自是剜肠割肚般心痛。包拯又问："你三人中必有个是为首的，说，是谁先把葛彪打死的？"王大抢着说："不干母亲事，也不干两个兄弟事，是我把人打死的。"王二也如此说。王三却说："也不干母亲事，也不干两个哥哥事，也不干我的事，是葛彪他自己肚子疼死的。"王婆上前护住三个孩子："我的孩儿平时温良恭俭，只读圣贤之书，实是葛彪先打死老身丈夫，老身一时隐忍不过，承忿将他打死的，罪过都在老身一人。"包拯从来没见过似这般抢着承担罪责的，以为他们是串定好，故意隐瞒主凶。于是，又喝令张千着实打，必须认定一个凶手抵命。

包拯拿过中牟县的文书，只见上边写着："王大、王二、王三打死平人葛彪。"他心里说："这中牟县好糊涂，王家兄弟就是没有名讳，也该有个小名呀。"于是问王婆："你那三个孩子都叫什么？""老大金和，老二铁和，老三石和。"王三接口："尚。"包拯："什么尚？"王三一拍秃脑瓜儿："石和尚。"包拯道："你们都取这等刚硬名字，怪不得要打死人呢，就让老大金和偿命吧。"王婆哭喊着："包大人好糊涂哇！"包拯听见，令张千把王婆提到书案前问："让你大儿偿命，为何说我糊涂？"王婆答："我这大儿平日孝顺，如若杀了他，让谁养活老身？"包拯："如此说来，是老夫错了。那就换铁和偿命吧。"王婆又哭喊："包大人真糊涂哇！"包拯眉一皱："怎么讲？"王婆回话："我这二儿营运生计，如若杀了他，让谁养活老身？"包拯："老大不偿命，老二不偿命，你让谁去偿命？"石和自己戴上枷默默走到书案前。包拯惊问："你这小子要做什么？"石和："大哥二哥都不偿命，眼见的是我了，不如早做个人情。"包拯道："也罢，就让这老三去偿命。"命张千把石和推出去。再问王婆："让你这第三个儿子偿命，中不中？"王婆点点头："俗话说'三人同行小的苦'，让他偿命，中！"包拯："我不糊涂了吗？"王婆："不糊涂了。"包拯突然把脸一沉："住嘴！张千把人给我带回来。我险些被这婆子瞒过了，这肯定是前房后继，前两个孩子是她亲生，因此百般回护；后头这小子是别人的，不着痛热，所以让他偿命，是也不是？"王婆低语："三个孩子都是我的，怎能不着痛热？"包拯喝道："不说实话，张千，给我打！"王婆无奈，只得对着三个孩儿说："我把实情讲出，你们可别因此生分了。金和铁和是我乳哺不是我亲生，石和才是我的亲儿。"包拯不信："既然老三是你亲儿，为何不留下他养活你，让前家儿中一个去偿命？"王婆："大人差了，若那样不是显得俺婆子太心毒。"包拯半晌不语，暗自沉吟："而今方信良贾深藏若虚，君子盛德若愚。此事看来，为母者大贤，为子者至孝。继母三番弃亲儿，正应着午时一觉蝴蝶梦。这是天使老夫预知先兆，我定要设法救下这石和性命。"于是，下令先把弟兄三个都下到死囚牢去，听候发落。又吩咐张千到死囚牢去注意观察。

王婆乞讨到一些残汤剩饭，送到监狱来。搬动门上铃索。张千听见铃响，把牢门打开，见是王婆，骂道："你个老村婆，来此做啥？"王婆答道："给三个孩子送些汤饭。"张千问："有钱财没有？送些来让我们使。"王婆哀求："哥哥可怜见，我家一个老的被人打死，三个小的又下在死囚牢里，老身吃了早晨无了晚夕，前街后巷叫化了些残汤剩饭，给孩儿送来充饥，哪里有半个钱，要不就把我这件旧棉袄送与你。"张千急忙摆手："这样破袄，我可不要。"又说："你儿子罪已问定，你来也救不了了。"王婆闻听，浑身颤抖，几乎晕倒。张千见状，只得放王婆进去。母子相见，大放悲声。王婆抢上前，拿起饭食，一勺一勺喂到金和铁和嘴里，石和叫道："娘，也给我吃些。"王婆把剩下的碗底儿递给他，只够他润润咽喉。王婆又从怀中掏出两个烧饼，偷偷塞给金和铁和一人一个，轻声嘱咐："可别让石和看见。"王婆走时，问金和有什么话说，金和道："我家中有一部《论语》，可卖了替父亲买些纸烧。"铁和也说："我家里那部《孟子》，也可卖了替父亲作些经忏。"石和叫道："母亲，我也没什么话嘱咐，您把头伸过来，让孩儿我再抱上一抱吧。"

王婆走到牢门外，张千告诉她："你该高兴了，刚才传下包大人言语，让把你大儿子二儿子都放了。"说着，把金和铁和叫出来，开了枷。王婆急问："我那第三个儿子呢？"张千说："留下他替葛彪偿命。你们明日早晨到监狱大墙底下去收尸吧。"眼看着石和又被转进牢房，王婆肝肠寸断。王大王二也哭泣着不走："母亲，我们怎么舍得下三弟呀！"王婆强忍悲伤，拦住老大老二的手劝道："别烦恼，咱们回家去。我咽苦吞甘，乳哺三年，而今这小东西命丧黄泉，罢罢罢，但留得你们两个，他便死我也心甘情愿。"一边往外走，一边扭头看，"石儿啊，再相逢除非是梦中团圆。"

母亲和哥哥走后，石和对张千说："既然饶了我两个哥哥，就把他们那两面枷都给我一个人戴上吧。只是我还要问一问，明天我是怎么个死法？"张千道："吊死，然后扔到高墙外面去。"石和听完，嘱咐他："你往外扔时可得小心点儿，我肚皮上有个疝子别碰疼了。"张千冷冷地说："你性命都不保，还管你什么疖子。"石和恨恨地唱起小曲："那包大人呀，葫芦提，比问牛的省力气！那令史衙役，更可气，打得人鲜血淋漓。那张千呀，我操你奶奶个歪屁！"

这天一早，王婆叫化了一些纸钱，准备烧埋石和。王大王二把监狱中拖出的死尸抬过来，觉得不像是石和。王婆哪里还顾得仔细看，一把抱住尸首放声痛哭："我个孝顺的石和儿安在？千呼万呼不回来，空叫我哭哭啼啼自敦摔，我的石和儿呀！"石和在后面答应一声："我在这里。"吓了王婆一哆嗦，扭身一看，真是石和，惊慌喊叫："有鬼！有鬼！"石和连忙解释："母亲别怕，真是石和孩儿回来了。这死尸是盗马贼赵顽驴，包大人把他吊死，让我拖出来，饶了我的性命了！"王婆转悲为喜，又责怪王大王二："你们两人好不仔细，怎么抬回这么个死尸来！快动手把他埋葬了吧。"

正挖坑时，包拯率领衙役到来，吓唬道："你们怎么又打死了人！"王婆果然被吓得浑身乱抖。包拯赶紧说明："休慌莫怕，是我让赵顽驴替你们偿还葛彪之命，你们一家贤德孝顺，快跪下听断：'金和随朝做官，铁和冠带荣身，石和中牟县令，母封贤德夫人。'"

❖ 李寿卿 ❖

继浣纱渔翁伏剑　说专诸伍员吹箫

奸臣费无忌在楚平王面前进谗言，说太傅伍奢的坏话。楚平王大怒，不问青红皂白把伍奢满门抄斩。只有伍奢的二儿子伍员尚未就刑，还在樊城当太守。这实在是费无忌的心腹之患，于是，叫来儿子费得雄，让他到樊城去骗伍员，假说楚平王宣伍员入朝为相，只要把伍员骗进京城，就可擒拿，斩草除根。费得雄听完父亲计策，说："老儿放心，凭着我三寸不烂之舌，见了伍员，不怕他不来。他若不来，我便这么拳撞脚踢，不怕他不死。"边说边比划，一拳把费无忌打倒。等费无忌从地上爬起来，再找费得雄，已经走了。

楚国公子芈建听说费无忌诈传楚王之命，差费得雄去了樊城，心中甚急，唯恐伍员一时不知，堕入奸计，赶紧抱起孩儿芈胜，私奔出朝，匆匆赶到樊城报信。

伍员字子胥，勇武过人，在临潼斗宝会上，他拳打蒯瞆，脚踢卞庄，戏举千斤之鼎，使秦王震服。秦穆公赐他宝剑一口，赠号盟府。这不仅使十七国诸侯得以平安回国，更为楚国争得面子，楚平王加封他为十三太保大将军，兼任樊城太守。这天，门卒来报："有公子芈建来到门口。"伍员请进。芈建抱着芈胜跟跟跄跄进到帅府，向伍员诉说了伍家三百多口人全被杀害的凶信，伍员听罢，昏死倒地。等伍员醒来，又有门卒来报："有费得雄到此。"芈建说："他是来骗你还朝，以便剪草除根的！"伍员答："不妨事！您且屏风后藏着。"费得雄进来，问："你就是伍员吗？我奉主公之命，宣你入朝为相，出朝为将，上马管军，下马管民。再赐你上马一提金，下马一提银。你不要耽搁，赶快跟我走吧！"伍员问："我已半年不曾入朝，我家父母兄弟安康吗？"费得雄答："你家里人很兴旺呢！还让我催你早早起身，好与你见面呢！"伍员怒火三千丈，咬牙切齿揪住费得雄："你老子把我全家诛灭，还说什么我爹娘兴旺！"费得雄仍然狡辩："捉贼见赃，捉奸见双，总得有个见证人。你说是我老子把你一家杀了，有谁见来？"伍员道："若不是芈建公子说破你这慌，险些儿被你骗入天罗地网！你老子费无忌真是蛇蝎心肠！"费得雄却说："你不要恼怒，反正你那老子就是活到一百二十岁也少不得要死！"伍员听完他这屁话，更加怒不可遏，堵住门口，不让费得雄溜掉，然后抢拳便打。打得费得雄杀猪似的叫："哎哟，你那钵盂般大的拳头，飕飕地打得我碎屁吱吱地，快把我打死了！"芈建从屏风后闪出来劝道："将军且息怒。"费得雄急忙躲到芈建身后，"老叔、老叔"地叫着，求芈建再劝伍员别打。伍员瞅着费得雄这狼狈相儿，打心眼儿里瞧不起，也就让他滚蛋了。

费得雄逃走后，芈建说："这小子回去必然告诉他父亲，费无忌定会统兵擒拿我和你。自古道长安虽好不是久恋之乡，咱俩还是早早投奔一个去处吧。"伍员说："公子放心，我已想好，咱们就去郑国借兵，报俺父兄之仇。"

费无忌见没把伍员骗回京城，急忙叫来百步穿杨神箭手养由基，假意说："奉主公之命，差你领五千铁骑兵，赶上伍员，发箭射死！功成之日，定然加官赐赏。"

养由基率队追赶，竟然赶上了伍员。因为芈建先去郑国联系，伍员只得怀抱芈胜，马行甚慢。养由基心想："伍员本是忠臣良将，我若射死了他，可要承担万代骂名！"于是假意命令："大小三军摆开阵势，待我发箭！"暗自把箭头咬下后，连发三箭。又假装吃惊："怎么三箭都射他不死，快包围上去！"伍员看到没头箭，知道养由基有意放了自己，于是冲开包围，杀出一条血路逃走。

伍员到了郑国，郑国上卿子产把他们安顿在驿亭，又埋伏下兵马，准备将伍员等人抓获。多亏伍员识破，一把火烧了驿亭，夺路而走。芈建死于乱军之中。伍员抱了芈胜向吴国逃去，一路嗟叹不已："既天命安排我受此奔波苦，又何必想当初让我功勋卓著！"

伍员逃至江边，遇一浣纱女提着两个瓦罐去给哥哥送饭，伍员正饥馁非常，连忙向她乞食："让我吃了这饭，日后必当重报。"那女子说："有谁是头顶着锅儿走的？区区一饭，有什么可报答！"伍员吃完饭，又叮嘱那个女子："残浆勿漏！"浣纱女不解其意："我这罐儿并不曾漏哇。"伍员向她说明："我走之后，若有人马追来，必然问你，万望可怜，不要说给他们知道，走漏了我的消息。"浣纱女说："将军放心，我只不说便是。"伍员却放心不下，仍是哀告不已："可怜我一家负屈含冤，我孤身一人躲灾逃难，非是我对你放心不下，实则怕后有军兵紧紧追赶！"浣纱女听罢此言，说："罢罢罢，我让你去得放心就是！只请将军记住，我兄弟叫伴哥，母亲是浣婆婆。"说完，抱起一块石头，投江自尽。伍员大是慨叹。

再往前走，江水滔滔，如何过去？远远有只渔舟。伍员连忙喊道："渔翁，快撑船来，渡我过江去。"渔翁问明他就是楚国名将伍员，急忙摇过船，把他藏在芦苇中，又从家中取来酒饭让他吃。伍员吃罢，又叮嘱："残浆勿漏！"渔翁道："你是对我疑心吗？你走之后，我将此船沉于江中，再不渡人，绝不泄你消息！"伍员仍徘徊不行。渔翁说："盟府，我让你去得放心就是！老夫名叫闾丘亮，也曾在朝为官，有一子是个村厮儿，你久后得志，休要忘却。"说罢，借过伍员宝剑，刎颈而死。伍员放声痛哭，割下些芦苇，将闾丘亮尸体掩埋。

伍员到了吴国，向吴王借兵伐楚，无奈吴王借口有事不允，伍员只得流落民间，靠吹箫乞食度日。正是：当年策马度昭关，未报冤仇何日还？世人只认吹箫客，哪知他一天豪气半生闲。十八年过去了，伍员已是苍颜白发。这天，丹阳县牛庙举行社祭。伍员又跑了来，打算吹上一曲，讨些酒吃。哪知社头早就和几个年轻后生约好："那吹箫的没廉耻，今年再来打搅，就一齐上去，把他轰走。"因此，伍员刚到这里，就被一群人围住，连推带搡，恰如虎落平阳被犬欺。正这时，一个壮汉嚷着："咄！你们一伙人欺负一个，休得无礼！"三下两下把众人赶散。这壮汉见伍员长得高大，又要和伍员较量。忽听一个女人喊了一声："专诸，你又要和谁打架呀！"那壮汉闻听，吓得立刻扭转身，跪地求饶："不敢不敢，是专诸一时暴躁，忘了母亲遗训。"那女子也不客气，举起手中拐杖，照着专诸连打了二三十下，然后领着专诸回家了。伍员甚是奇怪："这么一条好汉，竟如此怕媳妇。"便跟在他们后面。只见这两人刚进屋门，那女人便脱去外边衣衫，放下手中拐杖，对专诸跪下道："你休怪我，这是母亲的遗言，不是贱妾找事。"专诸连忙说："大嫂请起，我哪能怪你！"伍员更觉得心中不解，咳嗽了一声，请求相见。专诸把他让进屋里。伍员谢道："刚才若不是大哥打散那伙村夫，将让小人我好没脸面。"专诸推辞道："我这也是路见不平。"伍员又问："刚才那位姐姐是谁？你为何这等怕她？"专诸答："不瞒您说，她是我的媳妇田氏，我不是怕她，只因我性子暴躁，常与人厮打，惹下事来。故母亲临终留下遗言，但凡我惹事之时，即着媳妇穿起母亲衣服，手拄拐杖。我若见了这两样物品，便是见我亲娘一样，因此害怕。"伍员恍然大悟，心说："若得此人助我一臂之力，何愁冤仇不报。"因此，向专诸下拜，要与他结为兄弟。专诸侧身回避道："我与你素不相识，你怎么就拜我做兄弟，我看你身材凛凛、相貌堂堂，想必不是个沦落之人，敢问君子姓甚名谁，多大年纪？"伍员也不隐瞒，对专诸讲了自己的姓名、身世和冤仇。专诸早听说过伍员大名，如今正是惺惺惜惺惺。他问伍员："你既有父兄之仇，何不寻几个贤士，同去破楚？"伍员叹道："我也确实这样想过，只可惜你们这里没有贤士！我曾遇到过两个贤士，可惜又都死了。"专诸急问："那是两个怎样的贤士？"伍员把浣纱女和渔翁跳江刎颈、当仁不让的事讲了出来。这一下更激起专诸的豪情，大声说："我们这里也有贤士，我便是个贤士！"伍员问："你既是贤士，敢与我同去破楚吗？"专诸一拍胸脯："当然敢去！只要将军不弃，我万死不辞！"伍员道："你可不要翻悔呀！"专诸说："大丈夫一言既出、驷马难追，岂有翻悔之理！只是，我还没问过母亲。"田氏闻听丈夫要去从军，自然不允："人家有仇，干你何事？难道非要我再拿出母亲那两样遗物来吗！"专诸一听，泄了气，对伍员说："将军，我去不得了。"伍员叹气道："这就是你的一言既出、驷马难追，自称贤士胡支对，却原来装孝顺、假慈悲！"专诸哪容人这样贬低，气急道："罢罢罢，大丈夫一言如白染。便是我母亲再生，料也不能阻我！"又对田氏说："大嫂，父母在，自然不能为朋友去死；父母不在，我为朋友舍身报仇也不为不孝！我意已决，好歹都是要去的了。"田氏道："专诸，你坚意要去，谁也不能拦你。你既做了贤士，怎能做得孝子！我也让你去的放心！"说罢，抽剑自刎。专诸见状，"哎呀"一声长叹："伍将军，俺这一家都为你送了死也！"

伍员向吴国借得十万精兵，向楚国进发。其时，楚平王已死，昭公继位。昭公听到伍员将至的消息，急唤费无忌来，命他领三万人马出城抗敌。费无忌哀求道："换别人去吧，饶了我这老头子吧！"昭公怒喝："这场祸原就是你做下的，你若不去，先杀了你这老匹夫！"费无忌无奈，只得出阵。他哪是伍员的对手，一交战便想逃走，被专诸赶上，生擒活捉。伍员领兵杀进楚都，掘开楚平王坟墓，亲自鞭尸三百。

郑国上卿子产听说伍员领兵攻破楚国、生擒费无忌、亲鞭平王之尸，心中恐慌。他知道伍员是个一饭不忘、片言必报的人，深怕伍员乘此得胜之兵讨伐郑国。于是，贴出榜文：只要有谁能说服伍员别攻打郑国，就封谁万户侯，赏赐千金。闾丘亮之子村厮儿听到这个消息，揭了榜文，自愿到吴国去见伍员。

伍员领兵凯旋，回到吴国。吴王封他为相国，亲自为他庆功。宴席间，拉过费无忌，将这奸佞枭首示众。又叫过伍员的恩人，一一进行慰问，浣纱女之母浣婆还活着，伍员见到她，不由把那少妇抱石投江的情景对吴王陈述一遍，命工匠在江边塑像建祠、树碑纪念，并保证赡养浣婆丰衣足食、快活到老。闾丘亮之子村厮儿也在半途遇到伍员派去接他的人，径直来到朝堂。村厮儿拜见吴王和伍相国，伍相国又把闾丘亮沉船刎颈的情景对吴王陈述一遍，颇为感伤地说："只嘱他残浆勿漏，哪知道反断送他雪鬓霜毛。空余下波浪滔滔、芦荻萧萧。至今回首东风，尚忍不住泪点双抛。"伍员深恨郑国，传令点齐军马，亲自领兵征讨，拿住子产活开剥。村厮儿急忙替郑国求情，劝伍员说："雄才不必常夸胜，上策须知恤贵邻，若得收兵无事日，俺父九泉亦沾恩。"伍员怒气不息，哪里肯听，定要一冤一报。村厮儿无奈，叫一声伍老爷："你不肯退兵，就把你那剑借给我，我也抹脖子找我老子去算了！"伍员急忙拦住："你爹的大恩未报，哪能又让你为我而死！也罢，就传令把伐郑的军马暂时收回。村厮儿，你去对子产那老匹夫说，让他早日投来降表！"吴王也十分高兴，传下话来："报恩仇从此快平生，堪留下千古英雄名。"

❖孙仲章❖

赵令史为吏见钱亲　王小二好斗祸临身
望京店庄家索冷债　河南府张鼎勘头巾

南京王小二是个穷汉，常靠别人周济度日。这天又没了柴米，想向刘员外家讨点儿东西。刘员外家门口静悄悄的，一条大狗卧在那里。王小二捡块砖头，朝那狗掷去，想打得那狗叫，必定有人出来。谁承想，狗没打着，却把人家一个尿缸打碎了。这王小二还不快走，反倒叫嚷起来："你家的狗咬了我的腿！"刘员外的媳妇听见门外大呼小叫，开屋门走到院里，见尿缸被打破，指着王小二骂起来："你这穷子弟孩儿，每回你来要饭都不曾少给，今天凭什么打破我的缸！"王小二还嘴："你这娘子好不晓事，你家的狗咬了我的腿，倒还骂我！"气得刘员外媳妇说："我也不和你闹，等员外出来跟你算账！"刘员外名平远，好饮酒，今天又喝醉了，眼朦胧醉醺醺走到大门口，问："王小二，我不曾歹看你，给你衣服，给你钱，你凭什么到这里吵闹、骂人！"王小二狡赖道："你家的狗咬了我！"刘员外说："你骂了人，还说你有理！像你这样的油滑、刁钻、又脏又懒的穷光蛋，不用写状纸就能把你送进官府，拷断你的筋！你说我家的狗咬了你，让众街坊看看，咬了哪条腿？"众街坊一看，王小二腿上没伤。王小二臊红了脸说："这样的恶狗，你养它做什么！"刘员外讥讽道："我这狗还能护三村，你却是个连狗也不如的东西，打死也苦不了几个钱！"王小二恼羞成怒："好哇，你把我比狗，还说这等大话。咱们走着瞧，大街上撞见没话说，僻巷里撞见，我杀了你！"刘氏听了，对王小二说："你小子既说出来就一定要做出来，你敢立下字据吗？"王小二一时火性起，竟给了刘氏一张保辜文书，气哼哼地走了。

刘氏向王小二要张保辜文书，实际别有用心。她与太清庵的道士王知观暗中勾勾搭搭，一直盼着刘员外早死，好做成永久夫妻。这天，她把王知观叫来，让他明日跟着刘员外出城讨债，跟到没人的地方，把刘员外杀了，然后，就赖在王小二身上。

王知观依计行事，趁着刘员外喝醉酒在柳荫下歇息的工夫，把刘员外杀死，取下他戴的头巾、银环，然后溜回城里。

街坊四邻把刘员外被杀的消息告诉刘氏。刘氏装傻地问大家："众街坊，你们说什么人能杀俺家员外呢？"街坊们猜不出。她提醒说："俺家别无仇人，就是王小二曾与俺家吵闹，咱们一起到他家看看。"众人来到王小二家，把门叫开，刘氏冲上去揪住王小二嚷："好哇，你给了我保辜文书，还真是敢下手呀！还没到十天，就真的把员外杀了。明有王法，我和你见官去。"王小二此时糊里糊涂，有口难辩。

刘氏拖着王小二来到官府，府尹昨晚吃请，喝得多了，肚子疼了一夜，此刻哪里有心问案？命衙役张千把秉笔司吏赵令史叫来。这赵令史也是个糊涂贪财之徒，听刘氏讲完案情，问王小二有何话说。王小二喊冤："令史可怜见，小人怎敢杀人！"令史喝道："你连文书都敢立，怎说不敢杀人，看来是不打不招。"于是命令衙役狠打。王小二被打得鲜血淋漓、疼痛难耐，只好承认是自己杀了刘员外，被戴上木枷，下到牢中。府尹提醒说："那妇人还告有芝麻罗头巾和减银环子不见下落。"赵令吏却说："今日到此，明日再问。"府尹当然同意，让刘氏回家候审。

衙役张千是个"手执无情棒，怀揣滴泪钱，晓行狼虎路，夜伴死尸眠"的家伙，他今天多少捞到些油水，心里高兴，把王小二押到监牢，三十杀威棍也免了。刚坐下来打会儿盹儿，忽听有人敲门。他以为是提牢官来了，忙把门打开，一看，原来是望京店卖草的傻子来讨草苦钱。张千骗他说："你跟我进去拿钱。"傻子进到牢里，张千把大门关上，四下黑洞洞的，犯人们都用木枷枷着头。傻子正在害怕，忽然大门铃索响起来。张千想："这回准是提牢官来了，若被他看见这里有个外人可怎么好！"于是慌忙拿过一块木枷来给傻子戴上，又威胁道："别说话，只要你一说话，我就打死你！"把牢门打开，赵令史进来斥责张千："你可别要了犯人的钱就放松了！"张千连说："不敢不敢。"赵令史又命张千把王小二拿过来，问道："你还有两件赃物没有交代，你把那芝麻罗的头巾、减银的环子藏在哪里了？"王小二哀告道："我是屈招的，哪里见过这些东西呀！"赵令史怒喝："看来是不打不招，张千，给我狠狠地打！"王小二受不过刑，只好瞎说："那些东西在肖林城外瘸刘家菜园里井口旁边石板底下压着呢！"赵令史审问完，命张千在传票上画字，限他今日把头巾、环子取回来。接着又查点罪犯，张千一一告诉他："这个是偷马贼，这个是剪绺的，这个是泼皮贼。"赵令史说："我正要打这个泼皮贼！"傻子白白挨了一顿打。赵令史走后，张千把傻子放开，对他说："你先走，明日再来讨草钱。"傻子愤愤地骂："讨您娘的汉子！我草钱也不要了。"

傻子在前边走，后边一个牛鼻子老道赶上来，故意撞了他一下，从怀中掉出个香喷喷的火烧。傻子正饿得发慌，急忙捡起来。老道说："就送给你吃吧！"傻子连声叫："好人！好人！"老道问他："你从哪里来？"傻子迫不及待地把自己在监狱里的见闻讲出来。老道没听完就溜走了。

张千到瘸刘家菜园取赃物，远远看见一个牛鼻子老道从墙头跳出来。他公务在身，也从墙头跳进去，在井口边石板底下果然掏出头巾、银环。

新任河南府尹完颜氏升堂，命张千传唤当值司吏。赵令史拿来王小二的文卷请府尹圈阅。新府尹命把王小二带上来。赵令史威胁王小二："到了上边，不要言语，问你是否杀人，你就承认，免得挨打！"王小二被押到堂前，新府尹看他不像个敢杀人的，问他有何话说。赵令史在一旁搭腔："大人，他没什么要说的了。"王小二怕打，便也承认："是我杀了刘员外，没什么话说了。"新府尹见如此，只得拿起笔来，在文书上判个斩字，命人把他推出去杀了。张千将王小二押赴刑场。此时，王小二眼看要死，大呼冤枉。六案都孔目张鼎正要去参见新府尹，他平时多听得人们议论王小二冤枉，便对张千说："你且留人，等我见了大人，再做道理。"

张鼎进到府衙，把该签押的文卷请府尹签过。府尹上任路上就听说这张鼎能干，今日一见，果然如此，便褒奖一番，赏张鼎一腔羊、十瓶酒，一个月不必上班。张鼎谢过之后却说："刚才进衙时，听见一个犯人喊冤，知道的说这家伙怕死，不知道的会怀疑大人您是否错问了事。"新府尹道："这件案子是赵令史办的。"张鼎对赵令史说："把你那文卷借我看看。"赵令史不耐烦地把文卷递过去："你看，你看，真是个多管事的人！"张鼎看过文书，觉得漏洞百出，再看赃物，井边石板下压过的头巾、环子竟不沾一点儿泥土湿气，再看原告刘氏神情，更觉不是良人。便问赵令史："你是不是接受过她的私赠？"赵令史立刻赌咒发誓："我若受她一文铜钱就害疔疮！"张鼎心里说："若不曾要她私，绝不会对她那般仁慈，却狠心让王小二刀下死！"于是又劝赵令史："常言道饱食伤心、忠言逆耳，这可是人命关天的大事，你可不能这么葫芦提。"赵令史转身对新府尹说："大人，张鼎说您葫芦提！"府尹道："我刚到这里为官，即使此案错了，也是前官的事，怎么说我葫芦提？张鼎，你既说我葫芦提，我就限你三天把此案再审一遍，审得清楚，赐赏加官，审不清楚，莫怪我这明晃晃势剑铜铡无情！"

张鼎到监狱去审问王小二，一路上很有些后悔："这真是一言容易出，驷马却难追，没来由多句嘴，惹下这场闲是非，担惊受怕、寝食皆废。"来到牢门，张千把他迎进去。他心中没好气，令张千把王小二带上来，跪下。严厉地说："王小二，你从实招来，若有半句假话，休怪我翻脸无情！"王小二忙把那天与刘员外夫妇吵闹的情形述说一遍，又承认自己确实立下保辜文书，上面写的是："百日以内，员外但有头疼脑热、抓破小拇指头也是我王小二干的。"谁知不出十天，刘员外真的被人杀了。张鼎问道："那你为何就肯招承，又说出头巾、环子的藏处？"王小二哭诉说："刘氏把小人告到官中，三推六问、吊拷绷扒，打得小人受不过，只得屈招，那藏处也是小人胡乱攀指的。"张鼎又问张千："勘问赃证时可有外人在场？"张千："没有哇！"张鼎："你去瘸刘家菜园取赃证时，可和别人同去？"张千："没有别人，是我自家跳过墙去取来了。"张鼎喝一声："张千，这头巾、环子敢是你放在那里，那刘员外敢是你杀了吧！"张千大惊："哎呀，怎么把我也问在案子里，我可不是那种人！"张鼎道："你这厮也不是个老实人，借口修理牢房，来我跟前支了多少钱钞，这钱都用到哪儿去了？"张千听罢，忽然笑了。张鼎问："你笑个什么？"张千："我想起来了，那一日问王小二头巾、环子时，有个卖草的曾在这里。"张鼎问了那卖草人的模样，命张千立刻去把他拿来。

张千把傻子找了来。张鼎问："孩儿你姓什么？"傻子说："我也不知道我姓什么，反正我老子姓李。"张鼎："那你也就姓李了。"傻子："这么说来，俺倒是个随爷种儿。俺奶奶说俺还有个舅舅姓张，在衙门里做事。"张鼎："我就姓张。"傻子："那你就是我舅舅了，怪不得看你一个鼻子，和俺奶奶一个模样。"张鼎哄着他，问他吃饭了没有。傻子说："去年八月里吃过一回来。"张鼎："你好好回答我的问题，我让人去下饸饹给你吃。你曾到这里来过吗？"傻子回答："来过。"张鼎："见到什么人？听到说什么？"傻子说："忘了。"张鼎努嘴示意，让张千打他。等张千要动手时又拦住："别打别打，快给孩子下饸饹吃。"傻子流着口水嘱咐："多放点花椒葱油儿。"张千转了一圈儿回来，说饸饹没有。张鼎假意骂："真不中用，没了饸饹，馒头、烧饼什么的也要买几个来呀！"傻子听到烧饼，顿时想起来，叫着舅舅，讲出自己那天的经历："一个牛鼻子老道给我一个饶饼，我把王小二的事对他说了，他就一道烟儿去了。"张千也说："我去取头巾时，也曾撞见个牛鼻子老道。"张鼎想："此事定在刘员外媳妇身上。"便命令张千去把刘员外媳妇叫来审问。

张千把刘氏带到，张鼎问："你丈夫是谁杀了？"刘氏刚喝过几杯闷酒，头脑不太清楚，说："是王小二杀的！"张鼎说："可王小二说是你的奸夫杀的。"刘氏："他说我有奸夫，可知道是什么人？"张鼎："不是俗人，是个先生。"刘氏："先生倒也不错，谁也没说是和尚！"张鼎："我已把此人拿住，他早就招认了。我想替你开脱，把罪责推到那道士身上，你可怎么谢我？"刘氏："我送您五个银子。"张鼎："你曾送赵令史几个银子？"刘氏："我送他两个银子，他还嫌少哩！"张鼎："我如今拿出那道士一桩桩审问，你便一桩桩都推在他身上。"

那道士被张千押来远远跪下。张鼎问刘氏："他交代是你先起的意，对不对？"刘氏："是他先起意！"张鼎又问道士："是也不是？"那道士点点头。张鼎又问刘氏："他交代你二人暗中勾搭整两载对不对？"刘氏："哪里有两载，才半年时间。"张鼎问道士："是也不是？"那道士又点点头。张鼎又问："你那奸夫交代，他今年三十岁，姓李，家住三清观，对不对？"刘氏："什么三十岁，是三十一岁，姓王，住在太清庵！"张鼎又转过去问道士："是也不是？"那道士又点点头。张鼎对妇人说："你既答应给我五个银子，就先画个字儿给我，我明日好去讨。"刘氏画了字。张鼎命张千将刘氏拿下。刘氏还要狡辩："我是无罪之人！"再看那王知观，摘去帽子，脱了道袍，原来是卖草的傻子假扮的。刘氏无奈，只好全都从实招认。张鼎命人把王知观拿来，王知观自认碧桃花下死，做鬼也风流，很快招认画押。张鼎命张千将这些人犯上了枷锁，带到府衙去。

河南府尹正不知张鼎问案情况，张鼎带着一行人来到衙前求见。府尹让张鼎等人进来，问："你勘问的事体如何？"张鼎："都已勘问明白。"于是，张鼎把案子的实际情况讲述一遍，又让赵令史念了刘氏、王知观供状。赵令史玩法受贿的事也被揭发出来，吓得心惊胆战。

府尹下断：奸夫淫妇市曹中明正典刑。将刘员外家私给王小二管理。赵令史枉法造成冤案，脊杖一百，流放口外为民。老夫自罚三个月俸金，给赏张鼎；再表奏圣上，加封张鼎县令之职。

❖ 高文秀 ❖

及时雨单责状　黑旋风双献功

　　郓城县把笔司吏孙荣准备和他妻子郭念儿同去泰安进香还愿，可又担心泰安一带谎子多、哨子广、被骗被抢，决定到长街上找个护臂保镖的人同去。

　　丈夫出门后，郭念儿央人去请白衙内，她和这白衙内早就暗中勾搭。

　　水泊梁山聚集着一伙儿打家劫舍的好汉，首领是宋江，军师是吴用。宋江绰号及时雨，和孙荣是八拜之交的兄弟。孙荣来到山寨，求宋江帮助找个随从。宋江问："有哪个好男子愿意保着孙孔目上泰安神州烧香去？"李逵叫道："有有有！我敢去，我敢去！"孙荣一看，大吃一惊，颤声问："他是人还是鬼？"宋江安慰他："兄弟莫惊怕，这是梁山泊第十三个头领李逵，相貌虽丑，心是善的。"又对李逵说："你若去，须把名字改一改。"李逵答应道："俺老娘家姓王，俺就改做王重义吧。"宋江吩咐："衣服打扮也要换一换。"李逵说："这个好办，下得山去，我在官道旁边一坐，等个庄稼人过来，向他借身衣服就是，他若不借，'滴溜，扑'摔他个仰八叉，那时，别说是衣服，连铁锄他都会白送给我了。"宋江叮嘱道："这次去泰安神州，只要你保护好孙大哥，只要你忍事饶人，切不可惹是生非。"李逵道："您放心，这次若有差失，我宁愿输你们三两银子。"宋江说："三两太少。""那我就输你们一顿酒席。"宋江说："也还少哩。"李逵道："罢、罢、罢，倘若是泰安州败了兴，我情愿输了这吃饭的头和颈！"宋江让他写了军令状，李逵又问："哥呀，假如有人骂我怎么办？"宋江说："忍了。"李逵忙道："对对对，我就迎着笑脸说'骂得好！'哥呀，假如有人唾在我脸上怎么办？""你也还他一些。""还他多少？指甲盖儿这点儿行不？"宋江道："哎呀，多少没有规定，只以不打坏人，少些争竞为准！"李逵道："对对对，我只做毫无本领，紧闭口再不应承。"宋江又告诉他："那孙大嫂生得大有颜色，怕也会招惹是非，你切不可多管闲事，俗话说恭敬不如从命。"李逵答应道："明白了。我从来是路见不平，爱给人当道掘坑，这回就翻过来咯（烙），当个吊炉的烧饼。"

李逵下山后，军师吴用不放心，向宋江建议，派神行太保戴宗尾随着他，打探消息，方好接应。

郭念儿在家等着白衙内到来，这白衙内名叫白赤交，出身豪门，惯于仗势欺人。两人见面后，郭念儿讲了自己将随孙孔目泰安烧香的情况，并约定好私奔的计划。

孙孔目带李逵回到家来，向郭念儿介绍："这是我寻来的护臂王重义。"郭念儿一见，"呸"了一声，道："看这嘴脸，分明是个贼！"李逵轻声问孙孔目："这大嫂子和您怕不是儿女夫妻吧？瞧她丢眉弄色，恐怕早晚给您带来天大的利害！"

孙、郭、李三人往泰安走去。路头有个火炉小店，孙孔目把郭念儿暂且安顿在这里，自己和李逵先去城中号房。郭念儿假装割舍不得，几次嘱咐："早些回来，我可害怕。"其实，她与白衙内约好，就在此处相等。孙孔目和李逵刚走，白衙内便走到这里，听里边郭念儿正唱小曲，便也应和一句，叫一声"念儿"；郭念儿听见，急忙从里边跑出来，上了白衙内的马，两人私奔走了。

孙孔目号完房子，赶回店肆，不见了妻子，到处"念儿""念儿"地叫着寻找。店小二答应道："哥呀，我在这里。"孙孔目愤愤地说："谁不知道你在这里！我问的是我妻子到哪里去了！"店小二把当时的情况讲出来，孙孔目气恨地说："我把妻子暂寄在这里，现在让人拐走了。等我那兄弟来，再与你算账！"

李逵一路观赏春景，溜溜达达走来。见孙孔目站在店门外，问道："大哥，怎么撇下我先回来了？"孙孔目说："我因不放心大嫂，先回来看她，谁知她不见了。"李逵急切地问："怎么不见了。"叫过店小二来，瞪眼喝道："你这小子，见我那嫂嫂哪里去了？"店小二吓得结结巴巴地说："她跟一个男人私奔了。"李逵猛然想起：自己在路上险些被一匹马撞倒，朦胧看有一男一女叠坐在马鞍上。便问："那男人是不是穿着绿罗衫戴的玉顶子新棕笠？"店小二说："正是。"李逵说："这就对了，那家伙尚未走远，孙大哥，咱们赶紧去追！"孙孔目却犹豫道："那家伙手下人极多，又有兵器，你一人赶去，就是追上也怕近他不得。"李逵哪想这些，怒气冲冲地说："我也不用一条枪，也不用三尺铁，只凭我这草坡前倒拖牛的勇烈，定将他脊梁骨咯吱吱撅成两三截！"说罢，大步赶去。

孙孔目又问店小二，"你认得那个白衙内吗？"店小二说："听说那白衙内又唤作什么白赤交。"孙孔目说："既然知道了他的名字，我到大衙门告他去。唉，我那念儿呀，你可把我想死了！"

孙孔目走后，店小二想："他们一个去告状，一个去追赶，倘若追赶不上，再回来找我，那可不妙，我赶紧关了店门逃了吧。"

孙孔目来到一个大衙门喊冤，张千把他拿进大堂。问他告什么状，孙孔目说："我告那白衙内白赤交，他拐了我的妻子。像这样的拐带良家妇女，少不得车碾马踏、该杀该剐！"那当官的却说："你敢这样骂他，来人呀，把这家伙枷起来，下在死囚牢里去！"孙孔目惊呼道："大人，我是原告！"那官人却说："我这衙门专枷原告！"张千过来对孙孔目说："你还不认得白衙内，堂上坐的就是白衙内！"原来，白衙内自拐了郭念儿，猜想孙孔目会来告状，因此，特意借了这大衙门坐三日。孙孔目这时才明白，自己告了个关门状，没人能救了。

孙孔目被带进死囚牢。牢头过来对他说："有福之人人服侍，无福之人服侍人。你进这牢来，得先吃三十杀威棍。"孙孔目哀求道："大哥，照顾些吧！"牢头见他不识相，将他一顿毒打。一边打一边教训道："你灯油钱也无，免苦钱也无，倒要白吃死囚饭，哪有这等好处！"

李逵没追上白衙内，后来又听说孙大哥被白衙内下到死囚牢里，心中分外着急。他想："救孙大哥要紧。"于是，扮作一个呆头呆脑的庄家后生，提着一个饭罐儿，找到监狱，把牢门敲得山响。牢头没好气地把门打开，问李逵想干什么。李逵叫声："叔哇，您这家里有我个孙孔目哥哥吗？"牢头见他连这牢房也叫不出，便也放松了警惕，对李逵说："你若想见他，必须替他把油灯钱、免苦钱都交给我。"李逵说："我这罐里有给孙大哥吃的好茶饭。"牢头心想："我就让这呆子进来，让这呆子在前边走，黑暗中，一脚把他蹬倒，也取个笑。"李逵低头进了牢门，却不往前走；牢头奇怪。李逵："我怀里揣的一贯盘缠钱不知怎么掉了，快帮我找一找。"待牢头弯下腰找时，李逵一脚把他蹬倒。走过黑黑的通道，李逵嚷一声："孔目哥哥。"孙孔目挣扎着问是谁，李逵说："我是王重义，给哥哥送饭食来了。"孙孔目止不住两眼凄凉泪，叫道："兄弟呀，你从哪里来？"李逵叹道："唉，俺哥哥又不是打家劫舍的杀人贼，却含冤负屈，赔了娇妻又被下在这死牢里，三五日不着水米。"牢头走过来骂："你这呆子，嘴里嘟嘟囔囔地说什么，既然有饭，快拿来喂他吧。"李逵把罐子打开，拿勺子去喂。孙孔目说："兄弟，我现在吃不下饭！"那牢头问："罐子里是什么吃食？"李逵说："是羊肉泡饭。"牢头说："你哥哥既然吃不下，就拿过来我吃！"李逵说："管山的烧柴，管水的吃水，管牢的吃我脚后跟！"假装不肯，转过身去，把随身带着的蒙汗药倒到罐里。牢头过来，把罐儿抢过去，很快把饭吃了，抹嘴说："真是好饭儿，只是乡下人放得花椒多了，麻撒撒的，麻撒撒的。"说完，便麻翻在地上。李逵解下他身上的钥匙，打开牢门，把满牢里的人都放了。又对孙孔目说："哥哥，我指给你一条大路，你直接地先上梁山见俺宋江哥哥去，我要杀了白衙内才回去。"

白衙内正与郭念儿寻欢作乐，酒喝完了，派手下人去取。李逵把这手下人拿住，换了衣服拿了酒瓶，混进府里，见这两个狗男女，一个滥如猫，一个淫似狗。李逵说声"酒来了"闯进屋去。白衙内让他把酒放下，赶紧出去。郭念儿说："衙内，既然酒来了，我再去弄些好菜蔬。"李逵走到屋外，近身一手抓住她，喝道："泼禽兽，你认得我吗？我就是王重义！"郭念儿吓得浑身瘫软，求告道："好汉饶我性命。"李逵一板斧把她脑袋砍下来，再奔到屋里见白衙内烂醉如泥，心想：这样不明不白杀了他不算好汉。于是，含口凉酒喷在白衙内脸上。白衙内醒来，惊问："你是谁？"李逵道："你把俺哥哥牢内囚，今日你也算活到头！"说罢，一板斧，把白衙内脑袋砍下，又从他衣服上扯下一块布，蘸着血在白粉墙上写道："宋江手下第十三个头领黑旋风李逵杀了这白衙内！"然后，把两颗人头一搭里包了，提着奔回梁山。

宋江，吴用正在商议：李逵一人去杀白衙内，恐怕难以得手。正准备派一支人马下山接应，忽见李逵挑着两个人头奔回山来，宋江等人十分高兴，命小喽啰把那两颗人头挂在高杆上，号令山前，警谕众庶。又命人在忠义堂摆上丰盛酒宴，为孙孔目和李逵做一个喜庆筵席。

❖ 郑光祖 ❖

调素琴王生写恨　迷青琐倩女离魂

李老太太的丈夫张公弼早年亡化，留下一个女儿，小字倩女，年长一十七岁，针黹女工、饮食茶水无所不会。张公弼活着的时候，曾与衡州王同知家指腹成亲，王家生的是男儿，名叫王文举，如今也长大成人，学得满腹文章。李老太太听说今年春天王文举要到长安应举，路过此处，特意吩咐家人，等在门口。

王文举的父母不幸双亡，与张家多年很少往来。此时进京赶考，顺路探望岳母。来到张宅，请从人进去通报，见到李老太太，王文举言道："孩儿一向有失探望，母亲请坐，受你孩儿几拜。"李老太太将他止住，说："孩儿请起稳便。"又让梅香到绣房中请出小姐来，拜见哥哥。

倩女随梅香来到堂前，拜见了哥哥。李老太太又让她且回绣房中去。倩女心中疑问："我何时又有个哥哥？"梅香说："这就是早年与你指腹成婚的王秀才！"一听此话，倩女心中更是不解："既然是我郎君，为何母亲让我拜为哥哥呢？难道她另有打算吗？"果然，待倩女离开，李老太太也不谈两家婚姻之事，只吩咐手下人打扫书房，安排王文举住下，温习经史，准备考试。

倩女自见了王生，思虑满腹，当此秋景，好生伤感，"挨彻凉宵，飒然惊觉，纱窗绕，叶萧萧，满地无人扫"，"尽收拾心事上眉梢，一任晚妆楼上月儿高。俺本是乘鸾艳质，他须有中雀丰标，苦被煞尊堂间阻，争把俺情义轻抛。情默默难解自无聊，病恹恹则怕娘知道"。王文举给小姐寄来的诗中，也露出埋怨李老太太的意思。这郎才女貌的一对儿，因不得团圆而各自度日如年。

梅香告诉倩女："王生今日就要起程上朝应举，老夫人让咱们到折柳亭给哥哥送行去。"倩女来到折柳亭，拜见母亲，又遵母亲之命，给王文举把一杯酒。王文举饮罢言道："母亲，你孩儿今日临行，有一言动问，当初先父母曾与母亲指腹成亲，俺母亲生下小生，母亲添了小姐。后来小生父母双亡，数年光景，不曾成此亲事。小生特来拜望母亲，就问这亲事。母亲让小姐以兄妹称呼，不知是何意？小生不敢自专，母亲尊鉴不错。"李老太太说："孩儿，你也说的是，老身何以让你们兄妹相称，只因俺家三辈不招白衣秀士。想你学成满腹文章，未曾进取功名，你如今上京师，但得一官半职，再回来成此亲事有何不可？"王文举说："既然如此，谢过母亲，我这就上路了。"倩女依依不舍地说："哥哥，你若得了官时，可别忘了回来。休做了冥鸿惜羽毛，莫弄个好事不坚牢。杯中酒，和泪酌，心间事，对哥抛；长亭折柳赠柔条，你可别有上梢没下梢。"李老太太催梅香快陪小姐上车回家。倩女不觉泪湿香罗袖，一点真情魂缥缈。王文举也是喟然长叹声不定，马蹄儿倦上西风古道。

折柳亭送别之后，倩女一病不起，李老太太请了医生诊治，病不见好，反而十分沉重。

王文举上路，下马又登舟，心中想着倩女，切切情怀，横琴于膝，打算弹奏一曲解闷。

倩女的离魂背着母亲，一路追赶王文举，来到江边。见王文举闷沉沉困倚琴书，甚是心痛，便轻轻召唤一声。王文举听见倩女声音，大为惊讶，问她："你怎么赶到这里来？是乘马还是坐车？"倩女答："薄命妾为你牵挂，思量心几时撒下？追赶你远赴京华，要与你同走天涯！"王文举问："如果老夫人知道了可怎么办？"倩女说："常言道'做着不怕'！"王文举生气了："古人云，聘则为妻，奔则为妾。老夫人已经许下亲事，你就等我得官回来，名正言顺结百年之好，如今私自赶来，岂不是有玷风化！你快回去吧！"倩女说："王秀才，我追赶你来，只防你一件事。"王文举问："你防我什么事？""我问你，倘若你进京得官，必然有媒人拦住你的马；倘若你做了贵门娇客，又如何飞回寻常百姓家？倘若你不能得中，必然要似贾谊困在长沙。不如我跟随你去，情愿举案齐眉傍书榻，粗茶淡饭度生涯，更不怕戴荆钗穿布麻。"王文举见倩女如此真诚，便同意带她一同进京。

王文举到了京城，参加考试，日不移影，应对万言，皇上大喜，赐他状元及第。王文举回来，写了一封平安家信，告诉岳母："待授官之后，就同倩女一同回家。万望尊慈垂照不宣。"信写好后，找一差人投至衡州。

李老太太正在家中焦虑，自王秀才走后，女儿便卧病在床，或言或笑，也不知是什么症候。

梅香扶倩女坐起，倩女傻乎乎地说："我眼里只见王生在面前，原来是梅香，如今是什么日子了？"梅香告诉她："已是四月，春光将尽。"倩女叹惜道："他怎么还不回来，好狠心呀！"梅香说："姐夫走了不到一年，你就想成这样儿。"倩女说："去时节杨柳西风秋日，如今又过了梨花暮雨寒食，想人生最苦是别离，折挫得我一日瘦如一日；失了灵魂，剩下躯壳，糊涂不知天地。"

李老太太来到女儿房中，问梅香："你姐姐好些么？"倩女听见声音，问是谁来了。梅香告诉她："是奶奶来看你了。"倩女说："我每日眼里只见王生，哪曾见母亲来。"李老太太说："女儿，你要保重身体，我去请良医来给你调治。"倩女说："我这病膏肓针灸不能及，死限已临相催逼，除非王生来这里，强赛过扁鹊名医！"李老太太赶紧说："我现在就派人请王生去！"倩女叹道："唉！只怕如今他早就得了官，与别人家做新郎了！"说着，倩女一阵昏迷，躺倒不语了。

李老太太回自己屋中休息。忽然，王文举来了，对倩女说："小姐，我来看你了。"倩女一下子坐起来，问道："王生，你从哪里来？"王文举说："小姐，我得了官了。"倩女更是惊喜异常："我还以为你负心忘义了呢。看你这脸色，更比相别之时增添豪气。"王文举却告辞说："小姐，我得走了。"倩女惊醒，却原来是南柯一梦，只见屋外是冷清清半竿残日。

张千奉王文举之命，将家信送到衡州，找到张公弼宅子，敲门而进。梅香把他带到倩女房间。张千一见倩女，大吃一惊，心想："这小姐怎么和我家奶奶生得一模一样！"倩女看罢来信，念到"待授官之后，文举同小姐一同回家"，也是大吃一惊，心想："这王文举果然已有夫人。"不觉气往上撞，昏迷过去。梅香连声唤叫："姐姐，快醒醒！快醒醒！"等倩女苏醒过来，梅香说："都怪这个送信的！"把张千一通狠打。倩女百感交集，既恨母亲阻散鸳鸯，又恨王秀才狠心忘旧，同时又怪自己命不好，对梅香说："我的心事，只有你知道。我这病怕是好不了了。等那王文举来了，你要向他表白我真诚意。"那张千见此情景，心中也埋怨王文举："你既外面娶了老婆，又让我捎回这信做什么，眼见得气死了小姐，我白挨一顿打。若还差我再寄信，只做乌龟缩了头。"

王文举授官衡州府判，携夫人衣锦还乡。见到李老太太，王文举跪下请罪。李老太太问："你有何罪？"王文举说："小生不该背着您私带小姐上京。"李老太太怪道："俺家小姐一直染病在床，根本不曾出门，你私带的小姐是哪个？"倩女的魂儿过来相见。李老太太喝道："这必是鬼魅！"王文举也一时警觉，拔剑威胁道："你这小鬼头，到底是何处妖精，快从实说来，否则一剑挥为两段！"倩女的魂儿镇定地说："说我妖精也甚精，你们的弊病看得清，俺娘只为好名声，男儿不顾旧恩情！"李老太太见状，连忙止住王文举，带倩女的魂到闺房对证。倩女房中正乱作一团，几个年轻丫鬟口不住、手不停，拥着个半死的佳人唤不醒、呼不应。倩女的魂猛地回身，与倩女附为一体。倩女便苏醒过来，呻吟道："王郎在哪里？"王文举答应道："我在这里。"倩女怨道："亏你个辜恩负义的王学士，今日也有称心时！"王文举惊奇地问："小姐分明在京随我三年，今天怎么忽地合成一体？"倩女道："那时节灵犀一点潜相引，便一似生个身外身，一个随你取应，一个淹煎病损。母亲，这就是倩女离魂。"李老太太大为惊异，择定今日良辰，大造筵席，为小两口成了亲事。

识真玉汴梁卖课　　念故知征贤敕佐
寅宾馆天使遮留　　西华山**陈抟高卧**

　　赵玄朗，洛阳夹马营人氏，其父曾为殿前点检指挥使。据说，玄朗生时，异香三月不绝，人都叫他香孩儿；长大之后，文武双全，又很讲义气，常惹是非；为避难，周游各地，广交朋友。这日，他和义弟郑子明闲逛，问："兄弟，咱俩到竹桥边找个卖卦先生，算算将来功名如何？"郑子明说："哥哥要上天，我就跟着上天，哥哥要下海，我就跟着下海，任哥哥到哪里，我愿随鞭执镫。"

　　陈抟，字图南，能识阴阳妙理，兼精遁甲、神书，因见世路干戈、生民涂炭，便隐居西华山。这天，他在山顶观看中原气势旺盛，当有真命天子在此出现；于是下山来到汴梁竹桥，开个卦摊，为人指点迷津。

　　赵玄朗和郑子明来到卦摊。赵玄朗走上前说："有劳先生，将我二人贱造看一看。"陈抟一看他的模样，立刻大惊，说："你这命是丙丁戊己庚，乾元亨利贞，正是一字连珠格，三重坐禄星。"赵玄朗请陈抟再推算一下将来大运如何，陈抟说："到这戊字上，水成形，火长生；再往后便是丙辰一运大峥嵘。你是南方赤帝子，上应北极紫微星。"说罢，请赵、郑二人到偏僻酒肆闲叙。

　　三人进入酒肆，陈抟行礼道："陛下降临，接待不周，勿令见罪。"赵玄朗连忙扯住他的袖子，说："先生怎么称皇道寡，倘若被人听见，立刻就是杀头之罪！"陈抟答："贫道相过的人很多，可从来没见过您这样好命的，你将来必为太平天子！"赵玄朗说："先生，实不相瞒，我看这时代变乱，生灵涂炭，确有拨乱反正之志，只是没有寸土为阶，也不知该从何地起事。"陈抟告诉他："陛下想知兴龙之地，莫如这汴梁卧牛城！"郑子明此时也挤过来问："先生也给我算算，看我是什么命？"陈抟说："你是王霸诸侯，一品大臣的命。"郑子明不信，问："我既是这么好的命，为何先瞎了一只眼睛。"陈抟说："你将来就是瞎起哄、胡嘟哝，有一只眼睛足够用。"赵玄朗上前问道："请问先生高名大姓，仙居何处？你今日之言，他年倘若实现，必定请你出山，共享富贵！"陈抟答："贫道陈抟，隐居西华山，不求人间富贵，只望二位保重。"送赵、郑二人走后，陈抟喜道："从今后，罢刀兵，四海澄清；我这里，放闲眼，看太平。"

陈抟为赵、郑君臣算命后，回归华山，醒时炼药，醉时高眠。这日，正在观内打盹儿，急听外面金钟撞动，原来是宋太祖派使臣党继恩来请。党继恩献上币帛，陈述皇上思念之意，请陈抟早些收拾行装下山。陈抟回绝道："贫道是物外之人，无名利之心，就请使臣回朝，向那开基创业的君王奏明我意吧。"党继恩哪里肯走，执意请道："方今圣人在上，乾坤一统，万国来宾，山间林下并无遗贤。何况您是圣上故人，天下高士，自当归朝，以慰圣人殷切之意。"陈抟谢绝说："虽然圣上不忘前言，但我毕竟只是黄冠野服一道士，终日以清风明月为伴的闲人。"党继恩说："久闻先生洞察一切，如神似仙，何不仕于朝廷，为生民造福？"陈抟推辞说："像我这样的酒醉汉、睡魔王哪是当官的材料？倘若在朝堂议事时打起盹儿来，岂不把人笑坏了！"党继恩再三请陈抟上车进京，大有不达目的绝不罢休的意思。陈抟无奈，只好答应下山走一遭。

宋太祖闻听请来了陈抟，十分高兴，派太监给陈抟送去鹤氅金冠碧玉圭，加赐道号希夷先生。陈抟望阙谢恩。太监说："先生那隐居处，山野荒凉，哪如我们这朝署中富贵豪华。"陈传道："你这里人间千古事，俺那里松下一盘棋，富贵只与浮云比。"正说着，宋太祖驾临宾馆。陈抟见驾，打个稽首。宋太祖言道："故人别来无恙，今蒙不弃，喜慰平生。"陈抟拜谢道："愿陛下圣寿齐天万万岁！如今黄阁功臣在，白发故人稀，见一面着实欣喜。"宋太祖说："今日得见希夷先生仙颜，寡人喜不自胜。愿你留在朝廷，以慰臣民之望，不知先生意下如何？"陈抟答："贫道山野懒人，不愿为官。"宋太祖追问："先生为何不愿为官？"陈抟答道："我只要一睡着哇，十万根更筹转刻，七八瓮铜壶漏水，恨不得生扭死窗前报晓鸡，也分不清春里秋里。"宋太祖说："这不要紧，我给先生选一个闲散衙门，除一个清要的官职，没有案牍烦劳，必不妨于政事。"陈抟仍旧推辞："我呀，就爱穿粗布衣吃糙米食，睡时节幕天席地，如雷鼻息，二三年唤不起，贪闲哪管身外事，无半丝当官心绪。"宋太祖劝道："先生应扩其独乐之怀，普其兼善之量，以四海为家，万物一体，帮助寡人整理朝纲、富民强国，不是更好吗？"陈抟说："整理朝纲、富民强国的根本在于用贤臣远小人，推举我这样的懒散之徒为官，岂非南辕北辙大不相宜？况且贫道早绝名利之想，唯思退居林下，卧一榻清风，看一轮明月，盖一片白云，枕一块顽石，直睡得陵迁谷变、石烂松枯、斗转星移，穷妙理、造玄机，抱元守一。"宋太祖劝不动陈抟，只好又将他送回宾馆。

汝南王郑子明听说陈抟不肯出仕为官，心生一计，带了御酒十瓶、美女十人来到宾馆，吩咐美女进去，好好侍候陈抟，自己躲去隔壁房间，观察动静。

美女们款款走进陈抟房间，甜甜地对陈抟说"我们是官家送来，专门侍奉先生的，愿陪先生尽枕席之欢。"陈抟又气又怪："你们真是没酌量，俺出家人怎受这闲魔障！"美女们装醉撒娇："先生别拿出那道人铁面皮来吧，怎么脸上和刮霜的一般。我们女子都是未放的鲜花，谁曾受过这等冷遇，先生不要嫌弃吧。"陈抟厉声说："你们靠后站，少要胡纠缠。俺道心坚如钢，休想我半点轻狂。"说罢，准备开门躲走。一美女上前扯住："你过来呀，我和你有句话说。"陈抟道："有话快讲，我还要去看星观天象，参圣一炉香。"那美女说："我给先生捧一杯酒喝。"陈抟道："俺道人从来戒酒，不喝！"女子又说："那我给先生捧一杯茶喝。"陈抟勉强把茶喝下，然后对美女们说："行了，你们各自安置，我也该睡觉了。"往床上躺去。

美女们围过来，动手动脚说："我们都是来陪伴先生的，怎舍得让先生一人孤单凄冷地睡？"陈抟怒道"你们好生轻薄相！算了，我就披衣踞床坐到天亮。"

郑子明在隔壁听得真切，见美女不能得手，只好亲自出马。他大大咧咧走过去，施礼道："我退朝晚了，望先生恕我探望来迟之罪。"陈抟应道："我多谢大王不忘故旧。"郑子明赞叹道："先生您真是神算，想那天竹桥边上，先生谈我是个五霸诸侯，今日果然应验。"一边说一边招呼美女过来，"快给先生满上酒！先生，这些宫女能歌善舞，就让她们为咱们歌舞助兴。"陈抟心说："又得让这独眼将军把我烦恼死。"美女过来斟酒，陈抟坚决止住，对郑子明说："这样做可不妥当！"郑子明说："圣人有云，食色性也。好色之心，人皆有之。先生难道不是人吗？怎么单单地没人情味？"陈抟道："你可也太莽撞，撮合山错了眼光，俺道人只知乐处是天堂，你休要再使着这智量！"言罢，向床上躺去，以"贫道贪睡"为借口，不再搭理郑子明，郑子明见陈抟呼呼睡着，心想：只能如此如此了。他把美女们叫到一边，吩咐一番，便把门反锁上走了。陈抟猛然惊醒，一见旁边睡着女人，急忙起身。开门又开不开，只得秉烛待旦，坐在一边。心中暗恨自己："真不该轻易下山，惹起这场麻烦，让山灵们听说，非耻笑我不可！"

第二天一早，郑子明把门打开，本想看个热闹，再做计较；却见陈抟肃然端坐，只得连声谢罪："惭愧！惭愧！我即奏明官里，宫中盖一道观，让先生住持，封先生为一品真人！"

❖ 无名氏 ❖

孙膑晚下云梦山　庞涓夜走马陵道

云梦山水帘洞有一鬼谷先生，幼而习文，长而习武，善晓兵甲之书，能辨风云之气，不须胜败，预决兴亡，排阵处尽按天文，争锋时每驱神将，是个神机安日月、妙策定乾坤的道士。手下有两个徒弟，一个孙膑一个庞涓，此二人寻至深山，学业十年，文韬武略尽已了然。这天是良辰吉日，鬼谷先生命道童把孙膑、庞涓叫来，劝他们说："目今七国春秋，各相吞并，招贤纳士，欲成霸业。你二人武艺已经学成，何不下山进取功名？"庞涓答道："我二人早想下山，只不知师父意下如何？"鬼谷先生说："既然如此，我今天就先试一试你二人的智谋计策，看谁先下山为好——我掘一个三尺土坑，把一个木球放在坑内，不许手拿，不要脚踢，如何使这球儿自己出来？"庞涓说："这个容易，我找几个人，用铁锹从这土坑边开通一道深沟，顺山坡往下，那木球自然就滚将出来。"鬼谷先生又问孙膑。孙膑说："挑几担水来，倾在土坑里，这球儿自然浮在水面，等浮到坑口，再用水一冲，那就自然滚出。"鬼谷先生点头称是，又出一题："我如今坐在洞中，也不要你们扶，也不须你们请，你们如何能让我自然出这洞去？"庞涓说："这题倒有些难，让师哥先说吧。"孙膑说："师父，我没有让您出洞之计，只想出一条让您入洞之计。"鬼谷先生问："入洞之计怎讲？"孙膑说："若是师父立在洞门前，我也不扶着师父，也不请着师父，师父自然走进洞来。"鬼谷子说："这我不信，我就走出洞去，看你有何计策使我入洞。"出到洞口，孙膑稽首道："师父，这就是徒弟出洞之计。"鬼谷子说：

"此计大妙。"又问庞涓有何计策。庞涓说："好主意让师哥说过了。这样吧，洞外有一对老虎争斗，十分激烈，请师父出外观看。"鬼谷子说："老虎争斗，有什么好看，不去！"庞涓说："既然师父不肯出洞，那我只好在洞门后面堆上干柴乱草，烧起烟来，师父呛得慌，看看出洞不出洞！"鬼谷子说："出是出来，只是你这计策有些短见。"又让二人走近前来，细看二人脸色。然后说："我看孙子面色不如庞子，就让庞子先下山吧。"庞涓高兴地问："那我今日便辞别师父上路，行吗？"鬼谷子答应一声："徒弟，你就去立志行事吧。"孙膑向师父请假，送庞涓下山。

孙膑依依不舍，庞涓对他说："哥哥，您兄弟若下山得官，定要保举哥哥同享富贵。若不如此，天厌其命，做牛做马，如羊似狗！"正行间，忽遇一条深涧，涧上搭一独木桥。庞涓心想："这桥恐怕多年朽烂了，我若先过，出了差错，如何求官取应？"于是，对孙膑说："哥哥，你是兄，我是弟，礼当哥哥先行。"孙膑说："既然兄弟让我，我就先过桥去。"庞涓忽然想："倘若孙膑把桥踩折，我得远远的绕过去。"可转念又想："他若把桥踩折，必然跌死，死了孙膑，我就是远远地绕过去，也是值得，那时天下只显我一个。"正胡思乱想，孙膑已到对面。庞涓又疑："若经他这一踩，把桥踩损了，岂不单把我跌死。"于是，他假装害怕，让孙膑在那边远远地探着身，伸着手，心想："倘有疏失，我就抓着他的手，弄个我死他也死。"过得桥去，二人来到杏花村。孙膑买酒为庞涓饯行，一边叮嘱庞涓今后多多保重，一边心中涌起一股离愁。庞涓催促孙膑回去："哥哥，送君千里，终有一别。为弟也不敢久停久留。"又吟诗道："别却荒山往帝都，献上机谋万言书。一朝身挂元戎印，方显男儿大丈夫！"

庞涓下山，投奔齐国，未被接纳，便改投魏国。后来，随魏公子参加各国公子的临淄之宴。宴会上，齐国公子看上了魏公子的辟尘如意球，有意索要，魏公子不肯给。齐公子怀怒，当魏公子回国时，派大将田忌后面赶上来。魏公子手下将官都战不过田忌，只庞涓单枪匹马冲过去，一阵就把田忌活捉了。因此，魏公子奏请魏王加庞涓武阴君之职，挂了兵马大元

帅之印。庞涓又向魏公子举荐同窗好友孙膑,这天,他领刚刚下山的孙膑
与魏公子见面。魏公子封孙膑为四门都练使。庞涓对魏公子说:"我这哥哥
善能排兵布阵,今日就拨给他三千军马,让他在教场中摆几个阵势给您看
吧。"魏公子同意。孙膑手执令旗,摆好一个阵势。魏公子问手下人郑安平
是什么阵,郑安平瞎说道:"这是扁担阵。"庞涓说:"哪里有什么扁担阵,
这叫一字长蛇阵!"魏公子问:"如何破它?"庞涓说:"有二龙戏水阵可
以破它。"孙膑点头,又摆一阵,魏公子又问郑安平,郑安平说是丫髻阵,
庞涓说:"这叫天地三才阵,我有四门斗底阵可以破它。"魏公子问孙膑:
"孙先生,他破的是吗?"孙膑答:"破的是。"庞涓心想:"师兄摆的这几
个阵,都是我学过的,不知我离开三年,师父又教他什么好阵势?"于是
对魏公子嘀咕几句。魏公子对孙膑说:"你刚才摆的阵势,都是可破的,何
足为奇!你须再摆一阵,若再被破,必然见罪,先生莫怪!"孙膑被逼无
奈,只好摆出一个九宫八卦阵。郑安平一数这阵有八个门,便说:"这阵叫
螃蟹阵,要不就叫凿螯阵。"庞涓嘴上骂:"胡说!"其实也不认得这阵。
便对魏公子言道:"孙膑无礼,有阵摆阵,无阵便罢,怎么摆出这么个乱阵
来!"魏公子责怪孙膑,孙膑说:"既然说这是胡乱阵,那就派人来打,若
打不开,便是好阵。"庞涓让郑安平先去攻打。郑安平一进阵,便分不清东
南西北,被士兵捉住。孙膑命人夺了他的鞍马,剥去他的衣甲,把他赶出
阵外。庞涓大声叫喊着:"俺元帅亲自打阵来了。"他以为如此一嚷,孙膑
定会照顾,谁知一入阵,便觉昏迷不知东西,被士兵捉住。庞涓又羞又恼,
对孙膑喊道:"我今被您捉住,有何面目再领兵打仗!大丈夫宁死不辱,罢
罢罢,哥哥,您就一人扶持魏国,我告辞了!"孙膑急忙拦住:"我是被迫
摆出此阵,哪能忘了咱们兄弟的情分,等会儿,我自会在魏公子面前替你
解脱。"二人来到魏公子处,魏公子问攻阵情况。孙膑答:"我们二人同出
鬼谷先生门下,各用心机,分不出输赢。"魏公子十分高兴,以为先得了一
条擎天白玉柱,又得了一座架海紫金梁。

鬼谷先生在孙膑下山时,观其气色,便有不祥,因此,常常替他担心。

这天，鬼谷先生设一坛场，又绑扎一草人，焚香念咒后，将神剑抛出，那剑落在草人脚上。鬼谷先生叹了一口气："唉，孙膑必有刖足之灾，所幸不伤其命。"

果然，自那日排阵后，庞涓便有了害孙膑之意，他把郑安平叫来，让他假传魏公子之命，令孙膑领三百三十骑人马，穿红袍打红旗到宫门外鸣锣击鼓、呐喊呼啸，再朝宫内连射三箭，以此镇压火星。孙膑不知是计，依令而行。

第二天，魏公子唤来庞涓，提到昨夜受惊之事，问庞涓可知是谁干的。庞涓假意请罪，埋怨自己不该举荐孙膑，"他嫌四门都练使官小，心怀不满，昨夜之事，正是他有心谋反"。魏公子大怒，命庞涓为监斩官，将孙膑斩首。庞涓正中下怀，心说："这正是量小非君子，无毒不丈夫！"但毕竟碍于同学故友，难以当面行法，就又叫来郑安平，让他代为监斩。孙膑被捆至法场，连呼无罪。郑安平幸灾乐祸地说："谁让你昨夜真的摇旗呐喊，向宫内放箭呢！这明明是有反魏之心，罪该万死！你就不要怨天怨地的了，安心受死吧。"孙膑此时恍然大悟，原来中了这般小人之计。他后悔莫及，叹道："可不正是烦恼皆因强出头，我这纯属自作自受，弄得个呜呼哀哉、故国难回首！"他忽然想起临行时师父曾送一计："若遇祸难，则大呼'我死不要紧，只可惜我腹中有卷六甲天书，不曾传授于人。'"他便大喊起来。庞涓心中快活，多喝了几杯酒，此时正哼着小曲"今宵酒醒何处，杨柳岸晓风残月"骑马走来，猛听得孙膑呼喊，心想："原来他又独得师父传授。我如今是独霸六国，料无对手。若再得这天书，还有谁人近得我！我不如先将天书骗到手再杀他不迟。"于是假装问道："是要斩谁？""斩孙膑哩。""是孙膑？先刀下留人！"他装出一副无限悲伤的样子，走过来问："哥呀，这是怎么回事？"孙膑说："怎么回事您还不知道吗？"庞涓赌咒发誓："我若知情，命随灯灭！"并表示立刻到魏公子跟前求情，救得孙膑。其实，他转了一圈儿又回来，假传魏公子之命："免了孙膑项上一刀，只刖了孙膑二足。"孙膑连忙顿首拜谢，心说："真侥幸，鳌鱼脱了钓钩；得存留，便是老天保佑！"趁庞涓、郑安平离开的片刻，刽子手对孙膑道："我真不明白，你和这庞元帅是个什么关系？让杀死你的是他，要救你的也是他，要刖足的还是他！"孙膑假意说："你休要信口瞎说，我和他情同管鲍，他是曾对我发过誓的！"

庞涓悄悄吩咐郑安平："一会儿你就让刽子手抬出铜铡，早些下手。行刑的时候，我说轻着，你便重着；我说浅着，你便深着。"郑安平答应一声："理会的。"

刽子手将孙膑双足按进铜铡，庞涓连呼："轻着点！浅着点！"一刀落下，孙膑痛得昏死过去。等他苏醒过来，庞涓说："哥呀，兄弟给你备下三盏香喷喷的安魂酒，喝完后，您就不疼了。"等孙膑喝完，庞涓命郑安平背上孙膑回家。庞涓家中，早备好文房四宝，只等孙膑写完天书就剪草除根。

半年过去，庞涓料想天书应该抄完，便派人前去探问，可派去的卒子回来禀告："那孙膑正写天书，忽然疯了，把写好的书扯破，口中嚼了一半，灯上烧了一半。白天和小孩儿同耍，晚来与羊犬同眠，打也不知，骂也不知，真是疯了！"庞涓听了，暗笑："明明是不肯传授天书，假装疯魔骗人，只是瞒不过我！"他让那卒子过来，吩咐他一手拿着馒头，一手拿张荷叶，包些污秽东西，看那孙膑挑什么吃。真疯假疯，立刻分明。

齐国上大夫卜商率五十辆贡车，来魏国献茶。他也听说孙膑变疯的消息，心下狐疑，便利用贡事闲暇，探看孙膑真假。

孙膑装疯，爬到街上，见四下无人，禁不住暗自垂泪。一群孩子过来，其中一个手里拿着馒头，逗引孙膑："想吃不想吃？"孙膑做出想吃的样子。那孩子便说："我把馒头扔出去，你就去赶，赶得上就吃馒头，赶不上就吃拳头！"孙膑像狗一样在地上追来爬去，哪里赶得上？被孩子们一顿拳打脚踢。这时，卒子一手拿着馒头，一手托着荷叶过来，把孩子们轰走，问道："疯子，你脚上的疮疤不疼了？"孙膑皱着眉头哭喊："我好疼哩！我好疼哩！"卒子又伸出双手问："你知道我这手里拿的都是什么？"孙膑说："是馒头，是糕糜。""你是想吃馒头还是糕糜？""我是想吃糕糜。"

"吃这糕糜要害病的！"孙膑却接过荷叶，大口把那腌臜东西吃下去。卒子见他如此，以为真疯了，急忙回去报告庞涓。

天色晚了，孙膑爬回破羊圈。卜商跟到羊圈外，吟诗道："美玉类顽石，珍珠污垢泥。"孙膑一听，这分明是齐国人的声音，知道有人来救他，便接吟道："用手轻抹洗，万里色辉辉。"卜商知孙膑不疯，便跳入羊圈，与孙膑相见。孙膑轻轻对卜商说："这里不是说话的地方，你先回馆驿，我随后跟到，以免一块走引人注意。"两人一先一后到了驿馆，卜商把门关好，拿出饭菜让孙膑吃。

孙膑正吃间，忽听外面庞涓嚷："快把孙膑交出来！"原来，庞涓也亲自到羊圈察看，见没了孙膑，猜想准是被敌国使臣卜商弄走；于是上马领兵包围了馆驿。卜商急问："这可如何是好？"孙膑对他说："你沉住气，出去对付他，不要管我。"卜商开门迎到庞涓马前，假意问是何事。庞涓喝道："你们齐国被我打败，年年向我魏国称臣纳贡，心中定然不服，此次妄图把孙膑偷走和我作对。休想！大小三军，给我进馆严密搜查！"卒子搜查完毕报告："馆驿前后都搜遍了，没人。"庞涓问："屋顶上看了吗？""看了。""院井里捞了吗？""捞了。"庞涓见搜不到孙膑，便恶狠狠地对卜商说："没关系，反正你们是休想把孙膑带出魏国！明日你们车马走时，我先自候在东门，逐人逐车细细搜过，若搜出孙膑来，连你性命不保！"说罢，领兵退走。卜商急忙回到屋里，只见孙膑就那么大模大样地坐着吃饭，竟没引起士兵注意。卜商暗自惊叹，又问孙膑明日出诚之计。孙膑告诉他："这个不难。我可先藏在后面的茶车里，等庞涓搜查时，让咱们的一个小兵化装成魏国小卒模样，飞马赶来报告，说西门上拿住孙膑了。把庞涓引走。然后，你率车队走大路，我自走小路。只要一到齐国，咱们就不愁没有捉获庞涓的办法了。"

第二天，卜商、孙膑等人依计顺利回到齐国。

孙膑到了齐国，被任命为军师，操练人马，进攻魏国。先命田忌为先锋，只要输不要赢，又行添兵减灶之计，使庞涓真以为齐军溃不能战，穷追不舍。在马陵山下树林深处，齐国会合赵国李牧、楚国吴起、燕国乐毅、韩国马服子、秦国王翦所领部队，设下八面埋伏，备好强弓硬弩十万余张。庞涓正好似被牵羊入屠户之家，一步步来寻死地。

　　庞涓追到马陵山下，天色已晚，只见路中间有棵白杨，树杈上挂盏灯笼，灯笼下，树皮刮去，上面有首题诗："白杨树下白杨峪，正是庞涓合死处，今夜不斩魏人头，孙膑不还齐国去！"庞涓看罢，开始以为大言相吓，猛地觉醒是中了埋伏。于是喊道："孙膑哥哥！"孙膑问："你叫我干什么？"庞涓说："多时不见，哥哥，我心中好生想你呀！"孙膑恨道："你这贼，原来也有今日！"一箭把树枝上灯笼射灭。庞涓知道不能逃脱，跪地哀求："哥哥可怜见，就饶了我吧！"孙膑命人将他捆起，这庞涓仍是哀告不已："哥哥，咱俩可是同心共胆的好朋友，可怜我这一世为人，就饶了我吧！"孙膑再不听他花言巧语，把他交齐国公子田辟疆处置。齐公子说："军师不必与他多说，先把他刖了双足，切下驴头，再把他尸首分成六段，散与六国悬着示众！"

　　小将传下军令，处置了庞涓。齐公子命人在马陵山下摆筵席，犒赏六国诸将。

送亲嫂小叔枉招罪　救孝子贤母不认尸

大兴府府尹王翛然奉郎主之命，到地方上招兵。

西军庄有一户人家，老太太姓李；大儿子杨光祖，二十五岁，娶妻王春香；二儿子杨谢祖，十八岁；都到了按律服兵役的年龄。

王翛然来到西军庄，按名册找到杨家，问："你家男丁不少，为何一直没人服役，而要找人顶替？"李老太回答："并非不想为国出力，只是那时孩子们年纪尚小，如今长大成人，的确应该出一个人当兵了。"王翛然下马走进草堂，问："你有两个儿子，打算让哪个出去当兵呢？"李老太说："就请大人随意挑一个去就是。"杨光祖跪地叩头说："大人在上，小人杨光祖，从小习武，身体健壮；况且家凭长子国凭大臣，这军役正该小人去。"杨谢祖也跪地叩头说："大人在上，小人杨谢祖，虽不会武艺，却从小看书，颇通诗文，昨夜梦见大人来，梦中作下七绝诗一首：'昨梦王师大出攻，梦魂先到浙江东；屯军百万西湖上，立马吴山第一峰。'这分明是军伍中吉祥征兆，还是让我去当兵吧。"两个人争着要去，弄得王翛然一时拿不定主意。李老太见状，急忙上前表态："论理应该大儿去，大儿有膂力，去得；小儿软弱，去不得！"王翛然一愣："怎么？你这婆子，刚才还说让我随意挑一个去，这会儿又非让大儿去？想必那小儿是你亲生，大儿不是你亲生。你赶快讲明万事皆休，否则我要大棒子打了！"李老太不得已说出："亡夫在日，有一妻一妾，妻是老身，妾是康氏。康氏生下一子后，未曾满月就因病而亡，孩子就是杨谢祖。不到两年，我丈夫也去世了，去世之前，留有遗嘱，让我好好照顾康氏之子。十八年来，丈夫嘱托牢记在心。如今倘若让他去从军，阵面上如果有个好歹，岂不是我没照顾好他，我将来还有何面目见亡夫于九泉之下！"王翛然听罢，惊叹道："哎呀，这真是俗话所说'方寸之地生香草，三家店内有贤人'，是老夫错了。就依着你，让大儿杨光祖投军去吧。"

杨光祖将启程，叫过妻子王春香，嘱咐她好好照顾母亲、弟弟，又拿出贴身的一把刀子，让王春香收做信物。王春香问："这事母亲、弟弟知道吗？"杨光祖说："不知道。"春香急了："哪能不告诉家里人就自行其事呢，太鲁莽了！"王翛然听见这夫妻拌嘴，问明之后，拿过刀子看了，说："是把好镔铁刀子，春香你就好好保存，你母亲、弟弟不会责怪。"李老太摆上村酒，请王翛然喝。春香斟上一杯递给杨光祖，说："夫哇，你今日吃过我手里这杯酒，以后就再也不要吃了。"

杨光祖拜别母亲、媳妇、弟弟上路。王翛然交给他一封信。让他带给兀里不罕元帅。

王春香的母亲王婆，住在东军庄，因家务事太多，几次到西军庄来叫，想让女儿回娘家住几天，帮忙拆洗拆洗旧衣裳。李老太答应过几天就让春香回去。因为正是农忙时节，没有合适的人去送，李老太只好决定让谢祖去送嫂嫂。谢祖初时不肯，认为嫂子年幼，哥哥不在家，应避嫌才是，但确实又找不到旁人，只好遵照母亲吩咐，一前一后将嫂子送到挨近东军庄的林浪嘴就返回来。

王春香走下土坡，迎面遇上了歹人赛卢医。这赛卢医在去本处推官巩得中家行医时，拐了一个哑巴丫鬟出来。这哑巴丫鬟怀孕临产，躺下不能动了。赛卢医拦住王春香，让她帮助看一看。王春香推辞说："我哪里会做收生婆！"赛卢医怒道："你不肯吗？这里没人，我打死你！"王春香无奈，只好跟他走到一片树林里，一看，那哑巴丫鬟早已死了。赛卢医说："好哇，刚才她还好好的，现在被你杀了，你身上带着刀子！"说罢，把春香身上的刀子夺过去。然后威胁王春香："跟我走万事皆休，不跟我走我就一刀杀了你！"王春香心想：自己一个妇人家，怎么对付得了他，不如且跟他走，半路遇到官府就告了他。赛卢医强令王春香脱下外衣给那哑巴丫鬟穿上，又用刀把丫鬟的脸划破，把刀揣在死尸怀里。

半个月过去了，还不见媳妇回来，李老太正寻思找个人去接他，王春香的母亲却又来催女儿回家。李老太顿时吓个半死，把谢祖从书房叫出来，问他送嫂子回家的情况。谢祖说："我确实按您吩咐把嫂子送到林浪嘴，让她自己回家了。"王婆哪里肯信，扯住杨谢祖要人："定是你小子见嫂嫂青春年少，半路调戏，我女儿嗔怪不肯，你就害了我女儿性命。我和你见官去！"杨谢祖有口难辩，只说："这实在是冤枉死我了！"李老太上来劝阻说："亲家母先别闹，咱们还是赶紧四下打听打听春香的下落去吧。"于是，三个人"女儿""媳妇""嫂嫂"地喊着，到处寻找。

杨谢祖找到一片树林，遇见一个牧童，牧童告诉他："那里有具女尸，身上都长了蛆。"杨谢祖急忙奔过去。王婆也赶来了，一见女尸便嚎啕大哭，扯住杨谢祖，非要去见官不可。

当地推官巩得中带着令史及差人张千、李万路过这里，这巩得中，诸般不懂，虽然做官，贪财起哄。他来到乡下，说是劝农，实际想找一找丢失的哑巴丫鬟。

王婆扯住杨谢祖，跪下喊冤告状。巩得中一听是人命案，吓得想赶快回家，免受连累。令史把马拦住，说："不碍事，我自有主意。"巩得中下了马，问令史："你是不是放屁了？"令史说："不是我。"巩得中又闻了闻说："真的不是你，哦，原来是树林里死尸臭。"又对令史说："你问案吧，我在这里坐着不言语。"令史问："谁是原告？"王婆答应一声。"是为这尸首吗？""正是。""那你诉状上来。"王婆便哭啼啼申诉起来。令史不耐烦道："你这婆子，两片嘴哗里不噜泻马屁眼儿似的，俺这令史有七手八脚也记不下来。慢慢说！"王婆一口咬定是杨谢祖调戏嫂嫂不成，杀了自己女儿。李老太看过女尸，跪下言道："我看这尸首，衣服是俺媳妇的，身子却不像俺媳妇。"令史问："你媳妇生时什么模样？"李老太答："俺媳妇眉清目秀，肌肤雪白，身材苗条，绝不像这尸身如此躯糠。"这时，谢祖忽然发现尸首怀里有把刀，拿过来一看，竟是哥哥的刀子，不禁吃惊。令史把刀子要过去问："这把刀子是你家的吗？"李老太太说："是俺大孩子的。"令史说："行了，事情明白了，衣服是你家的，刀子是你家的，眼见你这小儿子看见刀子就慌了，定是他欺兄杀嫂无疑！"李老太说："还是要唤个仵作来仔细验尸才能断案！"令史怒道："我是执法的，你是犯法的，你倒要来教我这样那样地验尸！如此热天，验不得了！赶快烧掉！"李老太坚持道："人命案，要断真，哪能不验尸就烧作灰烬！烧不得！"令史说："天色晚了，先把这些人拿到衙门里去！"

　　第二天，巩得中又升堂问案。令史说："现在难的只是这李老太不肯认尸，今天定设法让她认下。"杨谢祖、李老太被带上堂来。李老太心中明白，这些家伙不肯仔细验尸，无非为敲诈钱财，可自己哪里有钱给他们呢！令吏喝问："你这刁狡不良的婆子，还不肯认尸吗？你当初就不该让这小子去送那嫂嫂，若央及个别人送，就没了这场官司。"李老太说："当初我这儿子本不想去来，是我因农忙少工夫，劝他每命莫违阻。"令史说："定是这小子和那嫂嫂不和，不肯去送。"李老太答："他叔嫂从来和睦，只碍着礼数上伤触。"令史说："定是这小子萌生邪欲，杀了他嫂嫂！"李老太答："俺这儿子从来是温良恭俭，达理知书！"令史见寻不出破绽，便问李老太："你敢不敢为你儿子画押做保？"李老太答："莫说是画个押，就是等身图我也敢画！""好，那你就去司房里画押。"等把李老太支走，令史便对杨谢祖软硬兼施。先是劝杨谢祖："招了吧，免得皮肉受苦！"杨谢祖答："我确是一点儿也不知道，招什么呢？"令史说："我来教你，你就说半路无人，我起意调戏嫂嫂，嫂嫂不肯，我拔出刀来实指望吓吓她，怎奈嫂嫂坚决不从，我一时间抽刀不入鞘，杀了她。你这样招了，待两三天之后，我就让人把你保出去。"杨谢祖答："照这样说，是你替我招了。"令史气道："干我屁事，让我替你招！张千，给我狠狠地打！"把个杨谢祖打得皮开肉绽，死去活来。李老太听见儿子挨打，哭喊着爬进大堂，护住儿子。令史欺骗道："那婆子，你孩儿已对我说出实情，招了个欺兄杀嫂。"

李老太说:"恐怕你家才有那样的勾当。"巩得中坐在那里点头说:"这种情况,我家倒有。"令史恼羞成怒,骂道:"你个傻老婆子,怎么就能保证你这儿子不会背着你不干一点坏事!"李老太答:"种地呵,莫过主,知子呵,莫过母。我养的儿子若犯了法度,就一并杀了我这做娘的,偿还人家媳妇!"令史道:"反正有衣服、刀子做见证,这招状是实了,不招也得招!"李老太气恨地指着他们说:"你们这大小诸官府,一样的木头糊突突。无半点聪明正直的心腹,尽都是那绷扒吊拷的招伏。把囚人百般拴住,打的来登时命卒。哎哟,这就是你们最拿手的功夫!"令史蛮横地说:"你这婆子,数长道短,好生无礼。你能怎样?我不怕你!"李老太说:"我要磕着头写呈状到中都,单把你告到开封府!"令史气急败坏地说:"反正你这儿子是将死的人了!来人呀,把这杨谢祖铁枷枷了,下到死牢里去!"李老太眼睁睁看着儿子被死羊般拖走,真是心如刀绞。

赛卢医把春香拐到自家,强要占她为妻。春香百般不从,赛卢医便白天五十棍,晚上五十棍,朝打暮骂,强令她打水浇畦,极尽折磨。这天,赛卢医又手提木棒,赶着春香挑着水桶来到井边,然后去附近吃酒。正这时,杨光祖率领几个随从来到井边。这杨光祖自拜别家人,拿着王翛然所写之信见了兀里不罕元帅,这是一封推荐信,元帅看罢大喜,直接让杨光祖做了领军的头目。在阵前,杨光祖三箭破敌,立了大功,被封为金牌上千户。如今是请假回家探望母亲。远远看见这眼井,想就着水桶饮饮马。他来到井边,春香一见,惊叫道:"这不是杨大吗!"杨光祖也认出春香,惊叫道:"这不是我妻吗,你因何在这里?"春香大哭起来,诉说了自己被拐的经过,杨光祖大怒,问那贼汉在哪里;春香说他一会儿就回来。果然,赛卢医饮完酒就往回跑,被杨光祖手下小校拿往。杨光祖指着春香问:"这妇人是谁?"赛卢医答:"是我老婆。"杨光祖说:"分明是我的老婆,被你拐了来!"赛卢医说:"既然是你的老婆,那就送还给你吧,我可也是原封没动。"杨光祖哪能饶他,命人将他带到开封府审判。

大兴府尹王翛然自招兵回来,累加官职,郎主赐他势剑金牌,可先斩后奏。这天他巡逻来到河南府，准备办完公事，再去西军庄杨家看看。这一家人贤孝，郎主有令要给予封赠。王翛然命张千把当班的令史叫来。令史递上受审的文卷。王翛然问："此文卷所记何事？"令史说："是杨谢祖欺兄杀嫂，巩推官问的案。"王翛然一听杨谢祖，觉得名字挺熟，猛想起不就是杨家那小儿子吗。他追问令史："这案子你问成了，有证据吗？手续完备吗？"令史说："完备，完备，有证据。"说着，把刀子和衣服递上来。王翛然拿起刀子，这刀子曾见过，看来确是杨家那二小子了，他怎么犯下这样的罪呢？王翛然命人把杨谢祖带上来，要仔细审问。杨谢祖披枷带镣被带上堂来，虽然被打得血肉模糊，王翛然仍能认出，心说："我还向郎主保举他一家人贤孝，想不到他竟能犯下十恶大罪，看来人都有见不到的地方，幸亏尚未前去封赠。"王翛然问："你有什么想要申诉的话没有？说来我听。"谢祖说："小的西军庄人氏。"刚要继续说，令史便搭茬："对，西军庄人氏，哥哥杨光祖，兄弟杨谢祖，哥哥当兵去了，他调戏他嫂嫂不肯，他就杀了他嫂嫂！"王翛然说："谁问你了！让那杨谢祖自己说！"可这令吏哪里忍得住，又三番五次搭茬，气得王翛然命张千把他拖下去掌嘴，再让他口里衔块板子。就这样，他还忍不住张嘴，板子一次次掉下来，张千一次次给他塞进去。杨谢祖陈述完冤情，又讲了官府中如何吊拷绷扒、严刑逼供。王翛然决心把此案推倒重审，命张千把杨谢祖先押下去。

令史见势不妙，打算先下手为强，叫来李万，让他去找李老太，骗她在案卷上画个押，然后立刻杀掉杨谢祖，把生米做成熟饭。无奈李万不肯去，令史便又求张千去。张千拿着笔纸，找到李老太，欺骗说："杀人犯已经找到了，如今你只要在保状上画个押，就能保你那孩子出来！"李老太思儿心切，未及多想，拿起笔来就要往纸上写。幸亏李万赶来制止住。张千揪住李万，要一块儿去见令史，李万也反揪住他，要一块儿去见王翛然大人。王翛然升堂，命人把杨谢祖和令史都带上来。李老太一见令史，硬拖住他一齐跪下。令史说："你急慌慌地干什么！"李老太说："河里孩儿岸上娘，我可怎么能不慌，你这公厅上将人问枉，我要拉你在城里大人处过一堂！"接着，向王翛然喊冤道："这令史不曾验尸，又不曾招呼尸亲就胡乱断案！"王翛然问令史："是这样吗？"令史说："小人叫那死者的娘认过了。"李老太说："只说她娘是尸亲，俺这死者的公婆就不是尸亲了吗？况且日后若查明真的杀人贼，俺岂不是死了媳妇，又枉死一儿，有谁能给俺儿偿命来！"王翛然沉吟着，不知如何决断。

杨光祖夫妇回到家乡。杨光祖让春香在衙门外等着，自己去拜见王翛然大人。王翛然听说是杨兴祖回来了，立刻请进来，问他从军情况。杨兴祖多谢他举荐之恩，说自己已升授金牌上千户。王翛然说："你先别高兴，你看那边跪的婆婆是谁！"杨光祖这才发现自己的母亲竟在这里。王翛然又说："你再看那戴枷的人是谁？"杨光祖一看，"那不是我的兄弟杨谢祖吗？"王翛然说："那杨谢祖如今不是你的兄弟，是你的仇人了！"杨光祖吃惊道："大人，这是我的亲兄弟，怎么成了仇人！"王翛然说："你当兵走后，他杀了你媳妇春香！"杨光祖说："没有的事，我媳妇春香就在衙门外等着。"王翛然一听，让他立刻把春香叫进来。春香和婆婆见面，李老太拉住媳妇手，痛哭问道："孩儿，你这是哪里去来？险些送了杨谢祖性命，真把我急死了！"杨光祖过来劝道："母亲，春香被贼汉赛卢医拐走，现在这赛卢医也被我拿来了！"赛卢医被押进大厅，跪下求饶："大人可怜见，拐走巩推官的丫鬟的是我，强要春香做老婆的也是我。大人要饶便饶，若不饶，就让我回家取一帖毒药，喝下去登时两腿一直。"案情至此，真相大白。王翛然判断道："本处官吏，断案违错，杖责一百，永不叙用。赛卢医强夺妻女，市曹中典刑。王氏妄告不实，杖责八十。"春香急忙上前，求告道："母亲年老，春香愿替罚。"王翛然对王氏说："你这女儿如此贤孝，就看她面上，改做罚款。"又对杨氏一家人宣告："你们一家人听老夫加官赐赏，杨光祖替弟从军，拿贼救妇，加为帐前指挥使；春香身遭掳掠，不顺他人，可为贤德夫人；杨谢祖奉母之命送嫂还家，遭逢官司，不发怨言，可称孝子，加为翰林学士；李老太送亲子边塞从军，留庶子在家读书，甘心受苦，不认人尸，可称贤母，加为义烈夫人。"一家人跪地拜谢，在大堂上摆下庆赏的筵席。

汉钟离度脱唐吕公　邯郸道省悟黄粱梦

　　东华帝君是掌管群仙籍录的大仙。这天，他吃罢天斋，忽见下方一道青气直冲九霄，定睛一看，原来是河南府吕岩，此人有神仙之分，便打算派正阳子下去点化他。

　　这吕岩，字洞宾，自幼攻习儒业，文武双全。眼见槐花黄，长安科考在即，他心急火燎，没日没夜走在上朝赶考的路上。这天，来到邯郸黄化店，又饥又渴，见路旁有个小客栈，便将驴拴好，掏出二百文钱，买了些黄粱，对客栈王婆说："请你做点饭给我吃。行人贪道路，你可要快着点儿。"王婆说："客官好性急，怎么也得再加一把火。"吕洞宾说："我是巴不得赶到考场去！"这时，正阳子为度脱吕洞宾来到此地，这正阳子姓钟离名权，字云房，原是咸阳人，在汉朝曾拜为征西大元帅，后弃家隐居终南山，遇东华真人，授以正道，赐号太极真人。太极真人钟离权进到客栈，吕洞宾见了，心中赞叹："这先生好道貌！"钟离权问了吕洞宾姓名，直截了当地说："你只顾那功名富贵，全不想生死事急，不如跟我出家吧！"吕洞宾哪里听得进，说："你这先生，不是疯了吧！我学成满腹文章，上朝求官应举，怎能跟你出家！"钟离权说："出家好哇，长生不老，修真炼药，降龙伏虎，优哉游哉！"吕洞宾说："俺做了官，自然也有享福的地方，居兰室、住画阁，穿锦缎轻纱，食香甜美味；而你们出家人不过是草履麻绦，餐松啖柏，备受辛苦，到底有什么好处！"钟离权说："俺那仙境地无尘、草长春，四时花发常娇嫩，更有那翠屏般山色对柴门。雨滋棕叶润，露养药苗新，听野猿、啼古树，看流水、绕孤屯，独对青山酒一樽，闲将那朱顶仙鹤引。这等快乐，与你俗人不同！你跟我出家去吧！"吕洞宾说："我学成文武双全，高官可待，富贵有期，哪能跟你去出家！"钟离权说："这人间功名二字，如同那百尺高竿上吊人胃口的把戏，笛悠悠、鼓咚咚，人吵闹，都为这酒色财气所使，跳到虚空中争来抢去，最后弄个性命不保！哪像我们出家人无灾无祸，自由自在。跟我出家去！"吕洞宾道："我十年苦志，一举成名。如同荷包儿里的东西，手拿把攥的！你那神仙事，渺渺茫茫，我才不去想它！"钟离权还要苦口婆心劝说下去，忽然听见鼾声，原来这吕洞宾听得困倦，竟睡着了，气得钟离权骂道："好蠢的家伙！如今这世道呀，只宜假不宜真，只敬衣服不敬人。你既然这样的没精神要睡觉，我就让你大睡一番，去六道轮回中走一遭。十八年后醒来，我叫你江山改换，日月更新。"

吕洞宾睡梦中问王婆："那道士走了吗？"王婆说："早走多时了。"吕又问："我的饭熟了吗？"王婆："还差一把火。"吕洞宾责怪道："唉！你误了我的前程！我也等不得这饭了，赶紧上驴行路去。"

这王婆也不是凡人，是骊山老母的化身，她奉了法旨，来这里帮助吕洞宾看破酒色财气，返本归真。

吕洞宾应了举，被拜为兵马大元帅。又被殿前高太尉看中，招为女婿。转眼十七年过去，妻子翠娥为他生下一儿一女。这时，蔡州吴元济造反，朝廷命吕洞宾领兵征讨。临行前，高太尉百般叮嘱："孩儿，你此一去，妻子儿女自有我照顾，不必挂心。只是你，一定要为国家好好出力，要恤军爱民，不可贪图不义之财，难道没听说过：'金玉满堂，终不能守；富贵而骄，自遗其咎'，这些话你要切记在心！"高太尉亲手把盏，为吕洞宾送行。吕洞宾想着就要离开娇妻幼儿小女，去阵前厮杀，自然心里不快，没喝多少酒，就觉得胸口堵得慌，竟吐出两口血来。高太尉连忙撤宴。吕洞宾说："原来这酒也伤人，孩儿再也不喝这酒了！"即日，吕洞宾领兵出征。

吕洞宾之妻翠娥，与魏尚书的儿子魏舍早就有些不干不净，如今吕洞宾长期出门，正趁了她的心。这天，她把魏舍约来私会。魏舍来到门口，见左右没人，喊一声："高大姐，开门来。"翠娥正在屋里等得着急，一听召唤，连忙把他拉进屋去。屋里早备置好干鲜果酒，又把后面吊窗打开，预备万一有人来时便跳出后窗逃走。

　　两人正幽会耍乐，吕洞宾回来了。原来，这吕洞宾到了阵前，暗中接受了吴元济三斗珍珠一提黄金，便故意战败，卖了一阵。此时又悄悄回返京城。吕洞宾来到卧房门口，正听见屋里俩人说话。一个说："若吕洞宾阵亡了，我就娶你。"一个说："吕洞宾若是死了，我不嫁你还嫁谁！"吕洞宾听完大怒，用脚踹门。魏舍急忙跳出后窗。吕洞宾进屋，见只剩翠娥一人，喝问道："刚才与你喝酒的是谁？""没人。""你说没人，这顶帽子是谁丢的？"魏舍在窗外暗说："哥呀，是我的。"便溜走了。吕洞宾愤恨地说："好哇，我现在官居大元帅之职，你是太尉的女儿，竟然养下奸夫，如此羞辱我，我非杀了你这淫妇！"

　　太尉家老院公在街上听说吕洞宾悄悄回返京城，急忙赶回家。一推开门，便遭吕洞宾一通骂："老匹夫，你刚才到哪儿去了，现在又到这里来干什么！"老院公说："自从您出征走后，半年前老相公去世了，您今天来家，为啥这样恼怒？"吕洞宾说："我心里的事，和你没关系，你快一边儿去！"老院公不肯离开，说："当初您把夫人和两个孩儿交付在老汉身上，如今发生是非，我死也要管。"吕洞宾抽出宝剑，喝道："与你无关！我只杀了这妇人！"翠娥嚷道："我刚才只为害眼病还愿，你说我养汉，不是屈杀我！老院公救我一命啊！"老院公叹道："唉！是你自己的男人亲自撞见，我看你就不要狡赖了。"翠娥跪下求道："我实在做得不对了，就看在两个孩儿面上，饶了我性命吧！"吕洞宾怒气难消，宝剑指着说："我做着兵马大元帅，你却与别人私通，怎么不气死我！"老院公也顺着他意，责备翠娥："是啊，你男人有八面威风七步才，带着征西元帅虎头牌，你怎么做下这丢人事，把个屎盆儿给他戴！"又对吕洞宾说："劝大人事想开，哪个男儿不好色！若真把夫人来杀坏，留下两孩儿怎安排！"老院公也跪下哀求："可怜一双儿女，就饶了夫人，胜造七级浮屠！"吕洞宾听后，觉得言之有理，便把宝剑收起，说："我看在老院公面上，就饶你这一命！"翠娥顿时眉开眼笑。

正此时，有官员奉旨来到前厅，宣告道："奉圣上旨意，因为吕洞宾卖阵受财、私自还家，让我来取其首级！"吕洞宾叹道："今天谁能救我呀！活该我自作自受！"翠娥却高了兴，一边呼喊着街坊们快来看，一边责骂着："吕洞宾，你刚才还要杀我呢！你自己却在外面卖阵受财干下好事！"吕洞宾惭愧得无地自容，长叹一声："嗨，原来这钱真是害人！想我出征之时，岳父也曾百般叮嘱过的！那时，我曾对天发誓，断了酒；今天，我再对天发誓，那黄金珍珠不沾半分，断了财；此番私自回家，撞见我妻与人私通，眼见是那奸夫将我告发，罢罢罢，我就写一纸休书，任从她改嫁，决无争论，算是断了色！"翠娥在一旁撇嘴说："哎哟，你今天才想到要休了我！你早就管不着我了，你眼看是个死人了！"

又有官员来传旨："圣上有好生之德，饶了吕洞宾项上一刀，即刻发配沙门岛！"有解差押着吕洞宾要走，翠娥叫道："解差哥哥，这吕洞宾是个罪犯，怎不给他戴上刑具？让他这样舒服自在！"解差说："对对对，我把这枷锁给他戴上。"看看吕洞宾披枷戴锁，翠娥笑道："吕洞宾，你如今还能杀我吗？真是高兴死我了！"老院公在一旁看不下去，说："夫人，你怎么没有一点儿夫妻情分，说出这样的话！"解差推着吕洞宾上路，两个孩儿扑上来扯住不放。翠娥要把孩子夺过去，吕洞宾坚决不放，说："这是我的儿女，我不领着，留下来给谁！我们父子死也要死在一块儿！"翠娥也不再坚持，回身说："我赶紧收拾东西，嫁魏舍去了。"老院公扯住解差，求他发善心，留吕洞宾和孩子们住一两天再走。解差哪里肯听，推倒老院公说："老无知的，一边儿去！"然后，用棍子打着吕洞宾和两个孩子上路了。

吕洞宾披枷戴锁拉着两个孩子往前走，到了一处深山旷野，解差让他们停住，说："吕洞宾，我也是个好义之人，今天我就给你打开枷锁，放你们三口逃命去吧。"吕洞宾千恩万谢。解差独自返回。

此时天寒地冻，风雪交加。吕洞宾哪能辨认出东西南北，只好领着两个孩子瞎闯。孩子说："爹爹，我饿得慌。"吕洞宾骗他们："咱们快点儿走，一会儿就有吃饭的地方了。"真是：儿扯定老父悲，父对着孩儿告。朔风凛冽，途路迢遥，父子三人全被冻死过去。

等吕洞宾缓醒过来，见身旁有个樵夫，是这樵夫救了他父子三人的命。吕洞宾跪地感谢救命之恩，又恳求樵夫指一条活命的道路。樵夫说："你迷了道，我说给你道，传给你道，指给你道——过了这条抄直道，有横涧，搭横桥；过了桥，入山坳，苍松下，草堂小；草堂中先生自知道。"吕洞宾听完，拉着两个孩子说："听见了吧，再往前走就有了人家儿，吃的、穿的、住的都有了，咱们快走吧。"

吕洞宾父子三人艰难行进，天色已经黑下来，果然遇到宽宽的一条深涧，涧上一条窄窄的独木桥。吕洞宾抱起男孩过桥，女孩哭着说："爹爹快回来，我怕老虎咬我。"吕洞宾放下男孩返身去接女孩，男孩又哭着说："爹爹快回来，我怕老虎咬我。"吕洞宾不由悲从中来："唉，到底让我顾哪个才好哇！"过了涧，果然望见小小的一个茅草庵。吕洞宾过去叫门："庵里有人吗？"一位白发道姑把门开开，说："原来是吕洞宾带着两个孩子来了。"吕洞宾心中奇怪："她怎么知道我的姓名？"也不便细问，只求道姑能留上一宿。道姑却说："这恐怕不行，我有个儿子，性情暴躁，一吃了酒就要杀人。"吕洞宾哀求说："没关系，等您那儿子回来时，任他打骂，我都能忍！从今以后，我把那气也不争了！"正说着，吕洞宾觉得双肩被人按住，回头一看，只见一个汉子半人半鬼，甚是吓人。那汉子喝问："你絮絮叨叨地缠着我娘干什么？"吕洞宾战兢兢回答："师父，我讨些茶饭给孩子吃。"凶汉说："她怀里又没奶，拿什么给孩子吃！"说着，一把揪住男孩衣领提起来。吕洞宾急忙救护。那凶汉照吕洞宾脸上就是一拳，又把男孩往山涧里一扔。吕洞宾刚要哭喊，那凶汉又拖起女孩扔进了山涧。吕洞宾气急道："你是个出家人，怎么活活地把我两个孩子摔死了，我和你见官去！"那凶汉却说："我是个强盗杀人放火，也比不得你贪财卖阵、大军挫折，你身为元帅，口头上保国为民，自得了斗大的一颗黄金印！"吕洞宾无言以对，吓得抱头鼠窜，被凶汉赶上，照脖颈上一剑结束了性命。

吕洞宾摸着脖子警醒，坐起道："我这一觉睡得好长啊！"身旁那道士说："是啊，这一觉就睡了十八年。"吕洞宾问："我那饭熟了吗？"王婆答："还得再加一把火。"道士问："吕洞宾，你还记得你那岳父高太尉、老院公、樵夫和刚才杀你的壮士吗？"吕洞宾答："都记得。"道士说："他们都是贫道钟离权一身所化，这王婆和山中道姑是骊山老母化身。怎么样？十八年酒色财气都历尽，你还恋不恋那娇妻神珠玉印？恋不恋那世间荣华黄粱枕？"吕洞宾拜道："师父，弟子全省悟了，愿跟您出家。"

东华帝君接见吕洞宾，赐号纯阳子，与众仙同归紫微宫。

张好好花月洞房春　杜牧之诗酒**扬州梦**

　　杜牧，字牧之，太和年间，举贤良方正，累官至翰林侍读。这年，他出差到豫章。豫章太守张尚之与杜牧有八拜之交，听说杜牧即将返京，备置酒宴为他饯行。席间，张尚之让张好好歌舞助兴。这张好好年方一十三岁，是张尚之买下的歌妓。杜牧看罢张好好歌舞，十分欣赏，赠她瑞文锦一段、犀角梳一副，并留下五律一首："汝为豫章妹，十三才有余；娇媚鹦鹉儿，妖娆鸾凤雏。舞态出花坞，歌声上云衢；赠之天马锦，堪赋水犀梳。"

　　三年后，杜牧出差扬州。扬州太守牛僧孺年纪虽大，却与杜牧是忘年交；这天，他设宴相请。杜牧带个家童前去赴宴，一路浏览扬州景致，只见："平山堂、观音阁闲花野草，九曲池、小金山浴鹭眠鸥；马市街、米市街如龙马聚，天宁寺、咸宁寺似蚁人稠。真是个三分明月十里红楼的繁华胜地。"杜牧心里高兴，宴席间更显狂放。数杯之后，他谈起自己在京城中如何月底灯笼花下游，如何绮罗丛被封做了醉乡侯……牛僧孺为尽其酒兴，唤义女出来把盏服侍。这女子一露面，杜牧顿时忘情，不错眼珠地盯着看。只见那女子："宫腰袅娜纤杨柳，芙蓉颜色娇皮肉；花比她不风流，玉比她不温柔；天若有情天亦老，春若有意春须瘦。"牛僧孺见杜牧看得发呆，提醒他："牧之，饮个双杯。"杜牧："噢、噢，我和大姐穿换一杯喝。"那女子也盯着杜牧不放，酒杯没接稳，沾湿红鸳袖，脸红处似海棠过雨胭脂透。牛僧孺再次提醒："牧之，请饮酒！"杜牧索性放下酒杯，让仆人拿过文房四宝，握笔在手，顷刻成诗："仙人飞下紫云车，月阙才离蟾影孤；却向樽前擎玉盏，风流美貌世间无。"那女子闻听，略略回神，说："我再斟满一杯，与相公饮。"杜牧嘴上说："酒够了。"心里却想："这女子到底在何处见过来着？"牛僧孺说："既然学士不再饮酒，女儿就回屋去吧。"待那女子走后，牛僧孺道："牧之，真是一次相见一次老哇，看你那头发也有些花白了。"杜牧却说："莫道我鬓角霜华渐稠，我正是风流到老也风流。"

送走杜牧，牛僧孺很有些不悦，心说："这个杜牧，怎么还如此酒病疯魔，性情依旧！我这义女，只让你看在眼里，想在心里，就不能到你手里。"他吩咐仆人："若杜翰林再来时，就说我不在家，他若仍不肯离去，就让他到那翠云楼上闲坐，坐得没意思，他就回去了。"

杜牧酒醒，也觉自己昨日有失疏狂，牛僧孺定然见怪。然而，心中仍挂念那女子，便又来牛府求见，仆人把他让到翠云楼闲坐，他慢慢有些睡意蒙眬。

忽然有五个女子款款走上楼来，其中一位说："妾身张好好，太守大人让俺来这翠云楼上服侍杜相公，他怎么睡着了？"杜牧听到声音，立即振作，定睛一看，正是自己心中女子，便兴高采烈地说："服侍什么？咱两人就共席而坐吧。那四位小娘子，都会歌舞吗？"四女子答："还会一些。"杜牧更兴奋，说："既然如此，你们就歌舞一番，大家欢乐共饮三杯。"那女子坐在杜牧旁边，温声道："昨日席间怠慢，相公不要见怪。"杜牧搂住她问："小娘子真是张好好！这四位女子是谁？""这四位是玉梅、翠竹、夭桃、媚柳，咱们一块歌唱饮酒。"几个人红遮翠拥，直吃到月转梧桐。张好好："天色晚了，只怕太守找来，妾身先回去了。"说罢，领着四位女子走了。

杜牧醒来，好生奇怪："刚才明明是那个女子陪我饮酒来，怎么一下子就不见了？"家童也睡醒。杜牧问他："你刚才看见那个女子吗？"家童说："相公，你大概发昏了，啥时也不曾见什么女子来。"杜牧掐掐自己手背，踩踩自己脚面，都觉得疼痛，才确认现在不是做梦，而刚才是做了个好梦。家童说："相公，只因为你老想着那个人儿，就有梦；我也没个人儿可想，就总也没个梦。别再想那梦里的事了，咱们快回馆舍吧。"杜牧悻悻往回走，想把梦中事抛开，却又总盼着有朝一日鱼水相逢、琴瑟和同。

杜牧又去牛府访谒数次，都没受到接见，归来甚觉无聊，决定明天回程返京。扬州有个白文礼，家财万贯，人称白员外，交际甚广。听说杜牧明日返程，设宴相请。杜牧来到席间，仍是神不守舍，只想着那风流、俊雅、倾城、绝代的心上人。终于憋不住，问白员外："前些天，太守开宴相招，席间出一红妆女子，能歌善舞。请问白员外，可知是谁家之女？"白文礼说："相公不问，我也不敢说，这女子原是豫章太守张尚之的侍儿，后来牛太守从豫章经过，要来做了义女。这女子叫张好好，确实能歌善舞。"杜牧："我总觉得是在哪里见过的嘛！不瞒员外说，小官三年前曾到豫章出差，张尚之设宴送行，就曾让这张好好奉酒，当时她是十三岁，我赠她瑞文锦一段、乌犀梳一副。三年过去，她竟长得如此漂亮，实在令人动情。"白文礼说："是呀，若是相公早向张太守要了此女做婢妾，岂不是美事！"杜牧叹息着："唉！这女子长得太美了，行一步百样娇，笑一声万种妖，高耸耸的乌发，弯曲曲的眉毛，齐臻臻的牙齿，香馥馥的肌肤，真是无一处不可意！"白文礼说："相公和此女有缘分，所以看得如此留心、仔细。"杜牧："不是我自夸，这世上只有我才配得上她。"白文礼："你放心，我定要想法子成就了你这事。"杜牧："你真能在牛太守面前美言几句，成就了我这件事，我绝不忘你的大恩！"白文礼："你就再住几天，等我去和牛太守说说，看怎么样？"杜牧："小官公事繁忙，咱们后会有期。"白文礼将杜牧送出客厅，叮嘱道："相公慢慢走。等我把此事说成了，立刻给你去信。只是你一定要回信，一定不要另寻配偶。"杜牧斩钉截铁地说："纵有那奢华豪富家，倒赔妆奁许招嫁，也休想让我背却此盟去就她！"等杜牧走远，白文礼心说："这杜牧真是为张好好想成了疯魔，我若不促成此事，说不定枉送了他性命！"

牛僧孺在扬州任职三年，期满进京考核政绩。几次探望杜牧，杜牧都推托不见，牛僧孺心中明白："准是因为扬州宴请他时，他与张好好四目相视却不得说话，因此怀怨，嗔怪老夫。"幸亏此次进京，他把白员外也带了来。这天，白员外在金字馆设宴，把杜牧和牛僧孺都请来，打算把张好好的事当面说开。杜牧先到，牛僧孺后到施礼："老夫数次相访，不被接见，是老夫缘分浅薄呀！"杜牧："小官连日事多，有失迎接，望您老勿罪。来日小官设宴请罪就是。"白员外替他们打圆场："今日就先吃我这一席，来日再赴杜翰林宴。"杜牧又补上一句："我失迎事难说明，可牛大人也不至诚，咱俩是一样的行浊言清。"牛僧孺："这些都是旧话，别提它了，大家喝酒就是。"杜牧却说："酒虽要喝，事也要知。小官三年前曾央及白员外诉说的那件事，不知大人肯不肯答应？"牛太守装傻不语。白员外说："太守大人，就是我多次对您说的，把张好好小姐许配杜翰林的那件事。不知尊意如何？"牛太守无可奈何言道："既然牧之觉得心顺，就把好好给牧之做夫人吧。"说罢，命人把张好好叫来。张好好问："老爹，叫您孩儿有何吩咐？"牛太守："杜牧要娶你做夫人，宴散后便过门成亲。你俩就了此宿缘吧。"杜牧下拜："多谢叔父！"

　　豫章太守张尚之今已升为京兆府尹，此时也赶来参加婚宴，同时传示圣上旨意：因杜牧贪花恋酒，御史台提出弹劾。本当予以谪罚，姑念其才识过人，不拘细行，赦免罪责。杜牧闻昕，跪谢圣恩。张尚之贺喜并劝勉道："今日里结良缘鸾凤和鸣，正遂了十年间扬州春梦。从此后应罢了诗魔酒病，立功名终不负麒麟画影。"

假托名蔡邕荐士　醉思乡王粲登楼

王粲字仲宣，高平玉井人。其父去世后，他和母亲李氏艰苦度日。这天，李氏把王粲从书房中叫出来，对他说："孩儿，你叔父蔡邕多次写信来让你去，你就趁着今天好时辰进京一趟，求个一官半职，也可光耀门闾。"王粲说："孔子云'父母在，不远游'，我去不得！"李氏说："孩儿放心前去，家中事务我自己能够支持。"王粲说："既是母亲尊命，孩儿不敢违抗，我今天就收拾行装起程。"

王粲来到京师，投书丞相府。可是，一个多月过去，叔父蔡邕仍未接见。王粲盘缠用尽，欠下客店不少房宿饭钱，店小二大呼小叫，索要不休。王粲说："等我见了蔡邕叔父，稀罕还你这几贯钱！"店小二却讥讽道："你今日也说你叔父，明日也说你叔父，我只问你欠这钱几时还我？"王粲万般无奈，取过佩剑，交给店小二，暂做抵押。真是：饶君纵有浑身口，手里无钱说也空！

蔡邕字伯喈，与太常博士王默是金兰契友，二人曾指腹为亲。后来，蔡家夫人生下一女桂花，王家夫人生下一子王粲。终因各自居官，难以相聚。后来王默又去世了，两家的亲事便一直耽误下来。这些年，蔡邕听说王粲学成满腹文章，只是胸襟太傲，缺少涵养，便一面写信让王粲来京，一面又故意拖延时日不予接见，以磨炼他性情。这天，蔡邕又把大学士曹植请到家中，向曹植讲明自己打算，请他从旁协助。

这时，王粲又来求见。门人入内通报。蔡邕问："你看他乘什么鞍马？"门人说："他是脂油点灯——布捻（步辇）！"蔡邕说："好，让他进来。"王粲入内请安道："叔父多年不见，受您孩儿两拜。"蔡邕却说："慢着！快去把那锦心拜褥拿来垫好，以免弄脏你那锦绣衣服。"王粲莫明其妙，说："我有什么好衣服！"蔡邕又问："王粲，你母亲安康吗？"王粲答："母亲托赖无恙。"蔡邕不咸不淡地说："有你这样的峥嵘发达的孩儿，我那贤嫂怎么会不安康呢！"又把曹植介绍给王粲。曹植客气道："久闻贤士大名，如雷贯耳，今日拨云见天，实乃万幸！"王粲却只淡淡地说句："幸会，幸会！"蔡邕心说："这王粲果然矜骄傲慢，连曹植这样的名士都不能得他一拜。"蔡邕命人摆酒。端起一杯说："这杯酒当给王粲洗尘，快接过去。"等王粲伸手来接时，蔡邕又缩回去，说："我也糊涂了，有曹学士在此，哪有王粲先接酒之理！"说罢，把酒递给曹植。曹植喝完，蔡邕又端起一杯，说："这杯该给王粲了，王粲接酒。"等王粲伸过手来，蔡邕却说："慢着，按规矩该请曹学士喝个双杯。"又把酒给了曹植。蔡邕又端起第三杯，说："这杯轮到王粲了，王粲接酒。"王粲又伸过手来，蔡邕却说："慢着，还不到你，该让曹学士饮个三杯和万事。"王粲终于按不住火气，说："叔父，你如此三番端着酒杯，似给不给，故意轻慢小生，是何道理！"蔡邕说："王粲，你发什么酒疯！"王粲说："我吃你什么酒了！"蔡邕道："说实在的，不是我似给不给，是觉得你还不配喝我这酒！"王粲赌气道："叔父，我王粲异日为官，必不在你之下！"蔡邕却笑道："恐怕没那么容易！你觉得自己积雪成阜、磨墨成池，很下了些功夫，可比起俺们来呀，还差得远呢！你既然有这么大的志气，到我这里来做什么？"王粲："是你写信让我来京求官的！"蔡邕："我可做不了你的东道！"王粲："是你说我们两家有姻亲之好！"蔡邕："我可做不了你的泰山！"王粲转身就走，心说："跟这种人，也没法儿讲理了。"

曹植追出府门，拦住王粲劝道："贤士息怒。"王粲愤愤地说："学士，不是我自找着来投托他，是丞相多次写信催我进京的！我来到京城，过了一个多月，他也不肯见我。今日见了，却又当着您面，故意轻慢。我实在不知道他安的什么心思！"曹植劝道："今天的事就算了，你打算今后怎么办呢？"王粲叹道："士无知己，只好回家。"曹植说："贤士错了，没听说'学成文武艺，货与帝王家'、'十年窗下无人问，一举成名天下知'吗？以你的文才武略，取富贵如反掌一般，何不进取功名反要回家呢？"王粲说："怎奈小生家贫，毫无资本。"曹植说："自古宝剑赠烈士，红粉送佳人。我这里有白金两锭，青衣一套，骏马一匹，荐书一封，都赠给你。你可去投托荆王刘表，刘表礼贤下士，定然重用。"又劝王粲："常言道'人恶礼不恶'，你还是去辞一辞老丞相。"王粲气昂昂转回相府。蔡邕问他："你不是走了吗，又回来做什么？"王粲说："我今日别过你个放鱼的子产，来年定锦衣含笑入长安！"言罢，走了。

蔡邕对曹植说："放鱼的子产，这是暗指我不识贤良呢。看来这王粲很是恨我。"曹植说："眼下恨你，将来谢都谢不及呢。"

刘表字景升，是汉室宗亲。他听从蒯良计策，先取了南郡，后又南据江陵，北控樊邓，西占长沙，东有桂阳，当上了荆襄王。

王粲一路劳病辛苦赶到荆州，已是满面灰尘，盘费用尽，只剩下腰间一封书。王粲把荐书递上，请求拜见荆王。刘表接过荐书，见封皮是曹植，内文却是蔡邕所写。仔细读罢，传令王粲进府。刘表对王粲分外客气，说："久闻贤士大名，今日到俺荆襄之地，恰如甘霖润旱苗，清风解酷暑；何幸，何幸！"王粲说："小生闻知大王豁达大度，从谏如流，因此不远千里，特来拜见。"刘表问："贤士何不在帝都阙下求取功名，偏要远涉江湖到俺这荆襄之地来呢？俺这里地薄民稀，兵微将寡，恐怕不是你施展才能的地方！"王粲答："我一向久困书斋，都城中又难寻知己，所以来此荆襄暂且安身。"刘表说："贤士既有大才，我当格外重用，来日会聚众将，当众拜您为荆襄九郡兵马大元帅。"

这时，刘表手下大将蔡瑁、蒯越二人巡边回来复命，刘表叮嘱他们："那位叫王粲，天下文章之士，我就要重用，你俩可要礼貌相待。"蒯、蔡二人说："知道了，那边莫非就是王粲否？"侍从说："不叫王粲否。"蒯越说："我老蒯这样叫，就为让这王粲不开口。"接着，二将来到王粲跟前，拜一拜说："久闻贤士大名，如雷贯腿。"侍从问："怎么是腿？"蒯越说："我就是想试试他的才学根底。贤士，你可知道'礼之用，和为贵。先王之道打折腿'吗？"王粲不搭理他。蔡瑁又拜一拜说："贤士，你可晓得那鹤非染而自白，鸦非染而自黑，读孔圣之书，当明周公之礼。"王粲仍然不应。蒯越被气得憋出四句诗来："王粲生得硬，拜着全不应。定睛打一看，腰里有棍挺。"蔡瑁说："我也气出四句来：'王粲生得歹，拜着全不睬。这世做了人，那世做螃蟹。'"刘表见状，觉得脸上无光，心说："我的两员大将拜着他，他都昂然不理，真是骄傲得可以。"便上前问道："贤士，我问你，孙武子兵书十三篇，你习的是哪一家？"王粲答："我六韬三略，无不通晓，并非只学孙武子兵书十三篇而已。论韬略，我不让姜子牙兴周显战功；论谋策，我不让张子房佐汉有神通；论扎寨，我不让周亚夫屯细柳扎寨安营；论点将，我不让马服君点将登台仗霜锋；论胆气，我不让蔺相如渑池气概；论才干，我不让管夷吾诸侯称雄；论行兵，我不让霍嫖姚边塞横行；论操练，我不让孙武子演习女兵；论智量，我不让齐孙膑活捉庞涓；论决战，我不让韩元帅困霸王楚汉相争。"王粲说了半天，觉得如对牛弹琴，特没意思，竟趴在桌上睡着了。刘表更是生气，心说："德胜才高不可当，德小才过必疏狂；纵然胸次罗星斗，岂是人间真栋梁。"他吩咐蒯、蔡二将："等此人醒来问我，就说我更衣去了。"

王粲醒来，问："大王到哪儿去了？"蔡瑁、蒯越二人一连声地喊："点汤！"王粲明白，"点汤"就是送客的意思，叹道："罢罢罢，我只好回去了！"走在街上，坐在酒肆，王粲只觉"点汤"之声不绝于耳；羞耻愤恨之情充谥胸间。

荆州城中有座溪山风月楼，左临鹿门山，右近金沙泉，前对清风雾岭，后靠明月云峰，是个游览赏景的好地方。修建这座楼的人家姓许名达字安道，此人的父亲曾为国子监助教。自父母去世后，许达荒废了学业，至今愧悔有负先人，修起这座楼，只为便于结交天下名士。王粲因不被刘表任用，淹留荆襄，百无聊赖，常来登楼，与许达情投意合。这天，许达在楼上安排酒果，准备请王粲来此共度重阳节，同展登高之兴，聊抒望远之怀。王粲登上楼来，凭栏远眺，望中原，思故里，不由搅得乡心碎；想老母，倚门悲，泪眼汪汪盼秋水；无穷愁对无穷景，凄凉感慨难举杯。许达劝他："贤弟，对此良辰美景，为何停杯不饮？"王粲叹道："唉！老兄不知，此时间我有三桩儿好比。"许达问："是哪三桩儿？"王粲说："我这气呵，正比作江风淅淅；我这愁呵，正比作江声沥沥；我这泪呵，正比作江雨霏霏。命兮，时兮，白让我顶天立地人世居，不知何日是归期。"许达劝他："既是思归，我资助贤弟盘缠，准备登程就是了，何必愁苦至此。"这些话又捅到王粲隐痛。王粲自被刘表冷落，在寓所暗写就万言长策，寄给曹植，求曹植将它呈递圣上。可是一年多过去，至今不见回报，想必又是没用了。似这样功不成名不就，有何面目回家呀！王粲作诗云："有志无时命矣夫，老天生我示何辜。宁随泽畔灵均死，不遂人间乳臭雏。"又说："吾兄把酒拿过来。"许达递上一杯，王粲一饮而尽，又说："再多拿些来。"许达吃惊地问："贤弟为何又如此横饮？"王粲说："我为功名不遂其心，不如饮个大醉，坠楼而亡！"说罢，就要向楼下跳去。许达急忙扯住，连责带劝："古人云：'存其身而扬其名，上人也；将其身而就其名，中人也；舍其身而灭其名，下人也。'似你这样功名不成坠楼而死，当是等而下之，何其愚鲁！"王粲痛哭道："想我昂昂而出，如今怏怏而归，实在耻于见人。我空学成补天才，却哪里有上天梯！"

正这时，天朝使者到。原来是圣上览罢王粲万言长策，很是喜欢，派使者下荆襄，找王粲，宣其为天下兵马大元帅。许达闻听，大呼小叫："王粲，王粲，快下楼来接旨！"王粲却冷冷地说："慌做什么，忙做什么，既然使者来了，还怕他回去了不成！"也不告辞就走了。许达心说："这王粲真是傲慢得可以，也难怪荆襄王不肯用他。"正可谓"一片雄心大似天，可知不肯受人怜。今朝身佩黄金印，才识登楼王仲宣。"

曹植、蔡邕牵羊担酒，赶到帅府辕门接官贺喜。王粲见了曹植，连呼恩人，十分礼待；而对蔡邕则分外冷淡，像当初在相府那样，一一还报。气得蔡邕叫道："王粲，你再强也是个兵马大元帅，我再歹也是个当朝丞相，你怎么把我这样对待！况且你我还沾些亲呢！"王粲却说："从今后星有参商，人有雌黄；你不是吐哺的周公，我也不做坦腹的王郎！"曹植见二人弄僵，急忙插进来劝解："元帅且息怒，丞相暂勿慌，听小官把道理细说端详。想当初丞相府三辱元帅，都只为激发志气把性情涵养。春衣、白金、雕鞍、荐书都是丞相托我转赠；万言长策也是小官转交给丞相，丞相呈献给皇上。自元帅离开京城，老丞相就将李夫人搬来城里，一样地盖下画堂。又准备好陪送嫁妆，只为着元帅小姐婚配成双。"王粲听罢，向蔡邕拜谢道："您真把我瞒哄得可以，丈人。"蔡邕答道："你真把我傲慢得可以，女婿。"接着杀猪宰羊，做一个大大的庆喜筵席。

瓦桥关令公显神　昊天塔孟良盗骨

　　三关元帅六郎杨景正坐在灯下理事，忽觉神思恍惚，竟伏案睡着。猛然间，一老一少两个将军闪进帐来，欲进又退，欲言又止。杨景问："你二人是谁？有什么公务，明日中军帐前商议！"老将军说："六郎孩儿，你怎认不出我们？我是你爹爹杨令公，他是你七弟杨嗣！"杨景说："原来是父亲和七弟，快近前来说话，怕做什么？"杨令公说："孩儿，你靠后些，你是生魂，我二人是死魂，我只能远远地说给你听。"杨景说："父亲您说，孩儿我仔细听着呢。"杨令公叙说道："你父亲因与番兵交战，被困住在两狼山虎口交牙峪，内无粮草外无救兵，不能得出，撞李陵碑身死。如今番兵元帅韩延寿将我骨殖挂在幽州昊天寺塔尖上，每日轮一百个小军，每人射三箭，名曰百箭会。我如今疼痛不止。你弟七郎，打出阵来求救，被潘仁美贼臣绑在花标树上，攒箭射死。我等屈死番邦，受苦不过，特托梦给你。"七郎也哭诉道："哥哥要火急选将出兵，搭救我父子的尸首回来呀！"杨景悲伤地说："若非今日听到，我哪里知道父亲、弟弟正受这样的冤苦。来日我就点齐本部人马，亲到幽州为父亲、兄弟报仇去！"杨令公嘱咐他："六郎孩儿，你定要小心在意啊！"说罢，与七郎忽然不见了。杨景喊着："父亲兄弟不要走！"猛然醒来，却是一梦。忆起梦中情景，杨景双泪交流，心想："这定是父亲兄弟托梦给我，我明日天亮，立刻招集众将商议此事！"

　　帅府排军花面兽岳胜伺候元帅升帐，问："哥哥今日为何升帐这么早？"杨景说："兄弟，俺昨夜梦见父亲和七郎，他二人在灯下挥泪诉说，说他俩骨殖仍在幽州受苦，让俺快派人去搭救。这梦做得奇异，俺未辨真假，因此早早升帐，请众兄弟一块儿商议。"岳胜在袖内算了一卦，说："我算此梦不虚。一会儿就有人来送家信证实。"果然，有杨家府的小军带着佘太君的信来到帐外。杨景接过信，跪着拆开看了，心说："原来母亲也做了这样的梦，梦中句句与我所做相同，看来此梦是实。"于是，传令手下二十四个指挥使都来军帐议事。又吩咐那小军："唯独孟良来时，不要放他进帐。"岳胜问："哥哥不让孟良进帐是什么意思？"杨景说："这次去幽州盗骨，我觉得孟良最合适，只是这孟良性情古怪，你要派他去，他可能就不去；你不让他去，他就非去不行。因此用这种法子激恼他。"

孟良巡边回来，进帐交令，被小军阻住："奉元帅将令，让我把守辕门，不放人过去！"孟良说："我要过去！"小军说："不放，不放！"孟良急了："你敢说三声不放吗？"小军说："别说三声，一百二十声也敢说。"孟良大怒，挥拳就打。打得那小军叫喊道："老爷老爷，别打别打，我放你进去就算了！"孟良闯进军帐，小军跟在后面。孟良向杨景施礼道："奉哥哥将令，巡边回营，平安无事。"杨景说："既然无事，你暂且回避。"孟良对身后小军说："元帅让你回避。"杨景说："是让你回避。"孟良不相信自己耳朵，问："让谁回避？""让你回避。""让我回避？我不回避，不回避，杀了我也不回避！"杨景对岳胜说："你看这家伙不听话！"接着又故作神秘地交头接耳。这下子可把孟良急得嗷嗷乱叫："往日里兄弟相见有说有笑，今日里见我来冷漠悄悄，有什么机密事不该我知道，急得我胸中火腾腾燃烧！"杨景说："有什么事，你猜猜看，猜着了就用你，猜不着就回避。"孟良说："莫不是大辽军进兵侵犯？我与你火速地便去争战！"杨景摇头道："不是！""莫不是王枢密挑拨是非、搬弄官家？我与你急忙上马便赴京华！"杨景摆手道："不是！""莫不是佘太君受人欺压？我与你亲自去把那贼捉拿！"杨景道："我的母亲，谁敢欺压她！越发不对了，快回避！"孟良无可奈何走出帐来，一把揪起正坐地喝酒的小军："你这家伙，想必知道些消息，赶快告诉我，若不实说，我一斧劈下你这狗头！"那小军吓得结结巴巴地说："我是奉佘太君奶奶的命，寄一封信给元帅，据说是梦中看见老令公，让赶快去搭救。"孟良一听，心想："眼见的哥哥召集众将商量，就为取父亲骨殖，这样一件紧要的事，故意瞒着我，实在太偏心！"便又闯进帐中，叫道："哥哥，我猜着了！你要搭救爹爹，抢回骨殖！"杨景："你既然知道，就该想个妙策！"孟良："要想抢回骨殖，别人不行，只我孟良去得！"杨景施礼道："兄弟，你若肯去，就是我的再生父母一般！"孟良又拿着架子说："兄弟，我还是回避吧！"杨景说："兄弟，那幽州昊天寺有五百众僧，个个都会抢枪弄棒。三门关得铁桶一般，你如何进去？塔尖上的骨殖又怎么拿得下来？"这一问，又激起孟良豪情，只见他把腰一拍，说"我瞅他千军万马只做癞蛤蟆，怎禁我蘸金巨斧喊哩喀喳！再凭我背上这火葫芦，摇一摇晃两晃就烧了那玲珑宝塔！"又嘱咐岳胜："你就快预备好迎魂幡、安神花，众儿郎的麻衣褡，还有那驮丧马、灰骨匣，俺这一去呀，定让六哥孝名儿传天下！"说完，大步流星走了。

杨景吩咐岳胜："兄弟，你帮我紧守营盘，我今日暗下三关，接应孟良，把父亲骨殖取回！"

天色将晚，昊天寺和尚把三道寺门关上。

孟良背上的火葫芦喷出火光，照亮路途。杨景紧跟孟良，二人来到寺门前，杨景拍门叫喊："和尚，开门来。"里边的和尚嚷道："不开！不开！"杨景问："因何不开？给你一千枝蜡烛做布施，还不开吗？"那和尚算了算，蜡烛是一分银子两枝，这也是不少银子呢。于是，把门打开。杨景一步跨进去，揪住和尚问："杨令公的骨殖在哪里？"和尚假装不知。孟良威胁道："你怎么不知道！不说出来，我一斧砍下你这秃头来！"和尚看见他背上的葫芦，以为是两个和尚头，吓得连忙说出实话："杨令公的骨殖，白天挂在塔尖上，晚间取下来，装在匣中，匣子收藏在方丈中的桌子上。"杨景找到那匣子，打开一看，每件骨头上都用红笔标了记号，知道不是假的，赶紧把匣子包好，背在背上。孟良一斧将和尚砍死，又打开火葫芦，在寺里放起火来。此时已惊动番兵。杨景、孟良一前一后，奔回三关。

孟良挡住追兵，杨景一人一骑跑在前面。路过五台山，天色已晚，只得推开寺门，请和尚找间僧房住下。杨景解下父亲骨殖，想到父亲一世英雄却落得如此下场，不禁放声痛哭。寺中长老问他何故，他也不肯实说。这时，一刚喝完酒的莽和尚进来问道："刚才大声痛哭的是谁？"杨景："是我！""你因何如此悲伤？""你不要管！"莽和尚说："问你你不实说，可晓得我们这里人厉害吗？"杨景："厉害又敢怎样？"莽和尚："俺这里劫了人也没罪名，杀了人也不偿命！"杨景说："和尚还敢杀人，我才不信！"莽和尚："我也曾杀得番兵怕，到中年才落发为僧。你不信就来闻一闻，我身上至今有血腥。"杨景说："既然你曾杀过番兵，我也不再瞒你，我是大宋国的人。"莽和尚问："你既是大宋人，可知道金刀杨令公家的情形？"杨景说："你问杨家为何？难道沾亲带故？"莽和尚："我是杨五郎，在此出家。"杨景问："你既是杨五郎，可知道你兄弟中还有谁活着？"莽和尚道："有个六弟正镇守在三关上。"这时，杨景再也控制不住，叫一声："哥哥呀，你今天怎么就认不出我杨景来了！"兄弟二人抱头痛哭。杨景又叙说了到幽州昊天寺盗取父亲骨殖的情况。

番兵元帅韩延寿留下大军与孟良厮杀，自己率领轻骑追赶杨六郎。追到五台山下，料想杨六郎必定躲在寺内，便包围了寺院，并高声叫嚷："快把杨六郎献出来，否则将你们满寺和尚的头，切西瓜一般都切下来！"杨五郎打开寺门，对韩延寿说："我们寺中确有个杨六郎，已经被我们捉住，就等着交给你们请功受赏。只是俺们出家人慈悲为本，请你们不要骑着马、拿着兵器入寺。"韩延寿说："好，就依着你。我跟你进去，你快把杨六郎献上来！"等韩延寿进寺，杨五郎回身把三门关上，说："免得让人跑出去。"韩延寿以为指的是杨六郎，还说："关得是，关得是！"话音刚落，被杨五郎一跤摔了个满天星，杨六郎也冲出来，一通狠打。韩延寿这才知道上了当："呀！原来你们是关门杀屎棋，我跑不了了。"杨六郎打死韩延寿。杨五郎说："割下他的头，剜了他心肝，祭献在父亲骨殖前边！"

寇准奉旨领兵接应孟良，杀退番兵，来到五台山。命杨五郎、杨六郎跪地听旨："杨家将舍性命苦战沙场，赐黄金高筑坟堂，盖庙宇千秋祭享，保山河万代隆昌！"

❖ **关汉卿** ❖

三不知同会云台观　包待制智斩**鲁斋郎**

　　花花太岁鲁斋郎，仰仗自己是皇亲国戚，抢男霸女，恣意胡为。这天，他离了汴梁，来到许州，骑马在街上闲走，猛见一个银匠铺子里有一女子长得好看，便吩咐手下张龙去打听情况。张龙回来报告："那银匠叫李四，那女子是他媳妇，确是长得风流可喜。"鲁斋郎说："我得把她弄到手。"张龙说："这有何难！我现在就拿着一把银壶去，假装让他修理。等他修好之后，多给他些钱，再让他多喝些酒，请他媳妇也出来喝些。然后，你把她扶上马就走！"

　　李四，专靠为人打造银器度日，妻子张氏生下一个儿子叫喜童，一个女儿叫娇儿。

　　鲁斋郎和张龙来到银铺前，张龙将李四唤出，说："鲁爷在门口叫你呢！"李四慌忙出来跪倒问："唤小人有何吩咐？"鲁斋郎说："你是银匠吗？""小人是银匠。""你休惊莫怕，起来说话。我有把银壶摔漏了，你给我修整修整，我给你十两银子。"李四忙说："不要紧，小人可不敢要那么多银子。"鲁斋郎说："你是小百姓，我怎么肯亏了你！你如果整理得好，我再买酒来请你吃。"李四接过银壶，很快修整得复旧如初。递还鲁斋郎："修好了，大人看看怎样？"鲁斋郎说："你这人真是好手艺，跟新的一样，张龙快拿酒来赏他几杯。"张龙连倒三杯让李四喝了。鲁斋郎又问："你家里还有什么人？""还有个丑媳妇，叫出来见大人。"李四把张氏叫出来。鲁斋郎说："真是个好妇人，让她也连喝三盅。"待张氏喝完，鲁斋郎与李四各喝一盅，然后挑明："这三盅酒就是肯酒，那十两银子便是定钱，我现在就带着她回郑州去了。"说罢，命手下人把张氏扯上马便走，李四哭喊着："清平世界，朗朗乾坤，怎么大白天就拐了我的媳妇！我要到衙门告你去！"鲁斋郎说："你尽管挑那最大的衙门去告吧！"

郑州六案都孔目张珪，这天退衙回家，路上忽见围了一大堆人，便叫手下人过去看看怎么回事。手下人回来报告："是一个人害了急心疼，倒在地下，快要死了。"张珪听说，心想："我妻子李氏，是华阴县名医人家女儿，善治急心疼，何不把此人扶到我家，让我妻子治好，也是积些阴德。"这害急心疼的人正是李四，他一直追赶到郑州来，人生地不熟，想找衙门告状又不认路，一时着急心疼，昏倒在地。张珪让手下人把李四扶到家中，叫出妻子诊视，李氏调好一剂药，让李四喝下，李四很快好了。张珪见李四好了，问他姓甚名谁，哪里人氏。李四一一回答，并感谢张珪夫妇救命之恩。李氏听说他与自己同姓，有心认他做个兄弟，问张珪意见，张珪也很同意。再问李四，李四说："你救了我性命，别说做兄弟，就是在你家中随驴牵马也是情愿！"张珪说："你既愿意，便是我的小舅子，我媳妇就是你亲姐姐一般。兄弟，你为什么到郑州来？"李四长叹一声说："姐姐，姐夫，有人欺负我来，你们可要替我做主哇！"张珪气昂昂地说："什么人敢欺负你，说出来我派人捉拿，谁不知道我张珪的人名！"李四说："不是别人，是鲁斋郎强占了我的妻子！"没容他往下讲，张珪大惊失色，过来掩住他嘴说："哎哟，吓死我了。幸亏是在我家里，要是在别处，你这小命怕也去了！那鲁斋郎权势大，敢把官府来欺压，你是小小老百姓，怎能和他把官司打，我劝你忍气吞声早回家，以前的事千万千万莫提它。"李四听了，毫无办法，只好又回了许州。

鲁斋郎抢来李四的妻子，没些日子就玩厌了。这天清明，他又带上张龙等人，到郊外踏青，打算趁这家家上坟祭扫之机，再寻个漂亮女人。

张珪带着妻子李氏、儿子金郎、女儿玉姐到郊外自家坟院祭扫，忽然一颗弹子打进来，正好打在金郎脑袋上，立刻头破血流，李氏骂道："是谁闲得那驴蹄烂爪，拿着弹子瞎打！"张珪也气愤愤跑出坟院："是哪个混账小子，竟敢往我张珪家坟院里乱打！"迎面碰上手提弹弓的鲁斋郎。鲁斋郎问："张珪，你骂谁呢？"吓得张珪目瞪口呆，颤抖着往回退，鲁斋郎逼上来说："张珪，你敢骂我，是作死呢！"李氏和金郎不知厉害，仍一声声地骂，张珪忙制止，撩衣跪倒在鲁斋郎跟前，明知是粪也当做糕来咽。他赔罪说："张珪不知道是大人，若知道是大人，打死也不敢骂！"鲁斋郎说："君子千言有一失，小人千言有一当，我谅你也不敢骂我！我不和你一般见识，这座坟院是谁家的？""是我家的"。"你怎么也不请我进去坐坐，也给你家祖宗添些光彩。"张珪急忙请进，鲁斋郎又问："我刚才听见有女人的声言，是谁呀？""是我那丑媳妇。""怎么也不请出来拜上一拜！"张珪急忙对妻子说："快去拜见大人。"李氏不肯，张珪推她道："你千万依着我吧！"鲁斋郎看见李氏，心说："真是个好女子，他有这么漂亮的媳妇，我倒没有。"于是又变色道："张珪，你小子骂我，实在该死，这罪不能饶！你把耳朵伸过来！"张珪侧过耳朵去，鲁斋郎轻声说："把你媳妇明天送到我宅子里去，若是迟了，两罪并罚！"说罢，喝令侍从牵过马来，骑上走了。张珪如同木偶，三魂去了二魂，李氏问："孔目，那人是谁，你怎么这么怕他！"张珪叹道："唉，大祸临头了，咱们快收拾了回家吧！"

张珪思来想去：若不听那鲁斋郎的话，把老婆送过去，肯定全家是个死。于是，假装说："东庄姑姑家有喜庆事，咱俩得去一趟。"把老婆骗出了家门。来到鲁府，鲁斋郎早等得着急，劈面问道："张珪，你怎么这么晚才来！"张珪解释说："我把两个孩子安顿睡下，就急急地跑来了。"鲁斋郎见李氏貌美，也就消了气，让张珪唱酒，张珪喝了一杯，有些支撑不住，李氏劝他："孔目少喝，醉了可不好。"张珪却更要多喝，说："我就是乞求个醉似泥，唤不起；图一个别离时，不记得！"李氏奇怪地问："孔目，你这样心里不痛快，到底是为什么？"张珪不得不如实相告："实不相瞒，如今鲁大人要你做夫人，我特地把你送来。"李氏大惊："孔目，你这是说的什么话！"张珪说："这事也由不得我，只能听人家的！"李氏怒道："你在这郑州也做着个六案都孔目，谁不让你一分，那鲁斋郎是个什么官，你怎么这么怕他，连自己的老婆都保不住！"张珪忙说："你轻声点儿，这话要让鲁斋郎听见，连我的命也断送了！这鲁斋郎动不动挑人眼，剔人骨，剥人皮，他就是要我张珪的头我也得乖乖送去，如今只是要你做个夫人，也还算是好的！"李氏痛哭道："我到这里来，抛下家里一双儿女，谁来照管！"张珪也痛哭道："我又怎么会舍得下你呀！"鲁斋郎见状，不耐烦地说："你们俩一个劲儿地说些什么！快来人，带她到后堂换衣服去。"李氏被拉走后，鲁斋郎问："张珪，你是不是心里不高兴啊？"张珪忙说："小人哪里敢不高兴，只是发愁家中一双儿女无人看管。"鲁斋郎道："原来是为这个，你何不早说！你既然把媳妇给了我，我也舍个妹子酬答你，帮你看顾两个孩子。"对张龙说："你把李四的媳妇，让她梳妆打扮一下，赏给张珪就是了！"

李四告状不成，又返回许州，谁知到了老家，喜童和娇儿都不知去向，到处找不到，寻思是否也去了郑州，于是李四又返回郑州，投奔姐姐、姐夫家。

张珪回到家中，儿子女儿问母亲怎么不见了，张珪说被鲁斋郎夺去了，气得儿子昏死过去，张珪急忙呼唤救醒。正这时，张龙把李四的老婆张氏送来，并说这是鲁大人赏赐，必须善待。张珪见这张氏也还慈祥，便叫孩子们拜见新母，张氏说："孔目放心，我要像看待自己的孩子一样看待这两个孩子。"

李四来到郑州，找到张珪家敲门，张珪开门一看，见是李四，便道："舅子，你的病症，我如今也害了！"李四说："没关系，姐姐有好药。"张珪说："不是急心疼，是你姐姐也被鲁斋郎夺去了！"李四难过地说："既然没了姐姐，我只好回许州去了！"张珪挽留道："那鲁斋郎夺了你的姐姐，又给我一个小姐，名叫娇娥，你和她见上一面再去不迟。"李四恨恨地说："鲁斋郎，你夺了我的媳妇，可是草鸡也没给我一只呀！"一见那娇娥，分明是自己的妻子，心中分外惊讶。正这时，有差人来叫张珪，让他立刻去衙门处理公文。张珪一走，李四与张氏抱头痛哭，都问对方："你怎么到这里来了？"金郎、玉姐跑进来，问张氏："我父亲哪去了？"听说父亲去了衙门，这两个孩子也跑出门去。李四与张氏正哭诉离别之情，张珪赶回来，怒喝道："你俩是怎么回事！"李四与张氏一齐跪下，李四说："姐夫，实不相瞒，这女人正是我的媳妇，鲁斋郎谎称是他妹子给了你。"张珪伤心地说："原来她是你旧媳妇，你是她旧丈夫，你们俩又依旧欢聚，可我们家却破碎支离！我那两个孩儿哪去了？""听说你去了衙门，跑出去找你了。""早就退衙多时了，怎么不见他们回来？定是走失了！罢罢罢，我妻子被鲁斋郎夺去，一双儿女不知去向；刚得个女人，又被她丈夫认了。我还如何在这家里生活！干脆我就把这家当全给了你们两口儿，我去华山出家去了！"李四夫妻苦苦劝阻，无奈张珪主意已定，两口子只好商量定：以后按时按季把斋粮衣服送上山去，绝不少了他的。

李四的一双儿女果然也到过郑州，没找到父母，流落街头，被来此采访的龙图阁待制包大人收养。包大人来访郑州时，又收留了张珪的一双儿女。包大人把喜童、娇儿、金郎、玉姐带回家中，教他们习文识字。不觉十五年过去，喜童、金郎已应举得第。唯一让包待制不能安心的便是迟迟不能斩了鲁斋郎。包待制左思右想，终于心生一计。他拟就一份奏折文书，上写："有鱼齐即，残害良民，强夺人家妻女，犯法百端。"皇上看过奏折大怒，亲笔判个斩字，命立即将此人押赴市曹，明正典刑。等到第二天皇上再找鲁斋郎时，包待制回奏："他做了违法犯条的事，昨天已经斩了。"皇上惊问："他因什么罪斩的？"包待制奏道："他屡次掳掠百姓，强夺人家妻女，是御笔亲判的斩字。"皇上说："我怎么忘记，再拿过文书来我看。"包待制早就把鱼齐即三字略添几笔，改做了鲁斋郎。皇上一看，果然是犯人鲁斋郎，果然是自己亲笔判的斩字，也就只好说："该斩，该斩！"

包待制斩了鲁斋郎，又带上喜童、娇儿、金郎、玉姐，四下巡庙烧香，希望能认着他们的父母，一家亲人团聚。

这天，李四夫妻二人来到云台观，给了观主阁双梅五两银子，请他做法事，念经诵语，以超度十五年未见的姐姐、姐夫、金郎、玉姐和自己的两个孩儿。

李氏自被鲁斋郎夺去，仍惦念着自己的丈夫、孩子。鲁斋郎被斩后，她也就舍俗出家，当了道姑。这天，她也来到云台观，请阎观主为丈夫张珪做些好事。李四听说她也是来追荐张珪的，仔细看看，认出正是自己的姐姐。

李喜童带着妹子娇儿也来到云台观，烧香追荐父亲，正好一家人相认欢聚。

张金郎带着玉姐也来到云台观，正好与母亲相认。李氏又喜又悲，喜的是找到了两个孩子，悲的是张珪还不知下落。李四过来劝说道："姐姐，我把女儿娇儿给外甥做媳妇，您看怎么样？"张金郎对母亲说："母亲，就把妹子玉姐给表兄弟为妻，两家做个交门亲眷，不是很好吗？"李氏叹道："好是好，只是你父亲在哪里？我仍放心不下呀！"

张珪手敲渔鼓简板，口中唱着："身穿羊皮百衲衣，饥时化饭饱时归；虽然不得神仙做，且躲人间闲是非。"也来云台观散心。李氏远远看见他特像自己丈夫，便让李四试着叫一声。李四轻声喊道："张孔目。"张珪回头观看，认出是自己妻子人等。大家都劝张珪还俗，不要再受这出家之苦了，张珪有些不肯。正闹着，包待制来到云台观，问明情况，对张珪说："十五年间，我把四个孩子抚养成人，并且已经中举做官，今天你们父子相聚；张珪，我劝你还是快还了俗吧。"张珪也就不再坚持。

包待制对这两家人说："都只为鲁斋郎苦害生民，夺妻女不顾人伦，被老夫设计斩首，方彰显王法无亲。你两家夫妻重会，把儿女备配为婚，今日个依然完聚，一齐地仰荷天恩。"

严司徒荐达万言书　朱太守风雪渔樵记

会稽郡集贤庄有个朱买臣，颇习儒业，满腹才学，由于家贫，入赘在本村刘二公家，每日以打柴为活。妻子外号玉天仙，长得很有几分姿色，而且伶牙俐齿，不甚贤惠。夫妻间吵架拌嘴也是常事。这天，纷纷扬扬下着大雪，冻得手脚都僵了，朱买臣和义弟杨孝先无法上山打柴，便到哥哥王安道的渔船上闲坐。王安道已备下一壶酒，哥儿三个边喝边闲聊。朱买臣叹道："这正是所谓风雪酒家天，想城里那些富贵人家，守着红炉暖阁，喝着羊羔美酒，看着外面的好景致，是何等受用，哪像咱这些渔樵们受苦！"杨孝先说："哥哥，像俺识字不多也就罢了，您天天读书作文，何等学问！怎么也不能进取功名呢？"这话正问到朱买臣痛处，他心中也正怨天怨地："我如今已四十九岁，学成七步才，长就六尺躯，何以偏天数安排做樵夫！"嘴上却说："俺朱买臣虽不做官却是个真宰辅，与城里那些乔文假醋的富户冰炭不同炉！"王安道一面劝他喝酒，一面安慰："皇天不负有心人，你总会有发达的时候。"一壶酒喝完，雪却越下越大。这一天是没法干活儿了，三人只好各自回家。

朱买臣背着麻绳扁担，低着头只顾往家去，不想，正撞在一人的马头上。这骑马的人是大司徒严助，奉旨寻访天下贤士的。立刻有随从冲过来，怒喝："什么人，竟敢冲撞我家官人的马头！"对朱买臣连推带打。朱买臣怀里揣的书掉在雪地上。严助看见，心中疑惑："此人装束明明是个打柴的，怎么还揣着书？"于是，喝退随从，问："你可是打柴的？为何大雪天出来？"朱买臣答："小生是个贫穷书生，靠打柴为活，因只顾低着头迎着风雪走，冲撞了大人的马头，望大人宽恕。"严助问："你叫什么名字？""小生姓朱名买臣。"严助听了，从马上下来，说："原来你就是朱买臣，若不是今日撞见，差点儿当面错过。贤士大名，小官早有耳闻，今日得见尊颜，实是万幸！"朱买臣连忙谦虚："不敢！不敢！"严助问："请问贤士平日曾写下什么文章吗？"朱买臣："小生曾做下万言长策，一直未能上交，就请大人加以斧正。"说罢把万言长策递上去。严助略略看过，果然文体似龙蛇，句句如金石。于是高兴地说："我是大司徒严助，可代你将此万言长策献给圣上。明年春季科举，你来参加，我保举你为官，你意下如何？"朱买臣举了举砍柴的斧子，说："我要去参加科举呀，准保是上青霄独步，把那月中仙桂刨根除！"

朱买臣的岳母已经去世，岳父刘二公健在。刘二公知道朱买臣有满腹文章，但总有些偎妻靠妇，满足现状，缺少求取功名的渴望。因此，他把女儿玉天仙叫来，让她向朱买臣索要一纸休书。玉天仙初时不肯，说："父亲您真是越老越不晓事，想我和他已做二十年夫妻，怎么狠得下心向他索要休书呢？"刘二公说："你若讨来休书，我挑个官员土户财主人家再给你招一个。你若是不讨哇，我可要拿大棒子打你！绝不轻饶。"玉天仙拗不过父亲，只好答应下来。

朱买臣冒着风雪，回到家门口。大门关着，买臣叫了两声，玉天仙把门打开。朱买臣刚迈步进屋，玉天仙照他那冻脸就扇了一巴掌，骂："你个穷短命，穷小子！你去了一整天，打的柴在哪里？"朱买臣这个气："我才入门，未曾说话，你就又打又骂。以为我不敢打你吗？"那玉天仙听了，倒把脸伸过来："你打呀！你打呀！我的儿，只怕你有这个心没这个胆！"朱买臣也没奈何，说："你个歹毒的婆娘，我也不和你斗嘴，快弄个火盆儿来让我烤烤。""哎呀，大丫鬟、二丫鬟、三丫鬟、四丫鬟，听着，相公回来了，你们快过来接待呀。打上炭火，烫上热酒，给相公驱寒——别说没有火盆儿，就是有火盆儿我也一瓢水浇灭了它！要是没有水，一个屁也崩灭了它！看你那穷样子，还要火盆儿呢！"朱买臣骂道："你这泼妇！别不知福！""什么福？是是是，前一幅后一幅，五军都督府，你老子卖豆腐，你奶奶当轿夫，你们家遍地都是福！"朱买臣："你每日价横不沾竖不抬，惯得你千自由百自在！""跟着你这穷光蛋，再不让我自在些，我早就跟别人跑了！""我穷虽穷，可也不欠什么人债！""你若再欠别人债呀，就得割了你那穷耳朵，剜了你那穷眼睛，把你浑身的皮也剥了！咱们也别再斗嘴，今天下锅的米你快拿来！""咱家虽无细米，可干柴总比别人家多些。""我问你要米你却拿柴来对我，你让我吃那柴、穿那柴、咽那柴吗？你这穷短命、穷剥皮、穷割肉、穷断脊梁筋的！""你这失人伦的恶妇，如此诋毁夫主太不该！""哎呀，我的儿，鼓楼房上玻璃瓦，每日风吹日晒雹子打，听过多少响鼓振，还怕你这清风细雨洒！我和你顶砖头、对口词，我一点儿也不怕你！"气得朱买臣干瞪眼，说："由你骂！由你骂！"玉天仙全豁出去："朱买臣，巧言不如直道，买马也得喂料，墙下不能避雨，耳套儿不当胡帽。你既养活不起我，就给我一纸休书，我另外嫁人去！"朱买臣劝她："刘家女，这样的话你还是别说。有人算我明年就能做官，那时，你便是县君娘子，有多好！""娘子娘子，倒做着屁眼底下穰子；夫人夫人，你砂子里放屁——也不怕嘴里牙碜；动不动就说做官，你做那桑木官、柳木官，这头蹳着那头掀，掉在河里水判官，丢在房上晒不干。等到你做官，除非那日头不红，月黑带明；星宿眨眼，北斗打呵欠；蛇叫三声狗拽车，蚊子穿着乌拉靴；蚂蚁戴着烟毡帽，王母娘娘卖饼料。等到你做官，除非炕点头，人摆尾，老鼠跌脚笑，骆驼上架啃葡萄，傻小子生娃娃，麻雀把个鹅蛋抱！看你那副嘴脸，口角头的饿死纹，深得驴都跳不过去，一世都不能发迹还想做官呢！快写休书，快写休书！""刘家女呀，你怎么就不向那先贤的女人学上一学，只会这么胡言乱语的！""朱买臣，我早就有了三从四德，全村谁人不夸！行了，我也没闲工夫再跟你磨牙，快写休书！""你还有三从四德！你就是嫌贫爱富的心思比谁都多！""还怪我嫌贫爱富！你个男子汉大丈夫，顶天立地，连皮带骨，怎么就不争点儿气！我不嫌贫爱富，又能恋你什么？恋你南庄北园、东阁西轩？恋你旱地上田、水路上船、人头上钱？你就有一副勾绳扁担！凭着我这苗条、这眉眼，善裁剪、善针线，又无儿女来牵连！到哪里不能嫁个大官员？"听她说得如此无耻，朱买臣恨不得打她一顿。玉天仙却趁机叫喊起来："街坊邻里听着，朱买臣养活不起媳妇，要打我呢！"朱买臣说："你这么胡嚷什么？我写休书给你就是！只是没有纸笔怎么办？""有有有，我早就把纸笔准备好了，你快写快写！"朱买臣只好提笔在纸上写下"任从改嫁，并不争论"几个字，并按上手印。此时天色已晚，风雪越大。朱买臣问："刘家女，我好歹在外间屋宿到天明再走怎样？"玉天仙说："想咱们是二十年的儿女夫妻，怎能狠心就赶你走。我已称下一斤肉，备下一壶酒，我去取来一块儿吃。"说罢，走出门去。忽然又想："他已给我写下休书，我还留他过夜，这可不对。"于是，假装喊道："呀，我以为是谁，原来是安道伯伯来了。朱买臣在家，我叫他出来接你。"又进屋对朱买臣说："王安道伯伯在门口，你去请他进来。"等把朱买臣诓出屋去，玉天仙一下子把门关紧，再不放他进来。朱买臣气恨地说："好个狠毒的刘家女！等我异日做了官，高头大马还乡来，你便是泪满腮、跪地拜，也休想让我正眼睐！"

刘二公让女儿强要来休书，暗里拿了十两白银、一套锦衣送到王安道家里，让王安道资助朱买臣上朝取应去，王安道满口答应，并说："您自管放心去，久后他做了官不认你时，我老汉负责向他讲明真情。"

朱买臣来向王安道辞行，杨孝先随后也来了。王安道把他俩往屋里请，问朱买臣："兄弟，你今日为何面带愁容？"朱买臣说："哥哥，我和我那女人一刀两断了！"王安道劝他："这样也好，你正该上京取应，若得个一官半职，改换家门，不比打柴为生强过百倍！"朱买臣说："我也这样想，只是忧愁没有盘缠。"王安道拿出十两白银、一套锦衣，说："兄弟，这是你哥哥在江边捕鱼二十年的积攒，就先给你。"杨孝先："做盘缠，这些足够了。"朱买臣非常感激，对二位兄弟说："知恩不报，非为人！你们就等着我的好消息吧。"

集贤庄有个张憨古，是个货郎，经常到会稽城中购备货物。这天，他来到城里，只见大街上集满了人，说是接待新任太守。张憨古也分开人群，挤到前边。一看，"那太守不是朱买臣吗？"他冒冒失失叫出声来，被衙役们老鹰抓小鸡一般拿到太守马前。朱买臣认出他是张憨古，急忙滚鞍下马，让他坐在椅子上，朝他拜了两拜，道："伯伯，您孩儿公事忙，来不及探望您，请伯伯莫怪。"又拿出黄封御酒劝张憨古连喝了三盅。临走，又将王安道、杨孝先以及村上男男女女、老老少少都问候了一遍，请张憨古回村代为问好。这一下，朱买臣当了官儿的消息很快传开。刘二公听到这个消息，叫来张憨古详细问询："是你见着我家女婿做了官吗？"张憨古说："你呀，再别想讨这个便宜，去年是你女婿，现在就难说了。人家全村上下都问候了，就是没有提起你！不过，倒是有句话让我特意转告你女儿。"刘二公一听，急忙把玉天仙从屋里叫出来。玉天仙喜滋滋地问："他让您告诉我什么？"张憨古道："他说你白长了一副好面孔，却是个不贤人；说你是木乳饼，钱亲口紧；说你是铁扫帚，扫坏家门；说你不和六亲，是个雌太岁、母凶神。他让你另招个女婿再取个郎君！"刘二公听了，气急败坏地说："这话不是朱买臣说的，是你瞎编的吧？"玉天仙也指着张憨古："呸，都是你这老嘴里没空生有、说谎吊皮胡诌出来的！"张憨古哼了一声，说道："那你们就亲自去问问吧。人家呀，再不是过去黄干黑瘦破衣巾，真正是貌随福转换了个人；白马红缨色彩新，满堂衙役多豪俊；若是纠缠不清找上门，正好把你捆扒吊拷打一顿，把那讨休书的冤气申！"说罢，摇着鼓挑起担子走了。刘二公安慰玉天仙说："孩儿，不碍事，有我呢。我去找王安道，让他去把事说清。"

王安道在江边安排酒肴，请朱买臣来此饮宴。刘二公带着女儿也来了，王安道让他们暂躲一边。朱买臣来到江边，命衙役把闲人赶开，请王安道上座，恭恭敬敬拜了几拜。杨孝先也来了，在外面冒冒失失喊了声"朱买臣哥哥"，被衙役连打带骂："你这小子，敢叫俺相公讳字！"朱买臣急忙拦住，与杨孝先见礼。玉天仙也凑过去，跪下向朱买臣祝贺："相公喜得官职，我早就说你不是个受穷的！”朱买臣正眼也不看，呵斥衙役：“我们朋友在此饮酒，谁让你们放这么个女人过来？给我打一边儿去！”王安道说：“兄弟，是夫人来了！”朱买臣怒冲冲地说：“她是刘家女，当初她要休离我便休离，如今她要团聚我可不团聚！”刘二公急忙赶过来，道：“孩儿，我说你不是个受穷的人嘛！”朱买臣气哼哼地问：“这老头子是谁？”王安道说：“他是你的泰山岳丈啊！”朱买臣道：“他哪里是我的泰山老大人？分明是嫌贫爱富的卓王孙！他搬调的女儿变了心，我就是鬼到黄泉也不相认！”玉天仙哭着喊着，要去投河跳井。朱买臣说：“要让我认你也不难，你把这盆水往地上瀽，然后再收回盆里边，等收干净时咱们再成姻眷！”刘二公眼见他是铁了心，只得求王安道：“你快把真情讲出来吧！”王安道过去问朱买臣：“兄弟，你是不是说过知恩不报非为人？”朱买臣答：“说过。”王安道：“你既说过，那我告诉你，你那恩人正是你岳丈。他见你只思在家偎妻混日，不肯离家进取功名，才设计让女儿强索了休书，激发你志气。又暗暗把白银十两、锦衣一套送到我这里。否则，我这打鱼人，如此贫穷，哪会有什么东西送你？”朱买臣这才恍然大悟：“哦，有这样的事！我被你们瞒得好苦！”刘二公说：“女婿，我被你傲得好苦！”一家人又言归于好。

大司徒严助来宣圣命：“朱买臣每年增加俸禄二千石；玉天仙复婚如旧；王安道、杨孝先、刘二公等，各赐田百亩，免役终身。”

❖ 马致远 ❖

浔阳商妇琵琶行　江州司马**青衫泪**

吏部侍郎白居易和翰林院编修贾浪仙、孟浩然，三位公务之余，换了便装，到街市上解闷闲游。听说京城教坊司裴妈妈家一个女儿，小字兴奴，十分聪明，模样出众，尤善琵琶，三位便高高兴兴前去访问。

这裴妈妈是个银堆里舍命、钱眼里安身的主儿，把兴奴当挂席般出落着卖，一大早就把女儿叫起来送旧客迎新客。她见三个秀才到来，从腰间乌犀带就看出不是一般人物，紧着张罗酒食，让兴奴快些出来相陪。

裴兴奴笑脸迎出。白居易惊喜地说："我等久慕高名，特来一拜。"裴兴奴心说："这几个俊英才，暗地里却也寻花问柳很好色。"

贾浪仙、孟浩然喝醉了，要走。白居易仍恋恋不舍，觉得很不尽兴。只好说："二位朋友醉了，下官送他们回去，明日自己再来。"

唐宪宗励精图治、整顿官风，认为白居易、刘禹锡、柳宗元等人只知以诗酒相胜，误却政事。传旨中书省，将白居易贬为江州司马，克日起程。

白居易自认识了裴兴奴，半年来相伴甚洽。这次遭贬，只对她放心不下。这天，来向她告别。

裴兴奴也已听说了白居易被贬江州的消息，让梅香备酒款待。白居易说："大姐，实指望相守永久，谁想又成远别！"兴奴哭诉："妾之贱躯，得事君子，誓托终身。今相公远行，真闪得我好苦！有意送君行，无计留君住，怕的是君别后有梦无书。不由我握翠袖，泪如珠，情惨切，意蹰躇。"白居易劝道："下官这一去，多则一年，少则半载，等回来之后咱俩再相会。"兴奴说："相公，此别之后，妾身再不留人，专等相公早日归来。"白居易道："大姐既有此志，下官绝不相负！"

　　裴兴奴自白居易走后，果然再不梳妆再不接客。她妈妈又急又气。这天，茶坊里张小闲又领来一个江西阔商，说想与兴奴做伴。这阔商名叫刘一郎，一见着裴妈妈，就献上三千引细茶。裴妈妈见钱眼开，答应道："我好歹让兴奴伴你就是。我这女儿因接过白侍郎，再不肯留人，你去写一封假信，只说白侍郎已死，她也就断了念头。"张小闲说："此计大妙，我去安排。"

　　裴妈妈进屋对兴奴说："白侍郎一去杳无音信，咱家没柴没米，怎么过活！现在有个江西刘官人，又标致又肯使钱，你就留下他赚些钱养家。"兴奴道："我与白侍郎有约在前，再不留人了！"裴妈妈说："我说你也不信，不妨叫进刘官人来，你亲自看看。"话音刚落，刘一郎进来，向裴兴奴一揖到地："大姐，小子我久慕大名，拿来三千引茶叶，给大组焐脚，再送白银五十两，作为见面礼。"裴兴奴道："你一边去，别不知高低！我已做了白侍郎妻子，你少来缠我！"裴妈妈叫道："哎呀我的白侍郎夫人，如今你那白侍郎可正倒着霉呢！"兴奴说："我这姻缘成不成在天，请母亲勿多言，请刘员外早回转！"刘一郎哪里肯走，说："你家是卖俏门庭，怎么倒拒绝我！来吧，陪我喝两盅。"兴奴正色道："拿开，我不喝！"裴妈妈骂起来："好贱人，上门来的贵客，你怎么不顺从，和钱赌鳖！我打死你这奴才！"裴兴奴丝毫不怕。裴妈妈气急败坏地嚷："你这贱人，一心想着白侍郎，也不知人家想不想你呢！左右是左右，刘员外你就拿些钱，我把她嫁给你去！"刘一郎说："随你老妈要多少钱，我都出得起。"又对兴奴嬉皮笑脸："我这模样也看得过去，咱俩就做一程夫妻。"裴妈妈叨唠着："见钟不打，偏去炼铜。快别想着那白侍郎了！"裴兴奴心说："天哪，怎么让我陪伴这样的人！往常我风流潇洒花独艳，到如今划地要共猪狗眠，难道是命使其然！"正这时，有个当差的叫门进来。裴妈妈问："大哥是从哪里来的？"差人道："我是江州司马白老爹派来送信的。""白老爹好吗？""白老爹偶感病症，写完这封信，就死了！""竟会有这等事，快拿信来看！"裴妈妈接过信递给兴奴："孩儿你看。"那信上写着："白居易书奉裴小娘子：过去宅上多有搅扰，别后魂驰梦想，思念之心无一刻能离左右。满望北归，以偿旧约，不料偶感时疾，医药无效，死在旦夕。故特意派人送信告知，请勿以死者为念，别结良姻，以图永久。搁笔不胜哽咽。"兴奴读完信，悲伤得昏死过去。裴妈妈劝道："你看，白侍郎死了，夫人当不成了！没的说，只好嫁刘员外得了。"兴奴泣不成声："这两日，我西楼盼望三十遍，空存得故人书却不见亲人面，听鸿雁我立等传书，闻马嘶我眼望穿。却原来你死了！越思量越想得你冤魂儿现。"刘一郎见兴奴已中计，对裴妈妈说："您既答应了亲事，我奉上白银五百两为聘礼。我现在归家心切，就请小娘子一同上船。"裴妈妈说："我既答应了你，当然不会退悔。我这就打发孩儿跟你去。"裴兴奴此时只得认命，破罐破摔地说："罢罢罢，容我给白侍郎烧一陌纸钱，奠一碗浆水，我就跟你这刘员外上路。"兴奴泪雨涟涟祭奠罢，裴妈妈拿来随带的行李。兴奴怨恨道："母亲，我是你亲生女儿，你只为这几文线，竟把我千乡万里地卖了去，真狠心呀！你若是早把我嫁去浔阳一二年，也免了他白侍郎江州遭贬，到如今鹤归华表、人老长沙、海变桑田！"

白居易贬到江州已一年有余。一日，有老朋友元稹到江南采访民风，经过此处，特来州衙探访。白居易一见故人，真是喜从天降。急忙命人备置酒宴。元稹却说："我公务繁忙，行李什物也都在船上，咱们不妨把酒席移到船上，一则多聊片刻，二则送我一程。"白居易说："如此正好。"

刘一郎买来兴奴已有半年，仍是各处贩茶。这天，他们的茶船来到江州，刘一郎出去吃酒，剩下兴奴一人在船上。"正夕阳天阔暮江迷，倚晴空楚山叠翠"，面对此情此景，裴兴奴想着故人白居易，不由大为伤感。"本想招个风流婿，怎知道命运低，这样的受孤凄。"睡觉也睡不着，索性起身，吩咐梅香拿过琵琶来，弹上一曲，抒写愁怀。

白居易在元稹船上，听到琵琶声，觉得特别耳熟。命船夫把船靠过去，又派人把弹者请来。白居易一见，果然是裴兴奴。裴兴奴一见白居易，不由吃了一惊，吓得往后直躲，说："俺有生人气，你别过来！"又取了些钱，扔到水里。白居易大为奇怪："兴奴，你既来了这里，为何躲着我？我又不是鬼！"兴奴道："如此说来，你还是个活人！那你为何派人传书诈说已死，害得我好苦！"白居易说："我自来江州，无时不思念大姐，只是没有心腹之人，无法传递消息，又何曾派人送信呢！"兴奴闻听，大哭起来，把自己被迫嫁人的情况诉说一遍。元稹安慰道："你们不必伤心，这些家伙写假信，妄称人死，欺骗婚姻，自是犯罪，定要按法处治！"白居易悲愤之余，写就一首《琵琶行》，兴奴吟诵道："浔阳江头夜送客，枫叶荻花秋瑟瑟。忽闻水上琵琶声，主人忘归客不发。移船相近邀相见，添酒回灯重开宴。千呼万唤始出来，犹抱琵琶半遮面。转轴拨弦三两声，未成曲调先有情。弦弦掩抑声声思，似诉平生不得志。低眉信手续续弹，说尽心中无限事……却坐促弦弦转急，满坐闻之皆掩泣。就中泣下谁最多，江州司马青衫湿。"

刚读完，有梅香急告："姐姐，员外回来了。"兴奴急忙回到自家船上。将醉醺醺的刘一郎扶到床上，这家伙已是口角垂涎、鼻息如雷。兴奴再也不能忍受，简单收拾了一下行李，决然来到白居易船上，说："今晚我俩又相逢，我一定要随你去！趁着这秋清夜静，咱们把船划走，等那茶商酒醒，他想找也找不着了。"元稹笑道："如此也好。等小官回朝奏知圣上，定会宣你回京，那时你和兴奴就可名正言顺团聚了。"白居易说："果能如此，我与兴奴感恩非浅！"

刘一郎酒醒，不见了兴奴。箱笼开着，料想她是跟人逃走了。于是大呼大叫："快来人呀！我新娶的小娘子丢失了！"地保杂役赶来，侦察一番，喝道："咄，这明月满江，又静悄悄无一只船来往，只有你这一条船在此，想来分明是你自己弄死了她，故意找寻。走，跟我到州衙见官去！"

元稹江南采访回京，将白居易无罪远谪的事奏明唐宪宗。唐宪宗也怜惜白居易才能，将他召回，官复原职。白居易复职后，又上奏裴兴奴事。这种事按例应归前夫，因此，唐宪宗亲自进行审理。他降旨："宣裴兴奴上殿！"裴兴奴战兢兢来到殿上，紧低头、忙跪下，求皇上海量容纳，准自己说一说满腹伤心话。唐宪宗说："你就将始末缘由，细细说来，不可欺隐！"裴兴奴便从头到尾地把事情叙说一遍。唐宪宗听了，对她虽出身歌妓，却知伦理、心坚志刚很是赞赏；对白居易一曲琵琶行、千行青衫泪很是感动，对裴家母、刘一郎使奸定计、妄称人死很是气愤。他命裴兴奴在百官中找出白居易，让他俩当厅跪倒听断：断令白居易裴兴奴永效凤凰、共享荣光；裴家母责杖六十，刘一郎流放远方！

李监军大闹香山会　四丞相高宴丽春堂

　　五月端午，蕤宾节令。圣上命文武官员都到御花园中赴射柳会，射着的有赏，射不着的无赏，命左丞相徒单克宁为押宴官。

　　四丞相乐善，幼年跟随狼主，南征北讨，东荡西除，苦争恶战，立下汗马功劳。他一路想着创业的艰难，一路看着繁华美景，来到御花园。

　　一会儿，监军李圭以及众官员先后到齐。徒单克宁宣布："射中的，圣上赏赐锦袍玉带，先饮酒。"又对乐善说："老丞相，就请您先射吧。"乐善谦让道："让别位官员先射。"李圭抢上前来，说："四丞相不射，我就先射。"说着，拿起弓箭。这李圭监军虽是武官，做着右副统军使，其实武艺上不行，只因他会弹会唱会舞，能讨圣上喜欢，才捞了这样的高官。他自然射不着，却强词夺理："我本射着了，只是我骑的这匹马眼看假了，才跑了箭。"押宴官说："李监军，你不中，靠后，请老丞相射。"四丞相翻身上了马，弓开如满月，箭去如闪电，一缕垂杨应声而落。老丞相连射三箭，箭箭射中。园中掌声雷动，鼓乐齐鸣。押宴官亲手将锦袍玉带穿在乐善身上。又宣布：今日宴会结束。明日圣上在香山排筵，专门宴请武官，请几个管军元帅务必前去赏玩。

　　四丞相、李圭等军官来到香山。徒单克宁仍为押宴官，他说："如今八方宁静、四海晏然，五谷丰登，万民乐业，俺文武官僚，同享太平之福。昨日在御园射柳，今天香山饮宴，你们可以随意游赏取乐。"四丞相倡议：

"光饮酒没趣，咱们就来博戏一番如何？"李圭连声应道："好好好！我跟你打回双陆怎样？"这李圭昨日射柳未中，大感丢脸，又嫉妒四丞相，他早打好主意，今天约四丞相打双陆，定把面子争回来。四丞相同意："好，我跟你打。"李圭说："咱俩要赌些利物才有兴趣。"徒单克宁连忙提醒："你俩作欢取乐可以，绝不许吵闹争竞，否则，奏知圣上，绝不轻恕！"李圭应道："谁敢吵闹！"又对四丞相说："我身上这件八宝珠衣也是圣上所赠，我现在拿它做赌物；老丞相，你拿什么配我这赌物呢？"四丞相拿过八宝珠衣看了，赞道："这确实是件宝物，要配得过它，除非我身上这剑。"李圭说："这剑又不值几个钱，还是拿你昨日得的锦袍玉带吧。"四丞相道："你是武将，怎不要剑？我这剑是先王所赠，我家祖孙三代，凭这剑立下多少大功！你怎说这剑不值钱呢？"李圭不好再说什么，只得就这样开赌。一轮下来，李圭输了，臊不答答地说："我今天怎么这么晦气，这色儿不顺。"四丞相嘲讽道："你昨天还说马眼生了呢！只会犟嘴，赢不了一回！"李圭听了，恼羞成怒："你还敢再打一回吗？""再打一回怎样？""这回谁输了，就抹谁一个黑脸。"四丞相心想："即便我输了，他也不敢抹我。就跟他再赌一次，否则他也忍不下这口气。"这一轮下来，四丞相输了。李圭呼喊着："快拿笔墨来，我给四丞相画黑脸！"四丞相大怒，把棋盘、骰子用袖子一拂，起身道："李圭，你是什么人，敢如此无礼！"李圭说："咱们原先可是一言为定的，谁输了谁画黑脸！"四丞相骂道："你不睁开你那驴眼看看我是谁！我是将相苗裔，你小子竟敢将我嘲戏！你托赖着谁的力气！"李圭还嘴说："我托赖谁的力气？反正没托赖你的力气！"四丞相又骂："你这浑蛋根本就不称职！"李圭恼道："你浑蛋、浑蛋的骂谁？"四丞相："我不但骂你，还敢打你！"说罢，一拳打下李圭两个门牙来。事情闹大了，徒单克宁急忙厉声制止。香山会不欢而散。

四丞相打了大臣李圭，圣上知道后十分生气，降旨把四丞相贬到济南。四丞相在济南闲住，每日钓鱼饮酒，观山看景，倒也快活。"水声山色两模糊，闲看云来去。怨结愁肠对谁诉，自踌躇。感今怀古、旧荣新辱，都装入酒葫芦。"

济南府尹原是四丞相部下。这天，为给四丞相解闷，他带着酒肴和歌妓琼英来到溪边。琼英唱完曲儿，又为四丞相把盏。四丞相脸上笑，心里仍有些冷。府尹劝道："老丞相，您必不会在此闲居太久，圣上定然还会重用。"四丞相说："府尹，你不知，老夫为官，还不如在此闲居快活。"

正闲聊，圣上派使者到。使者宣旨："今因草寇作乱，令乐善星夜还朝，领兵收捕。成功之后，依旧恢复右丞相之职。"

四丞相接旨谢恩，立刻变成另外一个人，愁容尽扫，精神振奋。草草叮嘱府尹要抚军爱民，然后跨上马，头也不回返京去了。

四丞相风尘仆仆赶回京城。众官员奉旨全来到他家门口迎接。老夫人递过接风酒，四丞相喝完，忽然悲从中来，颤声道："真不承望能活着回到这前厅上。"众人连忙安慰："圣上不会忘了您立下的汗马功劳！"老夫人拿过以前的官服来让四丞相换。乐善一面穿一面觉得肩宽袖长，"对青镜猛然见我两鬓霜，哎，可怎么不似我旧时形象。"

正准备饭后出发，忽然又有圣上的使臣到，宣旨道："因乐善有功在前，将其罪过尽皆饶免。如今取其回朝，本要差他破除草寇，谁知草寇闻讯，都来投降了。故令乐善官复原职，赐黄金千两，香酒百瓶，在丽春堂盛宴庆贺。"众官一齐贺喜。乐善却辞让说："我这老无知、老无知，怎敢当，怎敢当！"

李圭也来负荆请罪，跪在地上。四丞相一见，慌忙叫道："呀！快请起，快请起！"李圭说："以前都是我的过错，您就狠狠打我几下，我也就放了心了。"四丞相忙说："打你几下，只怕又要惹起风霜。从今后，只望你也安详，我也再不夸强，再不敢吹什么百步穿杨！"

一时间，鼓乐齐鸣，欢声响彻丽春堂。

❖ 无名氏 ❖

梁伯鸾甘贫守志　孟德耀举案齐眉

"白发刁骚两鬓侵，老来灰却少年心；不思再请皇家俸，但得身安抵万金。"孟从叔，曾身居府尹，因年迈致仕，在家闲居。有个女儿孟光，小字德耀。孟从叔幼年时，指腹为婚，将她许配给故友梁公弼之子梁鸿为妻。梁鸿字伯鸾，父母早已下世，如今他虽学成满腹文章，怎奈身贫如洗，只靠沿门题字为生。孟从叔想悔了这门亲事，又觉对不起故友；同意这门亲事吧，又怕将来女儿受苦。他与夫人商量一番，决定把巨富财主张小员外、官家子弟马良甫以及梁鸿三人同时请至厅前，让孟光隔着个竹帘择选。

三位请来后，孟从叔暗中吩咐梅香去叫小姐。梅香回到绣房，把这些情况讲给孟光听。孟光心中疑惑："这天缘早已结定，如今又何必叫我去选择？"只听梅香絮叨着："依我看，小姐只别嫁那穷秀才就好。挑那富贵的招一个，又为人又受用。"孟光生气地说："常言道：贤者自贤愚者自愚，你有眼无珠，怎辨别薰莸不同器！"

老夫人陪孟光在竹帘里观察，问她："一个是官员，一个是财主，一个是穷秀才，你意下招选哪一个？"孟光答："母亲，您孩儿只嫁那个穷秀才！"夫人把情况悄悄告诉孟从叔："老相公，你算白费心了！孩儿不肯嫁官员财主，非嫁那穷秀才。"孟从叔听了，无心应酬，匆匆撤了宴席，把那三人打发走。亲自问女儿："那穷秀才就是梁鸿，现在每日在街市上题字为生，你嫁了他，怎么受得了哇？"孟光道："父亲，他这秀才如草里幡竿，放倒低过人，立起就高过人。嫁给他，并不误孩儿名声。""那马家是官宦，张家是财主，都比梁鸿强多了！你非要嫁梁鸿，以后受苦，不要怨我！"孟从叔又与夫人商量："既然这事已有约在先，女儿又执意要嫁他，就趁着明日好时辰，把梁鸿招过门来吧。招过来之后，就让他在书房用功，让梅香送饭，先不让小姐跟他见面。怎样？"老夫人说："就照你的主意办吧。"

梁鸿招赘入门，七天过去，岳父岳母竟没让自己与妻子见上一面，心中很有些恼怒。这天，孟光趁父母不在家，带着梅香到书房探访。梁鸿见了她们，冷着脸一句话也不说。孟光急得跪下："秀才，你为何不答一言，如此冷淡，莫非责怪我有什么过错？"梁鸿："这还用问！你看我，身上褴褛，衣服破碎；再看你，面施朱粉，头戴珠翠；我二人正成鲜明对比，哪里像是夫妻！"孟光道："原来是为这个！布袄荆钗我早有准备，现在就换上给你看。"言罢，脱了艳妆，去了头面，俨然村姑。梁鸿脸色缓和下来，说："这才像我妻子的样子。"又倾诉衷肠："小生这几日好生伤感！"孟光安慰他："凡事不必太认真，我们夫妻间多殷勤，爹娘前行孝顺，岂不是美满婚姻？"

夫妻二人正说话，孟从叔回来，见孟光私到书房与梁鸿相会，又穿着那么一身破衣裳，立刻怒从心头起，大骂："好大胆的小贱人，从今天起，你俩都给我滚出去！"任凭孟光如何解释，老头子绝不回心转意。孟光只得与梁鸿商量："父亲要将咱们赶出去，如之奈何？"梁鸿挺痛快："常言道：好男不吃婚时饭，好女不穿嫁时衣。小姐放心，咱俩出去就出去！出去后，我拼命挣些盘缠，然后上朝求官应举去！"

孟从叔把女儿、女婿赶走后，心里又很有些后悔，心想："那秀才是受过穷的，可俺这女儿是富家里生长起来，怎么受得了那苦哇！"他把管家的老妈子叫来，吩咐她去打听清楚，看这梁、孟二人住在何处？然后准备一日三餐的茶饭，只给小姐送去。

梁鸿带着孟光，住在皋太公庄上，靠给人家舂米为生。梁鸿歉疚地对孟光说："你看咱们，住的是灰不答的茅屋，铺的是干忽咧的苇席，捧的是破不刺的饭碗，喝的是淡不唧的白粥。你能吃得了这苦吗？"孟光答："秀才，可别这么说，岂不闻夫唱妇随。只为你有书剑功力，我甘受这糟糠气息；穿戴布袄荆钗，加一副笞帚簸箕。"

梅香按老爷吩咐，每日给小姐送饭。孟小姐总是自己不吃，却把食盘高高地举至眉额，让丈夫先吃。梅香把这种情况告诉孟从叔。孟从叔有些不信，让管家的老妈子亲自去看一看。

老妈子来到茅屋，叫开门。只孟光一人在家。老妈子献上茶饭，孟光果然不肯用餐，要等着梁鸿回来让他先吃。老妈子不解地问："他又没什么高官重职，你为何这般敬他？"孟光答："你难道没听说'夫乃妇之天'？我俩虽不曾夫贵妻荣，却还懂得男尊女卑。""他给人家做佣工，也没什么聪明智慧。""别说俺秀才确有聪明智慧，他就是痴呆茶傻俺也要嫁个鸡儿一处飞！""他每天连口饭也挣不来，到什么时候才能发迹呀？""他虽是运不齐，却也志不灰。只等桃花浪暖蛰龙起，自然是平地一声雷。"老妈子见孟小姐语意刚强，便起身道："我去到碓场那里，看一看你那梁官人去。"

张小员外和马良甫，一个是胡厮闹，一个是歪厮缠；两人听说孟光被父亲赶出家门，住在破茅屋里，以佣工为活，便故意找上门来调戏，这个说："啊，原来是孟光小姐在这里！"那个说："你给我舂些米，舂得干净的话，剩下的糠皮都归你。"这个说："小姐，你那时要是嫁给我，不比现在强多了！"那个说："是呀，当初你要是嫁给我，比嫁给谁不好？"说着，张小员外动手动脚，来扯孟光袖子："小姐，这边来，我和你说说话儿。"孟光气得脸色刷白，猛力一推，骂道："滚！你们到这里来歪缠什么！"把张小员外推一跟头，跌出门去。张小员外爬起来，用脚踢门，骂道："你就等着将来上街要饭去吧！"马良甫觉得扫兴，说："咱俩走吧，你虽然跌了一跤，还落得她亲手推你一推。俺可是什么便宜也没占着，白惹旁人耻笑。"

梁鸿和老妈子一块儿回来，见孟光仍在生气，便问："为什么这么变颜失色的？"孟光道："好不晦气，刚才被那两个臭流氓羞辱一场！"梁鸿解劝："小姐，那样的家伙，理他干什么！"孟光："我哪里愿意理他们！是他们找上门来，没羞没耻。唉！要是能挣个功名，他们绝不敢如此放肆！"老妈子趁机进言："既如此，为何不让梁官人上朝应举去？"孟光道："怎不想？只是我们三顿粥都难喝上，又哪里找盘缠置行装？"老妈子说："小姐，老身还攒下一些私房钱，先拿给你们使用。"

老妈子送来锦团袄一领，白银两锭，鞍马一副。梁鸿有了这些东西，准备进京赶考，临行安慰孟光："小姐放心，小生一到帝都，必然为官！"孟光说："只愿秀才你男儿志气遂。但是，休要做金榜无名誓不归，空让我倚定柴门望君回！"

梁鸿一举状元及第，除授扶沟县县令。到任以后，命侍从驾着驷马高车去搬取夫人。孟光一到，梁鸿亲自迎出来，双手献上五花官诰、金冠霞帔。

张小员外和马良甫二人，被县里差来接官，一见新县令是梁鸿，跪在地上不敢抬头。梁鸿问："县里怎么选了你二人来接官？""因我二人是儒门大户。""既是儒门，当会做诗，你二人就各吟一首。吟得好有赏，吟得不好，一百大板一个！"马良甫说："既如此，我先吟，'我做秀才，冷酒热筛，一气儿一碗，烫得嘴歪。'"张小员外："你的不行，听我的。'我做秀才快吃饭，五经四书不曾惯，带叶青蒜嚼两根，泥头酒儿喝瓶半。'"梁鸿又好气又好笑："这哪里叫诗？都是胡说八道！左右，给我拿下去打！"

老妈子来参拜，梁鸿、孟光亲自到门口迎接。老妈子感慨地说："想当初，你俩受的那苦哇！小姐，你如今还守着那举案齐眉的节操吗？"孟光："我从来是贫不忧愁富不骄，怎肯败坏了闺门礼教！您昔日恩，我今朝报，若不是您资助盘缠，我夫如何上青霄！"说着，两口儿就要跪下。老妈子连忙止住："官人、小姐稳重，有你们老相公老夫人在门外，你们快去接待。"孟光说："我哪有什么老相公老夫人？他们认错人了！"孟从叔与夫人进门来，孟光、梁鸿扭过身去，置之不理。老妈子这才告诉他们："你们听我说，我当初资助你们盘缠鞍马，都是老相公暗中教我做的，你们看我老婆子这副嘴脸，哪里能攒下那么多私房钱？你们可别误会了哀哀父母，别误会了皓首苍须老泰山！"孟光、梁鸿这才恍然大悟。他们认了父母，求父母原谅。

使官传来圣旨："大汉孝章皇帝，乾坤万里无尘，喜的是义夫节妇，爱的是孝子顺孙。梁鸿本世家子弟，守志不厌清贫；孟光尤为贤达，举案相敬如宾。天朝格外褒奖，以此激励后人。超升梁鸿为本处府尹，更赐予百两黄金。孟从叔曲成令德，史册留名老贤臣。"

老廉访恩赐翠鸾女　包待制智勘后庭花

　　廉访使赵忠，因勤于政事，圣上赏他一侍女，小字翠鸾。赵忠把翠鸾和她母亲带回府来，因不知夫人意下如何，不敢擅自收留，便把管家王庆叫来，让王庆带着翠鸾母女去见夫人，看夫人怎么说。

　　赵忠夫人姓张，见翠鸾年轻貌美，心想："若是让她服侍老相公，将来生下一男半女，还哪里能显我？"于是，她吩咐王庆："一定要设法把这母女二人除掉，或是勒死或是杀死，务必干得干净利落、不露马脚！"

　　王庆领命，把翠鸾母女先安置在耳房住下。心想："这事我不能自己动手，得另雇他人去干。"让谁去干呢？他想到手下衙役李顺。这李顺是个酒徒，每天醉醺醺的，只要有酒，什么事情都肯干。另外，李顺的老婆也早就和王庆勾勾搭搭、不干不净。

　　王庆来到李顺家，把此事给李顺老婆讲了。李顺老婆想了一下，言道："何不趁此设计，连李顺也算计了，逼他写一纸休书，咱俩就可以永远做夫妻了。"她把自己的计谋对王庆耳语一番，王庆鼓掌说："此计大妙！"

　　李顺回家来，王庆端起管家的架子，对他连踢几脚，骂道："你这小子就知道喝酒，不办公事，想被开除怎的？"李顺连忙告饶："大哥呀，莫怒莫怒，有什么事尽管吩咐。"王庆说："我如今派你去干一件事，你给我去弄死两个人。"李顺一听，吓得哆哆嗦嗦："这样的事，小人不敢去，让别人去吧！"王庆把脸一沉："你这小子，酒喝了不少，都顺脚跟溺走了，不长一点胆儿！告诉你，这件事是老夫人吩咐下来的，你不干也得干。三天之内，把事干成了，银子、酒肉都少不了你！”

李顺没有办法，这天夜里，打开耳房门，对翠鸾母女说：“你俩快跟我出府，这是老夫人的吩咐！”翠鸾母女不知内情，跟着李顺来到李家。

李顺转身关上房门，对哑巴儿子福童说：“快给我拿根绳子来！”福童递过绳子，李顺套住翠鸾脖子，要把她勒死。李顺媳妇把他推开，骂道："你又喝醉了！”李顺说："这是廉访使夫人的吩咐，让我把这母女俩算计死。三天之内就要回话！”李顺媳妇道：“哪里不是积福处？咱们如今把她们的首饰头面都要了，然后放她们走，有谁知道！”李顺一想也对，便对翠鸾说："快把钗环头面拿下来，饶了你两个性命。”翠鸾母女急忙照办，李顺让她们赶快远远逃走。

翠鸾母女正行之间，被一队巡城兵卒冲散。翠鸾哭喊着母亲，慌不择路，胡乱寻去。

第二天一早，李顺拿着索来的金钗去卖，卖了钱，喝完酒，回家交给妻子九贯五，然后躺床上睡觉了。

一阵敲门声把他惊醒，王庆进来，问："李顺，我吩咐你的翠鸾的事做得怎样了？今天可是第三天了！”李顺说："我已用绳子把她母女勒死，扔进汴河里，这会儿怕早冲出三千里远了。”王庆把脸一沉："不是吧，有人看见，说你要了她们的钱钞，放她们母女走了！”李顺吞吞吐吐地否认："小人怎敢违误官司，纵放她母女。是谁这么说的？”王庆："你还不承认，这事你老婆定然知道，把她叫过来，我要询问！”李顺老婆初时装作不知；接着，又装作吃不住打，承认丈夫贪了钱财，放走了翠鸾母女。王庆一把揪住李顺头发："好哇！你还说没放吗？”李顺哀求道："哥呀，我也是出于无奈。一则为家私穷暴，妻子煎熬；二则想杀了这母女不如修些阴德好。”王庆："你这小子，想不想让我饶你罪过？”“当然想了！”“好，你要讨饶，写张休书，把你媳妇休了！”“我这么个丑媳妇，休了她谁要？”“你休了她，我要！”李顺说："这事还得问问俺那媳妇。”“那你就去和你那媳妇商量商量去！”李顺媳妇假意道："李顺你别顾我，只顾你自己的性命吧！"说着，拿出早就准备好的描花儿的笔、剪鞋样儿的纸，催着李顺写下休书。李顺此时才察觉到："这一对狗男女恐怕早就勾搭好了。"他小声说："你们别认为我糊涂，我早晚要把你们告到开封府！"这话被他媳妇听见了，他媳妇急忙对王庆说："不能放他走！如今咱们要不先下手，将来非坏在他身上不可！"于是，王庆假意喊道："李顺，我不要你这媳妇了，要你一件别的东西。"李顺问："哥呀，你要什么？""要你那颗头！"王庆说着，照喉咙上一刀，把李顺杀死。然后，找个口袋装了尸体，把口袋扔进井里。

翠鸾寻找母亲，眼看天色已晚，只得找个客店住下。店小二把她领进一间屋里，点上灯，见她长得貌美，又孤身一人，顿起歹意，对翠鸾说："小大姐，这里也无人，我和你做一对夫妻如何？"翠鸾怒道："胡说，你这叫什么话！"店小二嬉皮笑脸地说："你如今已落入我的圈套，想飞也飞不出去了！""我至死也不肯！""你真不肯？""不肯！"店小二转身拿过一把斧头，"你不肯，我就一斧头砍死你！"一比划，翠鸾往后一倒，竟吓死过去。店小二心想："这暴死的，必定作怪。"便摘下门口镇妖的桃符，插在女尸头上，然后找了个口袋装了，丢在井里。

翠鸾母亲也寻到这里，店小二把她安顿在后面房中歇了。

有个洛阳书生刘天义，到京城汴梁来应举考试，也到这狮子店投宿。店小二把他安排在刚才害死翠鸾的房间。刘天义关上房门，独自饮酒。忽听门外有女子叫门道："我是王婆婆的女儿，想来点个灯。"刘天义隔着门缝把灯递出去，却三番两次被风吹灭，只好把门打开，让小娘子进来自己去点。这女子是翠鸾鬼魂，闪进屋来，向刘天义施礼。刘天义见她文文雅雅，便邀她同席共饮。席间，刘天义作《后庭花》词一首："云鬟堆绿鸦，罗裙簌绛纱。巧锁眉颦柳，轻匀脸衬霞。小妆鬏，浇波罗袜，洞天何处家？"翠鸾依韵也填写一首："无心度岁华，梦魂常到家。不见天边雁，相侵井底蛙。碧桃花，鬓边斜插，伴人憔悴杀。"刘天义读了，连呼妙哉。

翠鸾母亲王婆因心中闷倦，起来闲走，听见这边屋里有女儿声音，在院中喊道："翠鸾！翠鸾！"翠鸾连忙起身，说一声："秀才，莫要忘了我。"便走出门去。王婆闯进来，问："我女儿在哪里？"刘天义不敢承认，只说："我这里没有别人，只小生独自饮酒。"王婆一眼看见桌子上放着的两首词，其中一首分明是女儿翠鸾所作，便叫道："就是你藏了我女儿！你不说清楚，我拉你见官去！"

这天，廉访使赵忠想起翠鸾之事，也不知夫人把她母女二人如何发落？便叫来王庆询问。王庆虚应说：已把这二人领去给了夫人。赵忠又去询问夫人，夫人说已把这二人交给王庆安排。赵忠又叫来王庆询问，王庆支吾道："我是让李顺安排此事的。"赵忠觉得这事其中定有隐情，便暗暗请开封府包待制来家商议。对包待制说："待制，我烦你一件事，数日前，圣上赐我王翠鸾母女二人，我让王庆领去见我夫人，不见回话。我问夫人，夫人说吩咐给了王庆，王庆又说吩咐给了李顺。我想这桩事必有暗昧，多半是因为我那夫人做下了违条犯法之事，请你帮我仔细追究。"包待制有些为难地说："若真是老夫人违条犯法，小官怎敢就让她戴锁披枷？"赵忠道："你不必害怕，若夫人犯法，我与她便是两家！我现在借给你势剑铜铡，限你三天把案情明察。"

包待制告辞出府，见王庆鬼头鬼脑在窗外偷听，便喝令张千把他拿下，带回开封府审问。在回开封府的路上，一阵阴风缠住马头。包待制道："你这鬼魂听着，回去准备诉状，晚间到开封府来候审。"

王婆扯着刘天义来开封府告状，咬定是刘天义把自己女儿翠鸾藏起来了。包待制听了，更觉此案蹊跷："怎么又生出这么一桩事来！"他让王婆、刘天义跪在一边。把王庆带上堂来审问。王庆一口咬定自己无罪，翠鸾母女是吩咐给李顺安排的，其余一概不知。包待制只得将他暂时关押，同时，命张千去把李顺拿来。再审王婆："你告这秀才藏了你女儿，有何证据？"王婆递上两首《后庭花》词。包待制看了第一首，肯定这秀才曾与一女子同席共饮。再看第二首，读到："不见天边雁，相侵井底蛙"，心想：这女子恐怕已身死黄泉，是个鬼魂。便对刘天义说："你休惊莫怕，我放你回去，今夜仍在那狮子店安歇，若是那女子再来，你可

— 255 —

问清她的底细。"

刘天义回到客店，越想越怕，哪里还睡得着。忽听一阵响动，昨夜那女子又闪进来。刘天义吓得起身要跑，被那女子扯住。刘天义战战兢兢地说："你是鬼，包待制大人让我问你底细，你姓甚名谁？家住哪里？"那女子答道："我叫翠鸾，住在井里，有这朵碧桃花可交与包大人做个凭证。"说罢，一闪身又不见了。刘天义吓了个半死。

第二天，包待制升堂问案，刘天义昏昏沉沉，说不出一句完整话。又有张千来报："奉命捉拿李顺，李顺在逃。"包待制心想："他既在逃，定是因为杀了人。那么被害的翠鸾是否就扔在他家井里呢？"于是，命张千再去李顺家搜查。张千在后院井里果然捞出一个口袋。他把口袋扛回衙门。包待制让王婆认尸。王婆一看，说："不是我女儿，是个长胡子的。"这长胡子的男人是谁呢？包待制沉思半晌，问张千："你捞出尸体时，还看见何人？"张千答："李顺家冷冷清清，没有别人，只有一哑巴孩子。""去给我把这哑巴孩子找来。"张千把哑巴孩子背了来。这福童一见口袋里尸体，俯地大哭。包待制问："是你叔叔？"福童摇头。"是你爹爹？"福童点头。"你可知是谁害死你爹？"福童点头，拉住张千。吓得张千喊道："我可没杀你爹！"包待制吩咐张千："你就随这孩子去，看他要干什么？"福童领着张千来到街上一家酒店，扯住一个喝醉酒的妇人。张千揪住这个妇人回到衙门。包待制问："那婆娘，你可认得地上的尸首。"那婆娘假意哭道："这不是我丈夫李顺吗！怎么就死了？"包待制喝问："你丈夫怎么死了，你难道不知道？"李顺老婆只推不知，拒不招认。包待制只得又叫过刘天义，问福童："可是他杀了你父亲？"福童摇头。包待制道："刘天义，我让你昨夜问清那女子底细，向她要一件信物，你昏昏迷迷、糊糊涂涂，看来这案子都得问在你身上！"刘天义这才清醒过来，把昨夜女子留下的碧桃花交上去。包待制看过碧桃花，心说："这不是插在门上避邪的桃符吗？"他把张千叫过来，对他说："这桃符插在门上，一边一根。你拿着这根，挨门寻对另一根去。"张千寻到狮子店，手上的这根正与门上的那根是一对儿。回禀包待制。包待制让他再去狮子店搜查，若有井就下去捞摸。果然又捞出一个口袋。张千扛回衙门。王婆再看，这回口袋里真是自己女儿，放声痛哭。包待制喝令张千："立即把店小二捉拿归案！"店小二见事已至此，索性承认是自己杀了人。

那么，杀害李顺的是谁呢？包待制命张千把王庆押上来，假意对他说："杀人贼捉住了，没有你的事，你回去吧。"王庆趾高气扬往外走，却被福童死死抓住。包待制问："莫不是他杀了你父亲？"福童点着头，把王庆和自己母亲扯到一处，用手比划着这两人如何合伙儿害死自己父亲。包待制喝令："把这对狗男女拿下！"

至此，案情大白。包待制去向赵廉访使汇报，赵廉访使对有关人员一一作出判决。

❖宫大用❖

义烈传子母褒扬　死生交范张鸡黍

　　范巨卿、张元伯，一个是山阳金乡人，一个是汝阳人，两人多年同学，又志同道合，结为生死之交。因见朝廷谄佞当道，他们不打算再在京城游学。这天，长亭相别，各归故里。有同学孔仲山和王仲略赶来相送。这孔仲山是孔圣人十一代贤孙，仍沉迷于功名，写下万言长策，正为没有门路，无法向上投献而发愁。范巨卿对孔仲山说："你何不托王仲略，他的岳夫正当着学士判院，若托他美言几句，或许能得个一官半职。"王仲略接过万言长策，略略一看，道："孔兄放心，这等文才，愁什么不当大官！我一定代你把这万言长策献上去，给你弄一个官儿来，也显得我的情面，我是说到做到的人。"孔仲山连忙道谢。张元伯举起一杯酒，对范巨卿说："哥哥，今日在此酌别，不知何时再能相会！"范巨卿："兄弟莫愁，两年后的今天，我定要亲自去汝阳庄上，拜探老母。"张元伯一听，高兴地说："好，那时我一定在家杀鸡炊黍等着你，只是路途遥远，你可别不来呀！"范巨卿："兄弟放心，咱本是义烈堂堂大丈夫，岂避千里远程途。"

　　王仲略不但没给孔仲山出力，反而将孔仲山的万言长策略改了头尾，换上自己名字献了上去，加上他岳父一通美言，上面竟授他一个杭州佥判。这天，他走马上任，途经汝阳镇，正在酒店吃酒，恰巧前来拜探义母的范巨卿也进了酒店。范巨卿首先招呼道："呀，我道是谁，原来是仲略贤弟得了官了！"王仲略表面应付，心里却叫苦："嗨，怎么偏偏在这里碰见了他，倘若问起孔仲山的万言长策来，我可怎么支对呀！"于是，假意谦虚道："哥哥文才比我高出万倍，只是懒惰，不以功名为念。"范巨卿说："如今呀，有钱的无才学，有才学的却无钱；有钱的拿着钱去贿赂官员，有才学的枉有才学求官难。"王仲略道："这话有些伤我，不过，您说这些闲言碎语能顶什么？"范巨卿："哼，现在的当官儿的，一个个智无四两，肉重千斤，既不知《春秋》如何发，更不懂《周礼》如何论。"王仲略说："春秋是庄家种田之事，管它做什么？州理是衙门自下而上行事的勾当，县里不理州里理，州里不理府里理，有何难论。"范巨卿冷笑一声："都是些小猢狲，学几句子曰诗云，便装点了门面，弄来了出身，挡住了仕途，排挤了能人。"王仲略："俺虽然文章塌撒，可这也是各人的福分！"范巨卿："您是儿子父亲轮替着当朝贵，倒班儿地居要津，只欺瞒着帝子王孙。有朝一日衣绝禄尽，下场头少不得吊脊抽筋！"话不投机，范巨卿说完，起身告辞。王仲略死皮赖脸地拉住："咱俩正欢喜喝酒，你这是要到哪里去？""前年也有你来，我和元伯约定，要到他庄上赴会去。""哦，对对对，我想起来了。哥哥，你好馋嘴，为那一只鸡、半碗饭、几盅酒，就真的走这一千多里路！""大丈夫岂能只为吃喝而已，讲究的是个信字！"王仲略："俺长这么大，才失过一次信！哥哥，你去赴鸡黍会，带上我一同去如何？""既然你想去，这路也不背，咱们就一同前往。"

这天是九月十五日，张元伯一早起来，杀鸡炊黍。告诉母亲，今天范巨卿哥哥定来拜探。张母有些怀疑："这二年之后更兼千里之途，何其有准儿！"张元伯说："俺哥哥是至诚君子，必不失信！"语音未落，范巨卿在门外叫："元伯贤弟，我来了。"张元伯迎出门外。范巨卿介绍："这王仲略得了官，他同我一起来了。"张元伯见过礼，把二位让进屋。范巨卿恭恭敬敬拜见张母，献上山阴土产。张母道："巨卿千里赴会，真乃信士，远路风尘，何劳如此重礼！"王仲略端着个官架子，站在一边生气："你们絮絮叨叨说到几时！幸亏不是腊月，要是腊月，非冻掉我脚孤拐不可！"张元伯急忙摆上酒肴，请二位兄长入席。范巨卿高兴地说："黄菊吐芳芬，白酒正清醇；烹鸡方味美，炊黍恰尝新。想咱人生离多会少百年身，相逢万事都休问。"三人一直畅饮到天明。王仲略借口急去杭州上任，用帽子、竹筒装了些果酒走了。范巨卿因与荆州刺史有约，也准备告辞。张元伯依依不舍，问："哥哥，我和你几时也去进取功名？"范巨卿说："而今豺狼当道，不如在家中侍奉尊亲。明年九月十五，你可到荆州城外，咱兄弟再赴鸡黍会，绕溪登山观白云。"

　　张元伯染上不治之症，自知将死，叫来母亲妻子儿女，留下遗嘱："定要等我巨卿哥哥来主丧下葬！"

　　范巨卿迁葬父母，隐居荆州城外，闭门读书，与官府绝交。

　　吏部尚书第五伦，公正廉洁，深得光武皇帝信任，受命整顿考场、举荐贤才。第五伦早听说范巨卿原为国子监生，是个栋梁之才，所以，不辞劳苦，亲自来到荆州，访问范巨卿。范巨卿推辞说："吾闻仲尼有言，邦有道则仕，邦无道则卷而怀之。况且小生堕落文章，恰似卖着一件背时货，难于出手呢。"第五伦劝道："贤士休如此说，想自古至今，运来运去，一进一退，从来有之。你何必拘拘然以挂冠隐居为高？贤士乃儒门俊秀，艺苑菁华，不可屈节于芸窗，甘心于茅舍。老夫此来，专为奉圣上之命，敦聘贤士为官的。"范巨卿听着听着，忽然觉得一阵心绪不宁，趴在桌子上睡着了。第五伦见状，只得暂到屋外古树下赏玩等待。

　　睡梦中，张元伯匆匆赶来。范巨卿欣喜地说："兄弟，我正想你，你怎么就来了，真让人欢悦。"张元伯却东躲西闪，道："哥哥靠后，我已是死人，今日见上哥哥一面，立刻就要回程。"范巨卿大惊："想咱俩同堂学业，同室攻书，正指望与你同朝帝阙、同建功名，你怎么就抛我而去，勾绝了兄弟情！"张元伯说："我已留下遗言，嘱咐老母，务必等哥哥去主丧下葬。以后我那老母娇妻幼子就都托付给哥哥照顾了。"言罢，挥泪而去。范巨卿拉扯不住，从梦中醒来，放声痛哭。第五伦听见哭声，进屋询问。范巨卿说："老相公恕罪，我兄弟张元伯死了。"接着又讲了梦中之事。第五伦不以为然："俗话说梦是心头想，此事不可当真。"范巨卿："相公不知，俺与张元伯结为生死之交，俺这兄弟绝不失信！小生只得告辞老相公，持服挂孝奔丧去了。"第五伦见状，说："既然贤士要去奔丧吊孝，就将小官的马骑去如何？"范巨卿说声"多谢了"，上马就走。第五伦心中怀疑：
"世上真有这样的事？"一面打道回府，一面派人前去探看虚实。

张元伯死后，张母心想："哪能等着范巨卿来主丧下葬？一是他不知信
息；二是派人去送信，往返需要多少时间。"于是，挑个吉日，准备把尸
体埋了。谁知众多亲戚邻居一齐动手竟拽不动灵车。大家正在称奇发愁，
范巨卿飞马而至。张母问："哥哥，这千里之途又不曾有信，你怎么就来
了？"范巨卿说："您孩儿得着元伯兄弟托梦来。"范巨卿跪在灵柩前，献
上祭文："维公三十成名，四十不进，独善其身，专遵母训，至孝至仁，无
私无逊，功名未立，壮年寿尽。吁嗟元伯，魂归九泉，吾今在世，若蒙皇
宣，将公之德，荐举君前，门安绰楔，墓顶加官，二人为友，万载期言。
呜呼哀哉，伏惟尚飨。"读罢，捶胸大哭，痛不欲生。众人过来劝止，对他
说："我们上千人，竟拽不动这灵车。"范巨卿起身，浇奠祭酒道："元伯兄
弟，你若有灵，就跟您哥哥到坟头上去吧。"说着，他一个人挽起灵车，拽
到坟院，众人埋了棺椁，烧了纸钱。亲戚邻居纷纷离去，范巨卿打算庐墓
守丧，在坟前住宿三天三夜。张母劝他回家，说："你若不回去，老身也住
在这里。"范巨卿这才魂魄悠悠，伤心回首，离开了三尺荒丘。

第五伦听人回报："确有张元伯已死。"心里大为惊奇。将此事奏明圣
上，力荐范巨卿至仁至德，古今无比。圣上很是重视，派第五伦持皇宣丹
诏，直至汝阳，征聘范巨卿临朝，加官赐赏。

范巨卿为张元伯垒墓修坟、栽松种柏，已过百日。此时见吏部尚书亲
自捧着圣旨来宣，只得告别庐墓，上马进京。第五伦吩咐："摆开仪仗，慢
慢前行。"一声令下，只听马前虞侯喊道："避路！闲人闪开！"范巨卿听
这声音很是耳熟，过去一看，竟是旧日同学孔仲山。忙问："呀！兄弟，你
怎么干起这样的差事？"孔仲山说："那王仲略赖了我的万言长策，我别无
进身之路，只得由人差役。哥哥，您请稳便。"范巨卿哪里坐得住，急忙将
此事报告第五伦。第五伦听罢大怒，命人去杭州捉拿王仲略，依律重责。

又问孔仲山才学如何，范巨卿答："此人文章胜我十倍，当以重用。"第五伦立刻传令，让孔仲山换上官服，一同上马进京。路上，第五伦问起张元伯情况，范巨卿极力赞赏一番，又不住唏嘘："若不是这个兄弟去世，我岂敢独沾皇恩受封赏。"第五伦安慰道："虽然无了张元伯，可得了孔仲山，也正是失一贤得一贤。"

御旨传下：遥封张元伯翰林院编修，赐其母其妻并沾荣禄；拜范巨卿为御史中丞；封孔仲山为吏部尚书；王仲略诈冒为官，责扙一百，终身废锢。

韦元帅重谐配偶　玉箫女**两世姻缘**

洛阳城中有个许氏，其夫早死，仅有一个女儿韩玉箫。这韩玉箫是个出众的妓女，吹拉弹唱、琴棋书画无所不精，而且风流旖旎、机巧聪明。只是有个毛病：最爱和酸秀才接近。这几个月来，她与一个四川成都来的读书人韦皋缠得火热。许氏虽百般劝阻也劝阻不住。这天，对门王妈妈过生日，许氏前去庆贺。韦皋趁机赶来与玉箫相会。玉箫吩咐梅香摆上酒来，与韦皋同饮闲聊。韦皋说："咱们闲口论闲话。似大姐这般玉质花容，清歌妙舞，在这歌妓行中实在少有。"玉箫叹气道："虽说这每日里云鬟花钿、舞裙歌扇，我却无心恋！现如今春芳正艳，到头来落个人轻贱。我想的是：但得个夫妻美满，远强过这唱戏般旦末双全。"韦皋说："像大姐这样花貌清音尚不情愿，那些老丑妓女该如何过活呀？"玉箫："这行当，愿天下有眼的都别见！盼从良，俺与娘说过三百遍。俺给她攒下铜斗般家私，茶饭任她拣口儿吃，衣裳任她换套儿穿；可她仍旧不称愿，每日价神头鬼面，逼着我受熬煎。"

两人正说话间，许氏回来。见了韦皋，冷着脸说："不是我老婆子多言，是你太没志气！如今朝廷挂榜招贤，王大姐家那姓张的，李二姐家那姓赵的，都去赶考应举去了，只剩下你还在俺家死缠。俺家爱你什么？不就是因你有点儿酸醋劲儿吗！倘若人家姓张的姓赵的考了官回来，你可别埋怨俺家误了酸秀才前程。"韦皋对玉箫说："这是你娘又轰我呢。"玉箫："别怕，有我呢！她爱说就让她说去。"韦皋："小生在此，实难久住，不如趁此离去倒还好些。"玉箫："你怎么就忍心抛下我走呢？"韦皋："男子汉也应该立身扬名，既是朝廷黄榜招贤，我索性去试试，倘若能得个一官半职，你就是夫人了。"玉箫："既然你非要去，我也不能拦你。等我给你收拾些盘缠，到十里长亭为你饯行。唉，都为俺这爱钱的娘啊！"

十里长亭，二人依依话别。韦皋说："大姐，你屈着指头数，不出三年，我定回来娶你！"玉箫哭道："你可别恋着那京师帝辇，另外寻求了夫人宅眷，把咱好姻缘翻做了恶姻缘。"

韦皋走后，玉箫思虑成疾。她娘焦急地说："原指望咱家一年胜似一年，谁知你却是一日不如一日。可让我凭着谁过日子哟！"玉箫听了更为烦躁："娘啊，你就省些话，别再吵聒我了。"玉箫自知不久于世，吩咐梅香拿一副绢来，自己挣扎坐起，画了一副自画像，又题词一首《长相思》："长相思、短相思，长短相思杨柳丝。断肠千万丝。生相思、死相思，生死相思无了时。寄君断肠词。"写好之后，她叫过母亲来，嘱咐道："娘，你花些盘费，请一个人带上我画的这幅真容和这首词，到京师去找一找那个韦秀才去。"许氏依照吩咐，把这事交给了店小二。

店小二走后没几天，玉箫一命呜呼。许氏择地将女儿安葬。

韦皋到了京都，一举状元及第。先授官翰林院编修，后因吐蕃作乱，韦皋自告奋勇领兵西征。一战收复西夏，圣上加封他为镇西大元帅。初时，远征劳苦，无暇寄个音信；等到安定下来，早过了与玉箫所定三年期约。他也曾派人回洛阳找过玉箫母女，谁知差人回来，告说玉箫已死，其母不知流落何方。韦皋每每想起玉箫便觉伤情，因此十八年过去，两鬓斑白，仍独身一人，不肯娶妻。这年，圣旨宣他班师回朝。路过荆州，荆州刺史张延赏是他昔年同学，他顺便前去探望。

许氏自女儿死后，亲自带着玉箫的画像到京城找过韦皋。情况确如店小二所言：韦皋已领兵西征。许氏无可奈何，到处漂泊，如今听说韦皋班师回朝，便在荆州路上迎候。韦皋见到玉箫的自画像，大为悲伤。全忘了许氏的坏处，把她留在军中，准备带她回京，赡养终身。

张延赏大开夜宴，款待韦皋，并把自己收养的义女玉箫叫出来劝酒。玉箫来到堂前，张延赏连忙介绍："这位是你叔父，征西大元帅。他不比别人，你一定要想法劝他多喝几杯。"玉箫为韦皋斟酒，一见面便觉心中疑惑："难道是看花了眼，这人我曾经见过，不正是我那位五百年欢喜冤家吗？"韦皋也不错眼珠地盯着她，轻轻唤一声："玉箫。"玉箫低声应："有。"张延赏看在眼里，不快地说："玉箫，你不好好斟酒，说些什么！"玉箫红着脸退到一边。二次斟酒，韦皋低声问："小娘子多大年纪？可曾婚配？"玉箫："俺新年十八，未曾招嫁。""小娘子可是他亲生女儿吗？""不是亲生，是他养大。"张延赏见他俩不住地眉来眼去、窃窃私语，大怒，喝道："韦皋，你好没道理！我让孩儿给你把盏，你竟一再调戏，你把我看成什么人了！"韦皋连忙解释："实不相瞒，我有亡妻，是洛阳名妓，名字跟您这小女相同，面貌也跟您这小女相似。因此，见面生情，逢新感旧。"玉箫听了，心中感动，泪流满面。张延赏哪里听得进："真是一派胡言！什么与你亡妻长得相似，还不如说就是你媳妇算了！"玉箫心里明白："他那言辞听似耍来不是耍，全是事实不是假。"却无法开口与义父说明。韦皋辩道："我的确不是借言调戏，她实在太像我那亡妻！"张延赏更急了："韦皋，她是我亲生女儿，你轻视她就是侮辱我！""就算她是您女儿，可我听说她还不曾许聘，末将自从没了妻室也一直不曾再娶，您若不弃，就把她许配给末将，也不辱没您的门庭。"张延赏听了，更认定韦皋存心不良，骂道："不许胡说！我和你是同学才请出女儿来劝酒，谁知你是外君子而内小人，貌人形而心禽兽。我现在和你绝交，一刀两断！"玉箫见状，拉住张延赏说："主公息怒。"张延赏更恨："你这不要脸的小妮子也向着他！这样的恶客，请他做什么！来人，把筵席撤了！"说着，把桌子掀翻。又拔出剑来，嚷着："我好意请你，你倒生出如此歹念！我先杀了你，再去面奏圣上。"韦皋跑出府门，再压不住心头怒火，喝令："大小三军，给我困住宅院，捉拿那老匹夫碎尸万段！"两下里剑拔弩张，相持不下。玉箫劝道："主公息怒，别把事情再闹大！让我出去说他几句，好歹让他撤了军马。"

玉箫出来对韦皋说："元帅，您也是读过书的人，为何如此暴躁？"韦皋指着府门骂道："老匹夫无礼！小娘子本是他义女，他却胡说是他亲生。我向他求亲，他不许也就算了，却动不动拔剑要杀我。我怎能容他，片刻间让他寸草无遗！"三军士卒挥刀舞枪，喊杀声震耳。玉箫正色言道："这里是堂堂宰相衙，俺主公是金枝玉叶当今驸马。你这样摇旗呐喊、簸土扬沙，岂不是自找着千刀万剐！"韦皋："老匹夫欺我太甚！我先杀了他再去面奏天子。凭我收复西夏之功，也能免除死罪。"玉箫："元帅不可如此！你破吐蕃、定西夏，本是回朝受赏的，怎可一下子变成伏罪呢？""末将不才，求与小娘子结为婚姻，也并不玷污他，他如何就不能相容呢？""元帅真想求亲，何不去奏明圣上？若是圣上允准，便是俺主公也不敢违抗。那时，光明正大来娶妾身，何等荣耀！你不思此计，擅自相杀，实在错了！"韦皋想了想醒悟道："你这话说得对。大小三军，即刻撤围，回师京都，我要面奏朝廷去！"张延赏犹自怒气不息："请的好客！请的好客！真是气死我也！他小子要去面奏朝廷，我就不能去了？我也去！看谁奏得过谁。"

　　韦皋班师回京，将事情奏明圣上。唐中宗想促成张、韦两家的好事，传旨宣张延赏携眷还朝。张延赏正要去面见圣上，忽听门前喧闹，侍从进来报告："是因为一个卖画的老婆子。"这卖画的婆子正是许氏，是韦皋安排她拿着玉箫画像来此叫卖的。张延赏把卖画的婆子叫过去，看了她手中画像，惊讶道："呀，怎么画得跟俺玉箫女儿一模一样！"问："那婆子，你这美人图是何人所画？"许氏原原本本叙说一遍，又假意道："我寻找韦秀才已十八年，钱财用尽，只得卖了这画，当做盘缠。"张延赏叹道："原来如此。看来韦皋他并没撒谎，确实是见面生情。"许氏问："刚才听你说的韦皋是谁？"张延赏："你这婆子不知，你女儿的夫主韦皋做了元帅了。你把这画就卖给我吧，要多少钱？"许氏："既然俺女婿还在，这画儿是送给他的，千金我也不能卖了。"说罢要走。张延赏拦住她，说："我带你一同入朝，有些情况或许还要由你来解释。"

　　唐中宗升殿，文武官员排班站立。中宗问张延赏："驸马，韦皋想向你家求门亲事，你意下如何？"张延赏："陛下，此事可宣我女儿玉箫来，让她自己说。"玉箫上殿，中宗问她："你是驸马亲生女儿吗？"玉箫："是俺那老虔婆将俺卖与宰相宅。""你能认出韦皋吗？""他曾在俺主公家赴宴，俺见时自然认得。"中宗问："他二人如何在宴席上闹翻？"张延赏此时奏道："陛下，朝门外有个卖画的婆子，可把她宣来作个解释。"许氏上殿，见到玉箫，不由又惊又喜："玉箫孩儿，你怎么到了这里？"玉箫也心有所动。中宗奇怪地问："这婆子，你怎么知道她叫玉箫？"许氏拿出画像，讲述了女儿临终作画写词的情形。中宗看看画像，再看看眼前的玉箫，真如一个模子脱出来一般，心说："竟有如此奇异之事！"又问玉箫："你既是韦元帅之妻，怎么又活了，而且正在青春？"玉箫："妾心中也费疑猜，恰似唤回我春梦来。十八年前、三千里外，为偿还那段风流债，俺玉箫死后又投胎。"中宗问："你是青春幼女，韦元帅已过中年，你还肯与他做夫妻吗？"玉箫跪下言道："这都是天地安排，我愿与他相守头白，生同衾死同埋！"中宗说："既然如此，韦元帅，你就谢过驸马，尊他一声岳父吧。"韦皋端着架子，很有些不情愿。玉箫扯住他："过来，过来，你就拜上两拜也没什么妨碍。"

张延赏受拜之后，火气全消，准备回府杀羊造酒，做个大大的宴席庆贺。这真是：男婚女嫁寻常有，两世姻缘自古无。

虎头寨马武仗义 宜秋山赵礼让肥

西汉末年，兵戈四起，百姓流离失所。赵孝、赵礼兄弟二人抬着母亲李氏，为躲避战乱，从汴京逃难到了宜秋山下。一路上，只见饥民个个脸如蜡渣，家家上树把槐芽掐，村村沿道将榆皮剐。这兄弟二人空学成满腹文章，此时也是衣不遮体、眼睛发花、双肩苦痛、两腿酸麻。再看那些官员财主们，仍旧是花天酒地、杀羊宰马、朝朝欢娱、夜夜笑恰，不由人怨天恨地："天呀，你怎么总亏着俺寒儒百姓家！"

天色渐晚，母子三人坐在山脚下休息。赵礼从破轿后面拿出仅剩的一把米，就着山泉淘了，又到村里讨火煮饭。找到一家人家，敲门进去。这家里只剩下一个老头子。老头子对赵礼说："火倒是有，只是你做完饭，剩下的刷锅水留下些给我。"赵礼问："你要刷锅水做什么？""我好充饥呀！"赵礼心说："俺就够穷的了，可还有比俺更穷的！"粥煮熟后，赵礼递给母亲一碗哥哥一碗，自己碗里所剩无几。为让母亲多吃些，他用匙尖刮着碗响，装出吃得津津有味的样子。就在这时，又来了一个要饭的，怀里还抱着一个小孩。要饭的嘴里求着："爹爹奶奶，有残汤剩饭给俺这孩子一口吃吧！"赵礼不得不把空碗给她看，很不好意思地把她打发走。吃完饭，又准备出发。赵礼一站起身，便觉天转山摇地塌，一下子跌倒在地。李氏大惊。赵礼醒后，怕吓着母亲，安慰道："没啥病，只是这几天水米不曾沾牙，歇歇就好了。"

赵礼娘儿仨在南阳宜秋山下盖了一间草房，暂时住下来。赵孝每天上山砍柴，赵礼则提着篮子，采草药挖野菜。

近处的野菜挖光了，赵礼越走越远。这天，他翻过一座高岭，转过一处山林，猛听得一阵咚咚的鼓、当当的锣、飕飕的几声胡哨，跳出几个强盗把他团团围住。赵礼吓得心惊肉跳，慌忙求饶。过来一个凶神恶煞般的山大王，喝道："谁让你这小子擅自来到我这地面！小校们，给我把他拿上山去。"

这山大王名叫马武，他往太师椅上一坐，吩咐手下喽啰："我有些酒醉，你们快去打来泉水，磨把快刀，我要亲自剖腹剜心，做个醒酒汤吃。"赵礼被绑在柱子上。马武冲他喝道："有什么金珠财宝快拿来买命！"赵礼："我一介穷书生，哪里去取金珠财宝？""既如此，只得剥去衣服，等着挨刀！"赵礼叹道："唉！我赎也无钱赎，逃也无力逃，可怜我这么个饿损的人，浑身上下没一点儿脂膘。"马武心说："真是奇怪！往常我这虎头寨上捉住的人，一见我早吓得亡魄丧胆、屁滚尿流；今日拿来的这个瘦小子，竟能面不改色、从容对答。"于是又喝问道："你这小子，死前还有什么要说的话吗？"赵礼："小生确实有句话想说，小生是个穷秀才，家中尚有老母年高，兄长软弱。您若可怜，放我一个时辰假限，待我去辞别了老母兄长，再上山来受死。""胡说！你别在我面前调口弄舌。我如今把你拿住，如同把个鸟儿关在笼中，我放你下山，如同开了那笼门，那鸟儿扑棱棱飞到树枝上，怎肯再钻回这笼子里来！"赵礼说："大王不知，俺秀才讲的是仁义礼智信！天若无信，四时失序；地若无信，五谷不生；人若无信，何以自立！俺既是孔子之徒，又岂敢失信于你！"马武想了想说："既是如此，我就放你下山去！"说着，解开绳索。赵礼作揖谢过，匆匆离去。马武对喽啰说："这家伙走了。他若真回来，咱们可取一笑；他若不回来，也就拉倒。"

李氏在家，忽然觉得肉似钩搭、发似人揪、身心恍惚，有一种不祥的预感。果然，赵礼慌慌张张回来，跪倒在脚前。她急忙问："孩儿，发生了什么事？你怎么这般慌张？"赵礼一面劝母亲别急，一面把山上遇盗的事讲出来。李氏听了，拉住赵礼："孩儿，你可不能再回去！等你哥哥还家，咱们娘儿仨去官府告他们！"赵礼叹气说："如今这世道，告也白告。况且那山贼若不准假，也早把我心肝剖；我又怎能失信于这伙强盗。只辜负了母亲养育我一遭，我却不能为您送终防老。全拜托给兄长吧，让他替儿报恩尽孝。"言罢，又拜了几拜，起身走了。

赵孝在山中打柴，也忽然觉得心里恍惚。赶回家来，听母亲说兄弟上山受死去了，急道："兄弟如手足，手足断了怎续！母亲，你在家里等着，我舍出这条性命，一定要把我兄弟救出来！"说着，向山上走去。李氏寻思："两个儿子都去了，我还要这条老命做什么！"她也掩上门，一步一跌地赶上山去。

马武字子章，邓州人，学成了十八般武艺。当年曾应过武举，仅仅因为长得丑陋而不被任用，迫不得已，落草为寇。此刻，他正在山寨喝酒，忽见赵礼按时返回，跪在地上说："大王，小生来了，您就给个快性，杀了吧。"马武正在惊奇，赵孝赶了来，哭着拉住弟弟。马武心里说："怎么又多了一个上门送死的！"李氏又随后赶到，拉住两个孩子痛哭。马武心里说："好嘛，这么一会儿又变成了三个。"他起身言道："你回来了，我不杀你是我失信。我就杀了你吧。"他提起赵礼。赵孝扑过来哀求："大王，留下我这兄弟杀了我吧，我身上肥。"马武说："好好好，我就杀了你。"放下赵礼，提起赵孝。赵礼又扑过来哀求："不对不对，是我身上肥，大王还是杀了我吧，留下哥哥奉养老母。"马武正在犹疑，李氏扑过来哀求："大王，两个孩子寻来的茶饭都尽着我吃了，我身上肥。还是杀了我老婆子，留下他们两个。"马武气恼地说："你看你们，都说自己肥，杀小的不行，杀大的不行，杀老的也不行。难道杀了我自己吗？"又感叹道："你们这一家呵，真是兄爱弟敬，为母者大贤，为子者至孝。孝心肠感动了我铁心肠，不由我腮边泪两行。罢罢罢，你母子三人我谁也不杀，快快回家去吧。"

母子三人起身回家，马武又把他们拦住。赵礼问道："大王莫不是要反悔吗？"马武："男子汉一言既出，岂能反悔！请问贤士姓甚名谁？我要记在心里。"赵礼:"小生赵礼,哥哥赵孝。"马武惊问:"莫不是朝中三请都逃官不做的赵礼赵孝么?"赵礼:"正是。"马武激动地说:"我久闻两位贤士大名,不想在这里相遇!两位贤士请上座,受我马武八拜。"赵礼还礼道:"原来你就是马武!闻名不如见面,真是一员壮士,壮哉壮哉!"马武喝令喽啰:"快去拿衣服两套,金银一称,白米一斛,送给两位贤士!请两位贤士拿回去侍养老母,休嫌礼物轻微。"赵礼接过礼物,言道:"壮士,你此时若是肯去进取功名,定能名标青史,成为国家栋梁!"

那母子三人走后,马武聚齐喽啰对他们说:"家中有父母的,回去探望父母;没有父母的,跟我为国家出力去!"

光武皇帝平定天下,铜刀马武战功显赫,被封为天下兵马大元帅。马武向丞相邓禹进言,举荐赵礼赵孝,说:"当今天下贤士,再没有超过这二人的。"邓禹亲自派人,手持皇上诏书,驾着驷马高车,到宜秋山下聘请二人出仕。

赵礼赵孝母子三人来到丞相府。邓禹见过之后,对赵礼说:"这两旁大臣中有你们的一位大恩人,你们可去认一认。"赵礼一眼认出班中的马武,哆哆嗦嗦地说:"多谢你个架海梁、擎天柱!今日重相遇,这地方该不是虎头寨摘肝剜心处!"马武笑道:"想起宜秋山那桩事,至今犹自惭愧。"赵礼吩咐随从:"把那衣服两套,金银一称,白米一斛拿过来,送还元帅,权做答贺之礼。"马武惊奇地问:"这些东西,你们怎么不用,竟然留到今日?"赵礼说:"这是老母严训。"马武打趣道:"既然嫌我这东西是打家劫舍来的,不肯使用,就该拿去首告官府,不该留赃在家,落个知情不举。"赵礼:"这就叫不饮盗泉水,须识报恩珠。"

邓禹宣读圣旨:"赵礼赵孝让肥争死,仁义礼智孝信堪称;封赵孝翰林学士,赵礼御史中丞;李氏尤为贤德,赐千金旌表门庭。"

后尧婆淫乱辱门庭　泼奸夫狙诈占风情
获桥龙邂逅荒山道　郑孔目风雪酷寒亭

郑州府尹李公弼升堂审案，把笔司吏郑孔目禀告："有护桥龙宋彬打死平人一案，凶犯已经押解到了。"李公弼喝令衙役："给我把他拿过来！"问："你为何打死平人？"宋彬答："小人喝醉了酒，路见不平，拳头上无眼，致伤人命。"郑孔目见此人是条汉子，有心相救，便对李府尹说："他在街上闲走，见个年纪小的打个年纪老的，劝阻不听，误伤人命。"李府尹道："既是误伤，不属死罪，将他责杖六十，刺配沙门岛。"

宋彬得了一条命，出门朝郑孔目跪倒："多亏孔目哥哥救拔，你便是我重生父母，再长爹娘！"郑孔目把他搀起来，问："你多大年纪了？""小人二十五岁。""我比你大几岁，你肯跟我结为弟兄吗？"宋彬自然求之不得。二人拜罢，郑孔目拿出些零碎银子，送给宋彬作盘缠。叮嘱他保重身体，争取无灾无难、平平安安获释归来。宋彬更加感激涕零："谢谢哥哥，小的死生难忘哥哥恩德！"

郑孔目看着宋彬走远，正要返回厅堂，一个叫萧娥的官妓凑过来，施礼道："孔目哥哥万福！我想礼案中除了名字，改嫁从良，请您帮忙。"郑孔目把她领进衙门，对李府尹讲明情况，把事情办妥。萧娥出门谢道："有劳孔目哥哥！请您下班后，来我家喝茶。"郑孔目："您先回去，我随后就到。"

郑孔目与萧娥打得火热，一连住了好几天。他听说自己妻子病了，打算回家看看又被萧娥缠住："哪儿去？再多住几天嘛。有什么大不了的事！"

有个叫高成的差役，平时最好贪花恋酒，今天兴冲冲来找萧娥，不想正碰上顶头上司。郑孔目骂道："高成，你这混账东西来这儿干什么？"高成说："呀，不知孔目在此。不过，这个地方孔目来得我也能来。"郑孔目"啪啪"抽了高成俩嘴巴，教训道："你就像那吊桶，总要落在我这井里。我随便找你个风流罪过，一顿拷打就让你下半截皮开肉绽！快滚吧，不许再来！"高成从此对郑孔目恨之入骨。

郑孔目的妻子萧县君，病体沉重，不得不央求差役赵用再去萧娥那里，务必把郑孔目叫回来。赵用按照她的吩咐，领着她的俩孩子僧住、赛娘，来到萧娥住处。叫开门，俩孩子拉住郑孔目哭道："爹爹，俺娘死了。"郑孔目听了，不禁悲伤起来："我那大嫂哇，我真对不住你呀！"萧娥却怒冲冲地说："你们回家哭去！在我这儿张着大嘴嚎什么？"赵用怒道："你说的这叫什么话！你难道没听见郑大哥的夫人死了？"赵娥却拍着掌笑："孔目，你老婆死了，我就嫁你！等我去准备一壶酒、一条肉，我替你庆贺吃三盅。"赵用心中暗骂："入你娘的泼烟花，我恨不得挥拳照你那臭嘴上砸！"拉着郑孔目和孩子们往家赶。

郑孔目等人走后，萧娥借了一身孝服穿上，一路干嚎着去找郑孔目家。

郑孔目急急赶回家，见妻子虽病体沉重却并没死，便有些责备之意。赵用解释说："谁不知您这吏人猾，若不说您妻亡您怎肯回家。"

正这时萧娥眼里抹些白矾，泪流满面地闯进来嚎："我那姐姐呀！我那姐姐呀！"见萧县君没死，立刻变了嘴脸："原来是好好儿的，根本没死！你好不贤惠，怎么说这样的谎话？"

萧县君被这一气，真如雪上加霜。她自知命在旦夕，叫过丈夫郑孔目来，把家中钥匙交给他，嘱咐他务必好好看顾一双儿女，话没说完便一命归西。

郑孔目正忙着为妻子筹办丧事，李府尹传下话来，命他立刻把一份紧急文书送往京城。郑孔目无法推辞，只得对萧娥说："大姐，我这家中的一切就交给你了。你一定要替我把这一双儿女照顾好！"僧住、赛娘听了，拉住他的衣襟不放，嚷着要跟爹爹一起去。郑孔目劝着孩子，又嘱咐萧娥："两个孩子痴顽，你该打时骂几句，该骂时就凑合过去算了。"萧娥大不耐烦："你呀，要是对我不放心，索性马屁眼儿里带了他俩去！一个劲儿地叨叨什么！"郑孔目只得狠狠心，出门走了。萧娥瞪着两个哭哭啼啼的孩子，咬着牙说："你们老子走了，等我吃得饱饱的再慢慢地收拾你们！"

萧娥在家，天天关着房门，以折磨打骂僧住、赛娘为乐。

赵用跟着郑孔目到京城送文书，半途忽然发觉少带了一张，急忙返回家中来取。隔着门便听见僧住和赛娘的哭声。

萧娥听见赵用叫门，急忙停手，让两个孩子赶快擦干眼泪，哄他们说："我一会儿给你们买馍馍吃。"

赵用进门质问："嫂嫂，你为何打得孩子哭？"萧娥耍赖道："阿弥陀佛，头上有天，我干吗要打孩子呢？他们一个不肯上学，一个不肯干活，我逗他们玩儿来。我爱的就是这两个孩子。"赵用不便再说什么，找到遗漏的文书开门要走。僧住、赛娘拉住不放，哭喊着："叔叔，你一走，她又要打我们。还是带我们一起走吧。"赵用只得求萧娥："嫂嫂，看哥哥面上，就别打孩子了！"萧娥反倒撒起泼来："你们两次三番地噪聒什么？快滚，快滚！"把赵用推出屋门。赵用在门外听到里面孩子凄惨的哭声，心里暗暗埋怨："堂堂一个郑孔目，怎么偏偏喜欢这么个臭妓女，只怕往后家败人亡，都坏在她手里。"

郑孔目送了公文从京城回来，一路上多听得人说萧娥另有奸夫，萧娥变着法儿折磨自己的一双儿女。为了证实一下，他找个酒店坐下，叫过店小二，打了二百钱酒，边喝边问："酒家，你们这里可有什么新鲜事吗？"店小二名叫张保，应道："不知客官想听什么？""听说你们这里有个郑孔目，娶了一个小老婆，这女人天天折磨他那两个孩子。""这件事谁还不知道！人们都埋怨郑孔目不该讨这么个妓女。这婆娘名叫萧娥，人们呼作烧鹅，她的心真狠。她煎饼，煎一个吃一个。俩孩子在一旁瞪眼瞧着。等她吃饱了，把一个饼用刀子划做两半，塞到孩子手里。那饼太烫，孩子翻来翻去拿不住，掉在地上，她又借机把饼扔了。孩子们白白挨打挨饿。俗话说'灰不如火热'，真可怜两个孩子亲娘死得早哇！"郑孔目继续问："听说那萧娥另有了奸夫，可有实证？""唉！那烧鹅的风流事就更瞒不住了。听说他那奸夫不下三十个，最火热是个姓高的。"赶巧，此时郑孔目的两个孩子僧住、赛娘破衣烂衫地要饭来到这里，看见郑孔目，哭着喊爹。郑孔目揽过两个孩子，对张保说："实不相瞒，我就是郑孔目。我先把两个孩子寄放在你这店里，我今晚独自回家去，不杀那奸夫淫妇誓不为人！"

郑孔目黑夜翻墙入院，润湿窗纸，透过窟窿往里看，果然里面高成、萧娥正在调情笑闹。郑孔目一脚踹开房门，闯进屋内。高成跳上窗子，急忙逃走。萧娥则拉扯住郑孔目不让追。郑孔目满腔怒火发泄在她身上："要你这淫妇做什么！"一刀把萧娥杀死。然后，到府衙自首去了。

李府尹虽然怜惜郑孔目，怎奈他捉奸不能成双，先妄杀了妻妾，此罪非轻。最后判决：责杖八十，脸上刺字，发配沙门岛。高成行刑，嘴上骂着："今天，你这井可也落在我这吊桶里了！"一杖杖打得格外狠。郑孔目仰天长叹："天哪！有谁能来救我？"

护桥龙宋彬在发配路上扭开枷锁、杀死解差，落草为寇、占山为王。这天，他忽听自己的恩人郑孔目也犯了杀人罪，要被押往沙门岛，立刻点起五百名喽啰，奔往郑州劫牢。

郑孔目被高成押解着赶路。走到一处酷寒亭，因漫天大雪，根本无法前行，高成只得同意在此暂且歇息。

僧住、赛娘叫化了一些残羹剩饭，用小手托着，送往酷寒亭给爹爹充饥。半路撞上宋彬一伙，宋彬见这两个孩子可怜，再一打听，竟是郑孔目的子女。于是，由两个孩子领着，杀奔酷寒亭。

宋彬三拳两脚捉住高成，命他把枷锁打开，放出郑孔目。郑孔目由小喽啰背着返回山寨。高成则被五花大绑，押回山寨，凌迟处死。

❖ 王晔 ❖

七星官增寿延彭祖　桃花女破法嫁周公

　　洛阳城边有一村坊，村中百十户人家，出名的只有三姓：姓彭的名彭祖，叫彭大公；姓任的名任定，叫任二公；姓石的名石之坚，叫石三公。这三姓人家，有无相济，真如异姓骨肉一般。只可惜子孙少，彭大公无儿无女；任二公只养得一女，名叫桃花；单石三公有个儿子，起名石留住。石留住今年二十岁，自父亲去世后，早起晚眠，做些小买卖，养活母亲石婆婆。这年春天，石留住出外经商，七八个月过去，杳无音信。石婆婆放心不下，想找人算上一卦。正好彭大公在城中一家卦铺当雇工，石婆婆便寻了他去。

　　彭大公的主人周公，自幼攻习周易，精通八卦，开卦铺三十年来，所算阴阳有准、祸福无差。铺面外摆着大言牌：一卦不准，甘罚白银十两。

　　石婆婆在彭大公引荐下见了周公，请周公算算儿子几时回来。周公问明石留住生辰八字，掐指一算，拍桌叹道："嗨，这阴阳不顺人情，我跟你说了你别烦恼，你那儿子注定寿短。"石婆婆说："寿短也罢了，只盼他回来，娘儿俩早见面。"周公道："只怕见面也见不着了。这卦中算定你儿命该今夜三更左右三尺土下僵尸而死。"石婆婆又惊又悲："老爹爹，你该不是要我吧，求您再帮我仔细算算！"周公冷笑一声，道："你这婆婆，怎么疑我要你！我若算得不准，甘愿罚十两银子给你！"彭大公也在旁边劝说："嗨，好可怜！石婆婆，这也是命中算定的事，你那孩儿怕是活不成了。你不如快回家去安排安排。"石婆婆只得哭哭啼啼、踉踉跄跄地往家走。

石婆婆走到家门口，碰上任二公家桃花女。桃花女见石婆婆如此悲伤，忙问原因。石婆婆将算卦经过叙说一遍。桃花女劝道："婆婆，人们常说阴阳不可信，信了一肚子闷。您也不必把那卦当真。"石婆婆说："可人们又都说周公的卦准，不由我不信。"桃花女道："那您把留住哥的生辰八字告诉我，我再替他掐算一下。"桃花女掐算过后，叹道："这周公果然算得准，留住哥命该今夜三更死。不过，不必着急，还有解法儿，听我告诉您，您今夜三更前后，倒坐在门槛上，披散了头发，手拿马杓在门槛上敲三下，叫三声石留住哥哥，他就不死了。"

石留住做买卖，赚了大钱，兴冲冲往家赶。天色已晚，又遇着风雨，前不巴村，后不着店，只得躲进一座破瓦窑中凑合一夜。

三更时分，石婆婆依桃花女指示行事，用马杓敲了三下门槛，叫了三声石留住。

石留住听到叫声，走出窑来，却不见什么人。回头一看，不由暗吃一惊：那窑已突然倒塌。若晚出来一步，定然压死在下边。天色渐明，石留住不敢久留，加速赶路。到了家门口，敲门道："母亲，您孩儿回来了。"石婆婆惊问："你是人还是鬼？"石留住答："您孩儿怎么是鬼？""那我叫你三声，你应我三声。"石留住故意装神弄鬼，应得一声比一声低。不料真把母亲吓得变颜变色。石留住连忙止住顽皮，问母亲何故如此，石婆婆把求卦的情况叙述一番。石留住说："母亲，这样看来，周公算得不准。咱俩去问他，向他要十两罚银。"

母女二人来到城里。彭大公正在卦铺门口摆放大言牌，见了石留住，又惊又喜："哎哟，石小哥果然没事儿！这次是他没算着。走，我领你们进去朝他讨银子去！"周公哪肯认错，怀疑道："这位婆婆，他真是你儿子？该不是私下借个小伙子来，骗我的银子，坏我的买卖吧？"石婆婆说："我只有这一个儿子，彭大公是看着他长大的。"彭大公道："我作证，是她亲儿子。您就给了人家罚银吧。"周公让石留住自己报出生辰八字，又掐算一番，果然有些变化：按说这命本该昨夜三更前后，土下僵尸而死。今日再算，怎么忽然出现个恩星救他无事呢？周公满面羞愧，心里纳闷："我算卦三十年，还从未出现过这种差错！"彭大公说："想是您老了，不济事了。快给了人家银子，打发人家走吧。"周公无奈，赔钱送走石家母子后，命彭大公立刻关了铺门。

彭大公劝说周公："老官人，别怪我老头子多嘴，古人有言，智者千虑，必有一失，您自从开这卦铺以来，赚的银子也够了，怎么刚刚被人家拿了一个去，就大白天关了铺门，显得何等小气。"周公道："话可不是这么说。我是出了大言牌的人，绝不能出差错！先关它几天铺门，等有人再三求我算卦时再重新开张。"

二人回到屋里。周公对彭大公说："反正也闷坐无事，你就说说你那生辰八字，我给你闲算一下。"彭大公不以为然地说："我今年六十九岁，五月初五戌时生。我也看出来了，您这阴阳啊，是哈巴狗儿咬虼蚤——有咬着时，也有咬不着时。"周公由他乱说，掐指算后，忽然哭起来。彭大公嘲笑道："您家满厢满笼放着银子，刚被别人拿去一个，便这么哭哭啼啼。这银子是您的命哩！"周公止住哭："我是哭你哩！你到后天中午，必定土炕上僵身而死。来来来，我念你服侍我多年，就给你这一两银子，放你回家去，买些酒肉吃，辞别一下亲戚朋友。你死之后，我会好好殡送你的。"

彭大公拿着银子出了门。忽然有些明白，放声大哭起来："这个周老官儿，我又没主动求他算命，他却平白无故地算了我个后天准死！我要不信他吧，他又十分灵验。得了，我就信着他，当自己是个将死的人，买些酒肉，吃个醉饱，再找相识朋友告别一声。"

彭大公先去告辞任二公，安排了许多酒肉。可彭大公心头被那卦挡着，如何吃得痛快！端起酒杯又放下，眼里涌出泪来。任二公问明原因，劝他："不要信那个，就算周公算得准，也还得后日看出结果，不如今朝有酒今朝醉，明日愁来明日当。"彭大公一想也是，忍悲喝了两盅，可转念又想："这就是俺的长休饭、送终酒。"于是，又停杯号啕起来。

哭声惊动桃花女，急忙出来问究竟。她问明彭伯伯的八字，掐指一算，叹道："嗨！这周公果然算得准。您注定后日正午，土炕上僵身而死。"彭大公听了，抹泪言道："周公正是这么说！我服侍他三十多年，实见他卦无不灵、算得最准，真个是光前绝后，世无敌手。叫我怎么能不信他呢！"桃花女听到"世无敌手"四字，心中甚是不服，决心与周公比试比试，对彭大公说："伯伯，我能设法救你性命，让那周公算不准。你意下如何？"彭大公道："你若真能救我这条老命，我口中衔铁、背上披鞍报答你！"桃花女说："明日晚间正该北斗星官下降，你买些香纸花果，明灯净水供着。再买一领席，做个席囤，你藏在里面。等到三更三点，七位星官降临，受了你的供品之后，你就跳出席囤，无论哪个星官扯住他一位，别的不要，只向他要些寿岁。这样，你就不会死了。"彭大公有些犹豫，任二公劝他："哥哥，你就只管照桃花所说试一试。吉人天相，后日下午，我和女儿同去贺你。"

彭大公照计行事。果然三更时分，一阵风吹得人毛森骨立，星官降临。等他们领受了供奉要走，彭大公跳出席囤，扯住一位求道："上圣可怜，救救小人吧！"星官问："你要官？""不要官。""你要禄？""不要禄。""那你要什么？""小人叫彭祖，今年六十九岁，明天午时该死。只望上圣可怜，给小人些寿岁。""这不要紧，我既受了你的香灯祭祀，就册籍上抹了你该死二字，注上再活三十岁。你可活到九十九岁。"彭大公叩头道："够了，够了。"众星官走后，彭大公发现桌下还有一位只顾贪吃的小星官，便又扯住。小星官说："我再给你一岁，让你凑成一百。彭祖一百岁，牙齿拖着地，饭也吃不得，却也活受罪。"

第二天午时已过，周公正准备前去殡葬彭大公，显自己一点不忘故旧之意。不料，彭大公却一路嚷着："周老官人，你又算错了！快拿一锭银子来给我！"周公一见，吃惊道："有鬼，有鬼！你靠后些。"彭大公："老官人，我行有影，衣有缝，怎么是鬼！是你时运倒了，一连算错两次。"周公恨恨地说："必定是有人破了我的法，要抢我的买卖！"他把彭大公让进屋，关上门，厉声喝道："快告诉我！是谁破了我的法？不说我就打死你！"彭大公只得说出桃花女。周公妒火中烧，暗生一计："我备下花红酒礼，让彭大公给任二公送去。先让彭大公假说为酬谢桃花女而送，等任二公收下礼物，再改口说这些都是我为儿子增福所下的聘礼。只等这门亲事定下，桃花女被娶做了儿媳妇，就不怕桃花女不断送在我手里。这正是，强中更有强中手，恶人终被恶人磨。"彭大公本不想帮周公骗人，无奈周公威胁说："若不肯照我所说去做，我就关上门，狠狠地打你！"彭大公只得依计送去彩礼。第二天，等任二公知道中了圈套，气得捋胳膊挽袖子，要和彭大公打架。桃花女听见两位老人吵闹，急忙问："你们这是为啥？"任二公道："昨日这彭大公来，劝我吃了三盅酒，又拿出一段红绢，说是送给你做件衣服穿。谁知今日他又带了媒婆来，一口咬定我已喝了肯酒，受了红定，后天就要下彩礼娶你过门，给周公的儿子做媳妇。"桃花女问："我又和那周公不认识，他是怎么知道我的？"任二公道："准是这彭大公说的呗！"彭大公尴尬地说："不是我说的，想来准是你救石婆婆的儿子，被周公晓得了。"任二公道："常言说'众生好度人难度'，孩儿呀，你真不该多事救人性命。"桃花女说："我是不忍心看他们眼睁睁见阎罗。哎！谁知你个彭大公才得灾难消，倒让我平白地遭摧挫。"彭大公嘟囔着说："我是觉得周公是个财主人家，他下的聘礼比谁家都多。你到他家，吃得好，穿得好，可以受用一辈子。"媒婆也插言道："那周公通晓周易，算卦准着呢！你过了门，他还会把这本领传授给你的。"桃花女冷笑一声："哼！他心里怎么想我全掌握，只劝他做得莫太过。他那套灵验的阴阳怎近得我，正是望梅止渴主意错。"她转身对父亲说："既是男大须婚女大须嫁，您就不妨许下这门亲事。"

周公选了一个日子，派彭大公和媒婆拿着娶亲礼物去迎桃花女出门。其实，周公早已算定：这一天正该日游神出游、金神七杀上路、太岁神巡宫。这些凶神恶煞，桃花女无论撞上哪个，都是必死无疑。

然而，桃花女早已识破周公阴谋。她出门时，请石留住帮忙，捧着一个号称千只眼的筛子，在前面先行，把日游神赶到一边儿。又自己戴上一顶花冠，层层都是神道，装得像天帝一样，把金神七杀吓得退到一边儿。

上车后，让石留住指挥推车人先把车倒拽三步，又从袖中取出一面手帕兜在头上，躲避过太岁神。

周公正站在门口，等着听桃花女的凶信，谁知桃花女竟活活儿地坐车来了。他急忙再占一课，又叫来彭大公，让他立刻去招呼新人下车。媒婆正要去扶桃花女，桃花女却说："慢着！今天是黑道日，新人踩上地皮，立时即死。"她叫来石留住，请他找来两领净席，铺在车前，然后行过一领倒一领。把黑道换成了黄道。

眼看此计又不成，周公急忙再算一卦，又叫来彭大公，让他立刻去招呼新人入门。桃花女却说："慢着！今天是星日马当值，我若从门槛上迈过去，正趟着它脊背，不被这马拖死也得被踢死。"她叫来石留住，请他找来马鞍一副，搭在门槛上。那马便乖乖服了。

此计又败，周公急忙再算一卦，又叫来彭大公，让他立刻去招呼新人入墙院。桃花女却说："慢着！今日晚正轮到鬼金羊、昴日鸡两个神祇巡逻，我若走进墙院，不被羊角触杀也被鸡喙啄杀。"她叫来石留住，请他取一面镜子及碎草、米谷、五色铜钱等物。自己用镜子照着脸，石留住等人则在旁边跟着，走一步撒一步。碎草喂了羊，米谷喂了鸡，小孩儿们抢铜钱儿吵吵闹闹争相戏，趁着乱，桃花女走至堂前将身立。

以后，桃花女让石留住对着三重门射三箭，吓走了当值的丧门吊客。进了三重门。来到卧房，桃花女发现那床正铺在白虎头上，倘若外边鼓乐响动，惊起白虎，必然身死。于是，她请彭大公把周公的女儿小腊梅叫来作陪。又假说要到后面去解手，把自己的鹤袖红装披在小姑子身上。果然，腊梅倒在床上死了。周家办喜事出了人命，吓得媒婆和乐工都跑了。周公搬起石头砸了自己的脚，哀哀怨怨、烦烦恼恼、哭哭啼啼。彭大公问桃花女："这小姑娘还能救活吗？""那要问俺公公是否要她活了。"周公忙说："我当然是想让她活了！"于是，桃花女命彭大公取来净水一碗，用手掐诀念咒："天啉啉，地啉啉，魔啉啉，唵啉啉。吾奉九天玄女急急如律令，摄！"对着小姑子脸上喷了三口水。腊梅醒来，学着父亲的样子念叨："乾坎艮震、乾坎艮震……"又说："父亲呀，你以后再别弄这样的虚头了！"

周公斗败，气得半死。叫过彭大公来，说："我绝不放过这妮子！我已算出，城外东南角上有棵小桃树，正是这桃花女的本命。你明天一早，拿把斧子悄悄地去把它砍倒。你要不去，我就先打死你！"

彭大公正腰揣利斧，鬼鬼祟祟地准备出门行事，却被桃花女叫住，问："伯伯，你莫不是要出城去砍那桃树吗？"彭大公欺着心，嘴上支支吾吾。桃花女说："伯伯，想当初我也曾救过你，这次求你救我一回。你去砍那桃树时，不要伤了它的根，只从半腰砍断，拿着树枝回来。然后，用这树枝去敲那门槛，敲一下他周公家死一人。等周公死后，你再对着我耳边高叫三声'桃花女，快苏醒'，我就能还魂了。"彭大公答应照办。

桃花女趴在桌子上死了。周公一见，大喜，让背着树枝进门的彭大公快去买口棺材，把她埋了。彭大公心里骂："你这老家伙好狠毒！"把树枝在门槛上敲。腊梅、增福、周公接连倒地死去。彭大公又对着桃花耳朵高叫三声，桃花女苏醒过来，说："真是睡了一个好觉。"

彭大公对桃花女说："那周公是该死的，可这一点儿也不干增福小官人的事，他又是你的丈夫，你应该把他救活才是。"又道："其实腊梅这小姑娘也可怜，也该把她救活才是。"桃花女说："既如此，索性连这周公也救活算了。"彭大公道："也对，也对。他死了，我这工钱朝谁去讨！"桃花女让彭大公取一碗净水来，向这三人脸上喷去，又掐诀念咒，将这三人一一救醒。

周公被救活后，彻底服了，再不敢算计桃花女，而是连声感激："好儿媳妇，好儿媳妇！"他吩咐人杀羊备酒，设下丰盛宴席；又让彭大公去请任二公及石婆婆母子快来赴宴。彭大公连媒婆也叫了来。媒婆扶着新人和新郎一拜天地，二拜高堂，三夫妻对拜。真是喜气洋洋。周公感叹地说："这正是：好儿孙后辈超前辈，我今日心悦诚服开怀喝个醉。"任二公道："亲家这两句话说得好！咱们就拼着喝个烂醉，尽兴方归。"

❖ 范子安 ❖

吕洞宾显化沧浪梦　陈季卿误上**竹叶舟**

　　武林余杭人陈季卿，幼习儒业，颇有文名。只因时运未通，应举不第，故而流落在外，不能回家。时值暮冬，雨雪虽晴，寒威转加，陈季卿缺衣少食，举目无亲，不免叹息。忽然想起同乡好友终南山青龙寺惠安长老，他曾数次寄信相约。只因自己那时自愧没有半点功名，无颜前去拜访。如今也顾不得脸面，一直寻找到终南山青龙寺。

　　陈季卿来到青龙寺，问守门的："小和尚，你家惠安长老在吗？"守门的一听便急了："呸！也不睁开你那驴眼看看，我这么高的个和尚，还叫做小和尚？全不知体理！看你这破不拉的旧衣、黄不拉的瘦脸，准是来投靠我家师父的，却怎么这样傲气！"陈季卿无意间被数落、抢白一顿，只得改口："小师父恕罪。烦您通报惠安长老，就说有故人陈季卿特来相访。"

　　小和尚进去通报；"师父，外面有个自称耳东禾子即夕的求见。"惠安："你胡说什么，世上哪有这样的姓名？"小和尚："瞧您，还想要悟佛法呢，就会在念经时偷看人家老婆——我这叫拆白道字，是你的故人陈季卿来了。"惠安忙说："快快请进来！"

　　陈季卿拜见惠安，惭愧地说："小生萤窗雪案，辛苦多年，自以为功名唾手可得，谁知屡次文场失利，真让人觉得脸上无光。"惠安长老安慰道："古人云：无学之谓贫，学而不能行之谓病。仁兄饱学多才，何愁不得功名。你若不嫌荒刹凄凉，就请留我寺中，温习经史，等候选场。"

终南山是天下第一座名山，中间胜景极多。陈季卿在惠安长老陪同下，四处观赏。只见一条细流，如同飘动的白练挂在山的东南角。惠安长老说："这条水是从渼陂过来，经此进入汉江，是咱们故乡的归路。"陈季卿听了，顿发思乡之情。他请小和尚拿过笔砚来，在素墙上题《满庭芳》词一首："坐破寒毡，磨穿铁砚，自夸经史如流。拾他青紫，唾手不须忧。几度长安应举，万言策曾献螭头，空余下连城白璧，无计取封侯。可怜复失意，羞还故里，懒驻皇州。感君情重，僧舍暂淹留。暇日相携登眺，凭高处共豁吟眸。家山远，如何归去？都付梦中游。"惠安长老读了，连夸："好高才！好高才！"小和尚也跟着点头："这余杭阿呆，写得还通。"惠安呵斥道："你懂得什么！快去看茶来。"

吕洞宾奉旨来到终南山，准备度脱陈季卿。陈季卿嗔怪道："你这道人，我跟你素不相识，怎么一见面便让我跟你出家！况且，我学成满腹文章，实话对你说，我正要打点着做官呢。"吕洞宾："叹你这千丈风波名利途，枉受苦，便做到苏秦佩相印又何如？一将功成万骨枯。哪像我，口诵黄庭道德经，仙履游四方，任来任去随缘住。"小和尚送茶来，见这三人，左边一个牛鼻子老道，中间一个秃和尚，右边一个穷秀才。心说："这真比那三教圣人聚会还好看。"陈季卿接过茶，嘟囔着："这道士真是能纠缠，到现在我还不曾吃早饭。"吕洞宾："你若肯诵黄庭经，便没了饥寒之苦。"小和尚："别听这牛鼻子老道瞎说，我一天到晚诵经，肚子照样饿得吱吱叫。"吕洞宾不睬小和尚，仍一个劲儿地大讲修仙练道的好处。陈季卿不耐烦地说："你不要在我面前絮叨了行不？我是要做官的人，你就是磨破嘴皮，我也不会跟你出家的。"言罢，背转身，独自观察墙上画的华夷图。吕洞宾又凑过来，吟诗道："闲观九域志，如同咫尺间；县排十万镇，州隐五千山。幽燕当北望，吴越向南看；虽无归去路，神往不为难。"陈季卿听了，不由心有所动："道长好高才！唉，小生多年流落在外，不知几时能得还家？"吕洞宾："你若肯跟我出家，我就借你一条船，送你回家看看。"说完，摘下一片竹叶往墙上一粘，立刻变做一条小船。又对陈季卿说："你既思乡，可闭上眼睛，莫迷失了回家的正道。"陈季卿真的打了个哈欠，伏在桌子上沉沉睡去。吕洞宾将袍袖一甩，默念道："我为你打开槐安路，望你南柯一梦悟，再休被名缰利锁相缠住。我为你割断风俗，望你肯做吾徒，趁烟霞、驾浮槎，朗吟飞过洞庭湖。"

陈季卿睡梦中上了小船，趁风归去。

吕洞宾邀了列御寇、张子房和葛仙翁，等候在玉溪边，准备陈季卿来时慢慢点化他。列御寇感叹道："世俗之人呀，个个贪嗔爱欲，如青蝇嗜血，似群蚁慕膻，争名趋利。不顾生死，太愚迷了！"吕洞宾说："我看这陈季卿本有神仙之分，只是尘心太重。所以请来诸位上仙，帮助成其正道。"

陈季卿乘着竹叶舟飘飘悠悠走了一阵，忽然停下来。也不知这是什么地方，四野无人，没法儿打听。白茫茫穷途何处归，眼睁睁苦海无人救。陈季卿正自惊慌，吕洞宾等人把他叫过去相见。列御寇、张子房、葛仙翁讲了自己姓名和身世。陈季卿说："听三位所言，都是弃官修道，得列仙班的。而我十载寒窗，受过多少辛苦，如今正想做官；所以小生实在不能像你们那般迂阔。"吕洞宾斥责道："真是个呆汉！人家弃官印如粪土，你却还苦苦追求。"列御寇："秀才，这成仙了道虽是天分，但也须异人传授。今天我这道友再三再四想度脱你出家，你怎么就毫不省悟呢？"陈季卿作《临江仙》词一首："一自长安来应举，本图他富贵荣华；谁知不第却归家。妻儿年稚小，父母鬓霜挂。中道迷踪何处问，遇群仙下访乘槎；低回无语漫嗟呀。断肠俱无路，延首各天涯。"又说："我必得回家看过妻儿老小，再回京夺个头名状元。了却了这两件心事，才肯跟你们出家。"吕洞宾见他说得如此坚决，只得暂时由他："呆汉，那你就快回家去吧。只劝你莫忘了正道！"陈季卿沿着大路忙往家奔。正是：渐觉乡音近，翻增旅况悲；途遥归梦绕，心急步行迟。

陈季卿的父亲陈员外、母亲方氏、媳妇鲍氏、儿子阿胜，这一家人无一日不悬念着季卿。

陈季卿来到渡口，好不容易找到一条船。船家定要他说明身份，并嘲笑道："你们这些村学究，若考中啊，高头大马春风骤；若考不中啊，灰溜溜求坐我这小渔舟。"船儿一路经过屈原行吟处、严陵垂钓矶，至三更时分，到了家门。汪汪犬吠竹林幽，半轮明月在柳梢头。渔夫把船揽住，嘱咐陈季卿："秀才，我在此等你。你见过家人，立刻转回。"

陈氏一家人正为打听不到季卿消息而焦急。猛见季卿回来，不由喜从天降。陈季卿拜见父母。父亲问："孩儿，你得了官没有？""孩儿时运不通，不曾得官，因此一直流落在外，羞归故里，未能尽孝。如今又开选场，我特来探望一下父亲母亲，仍旧还要应举去。"母亲阻拦道："孩儿，你离家多年，才得回来，无论如何要多住几天。"陈季卿坚持要走："考期已近，只怕赶不上科场。"妻子鲍氏也哭着挽留："秀才，你才得归家，怎么就狠心割舍下我们，立刻又走？"陈季卿道："大嫂，夫妻之情，怎能割舍？只是考期迫近，无可奈何。"提笔写下离别诗一首："月斜寒露白，此夕最难禁；离歌嘶象管，别思断瑶琴。酒至连愁饮，诗成和泪吟；明夜怀人梦，空床闲半衾。"又匆匆告别家人，登上了长安仕途。

渔夫早等得不耐烦。解了缆绳，船儿划到江心。忽然狂风暴雨大作，惊涛骇浪骤起。陈季卿呼喊着救命，被波涛卷走。

陈季卿一梦惊醒，只见桌子上放一竹篮，篮内一纸，纸上一诗："一叶逡巡送客归，山光水色自相依；才经屈子行吟处，又过严陵垂钓矶。亲舍久惭疏奉养，妆台何意重留题；别来痛哭黄昏后，将谓仙翁总不知。"陈季卿读罢，暗自惊讶："我梦中的事，这道士竟然全写在诗里。他必是个仙人，我怎能当面错过？"于是，对来送饭的小和尚说："请你替我拜上长老，就说我要去追赶那道士，斋饭也不吃了。"小和尚心中奇怪："这秀才。青天白日饿着肚子睡了一觉，醒了便急急去赶那道士。我回师父话去。反正饿出这傻秀才屎来，也不干我的事。"

吕洞宾在长安街头边走边唱："叹光阴似追梭，想人生能几何。急回首已百年过，对铜镜早鬓变色。到头来得了个什么？你不见窗前故友年年少，郊外新坟岁岁多。"陈季卿从后面追上来，扯住道袍求道："弟子有眼如盲，望师父救度！"吕洞宾摆摆手："你这痴呆汉，快去那科场夺个状元吧！"陈季卿当街跪倒："弟子已然醒悟，情愿随您出家。""不想享享那荣华富贵了？""唉，那荣华似水上沫，那功名似石内火。望大仙高抬贵手，助我将凡尘拂落。"吕洞宾："我为度你这蠢货，已来这尘世走了三遭。昨日你还挣不断金枷玉锁，今日才愿随我朝元证果。"

东华帝君带领张果老、汉钟离、李铁拐、蓝采和、韩湘子、何仙姑等上仙到来，说是王母娘娘在瑶池设下蟠桃宴，邀请众仙聚会。陈季卿既然有神仙之分，是吕洞宾弟子，也可由众仙引领，一起西去赴宴。

❖ 郑廷玉 ❖

乞儿点化看钱奴　布袋和尚**忍字记**

　　上界第十三尊罗汉贪狼星，因不听讲经，凡心萌动，被罚往下方，投胎为人，名叫刘均佐，家住汴梁。阿难尊者请弥勒佛化做布袋和尚，下界点化他。

　　刘均佐今年四十岁，妻子王氏，儿子佛留，女儿僧奴。这一家四口，本是汴梁首富，然而，刘均佐吝啬之极，平日只知敛钱聚钱，不肯花钱出钱，若是使上一贯钱，简直就如挑他的肉一般。时值隆冬，天降大雪，王氏劝道："员外，常言道：风雪是酒家天。咱们也饮几杯吧。"刘均佐不情愿地说："大嫂，我要不依你吧，又不好；我要依你吧，又要破费。罢、罢、罢，咱就将就饮两杯吧！"吩咐杂当去打酒："可别打多了，打两盅来就够了。"酒打来后，王氏给丈夫斟上一杯，刘均佐先喝。再斟上一杯，刘均佐让道："大嫂，你也饮一杯。"可酒壶中已一滴也倒不出。王氏问："是不是再去打点儿？"刘均佐不肯："喝一杯尝尝就行了。老人们说：酒要少饮，事要多知。正该如此。"他俩闲坐在当铺里，只见街上蹭过一个书生来。这书生名叫刘均佑，洛阳人，因到汴梁游学，盘缠用尽，身上无衣，肚里无食，只得冒着大雪沿街讨饭；刚唱了一句莲花落："一年春尽一年春……"就觉天旋地转，晕倒在地。刘均佐见这书生冻倒在自家门口，急忙叫手下人把书生扶进屋，弄些热水让他喝。刘均佐对妻子说："大嫂，这事儿也怪。我平日不是个慈悲人，莫说冻倒一个，就是冻倒十个八个，我也绝不管他。可对这个书生我却动了怜悯之心。"等书生醒来，刘均佐问他姓名，听说他叫刘均佑，心中暗想："这也巧，正是一棵树上没有两种花，我俩五百年前是一家。"便征求道："刘均佑，我有心认你做个兄弟，不知你意下如何？"刘均佑说："若非员外相救，哪还有我这性命！莫说做兄弟，就是在您家中随驴伴马也甘心情愿。"刘均佐道："既如此，兄弟，我便是你亲哥哥一般，这就是你亲嫂嫂。"刘均佑拜了哥哥嫂嫂。刘均佐又叫出两个孩儿，拜见叔叔。然后，让刘均佑一块儿坐下，对他讲明："你可别以为我救了你，我必是个仗义疏财的人。你要这样想可就错了。你哥哥我平日悭吝苛刻，早起晚睡、受尽辛苦才积下这些家私。这也是世态所逼，如今这人们都是敬衣衫不敬人，不由我只视钱亲人不亲。我认你这穷汉做兄弟，也并不想破戒养闲人！"刘均佑诺诺连声："您兄弟理会的。"

刘均佑实际成了刘均佐的管家，半年多来，放钱讨债的事都改由他操办。这天是刘均佐生日，刘均佑想："平日哥哥俭省之极，今天总该杀只羊、安排酒席庆贺一番。但是，如果让他知道是我安排的，定然心疼死，我只能假说是亲戚朋友、街坊邻居们送来的，他才肯食用。"果然，刘均佐来到席间，立刻不高兴，问王氏："我每年都不做生日！是谁告诉我这兄弟今天是我生日的？如此破费，岂不把我的家产花光了？"刘均佑忙说："这都是别人送的，不是咱花钱买的。他们送来后就走了。都是些现成的东西，如今摆上来，咱们吃了免得浪费。"刘均佐转怒为乐："哦，原来如此，何不早说！咱们就一块儿享受享受吧。"

弥勒佛来到刘家门口，高叫："看财奴，在家吗？"人们见这肥胖和尚背个布袋，容貌、举止可笑，都围了过来。刘均佑听见外面吵闹，出来一看，也禁不住笑。叫刘均佐："哥哥，快出来看，你看了你也笑。"刘均佐一迈出屋门，惊呼道："哎呀，好个胖和尚，真笑死我了！"弥勒佛念偈语："你笑我无，我笑你有；无常到来，大家空手。刘均佐，你跟我出家去吧！"刘均佐哪里听得进，仍笑着问："也不知这和尚吃什么来？怎么这么胖！在我当铺门口一站，真像个笨神来进宝。"弥勒佛道："刘均佐，你肉眼凡胎，不识好人。我是释迦牟尼佛，神通广大，法力高强，你若肯跟我出家，我教你大乘佛法。"刘均佐根本不相信："你要是释迦佛，能把个莲花台压塌，哪会什么大乘佛法！"弥勒："你拿张纸来，我把大乘佛法写给你。"刘均佐道："我没纸。"刘均佑劝："哥哥，就拿张纸给他，让他写，怕什么？""怕坏了我这家私！一张纸也要一个钱买呢。"弥勒："既无纸，就拿笔砚来，我写在你手掌上。"刘均佐伸出手，弥勒在上面写了一个"忍"字。写完，道："刘均佐，你该斋贫僧一斋。"刘均佐装没听见。刘均佑问："哥哥，咱们家钱粮不少，就请他一顿斋饭怕什么？""你没看见他那肚皮，怕是两石米也吃不饱！"于是，刘均佑说："我家没有您可吃的素食。"没想到胖和尚说："贫僧不问荤素，即便是酒肉，贫僧也吃。"刘均佑从屋里端出一盅酒来。刘均佐看见，埋怨："浅着点儿，倒这么满做什么？"布袋和尚接过酒，口颂南无阿弥陀佛，把酒倒在地下。刘均佐心痛地说："可惜了！百粒米也做不成一滴酒，全让这和尚浇奠在地下了。"布袋和尚道："刘均佐，再化缘一盅儿吃。"刘均佐说："没有酒了！"刘均佑："哥哥，就再拿一杯给他吃吧。"又端去一盅。布袋和尚接过来，说："这杯给我那徒弟吃。""你的徒弟在哪里？"和尚虚指了一下。刘均佐刘均佑扭头寻看。等回过脸时，布袋和尚化作一道金光，已无踪无影了。

刘均佐想把手心的忍字洗下去，用了肥皂使劲搓，可越搓洗字迹越真；用手巾擦，印了一手巾的忍字。气得刘均佐直骂："好你个疯和尚，使妖法捉弄人！我下次再碰上你，非把你捆绑到官府痛打一顿不可！"正这时，又听见当铺外面有人叫嚷："刘均佐，看财奴，你欠老子一贯钱，怎么不还我？"刘均佑出来一看，是叫花头儿刘九在闹。转身告诉刘均佐，劝他别生气。可刘均佐哪里忍得住，来到柜台前骂道："刘九，你个要饭的穷光蛋，我是个万贯的财主，怎么会少你钱！"刘九对骂："你财主有什么了不起！长着钱串子脑袋抠门儿得很，专善赖账！"气得刘均佐指着他："你过来，你过来。""我过来你敢把我怎样！""我敢打你！"说着，一拳挥去，把个刘九打得躺倒在地。刘均佑急忙劝解："哥哥，您别和这样的人一般见识，快坐下消消气。"又过去看刘九："你要钱就要钱，怎么还骂人？快起来吧。"一拉，发现刘九竟然死了。大惊，急忙告诉刘均佐。刘均佐开始还不信："我只轻轻推他一下，怎么会死呢？"等一摸鼻子，真的没了气，吓得他浑身瘫软："这可如何是好哇！为一贯钱打死了这个人，我还得偿他的命。兄弟，你要想法子救哥哥一命！"刘均佑说："哥哥放心，就说是我把他打死的，我替您去吃官司。"说着，摸刘九的心还跳不跳，却见胸口也印着个"忍"字，跟刘均佐手掌上的字一模一样。刘均佐叹道："这下儿，谁也替不得我了。兄弟，我把这家业田产、娇妻幼子都托付给你，你好好看管。我躲出去逃命去了！"

刚要走，布袋和尚闯进来，喝道："刘均佐，你打死了人想往哪里跑？"刘均佐连忙跪下磕头："师父，救救你徒弟吧！""我若救了你，你肯跟我出家吗？""肯！肯！""不许现在答应得好，到时又要反悔。"布袋和尚说完，喊一声："疾！刘九起。"刘九果然坐起，打着呵欠："这一觉真睡得好。"看见刘均佐，又嚷起来："快还老子一贯钱！"刘均佐忙吩咐刘均佑："快去给他拿一贯钱去。"刘九得了钱，高高兴兴领着小叫花子们吃酒去了。刘均佐松了一口气，问刘均佑："兄弟，他可走了！你给了他多少钱？""给了他一贯。""嗨，他既然活了，给他五百文就差不多。"布袋和尚问："刘均佐，该跟我出家去了吧？""师父可怜见，我怎能马上就舍得抛下这家业田产、娇妻幼子！让您徒弟在后园中盖间草棚，在家出家如何？我保证三顿素斋，口念南无阿弥陀佛。"布袋和尚说："既然如此，你可要牢记：凡事都须忍着。学道如担担，上山不易返更难；忽然两头脱，剩个闲人天地间。"刘均佐谢过师父指教，真的把家中诸事都托付给刘均佑，自己到后园修炼去了。

刘均佐正在草庵静坐，儿子佛留跑来告诉："我看见俺母亲和俺叔叔饮酒做伴呢！"刘均佐心中暗骂："好你个冻不死的刘均佑，我在雪堆里救你性命，又认你做兄弟，把家私里外都托付给你，你竟如此无礼！"忽然看见手心中忍字，便叹口气："嗨，孩儿，你先去玩吧。"佛留却说："他俩快活饮酒，您就不去回家看看吗？"刘均佐忍不住站起身，走到自家卧房。果然见房门紧闭，里面有男女说话声。他不由怒从心头起，去厨房抄起一把菜刀，用脚踹开屋门，却只见妻子一人。刘均佐揪住她问："奸夫在哪里？不说我杀了你！"妻子叫喊着："好哇，刘均佐，你个出家人还敢如此行凶！来人呀，刘均佐要杀人了！"这时，忽听帷幔后面有男人声音，刘均佐撇开妻子走过去，挺刀要刺。却见布袋和尚从衣柜后闪出来，叫道："刘均佐，你忍着！"刘均佐惊得目瞪口呆："明明是刘均佑躲到里面，怎么一下子变成了师父？"布袋师父说："叫你忍，你不肯，又要提刀伤人。我劝你还是休了妻，离家门，断了业根。"刘均佐："我也想跟着师父出家去。只是，我这家，不托付一个可靠的人不放心。"布袋和尚一指门外："你看，可靠的人不是来了吗？"只见刘均佑风尘仆仆迈进门槛，他出外讨债回来，身上背着要回的金银。刘均佐见他如此肯干，且又根本不可能与妻子有奸情，而自己一时莽撞，险些又弄出人命。于是，也就下了决心：家中一切都不管了，从此无是无非，跟师父山中出家去！

汴梁岳林寺首座定慧和尚是布袋和尚的大徒弟，他奉命看管刘均佐修行。这天，他把刘均佐叫来，教训道："你要清心寡欲，受戒持斋，不许凡心动！你若凡心动，我便打你五十竹板！"刘均佐嘴里念着南无阿弥陀佛，不一会，脑子里就走了神："也不知我那万贯家缘现在怎样了？"立刻脑袋上挨了一竹板，定慧和尚训斥道："哕，刘均佐，这是坐禅的静地，哪里有什么万贯家缘！你再若胡思乱想，定然重惩！"刘均佐又念了一阵南无阿弥陀佛，禁不住脑子里又开了小差儿："万贯家缘还不要紧，更可惜把个如花似玉的妻子抛下了。"秃头上又挨了两下子，定慧和尚训斥道："哕，刘均佐，这是坐禅的静地，哪里有什么如花娇妻！再不收定你那个心猿意马，重重责罚！"一会儿，刘均佐又忍不住，想起自己的两个孩子。又被定慧和尚责打一顿。刘均佐念着佛，声音越来越低，竟迷迷糊糊睡着了。定慧和尚叹着："此人凡心太重，难以解脱，只得学我师父，再让他看个景儿。"于是，刘均佐睡梦中见妻子带着一双儿女来看望自己来了。一家人见面，悲悲切切、抱头痛哭。这个说："大嫂、孩儿，真是想死我了！"那个问："你为啥非要出家，受这样的苦痛？"刘均佐犹豫间，妻子和孩子们转身就走，他追出庙门。忽然看见布袋和尚把两个女人、两个孩子领进屋里。刘均佐问定慧和尚："那两个女人、两个孩子是谁？""那是我大师父娘、二师父娘和师父的一双儿女。"刘均佐一听大怒："好哇，他让我休妻弃子出家，他自己倒养着两个老婆！师父，休怪休怪，我也不当这和尚了，今天就回我那汴梁老家去！"

刘均佐回到家乡，路过一块坟地。他依稀辨认："我家的祖坟不就在此处吗？我出家时，这棵柏树和我一般高，怎么才去了三个多月，它就如此粗壮了？"他心中疑惑，坐在树下暂歇。这时，过来一位老人，问他："那后生，你坐在这里做什么？""这里是俺家祖坟。""你这后生怎么信口瞎说！这是俺刘家的祖坟。"刘均佐问："你是哪个刘家？""我是刘均佐家。""是哪个刘均佐？""就是那个被胖和尚引去出家的刘均佐。"刘均佐问："他是你什么人？""是我的祖公公。""你可曾见过你那祖公公？""没见过。""睁开你那眼来看，我就是你祖公公刘均佐！"老人怒骂："好你个混账小子！我是你祖爷爷！"刘均佐道："我说的全是真话。我问你，我出家时曾留下一块印有忍字的手巾，如今可在？""手巾倒有，我今日上坟，正带在身上。可如何证明它是你的？"刘均佐说："你拿过手巾来，看那上边的忍字与我手心中忍字是否一样？"说着，在那手巾上又印下几个忍字。老头儿大惊，慌忙跑回家去，叫来同宗拜见。刘均佐看这老老少少数百人，已无一人相识。再看那坟地里，自己的假坟肃然而立，接下去是刘均佑的、佛留的、僧奴的……他蓦然觉悟："上界虽三月，尘世已百年。我在人间早已没了位置，还苦苦恋着它干什么？"他一头朝那大柏树撞去。布袋和尚走过来问："刘均佐，你明白了吗？""师父，弟子今日明白了！""刘均佐，我告诉你：你本不是凡人，而是上界第十三尊罗汉。只为你一念思凡，堕于人世，让你领略一番酒色财气、人我是非。贫僧受阿难尊者之命下界点化你。你如今功成行满，跟我同去返本朝元。"

赵汝州风月白纨扇　谢金莲诗酒红梨花

　　洛阳太守刘公弼接到同窗好友赵汝州一封信，说是近日就要到洛阳来，想会一会谢金莲。刘公弼没见过谢金莲，问手下人张千，才知道她是位很红的歌妓。于是，他嘱咐张千："等赵秀才来时，就说谢金莲已嫁了人。"

　　赵汝州来到洛阳，听说谢金莲已经嫁人，慨叹一声："唉，既如此无缘，小生告退。"刘太守忙拦住："兄弟，你虽不是专为我来，也该小住几日，怎么说走就走呢？"命张千收拾后花园中的书房，安排赵汝州住下。赵汝州本来就觉得毫无兴味，再加上喝了几口闷酒，在书房待不住，趁着月色到花园散心闲走。

　　谢金莲奉刘太守之命，到后花园来引逗赵汝州。她看见赵汝州身姿，禁不住赞叹。对随身梅香说："我以后嫁人啊，就嫁这样一个风流秀才。"梅香说："嫁秀才干什么，也不知他何时才能发迹！"二人聊天，惊动了赵汝州。赵汝州抬眼看见谢金莲，心中惊喜："呀，真是个好女子！怎么才能和她说上几句话呢？"便走过去，冒冒失失地问："小娘子姓甚名谁，谁家之女？"谢金莲道："你问我家么？山前五六里，林外两三家，遮藏红杏树，掩映碧桃花。""小娘子，你到底是谁家之女吗？"谢金莲依刘太守盼咐，骗赵汝州说："我是隔壁王同知之女，今夜来此观花，不想遇到秀才，请问你姓甚名谁？""我是刘太守的表弟赵汝州。小娘子既然至此，何不到我书房中闲坐一会儿？"谢金莲跟着赵汝州进到屋里。赵汝州取出酒来，殷勤招待。谢金莲也不推辞，和赵汝州对饮。赵汝州开心地说："难得小娘子到此，咱多饮几杯。"谢金莲羞怯怯地举起酒杯，暗想："也不知前世今生何缘法，相会在花枝下。他多情郎笑哈哈，我玉真女正待嫁。说不尽心里话。"赵汝州叹道："小娘子，今夜幸得相会，也不知后会何时，实在不忍相别。"谢金莲说："我明夜晚间，带一樽酒一瓶花来，回秀才礼。"赵汝州兴高采烈地说："我明天晚间一定等着你！"谢金莲告辞出来。扑粉面香风飒飒，露溶溶湿润衣纱；夜静归来路滑，赵汝州连忙过去扶一把。

赵汝州焦急地等待着，谢金莲终于来了。赵汝州慌忙迎上去："小娘子，小生已等多时了。"谢金莲递上香花美酒，又吩咐梅香："你先回去，若奶妈问时，你就含糊支应她。"梅香走后，谢金莲问："秀才，你可认得这花吗？"赵汝州说了几个花名，都答得不对。谢金莲告诉他："这叫红梨花，你看它枝叶青青，颜色莹莹，恰似佳人刚睡醒。"又以红梨花为题，作诗一首："本分天然白雪香，谁知今日却浓妆。秋千院落溶溶月，羞睹红脂睡海棠。"赵汝州连呼"写得好！"也题诗一首："换却冰肌玉骨胎，丹心吐出异香来。武陵溪畔人休说，只恐夭桃不敢开。"谢金莲连连称赞："好高才！"二人对面而坐，香花、美酒、良夜、知音，情也浓浓，乐也融融。正这时，谢金莲的奶妈闯了来，一把揪住赵汝州帽带，喊道："你做的好勾当！"谢金莲忙劝解："不要怪他，是我自己来的。你先回家，我马上就走。"赵汝州哀伤地说："小娘子，你这一走，不知几时能再来？你回到家去，若遭老夫人嗔责，我怎能放心得下？这路这么滑，你可要慢慢走哇。"正是：全凭着花月为媒，共佳人唱和传杯。被奶妈逼将回去，把一天喜都转作伤悲。

刘太守要下乡劝农，怕赵汝州进京赶考等不及自己回来，便留下花银两锭，全副鞍马一匹，春衣一套，让张千交给赵汝州。

赵汝州自那夜与谢金莲不得已相别，几天来神不守舍，整日思谋："怎么才能跟小姐通上音信，见上一面呀？"

卖花三婆到花园来折花，桃花、海棠、竹叶、嫩柳，采了满满一篮。

赵汝州正好撞见，也不追究她偷花之过，却从屋里拿出谢金莲所赠红梨花，问三婆："我有一瓶花，你认得吗？"三婆一见，惊呼道："有鬼了！有鬼了！"赵汝州诧异地问："你见什么来？怎么说有鬼！""哎呀，我明天再跟你说吧。""不行，先说给我听，说完再走。""我说了你可别害怕。""你只管说，我不怕。""告诉你，这花园本不是太守家的，是王同知家的。王同知有个女儿，生得十分美丽。那年春天，她到花园赏花，恰巧墙外有个秀才，二人四目相见，各有春心主意，只恨不能亲近。自那天起，王小姐一卧不起，害相思病死了。王同知夫妇，舍不得女儿，把尸体埋在这花园背后。王小姐一灵不散，怨气难消，长起一棵树来，开的便是这红梨花。从此，那小姐鬼魂便经常出来缠人。我孩儿李秀才，曾借住此花园中看书，一更无事，二更悄然，三更前后起了一阵怪风，一个如花似玉的小娘子忽然出现在他面前。我那孩儿甚是欢喜，邀她回书房饮酒谈笑。那小娘子临走时，又约定明日再来。果然第二天夜晚，那小娘子拿着一壶酒、一瓶花儿来回礼。二人诗歌互答，情谊正浓，被那小娘子的奶妈撞见，逼着小娘子跟着走了。我那儿子不知她是鬼，害起了相思病，死在书房里了。"说着，哽咽起来。赵汝州听着，越听越怕："三婆，多亏你告诉我，真吓死我了。"三婆走后，赵汝州急忙收拾东西，准备离开。张千把老爷留下的钱物给他，并说："您不等老爷劝农回来再走吗？""不了，不了，我等不得他了！我不别仁兄不为过，只因后花园里难存活。万一红梨花下那人来，我岂不要与李家孩儿凑两个！"

　　赵汝州不辞而别，进京赶考，一举状元及第，被授予洛阳县令官职，恰是刘太守下属。赵汝州参见刘太守。刘太守吩咐张千："在后花园亭子上安排酒饭款待。"赵汝州一听后花园，吓得起身就走，嘴里说："不必了，我已在衙门里饮过数杯了。"刘太守一把拉住："别走，无论如何得再去喝几杯。"赵汝州无可奈何，只得相陪，没饮两杯，就醉倒了。刘太守让张千把他扶回书房歇息。刘太守又叫来谢金莲，让她手持红梨花，在赵汝州床边扇扇伺候。赵汝州朦胧中醒来，一见身旁这人，顿时酒醒，连连惊呼："有鬼，有鬼！你这女妖精靠后，不许近前！"谢金莲说："妾身奉太守之命，来侍奉新县令赵汝州，怎么是鬼呢？"赵汝州说："卖花三婆都告诉我了，你是鬼！如今大白天儿的都敢出来了，真吓死人呀！"谢金莲叹道："初见时，你喜我似蕊珠仙；再重逢，你怕我如妖精缠；我衣有缝身有影，明明是活生生美婵娟！莫不是你负心无情我无缘，不由人茫然难言恨绵绵。"赵汝州听了，虽然爱怜，仍是害怕，颤声说："你手里拿的那红梨花，我知道都是你墓间之物。求你不要缠我，待明日我做些好事，超度你升天就是了。"刘太守来到书房，问："县令，你慌个什么？""这妇人是个鬼！"刘太守大笑："贤弟全然不知，听我说给你听：你当初来信，说要见谢金莲，我一打听，原来她是一名歌妓。我怕你迷恋声色，堕了进取之志。于是就特意做了前面安排，以此令贤弟吃惊，唬得不辞而别。你走后，我已将谢金莲乐籍上除了名字，另置别馆。今天。让她来服侍你，你竟仍然害怕她。"赵汝州听罢，大喜过望，嘴上却说："哥哥，你把我瞒得好苦！"刘太守问道："怎么样？今天正是吉日良辰，你二人是否就此成亲？"赵汝州谢金莲并肩道谢，红梨花成就了这一段好姻缘。

❖贾仲名❖

金安寿收意马心猿　铁拐李度金童玉女

金童玉女二人因动了凡念，被罚往下界。如今业缘满足，王母命铁拐李到人间引度他们返还仙界。铁拐李领了仙旨来到人世。

金安寿正为爱妻童娇兰过生日，杀猪宰羊，布置筵宴，笙簧罗列，大吹大擂。铁拐李来到金安寿家大门口，稽首化斋。金安寿问："不知先生从哪里来？""从三岛来。""往哪里去？""特来度你为神仙，往蓬莱去。"金安寿道："开什么玩笑！""不是玩笑。金安寿、童娇兰，你二人都跟我出家去。""你别胡说了，你看我现在如此幸福快乐，怎么肯跟你出家去！"说着，叫来歌儿舞女，让铁拐李一起欣赏；又领着铁拐李参观了高堂大宅、珠宝字画、卧室牙床。金安寿问："像俺这样花浓柳重、雨魂云梦，曲阁层轩、锦绣香拥、珠围翠绕、歌舞欢容；鱼水夫妻两意同，朝朝暮暮乐无穷。又怎肯跟随你去那白云洞？"言罢，撇下铁拐李径自走了。铁拐李骂道："这两个业畜，如此执迷不悟！必须使些手段，用心点化。"

这天，金安寿带了妻子到郊外春游踏青，一为赏景散心，二为躲开铁拐李每日纠缠。只见黄柳曳金条，紫燕翩翩翅袅；嫣红百花妖娆，采嫩蕊粉蝶轻飘。夫妻二人正愉快游玩，铁拐李突然出现在他们面前，拍着手笑着说："你们以为能躲过我吗？快跟我出家去，我让你们跨青鸾、乘彩凤、上丹霄，做大罗神仙有多好！"金安寿说："我才不愿跨什么青鸾，上什么丹霄！只愿守着我这如花般娇妻，亲她那樱桃般小口，搂她那柳枝般嫩腰。"铁拐李道:"你欲心太重!你若跟我出家,我让你游遍十洲三岛,同赴蟠桃盛会!"金安寿:"你说我欲心重,你的心眼儿更不好!为何总想拆散我们一双比翼鸟,迫我们离开自己的金屋绣巢!""你们这欢乐恰如一枕黄粱梦,顷刻间珠黄人老!""我也不管什么黄粱不黄粱,人老不人老;反正眼下是羊羔美酒人正俏!远远强过你这残老道,每天拐着脚儿挖野草,还说是就着泉水服仙药!"铁拐李听了,有些气恼,心想:"我必向他显些神通,再用仙术点化他。"便道:"金安寿,你肉眼凡胎,不识真人!你见我手中铁拐吗?我只要轻轻一摇,便可化道金光而去!"说着,化道金光不见了。

金安寿命人把前后大门层层锁上,自己和夫人坐在卧室里,以为这样那拐道人就进不来了。二人正慢慢饮酒消暑,铁拐李忽然从天而降,站在他俩面前说:"金安寿,早早跟我出家去吧!"金安寿又惊又气:"你是怎么进来的?你怎么老缠着我出家?大概你吃多了疯药吧!"铁拐李见他顽固不化,便改变策略,先不理他,却对其妻娇兰说:"你见我神通,还不跟我出家,等个什么?"娇兰道:"师父,弟子省悟了。"言罢,将耳环、饰物往下摘,扔在桌子上。金安寿一见,更是气急,揪住铁拐李的道袍要扯去见官。忽然打了个哈欠,一阵倦意涌来,立刻闭眼睡着了。睡梦中,见自己妻子跟道士在前面走,急忙追赶。追着追着,前边两个人没了踪影。再看四周,只见高山深涧,老树横桥,蟒缠虎伏,昏暗寂寥。他吓得心惊胆战。正不知所措的时候听见铁拐李叫他的名字,他恰如绝处逢生,连声答应。问铁拐李:"这是什么所在?"铁拐李告诉他:"你再往前走一步便进了洞天福地。"金安寿往前一走,果然眼前豁然开朗,只见鹿衔花,猿献果,芳草带露,仙桃满树。金安寿却懒得看这些,盯着铁拐李问:"你快还我妻子!"铁拐李骂道:"你这业畜真是重浊难悟!只得让你看见自己原形。"于是,喊一声"疾!"命金童玉女各骑着心猿意马飞奔而出,要捉拿金安寿。金安寿吓得乱跑,一下子跌入万丈悬崖。

金安寿从睡梦中惊醒过来,心中似有所悟。铁拐李点化他:"你刚才这一梦，尘世间早有四十年过去，你莫要醉生梦死流年度，不思量落叶归根处。你原有仙风道骨，快跟我去寻你那本来面目！"金安寿行礼道："师父，你弟子知道了。"

王母在西池接见金童玉女。告诫道："你等从今以后，再休动凡心！"玉女跪拜说："以后再不敢了！"王母问："你二人被贬谪下凡，为何不早早回来，到底人间有多少欢乐，使你们如此迷恋？"金童讲述了如何夫妻恩爱和谐，如何香花美酒仙乐。王母点头道："难怪你们沉迷不悟！"金童玉女急忙说："我等如今省悟了！人间虽好，终如一场春梦。"王母心中高兴，命金童玉女当众表演一番人间歌舞，又命众仙跟着连唱带跳，众仙尽乐尽欢。

❖ 李行道 ❖

张海棠屈下开封府　　包待制智勘**灰阑记**

郑州人刘氏，丈夫早年亡化，带着一儿一女过活。儿子名叫张林，女儿名叫张海棠。这张海棠不仅姿色秀美，而且聪明伶俐，琴棋书画、弹唱歌舞无不通晓。然而，由于家业凋零、生活无着，刘氏只得让女儿干起卖俏求食的勾当。此处有个马员外，看上了张海棠，打算娶她为妾，张海棠倒也愿意。张林听见这事，对着家人吵闹："咱们家祖祖辈辈科第出身，如今让这小贱人做这样的辱门败户的勾当，叫我这当哥哥的在人前还怎么出入！"刘氏责备他："你说这样的闲话有什么用？你既然怕妹子辱没你，你就自己去挣钱来养活老身。"张海棠也委屈地说："是呀，哥哥你要做个好男儿，你就养活母亲呀。"张林听了，恼羞成怒："你这小贱人，你不怕别人笑话，我可怕别人笑话！我今天非打你不可！"说着，朝妹子踢了两脚。刘氏拦住他，闹道："你别打她，你要打就打我吧！"张林颓然坐下："唉！咱们也别这么家烦宅乱了，我今天就辞别母亲，到汴京去找我舅舅去，我就不信我这七尺长的男子汉出门就能饿死！小贱人，我走之后，你要好好照顾母亲，若有好歹，我回来饶不了你！"说罢，愤愤然开门走了。张海棠哭着说："母亲，像这样吵吵闹闹，几时是了？不如将女儿嫁给那马员外去算了。"刘氏叹着气说："你说得也对，等那马员外来了，再作商量。"

马员外姓马名均卿，祖居郑州。这天，他备了些财礼，又来张海棠家求亲。张海棠对他说："这亲事我也曾再三再四地跟母亲提起，简直磨下去半截舌头。现在看来，她似乎有些肯了的意思。你趁我哥哥不在家，尽快找她商议，把事定下来。"马员外拜见刘氏，许以白金百两为聘礼。刘氏道："这门亲事我也没有什么不同意，只是担心你家有个大娘子会欺负我家孩儿，给她气受。"马员外忙说："这个请妈妈放心，莫说我马均卿不是那样的人，就是我家大娘子也不是那样的人。令爱到我家时，跟大娘子姐妹相称，不分什么大小。若是令爱能养得一男半子，我的整个家业就都归她掌把着了。妈妈您放心吧！"刘氏言道："既然如此，我就受了你的财礼。今日你便可领我孩儿去过门成亲。"

张海棠弃贱从良，嫁到马员外家已是五年多了。这期间，她母亲已亡化，哥哥没有一点音讯。她过门以后，生下一个儿子，名叫寿郎，一直由大娘子看养。

这天是寿郎五岁生日。马员外和大娘子领着寿郎到各寺院烧香拜佛去了。张海棠让下人准备好茶饭，等着员外、姐姐来家食用。等了半天，还不见他们回来，张海棠走出大门张望。

马员外家大娘子与州衙的赵令史早有奸情。这天，她把赵令史叫来，密谋道："想俺两个偷偷摸摸的，到底不是个了期。我一心要合服毒药，毒死了马员外，咱俩做个永久夫妻。"赵令史说："你哪里是我搭识的婊子，简直就是我那娘！难道你有此心，我就没有此意？我早把毒药备下多时了。"说着，把毒药拿出来，让大娘子藏好。

张海棠的哥哥张林，赌气出门去寻舅舅。谁知舅舅已不在汴京。张林投亲不着，又染上一场大病。盘缠花光，连衣服也典卖了，要着饭走回家来；谁知回到郑州，母亲已死，住房已塌，妹妹已嫁了马员外。张林想："马员外家有钱，我去投靠他，向他借些钱用。"一路打听着，找到马家大门，恰巧妹子站在那里。张林过去叫了一声。张海棠认出是哥哥，冷淡地说："你外出可好？莫不是回来替母亲起坟、吊孝来了？"张林叹着气："妹子，你没见我穿的这破烂衣服，我连自家的嘴都养不过，用什么东西给母亲起坟！"张海棠数落着："自丧了亲爹撇下娘，你难道就不姓张？为什么叫你辱门败户的妹子去支当？"张林羞愧地说："妹子不必敲打我了。家里这些事我都知道了，真是多亏了你，多亏了马员外！谁让咱们是亲兄妹呢，哥哥我有什么不是，你将就些，不要记怨了。"张海棠："你曾说男儿当自强，怒烘烘地去走四方。我道你定然发迹身荣旺，为何还穿着这褴褴褛褛破衣裳？""妹子，事情说起来真是一言难尽！如今我实在是没有别的办法，只得来投奔你。你无论多少，给我些盘缠钱，我立刻就走，不麻烦你。"张海棠说："哥哥不知，俺这衣服、头面都是员外当着姐姐的面给的，我怎敢自己做主送人？除去这些东西，我又哪里再有钱给你？你快走吧，以后别来了。"言罢，转身进屋，关上大门。张林很生气，想："妹子，你好狠呀！咱俩总是一母所生，如今特来投你，你竟一文钱也不肯相助！我如今偏不走，就等在这大门口，若见到你那马员外，不见得一点儿面子也不给。"

大娘子先回来，见张林站在自家门口，骂道："你这叫花子，呆在这儿打算干什么？""小人是张海棠的哥哥，来找妹子。""找你妹子干什么？""想讨些盘缠钱使用。""她给了你多少？""她说家私里外都由大娘子掌管，自己做不得主，所以一文钱不曾给。""唉，这家私里外过去由我掌管，现在您妹子生下男孩儿，这大小家私都让她掌把了。我是没儿子的，一点份儿也没了。你是她亲哥哥，她怎能不给些照顾？我进去跟她说说，替你讨些盘缠钱。"张林心说："这大娘子真是个贤惠人！"大娘子进屋，问张海棠："外面是什么人？来干什么？"张海棠一一作答。大娘子又问："你为什么一文钱也不给你哥哥呢？""我只有些员外和姐姐给的衣服、头面，怎敢自己做主给他。""既是给了你，就是你的了。员外查时，我替你解释。快解下来，我去给你哥哥！""既是姐姐许了，我就脱了这衣服，摘下这头面。"大娘子拿着这些东西出门来，对张林说："唉！舅舅哇，为这点儿盘缠钱，我都替你生气！哪知道你那妹子是这么狠心的人，放着那么多衣服、头面，一件也不肯给你，就像剔她身上的肉一般！这几领衣服几件头面是我爹娘给我的陪嫁，送给舅舅，权当盘缠使用吧！可别嫌少。"张林对大娘子有说不出的感激。大娘子又道："员外不在家，不好留你茶饭。请莫见怪。"把张林打发走了。

马员外带着儿子回来。海棠忙说："员外真是辛苦了，我去拿茶饭来给你们吃。"马员外奇怪地问大婆娘:"海棠的衣服、头面怎么都不见了?"大婆娘道:"员外不问,我也不好说。自她生了孩子,你十分宠她。不知她在你背后养着奸夫。今天咱俩带着孩子出门烧香,她就把奸夫招来,把衣服头面都给了他。正要再打扮起来,被我先回来撞见。是我不让她再穿衣服戴头面,专等你回来发落的。"马员外听了,怒火中烧。恨恨地说:"也不奇怪。她原来就是个风尘妓女!"等张海棠端来茶饭,马员外揪住便打。大娘子还在旁边撺掇:"员外打得好!像这样辱门败户的贱人,要她何用!早该打死她!"张海棠此时后悔莫及,暗暗埋怨自己:"这恶婆娘狗行狼心,烂肚蛆肠;我不该不时刻把她防,如今让她把屎盆子扣在我头上,我有口难辩,只得不言不语忍过这一场!"马员外打累了,气得扔了棍子,躺到床上,对大婆子说:"我身子有些不舒服,你给我煎碗热汤来喝。"大婆子又支使张海棠:"都是你把员外气出病来了!还不快去给员外煎汤!"张海棠忍着伤痛,把汤煎好端来,大婆子尝了尝,说:"太淡,快去取些盐酱来。"等张海棠走开时,大婆子把早准备下的那副毒药搅和在汤里,又命张海棠给员外送进去。张海棠推辞说:"员外看见我恐怕又要生气,还是姐姐送去吧。""你送!你若不送,员外又认为你恼恨他呢。"张海棠只得端着汤进屋。马员外接过碗,把汤喝了。不一会儿,脸色蜡黄,白眼一翻,死了。吓得张海棠魂飞魄散,连声高叫:"姐姐快来!员外死过去了!"大婆子号丧着出来:"哎哟我那员外哟,你怎么就忍心撇下我走了!张海棠小贱人!刚才员外还好好的,怎么吃了你的汤就死了?这准是你下毒药毒死的!"张海棠又气又急:"这汤姐姐也曾亲自尝过,难道你药不死,偏偏药死员外!"大婆子一时语塞,转身叫嚷着:"快来人呀,你们快去破木造棺,快去高原选地,把员外埋葬了。"当家人们抬着马员外的尸首出去后,大婆子咬牙切齿地对张海棠说:"看我办完这件丧事,回来慢慢地摆布你!"海棠说:"姐姐,如今员外死了,这家私大小,我都不要,就让我带上寿郎走吧。"大婆子眼珠一转,沉着脸说:"这孩子是谁养的?""我养的。""是你养的,为什么你不喂奶,倒让他在我房里睡?如今长大成人,你要领走,没那么容易!你养了奸夫,害死员外,要么私休,你趁早光身子滚蛋；要么官休，那时有你的好看！"张海棠说："我根本就没药死亲夫，怕个什么？情愿跟你去见官，现放着收生婆剃胎发的老娘，又有那看生见长的街坊，一问她们便知谁是亲生谁是继养。员外的死啊，恐怕也是你把毒药预先收藏，又暗暗地倒入羹汤。这毒杀夫主的大案，谁做下的谁把命偿！"这些话倒是提醒了大婆子，她心中暗想："对！事要三思，免劳后悔。这张海棠肯定仰仗着收生婆和邻居作证，我得釜底抽薪，把他们用钱买通。至于衙门中的官吏，更要白花花银子安置停当。这事儿就得靠赵令史了。怎么他好几天不露面呢？"正想着，赵令史大模大样、无所顾忌地径直进来。大婆子忙把准备打官司的事告诉他。赵令史不解地问："寿郎这小子确实不是你养的，你非要要他干什么？不如让他跟着走了倒干净！"大婆子说："你真是白当了令史，连这个也不知道！我若把这孩子给了张海棠，这张海棠到底还是养着马家的子孙，将来必定来争这马家的财产。那时，我一分也奈何不得她了！"赵令史听了，点头道："对！对！这衙门外的事由你费心，衙门内的事就全交给我了。"

郑州太守苏顺，人称模棱手，是个见风使舵的家伙。这天，他升起早衙。

大婆子和张海棠撕扯着来告状。大婆子威胁道："现在私休还不为晚，免遭绷扒吊拷！"张海棠说："就是打死我也认了，咱们去见官！"二人跪在堂前。苏顺让赵令史问案。大婆子喊道："告张海棠药杀亲夫，强夺我孩儿，混赖我家私！求大老爷替我做主哇。"赵令史喝令："把张海棠带上来！你为何药杀亲夫？快快实招！若是不招，左右，选大棍子伺候！"张海棠说："我若是犯下这十恶大罪，千刀万剐也该着！""你说，你当初是什么人？怎么嫁给马员外的？"张海棠只得把自己曾卖笑求食、又被马员外买了做小的经过叙述一遍。赵令史故意鄙夷地说："原来你是个娼妓出身。早就不是好人！你到了马家，生过孩子吗？""生过！"张海棠斩钉截铁地回答，并举出收生的刘四婶、剃胎发的张大嫂以及邻里街坊可做证人。赵令史命差役把他们传呼到庭。这些人得了大娘子的钱财，都昧着良心说假话。这个说："马员外是个财主，平日很少往来，但见每年生日，都是员外和大娘子领着儿子去寺院烧香。"那个说："收生时，屋里很黑，看不脸面，摸那产门很大，像是大娘子的。""剃胎发时，是大娘子抱着那孩子，怀里凸着白松松两个大奶，恐怕只能产妇才有。"赵令史听完，问张海棠："如何？人家都说是大娘子养的！你还有什么可说？"张海棠听到这伪证，又惊又气，喊到："他们都是被大娘子的钱买转了！寿郎虽然五岁，却也懂事，可让他指指谁是亲娘。"赵令史却说："小孩子的话不足信，就以众人证据为主！强夺人子、混赖家私这项罪过就不必再说，现在你快交代是如何药杀亲夫的！"张海棠怒道："药杀亲夫，不干我事！"以后便一言不发。赵令史骂："这顽皮贼骨，不打不招，左右，给我拉下去狠狠地打！"只见飕飕地棍棒拷、烘烘地背上着、扑扑地精神乱、悠悠地魂魄消。张海棠被打得死去活来。最后只得招供画押，被上了长枷，等待解送开封府处决。

苏顺这才想起："我是太守官人，怎么这桩案子全没了我的事儿？怎么要打要放全听赵令史的，让我跟傻子似的坐一边儿？——管他呢，反正我是既省心又得钱财。"

董超、薛霸两个公人押着张海棠往开封府去。天上刮着大风、下着大雪，张海棠棒疮化浓，疼痛难忍：肚里无食，身上缺衣，跌倒了又爬起。两个公差恶狠狠地催逼："快走！快走！"路过一个酒馆儿，勒索道："你有什么盘缠，拿些出来，请我俩喝碗酒再走。"张海棠说："我若有钱啊，也不至于落得个含冤受屈、命在旦夕！"董超、薛霸见无油水可捞，骂骂咧咧地打着张海棠往前走。转过山坡，道路更滑，连董超、薛霸也摔得屁股痛。正这时，走来一位公人，张海棠怎么看怎么像自己的哥哥张林，便贸然叫了一声。那公人确实是张林，他现在开封府当差，途经此处。听到一个犯妇叫，张林停住脚仔细看，认出是自己妹子，劈面打了一巴掌，骂道："你个泼娼根，果然有报应！"转身就走，张海棠扑上去，抱住张林的腿喊："哥哥救我！"张林连踢带甩："早知今日，何必当初！当初我去求你接济，你带搭不理。还是你家大娘子慈悲，送给我一些衣服头面。"张海棠哭诉道："这衣服头面都是你妹子的！正因这事由，我才惹下杀身大祸。"

接着，把官司内情叙说一番。张林听罢，如梦方醒："我只道那妇人贤惠，却原来这般狠毒！"对董超、薛霸说："我是开封府五衙都首领，现有公务在身。你们可带我亲妹子先行，一路上要好好照顾！如出半点儿差错，当心脑袋！"这董超、薛霸在出发前曾接收赵令史十两银子，让他俩在僻静处下手结果了张海棠性命。如今碰上张林，他俩只能暗暗叫苦。

赵令史和大娘子在家等待消息，耐不住心中焦急，匆匆忙忙从后面追过酒馆儿来。董超、薛霸看见，朝他们又使眼色又摆手。张海棠也看见了这俩人，叫哥哥快跑，去捉拿奸夫淫妇；但张林没有追上，被二人逃脱。张林回来骂董超、薛霸："你们这精驴禽兽，原来暗中勾结！我非到开封府告你们不可！"张林押着董超薛霸，董超薛霸押着张海棠。四人排成一队向前赶路。

开封府包待制升堂。包待制已读过郑州传来的案卷，对强夺人子的指控很感怀疑；而且张海棠奸夫也无指实；因此，暗地里已派人到郑州调取原告及证人，准备重新勘问。张千禀告："郑州女囚一名张海棠解到。"包待制命把罪犯带上堂来，把解差暂时留下。

包公审问张海棠，张林几次要替妹子辩白，被包公呵斥一顿："你是我衙门中公差，怎可替犯人禀事？该打！"张林只得退到一边。张海棠从头到尾把自己的冤情诉说一遍。当说到大婆子买通接生婆和诸邻居，让他们作假证时，包待制问："难道官吏们再不问虚实？"张海棠答："那郑州衙门，官不威爪牙威！全不问谁是谁非，谁有罪谁无罪。""那你也不该就招认了。""呀！实在是受不过他棍棒临逼！那厅阶下一声叫似一声雷，我脊梁上一杖起一层皮。那使钱的站一旁得意，那行刑的腕头上用力，打得我一阵阵昏迷！"张千禀告："郑州续解听审的人犯已经带到。"包待制命把他们都押上来。问大娘子及众邻居，果然咬定孩子是大娘子所生。包待制一面命张林去郑州把赵令史、苏太守传来，一面命张千取石灰在阶下画个灰阑，把寿郎放在阑内。叫过大娘子、张海棠，让他们分别扯着孩子胳膊往外拽，谁将孩子拽出阑外，这孩子便是谁的。第一次，寿郎被大娘子拽出去。包待制命张千把张海棠打一顿。又来第二次。第二次张海棠又输了。包待制沉着脸说："你这妇人，两次三番，不用力气，不怕定你死罪吗？"张海棠哭诉道："望老爷息雷霆之怒，罢虎狼之威。妾自嫁马员外，生下这个孩子，十月怀胎，三年乳哺，咽苦吐甜，煨干避湿，不知受了多少辛苦，才把寿郎养成五岁。如今两下里硬夺，必然使孩儿肢体损伤，就是打死我，我也不肯用力去拽呀！"包待制听了，呵呵笑道："律意虽远，人情可推！我这灰阑，果然十分厉害，谁是亲生，谁是混赖，早已不辩自白了！"这时，张林把赵令史等人带到。包待制把惊堂木一拍："好个赵令史，你还不快把因奸药杀马均卿、强夺孩儿、霸占家私、买通街坊、制造冤案，这桩桩罪过给我从实招来！"赵令史抵赖道："哎哟，小人只是个吏典，这件案子是太守苏模棱问成的。小人不过是大拇指头挠痒——随上随下的。"包待制怒喝一声："我不问你供状，只问你奸情！"赵令史又抵赖道："难道老爷没看见，那大娘子满脸抹粉，若洗下去，露出那真嘴脸呀，丢在路上也没人要！我怎肯与她通奸。"大娘子听了，气得直叫："好哇，你背后常说我似观音菩萨一般，今天却打落得我不成人样！你这欺心的！我算看透你了。"张林禀告："我亲眼看见这赵令史和大娘子赶来，跟董超薛霸比比划划。其中定有内情。审那两个解差，便可知晓。"包待制说："把赵令史拖下去，打！看他招是不招。"赵令史挨了一顿打，看看抵赖不过，只得交代："我与那妇人往来已非一日，顶多问个和奸，不够死罪。毒药的事，虽是小人买的却是那妇人自己下的。强夺孩儿的事，我早就劝她不要也罢，是她一意强行。买通街坊、收生婆，打点官府、解差，这些钱全是那妇人出的。你想小人是个穷吏，哪有银子使用？"大婆子"呸"了一声，骂道："瞧你那熊样儿！招得倒痛快。算了，你就把一切都往老娘身上推吧。我就是黄泉路上也扯着你做长远夫妻。"

包待制对此案进行判决：郑州太守苏顺，削职为民，永不叙用。街坊、收生婆等人，各杖八十，流放三百里。董超、薛霸，脊杖一百，发配远恶地面充军。奸夫、奸妇，押赴市曹，剐一百二十刀处死。张海棠执掌所有家产，将孩儿寿郎带回抚养。

❖ 郑廷玉 ❖

张善友告土地阎神　崔府君断**冤家债主**

　　晋州人崔子玉准备上朝取应去。他有个义弟叫张善友。这张善友平日看经念佛，甚是虔诚。这天，天色已晚，张善友和妻子李氏上床歇息，不想辛苦积攒的五个银子被贼偷去。这贼名叫赵廷玉，因母亲亡逝，无钱殡葬，万般无奈，才干下这件勾当。赵廷玉许下心愿："来生来世做牛做马也要填还这笔欠债。"第二天一早，张善友夫妻发现银子被盗，心中十分着急。正商量如何查找，听到外面有人敲门。敲门的是个如尚，他为修理佛殿，募化来十个银子，因还要到别处化缘，又一向闻知张善友是好善的长者，便打算把这银子暂时寄放在张善友家。张善友满口答应。把十个银子交给李氏，让她好好替和尚藏起来。谁知这李氏见钱起意，心说："我刚丢了五个银子，这和尚倒送来十个，我无论如何要赖下他的。"和尚来取银子时，张善友不在家，李氏便发咒起誓地说："这个师父你准是认错了。俺家没什么张善友，更没见你的什么银子！我若见了你的呀，让我眼中生血；我若赖了你的呀，让我堕十八重地狱！"和尚千乞求百解释，李氏只不承认。没办法，和尚只得愤愤离开。张善友回到家来，李氏撒谎，说和尚的十个银子已双手奉还。张善友也就把此事忘了。

　　崔子玉来到义弟家告别，张善友夫妻殷勤接待。崔子玉奇怪地说："我看兄弟这脸色，像是破了些财似的，再看弟媳脸色，倒像是得些外财似的。"李氏支吾道："破了些财是实，可哪里得过什么外财哟？"崔子玉与张善友对饮。举杯说："兄弟，我和你今此一别，不知几年再得相会。我有一诗，劝谏兄弟：'得失荣枯总在天，机关用尽也徒然。人心不足蛇吞象，世事到头螳捕蝉。无药可延卿相寿，有钱难买子孙贤。甘贫守分随缘去，便是逍遥自在仙。'"张善友连说："记住了，记住了。"送崔子玉起身登程。

三十余年过去，张善友从晋州古城县搬到福阳县，家业大为改观。他有两个儿子，老大叫乞僧，老二叫福僧，都已娶妻。按说这是挺好的人家，可偏偏这二儿子不成半点儿器，每天只是吃酒赌钱、寻花问柳。张善友批评他，他却回嘴："父亲，您孩儿幼小，正是享受的时候，咱家有的是钱，花点儿算什么！"乞僧抱怨道："兄弟，这钱是我披星戴月、早起晚眠、一个一个挣下的，你却大把大把不着疼热地使了。可知你受用快活，单单苦了我。"福僧说："我也苦得很！今天连着打了一天双陆，弯得腰骨节都是疼的。"李氏听了，早跑过来，替他捶肩揉背。一会儿，讨债的找上门来，这个嚷："张福僧，你欠我五百瓶的酒钱，快拿出来还我！"那个叫："张福僧，你借我的一千贯爷死钱，还不快拿出来还我！"气得乞僧站在一旁发呆，李氏催他："快拿钱去，替你弟弟还上！"乞僧只得跺脚道："罢罢罢！我还，我还。真是心疼死我了！"债主们走后，张善友冲着福僧骂："呸！你个禽兽，你个杀才！少不得让你破了家宅，倒不如趁早儿分开！"福僧听了，反而高兴地叫："分开好，分开好，分开了倒干净，随我请朋友玩耍。"于是张善友把财产分作三份，乞僧、福僧各一分，老两口一份。

分家之后，福僧的一分，好似汤泼瑞雪、风卷残云，很快被挥霍光了。乞僧念他是自己亲兄弟，将福僧收留在家。谁知这福僧旧性不改，天天被柳隆卿、胡子转两个无赖哄着，出入茶馆、酒楼、妓院，欠下一屁股债，便让哥哥替还。乞僧眼看自己的一份产业很快也将使尽，气郁成疾，一病不起。

这天，张善友正在佛堂跪拜，求菩萨保佑大儿子早日痊愈。忽然杂役跑过传信儿："乞僧昏过去了！"张善友夫妻急忙赶去看望。乞僧醒来，对李氏说："娘呀，我要死了。"李氏哭着劝："孩儿别这么说！要好好将养。"

又问："这病怎么一下子就如此沉重了呢？"乞僧喘息着说："娘啊，我这病你不知道。那天在当铺前，恰好有个卖烧羊肉的走过。我见那香喷喷的羊肉，真想吃一块。一问价钱，竟要两贯钱一斤。我怎舍得花两贯钱买它？就伸过两手去在那羊肉上捏了两把，又推嫌羊肉太瘦，不买。却袖着两手肥油回家。吃几口饭，吮几下儿手上的油，一顿吃了五碗饭。吃得饱饱的，我躺下瞌睡。不想来了一只狗，把我露在外面的另一只手上的油舔干净了。这手上的油是我留着晌午饭吃的，被它吃了，我怎能不气。一口气憋在心里，就成了这病。看来，我这病是好不了的了。"张善友哭着说："儿呀，你真把我心痛死了！"乞僧叫一声："父亲，我顾不得你了！"说罢，又昏过去，死了。张善友命人四处报丧，把在外面胡混的福僧找回来。

崔子玉进京赶考，一举状元及第，被授官磁州福阳县令，恰恰又与义弟张善友同居一县。这天，他听到张善友大儿子凶信，急忙赶来。张善友痛哭道："哥哥，我大儿子已死，眼见得我这老命也不久了！"崔子玉苦劝："兄弟，常言道'死生有命，富贵在天'，你不必过分忧伤！"福僧听到哥哥凶信，发愁地说："父亲让我回家，可我没一滴眼泪，怎么啼哭？"柳隆卿出主意："这个容易，我这手帕是生姜汁浸的，你可以拿去。到时候在眼睛边一抹，那眼泪就会尿也似流下来。"胡子转补充说："你回到家里，趁机拿些壶瓶台盏出来，咱们换酒吃。"福僧接过手帕回到家中，进门便嚎："我那哥哥呀！你一文不使，半文不用，就这么干干地死了。我那爹娘呀！你们如今只剩下我一个，还有嫂嫂、老婆。"张善友气道："你胡说些什么！你大哥死了，你还不该为他奠一盏酒吗？""老人家不要絮烦，我这就去浇奠。"浇奠完毕，福僧竟把些银杯盏往怀里一裹要往外跑。李氏过来拦住："你拿这些东西到哪儿去？"福僧把她往旁边一推："你管我做什么！"李氏被推坐在地，喊一声："真是气死我了！"乞僧也从棺材里坐起来叫："快把我那台盏拿回来！"张善友问："孩子，你不是死了吗？""他们把我的台盏抢去，我死也舍不得！"说完，又躺直了。张善友再劝李氏："婆婆，由他拿去吧。"细一看，李氏竟也气死了。张善友痛哭道："天哪，我老汉造下了什么孽，大儿子刚死，老婆又死了。还让我老汉怎么活呀！"崔子玉劝说："兄弟不要想不开，这都是前世注定的。"张善友命杂役把李氏装殓起来，准备埋葬。看着两个棺椁，张善友哭泣道："本指望一家人同相守，又谁知好夫妻不到头，养家儿没福留！到如今，夫妻情、父子恩统统一笔勾，落得个自悲自愁，除非重新再把那来世修。"

张善友儿亡妻丧，没了劳力，只能靠典房屋、卖田地度日。偏偏福僧小儿子又得重病。这小冤家虽说不成半点儿器，可毕竟是自己的一条根。因此，张善友整日祷告："天哪，你就可怜我老汉，留下这个小的，让他送我老汉归土吧！"可是，这福僧到底还是悠悠地赴了冥途，撇下老爹自己茕茕孑立。张善友恨高似万重山，泪多似连夜雨。他一面打发两个儿媳各自回娘家归宗守孝，同时又气迷心窍，打算要去县衙把阎王、土地告。

张善友拽上房门，来到县衙，跪在堂前喊冤。县令崔子玉认出是自己义弟，忙问："善友兄弟，你告什么？是谁欺负你了？"张善友说："我不告别人，只告当境的土地、阎神！哥哥，请您派人把他俩勾来，我要当面质问：我的妻子和两个孩儿究竟犯下什么罪过？凭什么勾他们早早去归阴？"崔子玉开导他："兄弟，你错了。那土地、判官是阴府神祇，咱们阳间之人，怎能把他们勾来？勾来又如何发落？况且，你的妻子和两个孩子必有罪过在身，注定是该死的。你是个修行之人，难道还不懂得因果报应？你非要问究竟，岂不痴迷！"张善友道："俺张家也不曾讹言谎语，更不曾触犯法律。我们一直是量力求财、本分随缘、乐道闲居。平白无故把我亲人勾去，我老汉绝不服气！包待制日断阳、夜断阴，他也是阳间官吏，求哥哥学包待制，去阴间替我问个仔细。"崔子玉说："兄弟，我刚才不是讲过，我这官比不得包待制，只能管阳间事。况且，暗室亏心，难逃神目如电；显报无私，你怎可把阎君埋怨？我劝你还是回家去吧。"

张善友回到家里，仍是想不通，就到城隍庙里告状。有人告诉他："这城隍也是木雕泥塑，没什么灵验。你那哥哥崔子玉才是个深藏不露的高士，你还应该去求他。"于是，张善友又跑到县衙跪着不起："我老汉一生修善，就是俺那老婆的两个孩子，也都没干过什么伤天害理的事，却被阎王勾去。求哥哥让我去跟他对证个明白，若果真应该受这罪业，老汉便死也瞑目了！"崔子玉口中仍是推辞，暗中使些法术。一会儿，张善友感觉头脑昏沉，晕晕睡去。梦中，一魂悠悠飘往阎王殿。阎王端坐书案后，旁边小鬼排列。喝问："张善友，你知罪吗？""不知。""你在阳间告谁状来？""告阎王、土地不该胡乱把我妻子和两个孩儿勾去。""你想见你那两个孩子吗？""当然想见！"阎王命小鬼把乞僧、福僧摄过来。张善友一见，又惊又喜。呼唤大儿道："乞僧，爹把你想得好苦！快跟爹回家去！"谁知乞僧冷冷地说："我哪里是你什么孩儿！我当初是赵廷玉。曾偷过你家五个银子，如今已加上几百倍的利钱，偿还你家了。咱俩之间再无关系。"张善友听得目瞪口呆。又召唤二儿子："福僧，跟我回家去吧。""你这老的好糊涂。我前身原是五台山和尚，你曾少我的银子，如今加倍偿还了我。咱们之间两清了。"张善友更听得如醉如痴。阎王吩咐："鬼力快把这二人带走！张善友，你还想见你那老婆吗？""当然想见。""好！鬼力，给我从酆都城中把张善友的老婆拿过来！"李氏披头散发、衣衫褴褛、血迹斑斑被押进大堂。张善友惊问："婆婆，你为何成了这样？你难道干下什么坏事？"李氏哭啼道："我当初不该赖了那五台山和尚十个银子！如今死归冥路，被下入十八层地狱，刀山剑峰都游尽了。这苦啊，我实在熬不过了，求你阳间好生超度我。"张善友说："原来是这样！我还以为你把银子还了那和尚，怎知是你赖了人家的！常言道：莫瞒天地莫瞒人，贪财昧心与祸邻。果然如此。"阎王命令鬼力仍把李氏押回酆都城。又问张善友："你还有个好朋友在这里，你想见见吗？""当然想见。""我替你去请那尊神出来。"崔子玉面蒙黑纱上堂，对张善友说："兄弟，咱们回去吧。"张善友一觉醒来。崔子玉问："兄弟，你刚才见了什么？可曾省悟？"张善友叹道："我都明白了！都是我那老婆自作孽自殃身，又连累下后世子孙。再休提世上多恩怨，须相信空中有鬼神！冤有头债有主，终当要报，总不如乐道安贫，落得个身困心不困。"

挺学士傲晋国婚姻　俫梅香骗翰林风月

白敏中，太原人。五岁读书，七岁能文，九岁贯通六经。其先父白参军，曾随晋公裴度征讨淮西，危难之中，为救裴度，自己身中六枪，二人结下生死之交。白参军临终前，裴度流涕道："愿以己女小蛮嫁给令嗣敏中为妻。"并留下一条玉带作为凭证。谁知白参军死后，裴度也相继辞世。因此，两家长时间失去联系。白敏中长大，一为进取功名，二为吊丧借问婚事，来到西京。裴夫人姓韩，家教甚严。女儿小蛮十九岁，生得天资淑聪，慎重寡言，每日由侍女樊素陪伴读书。这樊素伶牙俐齿，十分乖觉，人称俫梅香。这天，母女三人正在堂上研读《孟子》，忽听门人来报："有白敏中特来拜见。"裴夫人连忙请进。接见时，虽不令小蛮、樊素回避，却让她俩拜白敏中为哥哥，席间并不谈婚姻之事。白敏中讲了自家生活学习情况，吃茶之后，说要回旅店去，老夫人拦住："以后就在后花园里万卷堂上安歇，既洁净又好读书。"白敏中便把行装收拾过来。

寂寞琴书冷竹床，砚池春暖墨痕香。男儿未遂风流志，剔尽青灯苦夜长。白敏中独坐房中，拿出信物玉带，心中疑惑："先前之约，并不曾说以兄妹相称，老夫人如此决定，真不知是何意？"又因见过小蛮，她远视而威，近视而美，那仪容时时浮现在他眼前，使他朝则忘餐，夜则废寝，心中飘飘然若有所失。白敏中孤寂难耐，请院公禀告老夫人，说自己不想再住，打算告辞还乡。以此探看裴家有何表示。

小蛮自见过白敏中，更是放心不下。听说他要告辞回家，暗想："他若一走，人各一方，关山阻隔，路途遥远，这门亲事岂不吹了？"但又苦于无法明言挽留，便悄悄绣下一个香囊，打算晚上跟樊素去后花园赏花时，趁机把它撒在书房门口，若白敏中拾到，自然能从中悟出自己的心意。

这天夜里，樊素劝小蛮小姐到后花园赏月观花。这小姐却拿捏着："老夫人让你伴我读书，你倒搬逗我废学。"樊素知道她性格，也不为意，等小姐又穿件外衣，便一起走到后花园。白敏中正在书房闷坐无聊，拿过琴来抚弄，心中暗自祈祷："老天爷，若能借你一阵顺风，把我这琴声吹进俺那玉妆成、粉捏就的小姐耳朵里去，我将四时祭祀您！"

樊素和小姐沿着园中石径轻步走着。樊素叹道："花共柳，笑相迎；风与月，更多情；千金之价春宵永，可惜美景、乐事难并。"忽听书房那边传来琴声，小蛮早已移身过去。只听白敏中唱道："月明涓涓兮夜色澄，风露凄凄兮隔幽庭。美人不见兮牵我情，鳞鸿杳杳兮信难凭。肠欲断兮愁越增，曲未成兮泪如倾，故乡千里兮身飘零，安得于飞兮离恨平。"小蛮侧耳静听，轻声说："这书生的歌词好伤感人呀！"又听白敏中继续弹唱："孤凤求凰兮空哀鸣，离凤何处兮闻此情。"樊素听到这里，责怪道："什么凤呀凰的，弹这种曲子做什么！小姐，咱们快回去吧。"小蛮哪里肯离开，轻声说："樊素，你慌着回去干什么？""我怕有人来看见。""这么晚了，怎会有人来？大惊小怪的！"樊素听了，心说："我这小姐此刻胆子真大。"不由"嗤"地笑出声。白敏中听到外面有响动，停住琴，站起身，咳嗽一声，准备开门探看。樊素拉着小蛮转身就走，小蛮说："你要走便自己走，我再待会儿怕什么！"把手挣脱出来。又隐身去梧桐树后，把绣制的香囊撒到书房门口。白敏中开门出屋看见两个女子的背影，想叫住她们，无奈已走得远了，只得长叹一声："小生无缘呵！"再低头一看，发现那个香囊。拾起观瞧，只见那香囊是两个同心结，正面绣着莲藕及一对儿交颈鸳鸯，反面题诗一首："寂寂深闺里，南容苦夜长。粉郎休易别，遗赠紫香囊。"白敏中如获至宝，把香囊拿回屋去，细细观瞧，细细体味。心想："南容是古之美妇，正比她小字小蛮。这准是小姐故意丢下的信物，劝我不要急着回乡，她已有意与我成其婚配。"想至此，白敏中把那香囊恭恭敬敬摆在书案上供着，对着那香囊叩头不止。

韩老夫人听说白敏中在书房染病，一卧不起，十分着急。叫来樊素，让她快去秀才那里探望，再请良医来调治。

白敏中自从捡到香囊，便害上了相思病，身躯如削骨如柴，怨雨愁云拨不开；沉沉不死如痴梦，每日佳期事未谐。此时，他正躺在床上长吁短叹，樊素奉命前来探望。她推开房门进屋，施礼："先生万福！"白敏中听到女人声音，翻身下床，一把搂住，道："小姐，你可来了！"樊素嗔道："你怎么这样！"白敏中慌忙松手，羞惭地说："我是病得犯糊涂，小娘子休怪！"樊素道："老夫人让我来致意先生，不知近日病体康胜否？""小姐可有传示？小姐可有心腹话对我说？""小姐是曾说来，说准备些柳树枝，等哥哥死时就火葬了。"白敏中哪里肯信，"扑通"跪倒，向樊素哀求："小生区区千里而来，只为小姐这门亲事。不想夫人违背先相国遗言，不肯成就。自那日见过小姐，便害得小生魂梦颠倒，眼看性命就在顷刻之间。现在，除非小娘子肯帮忙，方能救得小生一命。"樊素惊讶地说："先生，快快请起！为个女人，折腰于人，岂不羞耻？况且，我能帮你什么忙呢？""若是小娘子肯帮我与小姐通上一句话呵，我就是一直跪到明天也不推辞！""我家小姐的性格我是知道的，一言非礼，勃然变色，我委实做不得。"白敏中继续磕头："小生处于颠沛之间，小娘子怎忍坐视不救？""那也得容我察言观色，慢慢寻找机会。只恐先生无缘，反致其怒，如何是好！"白敏中说："我这里有你家小姐遗下给我的信物，你拿去看后，自然放心。"樊素接过香囊一看，果然是小姐自绣。心说："难道小姐真有私通之意，她好会瞒人啊！"白敏中又将写好的书简交给樊素，求她转与小姐。樊素拿上走了。

小蛮小姐自那日留下香囊，消息不通，神思不宁。听说樊素探病回来，急问："那生病体如何？"樊素故意说："那生病体甚重，看看将死。"小蛮听了，背过身去，有些凄楚之意。樊素见状言道："小姐，刚才白敏中还让我给你带来数字。"小蛮忙说："快拿来我看。"只见纸上写着一首《清平乐》词："旅怀萧索，肠断黄昏约。不似相思滋味恶，萦绊骚人瘦却。凄凉夜夜高堂，教人怎不思量。若得那人知道，为她憔悴何妨？"小蛮见樊素在身旁，脸上挂不住，立刻阴沉道："樊素，跪下！你个小贱人好大胆，竟敢带了这等淫词来戏弄我！我去告诉老夫人去，看不拷下你下半截来！"樊素跪下，从怀中掏出香囊，说："小姐你少安毋躁，这物件也需有个着落。你是未嫁闺中女，为何将此物随意抛？我正要去老夫人处首告。"说着，站起来往外走。小蛮一把扯住，哀求道："我刚才是逗你玩来，你若生气，打我两下吧。"樊素问："你怕了吧？""当然是怕。""你慌了吧？""当然是慌。""那你实说，这香囊真的是你赠给那书生的？""是。""你该不会故意作戏，引得书生命在垂危吧？若小姐诚有此心，就该主动去探看他才好。这也是佳人配才子，有何不可！"小蛮说："聘则为妻，奔则为妾，何况我是相国之女，怎肯背慈母而与少年野合！""若顾小节，害了人家性命，这也大不应当。请小姐仔细想想。""你别说了，我是决然不会去的。"樊素听了，正色道："那书生四海无家，一身流落。小姐以物为信，以诗为许，今却失信反悔！不闻圣人之言'人而无信，不知其可'吗？既然姐姐坚意不肯，我还是把这香囊等物交给老夫人去！"小蛮又慌忙拉住："先别，先别！咱们再商量商量。"樊素说："救人一命，胜造七级浮屠。姐姐无须多虑，有何心意，我替你往返传递。"小蛮写下四句诗，叠好，让樊素给白敏中送去。

白敏中正度日如年，趴在桌上打盹儿做梦，樊素进屋。白敏中跳起搂住，道："小姐，你可来了！"樊素"呸"了一声："你又来了！"白敏中讪讪地问："小娘子，小姐收到我那简帖吗？有何表示？"樊素从怀中把小蛮信简拿出，递过去："这是回音，你要好好观瞧。"白敏中跪下，接过纸条儿，又供在桌子上，焚香礼拜一番。然后，恭恭敬敬打开，读上面诗："寂寂深闺里，翻为今夜春。还将写诗意，怜取眼前人。"白敏中读罢，狂喜道："小姐约我今晚相会。不敢想有这等好事！这都是小娘子功劳，真不知何当以报？"樊素说："你不忙谢我，且耐心等到天黑。"

白敏中如蚂蚁般出来进去，一会儿一趟，看那太阳是否下山。他心中暗暗骂着："这个泼毛团！让鳔胶粘住了吗？怎么一动不动呢？"

樊素看看天色将晚，瞒着老夫人，在后花园布置香案。假说陪小姐烧夜香，安排小姐跟书生相会。忽然，有人从身后把她一把搂住，吓得她心"扑扑"乱跳。扭头一看，是白敏中，气得她"呸"了一声："天还这么早，你就敢如此胡闹！"白敏中又讪讪地说："我以为是小姐来了。真被她害得我神魂荡漾！"樊素推他一把："快回书房那边等着。再待一会儿小姐才来。"

小蛮焚香祝祷。白敏中躲在一边缩头缩脑。樊素示意让他过去，他却百般地挪不动脚。樊素又推他一把，他"蹬蹬蹬"几步走过去，吓得小蛮一惊，怒斥："白敏中，你既读孔圣之书，必达周公之礼。今日这般行径，让人如何看待！"羞得白敏中恨不得找个地缝钻进去。樊素一看情况不妙，忙过去打圆场："学士别往心里去，俺家小姐是逗你耍呢。"谁知小蛮气恨道："都是樊素你个辱门败户的小贱人！我要告诉老夫人去！"说着，就往回走。樊素从怀中拿出香囊："对，这就是拿贼的赃！"小蛮一见，立刻停住："姐姐，我是逗你们耍呢。"白敏中过来跪倒："望小姐可怜小生！"樊素说："快起来吧，你这多愁多病的俏才郎。"边说边躲到一旁，留下小蛮和白敏中。白敏中边起身边说："真被小姐吓死我了！"

两人刚搭上话，欲诉真情，忽听一声咳嗽，是老夫人闯来了。老夫人气咻咻在廊前一坐，吼叫："先唤过樊素那小贱人来。"樊素过去跪倒。老夫人指着骂："小贱人，你做的好勾当！"樊素劝道："请夫人息怒，莫高声喊嚷，事关您亲生女非比寻常，有道是家丑不可外扬！"老夫人收敛着问："谁让你引着小姐，到这后花园来看白敏中的？若不实说，我非打死你不可！""若问是谁么？该是您老夫人。""好你个小贱人，连我也指攀上了。""言之有据，并非妄攀。想先相国临终之时，曾千叮咛万嘱咐：'务必纳白敏中为婿，以报其父救命之恩。否则，死不瞑目。'可如今白敏中找上门来，您却让小姐以兄妹之礼相见，真令人不知何意？若意在悔亲，就该让白敏中别馆去住，多赠礼品送其还乡，以绝其望。可您却把他留在后花园万卷堂中。才子佳人，临

— 318 —

风对月，心非木石，岂能无思！以致酿出今日之事。您一不从相国遗言，二不能治家有条，三不能报白氏之恩，四不能蔽骨肉之丑；您不觉得自己责任重大吗？"老夫人被问得无言以对。半晌才说："既然如此，这事就算了吧！"樊素追问："算了怎样讲？是将他二人驱散还是准他二人同鸳帐？"老夫人叹气道："都是我的不是，养了这么个女儿不长进！你给我把她叫过来。"小蛮羞答答过来跪下，老夫人又爱又恨："小贱人，我平日怎么教育你来？你竟做下这样的勾当！还不给我回屋去！"又叫过白敏中来责骂："你个不知羞的小禽兽！不存心于功名，却留意于女色。我若不看在你那亡过的父亲面上，早唤人来打坏了你。你等到天亮钟声一响，就赶紧离开我家！"言罢，转身走了。撇下白敏中好不羞惭。樊素凑过来问："先生，你怎么如此垂头丧气的？"白敏中说："我没脸在这里住了，明天一早就走，上朝应举去！只不知小姐是什么意思？"樊素低声告诉他："俺小姐说：好事从来多魔障，你应把心思放长。"说着，把小姐赠送的金钗玉簪递过去："俺小姐对你心坚如玉簪、情真如赤黄。只望你金榜题名早还乡，莫叫人骂你做薄幸郎！"白敏中听了，高兴地说："小姐既有此心，我又何尝不是此意。"

白敏中进京，考中状元。吏部尚书李绛，知道白、裴两家婚约之事，上奏朝廷。皇上命搬取裴家老小进京，赐予住宅。又让李尚书亲为主婚，成就这门亲事。李尚书派官媒到裴家求亲，又派黄山人送去订亲礼物。老夫人推辞说："俺家小姐已有婚了，不敢应承。"媒婆却说："我是奉皇上之命前来，您怎敢违抗！今天就要成亲！"老夫人、小蛮、樊素等人也无可奈何。

白敏中想起当初被老夫人轰将出来，仍感受辱，如今当上状元，又是圣命成亲，便故意板着面孔，一言不发，装着和裴家人不相识的样子来到裴府。黄山人礼唱道："锦城一步一花开，专请新人下马来。今日鸳凰成配偶，美满夫妻百岁谐。"白敏中趾高气扬步入门庭，大模大样坐在小姐旁边。媒婆高喊"奏乐"，白敏中制止："奏乐干什么！"媒婆宣布："交茶换酒！"白敏中却说："弄这个干什么！我天生不饮酒。"媒婆劝道："夫妇婚礼，少不得要用些酒的。”白敏中却把头一歪：“什么婚礼！若不是圣上命我来，我才不愿见妇人。只要和妇人相见，脑裂三分！”樊素听了，不由生气，抢白道：“穷酸们都是这个德行，一旦得官，简直把胸脯腆到九天外！”白敏中举起笏板，要打樊素。樊素叫喊着：“哎哟，我哪句话惹恼了您这春风门下客？求您千万高抬贵手多担待！”白敏中此时再憋不住：“你这樊素呀，真是个伶牙俐齿、没上没下的小奴胎！”气氛变缓和。老夫人出来，受了女婿两拜。白敏中、裴小蛮完成婚姻大礼。

单雄信断袖割袍　尉迟恭单鞭夺槊

　　尉迟恭辅佐刘武周，不顺大唐。大唐元帅李世民、军师徐茂公率十万雄兵征伐，两军在美良川交战。这尉迟恭使一条水磨鞭，胯下乌骓马，武艺高强，与唐将秦叔宝大战百余合，不分胜负。徐茂公用计，将尉迟恭诱入介休城，四面围困。李世民数次派人劝降招安。可这尉迟恭声言："我有主公刘武周现在定阳，我岂肯投降！"徐茂公又使反间计，把刘武周的首级弄来，用盘子托了，在城下喊："尉迟恭，俺雄兵把介休围得铁桶一般，你还不速速投降！"尉迟恭道："徐茂公，你说得差了！难道你连好马不背二鞍，烈女不嫁二夫的道理都不懂吗？我既已辅佐刘武周，必定要忠心事主！"徐茂公说："将军，你那主公刘武周已被我杀了，他的首级在此，你不信可拿上去仔细看看。"说着，命小校用秋千板把首级吊上城墙。尉迟恭抱着头颅仔细辨认，果然是刘武周的首级，不由大哭起来。李世民劝说道："将军，弃暗投明，古之常理。你若肯降，我奏明父皇，定然将你重赏封官；你若不降，我这战将千员，雄兵百万，你如何飞得出去！"尉迟恭自思自叹："唉，俗话说能狼安敌众犬，好汉难打多人。我如今又失了主人，不投降又能怎样？"于是答应："罢罢罢，你只依我一件事，我便投降。""休说一件，十件也依你。""你们等我为主公服孝三年满时，我便投降。"徐茂公说："军情紧急，三年等不得！""那么三年改做三月如何？""三月也太长，等不得！""事到如今，也顾不得常礼，我便三月改三天，等我三日服孝满，殡葬追奠了我那主公，我便大开城门投降如何？"徐茂公问："将军此言有准吗？""大丈夫岂有谎言！你若不信，我就先把我这火尖枪、水磨鞭、衣袍铠甲、乌骓马先送出城外，作为信物，由您保管。"徐茂公点头同意。李世民高兴地说："像尉迟恭这样的虎将，世间少有，待他三日后降唐，定要好好庆贺一番。"

　　三天之后，尉迟恭大开城门，自己将手绑缚了，跪到唐军大寨前请降。李世民亲自走出来，为他解除绑绳，携手进入大营。尉迟恭感激地说："量我不过是一名粗鲁武夫，承蒙元帅这般宽恕，怎敢不终身随鞭跟镫！"李世民命人摆上酒宴，跟尉迟恭一对一杯，边饮边聊："将军还有何顾虑吗？""只怕美良川对阵时，多有唐突，尤其是赤瓜峪一战，曾一鞭击中三将军元吉，如今我尉迟恭降了唐，就怕三将军仍不忘这一鞭之仇！"李世民安慰道："将军放心，我去父皇跟前讲明经过，父皇定会对你加官赐赏，谁还敢说记仇呢！"说完，跟徐茂公商议，准备亲自回京向父皇奏知此事。尉迟恭感激地说："我背暗投明离旧主，披肝沥胆佐新君。凭着我乌骓马扶持唐社稷，水磨鞭打就李乾坤。"

　　三将军元吉仍记着一鞭之仇，深恨尉迟恭。这时，趁着哥哥李世民回京之机，与部下段志贤商议，打算陷害尉迟恭。段志贤献策说："你可把尉迟恭叫来，随便安个罪名，就说他有二心，把他下入牢房，结果了他性命。等你哥哥回来，你就说他私下领着本部人马要回山为寇，被赶上拿回来下在牢里，自己气死了。"元吉拍手道："此计大妙，你简直就是我的亲老子，替我想出这样的妙计。左右，给我把尉迟恭叫来！"

　　尉迟恭来到军帐，施礼道："三将军呼唤末将，哪厢使用？"元吉把眼一瞪："尉迟恭，你知罪吗？"尉迟恭一愣："末将不知罪。""你昨日夜晚，召集你那部下密谋，打算还要回你那山上去，是不是？"尉迟恭辩白说："绝无此事！想我降唐以来，寸功未立，你哥哥唐元帅却进京为我请赏。如此厚待，我岂能再生二心！"元吉骂道："你这家伙还嘴硬。左右，给我把这小子下到监牢里去！"尉迟恭心中感叹："这都是因为我曾打他一鞭，他记着这旧日之仇，今天要陷害我性命呢！"

徐茂公听到尉迟恭被囚的消息，骑匹快马，追上李世民，劝他先别去京城，疾速回营，救出尉迟恭要紧。

李世民、徐茂公回到大营，元吉连忙出来迎接。李世民问："三将军，尉迟恭何在？"元吉谎言道："他是背恩忘义的人，想咱们待他这么好，可哥哥你刚走，他就领着本部人马乘夜私奔，幸亏我知道得早，带了些兵将，从后面追上去，半途中把他拿回来。我原想把他杀了算了，又怕哥哥你不在，因此暂且把他下在牢中，单等您回来发落。"李世民说："兄弟，我看那尉迟恭恐怕不会有反叛之心。"元吉叫道："哥哥呀，知人知面不知心，您说他无二心，可他怎么就背叛了刘武周，投降了咱们？这样的人终究不是好的，还是趁早杀了好！"徐茂公在一旁说："元帅，您只要把尉迟恭叫出来，仔细审问便知真假。"尉迟恭披枷戴锁地被押上来，见到李世民，施礼道："元帅，这莫非是您说的招贤纳士吗？"这话问得李世民心中恼怒，指着元吉："是他说你要造反，要拉着队伍离开的。"尉迟恭："我绝无此意！这明明是三将军陷害于我。"李世民："有道是'心去意难留，留下结冤仇'，若尉迟将军真的想走，我与尉迟将军递一杯酒送行，另有重金相赠。"尉迟恭跺脚道："唉！我尉迟恭本无二心，如今元帅也疑我，男子汉既到这步田地，还要性命做什么？也罢，我不如撞阶而死！"说着，斜起身子要撞。李世民急忙扯住，又转脸问元吉："兄弟，你说他有二心，他说他无二心，这让我如何判断？是不是把跟随你去追赶尉迟恭的军士们叫来，待他们说出真情实证，尉迟恭才肯口服心服。"元吉哪里能找来什么军士，改口道："当时情况紧急，我没时间召集军士，是我一人一骑追上前去。追上以后，那尉迟恭咬牙切齿，朝我一鞭打来，我侧身躲过，只一拳'当'的一声把他那鞭打在地下。他慌了，连求饶命，我就顺手牵羊，右手拉着马，左手揪着他耳朵把他弄回大营。"李世民诧异地问徐茂公："尉迟恭是条好汉，能被三将军轻易擒来？该不是他说谎吧？"徐茂公说："要弄清这事容易。可以让他二人到校场演习一番。尉迟恭拿鞭在前边骑马走，三将军骑马在后面追。看三将军能否把尉迟恭拿转来。"尉迟恭气昂昂道："我也不要拿什么鞭，让三将军随便拿什么兵器。他若能把我捉住，我情愿认罪，他若把我杀死，我虽死无怨！"元吉自以为大有便宜，同意比试。几个人来到演武场。尉迟恭赤手空拳骑马慢慢走，元吉绰起一条枪，旋风般追过去，想一枪把尉迟恭刺死。谁知尉迟恭稍一侧身，一把抓住枪尖，轻轻一夺，竟把元吉拽落马下。元吉从地上爬起来，嘟嘟嚷嚷地说："我这马走眼了。俺这肚子也疼，且回去吃盅酒去。"讪讪地走了。李世民拍着尉迟恭的肩膀："这下儿都明白了。我今天就带你同回朝廷面圣去！"

正说着，有小卒来报："洛阳王王世充手下前部先锋单雄信特来索战！"尉迟恭请战："元帅，俺降唐以来，尚无寸箭之功，愿引领本部人马，与那单雄信交锋去。"李世民却说："不必将军去。我早想收复洛阳，正要亲自去观察地形，这也无须很多人马，我只带上段志贤就够了。"尉迟恭不放心："元帅切莫小瞧了单雄信，他人强马壮，使一条狼牙枣木槊，有万夫不当之勇。您独自去探城，恐怕有失。"徐茂公筹划道："可让元帅与段志贤先行，我与尉迟恭随后接应，再由三将军率大队人马第三批出发。"

李世民正立马山头，观察洛阳城，被单雄信发现。单雄信悄悄带领三千人马包围上来，猛然高叫："李世民你哪里走？还不及早下马受降！"段志贤一见情况不妙，自顾自跑了。李世民也慌慌如落网之鱼，急急如入笼之鸟，不管东南西北，纵马乱逃，谁知竟逃进四面围墙的榆科园。单雄信把住出口儿，高声叫嚷："李世民，你已无处可逃，再不投降，等待何时！"李世民摘下腰中弓，再摸箭时，却发现一只不剩，全跑丢了。只得虚控弓弦，装作要射。单雄信初时躲闪，不敢贸然向前，时间长了，自然明白过来，哈哈笑道："李世民，你也是该着今日死！"说着，就要摧马向前。正这时，徐茂公恰好来到这里，见势不妙，一把揪住单雄信，哀求道："咱俩曾是拜把子兄弟，请你看在旧日交情的分上，放过唐元帅性命。"单雄信沉着脸说："徐茂公，咱们过去是朋友，如今已是各为其主。你快把手放开！"徐茂公哪肯放手？单雄信抽出宝剑，一剑把被揪的袍袖斩断，厉声喝道："徐茂公，自今日起，我与你割袍断义。你若再敢过来，我一剑挥为两段！"徐茂公怔愣片刻，无计可施，只得拨马回营，去搬救兵。单雄信嘿嘿冷笑着，又要冲向李世民。猛然间，身后响起一声炸雷："单雄信，休伤吾主！"单雄信回头看时，只见灶王爷般一个黑大汉骑马扑来，手举钢鞭砸下。他急忙挺起枣木槊遮拦。只听"当啷"一声，挡住了黑大汉左手鞭，那右手鞭却闪电般打在背上。单雄信吐血伏马而逃。李世民见状，不由喝彩道："壮哉！壮哉！真不愧是员猛将！尉迟恭，今日若不是你来，谁也救不了我这性命。我今日就带你同去进京面圣！"

徐茂公回到大营，发派了救兵。因不知唐元帅此时凶吉，心中十分焦虑。正这时，有探马急匆匆、兴冲冲回来报告，将尉迟恭鞭打单雄信的战况叙述一遍。徐茂公听了，兴奋异常。吩咐摆一个大大的筵宴，等元帅回营，一来贺喜，二来庆功。

❖谷子敬❖

岳阳楼自造仙家酒　截头渡得遇垂纶叟
西王母重餐天上桃　吕洞宾三度**城南柳**

　　吕洞宾道号纯阳子，隐于终南山。他的师父汉钟离，教给他长生之术，并对他说："岳州城南有一株柳树，已生长数百年，有仙风道骨，你要去度脱他。"吕洞宾遵照师父吩咐，扮作一个卖墨的先生，来到岳州。他登上岳阳楼，向酒保买了五十文酒。因没有菜肴，他从墨盒里拿出王母娘娘赐的蟠桃一颗，咬着下酒。吕洞宾一面吃一面凭栏观看，只见那个柳树一片绿阴，遮掩了半座城池。然而，吕洞宾又想："这树虽有些仙风道骨，怎奈终是土木之物，必须成精之后，方可成人，成人之后，方可了道。"他把吃罢的桃核抛在东墙之下，打算这仙桃长成之后，让这柳树桃树结为夫妇，共为花月之妖。那时，再来度脱他们。

　　天上仙桃跟城南柳树结为夫妻，因为都是妖物，只能白天潜藏，深夜在岳阳楼上宿歇。像这样风吹日晒、雪压霜欺又过了数年。

　　这天，吕洞宾又来到岳阳楼，买了一百钱的酒，喝完还要添，酒保不肯。吕洞宾解下背后宝剑，说："我把这剑当在这里，换些酒喝。"酒保拿起宝剑看看，言道："要这玩意儿也不能切菜，只可当个玩具。你这位先生想喝酒不要紧，只是如今天色晚了，这楼上有两个精怪，常出来迷人。"吕洞宾说："管他什么精妖！我不怕他！""既然先生不怕，那你就自斟自饮吧，我可得下楼去。"说着，酒保走了。

　　桃精柳妖上楼来歇息，发现吕洞宾，急忙跪倒，问师父："弟子何时能得到度脱？"吕洞宾说："你们要托生，就去老杨家成人吧！"

天色晚了，酒保上楼收拾杯盘，只觉寒气逼人。他急忙抽出吕洞宾留下的宝剑，胡劈乱砍一番，只见两个黑影儿跳窗而走。酒保点着油灯，向窗外一照，见那桃树、柳树的树干上有伤痕。他想："原来是这两件东西成精作怪。明日我会把它们砍倒，柳树截作系马桩，桃树锯成桃符。"

吕洞宾故意把宝剑留给酒保，让他砍了柳树、桃树的土木形骸。以后柳树托生在杨家为男，桃树托生在邻居李家为女。二十年后，二人结为夫妻。吕洞宾第三次下山，来到洞庭，准备教这夫妻二人去了酒色财气，度脱他们成仙。

老柳的父亲便是岳阳楼上卖酒的酒保，如今他已接替父亲的工作。他的妻子小桃，虽然跟他结婚，却很不爱他，每日不言不语，不说不笑，如同哑巴似的。

吕洞宾来到酒楼，叫一声："老柳，你认得我吗？""不认得。""你不认得我，我却认得你，我和你二十年前见过面。还有这口剑，也是我过去留下的；还有你妻子小桃，她也认得我，不信你把她叫出来。"

老柳把小桃叫出来。小桃一见吕洞宾，笑着打招呼："师父，怎么这么长时间没见您来喝酒？"老柳一见自己妻子变得又说又笑，完全像换了一个人，自然心中高兴，对吕洞宾也敬重起来，摆上酒菜，殷勤招待。吕洞宾开怀畅饮，对老柳小桃说："感你两位好意。我虽醉但有句话要跟你两位说，想人生青春易过，白发难饶，你两位趁着年轻，跟我出家去吧。"老柳摇着头："师父，怕不是您这样说。我怎肯舍下这家缘产业，抛开这夫妇恩情跟您出家呢？"没想到小桃却满口答应："他不肯去，小桃情愿跟师父出家。"说着，真的跟着吕洞宾下楼走了。老柳气得发疯，取下墙上挂着的宝剑追了出去，要把那贱道人和那泼妇杀了。

老柳追到江边，问船上渔翁："可曾见一个出家的先生领着个年轻妇人过去了？"渔夫正是吕洞宾所化，他告诉老柳："是的，见有两个人过去。"

老柳跳上船，对渔翁说："那你快把我也渡过去！"渔翁道歉："要渡你也容易，你须熄灭心头无名之火。"老柳说："好的，我追上他们，不伤害他们就是！"

渔夫把老柳渡过河，指着山上一座庙宇说："你脚下便是正道，你可由此入境界。"老柳从松荫下一个洞门进到庙中，敲门问："里面有人吗？"小桃开了门。老柳怒冲冲道："你让我找得好苦，却原来躲在这里！快跟我回家去！"小桃答："这里便是我的家，我还要到哪里去？师父还在里面等我，你快走吧。"老柳怒火冲顶，骂道："我这么老远赶来寻你，你却不肯回去，竟恋着那么个牛鼻子老道！你这样的泼贱人，要你何用！"说着，拔剑杀死小桃，把尸体丢在洞门前水流中，又藏着剑，准备再杀死吕洞宾。忽然，一位公差赶来，大喝一声："杀人贼，哪里走！"老柳被公差捉住，带到县衙，县官升堂问案："青天白日，为何杀人？"老柳狡赖道："小人不曾杀人！是我的妻子被一个老道迷惑上山，小人寻到那里，让我妻子回去，那老道把我妻子杀了。"县官问："你认得那道士吗？""小人认的。"县官让公差押着老柳去找那个道人对证。

吕洞宾等在半路，老柳见了，急忙指着说："这老道正是杀我媳妇的恶人！"公差锁了吕洞宾，同去见官。

县官问："那道人，他媳妇是你杀了吗？"吕洞宾说："他媳妇一心跟我修行了道，是他自己追了来，把他媳妇杀了。"老柳仍是狡辩："是老道杀的！"吕洞宾说："只要搜一搜，谁身上有刀剑就知道谁是凶手。"县官说："对，这道士说得对。"公差在老柳身上搜出宝剑。县官怒喝："这家伙白昼杀人，理应偿命，又妄指别人，更是罪重，就让这道士亲手杀了他吧！"吕洞宾指着宝剑道："今日你该把剑还给我了。"说着，拿过宝剑把老柳杀死。

老柳闭目死去，又睁眼活过来，只见眼前除吕洞宾外，还有汉钟离、铁拐李、张果老、蓝采和、徐神翁、韩湘子、曹国舅等七仙。他连忙稽首施礼，对吕洞宾说："师父，弟子如今省悟了！原来这官府公人都是神仙，一起来度我这城南柳树精。"吕洞宾道："你既已知本来面目，我今番度你成道，如今你可跟俺同赴瑶池西王母蟠桃会去。"

西王母率童男玉女来到宴会，此时仙乐齐奏，众神齐来参见。吕洞宾叫过新度的老柳小桃来为西王母祝寿。小桃献上鲜桃，老柳捧上美酒。西王母对他俩鼓励一番，留小桃在自己身边，让老柳跟随吕洞宾继续修炼。

须贾大夫诨范叔　张禄丞相报魏齐

魏国跟齐国有积世之仇。那年，齐国派孙膑统领军马，采用添兵减灶、诱敌深入之计，在马陵山下，射死魏国大将庞涓，俘虏魏公子申。从此以后，魏国一蹶不振。这年，魏惠王染病在身，命丞相魏齐代理国事。魏齐派中大夫须贾带上贡品，往聘齐国，主要目的是恳求齐君放还公子申，重修两国之好。

须贾求见魏齐，言道："小臣平日拙口钝辞，此次出使任务不轻，唯恐应对有误，我家门客范雎，文武全备，能言快语，我想带他同往，凡事有个商量，不知丞相意下如何？"魏齐说："可把范雎带来一见。"范雎来到相府，魏齐勉励道："刚才须贾大夫举荐你同去齐国为使，只要你能保得俺长兄公子平安返魏，那时定然加官重赏！"范雎说："大人放心，凭我三寸之舌，包管完成使命就是。"

须贾、范雎二人收拾轻车一辆，带了行装及六七个从人，出发上路了。

范雎能言善辩，博得齐王欢心，不仅同意放还公子申，而且回聘厚礼。在他们回国之际，齐王命大夫骀衍在驿亭设宴，专门款待范雎。

席间，范雎谦虚道："量小生有何德能，劳大王如此重待！"骀衍说："贤士有如此大才，久后必有大用。"范雎叹气道："自古书生多命薄，能顺利成事的少。我又不会调大谎、抱粗腿、向前跳，怎可能禄重官高！"骀衍说："这功名富贵，也不全是天数，贤士有经纶济世之才，补完天地之手，还是应早决功名。"范雎又叹气道："量我不过是一愚蠢之夫，只可待时守分、知命安身，又怎敢希图功名！"说着，连连喝了几杯酒，不觉有些醉意，趴着桌子睡着了。

须贾顺利完成使命，准备回国，这天一早，谢过了齐王，只有驺衍大夫尚未面别。听说驺衍正在驿亭待客，他赶来此处告辞，对门卫说："有劳通报一声，道是魏国须贾求见驺大夫。"门卫进去报告。驺衍不耐烦地说："你去告诉他，我这里正管待贤士，让他明天再来。"须贾听了，着急地说："明天我们就该动身回国了，哪有时间？没奈何，求您再过去说一说。"门卫又进去转达。驺衍恼怒道："这人好不晓事，让他明日再来，非要一味纠缠！况且，这驿亭也不是告辞的场所。门卫，你一边儿呆着去，别搭理他！"

须贾在大门外站了半天，不见回音。再等下去，眼看天气渐晚，只恐误了程途；若不等下去，又怕不辞而别，驺大夫怪罪。"莫不是那门卫不肯通报？"想到这里，他犹犹豫豫地自己走进驿亭大门，探头探脑地四下观瞧。隔着窗户，他发现宴席上竟趴着范雎，惊奇地想："我以为这驺大夫管待什么样的贤士，原来竟是俺那范雎！我得进去说破，看他们怎么解释。"他进门以后，拍拍范雎肩膀，范雎惊起道："呀，大夫到这儿来了。"须贾沉着脸问："范雎，你也在这里呀？"范雎忙说："小生被召在此。"驺衍也在闭目休息，此时睁开眼。须贾忙过去见礼："须贾奉使来此，多谢驺大夫款待，今日就要回国，特来告辞。"驺衍冲他一瞪眼："须贾，你来是拜辞呢还是撞席呢？我难道没有私宅官邸吗？这驿亭岂是你辞别的去处！我若不看贤士之面，非把你囚在齐国，让你终生不能回去！"须贾吓得哆哆嗦嗦地说："小官得罪了！小官在门外听候！"驺衍道："算了，你大雪天儿地来辞我，我怎能不让你喝杯酒就走？看在贤士面上，来人，递给他一杯酒。"须贾接过酒杯，正待要喝，驺衍嗔怪说："慢！贤士还不曾饮过呢，你怎敢先饮。"须贾连连点头："是，是，是！"驺衍请范雎进酒。范雎推辞说："小生不敢先饮。"驺衍道："恭敬不如从命，贤士就听我的，先饮了这杯。"范雎只好仰脖儿喝下去。驺衍一面又给范雎满上酒，一面对须贾说："你也满饮一杯。"等须贾举杯要喝，驺衍又斥责道："慢点儿！大瓮里有的是酒，你慌个什么！等贤士饮个双杯，你再喝不迟。"扭头对范雎说："贤士，请个双杯。"范雎道："小生饮。"饮罢，驺衍又给范雎满上，并示意须贾饮酒。须贾第三次端起酒杯要饮，驺衍又呵斥他："住！你几年没看见酒了是怎么的？两只手就跟捞金铃的相似！靠后！"对范雎说："贤士，有道是三杯和万事，一醉解千愁。就请再饮一杯。"范雎推辞："小生酒已够了。"驺衍道："既是贤士不再用酒，左右，把礼物拿上来。"只见两个侍从用托盘捧上几锭大金。驺衍说："贤士，小官奉主公之命，有黄金千两权做路费，莫嫌轻微。"范雎急忙摆手："小生蒙大夫牛酒管待，尚且难消，这黄金千两，断然不敢叼受！"说着，起身往外走。须贾劝他："大夫既然赏你，你怎么能不要呢？况且，富与贵，人之所欲也。"范雎不听："不义而富且贵，于我如浮云；俺只希望能这样粗衣淡饭且安贫。"

范雎走后，驺衍对须贾说："须贾，你知罪吗？""小官不知罪。""须贾，你难道不知任贤则昌，失贤则亡的道理吗？你魏国历来失贤。今有范雎，又不能用，却用你主事！告诉你，俺主公释放你公子申还国，专因敬重范雎。你回国后，若能辞官谢罪，让位范雎，万事罢论；若是挟冤记仇，哼！那时便有你好瞧的！"须贾诺诺而退，心想："范雎本是一个贫士，陪我出使，却受隆重接待，又赐酒，又赠金，这其中必有暗昧！一定是范雎背着我把魏国的绝密情报报告了齐国，才得此重赏。范雎，你好无礼！你坐在堂上，我立于阶下，你全无半点不安的意思。今日之事，我且藏在腹中，等回国之后，再慢慢跟你算账！"

须贾回到魏国，在家中摆下酒宴，专请丞相魏齐一人。魏齐来到，夸奖须贾："大夫此次出使，保得俺长兄还朝，都是你出的力！你真是立了大功啊！"须贾连忙说："哪里，哪里，全仗主公的洪福，全托老丞相的余威。须贾不才，何足挂齿！"请魏齐上席入座，须贾一脸神秘："自从出使回来，我便思索一事，一直想禀告老丞相。""大夫有何事，但说无妨。""不是我须贾多嘴多舌，实是为国家的利害不得不言。前者出使齐国，范雎同往，事毕将回，我去驿亭辞别齐大夫驺衍，谁知范雎早在那里。又是酒又是肉，又赠黄金千两。仅仅因为我闯进去，范雎才辞金没受。我想这范雎必是将咱魏国机密告齐，所以才得重赏，不然何以至此？我对此事一直怀疑，只因关系重大，未敢立刻告发。今日老丞相降临，可将范雎叫来，审问个明白。"魏齐听了，惊讶道："大夫不说，我还不知道发生过这样的事！快把范雎叫来！"

范雎出使回来，丝毫未得奖赏。此时，他正跟几个穷朋友饮酒庆贺生日，被叫到须贾府中。远远看见丞相也坐在那里，范雎心想："准是须贾高情，要当着丞相的面举荐我。"他过去见礼。须贾问："你从哪里来？""小生今日贱降，几个同辈书生请小生饮几杯，听得大人呼唤，不敢延迟，一直到来。""哦，原来今天是你生日。来人，给他在院中扫一块干净田地。范先生，请你脱了衣服站过去！"范雎不知何意，有些犹豫。魏齐道："范雎，恭敬不如从命！"范雎只得照办。须贾又嚷："快把问事的请来！"卫士拿了铁镣粗棍，"咣当"一声扔在范雎面前。范雎吃惊地问："酒席上怎么用这东西？"须贾把脸一沉："范雎，你知罪吗？""小生不知罪。""今日请得老相国在此，和你讲明一句话：当初你随我入齐，齐君为何牛酒金帛独独管待你？你要老老实实交代！"范雎道："老相国在上，当初使齐，是小生一席话，说得齐君大喜，释放公子还国。这应是小生的功劳，怎么如今倒成了罪过？"须贾："你若不以吾国机密相告，齐国会那么重待你？看来你是不肯实说。"魏齐："这匹夫不打不招！"须贾呼唤卫士动手打："一棍子给他增添一岁！"又得意地对魏齐说："常言道：酒肉摊场吃，王条依正行。今天这宴席上，饮酒的饮酒，受刑的受刑，正所谓情法两尽啊！"范雎质问他们："大人如此滥施刑罚，岂不知会将小生活活冻饿而死？"须贾冷笑道："你这样的人还怕冻死！"又命人拿来一盆草料，放在范雎跟前。骂道："你饿吗？一根草给你添一千岁。你这背槽抛粪的畜生！你若不吃，来人呀，给我继续大棒子打着！"

直打到天色将黑。须贾迷迷糊糊醉倒桌旁，范雎一动不动没了气息，魏齐不辞而别坐车回府。

须贾醒来，听说范雎已死，命令把尸体扔到茅厕去，等明天早晨随粪车载出去。

半夜，范雎被茅厕中臭气熏得活过来，挣扎着起身逃命。

须贾家老院公提着灯笼查夜，撞上范雎。院公对范雎很是同情，帮他洗净身体，换上棉衣，又赠送五两碎银，打开后角门儿，放范雎出府。

秦国新拜一相，名叫张禄。六国均派出中大夫以上官员入秦庆贺。须贾也带了老院公来到秦国。可一连数天过去，张禄丞相都不予接见。这天一早，风雪大作，他吩咐院公在客馆准备午饭，自己少不了又去相府门前伺候等待。雪下得更紧，须贾只得让侍从将车子赶到人家房檐下略避。

张禄就是范雎化名。他今天一早起来，卸下冠带，仍旧布衣打扮儿，来到街上，打算去找须贾，看他还认得自己不。范雎行经须贾车子，故意窥望。须贾看见，心中大感怪哉："这大雪中走来的人太像范雎了！可那范雎不是明明被我打死了吗？唉，管他是不是范雎，先唤他一声再说。"须贾叫道："范雎，范雎，近前来，我跟你说话。"范雎听见，站住脚，回头看，装作吓慌的样子。须贾安慰说："咱俩一别许久，你现在如何？"范雎哀求道："大夫，你可别再打我了！"须贾说："你不必害怕。我问你，你怎么到了这里？""我从您府里逃出来就到了秦国。""我看你那气色，比以往大不相同，想必在秦国已是峥嵘得意了。"范雎叹口气："大夫别说小生吃的，且看小生穿的，就知道小生日子如何。"须贾可怜道："唉！没想到你竟贫寒至此。左右，取一领绨袍来。"他把绨袍送给范雎："雪天寒彻，此袍就送给先生穿去吧。"范雎心想："此人绨袍恋恋，尚有故人之心。"因此主动问："请问大夫为何至此？"须贾说："先生不知，我是来秦国庆贺张禄丞相的。可是来了许久，不被接见。这秦国我又人地生疏，不知找谁通融。你知道那张丞相跟谁最好吗？"范雎："跟谁最好我不知道。但那张禄丞相与小生也有一面之交。"须贾闻听，惊喜地说："哦，就请先生帮我少进片言，求那张丞相早放小官回国如何？"范雎："只恐我人微言轻，不足为重。"须贾："不会的，我知道先生才能。在魏国时，小官也不曾轻视先生。"范雎苦笑一声："是呀，那一通三推六问，打得我丢魄离魂，我与那拽车的驴马同类同群！"须贾尴尬道："君子不念旧恶，那些事也不必提了。"又说："现在雪小了，先生就上车来，跟我同去相府如何？"范雎上了车，来到相府。只见门前侍卫都一个个肃然起敬，须贾奇怪地问："为何他们看见你都变得如此服帖？你必然发迹了。"范雎摆手说："哪里哪里！我平日到这里来，尘满衣、垢满身，今日来，高车坐、绨袍新，岂不知自古来便是只敬衣衫不敬人。"须贾望着相府仪门，赞叹道："如此威风气派，想那张禄丞相定是个文武兼全、出类拔萃的人物，只求尽快拜见了他，完成了公差，早日放我还国。"范雎说："我先进去跟那张丞相禀报一声。传达一下您的心意。您就在此等待。"

须贾又等了很久，不见范雎出来。他凑到门卫跟前，陪着小心："请问，刚才进去的那个先生，怎么不见出来？"门卫喝道："别胡说！这相府内只有丞相爷出入，哪有外人敢进去的！"须贾吃惊地问："刚才进去的那秀才是？""什么秀才，他就是俺丞相爷！"须贾听了，顿时灵魂出壳，心说："这回完了！我自投罗网，中了范雎之计。他此番定报旧日之仇！"想到此，不由哭着说："没别的，只能暂回客馆。等明日一早，膝行肘步，肉袒求见。万一得免一死，是我侥幸；如不见饶，也是我命数该尽于此，能怨谁呢？"

齐国中大夫驺衍也来秦国祝贺。他设下酒宴，除请了秦相张禄外，又邀了楚大夫徐轸、赵大夫虞卿、韩大夫公仲侈、燕大夫剧辛，只魏大夫须贾另外。

张禄来到，众官一齐站起见礼。驺衍道："有屈丞相俯临，小官等失迎了。"张禄说："驿亭一别，契阔至今。想我张某才轻德薄，已辱远来，又劳佳宴，实为有愧！""哪里，哪里，丞相鱼跳龙门，喜得美除，理当祝贺！"大家落座举杯。张禄说："此席上只缺魏国须贾。当初我陪须贾出使齐国，齐王因我口才，不胜喜爱，令驺大夫驿亭赐宴，又赏金帛。我不敢接受。当时情况恰巧被须贾碰上，返回魏国后，须贾竟密告丞相魏齐，说我向齐国透露国家机密，将我推勘打死，丢在粪坑之中。今日就请驺大夫当着各国官员的面说一说：我当初告诉你们齐国什么机密了！"驷衍忙言："丞相当初并无此事！"

须贾膝行肘步进到客厅，嘴中喊道："死罪！死罪！"张禄怒道："你确是罪有当死！"须贾哭着说："只求丞相可怜，今日是须贾贱降之日，望丞相宽容过今天。""哦，今日是你的生日？这真是天让我还报你！张千，去唤公吏带问事的来。"公吏拿来粗棍铁镣，张禄命脱去须贾衣服，在他面前摆一盆喂驴马的草料，指着他说："这便是给你做生日，一根草寿你一千岁，昔年你将我痛凌辞，今日也叫你知滋味！"

须贾羞愧难当，请求道："丞相不饶须贾之罪，就请赐我宝剑，让我自刎而亡吧！"正此时，须贾手下老院公不顾生死闯进相府，嚷着："丞相爷在上，老院公叩头。"张禄一见，急忙起身，搀起院公，又深深施礼。驷衍等人不解地问："他是须贾家院公，为何拜他？"张禄说："当初我被须贾打死，多亏院公救我性命，他是我的大恩人！"老院公恳求："望丞相爷看我薄面，饶过俺主人吧！"驷衍等众大夫也一齐跪下求情："丞相在上，须贾罪过虽重，但仍有绨袍恋恋之情，就姑且饶了他吧。"张禄见状，也就放了须贾，言道："看众人分上，饶你死罪，如今放你回去，你可对你那主人魏齐说知：我早晚也要找他算账！"须贾诺诺连声。老院公却发愁地说："这事儿可不好办，那魏齐手下心腹极多，只怕像俺这样的老院公也不少。就是把他抓起来，也会有人把他私下里放了。不好办！不好办！"

任继图天配凤鸾交　李云英风送梧桐叶

西蜀人任继图，文武全才。他有个同堂朋友哥舒翰，正镇守西番，平定安史之乱。哥舒翰派来使者，请任继图前往参赞军事。任继图一心想去建功立业，辞别妻子李云英上路了。李云英悲伤无奈："两泪流，红翠袖斑，无计锁雕鞍。江空岁晚，何处问平安？"

安禄山攻陷长安，天子逃到西蜀，李云英被乱军裹虏。尚书牛僧孺听她说本是故丞相李林甫的孙女，已有丈夫，便把她收留在府中，认为义女，命亲女金哥拜她为姐姐。这天，牛夫人去大慈寺烧香还愿，金哥和云英陪同前往。只见青山隐隐、绿水潾潾，莺声恰恰、蝶翅纷纷。云英触景生情，感慨："悔当初不该轻将罗袂分，到如今天涯不见意中人。逢离乱孤身恰如飞絮滚，苦相思青春将尽两断魂。"

任继图也思念家乡，担心家眷存亡。安史之乱刚平，他便急匆匆还家。路经大慈寺，他在粉壁上题《木兰花慢》词一首以抒怀，词云："等闲离别，一去故乡音耗绝。祸结兵连，娇凤雏鸾没信传。落花风絮，杜鹃啼血伤春去。过客愁闻，伫立东风欲断魂。"写完，不留姓名，转身离去。李云英远远望见一个背影，心中疑思："这秀才模样与我那丈夫好生相似。"再看墙上题词，从字体到情调也有相识之感。她也在粉壁上和词一首，心想："若真是俺丈夫，见了必来寻我。"词云："临歧路分别，一旦恩情成断绝。烽火相连，雁帖鱼书谁与传？身如柳絮，沾泥不复随风去。杜宇愁闻，啼断思乡怨女魂。"

牛夫人见李云英停步，且在壁上题词，怒道："云英，你是裙钗女流之辈，何故唱和他人词章，难道不怕出丑吗？"李云英连忙解释："孩儿见那词与俺丈夫所写无异。孩儿以后再不敢了！"

任继图回至家中，方知妻子被虏，家计一空。愁苦之余，决定再次离乡。他约了好友花仲清，打算一块儿进京应举，在大慈寺聚齐。找间禅房暂时住下，准备功课。

李云英自那日模模糊糊看见丈夫后，更勾起她无限思念。转眼已是秋天，秋风飒飒，落叶飘飘。李云英和金哥来到院中，捡起一片梧桐叶，为释这满怀愁绪，她在叶子上题诗一首："拭翠敛蛾眉，为郁心中事。搦管下庭除，书作相思字。此字不书名，此字不书纸；书在秋叶上，愿逐秋风起。天下有情人，为我相思死；天下薄情人，不解相思意。有情与薄情，知他落何地？"写罢，她将梧桐叶向天空一扔，心中默默祝祷："谢天公肯念俺离人苦，寄一封青鸾断肠书！"那梧桐叶真的飘然而去。

任继图正在寺中踱步消遣，忽然一片梧桐叶落在他脚面，他拾起来看了。心想："一定是谁知道我失了妻子，故意写来此诗。想姻缘天合，俺夫妻必有完聚的日子。"他又踱到殿门前，只见墙壁上自己写的那首词旁又添一首和词。读罢，他坚信自己妻子还在世上。

通过考试，御笔亲定文武两个状元。尚书牛僧孺见这二人仪表不凡，很是喜爱。心想："我那金哥孩儿已经长成，何不搭起彩楼，趁状元游街夸官之时，抛绣球求取佳配！我那云英义女，到我这里已有三年，不知她现下心意如何？肯不肯同上彩楼？"

夫人把云英叫到自己屋里，问："孩儿，唤你来有句话和你商量。趁你年轻，给你寻个良婿，你心下如何？"云英一听，断然拒绝："老尊亲错见了。失节罪难逃！双雁没一只，永成孤独鸟。我若嫁又嫁，岂非不如鸟！母亲意下度，儿亦相门苗。干那违礼事，不怕旁人笑？"夫人解释道："云英，你父亲搭盖彩楼，原想让你同金哥共去抛球择偶。你是姐姐，所以先来问你。你若实有守志之心，也由得你。就让你陪着你妹子登楼去，你肯去吗？"云英说："母亲说得应当！"夫人："既然同意，就劳你帮金哥妹妹去化化妆，准备登楼吧。"

云英扶着金哥登上彩楼，恰好文武两个状元披红挂彩在喜乐声中骑马过来。这文状元便是任继图，武状元便是花仲清。金哥拿起绣球向任继图抛去。任继图想："我妻尚不知下落，我怎能干那停妻再娶的不义之事。"因此他用丝鞭轻轻把绣球挡落。金哥又拿起第二个绣球朝武状元抛去。花仲清将绣球接住。云英再看那文状元，极为面熟；那文状元也勒住马，瞅着云英，似有相认之意。云英扶着金哥下楼，那文状元也只得怏怏而去。

回到后堂，云英向义父说出自己心中的疑惑。牛僧孺道："这个容易。今天是吉日良辰，就让武状元过门与金哥成亲，请那文状元当送客。席间，你出来行礼，便知他底细。"任继图彩楼下望见云英，极像自己妻子，但那是牛尚书府第，不敢造次、冒失。因此，他也打算以送客身份，到牛尚书家探看。

任继图陪着花仲清，李云英陪着金哥在大厅行礼。二人四目相视，如醉如痴，任继图悄声问："云英，你因何在此？"云英知道果真是丈夫，立时百感交集，悲从中来，不顾场合，涕哭道："因兵戈夫妻俩断梗飘蓬，担惊怕受尽了凄凉万种。谁知这搭儿相逢，犹道相看是梦中！"牛尚书见他二人如此，很不体面，含怒问道："状元，你是个读书人，怎不懂礼？竟与小女作出此状！"任继图、李云英连忙双双跪倒，哭诉说："我夫妻战乱失散，今日难得重逢，故而失仪。"任继图说完，从怀中掏出一片梧桐叶，念完上面诗，言道："这便是我夫妻心心相印的见证。"李云英见了也惊奇："当时写完诗，随手抛去；不料，这信真被那风吹到我丈夫手里！"牛尚书等人听了，感叹地说："姻缘姻缘，事非偶然。看来，我把云英收留俺府中为女，也是天数。不然，那兵荒马乱，定然遭驱被掳。"他吩咐手下大排筵宴，为两个女儿女婿贺喜。正是：夫妻守节事堪怜，仗义施恩宰相贤。金榜题名双及第，洞房花烛两团圆。

❖ 吴昌龄 ❖

云门一派老婆禅　花间四友**东坡梦**

苏轼字子赡，别号东坡，官拜端明殿大学士，因得罪丞相王安石，被贬到黄州。这天，故友贺方回设宴相请。席间，请出一歌妓，名叫白牡丹，是白乐天后代。苏轼对她甚是可怜，忽想："我同窗好友谢瑞卿，正在庐山东林寺落发为僧，我何不带了白牡丹去，缠磨得他还了俗，与牡丹结成百年之好。"于是，他领着白牡丹来到庐山脚下。

谢瑞卿法名了缘，后称佛印，他抛弃功名，出家为僧已十五年了，每日看诵经文，修炼得无喜无嗔。

苏东坡带着白牡丹乘船过江，来到庐山脚下。他吩咐牡丹先在舟中坐等，自己独行上山来到东林寺。山门下站着一个小和尚，他请小和尚进去通报："眉山一块铁，特地来相谒。"佛印回言："急急上堂来，炉口火正热。"二人相见，甚是欢喜。佛印道："敢问大人，哪衙门除授？"苏东坡道："自别吾兄，官拜端明殿学士。""可为什么不玉堂金马享清福，却吴山楚水生劳顿？"苏东城叹息一声，把自己得罪王安石的经过叙述一遍，又委屈又气愤地请佛印表态："吾兄是公道人，你评评理，是王安石的不是，还是小官的不是？"佛印道："常言说：责人则明，恕己则昏。你既为官，自然要处处检点，真不如咱家深山隐居，无忧无虑。"言罢，吩咐小和尚准备斋饭。苏轼听了，说："有酒有肉我便在你这里吃，无酒无肉我就回船上去了。"佛印只得让小和尚下山向俗人家沽一壶酒，买一方肉。席间，苏轼言道："常言说，坐中无有油木梳，烹龙炮凤总成虚。哪里有能歌善舞的妓女，请一个来助兴，小官才好尽醉而归。"佛印说："这荒凉古刹，哪里有什么妓女？你快去了这想法。"苏轼："既然你这里没有，小官曾带一个，就让她来相陪。"说完，派小和尚到河边去把白牡丹叫来。

小和尚来到河边，喊一声："白牡丹，老爷叫你哩。"白牡丹娇滴滴答应。小和尚听见，真如雪狮子向火——酥了半边，瘫软在地。

白牡丹来到寺院，与佛印相见，向佛印敬酒。佛印推辞："小娘子，贫僧荤酒不用。"苏轼劝道："溪河杨柳影，不碍小舟行；佛在心头坐，酒肉穿肠过。吃点酒，怕什么？"佛印只得说："既如此，贫僧开酒不开荤。"白牡丹替佛印斟满，佛印仰脖喝了。小和尚在一旁馋得抓耳挠腮。酒过三巡。苏轼对佛印道："吾兄，我此来非为别事，专是为你。今日是个好日辰，你就娶了牡丹，与小官同登仕路吧。那时，佳人捧砚，壮士擎鞭，不比在这深山古刹中隐姓埋名，吃些瓢漏粉、菜馒头强得多吗？"佛印摇头说："我怎肯抛弃一生功行！"苏轼强自做主道："我能坏你十座寺，你休阻我一门亲。牡丹，你去向这和尚求告菩提露去。"牡丹上前，娇滴滴言道："上告我师：和尚一点菩提露，滴在牡丹两叶中。"佛印拒绝说："贫僧十五年不下禅床，功行非浅，菩提露半点俱无。"白牡丹又羞又愧，退到一边。苏轼责怪道："吾兄，你这个莽和尚，哪有女家儿肯了，男家儿倒不肯的！"佛印："俺既是做了僧人，命该着寡宿孤辰，又怎肯阇梨再婚，坏了我如来法身！"苏轼着急地说："我那船中花红羊酒都准备好带来了，你不能让我枉费精神。"佛印却道一声："请恕罪。"转身走了。白牡丹叹气说："学士带我来空忙一场。"苏轼劝她："别灰心，明日我们还席时，定要设法让他回心转意。"

佛印又被苏轼歪缠了一日，回到方丈。料想今晚苏轼必然还来，命小和尚把灯烛剔得明亮，自己端坐在椅子上等待。果然，苏轼带着白牡丹又来了。谈了没几句，苏轼便转入正题："兄弟，咱们闲口论闲事，想你在这山间林下隐姓埋名，几时是了？不如留了发还了俗，同登仕路，不是很好吗？"佛印道："学士，这各有所见，难以强同。"苏轼仍是苦口婆心地劝，佛印仍是坚意拒绝："俺贫僧半生养拙无人识，你学士一举成名天下知。这正是名利清闲各滋味。俺们躲开了人间是非，您赍受着皇家富贵。只可惜您一首《满庭芳》，把当朝权贵得罪，落了个被贬黄州三不归。"言罢，端起酒杯来，仰脖而尽，道："贫僧告睡去了。"

佛印回到卧室，叫过小和尚来，跪下相求："我被苏学士魔障，你一定要帮我忙。"小和尚慌忙把他搀起："师父只当抢了脸。常言道：吃乌饭，拉黑屎。我只依随着你就是了。"佛印伏在小和尚耳朵上轻声安排一番。

苏轼见佛印走了，对白牡丹说："你一会儿就闯进方丈里去，跟他云雨和谐了。我想他不会拒绝。那时，你就唱'雨淋铃，今宵酒醒何处，杨柳岸，晓风残月'，我就过去拿住他。不怕他不随我还俗去！"

白牡丹照苏轼的主意走进方丈，撒娇道："师父，好歹跟牡丹成就了这门亲事吧。"小和尚在被窝中假装佛印："成不得！贫僧菩提露半点全无。"白牡丹硬是躺了过去，与小和尚成其好事。云雨罢，白牡丹唱起"雨淋铃"，苏轼喊叫着闯进来："好个佛印，你跟牡丹云雨和谐了，被我拿住，还有何话说！"把灯点明，一看，竟是小和尚。白牡丹羞愧地跑出去。佛印进屋来，苏轼质问他："嗨，吾兄是何道理！你不肯也罢，为何让小和尚污我牡丹！你这事干得可太不对了！"佛印道歉说："我也是被你逼得急，只得用出这脱身计。"

苏轼计划落空，心中无趣，不觉多喝了几杯，昏昏睡去。佛印想："我何不趁此时魔障他一番。"喊一声"疾"，叫来花间四友——梅柳桃竹，让她四人做好准备，各逞妖娆，陪着那苏学士，直睡个人间总不知。

梅柳桃竹进入苏轼梦乡，将苏轼推醒。苏轼惊问："四位小娘子，谁氏之女？"四友谎称："俺姊妹四人，是佛印的专房妓妾。如今奉师父法旨，特来陪一陪学士大人。"苏轼"哦"了一声，"好哇，谢瑞卿，你瞒得我好苦！原来你屋里放着四位美丽的女子做专房，怪不得不肯要我那白牡丹。"他赌气地对四女子说："那就有劳你们舞一回唱一回，陪小官玩个尽兴方归。"四友边舞边唱："漫折长亭柳，情浓怕分手。欲跨雕鞍去，扯住罗衫袖。问道归期到底是啥时候，泪珠儿点点鲛绡透。唱彻阳关，重斟美酒，美酒解消愁。只怕酒醉还醒，这愁怀又依旧。"苏轼大为动情，对四女子左抱右拥，又一一赠诗。

　　庐山松神发现自己属下夭桃、嫩柳、翠竹、红梅四女子被佛印密遣去魔障苏轼，害怕玉帝知道后怪罪，急忙乘月夜赶到东林寺玉春堂。他蹑足潜踪走上石阶，透过窗孔往里观望，只见四个小鬼头正娇歌妙舞，搬弄得苏轼春心浮动。他掀起门帘，吹进一股恶风，吓得四女子缩在苏轼身边。松神喊：“苏学士，快让那花间四友出来。”苏轼却说：“我这里没什么花间四友。”暗示花间四友赶紧藏好。松神进到屋里，责怪道：“苏学士既读圣贤之书，也该懂得洁身自好。”苏轼强辩：“我只一人在此饮酒，有什么不好？”松神：“您啊，难道没听说色即是空！你与这四女子相私通，可她们绝比不得您主人情重。”说罢，用手一拍桌子，喝道：“小鬼头不要躲了，一个个给我出来！”桃柳竹梅四女只得从桌子底下钻出来。苏轼恳求：“上圣，念小官独自在此饮酒无聊，就留一个小娘子相陪吧。”松神道：“好笑你大学士太朦胧，只顾得眼前倚翠偎红，全不知被禅师调鬼捉弄。你不想酒阑人散夜将终，怎还许花间四友得从容？你若是难割舍、缠不清，明日不妨去那树头树底觅残红。”说完，带着四女子走了。

　　此时，小和尚嚷一声：“有那铜头铁额、钉嘴木舌、不能了达的，快去法座问禅啊！”把苏轼吵醒，只见桌子上残果剩酒，却原来是南柯一梦。

　　苏轼领着白牡丹来法座问禅。白牡丹忧愁地说：“俺牡丹因何到此？慕风流特来嫁你！”佛印合掌答道：“你本不是妓馆女，堪做俺佛门子弟。”白牡丹恍然大悟，向佛印借了金刀一把，情愿削发为尼。

　　花间四友也来问禅，苏轼一见，想起她们不是自称是佛印的专房妓妾吗，故意问道：“四位小娘子究竟是谁氏之家？”四女视而不答。佛印笑着说：“这一个竹影悠扬，那一个桃花芬芳；这一个柳絮癫狂，那一个梅瓣馨香。你昨夜灯下曾共赏，怎么就忘了她们娇模样？这都是俺使的伎俩，让你沉浸一番醉生梦死乡。”苏轼心有所悟，向佛印求道：“苏轼今日识破了人相、我相、众生相，生况、死况、离别况；也情愿从今忏悔，拜为佛家弟子。”

－ 343 －

❖ 关汉卿 ❖

韩解元轻负花月约　老虔婆故阻燕莺期
石好问复任济南府　杜蕊娘智赏**金线池**

济南府尹石好问，年纪高大，屡次上书，请求退休，朝廷总不批准。他有个忘年交的同窗故友，名叫韩辅臣，多年没见，使他常存悬念。

韩辅臣，洛阳人。幼习经史，颇看诗书，学成满腹文章，怎奈功名未遂。当时正欲上朝取应，路经济南，特来拜访石府尹。兄弟二人相见，十分欢欣。石好问命人摆酒设宴，又道："筵前无乐，不成欢乐。张千，给我把上厅行首杜蕊娘唤来，陪我兄弟饮几杯。"

张千把杜蕊娘唤来，石府尹对她说："这位白衣卿相是我的同窗故友，你要拿出体面相见。"杜蕊娘忙上前拜问。韩辅臣慌忙还礼："嫂嫂请起！"石府尹解释："她是上厅行首杜蕊娘。"韩辅臣嘴上说着："我还以为是嫂嫂。"心里叹着："真是个好妇人！"石府尹让杜蕊娘行酒，蕊娘斟满一杯韩辅臣喝一杯，忘了旁边还有府尹哥哥。石府尹提醒说："住，住，兄弟，我也得吃一杯了。"韩辅臣这才缓过神儿来。杜蕊娘与韩辅臣又相互问过姓名。石府尹道："蕊娘，你何不向秀才告珠玉？"韩辅臣连忙推辞："小弟怎敢在哥哥面前舞文弄墨，岂不是弄斧班门，白出笑话儿吗？"石府尹："兄弟，你不要谦虚了。"于是，把纸铺好。韩辅臣很快写成一首《南乡子》："婀娜复轻盈，都是宜描上翠屏。语若流莺声似燕，丹青，燕语莺声怎画成？难道不关情？欲语还羞便似曾。占断楚城歌舞地，娉婷，天上人间第一名。"石府尹读罢，夸奖说："兄弟，好高才呀！"韩辅臣道："因与哥哥久阔，绕道拜访，幸睹尊颜，又蒙嘉宴。怎奈小弟试期将近，不能久留，酒散之后，我即奉别进京。"石府尹挽留："贤弟先别急着走，略住三日五日，等我准备些盘缠给你也不迟。张千，把后花园中书房打扫一下，让秀才安歇。"韩辅臣道："花园冷清，怕是不中。"石府尹："既这样，你就去蕊娘家安歇如何？"韩辅臣正有此意，催着杜蕊娘立刻就走："大姐，上你家中拜你那妈妈去！""秀才，俺那妈妈特爱钱呢！""大姐，不碍事，我会多多给她。"二人说笑着出了府门。石府尹摇头道："你看我这兄弟，真是秀才心性，别也不别就领着蕊娘去了。唉，古语有云：乐莫乐兮新相知。这正是：芳筵不待终，忙携红袖去匆匆。虽然故友情，怎似新欢兴更浓。"

　　韩辅臣与杜蕊娘做伴，早过了半年光景。二人一个一心要嫁，一个一心要娶，只是中间被杜蕊娘的娘阻碍着。杜蕊娘的娘李杜氏，是个乖劣凶狠的虔婆，她一是嫌韩辅臣是个穷秀才；二是怕杜蕊娘嫁了人，失去了摇钱树；因此坚决不许这门亲事。她撒泼吵闹，要把韩辅臣撵走，杜蕊娘硬拦着把韩辅臣留下来，藏在屋里。

　　这天，老虔婆叫出杜蕊娘，让她赶快准备接客。杜蕊娘心中暗恨："哼！你只想着让我夜夜留新人，钱龙常入门，哪顾得母女恩！我今日就是撕破脸面也要维护俺的心上人。"她压住气，轻声跟母亲商量："有句话再苦告您老年尊，我如今不老可也不嫩，还是允您孩儿嫁了人。"老虔婆却对旁边的丫头说："你快去拿把镊子来，把蕊娘鬓边的白头发一根根拔去。我还指望她觅钱呢。"蕊娘道："母亲，您干吗一个劲地和孩儿使性子呢？"虔婆："我老人家如今性子淳善了，若是惹发起来，怕不把你筋骨都敲断了！"蕊娘："您只知叫俺浓妆淡抹倚市门，替您积攒下金银囤。全不顾女儿今年已二旬，有朝一日退香粉，岂不老死在风尘！"虔婆："你才二十多岁，不让你替我觅钱让谁觅钱！""母亲，您就同意孩儿嫁给韩辅臣吧。"老虔婆："若是别人还可以考虑，那韩辅臣是个穷秀才，没有一点好处，我断断不能同意！"杜蕊娘："他七步才华远近闻，六亲当中都欢欣；嫁给他稳做个五花诰夫人，驷马高车锦绣茵。俺嫁他实在是三生福分，正行着双双好运。"老虔婆："好运好运，大田里送粪！我看那韩辅臣一千年也不得长进。你嫁给他，早晚跟着他打莲花落要饭去！"杜蕊娘见无法再往下谈，愤愤转身回屋。老虔婆心想："蕊娘心心念念只要嫁给韩秀才，我好歹偏不让嫁。我想那韩秀才也是个心高气傲的人，我故意说些闲言碎语让他听见，他必然使性子离开。那时，我再在女孩儿跟前挑拨他，让他两个翻脸不和，趁机再接个富家郎来家。对！这正是小娘爱的俏，老鸨爱的钞，弄冷她心上人，我家钱龙到。"

韩辅臣囊中钱钞花尽，而他师兄石好问又已进京述职，很可能不再回济南复任。因此，虔婆对他更是毫无礼貌，整天冷言冷语地刺激他。韩辅臣几次气得想走，都因为杜蕊娘寻死觅活地跟她母亲闹才继续留下来。这次，老虔婆背着杜蕊娘驱赶他："你哪能算个男子汉，不过是根烂韭！"韩辅臣再也忍耐不住，一气之下，没跟杜蕊娘商量便离开了。二十天过去，韩辅臣又情思难断，打听得老虔婆不在家，揣着羞脸来找杜蕊娘，准备根据她的态度，决定自己的去留。

老虔婆自从把韩辅臣气走，又在杜蕊娘耳边挑唆："他早又缠上一个粉头，说那粉头比你强多了。"杜蕊娘虽说不信，却也有些责怪韩辅臣不辞而别的意思。这天，她正弹琴解闷，韩辅臣溜进来，拜问："大姐，你好。"杜蕊娘不搭理他，仍旧拨弄着琴弦。韩辅臣恰如钩搭鱼鳃、箭穿雁口，一时说不出话。半晌，又问："你不是打算不干这行了吗，为什么又练起弹唱来了？"杜蕊娘起身道："你不肯冷落了杯中物，我怎能生疏了弦上手！你凭空将俺抛落他人后，今日何风，劳您贵脚又到咱家走！"韩辅臣："大姐何出此言！那日我赌气离开，也实在是被你家妈妈逼赶不过。我如今跪下向你请罪不行吗？"杜蕊娘："俺本是贱娼优，怎嫁得您俏儒流？再莫重什么枕畔盟、花下约，那不过是逢场作戏皆虚谬。"韩辅臣惊奇地问："怎么我刚离开你家半个多月，你就生出这样的念头？"杜蕊娘幽怨地答："虽说你别匆匆仅只半月，我觉得冷清清胜似三秋；唉！这正是娼门水局下场头！"韩辅臣："这都是我的不是了。大姐，你要是心中恼我，就打我几下吧。"杜蕊娘："你呀，顽诞儿依旧；我呀，气性儿全抛。既自知没福与你莺燕蜂蝶为四友，便甘分地做个跌了弹的斑鸠。"韩辅臣："我和你生则同衾死则同穴，你要不发放我起来，我就一直跪到明天！"杜蕊娘："强我十倍的人物到处有，你何须在一家苦苦死淹留，我劝你舒开你那攀蟾折桂的手，请先生别挽一枝章台路旁柳，再不必设誓赌咒，也免得自屠自戮。"言罢，转身走了。韩辅臣从地上爬起来，悻悻离开暗恨生，叹道："怪她红粉变初心，不独虔婆太逼临；今日床头看壮士，始知颜色在黄金。"

石好问三年任满朝京，皇上夸他贤能清正，又让他复任济南。韩辅臣听到这个消息，急忙赶来，施礼道："恭喜哥哥！只是兄弟我久客空囊，不能备酒给哥哥拂尘，实在惭愧！"石好问笑着说："我以为贤弟扶摇万里、进取功名去了，却还淹留妓馆。志向可知了。"韩辅臣："这段时间，你兄弟被人欺侮，险些气死，还说那功名干什么！"石好问："贤弟，你在此盘缠缺少、不能快意是可能的，但什么人敢欺侮着你呢！"韩辅臣："哥哥不知，那杜家老鸨就欺侮我！这也罢了，连蕊娘也欺侮我！哥哥，你要给我做主！"石好问："这是你被窝里的事，让我怎么管？"韩说："我给您鞠躬。"石也说："我也会鞠躬。"韩又说："我给您下跪。"石也又说："我也会下跪。"韩叹道："哥哥要是不管，我就白白受她娘俩一场欺侮。还怎么在人头上做人！不如我就一头撞在堂柱上死了算了！"说罢，跳着要撞。石好问把他拉住道："你怎么就这么短见！你到底想让我怎么管呀？""只要哥哥差人去把她娘俩拿来，当堂责打四十，就替您兄弟出了这口恶气！"石好问说道："这个也不难。只是那杜蕊娘若肯嫁你时，你还要不要呢？""要！怎么不要？""贤弟呀，你不知道，乐户一经责罚便是受罪之人，再做不得士人妻妾。我看呀，你还是找个胜景去处，做个筵席，把她们一拨儿姐妹请来，央她们替你去赔个礼，那时，必然又与你和好。你看怎样？"韩辅臣作揖道："多谢哥哥厚意！"石好问给他两个银子，让他到金线池边预备酒席。

杜蕊娘的一班姐妹受韩辅臣之托，在金线池边安排酒果，只说是姐妹间相请，叫来杜蕊娘，准备席间慢慢说合。

杜蕊娘虽狠着心赶走韩辅臣，却一时一刻也没把他忘记，想他想得寝食难安，身体消瘦。

杜蕊娘来到金线池。这金线池，过去是她与韩辅臣蝴蝶双飞常来游玩的地方，而今却只剩她一个，她不禁黯然神伤："虚度了丽日和风，枉误了良辰美景。我依旧居家安业，他依旧离乡背井。"

众姐妹劝杜蕊娘开怀畅饮，忘却烦恼。杜蕊娘强打精神说："好，咱们就行个酒令，行得对的吃酒，行不对的罚喝池中凉水。"众姐妹呼应："好！"杜蕊娘："这酒令有几个规定，第一，不许沾上韩辅臣三字。""知道了。""第二，曲中要唱有几个花名。""我们不会。""第三，诗句中要包拢着尾声。""我们不懂。""第四，续麻道字针针顶。""我们不能。"杜蕊娘叹气道："唉！这个都做不来，这方面你们远不如韩辅臣。"众姐妹："你怎么沾上韩辅臣？罚酒三杯。"不一会儿，杜蕊娘便喝得醉迷怔怔，嘴里更是"韩辅臣、韩辅臣"叫唤不停。众姐妹扶着她趔趔趄趄往回走，韩辅臣上来，替换下众人。杜蕊娘嘴里唠叨："莫笑我，不死心，想着旧情；不是我，把不定，言多伤行。我问这位扶我的小哥，你啥姓名？""小生是韩辅臣。""你是韩辅臣？靠后！我不用你扶。我白白将你相厮敬，你为人不、不、不至诚！"说着，甩开韩辅臣，独自走了。

韩辅臣受了一顿抢白，气哼哼地说："她原来真的不喜欢我了。我绝不能与她罢休，说什么也要到俺哥哥那里去告她。"

韩辅臣来见石好问。石府尹问："兄弟，你们两口子完成了吗？"韩辅臣："若完成了，此时正好睡觉呢，到您这衙门来干什么！那杜蕊娘变心了，我特来告她。"石府尹："人家若实在不愿意，你也就算了，还告人家干什么？"韩辅臣又寻死觅活："您若不肯替我断理，我就死在你府堂之上，让你做官不成！"石府尹叹道："唉，哪个爱女娘的像你这样放刁！罢罢罢，我就替你断理断理。张千，去把杜蕊娘拿来！"

杜蕊娘被拿到堂前，石府尹喝道："杜蕊娘，你在我衙门里供应多年，岂不知衙门法度。你失误官身，正该当堂责打四十！张千，大棍子准备！

再拿枷来，发放到司房去认罪！"吓得杜蕊娘慌了神儿："哎呀，可让谁来救我呀？"韩辅臣在一旁得意："谁让你失误官身，我哥哥恼得很呢！"杜蕊娘走过去拉扯他："你还不过去替我说几句好话，真让我挨打吗？"韩辅臣："你今天也有用着我的时候！只要你肯嫁我，我就替你去求情。"蕊娘："我嫁你就是了。"韩辅臣急忙跑到石府尹跟前："哥哥，看您兄弟薄面，饶恕杜蕊娘初犯吧。"石府尹吩咐把杜蕊娘带过来，言道："既然韩解元在这里替你哀告，四十板就免了。只是你身为乐户，不应官差的公罪不能饶过。"韩辅臣忙说："哥哥，您告诉我的，乐户一经责罚便再做不得士人妻妾。杜蕊娘已经同意嫁给我了，您就一块儿连公罪也免了吧。"石府尹："杜蕊娘，你真的愿意嫁给韩辅臣？""我真的愿意嫁给他。"石府尹："那好吧，我准你烟花簿上除去姓名。再出花银百两，给你那母亲做财礼。你们快去准备花烛酒宴，今日就成亲吧。"韩、杜二人听了，激动得忘乎所以。石府尹忙制止："我这法堂上是断合的地方，可不是你们配合的地方。你俩快离开！"小两口儿欢天喜地地依偎着走了。

❖ **曾瑞卿** ❖

郭秀才沉醉误佳期　王月英元夜**留鞋记**

　　十八岁的王月英，尚未许聘，其父去世后，她与母亲靠开着一个胭脂铺过活。这天，她母亲王李氏去姑姑家走亲戚，胭脂铺由王月英守着。

　　郭华，二十三岁，洛阳人。学成满腹文章，进京应举。怎奈时运不济，榜上无名。他迟迟不离京城，人们都以为是因落第无颜，羞归乡里；其实，他是看上了胭脂铺的小娘子。虽然因为她母亲在旁边，不便与小娘子交谈，但也感觉到那小娘子眉来眼去，大有顾盼之意。这天，他见小娘子母亲不在，走过去主动搭讪，想跟小娘子说句知心话。他问："小娘子，有上好的胭脂粉吗？我买几两。"王月英忙说："有有有。"吩咐梅香去料理。剩下他们两人，四目相对，又赶紧低下头。正是：半霎相看百种愁，都被那一点相思两处勾。

　　王月英每日思念郭秀才，情怀欠好，饮食少进，粉容憔悴。梅香问："姐姐，我看你苦恹恹的，到底想些什么？"王月英叹道："我只怕镜中人老偏容易，花开也有未开期。朱颜一去唤不回，染上这相思疾。"梅香笑着说："哎呀，姐姐原来是为了这个，怎么不明对我说，我去帮你成就。"王月英忙让她别大声："这件事，天知地知，心知腹知，咱俩平时最亲密，你可别给我走漏天机。"梅香小声问："姐姐心里到底想的是谁？"王月英说："那人呀，常来店铺买东西；那人呀，眉清目秀真伶俐；他与我言来语去相调戏，几时得相会在星前月底？"梅香："哎呀，原来是那郭秀才！我拼着为你担罪名，你有什么话说，我替你们中间传达。"王月英提笔铺纸，写下一词，请梅香偷偷送去。暗约下云雨期，都寄入断肠词。正是：佳人有意郎君俏，风情事哪怕人知。

郭华接到梅香送来的诗词，诗中之意是约他今晚元宵节在相国寺观音殿相会。郭华见信后喜不自胜，加上朋友们相请，因此这天傍晚多饮了几杯，带着几分醉意来到相国寺。他向观音菩萨作揖祷告："您是慈悲的，您是救苦救难的，今晚一天大事，都在您这殿内，只求您帮衬着我。"忽觉酒上来了，支持不住身子，他便坐在蒲团上，打算盹睡片刻。

王月英赴会，因被街上观社火的游人阻挡，来到相国寺，已近三更时分。原担心郭秀才等得着急，却不见郭秀才身影。进到观音殿内，才见他和衣倒在那里。梅香上前推了几把，那郭秀才仍是酣睡不醒。梅香责备道："乖乖，满嘴酒臭，怎么醉成这样儿！"王月英也不由气得柳眉紧皱，心说："原以为你读书人多至诚，却原来也贪杯误事少尊重！"此时已响四更，王月英只得决定回家。临走忽然想到："若不给他留下个表记，他还会说俺不曾来。"于是，脱下一只绣鞋，用香罗帕包好，放在郭秀才怀中。

郭华醒来，闻见一股麝兰香，再看自己怀中，揣着罗帕、绣鞋。他立刻明白是怎么回事，悔恨道："天哪，我费了多少心思，才能与小姐相约一会！偏我贪杯睡着，错过良机，莫非缘分浅薄吗？既如此，我还要我这性命做什么，不如死了算了！"他把香罗帕整个填进嘴里，噎死过去。

五更天，和尚起来收拾殿堂，被郭华尸体绊倒。和尚吃惊地想："这人怎么死在这里！我还是赶紧把他扛到山门外边去，免受连累。"正这时，郭华的琴童因主人到相国寺看灯，一夜未归，找来了。一见主人死了，揪住和尚道："我主人因何死在这里，你们定然知情！说不定正是你们摆布死的。走！我和你见官去！"拖着和尚去打官司。

相国寺伽蓝向众鬼力传达观音菩萨法旨："这秀才郭华跟王月英是前生夙缘，只是好事多磨，未到成期。他如今吞帕而死，你们要好好保护，让他七日之后，再得还魂！"

琴童扯着和尚来到开封府。开封府尹包拯升堂问案。问明案情，又实地勘探。除去发现死者怀中揣着一只绣鞋外，别无线索。包拯回到府衙，叫过张千来，让他如此如此。

张千扮做一个货郎，挑着货郎担，摇着拨浪鼓走街串巷。货郎担上明挂着那只绣鞋。

王月英的母亲发现这只绣鞋，心想："我女儿说，去看花灯时掉了一只鞋。莫不是被此人拾来？"便走过去仔细观看，果然不差。于是，对货郎说："哥哥，这鞋是我女儿丢的，您就把它还给我吧。"张千问："你老人家看准了？确实是你女儿的？"王母："看准了，确实是！"张千一把扯住王母，喝道："好哇！这真是踏破铁鞋无觅处，得来全不费工夫。这只绣鞋不要紧，它牵连着一桩命案呢。走，你跟我见官去！"

王月英正心绪不宁，被公差从家中勾到开封府。包拯问："王月英，你多大年纪？可曾婚配？"王月英战战兢兢道："小女子年纪轻，未曾招嫁。"包拯又高声喝问："你既是个女子，怎么不守闺门之训？你这一只绣鞋揣在郭华怀中，这是何道理？你从实招来！"王月英尚不知发生了什么事，愣愣地说："我不知什么绣鞋，什么郭华。"包拯道："把她母亲叫出来对证。"王母哭哭啼啼问女儿："这绣鞋确实是你丢的那只。它为何在那秀才怀里？难道是你做下的？"王月英羞羞答答，不讲实话："我的鞋在街上挤掉了，说不定是被他捡去。"包拯喝道："你这女子巧言令色，看来不打不招。左右，大棒子准备！"王月英只得把实情讲出来："那夜，是我把这鞋用香罗帕包了，揣在那秀才怀中，只是留情于他的意思。求老爷替我做主。"包拯道："你既招得明白，我就替你做主。你刚才说还有一个香罗帕，可是真的？"王月英答："千真万确。"包拯想："为何香罗帕不见呢？"他吩咐张千，押着王月英到相国寺去，观看郭华尸体，寻找香罗帕。

王月英见到郭华尸体，不由泪眼凝视。心想："虽然是相期灯月底，又不曾取乐枕屏边。可如今你命掩黄泉，怎不叫我恨绵绵！悔当初不该约相见，恨不能成双死而无怨。"她发现郭华嘴角边露着个手帕角儿，便用手扯将出来，对张千说："这就是我的香罗帕。"再看郭华，忽然欠起身，活了过来。嘴中言道："小娘子，我与你相会，真像是梦里睡里。"说着，起身搂抱王月英。王月英初时吓得手脚冰凉，骂道："鬼魂灵怎敢胡缠！"继而想到心上人活过来了，不由踊身向前，喊着："谢天谢地，你又从阴间回转！"

张千带着郭华、王月英一同来见包拯。郭华讲了自己的自杀经过。包拯叹道："你死已有七日光景，又能活转，其中定有神助。"再问王李氏："你愿意把女儿嫁给这秀才吗？"王李氏说："既是我女儿愿意，就嫁了他吧。"于是，包拯下断：郭华、王月英本有那宿世姻缘，约元宵相会在佛殿之前。怎知道为酒醉一时沉睡，不能够叙欢情共枕同眠。将罗帕和绣鞋留为表记，那秀才酒醒后悔恨难言。吞罗帕气噎而死，有琴童来衙内告状鸣冤。秉公道当堂勘问，将和尚排出去并无牵连。押月英到寺内认他尸首，喜幸得神明护今又生全。这一段风情着实不浅，你二人成夫妇重结再生缘。

❖ 尚仲贤 ❖

随大夫衔命使九江　汉高祖濯足气英布

灵璧一战，刘邦被项羽杀得人亡马倒，幸亏一阵大风，飞沙走石，刮得人不能睁眼，刘邦才逃脱了性命。以后，他又重收败卒，屯驻荥阳，军声复振。这天，他召集张良、曹参、周勃、樊哙等众臣商议破楚之策。张良分析道："项羽手下有一英布，极有勇力，目前领四十万精兵，扎营九江。灵璧之战，项羽曾邀他会合，可他称病不赴，可见与项羽有隙。若派一能言巧辩之士，说英布归降，则我破楚项王必矣！"刘邦说："那英布一直是项羽的亲信羽翼，怕不是仅凭一口片舌就可以说他归降的。我看还是另想主意吧。"此时，站在一边儿、默默无闻的典谒小官随何自荐道："臣与英布同乡，又是少年八拜至交的兄弟。若能派我出使九江，必能说服英布归降，不负大王之命。"刘邦听了，取下随何的帽子往地上一扔，轻蔑地说："臭儒生也敢妄言！你在我帐下，貌不惊人，才不出众，数年过去，没谁知道你。现在竟说什么想去劝降英布，这不是拿着苍蝇去钓巨鳌，哪儿够它一嘬的！"随何道："昔日郦生曾凭三寸之舌，数日间说下齐七十余城。由此观之，儒生也为汉立下大功。臣随何虽不才，其实并不在郦生之下，我若不能说英布归汉，情愿被烹！"张良说："随何既有此决心，必不辱使命，愿主公勿疑。"于是，汉王命令从军中选出二十名精壮士兵，跟随随何出使九江。

英布是寿州六安县人，二十岁时，因犯法被脸上刺字，因此，人们也叫他黥布。他聚集数千囚徒，举旗造反，作战十分英勇。后率部加入项羽的抗秦队伍，斩王离、虏赵歇、降章邯，很受项王赏识，被封为当阳君。可是，项王手下另一大将龙且却对他心怀嫉妒，屡屡在项王跟前进谗言，说他有反叛之意。因此，项王也对他加强戒备，经常派使者来监视他。他称病不赴灵璧会战，自知更加深了项王的疑虑，故而终日惴惴不安。

探子报告："有汉王使臣随何，带领二十骑人马到来，求见元帅。"英布听了，拍案怒道："他是汉家臣子，俺是楚家将军，他来见我干什么？简直是飞蛾投火！来人，给我把他抓进来！"

随何入帐，质问道："贤弟，我与你是同乡，又有八拜之交，只因各事其主，阔别多年。今日特来访你，你不下阶迎接也罢，怎么让刀斧手把我抓起来呢？这是什么礼仪！"英布答："你哪里是来访我，不过是来下说词。"随何道："也不是我夸口，我随何舌赛苏秦、口胜范叔，若是真肯下些说词，也不由你不听呢！"英布"嘿"了一声，说："你这真是剔蝎撩蜂、暴虎冯河！你说吧，你说吧！若说得不对，可别怪我故旧情薄！"随何："贤弟，你亡身之祸就在眼前，我此来特为救你。"英布："真是妄言！我祸从何来？""你是个武将，只晓得对阵厮杀，不研究心理揣摩之事。我问你，你与范增谁更受到项王亲信？""范增被项王尊称亚父，我怎能比得！""可是，仅因为陈平一条反间计，就离间了他俩的关系；项王疑心范增归汉，说范增不中用，该回乡养老去了。结果，范增背疮发作，死在路上。这事，你知道吗？"英布说："知道。""既然知道，那么也就可以推算出你眼前的亡身之祸了。灵璧会战，你称病不赴，项王能对你满意吗？如果此战项王败了，因为要倚仗贤弟，倒也无事；而此战项王大胜，则他必然心高气傲，加之龙且谗言不断，你这场罪过是躲不过去的了！"正说着，门卫来报："楚王使臣到。"英布听了，心里惊慌："若是使臣发现随何可怎么得了！"他让随何赶紧回避，自己设香案迎接使者。

使臣宣布项羽手敕："灵璧之战，你虽称病不赴，可我不凭借你力仍获大捷。特告你知，望你加餐自爱。"英布听不出话中的意思，还以为项王并无降罪之意，以为随何真会危言耸听。谁知随何从屏风后面转出来，对楚使臣说："我是汉王使者随何，因你项王听信龙且谗言，使英布不能自安，已举九江之兵降汉了。我是特地来此迎接的。饶你不死，你快回去吧！"使臣听了，惊问英布："好哇！你果真是这样吗？"英布被这突然发生的情况吓呆了，只是"不、不"地解释不清。随何乘势说："对，今日此事既已被楚使发现，就不能再放他还朝，不如杀之以灭其口。"说着，拔剑把楚使刺死。英布阻挡不及，只是"唉、唉"地叹气。随何道："事已至此，你骑不得两头马了！"英布咬牙发狠："来人，给我把随何拿下！我带他面见项王请罪。"随何笑道："不用绑，我这就随你去见项王。到那时，你说一句，我说十句，看是项王疑你还是疑我，是信你还是信龙且！"英布听这话，一下子泄了气，心想："是啊，我一个粗鲁武将，到了那里，只会气勃勃地，半句话也说不出来；哪如他是专门能言善辩的，口里含着一堆的老婆舌头。还是算了吧。"嘴上说："俺在楚，项王相待甚重；如今除非汉王待俺更重于项王，俺才甘心背楚归汉。"随何说："你为项王立过大功，项王也不过封你当阳君。我汉王豁然大度，毫无吝啬，英雄之士，莫不归心；你没见韩信吗？他只不过是员降将，却也被筑台拜帅。何况贤弟雄名久著，必当重用，取王侯易如反掌！请贤弟早决归降之心，不要自己耽误自己。"英布仍是叹气不止："唉！俺服侍项王没结果，却做媳妇的先恶了公婆，难存活，恰似睁着眼跳入黄河。不投降汉王吧，只怕弄得个扁担两头脱。"他让随何退下，自己要好好考虑考虑。

英布率四十万众，跟着随何离开九江，往成皋去投降刘邦。眼看到了成皋城边，竟不见汉家一人出来迎接。英布气愤地问随何："你说降汉必有重用，为何对我如此冷淡？"随何道："我听说近日汉王与楚王交锋，被楚王射中脚趾。莫不是伤重不能出城相迎！"英布："即便他不能亲迎，也该另派他人代表才是。"随何："对呀！你等我进城去报知汉王，他必定派人以王侯之礼接待你。"英布放随何进城去见刘邦。可是，从日出等到日落，不仅不见汉王派人出迎，就连随何也不出来了。英布心绪不宁，往来踱步，眉心皱起大疙瘩，嘴里不住地骂："好你一步八个谎的坏随何，把我扔在这里算怎么说！"正等得心焦难耐，随何终于一人回来了。英布问："这就是汉王对我的王侯之礼？"随何连连认错："是我说话不算数儿！我进城之后，见到汉王，汉王是准备派人隆重迎接的，可是，没有一个大臣肯做代表，都说你初来归降，没有半点功劳，不该施以重礼。我与他们争论，差不多磨下去半截儿舌头，最后还是没说通。这都是我说了错话，都怪我呀！"英布听了，虽然生气，却也毫无办法，叹道："事已至此，难道他不来迎，我就依旧回九江去吗？唉！汉王在哪儿？你领我去拜见他走一趟！"

随何领着英布来到汉王府邸，让英布一人入内觐见。却只见那汉王正伸着两只光脚，让二名宫女搓洗。英布一见，差点儿把肺气炸，"蹬、蹬、蹬"转身走出来，见到随何，喷气吹髯，铁青着脸骂："刘邦小子洗脚相见，明明是看得我轻如粪土。我这一趟来得大错了！来人，传下将令，立刻拔营起寨，回转九江！"随何问："回转九江，能不去见项王吗？""我自然去向项王请罪。""倘若项王问你：'你杀我使者，领兵投汉，汉王看不起你，你又归楚。俺楚国难道是个无祀鬼神坛，凭你自去自来！'那时你可如何是好？"英布听了，仰天长叹："唉！到今天我被你弄得有家难奔、有国难投哇！"随何劝道："我原对你说过，汉王脚趾受伤，尚未痊愈，所以天天洗脚上药。这也并非故意怠慢您。您且放宽心，待我再去说服汉王，少不得重用您。""拉倒去吧！常言道：头醋不酸，二醋不酽。我还待你再去说个什么！唉！想这普天之下，难容我七尺之躯，我不如自刎了吧！"说完，英布就要拔剑。随何急忙按住他手："蝼蚁尚且贪生，为人怎不惜命！贤弟乃盖世英雄，何处不立功名！怎么就做这自尽的勾当？真是妇人般见识。"英布听了，重做决定："对！俺老子将军不下马，各自奔前程！率领这四十万大兵，依旧去那鄱阳湖中落草生。不附楚不依刘，且看他两家鹬蚌争！"随何还要阻拦，英布把手一甩："那汉王自称尊、自显能，看得俺粪土般污、草芥般轻；连你这做说客的随何也不干净！俺怎肯再厚脸皮把个昏君等！"说完，独自愤愤回归营寨。随何暗自笑道："这英布中了圈套。他自恃英勇，心存藐视。汉王洗脚相见，故意轻慢，正是以此挫折他的锐气；况且，他本是鄱阳大盗出身，也没什么高见远识。等他生够了气，我汉王自有笼络他的办法。"

汉王听到随何汇报，吩咐说："人主制御枭将之术，如养鹰一般，饥则附人，饱则飏去。今英布初来归我，正是饥则附人之时。孤王先遣光禄寺安排酒宴，教坊司选歌儿舞女到他营中供用。他若不喜，再遣张良领文武大臣同去陪侍，致上孤家殷勤之意。他若仍怒气未平，孤家再亲自前去安抚，必使他死心塌地为我所用。"

英布正在营中生气："不如意事常八九，可与人言无二三。率众降汉四十万，却得汉王濯足见。"他更恨随何："我与他是绾角兄弟，他竟敢哄骗于我。我若不杀他，也出不得这口恶气！"忽听营门外传来随何的欢笑声："贤弟贤弟，我说汉王必然重待你，这不是让光禄寺排设筵席，让教坊司歌儿舞女伺候来了吗！"随何一面说着，一面满面春风地率领着一队厨役和歌妓走进来。英布仍板着脸："我不缺筵席吃，也无心把歌舞瞅。你就是造起个肉面山也压不下我心头火，你就是凿成个酒醴海也洗不净我脸上羞。"

张良同曹参、周勃、樊哙来到英布营寨，张良施礼道："俺主公因足疮未愈，多有失礼。特让贫道与一班大将造访君侯，一来替主公请罪；二来陪伴君侯饮宴。"英布略略还礼，仍不开口。张良等人斟满酒，举杯苦劝："主公遣我等前来敬酒，若君侯不饮呵，可就是不给我主公面子了！"英布渐渐气平，只是泼水难收，故意端着架子，不肯吃酒。

汉王亲临大营，命使臣宣读圣旨。英布本想抢白汉王几句，却早被汉王天威震慑，不由自主跪地听宣。圣旨云："良鸟择木而栖，忠臣择主而事。当阳君英布，弃楚归汉实为弃暗投明之举。特加封为九江侯、破楚大元帅。今项王遣龙且抵御我国韩信，自统二十万大军攻击我外黄守将彭越。即令英布率本部人马，往援彭越。功成之日，另行封赏。"汉王亲自把剑牌印信授予英布；并请英布登车，自己跪地推动车轮前进三圈；又亲自斟酒，递给英布，宣布说："只要是利于汉室的事，就请元帅一力制裁。"英布此时真是受宠若惊，心想："我英布享此皇恩，就是死也死得着了！"

汉王回宫后，英布立刻领兵奔往外黄。

汉王焦急地等待英布的消息，好生悬望。张良安慰他："彭越原是汉家一虎将，如今又添上英布，俩人前后夹攻。那项王虽然英勇，怎禁得腹背受敌！我看项王必败无疑。"果然，探马飞报捷音："经过一番龙争虎斗，项羽战败，仅一人一骑往北逃走了。"

　　英布大获全胜，凯旋归来。汉王率众臣迎至辕门，对英布大加褒奖，封英布为淮南王。随何因说服英布归汉，也立下大功，被封为御史大夫。

❖ 无名氏 ❖

两军师隔江斗智　刘玄德巧合良缘

　　赤壁之战，周瑜用计，一把火烧得八十三万曹兵片甲不回。而刘备也趁机占领了荆襄九郡。周瑜怎肯善罢甘休，数次索取，都被诸葛亮识破计策。如今，他又生一计，叫来大将甘宁、凌统及中大夫鲁肃商议。他说："刘备新近死了甘、糜二夫人，一直鳏居，而我主公妹子孙安，已长立成人，尚未许聘。我们不妨假称孙刘结亲，借此做些文章。比如暗调人马，装成送亲去的，乘他们不注意，突然夺下城门。或者让孙安小姐拜堂后，在洞房突然刺杀刘备，然后率大军直抵荆州，必获全胜。"鲁肃言道："元帅此计好是好，只怕瞒不过诸葛亮。"周瑜自信地说："大夫放心，我料那家伙断然不能识破。你就帮我先去启禀主公，请主公帮助行事。"

　　东吴主公孙权听说鲁肃有要事禀告，在朝中接见。鲁肃将周瑜计策陈说一遍，孙权听了，沉吟片刻，说："虽然如此，这事我也做不得主，有老母在堂，我得跟她商量。她若同意施行此计，我再马上告诉你。"

　　孙权派人请出老夫人，把周瑜计策告诉她。老夫人听完言道："这事还要把你妹子请出来一块儿商议。"孙安正在绣房中闲坐，听到母亲、哥哥呼唤，起身来到堂前。见礼罢，老夫人说："孩儿，唤你出来，只因有件事要跟你计议。"孙安："母亲，是什么事？您就快跟孩子说吧。"老夫人却吞吞吐吐难以启齿。孙权催促道："既已将妹子唤来，就快把事情说了吧。"老夫人悲悲切切地说："孩儿呀，说着这事，真使我不胜烦恼。是你哥哥将你许了人家了。"梅香在一旁听见，高兴地说："嗨，我以为是什么事，原来是这样的事，老夫人也给我寻一门亲吧。"孙安止住她，问母亲："哥哥把我许给什么人家了？"孙权道："妹子，你就知道把你许了人家就行了，至于什么人家就不必问了，反正一二日之内，就要成亲哩。"孙小姐说："为何如此慌慌速速成亲事？"孙权说："都只为荆州九郡。"老夫人道："你哥哥想在你身上干大事呢！他如今已把你许给了刘备为夫人。等你过门之日，暗调兵将，假称护送，乘势夺了城门。"孙小姐埋怨道："你们喜滋滋把计谋施，也不商量就定下我终身大事。我劝哥哥还要三思，据我看怕瞒不过人家诸葛军师。"孙权轻声说："此计不成，又有一计。等刘备拜完堂，妹子，你瞅个方便，一刀把他刺死，不怕荆州不归我国。然后我再给你别选高门，再嫁俊杰。"孙小姐伤心哭泣道："我只道是什么秘计高智，却原来耍阴谋要我行刺。只为了你们夺城略地，全不想断送了我这一生一世。"孙权听了，很有些恼羞成怒，吹胡子瞪眼地说："反正我不取荆州不为丈夫。妹子，你就照我的安排去做！"老夫人见状，劝孙小姐道："孩儿，你哥哥生气了。你就依着他吧。"孙小姐无可奈何，说了一声："就由着你们安排吧！"带着梅香回转闺房。梅香道："姐姐，常言说：姻缘姻缘，事非偶然。恐怕这桩亲事也是天缘注定呢。"孙小姐轻声说："正因为这姻缘是上天赐，我也才顺势勉强服从之。"

孙权见老母、妹子都依允了，赶紧叫来鲁肃，让他立刻过江提亲。一再叮嘱鲁肃："见到刘备，只说我家妹子容貌端庄、志气非凡、正可匹配，只说孙、刘结亲，自此免动干戈，正是两家之福。千万在意，不可露了机密！"

鲁肃过江说亲，开始，刘备很有些不允之意，倒是诸葛亮再三撺掇，刘备才答应下来。鲁肃回来告知周瑜，周瑜兴奋地说："我早就料定诸葛村夫不识我计！"一边吩咐甘宁、凌统调拨随行军马，一边恳请鲁肃："再烦您大媒先去通知，让他们准备花烛，明日吉日，我们就送小姐过江。"

诸葛亮接到鲁肃通知，召集刘封、赵云、关羽、张飞诸将与刘备计议。张飞道："周瑜累累兴兵索取荆州，如今一面提亲，一面屯兵柴桑口，我看其意非小。"刘备也说："莫非他心存诡计？"诸葛亮笑道："主公放心，他的企图我早已料到。"又叫过张飞来，贴耳吩咐一番。

周瑜派凌统、甘宁带一千精兵，护送孙小姐鸾驾来到荆州南门。只见城门上彩旗飞扬、刀枪闪亮。凌统喜道："该不是欢迎我们的吧。"甘宁拍马向前，对守城小校说："快去通报，把城门打开，俺吴国众将护送孙安小姐到了。"一会儿，张飞来到城门前，喝令："只放小姐一辆鸾车、梅香一骑马进来，其余吴国众将，都停在城外，不许放进！"甘宁闻听，跑过去说："三将军，俺们送小姐来，怎么也得放进去讨杯喜酒吃。"张飞环眼圆睁道："你们呀，并非送亲而来，而是按你那周瑜都督计策，骗我城门来了。你们哪一个想进，我就一枪一个！"甘宁只得回身与吴国众人商量："既是如此，我们不如回去吧，免得惹场没趣。"于是，只留下孙安小姐和梅香入城。

鲁肃在城中迎着小姐，陪小姐入宫。小姐与刘备拜堂，喝了交杯喜酒。刘备又将部下一一介绍给孙安。孙安抬眼观瞧，只见那诸葛亮道貌非常仙家气，比吕望、张良有神机；那关羽、张飞虎将威，把甘宁、凌统比得似鼠狸；那刘备目能顾耳手过膝，雍容华贵帝王仪。她不由心中暗想："嫁给这么一个伟丈夫，也不辱没我了。可笑那周瑜好痴，自家没智谋索取荆州，却打我的主意。我凭什么替你去守寡一世！"又怨恨孙权："当哥哥的心好狠，把亲妹子许了人，又让我去害他！亏哥哥能做得出来。"于是，她吩咐鲁肃："请你回国对哥哥说，我这里一切安好。等下月回门之时，我见到母亲，自有话讲。"然后，由梅香扶着，转入后堂。诸葛亮等人又一再对鲁肃晓以大义，请他回国多说好话，真正做到孙刘结亲、互为唇齿、永息干戈。

甘宁、凌统回国，向周瑜报告："诸葛亮已识破您的计策，派张飞把守城门，无法赚开。"周瑜好生气恼。不多久，鲁肃也回来禀告："小官随孙小姐进入荆州王府，当日拜堂成亲。我看小姐十分欢喜，想是对刘备十分中意。您那第二计怕是成不得了！"周瑜更加气恨，对鲁肃说："我绝不能就这样输给那诸葛村夫！你再去对主公言明，等小姐同刘备回门之时，我与众将封锁江面，不准刘备回程。答应还俺荆州，万事皆休，如若不然，就杀了他！"鲁肃说："只怕诸葛亮又看破你这计策，不会轻易让刘备过江来呢！"周瑜不耐烦地说："你就依着我的话去禀告主公吧！我就不信那诸葛村夫总能料事如神。"

到了回门的日子，鲁肃过江迎接。却见诸葛亮并无阻拦的意思，心想："周都督此计大概能得手了。"

刘备携孙夫人走后数日，诸葛亮叫过刘封来，贴耳吩咐道："你去给主公送去几件寒衣。见到主公时，你要如此如此。"

刘封去后，诸葛亮又叫过张飞来，让他领一哨人马到汉江边上迎接主公并孙夫人鸾驾，等主公和孙夫人过江之后，就如此如此。

刘备和孙夫人到达吴国之后，孙权、老夫人招待甚为殷勤，只是绝口不提回归之事。这天，孙权又设盛宴，宴前讲明："饮酒只说酒中事。"刘备自知孙权是笑里藏刀、埋伏圈套，却又无计可施；因此，只是闷头饮酒，不一会儿，便昏沉沉醉倒。

正此时，门卫来报，说那边刘封求见。孙权问妹子："这刘封来此做什么？"孙夫人气哼哼地说："问我，我哪里知道！"孙权："让刘封进来。"刘封入帐，行礼罢，说："我刘封见父亲来的日子多了，天色寒冷，特送几件暖衣。"孙权："哦，原来只为送暖衣。你父亲醉了，你过去叫他一声。"孙夫人一边呼唤刘备，一边问刘封："你那里群臣可忧愁？二位叔叔可心焦？"刘封故意大声说："军师们都好好地没什么忧。两位叔叔天天饮酒快活不心焦。"刘备醒来，刘封过去给他披暖衣，偷偷从怀里掏出一个锦囊，塞在刘备怀内，又趴在刘备耳朵边细声说些什么。——孙权在旁边都看在眼里，心说："那锦囊定是一封密信，我一会儿好歹让妹子把它弄过来，瞧瞧上边写的什么。"刘备穿完衣服，吩咐刘封："你没事了就赶紧回去吧。"刘封告辞。刘备又对老夫人说："母亲，孩儿醉了。"老夫人道："既如此，梅香，扶姐丈歇息去吧。"刘备一边退下，一边向孙权拱手："多谢多谢！搅扰，搅扰！"锦囊掉在地上也没知觉。孙权把锦囊拾起，心说："这真是天假其便于我。"拆开锦囊，果然是诸葛亮所写密信，写的是："主公过江之后，众将各安，勿劳记念。只是近日接到密报，曹操为报赤壁之仇，已纠集百万大兵，不日即将南下。主公收到此信，且慢回来，等我稍做安排，也过江去，一块儿向吴王再借些军马，共拒曹操。主公已是吴国亲眷，谅吴王不便拒绝。情况机密，暂勿泄露。"孙权看完，沉吟道："哦，原来是这样！我还留他在这里做什么？不如放他回去，省得他开口向我借兵。等曹操领兵来时，让他两家厮杀，我还可坐收渔利。"想到这里，孙权叫过妹子来，让她赶快收拾行李，尽早回归荆州。老夫人奇怪地问："你为什么又催着他两口儿走呢？"孙权伏在母亲耳边讲明原因："曹兵不久就到，免得留他在此，借兵聒噪。"老夫人说："既是这样，就由着你吧。"

刘备、孙夫人急急赶路，恰如摔破玉笼飞彩凤，顿开金锁走蛟龙。来到江边，只见甘宁、凌统严密把守。刘备不由担心："莫非周瑜知觉了？"孙夫人上前，凛然道："我们是奉老夫人和吴王令旨回返荆州的，你们哪个敢阻拦！"吓得甘宁、凌统诺诺连声，溜去向周瑜请示。

刘备、孙夫人正愁没有过江之船，张飞奉诸葛亮将令适时赶来。张飞请大哥大嫂登舟先回，自己钻进翠鸾车中等待。

不一会儿，周瑜领人马追来。看见翠鸾车，周瑜下马跪地言道："小姐，下官周瑜定下计策，假托孙刘结亲，诳得刘备过江，将他软禁东吴，正是赚将之术。小姐怎么倒叱退众将，私放刘备走了呢？怎么不为东吴娘家着想，却处处向着丈夫家呢？"张飞在车中听了，揭帘子出来，高声叫喊："周瑜，你认得我三将军吗！好你一个赚将之术，亏你不羞！若不看你在车前跪拜的面上，我一枪在你胸脯上扎个透明窟窿！"周瑜顿时被气得箭疮迸发，晕倒在地。甘宁、凌统急忙过来，把周瑜抬回大营抢救。

刘备夫妇及张飞先后回到荆州，诸葛亮早摆好宴席与众将等待多时。席间，君臣团结，夫妻和谐。谈起这一段经历，都夸诸葛军师妙算神功；都笑周瑜逞能，到头来赔了夫人又折兵，还搭上身家性命。

❖ 杨景贤 ❖

北邙山倡和柳梢青　马丹阳度脱刘行首

　　登州甘河镇王三舍，受吕洞宾点化，学成长生不老之术，道号重阳真人。又奉师父法旨，化作一云游道士，来人间传布全真大道。这天夜间，他来到西安府城外北邙山，又无人家，又无寺院，只得靠在一棵大松树下打坐。忽听一女子吟诗道："天淡晚风明灭，白露点苍苔败叶。瑞止翠园，黄土衰草，汉家陵阙。咸阳陌上行人，依旧名亲利切。改换朱颜，消磨今古，陇头残月。"王重阳听罢，和词一首："度你个不生不死，又不比拈花摘叶。兴倚高歌，醉眠芳草，梦游仙阙。有时苦劝人人，莫怪我叮咛切切。走骨行尸，贪财恋色，枉消年月。"那女子出来拜见。王重阳问："你是何方女鬼？"女子言道："我是唐明皇时管玉壶的宫娥，五世为童女身。因厌恶人间生死，在此鬼魂飘零已三百余年了。求师父度脱我吧。"王重阳说："可惜你宿根未尽，难离凡尘。"那女鬼执意恳求："俗话说遇仙不成道，如入宝山空手回。请师父格外施恩。"王重阳沉思片刻，言道："你若想得度脱，须下人间再托生为女子，还了五世宿债，然后方可。不知你肯与不肯？"女鬼答："师父，弟子肯。"王重阳说："既然肯，我就唤东岳神来，送你去汴梁刘家。你长大便是刘行首。二十年之后，有个梳三爪髻的马真人会去度脱你。你要记住，那时及早回头，莫迷失正道。"于是，东岳神带着女鬼还返人世。

　　汴梁城出了个名妓刘倩娇，色艺俱全，吹弹歌舞、吟诗对句、拆白道字、顶针续麻，无不精通。因此，官绅、巨商都慕名而来，让她陪酒陪夜。这天，重阳节令，刘母又接到乐探通知："快让你女儿梳妆打扮整齐，去官衙伺候。"

刘倩娇怕大街上有人调戏，便从后巷朝官衙走去。谁知迎面碰上个疯道士。这道士正是王重阳的徒弟马丹阳。马丹阳挡住刘倩娇去路，笑着说："才离我万丈云头华山顶，正遇上二十年前老友朋。"刘倩娇骂道："真是见了鬼了！我今年才二十一岁，怎么就是你二十年前老友朋了？快让路！"马丹阳说："你呀，只顾急匆匆小路上去寻热闹，把那飘悠悠旧形全忘掉！快跟我出家去！"刘倩娇："我杨柳腰肢，海棠颜色，穿金带银，偎红倚翠，怎肯跟你去出家！"马丹阳："有一日，霜浓柳叶败，风急海棠凋；那时节，你再难寻个下梢。"刘倩娇："有道是闲官清，丑妇贞，穷吃素，老看经。我正青春年少，花星照，福星照，哪有工夫去想什么下梢不下梢！快让路！去得迟了，官人们怪罪下来可不行。"马丹阳："你道是花星照福星照，怎不怕灾星照！你只怕官人叫令史叫，怎不怕阎王叫！"

正在这时，乐探赶来，气愤地问刘倩娇："你在这里磨蹭什么！官人们都等急了！"刘倩娇指着马丹阳："全因这疯老道纠缠不休。"乐探一边骂着："你这混账道士实在无礼！"一边捋胳膊挽袖子走过来，一拳把马丹阳打倒在地。然后拉着刘行首走了。

汴梁富商林盛，长期与刘倩娇做伴，有心要娶她。只是家中已有老婆，且生下一儿一女。因此，每当提起此事，刘倩娇总是说："除非你休了你那大娘子，我便嫁你。"这天，林盛心想："我便假意答应她，先把她娶到手，安置在外面住，不让大娘子知道。她们又能怎样？"于是哄骗刘倩娇道："我已决心休了大娘子，明日便来娶你。"刘倩娇甚是高兴。刘母却出来干涉："林员外，你要娶我女儿，少不得给我三千贯银子。"林员外面带踌躇，刘倩娇心头也笼上一层阴云。正这时，马丹阳闯进来，向刘倩娇施礼，笑道："我特来点化你出家。"吓得刘倩娇躲进里屋。林员外和刘母见闯进来个老道，又打又骂往外轰。马丹阳哭道："唉，刘行首，可怜你火坑中自沉埋，二十年道心今何在！"

刘倩娇躲在里屋，心中烦闷，不由睡去，忽然梦见东岳神来了，口中念道："你二十年前死生冤业，到如今迷途未觉；马丹阳就在门前，休忘了天淡晓风明灭。刘行首，你忘了这首词吗？"刘倩娇蓦然惊醒。心中默吟起自己那时所作的那首诗。此时，只听门外那疯道士也正吟诵："改换生颜，消磨古今，陇头残月。"她急忙开了大门，向马丹阳跪倒恳求："师父，弟子省悟了，求师父领我出家！"林员外和刘母从屋里追出来，揪住了马丹阳又骂又打。刘倩娇则死命回护，像疯了一样，把耳环金钗摘下来往地上扔，把衣服一件件脱下在脚下踩，头发散乱，赤身露体也毫不在乎。刘母见状，扯住马丹阳："好哇，你这妖道，施魔法把我女儿弄疯了！咱们见官去！"林员外也帮着刘母拖着马丹阳往官府走。半路，正巧碰上林员外的大娘子带着一男一女两个孩子寻来。大娘子一见林员外，吵闹着："你一个多月不回家，却原来在这里！你停妻再娶妻，这是知法犯法！"马丹阳趁机说："是呀，他正思谋休了你，娶这个刘行首呢！"吓得林员外连忙跪倒，急口否认："别听这老道挑唆，我不过是找这刘行首消遣玩乐而已，怎会娶她！我这知冷知热的亲媳妇，咱们快领着孩子回家去吧！"

林员外一家人走后，刘倩娇也不疯也不闹，冷峻地把刘母推到一边，跟上马丹阳上山修行去了。

马丹阳正在石庵中教刘倩娇打坐，林员外和刘母领着两名衙役找到这里。刘母骂着："你这个缺德道士！把我女儿拐到这里来，我在官府告了你！"林员外也怒吼："你拐骗我媳妇，我饶不了你！"当胸一拳，把马丹阳打倒在地，衙役过去一看，竟然死了。起身揪住林员外："好哇！这道士即便是拐带人口，也罪不至死。你如今把他打死，这事可不能算完！你跟我们见官去吧。"林员外吓得苦苦哀求："两位哥哥可怜可怜我吧！这道士既无亲人又无证见，我多给你们几锭银子，把这尸首扔下山涧去算了。"衙役见钱眼开，同意把尸首抬走。刘母扯着刘倩娇："大姐，咱们回家去吧。"刘倩娇不肯。刘母说："你别受那老道迷惑了，他若是神仙，怎么就被凡人一下打死了？"刘倩娇又急又悲，哭道："师父，你这一死，让弟子可怎么办呀！"正此时，来了六个山贼，擒住林员外和刘老婆子，问："我师父在哪里？"刘老婆子和林员外推说不知。山贼把刀横在他俩脖子上，威胁道："不交出师父，杀了你们！"吓得林员外和刘老婆子体如筛糠。

马丹阳敲着渔鼓，飘然而至。命令六贼松开手，对林员外和刘老婆子说："我明说与你们知道，这刘行首有神仙之分，她不再思凡了。你们还是回去吧！"林员外和刘老婆子抱头鼠窜逃走。马丹阳带着刘倩娇，同去拜见东华帝君等众仙，一起升天朝圣去了。

❖ 李寿卿 ❖

显孝寺主诵金经　月明和尚**度柳翠**

观音菩萨净瓶内杨柳枝，因偶污微尘，被罚往人间，化作风尘妓女，名叫柳翠。三十年过去，观音菩萨差月明尊者下界，点化柳翠返本还元。

柳翠是杭州城中有名的妓女。她的父亲已经亡化，翌日就是他去世十周年的祭日。她的常客牛员外，送来一千贯钱，交给柳母张氏，供请和尚诵经祭奠之用。牛员外名叫牛璘，临走时言道："明朝是你父周年，自当来烈纸焚钱。"柳翠立刻接口说："莫待我差人相请，一条绳把鼻子来牵。"牛员外道："你又来取笑！"

柳母张氏来到蒿亭山显孝寺，请和尚为丈夫做法事。寺中主持长老答应明日去十个人，可掐指一算，全寺能念经的也不过九位，想来想去只得把香积厨下管挑水的月明和尚也拉上凑数。

月明和尚跟着众人去往柳家，他疯疯癫癫走不稳，在大门口跌了一跤。柳翠看见，笑道："由你铁脚禅和子，到俺门前跌破头。"月明和尚应声说："天堂路上生荆棘，地狱门前滑似油。"柳翠过去把月明和尚扶起来。月明和尚道："我本是来度脱你的，却让你接引了我。"柳翠问："你从哪里来？是什么和尚？"月明答："我从来处来，是月明和尚。我这月单对着你那柳，若不是我月正明，谁见你那柳正翠？"柳翠不服地说："这个世界全是俺花柳装点成的，你那月全凭俺这柳长精神呢！"月明道："你呀，今日里恋着半亩香阴阵，不久后漫天飞絮落风尘。赶快跟我出家去，我这月特来为你柳招魂。"二人正说着，柳母看见，一把把柳翠拉进去，把月明和尚关在门外。

　　柳翠与月明初遇后，夜里睡觉，做梦便是那和尚。这天，她梦见自己变成一只花猫。醒来后，也不知此梦是凶是吉。本想找人圆上一圆，却因要出官差，只得暂隐心间。

　　柳翠走在后巷，迎面碰上月明和尚。和尚问："你既怕变花猫，何不向我讨教？"柳翠惊奇地说："这是俺梦寐中事，你如何晓得的？"和尚道："我佛佛法大无量，特来度你上天堂；脱离凡尘归根本，免却轮回成猫样。柳翠，快跟我出家去吧！"柳翠哪里听得进，用手虚指一下，说："师父，有寺中长老找你来了。"趁月明扭头看时，她转身就溜。可是，走出小巷，迎面又碰上月明和尚。柳翠只得应付道："街上不是说话的地方，我和你到茶馆儿里坐一坐。"两人来到茶馆儿，柳翠问："月呀，你缠着让我出家，究竟为何？"月明答："让你出离生死。"柳翠："本无生死，何求出离？"月明："绝了业障，还了宿债，凡情灭尽，本性圆明，便是出离生死！"柳翠不以为然，趴着桌子睡去。却见阎王领牛头马面两鬼来，喝道："天堂地狱门相对，任君拣取哪边行。柳翠人间忤圣僧，打入轮回不容情！"牛头马面抓住翠柳，举起鬼头刀就要斩首行刑。吓得翠柳连呼救命，惊醒后汗雨交流。月明问："柳翠，有生死无生死？"柳翠忙答："有，有。""求不求出离？""求，求。""肯不肯跟我出家修行？""肯，肯。"

　　柳翠跟月明和尚出家修行，说好今日回家探望。柳母事先安排下斋食，并约牛员外来坐等。

　　月明和尚叮嘱柳翠："到了你家，切莫凡心动。"柳翠答应得好好的，可是到家一见那围棋、双陆、气球，不禁心动手痒。月明和尚以物比人，劝诫柳翠弃旧图新。柳翠仍锁不住意马心猿，对月明和尚说："师父，我母亲要留在我家中住一夜。"月明道："柳翠，你已是出家之人，切莫动凡心，你若凡心动，是瞒不过佛的。"说完假意离开。柳翠等师父一走，迫不及待向牛员外撒娇："员外，真被你想死我了！"正这时，似乎耳边有月明和尚告诫："不可动了凡心。"柳翠急忙收敛，四处搜寻，并不见师父影子。于是，她将门关紧，又扑到牛员外怀里。却听那牛员外冷冷地说："好你个丽春院柳盗跖！此情若非月先知，险些儿枉费了我栽培力！"再抬头看时，哪里是牛员外，分明是月明和尚。

月明和尚携柳翠上了空船，半载河东半载河西，渡到微茫烟水桥。向柳翠讲明："我要引你到西天我佛莲池内，依旧插你在南海南观音净瓶里。"

柳翠跟月明和尚在显孝寺问禅学道。这期间，牛员外又来探看，用诗句嘲拨说："昔年曾到柳门傍，几度欢娱几断肠。借问佳人情意允，还如织女嫁牛郎。"柳翠听了，严肃地回答："牛员外，你听着：'曾向章台舞细腰，行人几度折柔条，自从落入禅僧手，一任东风再不摇。'"牛员外见她坚意出家，只得怏怏离去。月明和尚见状，赠偈道："暑往寒来春复秋，从知天地一虚舟。虽然堕落风尘里，莫忘西方在那头。花上露，水中沤，人生在世几多愁！去来影里光阴速，生死乡中得自由。"柳翠闻偈退下，果然在东廊下坐化了。

月明和尚驾起祥云，引着柳翠一同去见观音菩萨。观音菩萨教诲道："一切有为法，如露亦如电，如泡影如梦幻。撇下人相我相众生相，出离生况死况别离况；归佛天，临上方，才得你一缕真阴凉。"柳翠稽首："弟子省悟了。"跟观音菩萨同赴灵山会。

❖王子一❖

太白金星降临凡世　紫霄玉女夙有尘缘
青衣童子报知仙境　刘晨阮肇误入桃源

　　上界紫霄、玉女二仙子，因凡心偶动，被贬谪尘寰，栖身天台山桃源洞。

　　天台县刘晨、阮肇二人，因见奸佞当朝、天下将乱，便放弃功名，潜形林壑，在天台山下盖一草庵，每日采药打柴，修行辨道。

　　太白金星奉上帝敕命，纠察人间善恶。见刘晨、阮肇有仙风道骨，打算在刘晨、阮肇上山采药时，指引他俩到桃源洞，与二仙子相见，成其良缘，然后再度脱他们。

　　刘晨、阮肇上山采药。看春风桃李花开罢，听夕阳杜宇啼声煞；想干戈并起乱天下，怎如咱隐姓埋名学道家。二人只顾采药，不觉走进深山，四处白云缭绕，咫尺人间路不通。眼睁睁辨不出南北西东。好容易遇到一位樵夫立于路旁，急忙过去询问归途。这樵夫正是太白金星所化。他问过姓名，指点说："二位，此处到山下还有数十里之遥，天色已晚，若回去恐被虎狼所伤。山那边不远有处桃源洞人家，你们不如暂去投住一宿。"

　　阮肇、刘晨朝樵夫指点的方向一路寻去，只见泉水浮落花，松涛响峻石，景色更加清幽。二人沿荒径，度危桥，正疑惑哪有人家，忽听环佩叮咚，眼前来了几个美丽女子。

　　这美丽女子是紫霄、玉女带领侍从迎接出来。她们向刘晨、阮肇施礼："刘郎、阮郎，请同到舍下。"刘晨、阮肇大惑不解："这两位女娘怎么知道我俩姓氏？"也不便多问，只糊里糊涂跟着走，步入碧瓦红墙、珠宫画堂，只见银烛纱笼，红遮翠拥，酒宴已经摆好。二女子笑吟吟捧过酒杯，劝道："草草杯盘，不足以待贤者，惶恐惶恐！"阮、刘急忙答谢："生等不才，多承错爱，何以克当。"四人正一觞一咏，幽欢畅饮，有金童玉女到来，说是："奉王母娘娘仙旨，进献蟠桃，兼贺二仙子得婿之喜。"这夜，刘晨、阮肇与紫霄、玉女结为夫妻。正是：本意闲寻采药翁，谁想桃源一径通。漫叹人生似转蓬，犹恐相逢是梦中。月满兰房门未闭，人在珠帘第几重。结罢同心心已同，绾就合欢欢正浓。准备凤枕玉人共，梦入阳台云雨纵。观花遇仙，酒中得道，成就了少年风流至诚种。

刘、阮与两位仙子结成姻眷，倏忽一载。又逢新春，忽然想家，闻得百禽鸣野，思乡之意倍加急切。二仙子知刘、阮尘缘未断，只得命侍从带着酒壶到十里长亭伺候。二仙子举酒赠诗："殷勤相送出天台，仙境哪能却再来。云液既归须强饮，玉书无事莫频开。水到人间定不回，花当洞口应长在。惆怅溪头从此别，碧山明月照苍苔。"刘、阮感动地说："多谢小娘子厚意，如此眷恋。我二人回乡数日，仍会归来与你们团聚。"

刘晨、阮肇归心似箭，然而，物换星移，一路上全不似旧时光景。修补了颓垣断壁，改换了茅舍疏篱；门前那两棵松树苗，明明是临走时刚栽起，而今却树身成洞冲天立。他俩疑疑惑惑走到自家门口，叫着老仆人的名字："刘弘，开门来。刘弘，开门来。"

村里正当春社，轮到刘德做会首。他将村中父老沙三、王留等请到自家，烧完平安纸，便在瓜棚下饮酒吃席。刘德特意把大门紧紧关闭。嘱咐大家："有叫门的不要去开，春会期间，逢上要饭的撞席的，不吉利。"因此，当刘晨、阮肇叫门时，里边人只是不应；敲得急了，里边人便骂："哪儿来的撞席的馋嘴，快滚蛋！不要讨打！"可刘晨在外面仍是"刘弘，刘弘"的叫。刘德猛然想起："刘弘不是我死去爷爷的名字吗？他怎敢如此胡喊乱唤！"气得他打开大门，带领一帮人出来，照着刘晨、阮肇，连踢带打。嘴上骂："哪儿来的不识时务的野种！"刘晨一面遮挡一面质问："我是刘晨，这位是我兄弟阮肇。我俩去年春上去天台山采药，今天归家来了！你是什么人，倒敢来打我！仆人刘弘在哪里？"他一说，刘德又想起来："父亲曾讲到这里的老爷刘晨，上山采药，一去不归。此事已过三代，怎么可能又冒出个活人来呢！"于是，刘德轻蔑地说："你们两个疯子，休要在这里牵强附会、瞒神唬鬼的！告诉你们：刘弘是我爷爷，早已故去。刘晨采药不归，至今已百余年，谁知是被狼餐还是被豹食！他临上山时，曾在门前栽下两棵松苗，你们来看，它难道一年就能长得这般高！"刘晨听完，恍然大悟，拍腿叹道："哎呀，我怎么忘了，山中方七日，世上已千年。孩儿，这不是你的罪过，全是我的愚拙！"接着，他向刘德讲述了山中遇仙的情况。刘德等人听了，只当笑话儿，根本不信是真的。阮肇感觉大失所望，对刘晨说："兄长，如此看来，我和你当初不如不回家来了。"二人茫然无措，转身离开这变化了的冷漠无情的故乡，慢慢回桃源洞去。

二人走了半日，只见高山流水，竟不知桃源洞在何处。累得实在支持不住，二人倚石暂歇。阮肇作诗云："草树总非前度色，烟霞不是往年春。桃花流水依然在，不见当时劝酒人。"刘晨和诗："再到天台访玉色，青苔白石已成尘。笙歌寂寞闲深洞，云壑萧条绝旧邻。"想起临别时，仙女赠诗节中有"花当洞口应长在，水到人间定不回"的句子，这分明是预言出某些天机！再这样寻来寻去，还有何意义？二人抱头痛哭，泪湿青衫，决定跳崖自尽，了此残生。

刘晨、阮肇向山涧下跳去。正此时，太白金星现出身形，大声喝道："刘晨、阮肇，休胡思乱想！"他化为樵夫，对刘、阮二人说："你二人还认得我吗？你俩与桃源仙子有夙世姻缘之分。但又因你俩尘缘未退，定要还乡，却不料访子孙已更百岁，小树苗已经参天，方省悟仙凡有异。今日来归，我太白让你们仙眷依然匹配；三年后行满功成，赴蓬莱同还仙位。"说着，用手一指："瞧，那前面桃花开处不是洞门吗？"刘晨，阮肇定睛一看，只见洞口前二位仙女正笑脸相迎。

❖ **孟汉卿** ❖

李文道毒药摆哥哥　萧令史暗里得钱多
高老儿屈下河南府　张平叔智勘魔合罗

　　老汉李彦实，家住河南府录事司醋务巷，家属有儿子李文道、侄子李德昌、侄媳刘玉娘、侄孙佛留。这李德昌开着一个绒线铺，他近日在街上算了一卦，说有一百日血光之灾，千里之外可躲。因此，他决定去一趟南昌，既为躲灾，又可做些买卖。这天，他来向叔父辞行。李彦实叮嘱一番路上多加小心，将他送出大门；又回身告诫儿子："你哥哥去了江南，叔嫂从来要避嫌，你无事不要到你嫂子家去。否则，我饶不了你！"

　　刘玉娘送丈夫上路，怯怯地说："李大，你今日出远门，有句话我一直憋在心里。咱小叔子不是好东西，他时常把我调戏。"话没说完，李德昌却恼怒起来："住口！我在家时你从来不提，临行前你却讲这个！你好好看家，小心在意就行了！"言罢，挑着担子走了。

　　这李文道是开生药铺的，人称赛卢医，他一直对嫂子心怀妄念。自哥哥走后，他又跑到绒线铺来，涎皮赖脸地没话搭话："嫂子，你一人在家不闷得慌？"刘玉娘严肃地说："你哥哥不在家，你别到这里来！"李文道却缠着不走："我来看看你，吃杯茶，聊聊天儿，怕什么。"刘玉娘见轰他不走，便把李彦实喊来。李彦实追着打，把李文道吓跑了。

　　百日已过。李德昌挑着担子回家转。眼看快到府州城门，却赶上一场瓢泼大雨。淋得他头不能抬，眼不能睁，步不能迈。好不容易蹭到一座破旧的五道将军庙，找个不漏雨的地方歇下来。衣服行李尽都湿透，他把衣服脱下来，拧一拧，晾在扁担上。忽觉天旋地转，头晕眼花，站立不住，似小鹿扑扑撞胸脯，似火块烘烘烧肺腑。他瘫软成一团，心想："这下可糟了！我病在此处，前不着村后不着店，谁来救我！"

龙门镇老汉高山，挑着一担魔合罗进城去卖。也因遇雨，躲到这五道将军庙来。猛然发现李德昌赤身裸体缩在那里，以为遇见鬼，吓得要跑。李德昌强打精神喊道："老人家不要怕，我是感冒了风寒，病在这里。您是不是进城做买卖？"高山这才稳住神："如此，我就跟你一块儿坐一坐。我正是要进城去。""你进城去，能否帮我捎个信儿？小人名叫李德昌，家住醋务巷，妻子刘玉娘。您帮我告诉她，就说我南昌归来，一本万利发了大财；却病在城外五道庙一卧不起，让她快来接我。"高山道："看你就是个没经验的！俗话说：画虎画皮难画骨，知人知面不知心。你知道我是个什么人，就对我说这些，不怕我害了你？"李德昌恳求着："您若不肯替我传信儿，我有个好歹，就是您误了我的性命。"高山说："你倒会赖人。好吧，我就替你传个信儿，你在这里好好息养。"李德昌又把家庭情况及住址诉说一遍，让高老汉记住。

高山进了城，不知哪里是醋务巷，便放下担子，向人打听。那人反问："你打听醋务巷干什么？""有个叫李德昌的住在那儿。他去南昌做买卖回来，利增百倍，如今染病躺在城南五道将军庙。让我给他家道个信儿。"被打听的人正是李文道，一听这个情况，顿生歹念，胡说道："老汉，这里是小醋务巷，还有个大醋务巷，你投东往西，再投南往北走，转过一个水湾儿，门前有株大槐树，高房子，红油门儿，绿油窗儿挂着斑竹帘儿，帘下卧着哈巴狗；那就是李德昌家。"把高山骗走，李文道心想："这真是天随人愿。他如今得病，我也不让嫂子知道。我去和一服毒药到城外毒死他。那时，老婆也是我的，钱物也是我的。"

高山绕着城走了一圈儿，又回到这里，在绒线铺前放下担子，擦擦汗，心中骂道："好你个精驴贼丑弟子孩儿，哄得我白走了一天。唉，也怨我自己，当初就不该答应给李德昌捎信儿。"绒线铺中的刘玉娘正嫌高山的担子挡住了门，听他这番自言自语，急忙打招呼："老人家，你哪里见李德昌来？快请家里来吃茶。"高山问："嫂子莫非是刘玉娘？""对。""这小孩是佛留？""正是。您老人家怎么知道？""嫂子，如今李德昌病倒在城外五道庙，你赶快找辆马车把他接回来吧。"刘玉娘听了，急忙施礼："多亏了您老人家！等接回李德昌再好好谢您。"佛留却缠着她："妈妈，我要个魔合罗儿。"急得刘玉娘打了孩子一巴掌。高山劝道："你莫打孩子。我就送给他一个魔合罗。这魔合罗底下印着我的名字，等他父亲回来，也能证明我没失信，把信儿送到了。"

高山走了，刘玉娘将孩子放在邻居家，锁了门，借了牲口去接李德昌。

李德昌病情更重，一会儿发热似火烧，一会儿增寒似水浇，头痛如斧劈，腹痛似针挑。家门咫尺比天遥，急盼着亲人早来到。

李文道进庙，喊着："哥哥在哪里？"李德昌强睁开眼，认出兄弟，问："你嫂子呢？"李文道说："她一会儿就来。让我先给你看看病。"接着，把脉，调药，喂李德昌。李德昌哪承想他笑里藏刀，喝下药去，顿感烟生七窍，冰浸四梢。他问了句："这怕不是风寒药！"便昏死过去，命丧荒郊。李文道把钱财收拾干净，驮在马上跑了。

刘玉娘赶至五道庙，见李德昌躺在供桌下，急忙背上大车，赶回家。却见丈夫鼻口流血，已经死了。吓得她叫喊："小叔叔快来看看，你哥哥刚到家就七窍出血死了！"李文昌冷冰冰地说："哥哥刚到家就死了？这还不是明摆着的事，准是你养着奸夫，见哥哥回来，通谋药死了俺哥哥！"刘玉娘："我与你哥是儿女夫妻，怎肯做那事！"李文道："反正哥哥已经死了，你要官休还要私休？""什么叫官休什么叫私休？""官休就是我告到衙门去，让你给我哥哥偿命！私休就是你答应做我老婆，就万事了结。"刘玉娘："你说得这叫什么话！我宁死也不做你的老婆！"李文道："那好，咱们见官去！早晚让你服了我！"

县官升堂问案："你俩谁是原告谁是被告？"李文道跪下："我是原告，告我这嫂嫂与奸夫合谋，药杀亲夫。"刘玉娘急忙申辩。县官自知审不清，派人去叫主管办案的萧令史。萧令史认得李文道，见面便说："哦，原来是赛卢医这小子！昨天我在你药铺门口，想借条板凳都借不出来，今天你也到我们这县衙来了？张千，给我拿下去打！"李文道不慌不忙冲他伸出三个手指头，轻声道："令史，我给你这个数儿。"萧令史骂："你小子那两个指头瘸了吗？"李文道点头："好吧。哥哥，你要替我料理好这件事。"萧令史："别说了，我知道。你俩谁是原告？告什么？"李文道重复一遍："小人是原告。俺有个哥哥李德昌，去南昌做买卖，利增百倍。俺嫂嫂有奸夫，合毒药药死了俺哥哥。"刘玉娘又申辩："大人，妾身并无奸夫，妾身是儿女夫妻，怎下得手药杀自己男人！"萧令史："历来审案，不打不招。张千，给我打着。"几番毒打，打得刘玉娘受刑不过，只得含糊招认。被锁上重枷，下往死囚牢。

县官见堂上没了人，叫萧令史："你过来。刚才我看见那个人舒着手，给了你几个银子？你实对我说。""不瞒您，给了五个。""你至少分给我两个。"

萧令史押着刘玉娘到河南府结案。河南府尹是皇上亲笔点差，刚刚到任三日。他知道河南府官浊吏弊，所以特别加着小心。他接过萧令史递上的文卷，命令把刘玉娘带上堂来，要亲自再审。

刘玉娘上堂前受到萧令史威胁："你若在堂上胡说，我就打死你！"因此，当新府尹问："刘玉娘，你怎么因奸药死丈夫？你还有什么要说的，从实说来，我替你做主。"刘玉娘一声不吭。新府尹见她无话，提笔在案卷上判个斩字，命令押往市曹。刘玉娘出得堂来，坐在石阶上痛哭："天哪，谁能替我做主哇！"恰好河南府六案都孔目张平叔下乡回来，进衙交差。他见到刘玉娘哭得凄惨，便暗在一旁观察；凭他的经验，他猜出这女人定有冤枉。看守刘玉娘的狱卒说："刘玉娘，这位孔目是个能人，你再不求他替你做主，你就只有等死了。"刘玉娘这才呼喊着："哥哥救救我！"拽住张孔目的衣裳不放。张孔目听刘玉娘诉说了事情经过，对她说："我这就进去替你向相公请求暂缓行刑。"

张孔目入厅向府尹禀告下乡劝农情况，交割清诸种文件，又提起门外所见："大人，外面有个受刑妇人，在那里声冤叫屈。知道的是她贪生怕死，不知道的则说咱衙门错断了公事，请相公考虑。"府尹说："这桩事是前官断定，是这位萧令史承办。"张孔目向萧令史发问："萧令史，我是六案都孔目，这样的人命重案，为何不让我知道？"萧令史不耐烦地说："你下乡劝农去了，难道你一年不回，我就一直等着！"张孔目道："你把案卷拿过来，我现在就看。"萧令史只得把案卷递上。张孔目看过案卷，对府尹说："大人，这状子不中使！""为何不中使？""因为四下里无墙壁，上面都是窟窿。""怎么讲？""第一，状纸上说李德昌带资本纹银十锭去南昌买卖。这十锭银子是官收了还是苦主收了？没有讲清。第二，状纸上说有不知姓名男子前来送信。这送信人多大年纪？可曾勾拿到官？没有写明。第三，状纸上又说李德昌被刘玉娘搀扶到家，入门气绝、七窍流血；她即时报与小叔子李文道，李文道则告其与奸夫同谋。那么，奸夫姓张？姓赵？姓王？可曾捉拿到官？没有交代。第四，状纸上写的是合毒药药杀丈夫。这毒药是在谁家合来？合了多少？何时谋合？没有着落。大人试想一下，像这样银子无、寄信人无、奸夫无、合毒药人无、谋合人无，怎能就定罪杀了这妇人？"新府尹听完这番话，把案卷扔还萧令史，道："张孔目说你这文案不中使！"萧令史一边捡起文案，一边冲张孔目直翻白眼，气冲冲地说："此事与你何干？你也太多管了！"张孔目反驳道："萧令史，我跟你说，人命事，关天关地，非同小可。古人云：系狱之囚，日胜三秋；外则身苦，内则心忧。或笞或杖，或徒或流，掌刑君子，当以审求。你办的这案子太荒唐，怎么能糊里糊涂推人上杀场？"萧令史转身向府尹挑拨说："大人，张孔目骂你糊里糊涂推人上杀场。"张孔目赶紧跪倒："小人不敢！"府尹道："张平叔，我已对你说过，这刘玉娘因奸杀夫是前官断定的文案。你怎么说我糊涂？你既明白，就把这案子交付给你，限你三日之内审问清楚。若问不成呵，别想让我轻饶你！"然后，不由分说，愤愤然起身走了。眼见的三天时间如反掌，让这张孔目想不慌来怎不慌！萧令史幸灾乐祸地冷言冷语："唉，是非只为多开口，烦恼皆因强出头哇！"张孔目不理他，走出衙门，命令看押刘玉娘的狱卒仍把她带回牢房。

张平叔回家思谋一夜，第二天一早，来到牢房提审刘玉娘："刘玉娘，你如何知道丈夫病在五道将军庙？""是个老头儿捎了信儿来。""那老头儿姓甚名谁？""不知道。""如何长相？""日子久了，记不准了"。刚一接触案子便不顺利。张孔目不由着急地自语："今天是七月七日，似这样，七月九日万难结案！"这句话倒提醒刘玉娘，她回忆说："那老头儿送信来正是去年的今天。他是个卖魔合罗的。还曾送给我儿佛留一个。现放在我家窗台上。"张孔目忙派衙役去她家取来。

张孔目手捧魔合罗，观察道："唉，枉塑了你个观音像仪，全不向我透些冤案底细。"却见像底印着"高山塑"三个字。他忙问手下："你们有人认得高山吗？"其中一个衙役说："我认得。"张孔目命其快把高山拘来。

高山老汉被带到牢狱，张孔目拿出魔合罗，问；"这是不是你塑的？""是我塑的。"又叫出刘玉娘，问："你认不认识这妇人？""这位姐姐不是刘玉娘吗？你那李德昌好吧？""李德昌死了！""死了？唉，他是个好人呀！"张孔目喝道："他是被人下药毒死。高山，你是怎样图财害命？从实招来！"高山听了，又气又急："我这担子里不过都是些魔合罗，从来没有过砒霜毒货！那李德昌病倒庙中，哭哭啼啼哀求我，让我传信儿通知他老婆。我若要图财害命，何必真的这样做！"张孔目觉得他说得有理，便问："你传信途中，又曾告诉谁来？""没告诉谁。""仔细想想，难道在见到刘玉娘前就没遇到别人？""啊，我想起来了！我进城后，曾向一个兽医打听过地址。""你怎么知道那人是兽医？""他若不是兽医，怎能干出驴马勾当？他将我胡乱指使，害得我绕城半日。我听人叫他做赛驴医。"张孔目问："刘玉娘，你家附近住有医生吗？"刘玉娘："高老汉说的那个赛卢医正是我小叔子，他在隔壁开着生药铺。""你们叔嫂间关系如何？""一向不睦。"张孔目觉得案件有了眉目，派人把李文道请来。

李文道被请来。张孔目客气地说："老相公夫人感了风寒，伤了脾胃。麻烦你配服药。这五两银子，权当药资。""这种药，我随身携带。"说着，李文道从药箱中拿出两包，递给张孔目。张孔目接过来交给一名差役送走，又坐着聊天。过了一段时间，那送药的差役匆匆跑回来，气喘吁吁地说：

"不好了！老夫人吃下药，七窍流血死了！"张孔目拍案而起："李文道，你听见了吧！你配得是什么药？"李文道吓得体似筛糠，扑通跪倒："孔目哥哥，是小人犯下大错，求你千万帮助开脱！"张孔目说："谁让我请了你这样一个大夫！让我如何帮你开脱！"李文道一把鼻涕一把泪地哀求："千万救我！千万救我！"张孔目沉思半晌，问："赛卢医，你家中还有何人？""还有个八十岁老爷子。""我跟你说，你让我帮你开脱，除非把罪责全推在你爹身上。况且，老不加刑，只是罚些钱财。"李文道连喊："妙妙！我听你的！我听你的！你让我怎么说我就怎么说。"张孔目安排嘱咐一番，让人把他押进监房。同时，张孔目又派人把李彦实拘来。对他说："你儿子已经交代清楚，把你告下来了！"李彦实："我老汉又没什么罪过，他告我什么？"张孔目道："你还不信？这边来听。"把李彦实拽到监房外面。张孔目朝里喊："赛卢医。"里边答："小的有。""谁合的毒药？""是俺父亲！""谁最初生情起意？""是俺父亲！""谁拿了银子？""是俺父亲！"张孔目问李彦实："怎么样？你都听清了吧？还不从实招来！"李彦实软下来："孔目哥哥，那些事都是他自己做下的呀！他如今竟然全推在我身上！""你说都是他做下的，敢画押吗？""这个畜生！我怎么不敢！"说着，在招供上按了手印。张孔目命人把监房门打开，把李文道放出来。李彦实一见，上去就打："你这畜生！药死你哥哥的是你！谋取财物的是你！强逼你嫂嫂私休的是你！明明全是你做下的！"李文道："我说的是刚才下错药，误了夫人的事。"李彦实："我可是把一年前药死你哥哥的事招认出来了！"

张孔目押着被告、原告、证人到府衙结案。府尹下断："本处县令罢官；萧令史不才，杖一百永不叙用。李彦实主家不正，杖八十罚钞赎罪。刘玉娘屈受拷讯，旌表门庭。李文道谋杀兄长，处以斩刑。老夫分三月俸钱，重赏张平叔。"

❖ **无名氏** ❖

咿咿哑哑乔捣碓　玎玎当当**盆儿鬼**

　　汴梁人杨从善，有个儿子名叫杨国用。杨国用想找几个相识，同去做买卖。他走到半路，遇着一个算卦先生，人称贾半仙。他掏出一分银子，请贾半仙给自己算一卦。贾半仙把算盘拨了几拨，叫道："怪了！怪！此卦注定你百日之内有血光之灾，只怕躲不过去。"杨国用急问："难道就没有一点儿办法解脱了吗？"贾半仙又把算盘拨了几遍，言道："除非你立刻离家千里之外，或许能躲。"杨国用转身要走，贾半仙又叫住他，叮嘱说："这一百日之期，一日不满；你一日不可回来。切记切记！"杨国用点点头，慌慌张张跑到表弟家，借了五两银子，置办些杂货，准备当天就出去躲灾。杨从善劝阻道："常言说阴阳不可信，信了一肚子闷。孩儿，你还是别信那个。况且，老汉我年纪大了，你走后谁来养活？"杨国用不听："父亲，我看是宁可信其有，不可信其无。我若留在家里，少不得也忧出病来，还是出去躲躲，百日后无事，孩儿就又回来了。"杨从善见儿子去意已决，也只得为他送行。

　　三个月过去。杨国用初次在外，很不习惯，他思念家乡，迫不及待，挑着担子往回赶。这天，走到上蔡县北关外十里店，已是掌灯时分，他找个客店住下。睡梦中，一个黑脸强盗手持短刀要杀他，吓得他大叫："有杀人贼！救命啊！"店小二急忙过来摇醒他。杨国用醒来道："晦气！做了这么一个不吉利的梦。天色已明，小二哥，这二百钱房钱给你，我自上路去了。"店小二劝他："春梦秋屁，有什么准绳！客官不要把它放在心上。"

杨国用满脸黑气往前走。走到离家四十里的瓦窑店，他屈指一算，从出门到现在恰是九十九天。便早早找店住下，准备再挨过这一天，凑足百日，明日一早到家。坐店的女人叫撇枝秀。她男人开着一座瓦窑，人称盆罐赵。这盆罐赵是个打家劫道的贼。

撇枝秀让杨国用提前交房钱。同时瞥见他遮遮掩掩，另有两个沉甸甸的钱笼。撇枝秀顿生歹念，把这情况告诉盆罐赵，准备等杨国用睡着了便下手。

盆罐赵手持短刀，闯进屋里，一手揪住杨国用头发，一手用短刀指着脖子："把银子拿出来，不然杀了你！"杨国用先是哀求，后又挣扎，终于死于刀下。尸体被贼男女拖着扔进瓦窑烧成了灰。盆罐赵把骨灰捣碎，筛出细面儿，又搅和点儿泥，捏成盆形，烧制出来。

盆罐赵自从杀害杨国用，连日梦幻颠倒，心绪不宁。这天，窑神破门而入，吓得盆罐赵钻到床底下。窑神道："你这小子罪恶深重，再不出来，我用些力气，将你坐成柿饼儿。"盆罐赵连忙求饶。窑神说："杨国用死得好惨呀！你夫妻若要求饶，赶快超度他升天！"盆罐赵、撇枝秀跪地叩头："是，是，是！我们一定高原选地，破木造棺，请高僧念经，做水陆大醮。您看如何？"窑神哼了一声，道："你们两个狠家伙，岂不怕神明报应无差错，岂不怕千层地狱、剑树油锅！"

待窑神走后，盆罐赵把窑门打开，拿出骨盆儿，说："这东西留在家里，恐怕惹出些无头祸，不如摔了他娘的！"撇枝秀道："别摔别摔，张憨古老头子昨天向我讨个尿盆儿，就把这盆儿送给他怕什么。"盆罐赵："对对对，就让张憨古拿去，有他那老鸡巴镇着，还能有什么灵变！"

张憨古幼年时在开封府做过五衙都首领，如今已八十岁，退休在家。这天一早，他到盆罐赵家取夜盆儿，只见青天白日，大门紧闭。心说："这小子不知又干了什么坏事！"他喊了几声："盆罐赵，开门来！"盆罐赵打开门，见是张憨古，不耐烦地说："一个盆儿，既答应了你，还怕不给了不成，值得你亲自上门来讨！怪不得人们都说老而不死是为贼。盆儿就在那边，你自己拿去吧。"

张憨古拿着尿盆回家，总觉后面有人跟着，他扭头喝道："呔！什么人捣鬼？我老汉偏不怕鬼！"嘴上说不怕，心里却突突乱跳。他加快脚步，却被荆棘勾住裤角，摔个跟头。好不容易跑回家，开门进屋，坐下喘气，却听到另外又有喘气声。张憨古沉吟说："是我糊涂忘事，人说在门前撒下一把灰，那邪神野鬼就不敢进来了。"他起身到灶间烧火，却飘过一阵阴风，刮起火苗儿，把他的胡子燎去半截儿。他索性躺下睡觉。却觉旁边阴冷阴冷地躺着个人。他起来小解，明明朝那盆儿里尿，却哗哗尿到自己脚上。他双手把盆儿端好再尿，那盆儿竟好像被人夺去，一下子升在半空。张憨古又惊又怕，转而又恨道："盆罐赵你个王八蛋！我不过朝你要个夜盆儿，你就如此使鬼作弄老汉，若是朝你要个水缸，你还不把老汉登时害死！"听他说完，那盆儿安静下来，发出一阵呜呜的哭声。张憨古问："你是何邪魔外道？缠着我老汉究竟为的什么？"杨国用的魂儿悲哀地说："我就是这盆，这盆就是我。老人家，求你可怜，替我做主哇！"接着，魂儿把自己如何被盆罐赵夫妻害死，如何被烧灰捣骨、捏成尿盆儿的经过哭诉一遍。张憨古听完道："哦，原来你如此冤枉！怎奈你是鬼魂，俺是个人，可如何替你做主？"魂儿说："老人家，你只要把这盆儿拿到包待制老爷面前，在盆沿儿上敲三下，我就自己叮叮当当说起话来。"张老汉："那好，俺这就锁上门，带你去开封府走一趟。"

开封府包待制升堂，命衙役抬出放告牌。张憨古抱着盆儿来到衙门口喊冤。包待制传他进堂，问："张憨古，想必是你受了街市上小民欺负，你说出实情，我与你申冤出气。"张憨古："不是我老汉有什么冤屈，是这盆儿大有冤屈。"众衙役以为这老头子有神经病，心中暗笑。张憨古继续说："你们不信？我在这盆沿儿上敲三下儿，它便能叮叮当当地说话。"包待制命张千把耳朵侧过去听。谁知任凭张憨古如何敲，那盆儿竟毫无言语。气得包待制喝道："你这老儿，老得糊涂了！快给我轰出去！"

张憋古被赶打出来，正怨恨这盆儿，这盆儿却主动发声："冤屈呀！"张憋古气冲冲地说："刚才你怎么哑巴了？让我出乖露丑，险些被衙役打出屁来。"盆儿道："是门神户尉挡住，不让我进去。"张憋古恍然大悟："好吧，我再去替你鸣冤。"包待制二次让他进堂。张憋古抱着盆儿跪倒："老爷，俺这盆儿确有冤屈！"包待制怒道："你这老儿弄什么虚头？再次戏弄公堂，其罪不轻！"张憋古："上告老爷俯鉴明察，小人怎敢耍奸弄猾？只为您那门神凶狠似哪吒，把它个鬼魂儿活活惊杀。"包待制想了一下，言道："对对对，我忘了门神会把鬼魂挡住。张千，你去取些金钱银纸来，我将它焚化，请门神通融放行。"包待制烧完纸钱，只觉一股透骨冷风吹进堂来，打个旋儿停在当央。包待制问："你这鬼魂，老夫已见。有何冤枉，备细说来。"于是，那盆儿悲悲切切讲了自己的经过。包待制命张千速把盆罐赵夫妇捉拿到案。

盆罐赵夫妇一到，包待制便喝令："你二人如何谋死杨国用，从实招来！"盆罐赵耍赖道："小人不知道什么杨国用。是谁告的我？""是张憋古告你。"盆罐赵气急败坏地说："张憋古你个老不死，我白白送你个盆儿已是给了你便宜，你却以命案告我，是想敲诈我水缸吗？"张憋古："你这贼汉还说盆儿呢！正是这盆儿搅了我一夜，怎么长怎么短，把你俩的罪行全都哭诉给我，让我带它来告状的！"撇枝秀："我可不信。盆儿哪能说话？"话刚落音，只听盆儿叫道："你们也有今日！"接着，那魂儿便缠着他俩厮打起来，打得盆罐赵、撇枝秀连滚带爬地求饶："放了我吧，我回家去定给你大做好事，包管超度你升天！"包待制命文书记下他俩口词，让他俩在状纸上画押。盆罐赵见无法抵赖，叹一声："唉！当日睁着眼做，今日合着眼受。杀杨国用的是我，谋他银子的是我，烧灰捣骨的是我，捏成盆儿的也是我！"撇枝秀歇斯底里地嚷："杀了我吧，杀了我吧，横不能把我也烧灰捣骨！"

包待制下断：即日将盆罐赵、撇枝秀押赴市曹，凌迟处死。将盆罐赵家私尽数抄没，均分成两份，一份赏给张撇古，因其见义当为，能代人鸣雪冤枉；一份交给杨国用的父亲杨从善，作为其赡养之资，并将盆儿携归故里埋葬。

❖ 贾仲名 ❖

顾玉香双美锦堂欢　荆楚臣重对玉梳记

顾玉香，年方二十，生得大有颜色，是松江府上厅行首。两年来她一直与广陵秀才荆楚臣做伴。荆楚臣本是来此游学的，因恋着顾玉香，把数十锭银子花尽。顾老婆子见他没了油水，天天闲言碎语撵他走。荆楚臣被气得生病，索性离开，不再上门。顾玉香不忘旧情，让梅香怜儿快把荆楚臣找回来。

与此同时，有个东平府商人柳茂英求见鸨母顾老婆子，说愿以二十车棉花为资，与顾玉香睡上一夜。顾老婆子见钱眼开，满口答应："柳官人，你放心，她那旧相好荆楚生已经被我轰走，你就等着欢喜吧。"

顾老婆子来到女儿房间，想告诉顾玉香准备接待柳茂英，却听见屋里荆楚臣叹道："大姐，你妈妈如此阻障，我俩姻缘不久了。"顾玉香也幽怨地说："俺娘这样的人呵，翻手是雨合手为云，对那穷秀才说不出的凶狠，对那阔少爷献不够的殷勤。"顾老婆子闯进来："我在外面听得多时了！荆秀才，你是个读书人，怎么廉耻也不顾，轰出去又回来了！"顾玉香急忙回护："秀才在咱家使了那么多银子，就留他再住一程子。你若不肯，我就寻个自尽！"顾老婆子哭闹着："别人家养女儿孝顺，偏我家这位跟我不一心！"顾玉香："你一日三餐有腥荤，四季衣裳换套新，这不都是荆秀才出的金银！你却送得他离乡背井、进退无门。你为娘的不仁慈，我为女的怎能不生分！"顾老婆子说："我也不跟你拌嘴，你只想想，伴着他个穷书生几时是了？我已经给你又找了个标致有钱的郎君。怜儿，快把柳茂英请来。"

柳茂英一进屋，朝着顾玉香扑通跪倒："大姐，小人二十车棉花，都给了你。"荆楚臣道："有钱的新人来了，小生告回。"顾玉香一把拉住他："休想我新人换旧人！"又对柳茂英说："呆汉，劝你快回家伺候你老婆，到俺这里来你还不够格！"顾老婆子闹着："荆楚臣，你快给我出去！你要不出去，别怪我和你不干净！"顾玉香道："你就是赶走楚臣，我也绝不会给你觅钱！"言罢，拉着荆楚臣退下。柳茂英见顾玉香走了，起身对顾老婆子说："俺这嘴脸也不俗，偏偏不入婆娘目；妈妈若能成全我，保你家不缺棉花褥。"

荆楚臣跟顾玉香商量："小生堂堂七尺之躯，生于天地之间，怎能如此被人挖苦数落！我打算进京赶考，必夺个状元回来，不知姐姐意下如何？"顾玉香道："楚臣主见不差，男子汉理当以功名为念。你若肯去进取，妾有副钗环作为路费。"说罢，先取下头上玉梳，掰做两半，交一半给荆楚臣："这玉梳是妾平日珍爱之物，如今我俩各存一半，将来再见，以对玉梳为记。"二人含泪拜别。

荆楚臣走了半个多月，顾玉香"脂粉不施妆淡抹，懒出门槛绣房坐，朝忘餐食无滋味，夜废寝寐眼难合"。看外面，景色更添凄凉：替人憔悴的小塘中干支支枯老荷；断人魂魄的树梢头昏惨惨野烟微抹；松人鬓角的山尖上高耸耸峰顶堆螺；搅人梦境的小阶前絮叨叨夜蛩频聒；感人消瘦的疏篱下黄甘甘菊尽开；染人血泪的窄沟岸红彤彤枫叶落；恼人情肠的金井旁滴溜溜梧叶辞柯；结人愁怀的碧天边昏冉冉云轻布；助人长吁的纱窗外呼啦啦风势恶；伴人孤零的明皎皎月色银河。梅香劝说她："姐姐要爱惜身体才对。"

柳茂英又来纠缠，请顾老婆子帮助。顾老婆子满口应承："柳官人放心，荆楚臣被我赶走了。女孩儿由她乖，好歹成就你。"

顾老婆子喝完酒，又来到女儿房间，先是闹后是哄，软硬兼施："孩儿，你就胡乱留下柳茂英，得些钱钞也是好的。"顾玉香心想："若不依这虔婆，她还会有五千场闹。"于是，吩咐怜儿："且顺从他们。你去叫那呆汉进来，准他明晚挤上一场，也绝了他念头。"柳茂英喜滋滋进来，跪告道："大姐若留了小人，小人愿拼得不剩一文！"

荆楚臣状元及第，接官句容县令。刚想去接顾玉香，又因公文下来，令他即刻下乡催办今冬粮草，他只得先去操办公务。

顾玉香表面答应柳茂英，实际是稳住他。又瞒过顾老婆子，向松江府旧识讨了一张进京探亲的文书。悄悄租条木船，带上些家私细软，和梅香连夜逃出来。

柳茂英落了个望梅止渴，眼看到手的鸭子飞了，自然不肯甘心。他料到顾玉香别无去处，准是进京去寻那荆楚臣，便也坐船追了上来。船到丹阳，必转旱路。柳茂英下船疾行，赶到顾玉香前头，怀中揣把刀子，躲在路侧黑林子里，心想："等撞见那顾玉香，顺从我便罢，若道出一个不字，我一刀结果她性命！过两天，老虎把尸骨吃掉，无了形迹，谁能查出？"

梅香扶着顾玉香往前走，好不容易绕过山坡，又进入一片黑洞洞的树林。顾玉香正紧张得心头突突乱跳，猛听见一声喝："逃得好，今天又撞见了！"柳茂英恶狠狠地站到她们面前。顾玉香问："你要做什么？""我既然见了你，好歹要成合。不肯便杀了你！"说着，柳茂英便过来动手动脚。顾玉香喊："住手！你真敢那么做？""有什么不敢的？这里又无人！"顾玉香无可奈何，只得暂且拖延，装出笑脸，后退施礼："柳官人，你性急什么，咱们可以慢慢商量。""没什么商量！你肯呵，二十车棉花都会给你；你不肯，立刻见血。"说着，又过来扯衣服。顾玉香宁死不肯，一面挣扎一面叫喊："有杀人贼！救命啊！"可巧，荆楚臣下乡路过这里。他急忙命令衙役冲过去捕拿凶手。顾玉香已吓得昏死过去。荆楚臣扶住她，认出是顾玉香，大声呼叫："玉香醒来！玉香醒来！"顾玉香慢慢睁开眼，问："救我的是谁？""你不认得我了吗？我是荆楚臣呀！"顾玉香叹口气："唉，多谢了老天爷！我险些儿身归地府，命掩泉途。"荆楚臣问："那小子为何做出这等事来？"顾玉香把经过述说一遍。荆楚臣后怕地说："这是关系性

－388－

命的事，你就是暂时随顺他也不为过。"顾玉香："俺虽误做娼妇，也懂得一女不嫁二夫，既与你许下山盟海誓，又岂可身侍歹徒！"荆楚臣听了，兴高采烈，一面吩咐衙役把柳茂英押往大狱，一面令人备马抬轿，共夫人同回官邸。

荆楚臣、顾玉香各自掏出半拉玉梳相对，请银匠用金镶就，依然完好。荆楚臣深情地说："想当初若非夫人赠我盘缠，进取功名，又哪能有今天呀！夫人请上，受下官一拜。"顾玉香："相公休这样说，当初你变得贫贱，不是全为我来？相公请上，受妾身一拜。"荆楚臣又说："多感夫人弃母寻夫，不顾路途遥远，万千艰辛，况为贼子所逼，几乎性命不保。这都是为的谁来！夫人请上，再受下官一拜。"顾玉香："我想那日若不是遇见相公救助，必丧贼子之手。相公请上，再受妾身一拜。"二人正恩爱缠绵，顾老婆子闯进来，叫着："相公，我早就说你不是个受贫的。玉香，你当初也该辞我一辞，还怕我不放你走不成？"顾玉香冷着脸说："亏你今日还有嘴脸来见我！"荆楚臣劝道："夫人不必生气，天下老鸨哪一个不爱钱？"又对顾老婆子说："只是我这官邸留不得你！左右，取我一百两俸钱来，给她作终身赡养之资。老婆子你快拿着走吧！"顾老婆子还想多要，被衙役推出门去。

❖ 无名氏 ❖

赏名园贺氏千金笑　逞风流王焕**百花亭**

　　王焕，字明秀，今年二十二岁。本是汴梁人，自父亲辞世，来洛阳叔父处居止。因为他通晓诸子百家，博览古今典籍，知五音达六律，吹弹歌舞，写字吟诗，又会射箭调弓，抢枪使棒；所以人都称他风流王焕。时遇清明节令，他带着家童六儿到城外陈家园百花亭游玩。

　　洛阳城上厅行首贺怜怜也带着梅香盼儿到郊外踏青。王焕在人丛中一眼就发现她，赞叹道："这女子生得实在非常！"六儿应和说："官人好眼力，那女子生得确实标致。也不是多口，她旁边那梅香也不歹哩！"王焕犹自吟叹："世间竟有这么美的女子！真是施朱则赤，施粉则白。"六儿则催促他："咱们快追上她们，近处看去。"贺怜怜感觉有人盯着自己，忙用罗扇遮住杏脸，同时又秀眼一瞥，见是个貌似潘安的秀才，便故作扭捏，伸手掐下一朵兰花，吟诗道："折得名花心自愁，春光一去可能留？"王焕顺口续应："东风若是相怜惜，争忍开时不并头。"他二人互相爱慕却又发愁无法会晤。只见卖查梨条儿的王小二挑着担子走过来，王焕连忙拦住，问："小二哥，请问兰花深处坐的那女子是谁家的？""您真是枉称风流！连她您都不认识？她就是洛阳城中大名鼎鼎的上厅行首贺怜怜呀！""小二哥，请你帮我做媒，与她同住一段时间。若能成此大功，我绝不亏待你！"王小二痛快答应："别的事我不行，调风帮闲却是行家里手，我这就替您说去。"六儿又扯住："哥，我央及你，把那梅香总成了我吧。"

　　王小二来到贺怜怜身边，还未开口，贺怜怜先问："王小二，我见你在百花亭上跟那公子说话，莫不是那公子派你来见我的？""哎呀大姐，你也太聪明了！那公子可也不同寻常，是个万里挑一的人。""他是何人？""他呀，八万四千门尽晓，三教九流事皆知；他就是洛阳城中大名鼎鼎的风流王焕！"贺怜怜笑道："王小二你这没嘴葫芦，倒挺会说合。既然那公子想见我，就请过来叙话。""好好好，我把他叫过来，你们俩自对主儿商量去，省得说我挣了偏钱。"

王焕过来拜见贺怜怜。贺怜怜施礼道："久闻王解元风流，今日幸得一遇，果然名不虚传。"王焕连忙谦虚："小生虽有虚名，其实不副。惶恐惶恐！"贺怜怜："解元可曾烟花场中做过子弟？"王焕："小生对此稍知一二。""听说解元不弃，愿屈高就下与妾身为伴，可是真的？""小生求之不得。""只是俺娘拳头大，柳棒重，怕你承当不起。""小生愿将明珠一斛亲手送给她。""既如此，我在梨花巷口住，解元你来吧。"说完，贺怜怜带着梅香恋恋不舍地走了。王小二问："官人，我今日成就这好事，你可怎么谢我？"六儿却恼道："那梅香的事你一句也不曾提，没什么可谢你的！"

半年过去，老虔婆见王焕没了什么钱物，便要赶他走，逼着贺怜怜另接他人。这时，西延边有个来洛阳购买军需的将军高常彬，他给了老虔婆二万贯，要娶贺怜怜为妾。眼见得分离在即，贺怜怜、王焕二人不由恨绵绵、泪涟涟、急煎煎、意悬悬。

高常彬强娶了贺怜怜，搬到承天寺寄住，准备军需完备，就带她回西延边。贺怜怜想寄个信给王焕得知，怎奈寺门有卫兵把守，连梅香也不放出去。正自心烦，忽听窗外有卖查梨条儿的吆喝声，她急忙呼唤："王小二，快到这边来。"王小二问："大姐，你怎么在这里？"贺怜怜："俺妈妈将我嫁给高常彬，不久就要去西延边。王解元还不知道这个情况，请你帮我给他送个信儿。""大姐的意思是让我告诉王公子到这里来看你吗？""他到这里也很难进来，主要是请你捎封小柬给他。你快些去，免得那贼军汉回来发觉。"

王焕自离开贺怜怜，终日忧愁苦闷，躲在小酒馆中独饮，他自怨自艾："小生不幸，学得聪明风流何用！还不如生来就蠢笨愚拙，倒省得担烦受惊。"

王小二寻到酒馆，找见王焕，告诉他："贺家大姐有信儿了。"把贺怜怜小柬递上。王焕打开信柬，只见上面写道："朝相思，暮相思，朝暮相思无尽时。奉君肠断词。生相思，死相思，生死相思两处辞。何由得见之。右调寄长相思。拜奉檀郎知音几前。词不尽言，言不尽意。保爱珍重，保爱珍重！"王焕读完，捻土为香，拜告天地，感激贺怜怜真情，当时就要去承天寺找她。王小二拦住，说："寺庙四周被高常彬布兵把守，你去了也进不去。"王焕焦急地踱来踱去。王小二献计道："我倒有个办法可使官人与贺家大姐相见。只要官人不惜廉耻，权做下流，把小人头上戴的，脚上穿的都换上，再挑上这副担子，一定能混进寺去。"王焕高兴地答应，打扮成卖查梨条儿的，嘴里叫着"查梨条儿卖也"，走向承天寺。

高常彬，原在京城做着管城门的官，后升在陕西延安府经略相公麾下办事，奉命带着十万贯钱来洛阳购买军需。他到洛阳一月有余，每日吃喝玩乐，又私将二万贯娶下贺怜怜。这天，他又去赴席，吩咐心腹士兵严守寺门。

王焕扮作商贩模样，到承天寺叫卖。贺怜怜听出声音，让盼儿到门口把他接进来。二人相见，贺怜怜悲伤地说："解元，我为你胭憔粉悴，玉减香消。你怎么突然变成这般模样，不怕人耻笑？""姐姐，小生今日也是出于不得已，只为再见姐姐一面。"贺怜怜叹道："亏得你生出这般穷智识，做出这般贼所为。几时是你峥嵘发达的时节呀！"王焕："姐姐，你烦恼除我知，我烦恼除你知。虽说是海深能见底、各伴着真心意，却也怕天南地北相见隔年期。"二人正悲悲切切，高常彬醉醺醺回来。王焕忙站起身，装出笑脸，吆喝着卖查梨条儿。高常彬横着眼，怀疑地问："你这小子在这里做什么？左右，把他拿过来跪着！"王焕只得当面跪倒。贺怜怜心中作痛："王郎啊，你真是文齐福不齐。"她气愤地对高常彬说："我正要剥个水果吃，你又撞过来搅扰！"高常彬连忙赔情："既然奶奶要剥果子吃，我怎敢搅了奶奶。我醉了，我先睡去，你留些果子，我醒来吃。"说着，趔趔趄趄进里屋躺着去了。贺怜怜赶紧拉起王焕，轻声告诉他："这姓高的敢情是盗用二万贯官钱买了我。他失误边关军务，罪过不轻！解元，你休要挫了志气。如今延安府经略相公正招募天下英雄以剿捕西夏，我想你文武双全，可乘此机会，去延安府，投托经略麾下建功立业。那时，再写一纸状书，告这姓高的强夺人妻。咱们就定有团圆之日！"王焕道："此计最好！我此一去，绝不落于人后。"贺怜怜取出准备好的金钏玉镯，递给王焕做盘缠，又赠《南乡子》词一首以壮行色："勉强赠行装，愿尔长驱扫夏凉。威震雷霆传号令，轩昂，万里封侯相自当。功绩载旗常，恩宠朝端谁比方？衣锦归来携两袖，天香，散作春风满洛阳。"

王焕到延安府投军，因文武全才、智勇兼备，被老经略钟师道保举为先锋西凉节度使，他领兵直杀过相思河，将西凉平定，荣获首功。捷报传来，钟老经略吩咐军政司准备筵席伺候。

高常彬在洛阳每日饮酒作乐，误了差务限次，钟老经略派军士前去勾提。此时，军士来报：高常彬连同他新娶的妇人都已拿到！钟老经略命令将二人带上来，骂道："高常彬，你这浑蛋！你盗使官钱，终日花酒，失误军期，按律当斩！那贱妇人，你明知是官钱却敢接收，也该死罪！"贺怜怜申诉说："老爷暂息雷霆之怒，略罢狼虎之威，听妾身诉说衷曲。妾身原有丈夫，被这高常彬倚恃官势，用钱买转我母，强娶妾身至此。望老爷明镜鉴察。"钟老经略问："你母亲在哪里？""近日亡化了。""你丈夫是谁？""我丈夫是洛阳王焕，到西延边来投军，此后不知下落。"钟老经略心想："哦，原来是王焕之妻。王焕乃国家有功之臣，这妇人就是功臣之妻了！但此时尚未知虚实，还应先将这二人押下去，待王节度使回来再作分晓。"

王焕班师凯旋，来到辕门。钟老经略亲自迎接："王节度战敌劳神。"王焕谦虚道："小官上托元帅虎威，下赖将士戮力，侥幸克敌，何劳之有。"

又忽然跪倒："元帅在上，可怜王焕有冤情上告。乞赐受理。"钟老经略吃惊地问："王节度你状告何人？老夫定与你做主！""小官状告高常彬强夺我妻！"钟老经略一听，忙把王焕搀起，道："高常彬已经勾拿回来。左右，把高常彬押过来！"高常彬被押上大堂，钟老经略斥责道："高常彬，你为何强娶他人之妻？""没有哇！""你还敢抵赖！左右，把那妇人带上来。"贺怜怜被带上大堂，王焕跪地言道："元帅，这妇人正是王焕之妻。"贺怜怜也跪地指着王焕说："大人，这个便是妾身的丈夫王焕。"钟老经略一拍惊堂木："高常彬，你还有何话说！"高常彬哀叹一声："不想今日撞上她的原主儿了！"钟老经略下断："高常彬盗使官钱，误军期强纳婵娟，明正罪依律处斩。王节度从军征讨，立功勋名播西延。贺怜怜五花官诰，永偕老夫妇团圆！"

❖ 石子章 ❖

郑彩鸾草庵学道　秦修然**竹坞听琴**

　　郑彩鸾，幼年时父母双亡。这天是她二十一岁生日，她师父郑老道姑前来庆贺。席间，老都管讲："近日上司下出榜文，说是不论官宦百姓，女孩子只要超过二十岁，就一律出嫁，违者问罪。"郑彩鸾闻听，紧锁愁眉："这可怎么好？除非学老师出家去了。"郑老道姑劝她："小姐，你怕出不得家吧？既要出家，就须坚心，可别半路又想回俗。""师父放心。你让我如今嫁哪个人去？不如出家倒也干净。我家祖上曾在北门外建下竹坞草庵一座，甚是清雅，近来没有住持，只有一个小道姑看守，我明日就去那里。"她让老都管取来文房四宝，写下一纸文书：将所有家私里外、田产物业都交由老都管使用；老都管负责供应一年四季斋粮道服。

　　郑州府尹梁公弼，存有两件心事。一是曾在南康为官，任满回京途中遇到土贼，家属失散，至今夫人下落不明。二是幼年故友秦思道不幸辞世，他的儿子秦修然如今也了无音信。心中正在念叨，张千来报："有秦修然在于门首。"梁公弼急忙请进。秦修然进来见礼："叔父请坐，受您孩儿两拜。"梁公弼道："侄儿，被你想死我了！你的行李呢？""放在客店了。""张千，快去把侄子行李搬回来，打扫书房，让孩儿在家安歇。"

　　郑彩鸾在竹坞草庵出家，除去郑老道姑常来教琴，剩下时光便格外冷清。这天，她吩咐小道姑点上灯，添上香、自去歇息，自己取下焦尾琴，抚弹一曲以遣心闷。

秦修然在叔父家住了一月光景,这天,出门到城外踏青玩赏,不觉天色已晚。自料赶不上城门,见前边有座庵观,打算去里面借住一宿。他推开柴门,见主人正在弹琴,便站在窗下试听。

郑彩鸾今日弹琴,百般的声不圆。接着,"砰"一声琴弦又断。她想:"莫不是有人偷听?"开门一看,果然是个秀才站在那里。她厉声喝问:"你是什么人?姓甚名谁?来俺这庵观干什么?说得对,万事皆休;说得不对,送你到官,决无轻饶!"秦修然连忙施礼:"小生南阳府人氏,姓秦名修然,为进取功名,来到郑州。今日出城游玩,误了时辰,想在贵庵借住一宵。听得琴音嘹亮,因而窃听,不想姑姑在此,万望恕罪。"郑彩鸾一听"秦修然"三字,心中不由一惊,问:"你既是秦修然,可知道指腹成亲的郑彩鸾吗?"秦修然道:"先父曾为工部尚书,未去世时,多次听得他说及与礼部侍郎指腹成亲之事,礼部之女为郑彩鸾。自从父母亡过,那郑彩鸾也不知去向。小生常切切于心,不能见面。"郑彩鸾说:"秀才,我就是那郑彩鸾!"秦修然惊叫一声:"哎呀,我哪里不寻,哪里不觅,你可可地在这里!"说罢,便要过去拉手。郑彩鸾道:"秀才休得无礼,我与你虽素有盟约,却不可造次苟合,万一让人得知,岂不惹出闲话!"秦修然哪能按捺住心中激情:"我与你怨女旷夫,隔绝十有余年,今日天与其便,偶然相逢,正,正是一对夫妻团圆。小姐不可固执!"郑彩鸾被说服了,言道:"既然如此,这里不是说话处,你随我到耳房去。"

天亮了,郑彩鸾叫起秦修然,让他离去。秦修然恋恋不舍,问:"小姐,我明日多早晚来?""你白天休要来,可在晚间来。来时莫走正门,从那角门进,免得外人看见不雅。"

梁公弼因公务繁忙,难得与侄儿闲坐攀话。这天,他问张千:"那秀才在房中看书吗?"张千答:"老爷不问,我也不敢说;那秀才白日在书房看书,一到晚上,便出城去一所竹园里。园中有个草庵,庵中有个年轻道姑,生得聪明俊俏,秀才每夜在那里相伴她。"梁公弼一愣:"真有此事?""小人怎敢说谎!"梁公弼沉吟道:"若真如此,岂不堕落了他的功名?张千,你去把奶妈叫来。"奶妈来后，梁公弼贴耳嘱咐一番，让她如此如此，到书房去一趟。又拿出春衣一套，白银两锭，交给张千，告诉他："秀才来时，你只说我下乡劝农去了，让秀才拿上盘缠快去进京赶考。"

奶妈来到书房。秦修然见了问："您到哪里去了？怎么一天未见？""我去给人家送殡去了。""给谁家送殡？""秀才不知，这里有个王同知家，他家公子被北门外竹坞草庵中一个年轻道姑迷住，昨日死了。人说那道姑是个鬼怪，只要见到年少的男子便缠死了才罢。"秦修然一听，大惊失色："原来那道姑是个鬼魂，真吓死我也！"他叫来张千，吩咐："赶快收拾行李，我立刻就走！"张千说："老爷下乡劝农去了，你不等他一等？""等不得了，否则误了考期。"张千拿出春衣、白银，牵过马来。秦修然慌慌张张跨马走了。

梁公弼诳走了秦修然，一人一骑来到竹坞草庵，打算探访那位小道姑。

郑彩鸾正在庵中闷坐，思念着秦修然为何数日不见。听说府尹来了，只得起身迎接。梁公弼走进庵中，赞叹说："道姑，你这里真是个幽静去处。"郑彩鸾："休笑俺草户柴门，多谢您枉驾屈尊。"梁公弼看见桌上焦尾琴，请郑彩鸾抚弹一曲。郑彩鸾推辞说："弦断不可续，琴声难调发。"梁公弼看见几上围棋，请郑彩鸾弈一局。郑彩鸾又推辞："贫姑出家人，无心争高下。"梁公弼又指着墙上字画，问："你这里怎么只挂些山水，没有思凡的仙女图吗？"郑彩鸾："俺只望修身正己，图一个百事无牵挂。"梁公弼见她不卑不亢，举止庄重，心说："此女子外有西施之貌，内有道韫之才，怪不得我那侄儿恋着她。况且，听修然说，他俩本是指腹为婚，我怎能不对她成全照顾？若留她一人在此，我也不放心。"于是，郑重其事地说："道姑，我那衙门附近有所白云观，是敕建祝寿之所。我想请你做观主，你意下如何？"郑彩鸾想了想，答应下来。

秦修然进京应试，一举状元及第。他奏明圣上，说叔父年迈，希望在郑州附近为官，以便侍养；圣上授其郑州通判。梁公弼接到照会，说有新官前来赴任，忙安排人迎接。一看是秦修然，不由大喜。吩咐奶妈快去白云观，告诉那个道姑，说老相公要借她那观中一间幽静屋子待客。

郑彩鸾住进白云观，原以为离得秦修然近了，谁知始终不见秦修然影子。她每日忧思叹息："那秀才呀，我巴你到黄昏，盼你到天明，恨你太浅情，怨你太薄幸！你一去呀，便似那断线风筝，撇下我孤零零，守着盏半明不灭的灯，禁不住长吁短叹声。余梦不成，两泪盈盈。"

奶妈来到观中，向郑彩鸾传达老府尹的意思。郑彩鸾一口拒绝："这里是祝寿的道院，哪能容你们烟熏火燎、大嚼大咽！"梁公弼亲自来说，郑彩鸾仍是不肯。梁公弼道："既是观主不允，只得将吃酒改作饮茶。一会儿新科状元来了，你待他一杯。"秦修然来了，看见郑彩鸾心中害怕，对叔父说："既是人家不准，侄儿先回去了。"梁公弼道："虽不能饮酒，坐下喝杯茶也无妨。来，你与观主认识认识。"秦修然转身要走。郑彩鸾一把扯住他衣裳。又觉自己有些失态，忙松手施礼："相公在这里坐坐何妨？"梁公弼起身，把秦修然按坐在椅子上，说："观主，你陪着新科状元坐一坐，我去弄些饮食来。"

屋里只剩二人。郑彩鸾问："秦修然，你去了哪里？"秦修然哆哆嗦嗦："你是鬼，靠后站！"郑彩鸾气愤地说："你才是鬼！"秦修然："我怎么是鬼了？""你既不是鬼，为何瑶琴月下听，许下些海誓山盟，又做得个行浊言清？"梁公弼咳嗽一声闯进来："好哇，原来你们俩一个是听琴的汉司马，一个是修道的卓文君。彩鸾啊，你还不快去收拾东西，还了俗与俺侄儿成婚？"郑彩鸾："多谢了老相公！"梁公弼："她这会儿成了一让一个肯。"

郑老尼姑因生病，长年未出来走动。而今病愈，到竹坞庵找郑彩鸾。谁想庵门贴了封条，听人说彩鸾已去城里白云观做住持，她又找到白云观。

白云观只剩下小道姑，正寻思如何也找个小和尚做伴儿，郑老尼姑来了。小尼姑一见老师父，立刻絮叨起来："一言难尽。俺那小姐尘心不净，出家不久，就弹琴引得个秀才来。那秀才也忒狠心，忽然不来了，害得小姐做下相思病，要死要活。那秀才一去中了状元，如今小姐还了俗，嫁状元做夫人了。"老尼姑一听，气得直骂："入娘的！我当初不让她出家她强要出家，如今忍不住跟人走了吧！我非找到她，寒碜寒碜她不可。"

郑老尼姑找到新状元住宅，气昂昂闯进院中站定，叫道："郑彩鸾出来见我！"郑彩鸾正与丈夫亲热，听到叫声，急忙出来，见是老尼姑，忙施礼："呀，原来是我师父！"老尼姑吼道："我不是你师父！我教你抚琴，正望你清心养性，不是教你招引老公！"秦修然跟出来施礼，老尼姑连他也骂："你这书生，不尊儒道，寺院中勾引尼姑，我少不了要官府中告你去！"梁公弼在屋里听见外面大惊小怪，也走出来，边走边说："谁在这里吵闹，看我不把他拖到堂上去，打烂他下半截儿！"老尼姑见了他，又惊又喜："呀！这不是我那相公吗？"梁公弼也认出老尼姑："呀！这不是我那夫人吗？"老尼姑立刻丢了冠子，脱了布衫，解了环绦，兴高采烈地说："我如今找到老公，不出家了！"郑彩鸾笑问："老师父，你怎么也这样？当初谁让你出家来？"老尼姑："这人原是我老公，我们是被土贼冲散的！比不得你是偷的！"梁公弼忙过来介绍："这位新科状元就是我旧日同僚秦思道的儿子秦修然，他与郑彩鸾原是指腹为亲，怎是偷的？"老尼姑忙致歉意："那件事我也记得。孩儿，你若早和俺说知，也省得老身这样聒噪。"

府衙中杀羊造酒、摆设筵席，庆贺新、老两对夫妇团圆。

❖ 无名氏 ❖

李美人御园拾弹丸　金水桥陈琳抱妆盒

宋真宗即位以来，四海升平，八方宁靖，唯因缺乏子嗣，每日忧心。这天，太史官王宏奏道："臣夜观乾象，见太子前星甚是光彩。适逢春季，百花盛开，正是成胎结子之时。圣上可让尚宝司打造金弹丸一枚，于三月十五日亲到御花园弹射，再令六宫妃嫔齐去园中寻觅，有拾得金丸者，夜晚幸之，必得贤嗣。"真宗准奏，命穿宫内使陈琳将此事通知三宫六院嫔妃彩女。

宋真宗来到花园，见东南方紫藤架上停着一只锦鸠，便接过金弹，朝它射去。那金弹恰巧落在西宫李美人身边。陈琳看见，跪下祝贺："李娘娘真有福啊！"带李美人将金弹进献皇上。宋真宗格外欢喜，拉着李美人的手说："朕今夜就到西宫游幸。"

李美人果真生下一子。刘皇后听到这个消息，大为妒恨，心想："久后这娘儿们岂不在天子面前夺了我的宠爱！我需如此如此。"她叫过一个姓寇的侍女来，问："寇承御，你一日三餐吃的是谁的？""是娘娘的。""你四季衣裳穿的是谁的？""是娘娘的。""你既明白，便是我的心腹。我有一件紧要的事，要你去做，你肯不肯？""小的绝不推辞。娘娘只说有什么事？""如今西宫李美人生下一子，你可到她宫中去，诈传万岁爷要看，把那婴儿诓出来，或是裙刀刺死或是绳带勒死，然后丢在金水桥河下。你一定要替我把这件事做好！"寇承御答应下来："谨领懿旨。我这就去办。"

寇承御出来，懊悔不及："怎么让我摊上这么一件事！"她把婴儿诓出西宫，抱到金水桥边，却再不忍下手加害。正左右为难，不知如何是好，已被陈琳看见。陈琳是奉皇上之命，带着黄封妆盒到后花园采摘果品送给南清宫八大王上寿的。他问寇承御："你在这里做什么？""我，我在这里玩儿哩。""瞎说！闲玩儿怎么还抱着个小娃娃？""哪个是小娃娃！你把他看轻了，他是西宫李美人的太子！""既是太子，怎肯让你抱出宫来？""陈公公，我就对你实说了吧！"寇承御便把刘皇后如何派自己诓出太子、杀害太子的经过叙述一遍："这婴儿红光紫雾罩定，明明是真命天子，我哪里敢下手！刚才我对天祷告：若宋朝不当乏嗣，就遇见一个忠心救主之人。果然您就来了。您一定要想出个办法，把太子救走哇！"陈琳听了，惊得浑身颤抖："寇承御，兹事体大；若被刘皇后知晓，哪里还能再活！"寇承御怒喝："陈琳，你如何这等胆小！你若真的不管，我便径向刘皇后告发，说我正要下手，被陈琳拦住。那时，你也是个死！"陈琳闻言，把妆盒放在地上，言道："这样吧，我替你看着人，你赶快依着刘皇后把那孩子害死算了。这样我俩都相安无事。"说着，扭过身去，四下张望。寇承御拿过妆盒，把婴儿安放在里面，对陈琳说："好了，事情办完了。陈公公，你不可久停，快把这妆盒儿送到八大王处，自有理会。你快去！你快去！"陈琳道："承御，有一句话我要与你说明白，以后万一事发，你可要自己撑持住！""这个你放心，常言道：忠臣不怕死，怕死不忠臣。我为国家保护太子，愿一身担起天大的责任，绝不攀扯别人！若昧前言，天不盖、地不载，日月不照临！陈公公，你快救太子走吧！我自去回刘娘娘话去。"说罢，走了。陈琳感叹一声："呀！想不到她一个三绺梳头、两截穿衣的女流，竟有如此忠心！她把太子交付与我，我也当舍命尽忠。"于是，他抱定妆盒，急急忙忙往宫门走。没走多远，迎面碰上刘皇后。这刘皇后见寇承御去了大半天才来回话，疑心顿起，亲自往金水桥走来，想察看察看动静。她见陈琳脸红脸白地不自然，便叫住问："陈琳，你打哪里来？""奴才刚在后花园操办完果品。""你到哪里去？""奴才奉旨将果品送至南清宫，为八大王上寿。""既是如此，你走吧。"陈琳捧起妆盒急走。只听背后刘皇后又叫："陈琳，你且转来！"陈琳只得又放下盒子跪倒："娘娘有什么吩咐？""这老东西！我放你去，你就如弩箭离弦，脚步这个快；我喊你回，你就像毡上拖毛，走得这个慢；其中必有蹊跷！我问你，盒里装的什么果品？"陈琳急切间叫不出名字，只说："它圆圆胖胖，红红白白。""是石榴？""不是。""是核桃？""不是。""是李子？""对，对，是李子。"刘皇后道："李子有什么好，万岁爷倒喜欢它！看我不连那树也砍了。陈琳，你休要再巧言令色，快把盒子揭开，让我看个明白！"陈琳急忙双手按住盒盖儿，申辩说："娘娘，这盒盖儿开不得，上有御笔黄封，须和娘娘同到万岁爷跟前说过，才敢揭开给您看。""我管什么黄封不黄封！你不揭开，难道还让我自己动手吗？"正万分紧急，寇承御慌慌张张跑来，叫道："请娘娘快回去，圣驾在中宫等候多时了！"刘皇后只得放弃纠缠，扭身指着陈琳说："便宜了你！明日满满地装一盒好水果，送到我宫里来！"陈琳见她们走远，长吁一口气，浑身冷汗，湿透衣衫。他猛然想："这么长时间，怎不见太子作声呢？莫不是闷死了？"双手颤抖，打开盒盖儿，只见太子恰好睡醒，正伸腰呢。他跪谢天地，略加整顿，赶往八王府。

八大王赵德芳是当今皇上的嫡亲兄弟，皇上赐他金锏一条，专打不忠之辈；以此，百官敬畏。这天，是他寿诞之日。他正在独角亭闲坐。陈琳过来叩头："大王千岁！"赵德芳问："陈公公，你这妆盒儿里有什么时鲜果品？""万岁爷为给大王上寿，特赐黄封妆盒，让我往后花园采摘果品，谁知碰上一件天大的事，特来报知，因此，里面装的不是果品。""是什么事？"陈琳将救护太子的事叙说一遍："如今只有大王您是孩子的嫡亲叔父，可以躲开刘皇后，予以收留。"赵德芳听了，接过妆盒，只见那孩子生得龙颜凤目，确是太子无误。他感叹道："多谢天地赐我大宋陈琳、寇承御两个忠臣，使我赵家免除绝后之危。我一定好好把太子抚养成人，等十年之后，找机会与皇兄说知。那时，定报答你们两位救驾之功，定严惩那刘皇后！"

太子长成十岁，赵德芳带着他到皇宫朝见圣上。圣上问："御弟，这是你第几个孩子？""是第十二个。""我看这孩子龙行虎步，很是不凡。今年多大年纪了？"太子回答："臣十岁了。"圣上又问："御弟，这孩子是哪个美人所生？"赵德芳："本是李美"，还没说完被刘皇后截住："八大王，今日皇上有事忙哩，改日再奏知万岁吧。"边说边扯着真宗走了。赵德芳想："好你个刘皇后，实在别有心机！我只好再等机会把实情奏明皇兄了。"

刘皇后回到中宫，一肚子疑心："这八大王领个孩子来朝见皇上，却是为何？我看那孩子声音举止跟李美人好生相似。多亏我截住八大王，使他未能说得详细。这孩子又是十岁，恰与李美人生子时间相符，难道让寇承御干的那事她没干利落？我得问她！"寇承御被叫来，刘皇后喝一声："还不跪下！你知罪吗？""我有何罪？""我问你，十年前李美人所生的孩子，如今在哪里？"寇承御："呀！这是十年前的事了，怎么冷灰里又爆出火来？我依您懿旨，将那孩子刺死丢在金水桥河里了！"刘皇后："既是如此，你快去河下把尸首打捞上来，让我看验！""已死十年，哪里还能打捞得着？""你这妮子不打不招！宫娥，给我准备大棒子！"寇承御："我委实丢在河里了。""你还敢说谎，给我使劲打！"直打了三十大棒，寇承御痛得昏死过去，仍不改口。刘皇后："这妮子癫肉顽皮，真是能熬！再给我加力打！"又打了三十，寇承御仍是不招。刘皇后想："当初我去金水桥边，遇见陈琳，见他遮遮掩掩好生慌张。只是由于皇上唤我，未及揭开妆盒细看。想必那陈琳知些情弊。应该把他叫来，一起勘问。"于是，把陈琳叫来。陈琳入见叩头："娘娘，传陈琳来哪厢使用？"刘皇后："这寇承御犯罪，死不肯招。你给我行杖打她！""娘娘，小人手无缚鸡捉鼠之力，何以让我行杖？"刘皇后怒道："你敢违我懿旨，定是与她通同犯罪！"陈琳忙捡起一条大棒，抡圆就打。刘皇后阴沉着脸问："陈琳，你是想把她一棍打死，做个死无对证吗？"陈琳只得换根小棒。刘皇后又说："你不打疼她，怕她指攀你吗？"陈琳无奈，只得挑根中等棒子又打。刘皇后虎视眈眈在一旁寻找破绽。寇承御被打得鲜血淋漓，轻声念道："人生在世总无常，若个留名史册香；大鹏飞上梧桐树，自有旁人论短长。"言罢，一头朝石阶撞去，头裂而亡。陈琳目瞪口呆。刘皇后仍不肯甘休，问陈琳："你要实说，当初那妆盒中有无夹带？不说实话，我也将你一并打死！"正此时，有内使传旨："万岁爷宣陈公公立刻前去！"刘皇后只得暂时放了陈琳。

又十年过去，真宗驾崩，仁宗继位。这仁宗依稀听叔父说过：自己本是李美人所生，多亏寇承御和陈琳救护，才在南清宫长大成人。只是对事情经过知之不详。这天，他把陈琳召来询问。陈琳一五一十叙说实情。仁宗听罢垂泪道："那寇承御为救寡人，撞阶身亡，怎不令寡人伤感。寡人要亲自为她起建坟墓，封其为忠烈夫人。那刘太后心怀嫉妒，做下这等逆天悖理的勾当，寡人若追究前愆，又恐损伤我先帝盛德，只好对其暂且姑容、置之不理。将西宫改为合德宫，奉李美人为纯圣皇太后，寡人每日问安视膳，行太子之礼。八大王抚养功多，加赐庄田万顷。封陈公公为保定公，赐城中甲等府第养老，俸银万两，禄米三千石。"正是：死了的墓顶加封，活着的殿前赐俸；善恶虽是由人做，到头账目笔笔清。

❖纪君祥❖

公孙杵臼耻勘问 赵氏孤儿大报仇

晋灵公最信任两个大臣，文是赵盾，武是屠岸贾。然而，这一文一武却十分不和，屠岸贾常有害赵盾之心。他雇用勇士钜麑，持短刀越墙刺杀赵盾，可这钜麑反被赵盾忠良所感，对自己行为悔恨至极，竟触槐而死。屠岸贾又从西戎国弄来一条恶狗，呼为神獒，专门训练它撕咬穿紫袍的稻草人；接着屠岸贾入见灵公，启奏："当初尧舜之时，有獬豸善辨邪人；今我晋国又出神獒，能知不忠不孝的贰臣。"灵公闻言大喜，让屠岸贾牵上朝堂一试。神獒见了穿紫袍的赵盾便扑过去。赵盾绕殿而跑，虽在太尉提弥明、义士灵辄救护下逃离现场，无奈灵公深受蛊惑，竟传旨将赵盾满门抄斩。赵盾之子赵朔是当朝驸马，屠岸贾也不放过，假传王命，令其自裁。赵朔临死之前对公主哭诉："如今你腹怀有孕，若生下个男孩，便叫赵氏孤儿，待他长大成人，定要让他为我赵家申冤报仇哇！"

屠岸贾竟欲斩草除根，派将军韩厥领兵围困驸马府，一俟公主生下男孩儿，立刻钢刀剁死。

公主果然生下一个男孩儿。然而，如何才能把这赵氏孤儿救出府去？公主忧心如焚。正在这时，民间医生程婴来献汤药。公主叫住他："程先生，你一向与俺赵家过往甚密，也不是外人。您看如何才能把这孩子掩藏出去？"程婴当然知道此事极端危险，不觉一时犹豫。公主跪倒在地，哀求道："俗话说：遇急思亲戚，临危托故人。程先生若能救出这孩子，便是俺赵家大恩人！可怜俺赵家三百多口的冤屈，都寄托在这孩子身上，求您千万替俺赵家保住这条根！"言罢，转身回屋，自缢身亡。程婴横下一条心，打开药箱把婴儿放在里面，心说："若这孩子有福，咱们便闯出府门；若是没福呀，咱们就死在一块儿吧！"

韩厥拦住程婴，问："你是什么人？""俺是个普通医生，姓程名婴。""你进府里干什么去来？""煎药，献上益母汤。""你这箱里装的什么？""都是生药。""可有夹带？""并无夹带。""既如此，你走吧。"程婴闻言，惶惶如漏网之鱼，抱起药箱便走。没想到又被韩厥叫住。韩厥屏退士卒，低声对程婴说："程婴，你以为我不认识你吗？你一直是赵家上宾，曾多受赵家之恩。"程婴不知此话何意，反驳道："将军你难道没受赵丞相提拔？不思知恩报恩？"韩厥拿过药箱，掀开盖儿，冷笑一声："程婴，你说是桔梗、甘草、薄荷，我可搜出人参来了！"程婴大惊失色，抢夺不及，只得"扑通"跪倒哀求："韩将军，这可是赵老丞相家唯一一点骨血，你难道忍心断送他灭门绝户！"韩厥缓声道："是啊，我若把这孤儿献上去，定然一身富贵；可我韩厥是个顶天立地的男儿，怎肯做那丧尽天良之事？程婴，你快起来，抱上孤儿走吧！"程婴盖上箱盖儿，抱起来就走。又忽然停住，问韩厥："你放我们走了。那屠岸贾不见婴儿，定然不会善罢甘休，定然拷打逼问于你。你将如何是好？"韩厥挥手道："你快走吧！我自会想法应付。"程婴转身走出两步，又被韩厥叫住，只听他深情地嘱咐："程婴，你带上孤儿快去那深山隐，好好地将孤儿教导成人。只盼他演武修文，重掌三军，拿住贼臣，报答亡魂，切莫辜负了你我硬踹进这是非门，担危困。你为存孤尽忠，我为救孤重信；你肯舍弃残生，我愿把人头刎！"言罢，拔剑自杀。程婴来不及伤感，急忙抱着孤儿逃走。

屠岸贾见没了孤儿，公主和韩厥又都死去，线索全无，便又生出毒计。他诈传灵公旨意，张贴榜文，命令晋国国内所有半岁以下的新生儿三日之内全部集中元帅府。心想："那时，我见一个剁三剑。正是：为不放过一个，宁可错杀一千！"

公孙杵臼，曾在晋灵公位下为中大夫之职，因年纪高大，辞职在太平庄闲居。这天，忽见程婴急匆匆抱个药箱跑来。公孙杵臼问："程婴，你何事如此慌张？"程婴哭道："老宰辅你可知道赵老丞相全家三百余口尽被屠岸贾诛杀之事？便是驸马、公主也不得存活。"公孙杵臼与赵盾曾经相交最厚，一听此讯，大为悲愤。程婴又说："幸得皇天有眼，赵氏还未绝种。"接着，打开药箱，抱出孤儿。公孙杵臼道："谢天谢地！有这一条根便有了将来报仇之人。"程婴叙述了救出孤儿的经过，又发愁地说："如今那屠岸贾又生毒计，为搜出赵氏孤儿，不惜把全国儿童杀掉。老宰辅可有良策？"见公孙杵臼苦思冥想又一筹莫展，程婴道："我有一计，不知是否可行？我妻近日产下一子，未曾满月，就以此子装作赵氏孤儿。老宰辅前去首告与屠岸贾，只说程婴藏着孤儿。这样，便可以我父子两命换下孤儿及全国婴儿。"公孙杵臼问："程婴，你如今多大年纪？""在下四十五岁。""我想，这孤儿至少长到二十岁方能成人，那时，你也只是六十五岁；而我再活二十年，业已九十，存亡未知，如何能保得孤儿报仇？程婴，还是将你那婴儿交付与我，你去首告，说太平庄公孙杵臼藏着孤儿。这样才是长策。"程婴跪倒，涕泪满面："老宰辅，您好好地在家，都怪我程婴不识进退，平白地拿着这愁布袋来连累您呀！"公孙杵臼道："你说的这是哪里话！我是七十多岁的人，死是常事，也不争这早晚。"事情就这样定下来。程婴将孤儿抱回，把自己的孩子抱到太平庄。

程婴依计到屠岸贾处告发："小人曾见赵氏孤儿在太平庄公孙杵臼家里藏着。"屠岸贾问："你如何知道？""小人是个医生，曾为公孙杵臼看病。那日到他家中看望，见卧房中绣褥上躺着一个婴儿。我想这公孙杵臼年纪七十开外，从来没有儿女，这孩子是哪里来的？公孙杵臼听我一问，脸色骤变，口不能应。以此料定那孩子准是赵氏孤儿无疑。"屠岸贾骂道："放屁！你这小子怎能瞒我！那公孙杵臼既已七十，怎肯冒死藏匿孤儿？你与公孙杵臼既无深仇，又怎能无故告发于他？其中定有隐情！你快如实说来，否则先拿你开刀！"程婴沉着地说："元帅有所不知，那公孙杵臼曾与赵盾同朝为官，二人最称莫逆，自然肯为孤儿舍死出力。至于小人与公孙杵臼虽无仇隙，然而小人近生一子，尚未满月，按元帅军令，不敢不献。那时，小人岂不绝了后代？以此，只有出首公孙杵臼，拿住赵氏孤儿，方能救出全国生灵，连小人的孩儿也得无事。"屠岸贾笑道："哦，这就是了！来人，备马，跟我到太平庄捉拿公孙杵臼去！"

屠岸贾领人马扑至太平庄，不由分说将公孙杵臼绳捆索绑。屠岸贾问："老匹夫，你把赵氏孤儿藏在哪里？快招出来，免受刑法！"公孙杵臼："我哪里藏着什么赵氏孤儿！谁见来？"屠岸贾："老匹夫还敢嘴硬，实在可恼！程婴，这原是你出首的，你就替我行杖！"程婴推辞说："元帅，小人是个医生，撮药尚然腕弱，怎能行杖？"屠岸贾："你不肯打他，难道与他有约，怕他指攀你不成？"程婴只得强忍心中痛苦，抢棒打去。公孙杵臼破口大骂："程婴，你个狼心狗肺的东西！定是你藏了孤儿，却来诬告老夫，我咒你不得好死！"屠岸贾在一旁看着冷笑。正这时，士卒抱着一个孩子前来禀告："贺喜元帅，土洞中搜出这赵氏孤儿来了！"屠岸贾提起孩子，在公孙杵臼眼前晃着："老匹夫，你说没有赵氏孤儿，这个是谁？"公孙杵臼边抢边骂："屠岸贾你这贼！你等着瞧吧，头上有青天，绝不会饶过你的！"屠岸贾抽出宝剑，嘴里喊着一、二、三，朝那孩子连剁三剑。程婴又惊又疼，紧闭双眼。公孙杵臼挣扎起来，一头朝石阶撞去，尸陈当地。屠岸贾面目狰狞："哼，便宜了这老匹夫！"又露出笑脸："程婴，这件事多亏了你！要不是你告发出来，怎能除去祸根？从今以后，你就是我的心腹之人。我看你不如到我家来做个门客，让你那孩儿在你跟前习文，在我跟前演武。我也年近五旬，尚无子嗣，就将你那孩儿给我做个义子，我的官位将来就由他承袭。你意下如何？"程婴此时醒过神来，行礼道："多谢元帅抬举！"

赵氏孤儿长成二十岁，程婴叫他程勃，屠岸贾叫他屠成。屠岸贾自然不知就里，对这义子十分喜爱，教会他十八般武艺。程勃文武双全，本领高强。可叹的是程勃对自己的身世也懵懵懂懂。该如何把实情告诉赵氏孤儿呢？这实在是个难题。程婴昼夜无眠、踌躇辗转，往事一幕幕呈现眼前。他提笔画成一幅幅连环画，画完之后，不由感叹："仅为了这个赵氏孤儿，多少贤臣烈士送命？连我那刚出世的儿子也死在里面！"程婴正自垂泪，程勃练武归来，进书房拜见父亲。程婴抹干眼泪，挥手让程勃快去吃饭。程勃走出书房，心想："每日爹爹见我，总是欢欢喜喜，今日为何脸有泪痕？我得弄个清楚。"程勃又转身进屋，问："爹爹，是谁欺负您了？告诉我，我绝不饶他！"程婴站起身，将连环画拂落地下，唏嘘言道："我就是告诉你，你也给爹妈做不得主。你还是快吃饭去吧。"说着，有意走出书房，留下程勃一人。程勃十分纳闷，越是奇怪越想搞个明白。他站在书房不走，准备等爹爹回来再问。见地上有幅长画儿，他捡起来观瞧：那上面有穿红袍的，有穿紫袍的，有牵恶犬的，有撞槐而死的……这更增添了他心中疑惑。程婴一回书房，程勃便恳求："爹爹，这到底是怎么回事儿？快说与孩儿听。简直把孩儿闷死了。"程婴坐下，严肃地说："这桩故事好长呢，你要认真听。而且故事主要围绕着你哩！"接着，便指着画卷，叙说出搜孤救孤的惨痛经历。最后说："你如今相貌堂堂七尺躯，学成文武待何如？血海深仇犹未报，枉作人间大丈夫！"程勃听了，如梦方醒，哭得晕死过去。待缓过气来，扶程婴坐下，恭恭敬敬拜了三拜。然后转身就走，咬牙切齿地说："屠岸贾个老匹夫，你寻根拔树，险些送俺赵家灭门绝户！你把俺一姓戮，我必然还你个灭九族！"程婴急忙拦住："小主人，切不可莽撞！那屠贼爪牙不少，诡计多端，弄得不好，反受其害。报仇之事，宜细细商量。"程勃道："我和屠贼一不做二不休，明日先见过主公，和满朝大臣，当众揭发他的滔天大罪，再亲自杀他！"

此时灵公已死，悼公即位。悼公对屠岸贾专权早有不满，听完赵氏孤儿申诉，甚是支持。只是叮嘱赵氏孤儿："不必打草惊蛇，以防狗急跳墙。可以瞅准机会，暗暗将屠贼捉获，然后再押上朝堂，公开审理。"赵氏孤儿依旨行事。

这天，屠岸贾从元帅府返回私宅，路过闹市。程勃跨马提剑等在途中，见屠岸贾坐轿过来，立刻冲上前去。屠岸贾吃惊地问："屠成，你来这里做什么？""你这老贼！我不是屠成，是二十年前赵氏孤儿。今日我赵家向你讨还血债来了！"屠岸贾弃轿逃跑，因道路拥塞跑得不快，被程勃追上，五花大绑起来。

晋国上将魏绛审理此案，请来程婴作证。程婴又将经过诉说一遍。魏绛问："屠岸贾，你这损害忠良的奸贼！如今还有何话说？"屠岸贾："我是成则为王、败则为虏，事已至此，唯求速死。"魏绛："你今日要速死，我偏让你慢死！来人，把这贼钉上木驴，细细地剐上三千刀，待皮肉都尽再断首开膛！"屠岸贾被押走。魏绛宣布悼公命令："屠岸贾残害忠良、扰乱朝纲，将赵盾满门抄斩、无罪遭殃，那其间颇多仗义、天道微茫，至今日孤儿报仇、冤案昭彰。赐名赵武，列爵卿行；韩厥后代，封为上将；义士程婴，十顷田庄；公孙杵臼，立碑建堂，提弥明辈，概与褒扬！"

秉鉴持衡廉访法　感天动地**窦娥冤**

楚州人蔡婆婆，夫主早亡，守着一个八岁男孩过活。邻居窦秀才曾借过她二十两银子，如今本利该是四十两。蔡婆婆见他无力偿还，提出要求："可将你那七岁的女儿给我家做儿媳妇，岂不两便？"窦秀才应承下来。

窦秀才名叫窦天章，祖籍长安，因一贫如洗，在京兆住不下去才流落楚州。他的女儿，小字端云，三岁时，死了母亲，是个贤淑懂事的苦孩子。

这天，窦天章送女儿过门。蔡婆婆拿出借钱文书撕毁，又给了窦天章十两银子。窦天章打算以此做盘缠，进京赶考。临别，端云哭着说："爹爹，你就这么狠心撇下女儿走了？"窦天章叹气道："我也只为无计营生四壁贫，因此才割舍得亲儿在两处分。从今日我远践洛阳尘，又不知归期定准，落得个无语暗消魂。女儿呀，你如今不比在家，已是出嫁人，要勤谨安稳，服从教训。"蔡婆婆也劝道："媳妇儿，你不要啼哭，你在我家，只当自家骨肉，我会亲女儿一般待你。"

楚州山阳县南门有个生药铺，掌柜赛卢医。他向蔡婆婆借十两银子，本利该是二十两。这天蔡婆婆又来讨要，赛卢医还不起，恶从胆边生，他假称："这里没钱，你若要，跟我到庄上去取。"蔡婆婆被骗至一个僻静处，赛卢医诳道："那边有人叫你。"趁蔡婆婆扭头之机，用随身带的绳子勒住她的脖子。正在这危急关头，恰巧被张驴儿父子撞上，喊一声："朗朗乾坤，怎能行凶撒泼！"吓得赛卢医扔下绳索，仓皇逃走。张驴儿父亲救活蔡婆婆，问："你家住哪里？姓甚名谁？为何差点被那人勒死！""老身姓蔡，原在楚州居住。儿子死后，搬来山阳县。家里只有个寡妇媳妇与老身相守。今日老身出来向那赛卢医讨还二十两欠银，他竟骗我到这里，要勒死我。若不是遇上两位哥哥，哪里还有老身性命！"张驴儿听了，与其父私语道："爹，你听见没？她说家里还有个媳妇儿呢！咱们救了她性命，她不能不谢。不如你要了这婆子，我要了那媳妇儿，何等两便？"于是，张佬儿便顽皮涎脸地说："这位婆婆，你无丈夫，我无妻室；你无儿子，我无儿媳；咱们两家就配合成一家，你意下如何？"蔡婆道："这是什么话？等我回家多备些钱钞相谢就是了。"张驴儿好生气恼："你这是想拿钱哄我们！赛卢医的绳子还在，你若不肯，我仍旧勒死你算了！"说着，又拾起地上的绳子。蔡婆急忙道："哥哥，你让我再寻思寻思。""寻思什么？你随了我爹，我要了你媳妇，就这样！"蔡婆心想："我不依他们便活不成。罢罢罢，先领他们回家去。"

　　窦端云自出门后，改名窦娥。十七岁与夫成亲，不幸丈夫又死，如今已守寡三年。想起往事，她不禁情怀沉沉，心绪悠悠："莫不是俺前世里烧香不到头？莫不是俺八字儿该载着这一世忧？谁似我无尽头，满腹闲愁，数年禁受？须知道人心不似水长流！俺从三岁母亲身亡后，到七岁与父亲分离久。嫁的个同住人，他可又短寿，撇下俺婆媳都把空房守，只愿能把来世修。"蔡婆婆领着张驴儿父子回来，窦娥把门打开，见婆婆大有异样，连忙询问。蔡婆婆讲明遇险、获救经过及张驴儿父子要求，向窦娥讨主意。窦娥一听便不同意："咱家又不是没饭吃，没衣穿，又不是被债逼得没法过，怎能忽然失节改嫁！况且您年纪高大，再招丈夫岂不令人笑话！"蔡婆："孩儿，我何尝不是这样想？但是，我这条性命全亏他们这爷俩救下。我本想多给他们些财物，可他们不答应，依旧要勒死我。一时慌张，就随顺了他们，领他俩来家了。事已至此，不如连你也招了女婿吧。"窦娥怒道："婆婆，你要招自己招，我是绝对不肯的！"张驴儿讪皮讪脸蹭过来："帽儿光光，今日做个新郎；袖儿窄窄，今日做个娇客。看到我们爷儿俩这身段儿，实在也说得过去了。你们婆媳俩可别错过好时辰，咱们就早些儿拜堂吧。"说着，伸手来扯窦娥。窦娥怒火中烧，狠命一推，把张驴儿推个仰八叉。张驴儿胡噜着屁股爬起来又闹："你这妮子长得不赖，只是那脾气实在太坏。我救了你婆婆一条老命，你怎么舍不得肉身陪待？"蔡婆怕他把事闹大，忙过来劝解："你们父子对我有活命之恩，我岂能不思量报答你们？只是我这媳妇气性最不好惹，不如就把成亲的事先放一放。我如今拼着每日好酒好饭，把你们爷儿俩在我家里养着。好事不在忙，等我慢慢劝得俺媳妇回心转意，咱们再另作区处。"

赛卢医逃回药铺，虽然一夜无事，终觉失魂落魄，思来想去，还是三十六计走为上策。他正准备收拾细软，打点行李，躲往别处，张驴儿闯了来。这张驴儿因见窦娥百般不肯随顺，那蔡婆又害了病，心想："何不趁此机会用毒药药死那老婆子，剩下小妮子一人孤掌难鸣，好歹做我老婆！"他见南门外药铺冷清，便进门叫道："太医哥哥，我来讨药。""你讨什么药？""讨服毒药。"赛卢医吃惊地说："谁敢合毒药给你？你这家伙好大胆！"张驴儿冷笑一声："你真的不肯给我合药？你没认出我来我却已经认出你来了，前日行凶，谋害蔡婆子的是不是你？我要拖你见官去！"赛卢医大慌，忙说："大哥，放了我吧！有药有药。"拿出一包毒药送给张驴儿。张驴儿走后，赛卢医心想："这小子拿着毒药必去害人，以后事发，越发要连累我。我还是趁早关张改业，到涿州卖老鼠药去。"

张驴儿揣着毒药回来，赶巧蔡婆想吃一碗羊肚儿汤，让窦娥去做。窦娥虽心中埋怨婆婆做事糊涂："寡妇人家凡事要避些嫌疑，怎好收留这非亲非故的父子俩在家同居！"但婆婆病了，总要悉心照顾。她把羊肚儿汤做好，准备端进里屋去。张驴儿跑过来，尝了一口，说汤里少些盐醋，趁窦娥转身去取的功夫，他在碗里下了毒药。张佬儿把这碗汤端给蔡婆。蔡婆刚欠起身要喝，却忽然呕吐起来。吐完后，又躺下，对张佬儿说："这汤我此刻不想喝了，你老人家就喝了它吧。"张佬儿一口气把汤喝完，昏昏沉沉倒在地上，抽搐两下儿，死了。蔡婆子见状，吓坏了，大声叫喊："你这是怎么了？你这是怎么了？"张驴儿正等消息，见是如此情景，便恶狗般嚎叫："好哇！小妮子你把我老子药死了，你想怎么着吧？"蔡婆问窦娥："孩子，这事是怎么弄的？"窦娥指着张驴儿："你自己药死亲爹，想来吓唬谁！婆婆，我哪里有什么药？准是他要盐醋时，自己倾在汤里的！"张驴儿："我家的老子，倒说我做儿子的药死，谁能相信？四邻八舍听着，窦娥药死人了！"蔡婆慌忙哀告："你别这么大声嚷行吗？简直把我吓死了！"张驴儿："你害怕呀？你讨饶吗？你要讨饶就赶快让窦娥随顺了我，叫我三声亲亲的丈夫！"蔡婆竟真的劝告窦娥："孩儿，你就随顺他算了！"窦娥好生愤怒："婆婆，这是人命关天的事，您怎么还这样说！我一马不驮两鞍，绝不改嫁！人是他自己药死的，不要怕他！"张驴儿："不怕？把你拖到官府去，三推六问，就你这瘦弱身子还能禁得住拷打？还敢不招认？我看还是私了吧，给我做老婆就便宜了你！"窦娥："我又不曾药死你爹！咱们什么话也别说了，见官去！"

　　张驴儿、窦娥和蔡婆来到楚州府衙，太守桃杌升堂。问："你们谁是原告？谁是被告？"张驴儿："小人是原告，告这媳妇窦娥，用毒药药死俺老子。这个唤做蔡婆婆，是俺后母。望大人给小的做主。"桃杌："是谁下的毒药？"窦娥："不是小妇人下的！"蔡婆："也不是老妇人下的。"桃杌："都不是你们下的，难道是老爷我下的不成？"窦娥："我婆婆也不是他后母！他自姓张，我家姓蔡。只因我婆婆向赛卢医索债，险些被郊外勒死。幸亏遇他父子俩救了性命。我婆婆为报此恩德，收留他俩在家，赡养终身。谁知他俩倒起不良之心，竟逼迫我婆媳招他父子做女婿。小妇人原有丈夫，服孝未满，坚执不从。适值我婆婆患病，让小妇人做碗羊肚汤吃。不知张驴儿从哪里讨了毒药在身，接过汤去，只说少些盐醋，支转小妇人，暗里倾下毒药。也是天幸，我婆婆忽然呕吐，把汤让给他老子吃。吃完便死了。此事与小妇人并无干涉，望大人明镜高悬，替小妇人做主。"张驴儿辩道："大人您仔细想想，她说她自姓蔡，我自姓张，她婆婆又没招我父亲做女婿，那么，她养我们父子俩在家做什么？这媳妇年纪虽小，却极是顽皮赖骨，打都不怕！"桃杌："是吗？我不信。人是贱虫，不打不招。左右，给我大棒子打着。"一杖下，一道血，一层皮，打的窦娥肉都飞、血淋漓，才苏醒、又昏迷，腹中冤枉有谁知！桃杌见窦娥不招，道："这小妇人果然不怕打，看来毒药不是她下的，给我打那老婆子！"窦娥听了，叫喊："住住住，休打我婆婆！我情愿招了吧。是我药死公公的！"桃杌："既然招了，就把她下到死囚牢去，来日判个'斩'字，押赴市曹典刑！"蔡婆子哭道："窦娥孩儿，都是我送了你性命！我知道你是为我屈招的呀！"

监斩官命差役把住巷口，防止往来人员闲走。将窦娥从死囚牢提出，押赴刑场。窦娥喊声冤动地惊天。这真是："没来由犯王法，不提防遭刑宪，顷刻间游魂先赴森罗殿，怎不将天地生埋怨！有日月朝暮悬，有鬼神掌着生死权。天地呀，你总该把清浊分辨，可怎么混淆了盗跖、颜渊！为善的受贫穷更命短，造恶的享富贵又寿延。天地呀，也做得个怕硬欺软，却原来也这般顺水推船！地呀，你不分好歹枉为地！天呀，你错勘贤愚枉做天！哎，只落得两泪涟涟！"刽子手催促着："走快点儿，别误了时辰！"窦娥被木枷扭得左侧右偏，被人群拥得前合后偃，她叫一声："行刑的哥哥，我想对你有句言。"刽子手问："你有什么话说？要见见你的亲眷吗？"窦娥："我孤身只影无亲眷，只剩个婆婆更堪怜。咱们能否走后街？免得与我那婆婆见。"刽子手："你自己的性命都顾不得了，还怕见她做什么？""求哥哥临危与人行方便，休推辞路远。"正这时，蔡婆婆呼天抢地地过来："天哪！这不是我那媳妇吗！"刽子手："你这婆子，靠后！"窦娥道："既是俺婆婆已经看见，就让她过来，俺最后跟她说几句话。"蔡婆婆抱住窦娥："孩儿呀，真是心疼死我了！"窦娥："婆婆，您也再不要啼啼哭哭，烦烦恼恼，怨气冲天，这都是我做窦娥的没时没运、不明不暗、负屈衔冤。念窦娥服侍婆婆这几年，念窦娥从前已往干家缘，念窦娥葫芦提当罪愆，念窦娥身首不完全，请婆婆去我那尸骸上烈些纸钱，遇时节将碗凉浆奠，只当是把你那亡化的孩儿荐。"蔡婆："孩儿放心，这个老身都记住了。天哪，真是心痛死我了！"刽子手喊："时辰到了，那婆子靠后！"监斩官坐定，命窦娥跪倒。窦娥说："监斩大人，有一事肯依，窦娥便死而无怨。""什么事？你说吧。""我要一领净席，让我窦娥站立；再要丈二白练挂在旗枪之上。若是我窦娥委实冤枉，刀过处人头落地，一腔热血休半点儿沾在地下，都飞在那白练之上。"监斩官："这没什么，就依了你。"窦娥站在席上道："不是我窦娥罚下这等无头愿，委实是冤情不浅。若没些个灵圣与世人传，也不见得湛湛青天。我不要半星热血红尘洒，都只在八尺旗枪素练悬，让人们四下里都瞧见，这就是俺苌弘化碧，望帝啼鹃。"刽子手："你没有别的什么话了吗？此时不说何时再说？"窦娥又跪下，道："我身死之后，还要天降大雪，遮掩了窦娥尸首。"监斩官："真是胡说！这等三伏天道，你便有冲天怨气，也招不得一片雪来！"窦娥："你道是暑气喧，不是那下雪天，岂不闻飞霜六月因邹衍！你道是天公不可期，人心不可怜，不知皇天也肯从人愿！为什么三年不见甘霖降？也只因东海曾经孝妇怨。如今轮到你山阳县！"刽子手举刀准备行刑。忽然，天色骤变。窦娥高呼："浮云为我阴，悲风为我旋。你们等着吧，我死后定然会雪飞六月，定然会亢旱三年。此皆因官吏们无心正法，使百姓有口难言！"

刽子手开刀，窦娥尸身倒地。监斩官吃惊地说："呀！真的下起雪来了！"刽子手："呀！这窦娥的血真的都飞到那丈二白练上去了，半点儿没落在席子上！"监斩官："看来这窦娥必是死得冤枉，她前两桩誓愿都应验了，只看将来那楚州亢旱三年的话准不准了。"

窦天章进京赶考，一举状元及第，官拜参知政事。他也曾派人回过楚州，打听蔡婆婆家庭情况，可街坊邻里都说蔡婆婆不知搬到什么地方去了。窦天章为端云孩儿啼哭得眼睛昏花，忧愁得须发斑白，但一直未找到线索，他也无计可施。最近，因楚州连续三年不雨，圣上封他为两淮提刑肃政廉访使，到楚州一带巡查，惩办贪官污吏，有先斩后奏之权。

窦天章来到楚州，在州衙安歇。吏、户、礼、兵、刑、工等六房属吏捧上近年案例文本，窦天章在灯下一一观审。第一件卷宗上写的是：犯人窦娥，毒药致死公公。他见是已经了结了的文书，便不细看，把它压在其他文卷底下，忽觉头脑一阵昏沉，便伏在书案上暂歇。刚一合眼，忽听见门口有一女鬼啼哭："爹爹，你要替女儿申冤呀！"窦天章醒来，却是一梦。他强打精神，剔亮油灯，继续审查案卷，却见眼前又是那桩窦娥药杀公公的卷宗。他把这份卷宗压在下面，灯光忽然变暗。他把灯光剔亮，眼前又是那桩窦娥药死公公的卷宗，如此三五次。窦天章大惊，喝问："那个女鬼，你是不是窦娥？你叫我爹爹，可我女儿叫做端云，名字错了！"窦娥的鬼魂现形，哭诉了别后经过。窦天章道："你既是我的女儿，因何被杀？说得有理，为父替你申冤；说得不对，休怪我翻脸无情！"窦娥将案情经过详细叙说一遍，言道："您孩儿当初也曾受尽酷刑，不肯招认，只因要多打婆婆，才不得不服。原以为即便招认还有二审，谁知竟糊里糊涂被砍了头。因此孩儿临刑曾发下三桩誓愿，让这楚州亢旱三年。"窦天章闻听，又悲又惊："唉！我那屈死的儿呀！你且回去，来日我定将此案重新审理！"

天已大明，窦天章早早升堂。叫来州官，喝问："山阳县有窦娥毒药害死公公一案，可是你审理的？""此案是前任太守桃杌问成，他已升任别州去了。"窦天章怒道："这等糊涂官，竟能迁升！立刻给我拘押回来！"又命公差立即赶往山阳，将张驴儿、赛卢医、蔡婆婆等有关人犯火速解审来州。

张驴儿、蔡婆婆解到，赛卢医三年前在逃。窦天章发布广捕文书，严令缉拿赛卢医；又命令带上张驴儿来审问："张驴儿，这药死你父亲的毒药是谁合的？文卷上没有写明，你能说明吗？""是窦娥自己合的。""想窦娥是个年轻寡妇，她到哪里去合？""这我就不清楚了，反正不是我合的。你想，我为什么合了毒药不害别人，倒害自己老子？"窦天章听了，一时无辞，心说："这一节紧要公案，窦娥又不能亲自折辩，怎能弄个明白？"窦娥的冤魂出现，对张驴儿又打又咬，恨恨地说："到此时你还让我担罪责！"张驴儿一面躲闪，一面发疯似的叫喊："有鬼有鬼，撮盐入水！"正此时，公差在涿州捕捉到赛卢医，押上堂来。窦天章问："赛卢医，你三年前要勒死蔡婆，此事有吗？"赛卢医连忙跪倒叩头："小人为赖蔡婆婆银子，一时生出如此歹念。不过，当时被两个汉子喝止，那婆婆不曾死呀！""那两个汉子你认得他们、知道他们姓名吗？""慌忙之际，没问他们姓名；不过，若当面辨认，还能认得。""现有一个在阶下，你去认来。"赛卢医下去见了张驴儿，心想："必定是毒药之事发了。"上堂交代："那人正是其中一条汉子。小人谋害蔡婆婆未成，正在店中悔过，这汉子忽然找上门来，说要讨服毒药。小人开始不允，这汉子一脸凶相，以拖我见官相逼。小人最怕见官，只得将一服毒药给了他。料定他必去害人，久后败露，势必连累，小人便一向逃往涿州，卖些鼠药，药死几个老鼠的事是有的，药死人的毒药再不曾合。"张驴儿此时再无话说。

窦天章又命令把蔡婆婆带上来，问："我看你年纪已在六十开外，家中又有钱钞，为何又改嫁了那张老儿，做出这等事来？"蔡婆："老妇人因他爷儿俩有救命之恩，收留他们在家。又因窦娥反对，老身病重，所以并不曾许了那张佬儿。""如此说来，那张佬儿并不是窦娥的公公，此案也不该认做药死公公。"窦娥冤魂道："只为一时情急，怕婆婆受刑，才如此违心屈招。可恨那昏官不核实不复勘，将人命轻看如草芥！自古衙门朝南开，欠下多少冤情债！愿爹爹把金牌势剑从头摆，将滥官污吏都杀坏，与天子分忧，为万民除害！"此时，原楚州太守桃杌已被押来。窦天章一拍惊堂木，下断："张驴儿为奸占寡妇，毒杀亲爹，合拟凌迟。州守桃杌，渎职错断，造成奇冤，责仗一百，永不叙用。赛卢医勒杀平民，修合毒药，发配烟瘴地区充军。蔡婆婆年纪高大，无人侍养，由本官收留家中。窦娥沉冤昭雪，造坟立墓，依时祭奠。"断案刚下，天降灵雨如泉，楚州百姓额手称庆。

❖ 康进之 ❖

杏花庄王林告状　梁山泊**李逵负荆**

清明三月三，梁山泊首领宋江下令：放众弟兄下山祭扫坟茔，三日后都要回归，否则定斩不赦。

离梁山不远处有个杏花庄，庄上有个老汉姓王名林，开着一个小酒铺儿，梁山好汉常来他这里吃酒。

杏花庄附近村中有两个无赖汉子，一个叫宋刚，一个叫鲁智恩。这二人假称宋江、鲁智深来到王林酒铺。王林一听是梁山头领，招待格外殷勤："你们都是些替天行道的好汉，老汉这里，多亏了诸位哥哥照顾，可我老眼昏花，没认出二位太仆，休怪休怪！"边说边奉上好酒。宋刚、鲁智恩每人饮下一杯，宋刚问："老王，你家里还有什么人？"王林："老汉家中还有一个女儿，唤做满堂娇，今年一十八岁，尚未许聘。老汉别无什么孝顺，就把她叫出来给二位递盅酒，也聊表老汉一点心意。"宋刚假作推辞："既是闺女，不叫也罢。"鲁智恩却说："哥哥怕什么？就依着老汉让她出来嘛！"满堂娇走出屋来，道个万福，给他二人斟酒作陪。宋刚道："我也递老王一盅酒。"老王高高兴兴喝下。宋刚又问："老人家，你这衣服怎么破了？我把这红绢褡膊给你补那破处如何？"老王又高高兴兴接过去。鲁智恩此时脸色一变："老头儿，你还不知道，刚才那杯酒是肯酒，现在这褡膊是红定。你喝了肯酒，接了红定，是同意把你孩儿给俺宋江哥哥做压寨夫人了。好，我们回山去了，三天后再回门见你。"说着，拉上满堂娇就走。王林顿时目瞪口呆，然而，眼睛一对儿、胳膊一双，哪是对手？看着他们走远才号啕大哭。

李逵喝得微醉,晃着身子往山寨走,边走边玩儿边自言自语:"哼,谁若说俺这梁山泊没有好景致,我非打他的嘴不可!你看俺这里,雾锁着青山秀,烟罩定绿杨洲。嘿,那桃树上有个黄莺儿,把花瓣一啄一啄、啄落下来,落在水中,实在好看。我曾听谁说来?哦,想起来了,是俺吴学究哥哥诗云:轻薄桃花逐水流……"他伸手从水中捞起一片花瓣儿,叹道:"这花瓣儿好红嫩呀!哎哟,你看我这手指头好粗黑呀!差点儿把花瓣捏坏,岂不可惜!还是把它放回溪流去吧。"花瓣顺水漂,李逵在后面赶。抬头看时,王林酒店的酒旗随风摆动,又勾起李逵的酒兴。

李逵进了酒店,叫一声:"王林老哥,有酒吗?以往总是白吃你的,今天把这些碎银子都给你做酒钱。"王林抹了一把眼泪:"你想喝就喝吧。说着,把酒坛子抱过来。"李逵:"老王,这酒寒,你该给我热一热才好。"王林拿个旋子倒着酒,眼泪又流出来。李逵看见,惊奇地问:"老王,往日见你总是乐呵呵的,今天为何如此烦恼?莫不是为你那女儿的婚事?你也糊涂,不晓得世上有三不留:蚕老不中留,人老不中留,女大不中留?"此话正说到王林痛处,他抢白道:"照你说,抢夺别人女儿还有理吗?""谁抢夺你家女儿?""你们梁山两个贼汉抢走了我女儿!"李逵"噌"地站起身,背后抽出两把板斧:"老儿再敢胡说,我砍下你那花白脑袋!"王林:"我如今也不怕了!就是你们梁山一个宋江一个鲁智深把我女儿抢走了!"接着,把事情经过叙说一遍,又拿出红绢褡膊往桌上一扔:"这就是物证!"李逵见了物证,不由不信,心中恨道:"好哇宋江,看你平时正经,背后却做出这等秽事!还有那鲁智深个秃头,竟也如此风流!"他问王林:"你如今可要怎样?""我恨不得咬下他们一块肉来!""那好,我这就回山见那宋江,当着众位头领数说他这罪过,叫他像乌龟似的爬出山寨!"说着,腰间别好板斧,大步流星赶回梁山。

宋江正与军师吴学究在聚义厅检点人数,李逵闯进来,叫声:"学究哥哥,你好!宋江,向你贺喜!帽儿光光,今日做个新郎;袖儿窄窄,今日做个娇客。快把新嫂嫂请出来，我还有些零碎银子给她做见面礼。"宋江道："你这家伙好无礼！不拜我两拜也罢，怎么还满口胡言！"李逵："得了得了，快把你那压寨夫人请出来吧！"又发现鲁智深，指着骂："全是你这秃驴干下的好事！"鲁智深莫明其妙："怎么又骂上我了？你这小子醉得像踩不死的老鼠，嘴里吱吱地乱叫什么！"李逵又抽出腰间板斧，朝着旗杆就砍，喊着："原来这梁山泊也有天无日，还竖着这替天行道的杏黄旗做什么！"众头领一齐上来拦住。吴学究道："到底因为何事？李逵你快说个清楚！你往常是个爽利人嘛。"李逵将自己在酒店所闻高声叙说一遍，道："那老王悲悲切切气昏迷，他骂咱梁山泊水不甜人不义。这都是宋江、鲁智深做下的！"吴学究："王林虽是这般说，总还要有个物证。""物证自有！你们看这红裆膊。"宋江看过红裆膊，道："想必有那依草附木之徒，冒着俺家名姓，做下这等事情。"李逵："你指天画地能瞒鬼，步线行针想哄谁？俺又不是不精细，又不是不敏锐！你莫再花言巧语，快闭住你那嘴！快向众兄弟低头认罪！"宋江气恼地说："李逵，你一死儿认准是我所为，我愿与你一同下山，找那王林对质。若是我时，我愿输下我这六阳会首；若不是我时，你输些什么？""我？我愿输一桌酒席。"吴学究："不行不行，酒席怎能与人头相抵？"李逵："罢罢罢，我也纳下自家这颗牛头。不过，鲁智深那光头也不能饶！"于是，宋江、鲁智深、李逵三人一同下山去找王林。

宋江、鲁智深在前边走得快，李逵就嚷："你们是听见到丈人家去，心中欢喜脚步轻啊！"宋江、鲁智深在后边走得慢，李逵又嚷："你们是心中害怕，磨磨蹭蹭，想寻机逃走不成！"宋江恨道："你小子如此迷言迷语的！看到了那里，弄清是非，我要轻饶你才怪！"

三人来到杏花庄，李逵敲开门，拉着宋江、鲁智深的手进了酒店，教训道："他是一个老人家，你们可不能唬着他！"然后，告诉王林："我把抢你孩儿的宋江、鲁智深带来了，你快前去认一认。"宋江说："老人家，我就是宋江，你来认一认，看我是那抢了你女儿的人吗？"王林认罢，言道："不是他，不是他。"李逵大为着急："宋江，你不好好地等他来认，却先睁着眼看他，这一看，吓得他还敢认你吗？你给我闭上眼睛低下头！"又劝王林："老人家，你只管认来，若他们敢欺负你，我两把无情板斧替你做主！"王林摇头侧脑费思量："他确实不像抢我女儿的那人，那人是瘦高个儿，如今这人如此黑矮；不是，不是。""你再去认一下儿那秃厮，他就是做媒的鲁智深！""更不对了！那人毛发虽稀，却不像此人一根不剩。"宋江道："既然已经认过，我俩不是贼人，那么，智深兄弟，咱们先回山去。李逵你打赌输下项上人头，还不自来领罪！"李逵此时急得摩拳擦掌，推着王林："老王，我的儿，你再过去仔仔细细地认一遍。"王林："哥哥，我已经说过，不是他们就不是他们！叫我再认一遍又有何用？"李逵气得掷碎了舀酒瓢，砍折了切菜刀，埋怨王林："你这老头子真是没肚皮揽泻药，弄得我如今蹾葫芦摔马杓。"又拉住宋江、鲁智深："两位哥哥再坐一坐，等那老头子再认一认。"宋江鲁智深不理他，跨上马径自走了。李逵叹道："嗨！这是我的不是了！俗话说，家有老敬老，家有小敬小。我屈枉了哥哥，实不该孟浪暴躁！"

宋江、鲁智深、李逵走后不久，宋刚、鲁智恩带着满堂娇回来了。父女俩相见痛哭不止。宋刚大大咧咧道："泰山老大人，我没有说谎吧？原许下三日后送你女孩儿回门，今日就来了。"王林："多谢太仆抬举！只是急切间不曾备下宴席，且到我女儿房里喝杯淡酒去！"鲁智恩说："我那山寨中有的是羊酒。早知你这里没有备下，我命喽啰赶上二三十只肥羊、抬上三四十担好酒来送给你。如今就暂且弄个小母鸡吃吃算了。"王林心想："原来这两个贼汉并不是梁山泊头领！我女儿被他俩弄得失了身子倒也罢了，只可惜那李逵哥哥一片热心，若真赌输人头，不是弄着玩的。我如今先将这两个贼汉稳住，把酒冷一碗热一碗递上去，等他二人吃的烂醉，我再悄悄跑上梁山报信。"

李逵耷拉着脑袋回山，越想越觉得没脸，无可奈何，他砍下来荆条，负在赤背上，学廉颇负荆请罪。他进到聚义厅，众英雄对他不理不睬；再看宋江，端坐中央，面沉似水。他跪倒在地哀求："哥哥，您兄弟知罪了！您兄弟一时间没见识，做出这等糊涂事，就求哥哥重重地责打我一顿！"宋江："我原与你赌头，不曾赌打。喽啰们，将李逵踹出聚义堂斩首报来！"李逵："哥哥，还是改做打吧。打一下是一下疼，那砍头只是一刀，倒不疼哩。"宋江："我不打你。""既是不打，谢了哥哥！"李逵边说边作着揖要走。宋江问："你走哪里去？"李逵："哥哥不是说不打我了吗？""我不打你是仍要要你那颗牛头！"李逵见脱不过去，道："罢罢罢，他杀不如自杀，就请哥哥借我宝剑一用，我自刎而亡。"

正在这个当口，王林跑上山寨，喊道："刀下留人！告太仆，那两个贼汉已被灌醉在家，请太仆快派人前去捉拿。"宋江："好吧。李逵，我如今就放你去；若拿住那两个贼，将功折罪；若拿不得，二罪俱罚！"李逵大笑道："这是搔到我李逵痒处！我此一去，定然瓮中捉鳖，手到擒来！"吴学究："虽然如此，他们是两人，你是一人，倘若走了一个，岂不输了我梁山气概！就请智深兄弟帮着李逵走一趟如何？"

李逵、鲁智深赶到杏花店，已是日高三丈，宋刚、鲁智恩刚刚睡醒，坐着叫："老泰山，快出来！莫不是昨夜也醉倒了？"李逵恰好赶到，上去就是一巴掌，喝道："贼汉，你泰山不就在这里吗！"宋刚捂着脸："你这大汉，也该通个姓名，怎么动手就打？""我说出姓名，吓得你屁滚尿流！我就是梁山泊上你黑爹爹李逵！这位是真正的花和尚鲁智深。"宋刚、鲁智恩听了，站起身就跑。可哪里还跑得了，被李逵揪住，捆上，押赴山寨。

宋江，吴学究早摆好庆功宴席，庆贺李、鲁两位头领得胜归来。

贤嫂嫂合成金贯锁　亲哥哥配上玉连环
张世英饱存君子志　萧淑兰情寄菩萨蛮

张世英，字云杰，浙江温州府人氏，自幼苦志勤学，经史皆通；现在萧山县友人萧公让家当着私塾先生。

萧公让之妹萧淑兰，年方一十九岁，不仅容貌非常，而且能词善咏。她偷窥那张世英外貌俊雅、内性温良，更兼才华藻丽，不禁生起爱慕之情。数日间，忘行止、废餐食，心思都在那先生身上。

这天清明节，萧公让举家前往祖坟祭祀，萧淑兰托病不去。她带上梅香来到花园，想私下跟那先生见一见，说说话儿。

张世英出外会友回来，见自己书房门口立着一位小姐，忙问："您是谁家女子，为何来到这里？"萧淑兰忙含羞施礼："先生万福！妾身乃萧公让之妹，知先生文学之士，盼望与先生结识。"张世英惊讶道："这是什么话！萧公待我为上宾，我平素更严谨无瑕。您快转去，怕兄嫂回来看见不雅。"萧淑兰见他如此紧张，笑道："我又不是老虎，你何必遮遮掩掩，显出些外貌威严。"张世英："你女孩儿家，不遵父母之命，不从媒妁之言，不拘礼仪，擅自与外人交谈，成何体统！"萧淑兰哼了一声："你们这些秀才呀，断不了诗云子曰风酸，离不了之乎者也穷俭，免不了引经据典，改不了假意虚言；心虽在鸡鸣犬吠三家店，梦已到翔龙飞凤云楼边。"张世英结结巴巴地答道："幸亏是我，要是别人可怎么得了？这真不是耍的！你女孩儿家切莫弄险，俺读书人更是不敢！倘若被你兄嫂觉察，我岂不羞惭，还有何脸面相见？就是你兄嫂不知，也保不住奶妈、梅香露馅。到那时，如何隐瞒？你我何安？你还是快快走吧。"萧淑兰只得转身离开。梅香愤愤地说："姐姐，这秀才真会装蒜！"萧淑兰："秀才们都是如此，阴一面阳一面，难以志诚相见！"

张世英自遇见萧淑兰，不由心烦意乱。他无心上课，给学生放假三天，自己在书房闷坐。

萧淑兰未能遂意，更是恹恹病态。写下一首菩萨蛮词，请奶妈带给张世英。奶妈可怜淑兰自幼便失父母，孤苦至今，答应替她走一趟。

奶妈来到书房，见张世英正仰天叹息，便凑过去问："先生因何如此无聊？"张世英谎称读书累了。奶妈道："先生无书不读，难道还不晓得三纲五常之理？圣人言：男子三十而娶；又说不孝有三，无后为大。您这个年纪也该找一门亲事了。老身愿为月老，替你聘结良姻，您意下如何？"张世英婉转地说："嬷嬷所言甚是。但小生在此处教个私塾，怎敢有求亲之念？"奶妈道："咱们员外有一妹，小字淑兰，年方十九，未曾许聘。先生若有意，老身可去告知员外，招您为贵客。先生如此聪明，淑兰更兼温雅，你俩正可谓淑女配英才。"张世英："小生今在萧公门下教学，若萧公知我有此意，我还有何面目待下去！"奶妈心说："这秀才们果然自古眼睛馋，偏偏又生就小胆，首鼠两端。"她从怀中掏出萧淑兰书信递过去："这是小姐写的一首词，请你看一看。"张世英欣然接在手中，读道："君心情远迷蓬岛，妾身命薄连芳草。芳草正凄凄，君心知不知？妾身轻似叶，君意坚如铁。妾意为君多，君心弃妾何？不才淑兰谨奉文郎。再拜。"览罢，张世英不由红头涨脸："嬷嬷，你是萧公家老者，怎么拿了这样滥词来戏弄我？我关上门，告诉萧公去！"奶妈好生气恼："得了，得了，既然你不愿意，这件事就当没说。哼！早知你如此朝三暮四、性情古怪，我才不管这闲事！"

奶妈走后，张世英暗想："事已至此，萧公早晚知道。我若去主动说明，必得罪小姐；我若沉默等待，将来难以分辩；我只有不辞而别，去朋友家住几天，让萧公知道有事，派人接我回来最好。"于是，他提笔在墙上写诗一首："感公清盼寄余生，三载交游两月情。别去难言心中事，月明酒醒在西兴。"琴书衣衾都不动，单身离去。

萧公让不见了张世英，在书房发现墙上留诗，心中大费思索："他因何事难言，非躲去西兴不可呢？"

萧淑兰再遭拒绝，病情加重。嫂子来闺房探望，诚恳地问："妹子因何得病，快说与我知，我赶紧派人对症取药。你有何心事也不要隐讳，否则只怕日深一日，难以调治。"萧淑兰不敢明言，只推说感冒，歇几天就好。

嫂子走后，淑兰睡下，又梦见自己碰上张世英，正高高兴兴过去见礼，却被张世英冷冰冰推个大跟头。淑兰醒来叹道："张郎啊，你好不知音！白日里想你，害得我病弱身；睡梦里想你，仍将我冷侵。唉，真让我又爱又恨！"梅香进来，告诉她最新消息："那张秀才不曾作别就往西兴去了。你哥哥已写好书信，准备派人去请他回来。"淑兰听了，决心做最后的努力，她合着血泪，填下菩萨蛮词一阕："无情水满西兴渡，多情人往西兴去。西兴去路遥，教奴魂梦劳。今将心内苦，联作相思句。君若见情词，同谐连理枝。"她让梅香偷偷把此词塞进哥哥的信封里去。

萧淑兰嫂嫂一直观察着小姑行为，她发现梅香塞进信封里的诗词，不动声色拿去与丈夫商量。萧公让看罢诗词，言道："看来淑兰寄情张世英。张世英躲至西兴，她自己病情加重都由此而起。若以此事去训斥淑兰，必然张扬出去，不仅我妹惹人耻笑，也有辱家门清洁。仔细想来，不如找个媒人前去说合，招赘世英为婿。你意下如何？"大嫂连连称是："我意正是如此！事不宜迟，你赶紧请了媒人，择个吉日，多带礼物，前去求亲。一则外人好看，二则小姑宽心。"

张世英收了彩礼，由西兴回转萧山。

萧淑兰转愁为喜，梳妆打扮，披红挂锦在鼓乐声中与张世英成了婚礼。萧公让夫妇上前祝贺："世英今日男女匹配，实是人生大事。吾妹妆残貌陋，实是有辱足下。"张世英道："久赖仁兄厚庇，又得结姻令妹，小生感恩不浅，不知以何相报。"萧公让："世英不必过谦。"吩咐张灯结彩，再整筵宴。

张世英来到洞房，仍端着架子，道："这亲事并非是我乐就，只为令兄尊命，不敢有违，勉强而已。"萧淑兰本不愿与他一般见识，无奈他仍是喋喋不休："我张世英若非令兄相待甚厚，绝不敢玷污斯文，致有今日。"萧淑兰大为气恼，掀去盖头，冷笑一声，指着张世英道："你休要一劲儿地乱讲歪谈，若不是姻缘前判，我又怎能看上你这么个苦涩寒酸！"张世英此时才正眼看清萧淑兰容貌，真是楚楚动人。他喜不自禁，膝行过去，一面劝慰一面搂住妻子肩膀，二人成其欢好。

张世英携妻再赴筵宴，春风满面像换了个人。梅香撇嘴问他："嘿，你以往那许多道学身份如今都到哪里去了？"

❖ 无名氏 ❖

银台门诈传授禅文　锦云堂暗定连环记

　　董卓进京，被封为太师加九锡，可带剑上朝。他专权跋扈、生杀由己，文武百官都凛凛不敢正目而视，汉献帝对他也很是畏惧，却又无可奈何。

　　太尉杨彪，一直想找机会除掉董卓，可董卓身旁总有吕布保护，这吕布是董卓义子，英勇过人。杨彪难以下手，心想："司徒王允足智多谋，可以信赖。如今只有请他来另图良策了。"

　　王允来到太尉府邸，杨彪道："想楚汉争雄，创立江山，四百余载，流传至献帝，可谓艰难极矣！董卓专权，欺压群臣，小官今日请司徒来，就是奉圣上之命，商量出个办法来，擒拿那董卓老贼。"王允摆手警告："太尉，小声点儿！那董卓权重势大，耳目众多。我们在这里商议，万一泄露出去，岂不自取其祸！"果然，董卓听到密探"王允去了杨彪府"的报告，亲自闯来。杨彪、王允急忙躬身迎候。董卓问："你俩人见我到门，似有惊骇之色，莫非在密谋什么？"王允忙答："若说密谋，也只是谋个好日头。""谋个好日头做什么？请我吃酒？""非也，请太师您早登大位。"董卓一听，哈哈大笑："若为此事，你们尽管商量。如今这朝里朝外，唯我独尊，哪个敢对我说个不字，我叫他立刻生灾！"王允道："我夜观天象，见汉家气数已尽，太师功德巍巍，代汉而统天下，只是早晚的事了。"杨彪也说："我已吩咐在银台门内筑起一座云台，专为授禅之用。请太师略宽三五日，等选个吉日，众公卿便来奉迎您。"董卓说："好好好！此事就由你二人主持，到时自有重谢！大臣之中，有谁不服，你们速来报我。顺我者昌，逆我者亡！"

董卓走后，杨彪和王允是一重愁翻做两重愁，虽绞尽脑汁苦搜求，仍一筹莫展空束手，如同一个闷弓儿拽扎在心头。

董卓弄权，要谋汉家天下，上苍致怒，众神不喜，委托太白金星下界警点他。太白金星化作一个游方道士来到太师府前，大笑三声，说："董太师，你好大个野心！"又大哭三声，道："董太师，你死到临头了。"门卫进去报告董卓，董卓大怒，带领心腹李儒、李肃来到门前，喝令："你这疯魔，胆敢在我这里胡闹！众将官，快给我拿下！"众将齐上，却怎么也拿不住。只见道士抖手甩出一个物件，正打在董卓心口。董卓"哎哟"一声，再看道士没了，那物件却是一尺白布。布的两头儿各写一个"口"字，中间两行字是"千里草青青，卜曰十长生"。董卓不明其意，问李儒，李儒摇着头说："此意除非蔡邕学士能懂。"于是，董卓派李肃叫来蔡邕。蔡邕看罢，心中暗想："哼，这老贼必将死在吕布之手。"嘴上却说："太师，这'千里草青青'主着一个'董'字，'卜曰十长生'主着一个'卓'字。布的两头两个'口'字，上下叠起，正是'吕'字。布长一丈，便是十全。看来，天意乃是：吕布当保太师有十全之喜。"董卓闻听，眉飞色舞："蔡学士解得好！我若成了大事，左丞相的位子就是你的。"蔡邕："只怕太师忘了。"董卓："对对对，常言道贵人多忘事。你怕我忘了，可将此布拿去保存，到时，凭此布授高官。"

蔡邕拿着布出了太师府，悄悄来到王允家宅。王允看过布，言道："这其中暗含'董卓''吕布'四字。只是这布长一丈难解。"蔡邕："这有何难？一丈乃是足数。明明暗示董卓寿数已尽，必将死于吕布之手。"王允："学士此言不当，想那吕布是董卓养子，怎肯弑杀董卓？"蔡邕道："丁建阳也曾是吕布养父，对吕布赠马送甲、恩重如山，到头来，不也是被吕布杀了吗？"

蔡邕走后，王允煞费苦心，琢磨着促使董卓、吕布父子反目的计策，却一筹莫展。他踱到牡丹亭，命家僮取过琴来，边弹边吟："空怀丹心兮为国忧，安得奇计兮能解愁？日夜踌躇兮心欲碎，临风浩叹兮泪横流。"

貂蝉与梅香抬着供桌儿，来到后花园，对月焚香祷告："妾身貂蝉，本吕布之妻，怎奈战乱夫妻失散，至今下落不明。我如今焚香一炷，对天求祝，愿俺夫妻早日完聚。"梅香道："我早听人夸赞：人中吕布，女中貂蝉；原来竟是姐姐。我替姐姐再烧一炷香，求天保佑好夫妻早日成双，也拖带拖带俺梅香。"

王允正在亭中烦恼，听见貂蝉言语更加生气，走过来，沉着脸说："貂蝉，你好大胆！把你刚才的话再说一遍。"貂蝉跪下道："望老爷停嗔息怒，听孩儿慢慢叙说。您孩儿本是任昂之女，小字红昌，忻州木耳村人。汉灵帝挑选宫女，我被取入宫中，保管貂蝉冠。因此，都唤我做貂蝉。后来，汉灵帝将我赐予丁建阳，当时吕布是丁建阳养子，丁建阳便将我配与吕布为妻。时逢战乱，俺夫妻二人阵上失散。您孩儿幸得落在老爷府中，如亲女一般看待。此等重生再造之恩，不敢有忘！只是昨日我陪奶奶在看街楼上，见一队兵将过去，那赤兔马上正坐着吕布，因此才来这里焚香祷告。"王允听了，追问一句："所说都是实吗？""您孩儿决无谎言。"王允猛然计上心头。他对貂蝉施礼道："孩儿，我可以助你们夫妻团圆，只是您父亲也有一桩关国大事求你帮忙，不知肯依否？"貂蝉："莫说一件，便是十件孩儿也万死不辞！"王允把貂蝉请入密室，向她讲述董卓罪行，又向她讲述了自己的一套挑拨董卓、吕布关系，进而图谋董卓的计划。言道："这连环计的关键便在孩儿你身上。虽然你可能被那董贼一时玷污，却可以博一个救汉室万古流芳！"貂蝉深明大义，答应下来。

王允照计行事，命管家季旅前去太师府旁温侯私宅，请吕布来赴宴席。

吕布武艺超群，威震天下，被封为温侯之职；如今辅佐董卓，名为养子，备受恩宠。听说王允相请，欣然而至。王允殷勤招待，假意奉承："我看汉家气数已尽，太师必登高位，那时，还望温侯您多多提拔。"吕布满口答应："好说，好说。那时，左丞相少不了是你当。"王允一面连连称谢，一面频频敬酒。不多时，吕布就喝得八分醉了。王允此时传话叫来貂蝉，让她把酒、唱曲助兴。吕布醉迷怔怔，强睁双眼观看貂蝉，心说："她不是我妻吗？怎么到了这里？"但因王允在前，不敢贸然动问，只得继续喝酒。

终于大醉，吐了一地。王允说着："不要紧，我去找人来打扫。"躲出屋来。吕布吐完，头脑有些清醒，又见王允不在，立刻搂住貂蝉，问："妻呀，你怎么却在这里？"貂蝉也搂住吕布，道："我自离散，多亏司徒大人相救。郎君啊，真是想死我了！"吕布也激动得眼冒泪花。正此时，王允回来，怒骂道："你两个贼男女干的好事！我好意地置酒张筵，你俩却卖俏行奸；简直是色胆包天，简直是把俺视如芥蒂！"貂蝉连忙拉着吕布跪倒。吕布诉说了自己跟貂蝉的关系，恳求道："只望大人可怜，成全俺夫妻团圆。大人的大恩大德，我会至死不忘！"貂蝉也说："确实如此，只望父亲恕罪。"王允让他俩起来，命貂蝉暂回房中歇息。对吕布言道："温侯不说，老夫怎能知道。我寻也寻不着这门亲事呢！我这就选定吉日良辰，倒赔三千贯嫁奁，把貂蝉送过府去。"吕布："如此说来，貂蝉的父亲便是吕布的父亲。岳父大人在上，受女婿一拜。"王允又说："还有一件，只怕此事被太师知道，会怪罪老夫。"吕布："不碍事，不碍事！义父知道后，会更欢喜的。"王允："既然如此，我明日就再安排一个筵席，请太师过来，细细商量一下。"吕布："那样更好。小婿酒够了，告回，告回！"

王允又派季旅到太师府去请董卓赴宴。季旅特意说明："此酒不为他设，只为请太师去商量大事。"董卓自然想到是否是禅让之事，因此，很快到来。王允候在门口，轿车一到，立刻撩衣跪倒。董卓下轿搀扶："王司徒，你也是朝中数一数二的大官儿，怎可当街跪着，外人看着不雅。"王允："有何不雅？三五日后，太师登上九五之位，那时，君臣各分，天地隔绝，哪能再有今日邀宴之欢！"董卓爱听，心中高兴，边往里走边说："那时，左丞相一定是你做。"

董卓肥胖，喝了几杯，便觉天气暄热、身上困倦，退至前庭打盹。王允命貂蝉打扮整齐，去前庭给董卓扇凉。董卓一见貂蝉便被迷住："如此美貌，人间少有。好女子啊！好女子啊！"他连连招呼："你近着我些。你近着我些。"又一把攥住貂蝉纤纤细手。貂蝉羞答答挣扎着，扔下扇子跑开了。董卓哪肯罢休，起身追了出来。迎面遇上王允，问："司徒，刚才打扇的是谁家女子？"王允："是我女儿，尚未婚配。"董卓："如此正好！我三五日就要登基，只还少这么一位好夫人。王允，你若肯把她给了我，岂不两全其美！"王允忙说："小臣已将身心投靠太师，难道还舍不得一女子吗？只要太师看上眼，情愿送给太师做妾。"董卓："怎么说是做妾，是做夫人！"又随手解下腰间玉带，递给王允："就以此物作为聘礼。以后我当了皇帝，你就是国老皇丈。我是你的女婿，女婿就是儿子，你就是我的爹。爹爹请坐，受你儿子两拜。"王允忙不迭地答拜。董卓又道："既蒙岳丈许诺，您女儿就是我的人了。何不让她出来相陪饮酒？"王允："太师吩咐，敢不从命？季旅，传语后堂，快唤貂蝉小姐到这里来。"貂蝉娉娉婷婷走来，王允对她说："快好好陪太师饮几杯酒。"董卓色迷迷地盯着貂蝉："好女子！好女子！越看越生得好！"貂蝉把酒斟满，递上去。董卓接过来："啊，夫人倒的，休说是酒，便是尿我也喝！一会儿给我换个大盅子，要是没大盅子，拿个洗脚盆也行。"饮过几杯，董卓问："岳丈，刚才我听您唤她刁馋小姐。可我看她舌也不刁，嘴也不馋，大大方方的。"王允笑道："不是刁馋，是貂蝉冠的貂蝉。"董卓："这貂蝉冠是王侯所戴之物。如此说来，她明明该做我家夫人。岳丈，我今日酒够了，告退。你明日务必送貂蝉过门，我设宴在太师府专等。"说着，趔趔趄趄站起来往外走，边走边叮嘱："记着，明日傍晚！可别让我等得着急！"

第二天，王允轿车拉着貂蝉、陪嫁吹吹打打送到太师府来。董卓早派李儒在门外迎候，忙把这送亲队伍让了进去。董卓大喜道："岳丈快到大厅里坐！我说你是个好人嘛，不会失信的。我那夫人在哪里？快把她迎进后堂！"王允在大厅略坐，便起身告辞。董卓也不挽留："我今夜还要与貂蝉有些活儿干，容改日再做筵席吧。"

王允出了太师府门，吕布怒气冲冲迎上来，喝道："王允，我在这里等你多时了！你既已知道貂蝉原是我妻，又答应吉日送至我府，为何今天却送进太师府里去了？"王允也不示弱："哼，我怎知道你那义父原来是这样的人！昨日我请太师饮酒，向他提及你那桩亲事。太师让貂蝉出来，说要看看。我不该将貂蝉唤出来呀！你那义父见了貂蝉，顿起禽兽之心。今天就派了轿车，拉了貂蝉进府，拥入自己房中去了。温侯呀，枉你是个大丈夫，竟与妻子做不得主！哪里有做公公的强纳儿媳妇为妾的道理？呸！真是羞死我了！"吕布听了，目瞪口呆，半天才说："啊？原来是这样！您先回去，等我见了貂蝉，问明缘故，绝不饶那老贼！"王允道："对，对，对！你快去找貂蝉问端详。我劝你呀，做个男儿当自强！"

董卓好生快活，为助春兴，与貂蝉一递一杯地畅饮，不觉喝得烂醉。貂蝉趁机蹑手蹑脚走出洞房。吕布正在外面急得如热锅上的蚂蚁，见貂蝉出来，忙迎上去。貂蝉扑到吕布怀里，哭泣道："唉，纵然掬尽两江水，难洗今朝脸上羞！我的车儿刚到你私宅门口，便被太师派人拥进府来。哪有公公纳儿媳的道理！吕布，你也是个男子汉，顶天立地、噙齿戴发，却给自己老婆做不了主，要你何用？呸！你不羞吗？"吕布咬牙切齿道："你且跟我从后花园角门回我那私宅去。我绝不与老贼善罢甘休！"

董卓酒醒，不见了貂蝉，四处寻找。见后花园角门开着，迈步过去。又见貂蝉正伏在山石边啼哭，惊问："夫人，你怎么到这吕布宅里来了？莫不是那小畜生调戏你吗？好个吕布，我不杀你，誓不姓董！"吕布正躲在影壁后面，闻听此言，闪身出来，挥拳便打，将董卓打得杀猪般叫嚷。李肃听见，率领兵将赶了过来。吕布见势不妙，急忙逃走。貂蝉把董卓从地上扶起来，安慰道："幸亏太师早来，不曾被那小子玷污。太师，我扶你回后堂去。"董卓抹着脸上的血，命令李肃："你快领人去捉拿吕布，将这畜生碎尸万段！"

吕布跨马逃往王允府宅，叫开门，气咻咻道："岳丈，董卓老贼不仁，已被我打个半死，特来向您说知。像他这样的奸臣贼子，留着何用？我是一不做二不休，定要除去此贼！请您帮我想个计策，使我吕布得报此仇。"王允劝他："且莫发恼，慢慢商议。"正这时，李肃领人马追来，敲门喊道："王司徒，快开门！我奉太师之命捉拿吕布！"吕布忙问："怎么办？"王允说："不妨事，你先躲在壁衣后面，待我开门应付。"李肃进到院中，嚷道："吕布调戏太师夫人，又把太师打倒在地，其罪不轻！我见他跑进你这宅子里来，你快把他献出，否则，连你也饶不过！"王允解释说："将军呀，你有所不知，那貂蝉原是吕布之妻，却被董卓看中，强要纳为己妾。这事要搁在你的身上，你能够忍得了吗？想你祖公公李通，本是云台二十八宿之一，诛王莽，扶后汉，立下奇功。你本是忠臣之后，却为何认贼作父，助纣为虐？你不觉得有辱祖宗、不觉得可耻吗？"一番话，说得李肃低下了头，轻声道："老司徒，你不说我哪儿知道，原来是董卓老贼干的丑事！这事要放在我身上，我早一剑捅死了他，亏那吕布还能忍住！吕布在哪里？让他出来，我愿助他一臂之力，同杀老贼！"王允叫出吕布，对二人说："既然你们有心杀贼，我带你们同去拜见太尉杨彪，计议之后，再请圣上降旨。"

太尉杨虎又请来蔡邕，五个人计议停当。

第二天一早，蔡邕依计来到太师府，跪拜道："今天是黄道吉日，满朝公卿都已聚集云台，敦请太师入朝受禅呢！"董卓一听，哈哈大笑："好，好好！我早等着这一天呢。快把我那朝服拿过来。"李儒劝阻说："你这朝服已被虫鼠咬坏了，看来此行不利。太师还是不要去吧！"蔡邕却说："旧服损坏正是鼎新革故、旧衣换龙袍之兆。"董卓略略思索，道："学士说得是！李儒说得不是！来人，开了中门，驾车往云台去。"李儒见劝说不听，竟一头撞死在车轮上。董卓叹息一声："嗨！这李儒孩儿好没福气！我今日要当皇帝，他没福消受了！"

董卓一行来到云台。蔡邕假意说："我先进去，报告大小百官，列队出来迎接太师。"董卓应允。可是，半天不见蔡邕身影，董卓感觉不妙，拨转车头要走，只见杨彪、王允、蔡邕拦住去路。王允喝道："贼臣董卓，你还不下车服罪！"董卓："我有何罪？"杨彪命蔡邕高擎诏书宣读："董卓拥兵入朝，窥弄威柄；天极其恶，罪不容诛！可着焚尸通衢，以警中外！"董卓一听，撒腿就跑。吕布、李肃左右拦住。董卓喊道："儿子们，儿子们，快去擒拿王允这班逆党！为父定有重赏！"吕布、李肃也不搭话，一个使戟，一个使枪，朝董卓身上刺来。董卓倒地前还嚷："好你们两个孝顺儿子！好你们两个孝顺儿子！"

❖ 张国宝 ❖

莽汤哥岭钉远乡牌　**罗李郎**大闹相国寺

苏文顺和孟仓士是八拜为交的弟兄，二人妻子都已亡过，一个撇下女孩儿定奴，一个撇下男孩儿汤哥。这弟兄二人，学成满腹文章，打算进京赶考，无奈缺少盘缠，便带着各自儿女来找罗李郎，请求帮忙。这罗李郎姓李名玉，年幼时织造罗缎为生，又在陈州罗家入赘，因此人们都称他罗李郎。罗李郎的老婆也早去世，没留下儿女，身边只有一个仆人侯兴服侍。

苏文顺、孟仓士向罗李郎说明来意。罗李郎爽快答应："侯兴，快去取两锭银子送给这二位兄弟做盘缠。你们的儿女就留在我这里，我定会亲儿女般看顾。你二人放心求官登长途，但愿得早上云霄路。"

苏文顺、孟仓士一去二十年没有消息。罗李郎看顾汤哥、定奴长大成人，并为他俩成婚，又生下个儿子名叫受春。按说这新的家庭应当不错，可惜这汤哥不学好，每天在外面饮酒胡为，结交一些不三不四的朋友。

这天，罗李郎正在屋中闲坐，又有人找上门来，闹着讨酒钱。罗李郎问："汤哥欠你们多少？""欠我们一千瓶酒钱，每瓶两贯，就是两千贯！"罗李郎只得让侯兴取了两千贯钱还他们。刚把这些人打发走，又来了一伙儿，闹着讨乐歌钱，说是汤哥每次吃酒，都让小娘作陪弹唱，欠下二千贯钱未付。罗李郎只得硬着头皮，拿了二千贯给人家。这伙人刚走，又有人在门口哭闹："你家汤哥打下我两颗门牙，要是不给我治好，我就死在你家门口儿！"罗李郎只得拿了一锭银子，塞在那人怀里，嘴里说着好话："哥哥你先回去，等汤哥那贼禽兽回来，我一定狠狠教训他！"那人走后，罗李郎怒道："侯兴，你别管哪里，快去把那畜生给我找回家来！"

汤哥喝醉了酒，深一脚浅一脚往家走，嘴里哼着小曲："零落了梧桐叶，小娘你多喝些。"侯兴看见，急忙上前扶住："小哥你醉了。老爹让我来找你，我扶你回去。""谁说我醉了？我看你是找打！"把侯兴踢到一边儿，汤哥趔趔趄趄进了门就往床上一躺。罗李郎提着棍子过来要打，却被定奴拦住："父亲，看我面上，就饶了他吧！"谁想汤哥在床上听见，打着滚儿嚷："打吧，打吧，打几下儿倒好！明日众兄弟知道我挨了打，定然布置酒席替我镇痛，我则又是一醉！"气得罗李郎不知如何是好，只说："以后不许你再喝酒！""不让我喝酒也行，必须放我三天假。""放三天假做什么？""头天我要杀它五只羊，请众兄弟们来吃它一醉，唤做辞酒；第二天再杀它五口猪，叫做别酒；第三天再宰它五头牛，称为断酒。"罗李郎越听越气，扔下棍子，走出屋来，叹道："唉！没来由把你收留，害得我当马做牛。常言说儿要自养谷要自种，这都是我养别人儿女的下场头！"

汤哥在床上听见父亲这些言语，心中疑惑："难道我不是他的亲儿？我得打听清楚。"他叫过侯兴来问："你小子在我家多年，事情知道得详细。我问你，刚才老头子说什么'儿要自养、谷要自种'是什么意思？"侯兴吞吞吐吐，本不敢讲明，无奈被汤哥揪住："你不老老实实说出实情，就打死你！"只得小声言道："你不是他的亲儿，你那生身父亲在京城做大官呢！你不如赶紧去京城找你父亲，省得在他这里不自在！"汤哥听了，恍然大悟："原来如此。我今日就走！"

侯兴看着汤哥走远，转身大惊小怪地去找罗李郎汇报："老爹，祸事了，祸事了！不知哪个坏小子告诉了小哥，说他不是您亲儿子。他便气愤愤地独自离家往京城找他父亲去了！"罗李郎一听便急了，命令侯兴立刻备匹快马，多带些钱物，无论如何，务必把汤哥找回来！

汤哥平日连城门都没出过，这次贸然离家，没走上四五里便有些后悔。正犹豫间，侯兴追了上来。他急忙喊："侯兴哥哥，是不是老爹让你来叫我回去？我回去！我回去！"侯兴却说："你若回去便是个死！老爹赖你拐了家中钱财私逃，已在官府中告下状来，现在捉拿你呢！"汤哥愁苦道："可我往京师去，没有盘缠，这怎么办？"侯兴说："我正是想到这点，给你带来春衣一套、银子两锭以及上京城的路线图。你快拿上走吧！"汤哥接过东西，千恩万谢地告辞了侯兴。侯兴心中暗自高兴："哼！你小子再往前走，必定要使那两锭银子！那银子是假的，一拿出来必定被人捉住！这也是个死罪。我回去再说些坏话，把罗李郎个老头子气死，那时，家中田产财物都成了我的，那定奴儿可不就成了我的老婆！哈哈！"

汤哥拿着两锭假银子到银匠铺换钱钞，被人捉住，送往官府。

定奴儿带着儿子受春来堂上向罗李郎索要汤哥。罗李郎一面安慰："我已派侯兴快马去找。"一面悔恨地说："唉！常言说'口是心苗'，只要汤哥回来，我保证再不多言乱道，这铜斗般家私任凭他糟践！"

侯兴哭着回来，谎言道："我好不容易追上小哥，他却死也不肯回来。我见他好几天没吃东西，便买了五贯钱的油饼儿，小哥一顿吃完，胀死了！"罗李郎一听，"哎哟"一声，晕死过去。定奴儿、侯兴等人七手八脚把老头子救醒。罗李郎醒后，老泪纵横，吩咐赶快设置灵堂，安排香案。侯兴在一旁装神弄鬼，倒在地上四肢抽搐，似乎汤哥儿附体。又用汤哥儿的嗓音说："老爹，我不幸死了。如今有三件事嘱咐你，你不要违误。第一，侯兴服侍多年，快写给他一纸从良文书；第二，将家中财产，分给侯兴一半儿；第三，把定奴儿给侯兴做老婆。"罗李郎听后，立刻写好合同、文书递给侯兴，言道："前两件事，就依着我儿嘱咐，照办不误。这第三件事，还须与定奴儿商量。"侯兴嘴上推辞"不必，不必"，手上早把合同文书夺过去。罗李郎感觉身体不适，让定奴儿快去做些汤喝。谁知定奴儿刚把粥端上来，侯兴便一巴掌把碗打翻，将罗李郎推倒在地，骂道："你这老不正经！她如今是我的媳妇，你捻她的手做什么！"然后，收拾些家私钱物，扯着定奴儿走了。罗李郎从地上爬起来，心中疑惑："莫非侯兴这奴才骗我？莫非我那汤哥孩儿没死？我说什么也要亲自去出门寻找寻找，弄个水落石出！"他锁上大门，拄着拐杖上了路。

苏文顺、孟仓士进京赶考，都得了官，一个任尚书左丞，一个任礼部侍郎。因为公务繁忙，俩人都没机会回乡探望；又因认为罗李郎是八拜交的哥哥，对待自己儿女必然胜似亲生骨肉；所以，尽管过去二十年光景，也没主动写封家信问讯。

这天，苏文顺奉圣上之命，监工修建相国寺；他忙完工作，感觉身体疲乏，吩咐张千到街上挑选个年轻奴婢，来身边侍候。

汤哥犯下大罪，圣恩免死，罚在相国寺做苦役。

罗李郎一路寻找汤哥，来到京城。这天，见相国寺中众多夫役磨砖和泥，十分可怜，心想："哪里不是积福处，我就花些碎银，买些馒头，施舍他们一顿不好吗？"他找到工头儿，说明此意。工头儿让苦役们排好队逐个儿去领。可巧轮到汤哥，馒头发完。汤哥叹息一声："嗨！你看我这命！"罗李郎歉意道："哥哥休怪，老汉明日再来。"汤哥盯着罗李郎，贸然叫一声："您莫不是罗李郎父亲？"罗李郎瞪大双眼："你再叫一声！我就是陈州人氏罗李郎！"汤哥又叫了一声。罗李郎一把将他搂住："我的儿，你不是鬼吧？你为何披枷带锁地在这里受苦？"汤哥把遭遇述说一遍。罗李郎咬牙切齿道："这都是侯兴狗奴才捣的鬼！我好歹要救你！好歹要找侯兴算账！我舍得金钟撞破盆、好鞋去踏臭狗屎，我拼着去掘皇城、挝怨鼓、呈状纸，怕什么金瓜武士，定要打赢这官司！"

苏文顺命张千买回个小奴才，谁知刚过了一两日，这小奴才竟把个银痰盂儿弄丢了。苏文顺怀疑是这小奴才把银痰盂私下拿去卖了，命张千把他吊起来拷问。

由于罗李郎花了许多钱，将汤哥升为工头儿，使汤哥恢复自由。这天，汤哥正在街上闲逛，正遇上苏文顺吊打小奴才之事。小奴才一见汤哥便哭喊着："爹爹快来救我！"汤哥仔细一看："这不是我儿受春吗？你怎么在这里？"受春忙说："是侯兴把我拐来，卖给这家官府。"苏文顺听见他父子二人说话，言道："这就是了，定是这小奴才偷了东西让他父亲去卖。"他让张千把汤哥也吊起来打。汤哥叹息道："嗨！这正是官高必险、人微难言呀！"正这时，罗李郎拄着拐杖寻了来。受春眼尖，高声叫嚷："罗李郎爷爷，快来救救我们！"罗李郎抬头一看，顿时惊了七魄唬了三魂，撕扯着张千问："你快说个原因，为什么惹下祸根？你凭什么这般狠，吊打我的小儿孙！"张千带他去见苏文顺。苏文顺疑惑道："那老头儿，你哪里人氏？"罗李郎："我家住在陈州郡。听你口言，似乎也是同乡人。你当官儿的可不能欺负咱愚民！"苏文顺："你莫非是罗李郎哥哥？"罗李郎仔细辨认一番，叫道："你好安乐呀，苏文顺！快去放下那两个吊着的人！"

　　孟仓士来找苏文顺，商议明日代圣上相国寺降香之事。正好与罗李郎相见。罗李郎让汤哥、受春快跪下给亲爹亲爷、丈人外公磕头。忽听外面吵闹，张千进来报告："拿住一个偷马贼，连银痰盂儿也追回来了。"苏文顺命令把罪犯带上来，一看正是侯兴。定奴儿也找到了，与父亲、公公、丈夫、孩子相认。看人家亲人抱头痛哭，罗李郎抹着眼泪，转身要走："唉！人家亲的就是亲，我何苦在这里多嘴劝说费时辰！"苏文顺等人把他拦住："我们虽是生身父，也多亏您二十年来养育恩！您一定要留在府中，让汤哥继续奉养家尊！"又命令张千："快把侯兴押赴有司，重重问罪！"

❖ **无名氏** ❖

穷秀才卖嫡亲儿男　**看钱奴**买冤家债主

　　汴梁曹州人周荣祖，其祖父敬重佛门，用自己的钱盖起一座寺院，每日诵经行善，祈保平安；可他父亲偏不信佛，将寺院毁废，建造许多宅舍，结果一病身亡；到了周荣祖这代，家业急遽衰落，他又是个秀才，只会坐吃山空；后来，索性把沉重祖财埋在后墙下，把房廊屋舍统统锁了，自己带着妻子张氏和儿子长寿进京赶考去了。

　　曹州曹南人贾仁，幼年父母双亡。"又无房舍又无田，每日城南破窑眠；都是安眉带眼汉，为何偏偏我没钱？"他心怀不忿，常常到东岳庙中埋天怨地，怪罪神灵不公。这天，他又来发泄一通牢骚，觉得身体困倦，在庙檐下睡着。东岳圣帝命鬼力将他魂灵摄过去，问："你在吾庙中埋天怨地、愤恨神灵是何缘故？"贾仁跪倒诉说："小人怎敢埋怨天地！只是觉得我贾仁也是一世为人，为何偏偏落个衣不遮体，食不充口。上圣但给我些小富贵，我也会去斋僧布施，盖寺建塔，也舍得惜孤念寡、敬老怜贫！"东岳圣帝道："此事该由增福神管。鬼力，去把增福臣请来。"

　　增福神来到，问明情由，回禀圣帝："上圣休听贾仁胡说，此人平日不敬天地、不孝敬父母、扭曲作直、抛撒五谷，正该受冻挨饿而死。上圣管他做什么！"贾仁却死乞白赖："我怎么不敬天地、不孝父母了？我爹娘死后，我这泪珠儿至今未干。我怎么扭曲作直、抛撒五谷了？我现在是身无分文，若让我有了钱，我也会敬邻里、识尊卑、行善事、不亏心。你们不信就试试。"东岳圣帝道："天不生无禄之人，地不长无名之草。贾仁，你亏心折尽平生福，行短应受一世贫。然而，上帝有好生之德，增福神，就请你再借他些福力吧。"增福神查看福禄簿后，对贾仁说："曹州周荣家，其爷累积阴功，只因其父一念之差，合该承受折罚。我今就将这家的福力暂借与你二十年。二十年后，你须完全交还本主。"贾仁："刚二十年，三十年不好吗？"增福神："你这小子，太不知足！""好吧，二十年就二十年。谢上圣济拔之恩，我这就做财主去了。"东岳圣帝一挥手，贾仁从梦中醒来。他看看身上的破衣裳，叹口气道："唉，还得帮人家挑土筑墙、和泥脱坯、打工受累去！"

　　周荣祖进京赶考，却命运未通、功名不遂，只得携带家属返回故乡。谁知埋在后墙下的祖财也不见了，周荣祖从此一贫如洗。他带上妻子、儿子去往洛阳，打算投亲靠友、图个救济。却又十谒朱门九不开，只得又往家返。此时正是暮冬天道，下着连日大雪。这一家三口儿在风雪中艰难走着。肚里饥失魂丧魄，身上冷无颜落色；孩子哭"我快死了"，父母怜急忙把孩儿小手握。三人缩在一家酒店门边暂歇。店小二忽起善心，叫周荣祖进屋，白送一杯酒喝。妻子见了，问周荣祖："能否再去讨一杯？我现在实在挨不住了！"周荣祖只得羞答答地进屋乞求："哥哥，我那媳妇也冷不过，想再讨半盅。可好？"店小二又给了周荣祖一杯。长寿看着爹妈嘴动，叫起来："我也要喝一盅！我也要喝一盅！"周荣祖只得又进去乞求。店小二道："看你们如此贫穷，不如把儿子卖给人家。我们这里有个陈先生正有买意。"周荣祖与张氏商议："就是把孩子给人，也比冻死饿死强。只要那家人好，就给了去吧。"于是，店小二领这一家三口儿来到陈先生家。陈先生名叫陈德甫，他看过长寿，很是喜爱，对周荣祖说："这位君子，不是我要孩子，实是我那东家想买。我那东家贾老员外，虽有泼天财产却无寸男尺女。我在他家帮忙管账时，他多次嘱咐我替他物色个好的，我看您这孩子一脸福相，你们可跟我来。"

　　贾员外即是贾仁。常言道人有七贫八富，贾仁自做梦后，继续帮人筑墙，却从地下刨出一石箱金银来。他偷偷搬运回家，盖起房廊屋舍，开起磨房粉房，做起水陆生意；于是，这钱便像潮水似的涨起来。如今唯有一事，令他愁闷不已，这就是娶妻多年却无半点子嗣。自己这鸦飞不过的田产，将由谁来承继？

　　陈德甫领着周荣祖三口儿来到贾仁家门，先进去通报："员外，可喜有个好男孩儿。"贾仁问："在哪里？""在门外。""父亲是什么人？""是个穷秀才。""呸！我就听不得这个穷字，看不得那些穷人。你让他们院子中站着，只领孩子进来，省得饿虱子满屋飞。"陈德甫出来对周荣祖说了："人家有钱人就是这个性儿，你就依着他吧。"贾仁看过长寿，让陈德甫执笔，写一份合同文书。文书中规定，双方都不许反悔，若有反悔，罚钞千贯。可是却不写明买方应付正价多少。陈德甫问时，贾仁只说："这个你别管！我是财主，指甲里弹出来的就够那穷秀才吃的。"可是，到付恩养钱时，却只给周荣祖一贯钱。周荣祖自然不同意，贾仁却声称："你若反悔，就立刻给我一千贯！"连保人陈德甫都看着不公，自己掏出两个月的佣金，凑足四贯钱给了周荣祖夫妇。长寿哭哭啼啼，不肯离开爹娘。贾仁竟放出恶狗，把周荣祖夫妇咬走。

　　贾仁患病在床，长寿想替他到东岳泰安神州烧香还愿，多花些钱买些祭品求圣帝保佑。贾仁却说："花五文钱买块豆腐就够了。"长寿想请个画匠来给贾仁画幅肖像，以便去世后，子孙供奉。贾仁却说："那画匠来时，只让他画我背身儿，莫让他画我前面，这样，便可省下开光钱。"长寿道："您若有个好歹，孩儿定要买口好杉木棺材发送。"贾仁却说："不可不可！后门头有个喂马槽闲置着，用它当棺材尽好了。""那槽太短，您这么大个身子怎能装下？""嗨，这也容易！借把斧子来，把我这身子拦腰剁做两段，折叠着不就装下了！""咱家就有斧子，何必向人家借？""你哪里知道！我的骨头硬，若使咱们家斧子，剁卷了刃儿又得花钱去磨。"

　　周荣祖夫妇要着饭，来到东岳庙烧香祷告。长寿也来到东岳庙替贾仁烧香还愿。周荣祖夫妇跪下默默祝颂："东岳爷爷，愿俺那长寿儿无病无痛。愿俺与长寿儿能得相见。"旁边的长寿儿"阿嚏，阿嚏"连连打起喷嚏。长寿儿跪下默默祝颂："东岳爷爷，可怜俺父亲有病受苦，但得神明保佑，指日平安，俺长寿愿天天烧香三年。"旁边的周荣祖夫妇也"阿嚏，阿嚏"连连打起喷嚏。

周荣祖夫妇从东岳下来，又一步步流浪到曹州曹南一带，希图死前能见上长寿儿一面。二人来到当初那个酒店门口，李幼奴心中一阵疼痛，歪倒在地。店小二看见，急忙指示："对门有个药铺，有治急心痛的药，你们快去那边讨一服。"周荣祖扶着李幼奴走到药铺，药铺主人一见，立刻拿了一服药让李幼奴服下，登时见好。周荣祖千恩万谢，问："如此好药，该多少钱？"药铺主人道："老人家，这药就施舍给你们，不要钱，只要替我传名就行了，我的名字叫陈德甫。""陈德甫、陈德甫，这名字好熟呀？"李幼奴说："老的，咱卖孩儿时做保人的，不是叫陈德甫吗？"周荣祖想起来；"对，对！陈德甫先生，你也这么老了！你是几时开起药铺来的？"陈德甫也认出周荣祖："你莫不是卖儿子的周秀才吗？我自你们走后，就辞了贾家，开起这药铺来。秀才，告诉你一个好消息，那贾财主已死，你那儿子长寿掌把着万贯家财，人称小员外。他可比那老的强多了，家私越增添了。"正说着，长寿特地来探望陈德甫叔叔。陈德甫对他说："小员外，你大喜了！""喜从何来？""你记得不？二十年前，你父亲周秀才将你卖给贾员外，是我做的保人。如今你那一双父母寻你来了。你还不跪下拜认！"长寿却说："陈叔叔，我已被卖进贾家多年，亲生父母的模样都记得不清了。况且，我继承了贾家的万贯财产，怎好忽然却改姓周呢？我想，还是多给他们些银两，让二老自去安度晚年吧。"说着，派人回宅扛来一石箱金银。周荣祖看着那石箱便眼熟，再拿起箱中的银锭，每块下面都凿着"周奉记"字样，不禁惊讶："这些金银原来就是我周家的！怎么到了贾家？"陈德甫问："有何为证？""这周奉记是俺太爷的名字，这石箱是我埋在后墙根儿的。定是被那贾仁发现后盗了来！"

此时，东岳圣帝显灵，众人一齐跪倒。圣帝言道："周荣祖受尽贫寒卖儿男，皆因其父一念；贾仁悭吝苛刻枉看钱，皆因其行不善；二十年后尽清还，长寿，你还不返祖归宗做个孝顺汉！”随声逝去。长寿急忙跪倒拜认了父母。周荣祖将箱中银锭拿一个给了店小二，取二个送予陈德甫，剩下的全都散发给孤苦无依的穷人。

❖ 李致远 ❖

李山儿生死报恩人　都孔目风雨还牢末

呼保义宋江交游甚广，他当上梁山泊总头领后，想起东平府刘唐、史进两位朋友都是好武艺，何不派人去招这二人上山呢？于是，写了一封信，交给李逵，让李逵小心在意，早去早来。

这李逵化名李得，来到东平府。还没见到刘唐、史进，就因管闲事、打死人而被官军拿住。多亏把笔六案都孔目李荣祖在府尹面前竭力回护，说李得是路见不平误伤人命，这才免了死罪，被发配沙门岛。

刘唐、史进都在东平府衙门当着五衙都首领。这刘唐因误了一个月假限，被府尹判罚杖脊四十，而那李荣祖瞪眼看着不肯说句好话。刘唐心中暗恨："好你个李孔目，咱俩轴头厮抹——走着瞧。有朝一日你出了差错，看我怎么治你！"

李荣祖有妻子赵氏和僧住、赛娘一儿一女，新近又娶了从良妓女萧娥做妾。这天，他从府衙回来，设席为妻子赵氏过生日。忽听门外有人喊："孔目哥哥在家吗？"原来是李得登门拜谢救命之恩来了。李孔目把李得让进屋里，道："咱俩都姓李，正好一般树上两般花，五百年前是一家。我看你是个义士，有心认你做个兄弟，你意下如何？"李得："哥哥，您兄弟情愿随驴牵马。不过，实对您说，我不叫李得，我是梁山泊宋江手下第十三名头领李逵。"萧娥在一旁听了，心中暗叫："好哇，原来你个李孔目还结交梁山强盗！"李孔目听完李逵之言，不免有些悔意，向赵氏要过金钗一支，送给李逵："兄弟，我没什么相送，就将这金钗给你做路费，快些上路吧。"李逵从怀中掏出一个布包，递上去："这是一对匾金环，小弟正要送给哥哥为谢礼。"李孔目哪里肯受，硬塞还李逵，让他自己留做盘费。李逵却故意将匾金环丢在门口，被僧住拾得，交给父亲。李孔目令儿子快去追还。萧娥阻止道："孔目，你好没正经，让个小孩子家拿着金环子满街找人是什么事？"李孔目一想也对，便把匾金环交给萧娥："既是这样，二嫂，你先收着，等那人再来时，交还给他。"

这萧娥虽嫁了李孔目，私下却仍与衙门中赵令史勾搭往来。这天，她叫来赵令史，告诉他："李孔目结交梁山贼人李逵，并接受其礼物，赃证俱在。咱俩该商议个办法。"赵令史道："你明日一早就去衙门首告，我自替你分说。等把李孔目整治死，我俩便是永久夫妻。"

第二天，萧娥果然到衙门告状。府尹接过匾金环子验看，足有四五两重，确非寻常人所戴。赵令史在旁边说："李孔目身为执法官吏，怎么勾结强贼？此罪不轻！应立刻勾来推问。"刘唐听了，觉得有了报仇机会，自告奋勇去李孔目家擒拿。

李孔目正请假在家，熬药喂药伺候病妻，刘唐大呼小叫闯进来。李孔目不知变故，仍要斥责；刘唐早抖开绳索，套住他脖子："萧娥已在堂上告下你来，看你如何抵赖！"妻子赵氏听了，叹道："果应我言，被那妓女断送了！"言罢，晕死过去。

李孔目被打入死囚牢。史进一心照顾他，放僧住、赛娘进牢看望。刘唐一心要报仇，命李孔目唱小曲解闷儿，不唱就打三十杀威棒。李孔目只得开言唱道："我不该痴心娶妓女，没来由惹下风霭。送的我身缠铁锁、项带沉枷死难逃，送的我一家人四分五裂，有冤难申有苦难叫！"

再次过堂回来，萧娥叫住刘唐："反正那李孔目早晚是个死。不如你将他盆吊死了倒省事。"刘唐："是呀，他如今是要活的难，要死的可容易。"萧娥："我如今就要死的。先给你两锭银子，事成之后，还有重谢。"

刘唐喝醉了酒，回牢把李孔目勒死，将尸首背出来丢在死人坑里。

天下着大雨，把李孔目又浇得苏醒过来。他跟跟跄跄走回家中。萧娥一见，先是大惊，继而镇定下来。假称："孔目，你大概饿了，我去备些茶饭给你吃。"她一溜烟儿跑到牢中，叫出刘唐："我央告你吊死李孔目，可怎么又活了？"刘唐半信半疑，跟她来到家中，果然看见李孔目正跪在亡妻床前哭泣。刘唐惊讶地说："嘿，真是个打不死的贼，果然又活了！莫非你不该死？不过，你可是个死罪重犯，不死也不能放你在外面，你快跟我回牢去！"李孔目又被刘唐拖回大牢。

李逵从沙门岛逃回梁山。宋江见他没完成任务，改派阮小五下山招安史进、刘唐。

阮小五在去往监牢的路上等候史进，听人说"那就是史进"，忙在后面跟着。到没人处，阮小五问："敢问尊兄贵姓。""在下史进。""既是史大哥，俺宋头领让我送一封信给你，请你上山。"史进正看信，被刘唐撞见，嚷道："好哇，你原来也结交梁山好汉！"史进有些慌乱。阮小五问："这位是谁。""他是刘唐。""哦，既是刘大哥，宋头领也有一封书信给您。"说着，阮小五把信递过去。史进扯住刘唐："好哇，你原来也结交梁山好汉！"刘唐道："罢罢罢，有宋江哥哥相招，咱俩就一同到牢中救了李孔目，同上梁山聚义去吧！"二人从监牢中扶出李孔目，一步步朝梁山走。刚出城门不远，只见从草丛中窜出一人，大喊一声："留下买路钱！"原来是李逵奉命在此接应阮小五。当他见李孔目受伤，忙问："恩人何故招灾惹祸？"李孔目道："都是你那匾金环成了犯由牌！都为他那赵奸夫萧淫妇将我出首残害！"李逵听了，掉头去往城里："看我把那对狗男女拿来，替恩人报仇。"

李逵来到李孔目家，见赵令史、萧娥正拿绳子要勒死僧住、赛娘。他冲过去，将两个孩子救下，用绳子捆住赵、萧二人，用布堵住嘴，拖了就走。

梁山上，宋江设宴庆贺史进、刘唐及李孔目入伙儿。将赵令史、萧娥二人剖腹剜心，替李孔目报仇。

泾河岸三娘诉恨　洞庭湖柳毅传书

泾河小龙与妻子龙女三娘琴瑟不和，经常吵闹。泾河老龙叫来儿子问讯。小龙搬唆道："父亲不知，您给我娶的这媳妇性情乖劣，倚恃她父亲洞庭老龙和叔叔钱塘火龙的神通，发威要降着我，连父亲您也不放在她眼里。像这样不贤的女人，撵走她算了！"老龙疑惑地说："有这样的事？叫那小贱人来，我自有处治。"龙女三娘来到堂前，施礼道："公公，您唤媳妇何事？""你怎么性情乖劣，不肯与小龙相和呢！若不回心转意，别想我会轻轻饶你！"龙女三娘辩解说："公公，这并非媳妇情愿，都是小龙惑宠婢仆，无端生出是非。媳妇也是龙子龙孙，岂肯反落婢仆鱼虾之手！"老龙怒喝："咄！看你！在我面前尚敢嘴犟，难怪我小龙儿了！鬼卒，给我剥下她冠袍，送她泾河边上牧羊去！"龙女三娘含悲忍辱被罚受苦。

淮阴张氏，身边只有一子，名叫柳毅。这柳毅年已二十三岁，因家贫尚未婚娶。这天，他辞别老母进京赶考。

龙女三娘在泾河边牧羊，"头上沙，脸上土，洗面唯有腮边泪，鬓发除非冷风梳。坐不安，行无路，猛回头凝望着家何处？思亲人，念父母，想通信又无奈山河阻。只落得一年一年空嗟呼！"

柳毅命运不利，考场落第，东归故土，真有羞见家乡父老之感。途经泾河县，有一朋友在此做官，他打算顺路去探望一番。却远远看见河边有一女子蹙额掩涕，如有所待，不免心中奇怪，走过去问："小娘子，因何独自在此牧羊？"龙女回礼："先生万福！妾身满怀苦楚，不知先生肯听否？""小生柳毅愿闻。"于是，龙女将自己的遭遇叙说一遍。又问："我如今修下家书一封，发愁没人寄去，恰好遇着先生，相烦捎带给我父亲，但不知先生意下如何？"柳毅："我听完你言，气血俱动。送信乃义不容辞，有何不肯！只是想劝小娘子一句，莫如随顺了那小龙，也免得这般受苦。"龙女三娘愤恨地说："那小龙是孽畜，那老龙是糊涂，我便死也不回他们河里住！"柳毅道："既如此，我就替你走一趟。只是听你说，你家住在洞庭湖中。如此仙尘隔绝，我怎能把信送到？""只要先生答应，我自会指引你去。俺那洞庭湖口上，有座庙宇，香案边有一株金橙树。你可拿着我这金钗在那树上敲响，就有人出来接你。"柳毅："好，我就替你当个传信使者。"龙女把书信和金钗交给他，施礼再拜："多谢大恩人！异日必当重报。"柳毅心说："此事出乎意料。我管她是神是鬼，既答应下来，就往洞庭湖走一遭。"

柳毅来到洞庭湖湖边，按龙女吩咐击响金橙树。不一刻，从水中跃出一个巡海夜叉，喝问："你是何人？为何击树？""小生是淮阴柳毅，要见洞庭君自有话说。"夜叉道："既如此，你闭了眼跟我来。"

洞庭老龙正与夫人叨念女儿，忽听夜叉通报："有个秀才用金钗击树，说要见您，已经带来。"老龙急忙召见，问道："水府幽深，秀才因何涉险而来？""小生替您女儿捎来一封家书，尊神请看。"洞庭老龙接过书信看罢，大惊："竟有这等事！"把信交给夫人。夫人看完，放声痛哭。洞庭老龙连忙制止："切莫如此，若被我那弟弟听见，又要惹祸。"对柳毅说："秀才，多亏了你远途劳累，请到明珠宫稍坐，我让人安排茶饭。"送走柳毅，夫人又哭泣起来："想我女儿，怎能受得如此羞辱？大王，你要早早派人去把她接回来！"洞庭君一面点头一面劝说："夫人说话放轻些，我那钱塘兄弟在此，倘若他听见，拨动他那性子，可就不得了了。"

这钱塘火龙脾气十分暴躁，发起怒来，鼻中冲出千条焰，翻身滚动万堆云，是个天不怕地不怕的莽汉。近日无事，来洞庭湖探望哥哥，闲居在此。他进到屋里，向哥哥嫂嫂问安罢，抽动鼻子："嗯？怎么有些生人气？"洞庭君忙说："是来了一位凡间秀才，有要紧的事通知我。兄弟，你先到别处逛逛，等我处理完此事再来。"钱塘火龙见嫂嫂满面泪痕，已起疑心，嘴里答应着退出屋来，却躲在窗外偷听。听明事由，勃然大怒："好你个泾河小龙，胆敢罚俺侄女牧羊！简直辱没我的面皮。"他返身进屋，嚷道："哥哥休要瞒我，我已忍耐不得！我现在就点起本部人马，去找那小王八羔子算账！"洞庭老龙连忙阻拦，哪里拦挡得住，只得由他去了。

泾河小龙听见外面叫骂，也忍不住气，带领兵将出水与钱塘君交战。一时间火光灿灿接天关，风雨飕飕迷地角；咕嘟嘟江翻海沸洪水滔滔，呼啦啦半空霹雳地震山摇。泾河小龙不是钱塘火龙对手，见形势不妙，急忙变做一条小蛇，钻进泥里。钱塘火龙早已发现，揪住尾巴拎起来，骂一声："看你小子还能为非作歹！"一口吞入腹中，收兵凯旋。

泾河老龙听说儿子死了，放声痛哭。又想："泾河离洞庭湖相隔遥远，若无人给那龙女三娘送信，她父母怎能知道这里事情？"询问雷公电母，打听出是淮阴柳毅帮助传书，恨恨地说："不想我儿竟落凡人之手，我定要慢慢寻机报仇！"

钱塘火龙得胜，带着侄女回返洞庭。洞庭老龙忙问："害了生灵吗？""六十万。""伤了庄稼吗？""八百里。""那薄情郎怎样？""被我吞进肚里。""哎呀，我那兄弟！他虽不仁，你的性子也太急了！倘若上帝知道，不肯见谅，可如何是好？"钱塘火龙却满不在乎地说："兵来将挡，水来土掩。所有祸事，由我一人承担。反正我如今出了这口恶气！"洞庭老龙忽然想到："人家柳毅对咱们女儿有救命之恩，若放他回去，定遭陷害。须想个妥善办法保护才是。"钱塘火龙道："对对对，君子当知恩报恩！不如就招他为婿，养在宫中。"洞庭君："咱们这就叫他出来，与他商量。"柳毅被叫到堂上，钱塘火龙握住他的手说："泾河小龙那负心贼已被我杀了。你就做我的侄女婿如何？"柳毅心想："我见牧羊女时，憔悴不堪，我要她做什么？"便抽回手来："尊神说的是什么话！我柳毅只为一点义气，涉险寄书。若杀其夫而夺其妻，岂是义士所为！况且家母年纪高大，无人侍奉。因此，情愿告回，不能从命。"钱塘火龙立刻吹胡子瞪眼："秀才，我侄女哪点儿配不上你！你今日允了便罢，如若不允，我将你夷为粪壤，休想复还！"柳毅笑道："您堂堂一条神龙，怎么竟如此虫蚁性儿。"洞庭君忙过来致歉："我这兄弟一时酒后失言，多有得罪！既然秀才执意不肯，我就请出三娘，让她拜谢您寄书之恩。"龙女打扮整齐，来到堂上，施礼道："若非柳先生，岂有妾身今日。"柳毅还着礼，心中却想："这女娘与牧羊时全不一样，早知她这等漂亮，不如就许了亲事。嗨，悔之晚矣！"

洞庭君夫妇摆下送别筵席。钱塘君畅饮放歌："天苍苍兮地茫茫，人各有志兮何思量。狐神鼠圣兮依社墙，雷霆一发兮谁敢当！谢信士兮恩义长，令骨肉兮还故乡，愿配德兮永不忘！"洞庭君和道："上天配合兮生死有途，彼不当妇兮此不当夫。腹心烦苦兮泾河隅，风霜满鬓兮雨沾襦。赖义士兮传素书，令骨肉兮家如初，望珍重兮回归路。"又令库官拿出宝物奉上，对柳毅说："秀才，我别无所赠，有此龙珠，送给你回家奉养老母。"龙女三娘依依不舍，把柳毅送出水面。柳毅动情道："小生凡人，得遇天仙，岂无眷恋之意！只为母亲年老，无人侍养，因此辞了这亲事，全是出于不得已呀！"

柳毅回到家中，拜见老母。老母喜道："孩儿，你可回来了！以后再莫离家去求什么官，让为娘日夜挂牵。刚才有媒人提亲，是范阳卢氏之女。我已允亲。今日就是好时辰，你赶快娶过门来，休误了佳期。"柳毅心中已有龙女三娘，自然不很情愿。但是，母命难违，只得随顺。

洞房花烛，柳毅为新娘揭去盖头，一看，这新娘竟与龙女长得一模一样。惊讶地说："我认识你！你不是什么范阳卢氏！"新娘笑道："柳官人，你果然忆旧。"柳毅喜不自胜。

第二天，柳毅请来花轿，让母亲坐上。龙女捧起龙珠，叫声"疾"，同赴龙宫去了。

❖ **无名氏** ❖

抛家失业李彦和　风雨像生货郎旦

　　长安京兆府有个妓女张玉娥，身边伴着两个相好：一位叫魏邦彦，是个"四肢八节都是俏，五脏六腑却无才"的货；一位叫李彦和，在城里开着当铺，是个有钱的员外。张玉娥想在一个月内出嫁，鸨母自然怂恿她选择李彦和为好。于是，她把李彦和叫来，说明意思。李彦和也想纳她为妾，只是家中已有妻小，缓言道："大姐，待我回家与大娘子说好，立刻选择吉日良辰来娶你。"张玉娥却说："子丑寅卯，今日正好！我今天晚上就到你家去。"

　　李彦和刚到家，妻子刘氏便埋怨道："你每日只是贪花恋酒，全不想家私过活，到几时是了哇！"李彦和涎着脸皮说："大嫂，你可怜可怜我！实不相瞒，那妇人一心要嫁给我呢。"刘氏怒道："你呀你呀，简直是迷住了心窝，竟要娶个千人骑万人压的妓女做小婆。你引狼入室，咱们这日子可怎么过！真不知你到底图的是什么？"李彦和也生起气来："哪有这等说话！我好也要娶她，歹也要娶她！"正这时，张玉娥嚷着："李彦和，我嫁你来了。"见没人吱声，迈步进屋，冲李彦和责怪道："你耳朵里塞着什么？没听见我叫门吗？"又问刘氏："你就是我那先来的姐姐吧？请坐下受你妹子四拜。"刘氏气得说不出话，把脸扭向一边。李彦和斥责道："你这妇人家全不讲三从四德！我是大丈夫，你得依着我！"张玉娥也跟着帮腔："是呀，瞧她那木头样儿，像个钉子钉着，连起码的礼貌都不懂得！"刘氏大怒，一把揪住张玉娥头发："你个骚女人也敢在我面前浪说，故意挑起我无名火！我男人就是受你挑唆，你欺侮得我也太过！"张玉娥也不是好惹的，跟刘氏厮打起来。李彦和表面拉架，实际还向着张玉娥。刘氏气得"咕噜"一声，一口痰涌上来，眼珠一翻，瘫软在地，死了。李彦和此时才后悔，"大嫂快醒醒！大嫂快醒醒！"地叫着。张玉娥却说："你张着大嘴嚎什么！既然救不活，就赶快挖个坑埋了算了！"李彦和哭着说："我们夫妻一场，她也曾为我生儿育女。如今死了，我须高原选地，破木造棺厚葬她。"

张玉娥气死刘氏，就好好过日子吧。其实不然。这天，她又偷偷找到魏邦彦，表白道："我虽是嫁了他，心中却只想着你。等我收拾些金银财宝，悄悄地交给你。你先到洛阳边去找条船，扮作艄公等我。我放把火，烧了他那房子，李彦和烧死更好，烧不死就引他到船上，推入水里淹死。那时咱俩就长远做夫妻去了。"魏邦彦自然高兴："哎呀！你哪里是我老婆，简直就是我亲娘！咱们明天就行动！"

张玉娥放起一把火，把房廊屋舍全烧着了。多亏李彦和没被烧死，还把奶妈张三姑及儿子春郎抢救出来。只见张玉娥挎个包袱朝河边走去，便问："你哪里去？""你这家已烧得一无所有，我自去寻一条活路。"李彦和此时已毫无主意，只得傻乎乎地领着张三姑和春郎在后面跟着。张玉娥找到一条船，上去；李彦和等三人也跟上去。船行至江心，那艄公把李彦和往水中一推，只见李彦和扬扬手，已被浪头卷走。张三姑和春郎急呼救人。张玉娥向艄公挤挤眼，说声："你还不快下手！"那艄公解下腰间绳子，向张三姑扑来，打算把她勒死。张三姑一面高喊："有杀人贼！"一面奋力挣扎。张玉娥本想起身去掐死春郎，却慌乱间自己失足落水。那艄公一是听见岸边有人跑过来；二是想快去打捞张玉娥；所以，匆匆把张三姑和春郎推下水去，驾船走了。

多亏水已不很急，张三姑和春郎被人救起。他俩浑身湿透。张三姑帮春郎脱下外衣，拧干晾晒。垂泪道："你父亲怕是淹死了，那杀人的艄公又逃得没了踪影。我俩身无分文，可如何过活呀！"

完颜女真人拈各千户因公事路过此处，见一簇人议论纷纷，便停轿观看。问明事由后，吩咐手下人："你去对那妇人说，他若肯卖那小孩儿，我便买了。"张三姑闻听，沉吟半晌："我如今进退无路，领着这春郎儿走，少不得饿死。不如就卖给你家老爷。"拈各千户过来问："这位妇人，你们是哪里人氏？姓甚名谁？孩子今年多大？""我们是在长安省衙西侧居住，这孩子的父亲叫李彦和，我是奶妈张三姑。孩子名叫春郎，年方七岁。""你要多少银两？""随大人给吧。"拈各千户从怀中掏出一个银子，递给张三姑，又道："须找人代写一份文书才好。"人群中有个唱货郎儿的张憋古，自称识字，愿为代劳。

文书写好，一式两份，各自画押，分别保管。拈各千户将春郎抱上轿走了。张憋古问张三姑："你往哪里去？若无去处，不如跟我走。我无儿无女，你就做我个义女，我养活你。"张三姑点头同意，跟张憋古走了。

十三年过去。拈各千户病重，他把春郎叫到床前，握住手说："孩儿，我有句话要对你说，你本不是我亲生。你的父亲是长安人李彦和，奶母叫张三姑。卖给我时，你才七岁。我如今抬举你长大成人，顶天立地、能文能武，又承袭了我的官职，你不可忘了我的恩德。"说着把那份过房文书递给春郎，不一会儿就死了。春郎将义父隆重埋葬之后，决意往长安走一趟。

李彦和被艄公推下水后，多亏上流头漂下一块木板，他紧紧抱住，逃脱了一条性命。然而，举目无亲、身无分文，他无计可施，只得给大户人家放牛，讨碗饭吃。

张三姑跟了张憋古去，学了一些货郎调儿。这年，张憋古去世，她遵照遗嘱，背着义父骨殖，手掌魂幡儿，送回洛阳河南府埋葬。

张三姑走到一条岔路，见柳荫下有一人坐着休息，便过去问："放牛的哥哥，请问往河南府该走哪条路？"李彦和告诉她："中间那条路上去便是。"张三姑谢过之后，继续行路。李彦和看她那长相、姿态很像张三姑，便贸然喊了一声。张三姑回转身，问："是哪位叫我名字？"李彦和惊喜道："你真是张三姑！是我李彦和叫你呢。"张三姑却呆愣半晌："你真是李彦和？不要装出鬼来耍我！"”我确是李彦和没死。三姑，我的春郎孩儿，如今哪里去了？"张三姑痛哭道："没的饭食养活他，我把他卖了！"李彦和大失所望："原来你把他卖了！看你这穿戴，并不太破，你干得什么活计？"”我唱货郎儿为生。"李彦和怒道："真是气死我了！想我李彦和是长安城有名的财主，你却干起这样的下贱营生，太辱没我了！"”您现在又做着什么买卖？"”给人家看牛。"”嗨，丝毫不比我强。主人家，您若肯跟我走，我愿凭着自己力气挣钱，养活你到老。你肯吗？"李彦和向主人辞了差事，跟上张三姑往河南府去。

春郎途经河南府，催促债务，住在驿馆。他觉得无聊，让馆主唤几个乐人来逗笑儿伺候。馆主叫来张三姑和李彦和。春郎由于心中愁苦，吃不下饭，见了李彦和和张三姑，吩咐道："你们兄妹二人可先把这盘肉拿去吃了，再回来伺候。"李彦和端着肉出来，对张三姑说："妹子，咱们先不要吃，找张纸包回家去再慢慢享用。"张三姑从怀中掏出一张纸，李彦和接过去。见上面有字，李彦和念道："长安人氏，省衙西居住，父亲李彦和，奶母张三姑，孩儿春郎，年方七岁，情愿卖与拈各千户为儿。恐日后无凭，立此文书为照。"张三姑听了，说："这敢情是我卖孩子时的文书。"李彦和已是泪流满面："唉！刚才我见那座位上年轻千户，言谈举止很像俺那春郎孩儿。可是，人家是官人，咱们看着再像，也不敢去问呀！"张三姑："我有个主意，就将咱家之事编成几句唱词，一会儿上堂唱给他听。若果是春郎，定然有所反应。"

张三姑上堂，敲了几下醒场鼓，唱道："韩帅偷营劫寨俺不讲，汉司马陈言献策俺不唱，单题着长安城奇事一桩。长安城有个李彦和，妻子刘氏、孩儿春郎、奶妈姓张，一家四口儿挺顺当。偏这李彦和贪杯又好色，爱上个妓女张玉娥，非要把她娶回家中过。贤惠刘氏被气死，果然是福无双至祸有并来时，一把火烧了个连天赤……"李春郎认真听完，问："你莫非就是奶母张三姑？"”我就是张三姑。"”你那孩子可有什么记认处？"”他胸前有一点朱砂痣。"李春郎解开上衣，让张三姑看，道："我就是李春郎

- 455 -

啊!"张三姑又惊又喜,叫过李彦和来,说:"春郎,这位就是你父亲李彦和,你们父子快快相认。"李彦和揉着泪眼道:"孩儿,真是想死我了!哪里料到你竟发达峥嵘了。"李春郎:"我就是不做这千户,也要把那图财害命的艄公找到!"

正这时,有差役报告:"拿住一男一女,这两个家伙拖赖公债、欺侵官银一百多两。请老爷依律处治!"李彦和一眼认出,这女的正是张玉娥。张三姑也认出那男的正是艄公。李春郎喝令:"快把他们绑起来,待我亲自动手杀了,替我亡化的母亲出这口怨气!"那艄公吓得叩头求饶:"大人可怜见,放我这老头儿一条生路吧!这都是我少年间不晓事,受这娼妇蛊惑,做出放火、盗财、害命的勾当。如今老了,每日一口长斋,只是念佛,连苍蝇也不敢拍死一个呀!"张玉娥却骂道:"魏邦彦,你个没出息的东西!讨饶干什么?我和你开着眼做,合着眼受,黄泉底下做夫妻去!"

李春郎将奸夫淫妇处斩。又吩咐摆下宴席,庆贺骨肉团聚。

清安观邂逅说亲　望江亭中秋切鲙

　　白士中，被派往潭州为太守，途经清安观。此观主持白姑姑，是他的亲姑姑，他特意进观拜见。白姑姑见到侄儿，非常高兴地问东问西。当问到侄媳妇可好时，白士中神色黯淡下来："回姑姑问，您侄媳妇已亡逝了。"白姑姑跟着唉声叹气一阵。又问："侄儿，这附近有个叫谭记儿的女人，长得大有颜色，每天都到这观里来陪伴我。等她来时，我说合她给你做个夫人，你意下如何？"白士中迟疑地说："恐怕不行吧？""有什么不行的？这事就包在我身上！等她来时，你先躲在壁衣后头，以我咳嗽为号，你便出来。"

　　谭记儿原是学士李希颜的夫人，不幸夫主故去，剩她一人孤苦无依、寂寞无聊，每天都到清安观来，与白姑姑闲聊解闷。

　　谭记儿来到清安观，与白姑姑见过礼，坐下言道："我每天都来打扰您，幸亏您不责怪。我有心跟您一起出家，不知您肯不肯收我这个徒弟？"白姑姑说："夫人，你哪里出得了家！这出家无过是草衣木食，熬枯受淡，白日里还无所谓，到晚上独自一个好生孤凄。夫人，你还是趁早再选个丈夫的好。"谭记儿："唉！我已看穿这世味人情，真不如您出家清静。"白姑姑："夫人，你平日是享用惯了的，别的不说，只那每日素斋就怕你熬不过去。"谭记儿："俺自丈夫去世，便收定了意马心猿。既肯出家，自然也估计到各种困难，更不怕粗茶淡饭。"白姑姑："夫人，你难道没听说：'雨里孤村雪里山，看时容易画时难。早知不入时人眼，多买胭脂画牡丹。'我看你别老说出家的事了，放着你这一表人才，何怕不能再嫁个中意的丈夫？"
谭记儿叹口气："唉！这也难啊。"白姑姑见状，咳嗽一声。白士中从壁衣
后闪出来，向谭记儿作揖施礼。谭记儿连忙起身还礼，道："姑姑，敢情你
这里有人来了。我该走了。"白姑姑拦住："你别走。我正想替你做个媒人，
你看看这个男子，做你丈夫如何？"谭记儿又羞又慌："姑姑，你怎么这
样？刚才咱们还闲笑谈，怎么忽然你就做起了撮合山？""我这个撮合山肯
定替你着想，绝不会误了你。"白姑姑边说边把门关紧，不放谭记儿走。谭
记儿生气道："白姑姑，我跟你交往好几年，你竟使出这手段！预先隐藏下
谁家汉，引得人来心恶烦。"白姑姑："你别急嘛！仔细看看。我保你嫁给
他前程似锦、恩爱美满！"谭记儿偷瞥两眼，仍做出执意要走的样子。白
姑姑急道："夫人，你不要这样装腔作势。我问你，是我把你抢到这观里来
的吗？"谭记儿默不作声。又问白士中："是我把你绑到这观里来的吗？"
白士中答："不是你，一总是这小娘子引我到这里。"白姑姑："着哇！我没
请你们，没绑你们，是你们自己不在家守寡守志，相约来打扰我。我告到
官中，三推六问，枉毁坏了你们名声！况且，你又青春，他又年少，就成
了两口儿，有何不好？"谭记儿："你一会儿恶脸白赖，一会儿甜言热趱，
姑姑呀，真被你害得俺两下做人难。"白姑姑："这正是千求不如一吓。"谭
记儿："好个出家人，偏会放刁！姑姑，他若是不将俺轻慢，一心一意不转
关，俺便同意与他守白头到百年。"白士中一面设着誓，绝不负心；一面商
量："我要急去任所，不可在此久留。"谭记儿说："既然相公急去任所，你
我就一同再拜姑姑，算是完婚、辞行之礼。"白姑姑道："对对对，你二人
此时已是夫妻，立刻便偕行上路吧！真是郎才女貌，配合天然。想不到我
这清安观成了医人枕冷衾寒的太医院。"

有个官宦之后杨衙内，早听说李希颜的夫人谭记儿是个美人儿，一直
垂涎三尺。现在听说她被赴任的白士中娶去，自然妒火中烧。他妄奏圣上，
诬告白士中贪花恋酒，不理公事，罪应斩首。圣上竟听信了他的谎言，赐
其金牌势剑，让他亲自去潭州行刑。杨衙内得意洋洋，做着美梦，吩咐张

千："命艄公驾起小舟，直往潭州进发。"

白士中自到潭州，勤政廉明，颇得民心。这天，他正在衙中闲坐，却见老院公风风火火闯进来。白士中惊问："院公，你不在京城，来这里做什么？"老院公道："祸事了！有个杨衙内在圣上面前诬告了你，圣上命他带着金牌势剑来这里取你首级。老夫人听到这个消息，写了一封家信，让我赶来交给你，使你早做准备。"白士中虽听说谭记儿讲述过杨衙内之事，却没料到杨衙内如此歹毒；他看罢家信，惶惧万分，又不知如何是好。

谭记儿见丈夫天色大晚仍不回宅，放心不下，来到府衙。见白士中手中拿着一张纸，不住地唉声叹气，便疑惑地问："是否来了家书，责怪你半路上娶妇，使你心中无主？"白士中连忙解释："夫人想到哪儿去了？夫人是佳人领袖、美女班头，世上无双、人间罕有，我白士中怎会另有他意？"谭记儿道："那你为何今日见我不喜，只顾自己唉声叹气？不是有事瞒着妾身又是怎的？"白士中："我哪里是有事瞒着你，实在是让你知道也丝毫无益。"谭记儿："既然相公信不过我，我就不如自寻个死处算了！"说着，转身就走。白士中急忙拦住："哎呀，夫人！我就对你实说了吧。你看看这封家信。"谭记儿看罢家信，镇静地说："原来是为这个。相公，你怕他做什么！""这杨衙内是有名的花花太岁，又请了御旨，让人如何不怕！"谭记儿道："这件事，你只睁眼儿在一旁觑，看我怎样发付这花花太岁赖骨顽皮！"白士中："夫人，是死是活由我一人承担就是了，你可别去惹他！"谭记儿："相公你不必担惊受怕自伤悲，只看我淡妆不用画蛾眉，略施小计便让他神羊儿般忙膝跪，赚得他船横缆断在江心，落得个有来无回！"

杨衙内在船头坐着，张千在他鬓边捏了一把。杨衙内喝道："咄，你这是做什么？""相公，你鬓边有个虱子！""你说的也是。我在这船上坐了个月期程，还不曾梳篦头发呢。"艄公也来献殷勤："眼看到了潭州地面，相公不能为公事坏了身体。今日是八月十五中秋佳节，咱们何不安排些酒果，畅快一番呢？"杨衙内："对对对！你们二人，聪明乖觉，真正是我的好孩儿。”于是，他们把近旁渔船赶开，停泊在望江亭边，笑骂着饮酒赏月。

谭记儿扮作卖鱼妇来到江边，冲船上艄公一笑，那艄公便被吸引过来。搭讪道：“这位姐姐，我看你有些面熟。”“你看我是谁？”“你是不是张二嫂？”“我正是张二嫂呀，你这是到哪里去来？怎么认不出我了？”“我去了趟京城，送个花花太岁杨衙内在船上。你到这里来做什么？”谭记儿一举手中提的金色鲤鱼，说：“我特来献新。你能否将我引荐给船上那位相公，也许我多得些赏钱？”“行行行，你随我来。”艄公带着谭记儿上船，叫道：“大人，有个张二嫂要替您做鱼吃。”谭记儿忙上前道个万福。杨衙内一见便双眼瞪圆：“真是个美妇人！小娘子，你来做什么？”“我来替您烧鱼，快将砧板菜刀拿来。”“难得小娘子有些美意！怎敢让小娘子动手？艄公，你去把鱼姜辣煎烧一番；小娘子，你来陪我饮几杯如何？”谭记儿上前跪倒：“岂不败了相公酒兴！”杨衙内连忙起身搀扶：“不碍事，不碍事，你就过来靠着小官坐。”把张千轰到一边儿。谭记儿问：“这中秋佳节，您不在家中享福，为何到这里来受清苦？”“小官有公差。”张千贴着谭记儿耳朵小声说：“专为杀白士中而来。”杨衙内呵斥道：“去，谁让你多嘴！”谭记儿装出不信的样子，冲张千说：“那白士中是潭州府尹，岂是他说杀就杀的！”张千道：“我家大人是奉圣旨而来。你不信，看，这是金牌，这是势剑，这是御批的文书。”谭记儿又问：“既有这些东西，为何州里不见有人来迎接他？”杨衙内亲自解释说：“小娘子，你不知道，是我恐怕走漏了消息，故意不让他们迎接。”谭记儿：“您若是派人府衙报一声，少不得大小官员列队迎，舞女腰肢任您看，歌姬婉喉任您听，何至于如此寂寞冷清！”杨衙内：“是呀，小娘子幸亏你来了！你若是来得迟些，我就闷睡去了。”谭记儿飞个媚眼儿，娇滴滴地说：“小女子长得丑陋，只怕相公看不上眼。”“哪里，哪里！我这次来，夺回谭记儿做第一夫人，就让你张二嫂做第二夫人，你肯不肯？”谭记儿更卖些风情：“量俺一个民妇，有何才能？蒙相公如此错爱。”说着，斟满酒，捧过去。艄公把鱼做熟，端上来道：“相公有福，想什么有什么。如今，上有明月，下有佳肴，旁边还有美女，咱们耍一耍如何？”杨衙内鼓掌说："行行行，小娘子，我出个对子你来对，'罗袖半翻鹦鹉盏'。""妾对'玉纤重整凤凰衾'。"杨衙内拍桌叫道："妙妙妙，小娘子莫非识字吗？""妾身略识些撇竖点划。""那我再出一对儿，'鸡头个个难舒颈'。""妾对'龙眼团团不转睛'。"张千、艄公也跟着嚷："对得好！对得妙！我吃个鸡头喝一杯。你来个龙眼喝一杯。"不一会儿，这三人都酩酊大醉。谭记儿偷取了金牌、势剑及文书，下船走了。"俺这里喜滋滋回芙蓉帐中笑春风，剩这厮冷清清在杨柳岸边伴残灯。"

杨衙内醒来，叫道："张二嫂，张二嫂，咱们回船舱睡去。"再看，哪里还有张二嫂身影？连金牌、势剑也没有了。顿时惊慌起来，把张千、艄公踹醒。张千、艄公也傻了眼，这个唱："想啊想啊跌脚叫。"那个唱："想啊想啊我难熬。"衙内唱："肚子里愁啊肠子里焦。"一块儿唱："又不敢声张让旁人知道。只能咒呀，咒呀，咒她个张二嫂热肉儿跳。"

白士中升堂。杨衙内带着张千、艄公闯进来。杨衙内叫道："我奉圣旨来取白士中首级。张千，快与我将其拿下！"张千哆哆嗦嗦往前走，被白士中喝止："哕！圣旨在哪里？宣来我听。""有有有。"杨衙内从怀中掏出一张纸来，念道："调寄《西江月》，'夜月一天秋露，冷风万里江湖；好花须有美人扶，情意不堪会处。仙子初离月浦，嫦娥忽下云衢；小词仓猝对君书，付与你个知心人物。'"白士中一把夺过去，怒喝一声："这是淫词！哪里是圣旨！"杨衙内："这是昨夜我写给张二嫂的。这里还有一张。"他又从怀中摸出一纸，念道："调寄《夜行船》，'花底双双莺燕语，也胜他凤只鸾孤。一霎恩情，片时云雨，关连着宿缘前注。天保今生为眷属；但则愿似水如鱼，冷落江湖。团圆人月，相连着夜行船去。'""这个也是淫词，不是圣旨！""对，这是昨夜张二嫂写给我的。""你假传圣旨，扰乱公堂，该当何罪！"杨衙内辩解说："我原来确是有金牌势剑和御批文书的。定是昨夜被那张二嫂盗走了。"白士中道："此说无凭！况且，丢失金牌势剑，其罪也是不轻！"杨衙内无奈，只得耍赖说："也罢也罢，白大人，如今你的罪过，我饶了；我的罪过，你也饶了算了。权作我此行潭州，专为拜访你那好夫人而来，你看如何？"

　　正这时，巡抚湖南都御史李秉忠驾到。原来，他已查明杨衙内妄奏不实，圣上命他速来潭州了解此案。李秉忠命一行人望阙跪倒，下断道："杨衙内倚势挟权，残害良民罪已多年，又兴心夺人妻妾，竟妄奏圣主之前。将衙内问成杂犯，杖八十削职归田。白士中照旧供职，赐夫妻偕老团圆。"

❖ 马致远 ❖

甘河镇一地断荤腥　马丹阳三度任疯子

白云洞抱一无为普化真人马丹阳，昨夜见终南山甘河镇青气冲天，发现此地任屠户有半仙之分，因此，禀过祖师，前去点化。

任屠户妻子李氏，新近生下一子，今日恰好满月；而且这天又是任屠户生日。任屠户安排下酒食茶饭，等待兄弟朋友们到来。

甘河镇众屠户前来贺喜。他们双手空空，没带一点儿礼物，可是吃起来却毫不客气，一个个如同饿狼闯入肥羊圈，吃得个眼直翻，撑得个气直喘。临走时，又提出想借些钱。李氏对他们很是讨厌，任屠户却劝告她："咱们家毕竟好过些，比他们稍多些水陆庄田；就再借给他们些钱，也算咱多积些善缘。"说着，打开钱箱，每人给了两锭银子，又疑惑地问："我记得去年曾借给你们许多本钱，怎么这么快就花完了？"众屠户答："哥哥难道还不知吗？新近不知从哪里来了一个老道，没几天工夫竟然感化得这甘河镇老老少少都吃了斋素，没人再来买肉，我们的本钱都折光了。"任屠户一听，勃然大怒："常言道：搅人买卖，如杀父母。我去把那老道杀了！"众屠户也争着要去，任屠户说："这样吧，你们一齐上，若是将我打倒，你们便去，我若把你们打倒，我便去。"于是一场混战，众屠户被任屠户打得人仰马翻，都伸着大拇指："哥哥神勇，我们近不得你，你这一去一定能成功。"

这天晚上，任屠户趁酒力，助杀气，迎着凉风，趔趔趄趄出门要去杀那道士。李氏急忙拦住："他是个出家人，和你往日无冤近日无仇，你非要杀他干什么？"任屠户把眼一横："你护着他，莫不是养汉子养着他来？"李氏骂道："呸！你放屁，我看你是疯了！"任屠户冷笑着说："对对，我是敲牛宰马的任疯子！那道士敢坏我衣食，我就敢对他不仁慈！"李氏仍拖住他不放，任疯子骗道："我是说着玩儿的，孩子哭了，大嫂你快回去。"待李氏进屋，任疯子转身就走，找到道观，翻墙而入。

马丹阳早知任疯子必定要来，正准备趁机给他点厉害看看。此时见他出现，喝问："任屠，你来了？"任疯子心中奇怪，"嗯？他怎么认得我？"但仍大着胆子回答："来了！""你来做什么？""来杀你！""为何要杀我？""你化俺这一方之地都不吃荤腥，坏了俺屠行买卖，因此不能饶你！"马丹阳道："既然如此，贫道受死就是。你来砍吧！"任疯子举刀砍去，明明见那脖子断了，可刀过之后，又变得好好的。任疯子惊慌地说："果然是个妖道！"又举刀乱砍。这时，从旁边闪出一位小神，一只手扭住任疯子，另一只手举剑把任疯子的头砍下来，扔到外面，急得任疯子大叫："哎哟，有杀人贼！快还我头来！"马丹阳笑道："你刚才要杀我，现在倒向我要头。你自己摸你那头去！"任疯子出来，摸到自己的脑袋安上，跪下来恳求："师父，放我回家去吧。""你想回家就回家吧，谁拦着你了。""可是，我来时眼前只有一条路，如今却变成三条路，我不知该走哪条路？"马丹阳道："你来处来，去处去，休迷了正道。"任疯子心想："父母生我，是来处来，我若死去，便是去处去，他让我休迷了正道，大概是教我出家吧？罢罢罢，我死也死了，还恋着这人世做什么！"于是，又跪倒恳求："任屠情愿跟师父出家，请师父收留。"马丹阳道："你要出家，可得想好。你肯抛弃你那娇妻幼子吗？"任疯子："唉！父母生养之恩，尚且难报，还管得了妻子儿女吗？常言道，儿孙自有儿孙福，如今只求师父指我一条长生路。"马丹阳："你若真想出家，必须做到十戒：一戒酒色财气，二戒人我是非，三戒因缘好恶，四戒忧愁思虑，五戒口慈心毒，六戒吞腥啖肉，七戒常怀不足，八戒克人厚己，九戒马劣猿颠，十戒贪生怕死。此十条是万恶之源。另外，你还得每日在菜园诵经修行，早、中、晚各打五百桶水，挖畦浇地受辛苦。你坚持得住吗？"任疯子道："谢师父指我一条长生路，救下我这蠢材浊物。我任屠户虽愚鲁，却舍得下工夫。"马丹阳说："既如此，我就收你做徒弟。不是为师我故意刁难，实在是修行事全须精专；待他日你功成行满，定许你离尘世证果朝元。"

自从任屠户去杀道士，至今不见回来。李氏抱着孩子，叫上小叔子，同去寻找，他们找到道观后面一片菜园，只见任疯子正浑身是汗，挑水浇地，口里还不住念叨："道可道，非常道，名可名，非常名。"李氏见他如此，嘲讽道："你怎么这般模样，莫不是去天堂游完瑶池回来？"小叔子也说："哥哥，你想起什么来了，跑到道观里来吃苦？快跟嫂子回家吧！"任疯子道："大嫂，兄弟，我如今已是出家之人，不比往日了！"李氏说："任屠，你撇下娇妻幼子，跟着那道士出家，难道能成神仙吗？今天，我好歹也要让你回家，歹也要让你回家！"说着，便过来拉扯。任疯子举拳要打，忽然想起师父教训，改做稽首行礼道："今世饶人不算痴，咱两个原是善相识；我已归山间林下，你休想昨日时日。"小叔子过来劝："哥哥，你真的舍得家吗？自从你一走，咱们的买卖全都做不下去了。你难道就撇手不管大伙了？"任疯子："谨行俭用，十年不富，乃天之命。俺如今已管不得你们猪肥羊重。"李氏哭闹着："你不回家，我就死在这里！"任疯子无动于衷地说："此也正是死生有命。"李氏："你既不肯回家，就给我个了断，你写给我一张休书。"任疯子："我要写时，这里又无纸。""无纸便回家！""不必，我这里有块手帕，我将手往泥地里一插，按上个泥手印儿，就算咱俩曾结发又解发。"李氏大哭："任屠户，你好狠心啊？你撇下我，你这孩子也不要了吗？"说着，把孩子塞在任疯子怀里，任疯子双手掐住孩子，看了一眼，道："天仙妻子你是你，水泡孩儿谁是谁？"把孩子往远处一扔，摔死了。李氏和小叔子咬牙切齿地骂着："任屠户，你真是疯了！竟如此恩断义绝！"愤愤然走了。

这些情况，马丹阳都看在眼里，心说："此人省悟了。我久后再让他见些恶姻缘，引度他归于正道。"

十年过去。一天，任疯子正在屋中静坐修行，闯来六个强盗，抢走所有财物及观内猿马。接来，又来了一个年轻小贼，见没了值钱东西，连任疯子身上的道袍长绦也剥夺了去。最后，又要任疯子的脑袋。任疯子问："小哥哥，我这脑袋连着筋呢，你要它做什么？我和你又无仇。"那小贼却说："你忘了？十年前菜园中你摔死了我，我今日让你偿命来了！"任疯子忍住暴躁，伸出脖颈："好，我就吃你这杀人刀。"小贼把任疯子脑袋砍下来。

任疯子提着脑袋去见师父马丹阳。马丹阳祝贺任疯子功成行满，得道成仙："因你有终始，救你出生死。"言罢，带领任疯子同赴蓬莱仙岛，众仙各执乐器相迎。

❖ 无名氏 ❖

张明府醉题青玉案　萨真人夜断碧桃花

广东潮阳县县丞张珪,其子道南,广览经书、精通文史,众人都称许是卿相之器。此处知县徐端,生有两个女孩儿,大女儿碧桃年十八岁;二女儿玉兰,年十五岁。由于张、徐二人既是同仁又是同岁,所以早就定下盟约:许碧桃与道南为妻。只是尚未就亲。第二天是三月十五日,张珪命仆人张千去徐府递帖,请亲家过来庆赏牡丹。

趁爹娘出门儿,徐碧桃带着梅香到后花园散心。

张道南因笼中逃走一只白鹦鹉,领着书童兴儿追出来。远远望见鹦鹉飞进一座花园中,便翻墙而入,恰巧被碧桃和梅香看见。梅香问:"你们这两个男子是什么人?跳墙入园,想做贼吗?"张道南慌忙施礼回答:"小生不是歹人,是隔壁县丞家的公子张道南。只因笼中鹦鹉飞入此间,一时着急才跳墙过来。请你们饶过小生之罪。"梅香道:"谁知你是真是假!走,见我家小姐去!"张道南拜见碧桃。碧桃轻声问:"你真是张家公子?""小生正是!"碧桃低头道:"妾身是徐知县的女儿徐碧桃。俺父母刚到你家赏牡丹去了。"张道南惊喜地说:"原来是碧桃小姐,曾许配小生为妻的。谁想今日不期而遇,实是天假其便。"二人笑脸相视,窃窃私语。正此时,徐端夫妇回府,全看在眼里,大声咳嗽。梅香听见,惊慌地催促张道南快快逃走。徐端对碧桃怒喝一声:"吆,你这小贱人,做的好勾当!"徐碧桃和梅香急忙跪倒。徐端骂声不止:"你这辱门败户的小贱人!你是好人家女孩儿,竟然做出这等禽兽勾当!我本待把你打死,又恐伤了父女之情。真是气死我了！"徐夫人也埋怨："碧桃，我把你养活这么大，你不习女工针黹，却干出这等偷鸡摸狗的事！看你还怎么见人！呸，真是羞死我了！"

徐碧桃回到自己卧房，一口气上不来就气死了。

徐端夫妇虽然悲痛后悔，却也无可奈何。只得在花园中拣块地方，把碧桃尸首埋葬；同时又通知张家，说女儿得急病死了。

又三年过去。张珪任满，回东京闲住。张道南一举状元及第，官授潮阳知县，接替徐端之职。他辞别了父母，来到潮阳，暂在官衙居住。这天，月色朗朗，他在书房孤独闷倦，踱到花园散心。只见园中百花均已零落，唯有海棠轩畔一株碧桃依然烂漫。兴儿道："相公，你可曾记起？当初咱俩跃墙而入的正是这座园子。你心里还念着那小姐吗？"张道南蓦然添愁："唉！谁想那小姐竟急病死了。正是'人面不知何处去，桃花依旧笑春风。'兴儿，你去折一枝碧桃花来，插在书房花瓶里。"

张道南回到书房，毫无睡意，取过琴来，独自抚弄。

碧桃虽死，却一灵真性不散。听见张道南弹琴，便躲在门外偷听。

张道南心潮难平，弹曲不成，又披衣走出户外。猛然发现花荫下站着一位女子，云鬟雾鬓，杏脸桃腮，柳眉星眼，甚是美丽。他不由动心："请问小娘子是谁家之女？因何至此？"碧桃道："妾身乃邻家之女，因月明人静，来此花园听琴。"张道南兴奋地说："早知小娘子前来，只合远接。接待不周，勿令见罪。快请进屋，略叙片刻如何？"碧桃羞答答迈步进屋，看见瓶里的碧桃枝，沉吟道："惭愧你东风一夜传芳讯，可正是月明千里思故人。"张道南殷勤地问："小官刚回此县就住，能与小娘子相会，实是三生有幸。请问小娘子家居何处？""俺住在桃花源内洞穴深，孤身常与秦人晋人做比邻。既蒙相公不弃恩，又何必絮絮叨叨细盘问！""小生别无他意，只是有句心里话不便启齿。""有何言语，但说不妨。"张道南挨近碧桃道："小官未曾婚娶，小娘子又守空房，咱两个合成一处不好吗？"碧桃半推半就，叹口气："唉！皆因你不是亲时强来亲，到今日才成就了洞房花烛春。贱妾也是千金身，只愿你莫负心。"张道南赌咒设誓："小娘子放心，我若负了心，天不盖，地不载，日月不照临！"碧桃："我与相公今日结为秦晋，求一首珠玉，作为后会存印。"张道南一面谦虚着："小官学问短浅，怎敢在娘子跟前卖弄？"一面写成《青玉案》词一首："缟衣仙子来何处？咫尺近，桃源路；说是武陵溪畔住。玉纤微露，金莲稳步，只恐莺花妒。邂逅刘郎垂一顾，何事匆匆便归去？临别叮咛频嘱咐：柳亭花馆，月窗云户，休把春辜负！"碧桃接过诗来："相公好高才！妾身收下这词，永为家珍。天色将明，我该回去了，明日晚间，再来相会。""娘子明日早些儿来，可别失信！""我今日托终身，相公休忘了一夜夫妻百夜恩！"

徐端将职务交割完毕，退休去洛阳城外庄上居住。当初，张道南来辞别时，徐端便有心将自己次女许配给他。谁知，还没来得及征求张道南意见，张道南竟身患重病。张珪在东京听到消息，上表为儿子辞官。圣上降旨："准张道南回东京调理。"到现在，张道南已离开潮阳县一月有余。徐端心中挂念，打算亲自探问一趟，又感觉有些不便。夫人建议："不如先派家中嬷嬷去，一来问病；二来就提这门亲事。"

张道南自那夜与小娘子成亲，第二天竟生起病来，而且病势有添无减。回到东京，尽管多方求医问药，仍不见一丝疗效。到这会儿，他已经下床没有迈步的力，吃饭咽不下两粒米。心中只是想："老天爷，再让我见那小娘子一面，便死也不屈！"

徐家嬷嬷来到东京，找到张道南家，报门求见。张道南听说，从床上坐起来，吩咐兴儿："快请进。"嬷嬷进屋施礼道："我家老爷本待自来问候，又怕相公病体，徒增迎送之劳；故差老身特来问安。相公近日病体如何？"张道南答："嬷嬷，我这病越沉重了。不阴不阳，发寒发热，也弄不清是个什么症候。"嬷嬷："莫不是因为您初上任，太劳神？""不是。""莫不是因为您写文章，苦用心？""不是。""莫不是饮食上不调顺？"张道南又摇摇头。"那么我猜呀，难道风月二字是起因？"张道南点头默许。嬷嬷道："既如此，您这病就好了。"张道南奇怪地问："怎么就好了呢？"嬷嬷凑近说："相公，您害的病既是风月症候，我给你做个媒，介绍一门好亲事，正是对症下药。""你给我做媒？请问是谁家的姐姐？""不瞒相公，正是俺家老爷的二小姐，小字玉兰，生的千娇百媚。""那玉兰比碧桃小姐还生得好？"嬷嬷巧舌如簧，大大把玉兰夸奖一番。张道南听着，仍是犹犹豫豫："非是区区懒就亲，心中自有心上人。有缘若得重相见，须比灵丹胜几分。"嬷嬷指天画地地继续劝说："老天爷有意造出你俩这一对儿，保证是般配的！这亲事成不成，你回我一句话吧。"张道南被她缠得无奈，虚应道："若是你家老相公不怕我这病人，肯许这门亲事，我道南情愿执鞭随镫。"嬷嬷拍手说："行了！有你这句话这门亲事说定了。我立刻回洛阳，禀告我家老爷去。"

张珪为儿子之病焦虑万分，心想："为何久治不愈，莫非被邪魔外道缠着？此处离城三十里有座丹霞山，山上萨真人是我同乡，专会降妖伏怪。何不写封信去，请他来给道南看看。"

萨真人名叫萨守坚，幼年学医，因用药误杀人多，弃医学道，云游四方；在西蜀峡口，拜虚靖天师为师，学会神霄青符及五雷秘法。他接到张珪书信，带领弟子来到张府。一见张道南，便断定："这病是被阴鬼缠扰做下的！待贫道设一坛场，剿除此鬼。"

萨真人登上坛台，命道童递过宝剑，他持剑在手，口中念念有词："道香一炷，法鼓三通，十方肃静，万神仰德，吾奉太上老君急急如律令，摄！一击天精，二击地灵，三击五雷，速把缠扰张道南之阴鬼擒来！"马、赵、温、关四员天将奉命前往。萨真人又含水一口，喷出，言道："徐碧桃还不现形！"只见昏惨惨一团烟雾消散，徐碧桃跪在萨真人面前。萨真人厉声喝问："你这小鬼头因何作怪，搅害人命？说出实情，万事皆休；否则便罚往酆都，永为饿鬼！"徐碧桃哭求道："告师父且息雷霆怒，容妾身细细说根源。"接着，把自己受父母辱骂被气死的经过叙说一遍。萨真人问："你既已死，何不去地府报到，以求早日转世？"徐碧桃答："妾身尚有二十年阳寿未尽，墓顶上那株碧桃树可以为证。"萨真人又问："你虽阳寿未尽，又怎能擅离墓地，缠扰阳官？""皆因那夜风清月又圆，张道南折枝引我把魂现。可怜我生埋孤冢近三年，只得书房一夜眠。他山盟海誓定姻缘，写下新词一篇《青玉案》，不由我不将他常顾恋。求师父体察放免。"萨真人看过《青玉案》，果然辞情真切。他命值日功曹快把判官叫来，问道："这徐碧桃果真二十年阳寿未尽，与张道南有前世姻缘吗？"判官查过生死簿和姻缘簿，回禀："确是如此！"萨真人脸色和缓："徐碧桃，我这就让你还魂，夫妻重配、父母团圆。你可高兴？"碧桃道："怎奈我的尸首久已腐烂。"

萨真人沉吟思考片刻，对判官说："你再查一查，看那生死簿上有哪个年少的妇人早晚该死，就让徐碧桃去借尸还魂有何不可？"判官回禀："徐知县次女玉兰今夕该死。"萨真人道："如此正好。"徐碧桃听了，深深感激。

徐端夫妇正忙着准备次女玉兰的婚事，谁知一日早起，竟发现玉兰暴病而死。二老伤痛之余，只得又派人去东京张府报信，并停尸在堂，等亲家和女婿来到，再行入殓。

忽然，玉兰睁开双眼，从床上慢慢起身。徐端夫妇又惊又喜。玉兰款款走上前，向父母深施一礼："儿一去相别已三载，可怜白头父母都年迈。"徐端奇怪地说："三天尚不足，怎么会是三载？"徐夫人也问："儿呀，你这是到哪里去来？""碧桃儿枯树再花开，恰一似南柯梦中来。"徐端夫妇由惊转怕："碧桃孩儿已死三年，怎能再活？莫不是妖孽作怪！"正这时，张珪夫妇及张道南急急赶来吊孝。徐端早迎上来，慌慌张张地诉说："亲家，怪事了！俺家那碧桃孩儿还魂了！"张道南一眼发现碧桃，又想上前亲近，又有些害怕："碧桃！你，你到底是人是鬼？"碧桃却说："是人是鬼何足怪，世间只有真情在。道南，这是你亲笔书写的《青玉案》，你该拿去当众展开作表白。"

众人正大惑不解，萨真人到来，向大家讲明了自己如何使用法力，令碧桃借尸还魂的经过。众人听罢，一齐跪倒称谢。又大排筵宴，庆贺骨肉团圆、夫妻团圆。

❖李好古❖

石佛寺龙女听琴　沙门岛张生煮海

上界金童玉女，因有思凡之心，被罚往下方。一个投胎在潮州张家为男身，一个脱化在东海龙王处为女子。东华帝君准备在这二人相逢之后，酬还宿债，再点化他们还归正道、共赴瑶池。

潮州张羽，自幼颇学诗书，怎奈功名未遂。这天，他闲游海边，忽见一座古寺，上书"石佛寺"三字，便请门口小和尚进去通报，说有个潮州秀才特来相访。寺中主持法云长老迎接出来，施礼道："敢问秀才，有何见教？"张羽答："小生偶然闲游至此，因见古刹清凉境界，望长老借一净室，供小生温习经史，不知允否？"长老道："寺中房舍尽有，您自可收拾一所幽静之处读书。"张羽奉上白银二两作为布施，随小和尚入内，选东南角一间空屋住下。

夜阑人静，张羽命家童点灯焚香，自己拿过古琴，抚一曲散心，歌道："流水高山调不徒，钟期一去赏音孤。今宵灯下弹三弄，可使游鱼出听无。"

此时，海水汹汹，晚风微送，兼天涌，一轮皓月映波中。龙女琼莲正带着梅香翠荷在海边闲游，忽听琴声典雅，不由蹑足潜踪寻过来。那琴声更加清越，悲如鸣鸿，切若寒蛩，娇比花容，雄似雷轰。琼莲不由驻足窃听，如醉似梦。

张羽弹着弹着，忽然琴弦崩断，心想："莫非窗外有人？"便走出来。琼莲一面躲避，一面轻声赞叹："好一个秀才呀！"张羽也失声问道："呀！好一个女子。请问小娘子是谁家之女，为何夜行至此？"琼莲回话："妾身龙氏三娘，因听琴至此。"张羽："既为听琴而，必是小生知音。请里面坐，待小生细弹一曲如何？"琼莲和翠荷跟进书房，问："先生高姓大名？"张羽："小生姓张名羽，早年父母双亡，至今尚无妻室。"翠荷怪道："这秀才好没来头，谁问你有妻无妻了？"家童搭话："不但相公无妻，连我也还没有呢。"张生趁势言道："小娘子不弃小生贫寒，肯与小生为妻吗？"琼莲也不羞涩："我见秀才聪明智慧，丰标俊雅，一心愿与你为妻。只是有父母在堂，须禀明二老方可应允。你到八月十五日，前来我家，自有分晓。"张生："既蒙小娘子俯允，何必再等？不如今夜便成就了，何等有趣！"家童也说："正是。连我也等不得了。"翠荷笑道："你等不得就等不得吧，有何办法！"琼莲站起身："我本大家闺秀中，不比那秦楼风月丛。常言道有情何怕隔年期，好事多磨须志诚！"张羽急忙表白："小生正是个志诚老实的！请问小娘子家住何处？""就住在这沧海最深层，险似那巫山十二峰。""再深再险我也不怕，只求小娘子言而有信，留下个表记给我。"琼莲掏出一面鲛绡帕递给张生作为信物。家童对侍女道："梅香姐也该留给我一件信物才是。"翠荷扔给他一把破蒲扇："你留着它扇煤火去。"

自那两位女子走后，张羽坐立不安，对家童说："我也等不得中秋了！你快收拾琴剑书箱，咱们同去海边，找她俩去。"可是，寻了数日，到处是沙滩礁石，哪里有丝毫踪迹！

张羽正坐在礁石上叹息，迎面走来一位道姑，问他："秀才何故愁苦？莫非是失了船，迷了路？""不是，只为寻找那心上人，不知她在何处。"接着，张羽把自己的遭遇叙说给道姑听。道姑听完，言道："她既称姓龙，想必是龙王之女了。秀才不知，那龙王张牙舞爪，十分凶恶，可不是好惹的。他如何会应允这门亲事！看来，你这婚姻定是无成了。"张羽听罢，掏出鲛绡帕，掩面痛哭，悲不欲生："唉！小娘子，谁让你来听琴？这不是害死我吗！"道姑见状，言道："看这鲛绡帕，果是龙宫之物。想那龙女定也对你很是钟情，只因其父阻挠。我本东华帝君手下大罗仙，有三件法物可以降服龙王，你要不要？"张羽奋然而起说："愿见上仙法宝。"仙姑拿出一支银锅、一枚金钱和一把铁勺，告诉张羽："你可去沙门岛上，支起银锅，用勺舀海水在锅里，把金钱放在水内，然后点起火来。煎一分，海水便去十丈；

煎二分，便去二十丈；锅内水干，海水见底。那龙王自然存坐不住，必会派人相请，招你为婿。”张羽转悲为喜，辞谢了仙姑，赶往沙门岛。

张羽带着家童来到沙门岛，按仙姑吩咐，点起火来。家童拿起破蒲扇在下面扇上两扇，只见锅里水"咕嘟嘟"冒着泡，那汪洋大海也波涛翻卷，如沸腾一般。正这时，石佛寺法云长老急匆匆赶来，气喘吁吁地说："秀才，快熄了火！快熄了火！那龙王已托梦给我，说应允下你这门亲事。"张羽不信："除非龙女出来，否则我便只管煮！""哎呀，再煮片刻连你那娘子也成了鱼干儿。你快熄了火，往海中走一遭，今夜便是东床娇客！"张羽："老师父莫耍我，这沧海茫茫，我往里一跳，岂不淹死！"家童道："相公，这不妨事，可拉着长老作陪。长老淹不死，难道独独淹死你？"张羽："对，对！既如此，我就收起法宝，请老师父作成这桩亲事。"说完，拉着长老跃入水中。

家童想跟着跳又不敢跳，叹息道："你看我家相公，急匆匆扯着长老入海去了，留我独自一个在这里做什么？我不如回石佛寺去，替那长老做住持，再找个小尼姑做伴算了。"

张羽在法云禅师陪同下，来到水晶宫，与琼莲成了婚事。夫妻二人拜见龙王。龙王虽心中不悦，却无可奈何。问张羽："秀才，险些被你煮死我了。是谁给了你这法宝？""是东华帝君手下大罗仙姑。"龙王又责怪女儿："我想这桩事都是你惹出来的！"琼莲道："父亲不知，天边生有比翼鸟，水中产有比目鱼，地上出有连枝树，石内长有荆山玉。小女正愁凤只鸾孤，可巧地碰上他同心和意。"

正此时，东华帝君降临，众人一齐跪倒。东华帝君言道："龙王，那琼莲非是你女儿，那张羽也非是你女婿。他二人前世乃瑶池上金童玉女，只为一念思凡，谪罚下界。如今偿还凤债，可让他们早离水府，随我重返仙位，共证前因。"这正是：双双携手登仙去，摆脱了尘世茫茫海中苦。愿天下至情人都成眷属，一对对旷夫怨女无间阻。

— 474 —

李幼奴挝伤似玉颜　包待制智赚生金阁

蒲州河中府有位老汉，名叫郭二，他的儿子郭成幼习经史，学成满腹文章。然而，老汉却不让儿子去进取功名，为什么呢？只因自认为祖辈不曾有做官之人，怕无此福分，还不如甘守田园，倒也无荣无辱。谁想郭成偶然做一噩梦，去找卖卦先生一算，竟算定郭成有一百日血光之灾，除非千里之外方能躲避。虽然母亲王氏劝他阴阳不可信，但郭成心病难释。他请求父母准许他带了媳妇李幼奴同去京城，一为进取功名；二为躲灾避难。郭老汉一想也对，从箱笼中取出一件祖传珍宝，交给郭成，告诉他："这宝物名叫生金阁，放在有风处，便仙音嘹亮；若无风，用扇子一扇，也同样发声。你把它带在身上，急难时，也可换些钱用。"郭成小心翼翼把它包起来，交给妻子收藏好，然后和妻子一起上路了。郭二老两口送出很远，正是："离别苦难禁，平安望寄音；虽无千丈线，万里系人心。"

京城中有个庞衙内，平日倚仗权势，抢男霸女，无恶不作，若打死一个人，如同捏杀一个苍蝇似的。这天，纷纷扬扬下着大雪。庞衙内在家待得憋闷，吩咐手下人张龙、赵虎快去准备马匹，带上红干腊肠，备齐鹞鹰弹弓，直至郊外，一来打猎二来赏雪。

郭成夫妇艰难行进。他半途中染上一场重病，一个多月才见好转，如今终于走到帝都阙下。眼见得大雪弥漫，李幼奴对丈夫说："远处有个酒店，咱们不如先到那里避一避风雪，然后再慢慢地入城。"夫妻二人来到酒店，向店小二买了二百长钱白酒，喝着暖和身体。

　　庞衙内来到郊外，也打算在小酒店暂歇。张龙通知店小二："不要讨打！你快收拾一间干净阁子，让我们爷在此吃酒。"店小二忙对郭成说："秀才，你听见，那爷不比别的，打死人不偿命！就请你们二人先避一避吧。"庞衙内进店："哼！我儿，你也有福，我贵脚踏此贱地，你家九祖都荣耀升天呢！"说着，摆上酒席，大吃大喝起来。郭成在旁边观察，见这官人如此气派，心中暗想："我在京城人生地不熟，无处投奔，何不趁此机会，与这官人搭告搭告。"他叫过店小二来问："小二哥，那阁子上官人是什么人？""秀才，放低声！你还不知道，这就是权豪势要的庞衙内。你问他做什么？""我想央及你去对他说一声，就说这里一个秀才有件稀奇宝贝想献给他。""怕不行吧？""不妨事。"于是，店小二将此话传与庞衙内。庞衙内听完，奇怪地说："嘿！往日人们见我，躲都躲不及；今日竟有人主动找上门来。行啊，让他过来。"郭成来到阁子中，向庞衙内施礼。庞衙内问："你是哪里人氏？姓甚名谁？打算进京干什么？"郭成一一回答，说准备进京赶考，求大人帮助；并愿意将祖传珍宝生金阁献给大人。庞衙内："我那库中，八宝瓶、珊瑚树、无瑕玉、夜明珠、琉璃盏、水晶盘……应有尽有，还没听说过什么生金阁。恐怕是假的吧？你拿来我看。"郭成转身回妻子处去取。李幼奴担心地问："秀才，这恐怕不好吧？"郭成说："没关系！"接过生金阁，拿到庞衙内面前，用扇子一扇，果然仙音响起。庞衙内十分高兴："嘿！真是件宝物。我就收下了。赵虎，写我一个名帖儿寄给考场贡主，让他大大地给这秀才一个官儿做。"郭成听了，不知如何表示感激，招手让李幼奴过来，道："大人已许了我官儿做，咱俩一齐过去拜谢。"衙内一见李幼奴，便看上了。对郭成说："你这媳妇真生得好！正是巧妻常伴拙夫眠啊。我问你，城里有住处吗？""小生正发愁没有住处。""那好，你们两口儿就跟我回府去。"

　　庞衙内将郭成夫妇带到内宅，假装客气地问："秀才，你愿不愿跟我做个亲眷？""小生一介寒儒，已多蒙大人顾盼，又有何福企望高攀？""你把你那媳妇给我做夫人，我再替你另娶一个，你意下如何？"郭成一听，顿时唬得肉麻筋酥，颤声言道："原来是要换我这丑媳妇！她脸不洗、头不梳，有什么值得您中意处？您这要求实在是败坏风俗！""你不要推三阻四的！什么风俗不风俗，我定要换了你的！"郭成嘴里骂着："你先骗取了我那稀奇无价物，又生出歹心强夺我媳妇！你原来是个泼无徒，算是我瞎了眼珠！"拉着李幼奴要走。庞衙内早一把揪住他的衣服："哪里去？你不答应，我让你眼下就死！"郭成放声大哭："天哪！快可怜可怜我这无辜！早知今日，何必当初！现在才知道美女累其夫！"庞衙内叫来打手，命他们先把郭成锁在后槽柱子上。又叫来奴婢，多使肥皂将李幼奴洗擦干净。

李幼奴至死不从。庞衙内让家中一位奶妈前去劝说。奶妈送儿子福童去上学后，来到后花园。园中小屋内，李幼奴正哭得痛不欲生："天下人烦恼，尽在我心头；浑如秋夜雨，一点一声愁。"奶妈开门进来，向李幼奴施礼："姐姐万福。"李幼奴止住哀声，还了礼。奶妈问："俺家衙内大财大礼地将你明媒正娶，说要与你百年偕老，你为什么不肯随顺呢？"李幼奴："奶妈，您别听他胡说！那衙内骗去了我家宝物，又要强娶我这有夫之妇。我丈夫现被他锁在马房里，这天大的冤枉该向谁诉？"奶妈吃惊地说："啊？原来是这样！那衙内实在是驴狗不如狠心肠！只可惜你无法逃出他天罗地网。"李幼奴："他无非是看我长得可喜，我如今就抓坏了我这面皮！"说着，用指甲把脸抓破。奶妈也不阻拦，反倒说："对对，让那贼泼徒空欢喜一场！"庞衙内早伏在窗外偷听，见此情景，踹门而入，踢倒奶妈："呔！我养着你这狗，倒向屋里吠。我被你骂的好哇！"奶妈仍是骂："你如此狠心狗肠，早晚要餐刀赴云阳，千人唾万人恨，将你尸首吊在高杆上！"庞衙内气急败坏，呼唤道："来人呀！把这老贱人拿绳子捆了，丢进八角井里去！"一会儿，打手回来报告："已将老婆子水葬了！还搬下井栏石压着，省得尸首浮起来。"庞衙内再看李幼奴，脸面已自己抓坏，他索性一不做二不休，命令张龙、赵虎："把那郭成从马棚里提来，当着这贱妇的面铡刀切了头！"赵虎揪着郭成头发，张龙抬起铡刀，只听"咔嚓"一声，郭成尸首倒地，忽然又蹦起来，夺过脑袋一手提着，越墙而逃。张龙、赵虎都吓坏了，庞衙内强作镇静："休要大惊小怪地！量他一个鬼魂，能妨什么事！明天是正月十五元宵节，你们都拿着棍棒，跟我上街，另外再寻个美人回来。"

元宵佳节，家家户户门前都挂起花灯，男女老少齐来街上观灯取乐。正这时，却见一个无头尸首冲过来，抢着脑袋四下里乱冲乱打，吓得众人抱头鼠窜。庞衙内也被尸首追得屁滚尿流，气喘吁吁逃回府来。

龙图阁待制、开封府尹包拯去西延边赏军回来，便衣走进一家酒馆暂歇。却见旁边一张桌子上围着几个老者，变颜变色地闲聊："哎呀！我活了这把年纪，还从未见过这等怪异！昨夜我险些被那尸鬼吓死。""是呀，现在我的心还'扑通、扑通'乱跳呢！"包拯凑过去，扳住一个老者肩膀问："你们说些什么？"那老者一激灵，扭头看清是人，"呸"了一声："哪儿来你个老家伙？冒冒失失的，差点儿又把我吓死！"张千闻听，怒道："呔！休胡说！这是包、包、包……"包拯冲他一瞪眼，吓得他急忙把话收住。包拯和蔼地问："刚才您几位老人家说什么无头鬼？"老者们七嘴八舌、绘声绘色地把昨夜之事叙说一遍。包拯暗想："自我离朝，竟发生这等蹊跷事！"

包待制上马回府，走在街上，却见马前阴风旋转。包待制喝道："你就是那无头鬼吗？你且回城隍庙去，有什么衔冤负屈之事，到晚间我自会替你做主！"包待制路过私宅，吩咐张千进去通报平安，自己连马也没下就直奔开封府升堂问案。叫过当值的娄青来，令他快去城隍庙勾那无头鬼。娄青听到命令，吓得跪倒在地，扇着嘴巴乞求："小人胆小，哪敢去勾那无头鬼？还是差别人去。"包公道："你不必害怕。你进那庙去，先向城隍神像施礼祝祷，然后说明：那屈死的冤魂，包待制正在南衙里等你。他自然就会跟你来。"

娄青提着灯笼，一脚深一脚浅来到城隍庙。庙门虚掩着，忽然从里面吹出一阵阴风，把灯笼扑灭。吓得娄青腿肚子转筋，急忙跪倒在地："城隍爷爷可怜见！城隍爷爷可怜见！"听里面没了动静，小心翼翼进入殿内，取神像下蜡烛把灯笼点着，却觉后面有人"扑"地又给吹灭。娄青颤声道："你可是那无头鬼？"无头鬼现身说："正是我。"娄青："好怕人呀！你快跟我去见包大人。"

娄青回衙交差。包待制递给他一摞银钱金纸，命他在府门前焚化，口中念道："门神户尉听吩咐，邪魔外道拦挡住，屈死冤魂快放入。"无头鬼进入公堂，跪在当央。包待制喝问："那鬼魂，你姓甚名谁？快将那屈死的原因详细诉来。"无头鬼道："孩儿是个秀才，姓郭名成，河中府人氏。"接着，将自己遭遇哭诉一遍。包待制听完，不禁心中悲悲痛痛、酸酸楚楚。让鬼魂暂且退下。

第二天一早，刚刚抬出放告牌，就有人击鼓鸣冤。是李幼奴领着奶妈的儿子福童前来告状。包待制听完诉状，令他二人且在司房住下。

包待制沉思片刻，吩咐娄青快去买羊置酒，要安排一个大筵席宴请庞衙内。庞衙内接到请帖，心中暗想："看他这意思，也是怕我，要与我套近乎呢。我就走上一趟。"来到开封府，包待制已亲自在门口迎接。庞衙内道："老宰辅，量小官有何德能，敢劳设宴相请。"包待制："老夫年纪高大，反思以往，多有不足，今日特意谢罪，望衙内宽恕。今后，我与衙内便是一家一计。"庞衙内听了，更有些受宠若惊，连声说："老宰辅说得对，说得对！咱们便是一家一计。"二人入席吃酒。包待制言道："老夫去西延边赏军回来，得了一件稀奇宝贝。衙内是经多见广之人，愿不愿上眼一观？"庞衙内："是何物？""是一个生金塔儿。塔儿初看不稀罕，可若放在桌上，有那虔心的人冲它拜上三五拜，它便塔尖上现出一尊五色毫光真佛。""这有什么好看！我有个生金阁儿，放在有风处或用扇子一扇，便有仙音嘹亮，那才好听！"包待制："老夫不信！"庞衙内："小的们，快去家中取来！"生金阁取来，庞衙内忙不迭演示给包待制看。包待制连呼："好东西！好东西！老夫难得见此无价之宝。衙内能否借我拿进后堂，让我老妻也开一开眼呢？""可以，可以。老宰辅就拿进去看，咱们从今一家一计。"二人继续喝酒。包待制道："筵前无乐不成欢。娄青，你去给我唤个歌者来！"娄青却把李幼奴和福童带上来。二人当堂跪倒，呼喊："冤屈呀！"包待制问："那妇人，你告谁？""我告庞衙内！"包待制扭头对醉醺醺的庞衙内说："那妇人告你呢。""告我什么？""告你强要了她的生金阁。是真的吗？""刚才那生金阁就是，是真的。""还告你要强娶她为妻，并杀害了他男人郭成。是也不是？""是，也是。""那孩子告你将他母亲推入井中淹死，是也不是？""也是。"包待制命娄青拿过纸笔来，让庞衙内在招供上画押。娄青道："奴才晓得。庞大人，您就在这儿画个字吧，左右您和包大人是一家一计。"庞衙内迷迷糊糊地说："对，对。一家一计，一家一计。"包待制掌握了人证、物证和招供，脸色一变，喝令撤去筵席，将庞衙内重枷枷起。庞衙内此时恍然大悟，骂道："包老儿，你敢将我怎样？"包待制凛然判决："庞衙内倚势狂骄，扰良民不依公道。杀秀才强夺其宝，恣奸淫又把佳人要。老嬷嬷生推入井，比虎狼更还凶暴。论王法理应斩首，即刻间押赴市曹。小福童长大加官，李幼奴贤德可褒。赐郭成进士荣誉，设道场隆重祭悼！"

❖ 无名氏 ❖

金御史清霜飞白简　冯玉兰夜月泣江舟

　　洛阳官员冯鸾改任福建泉州知府。这天，他吩咐家童带着亲眷和行李先去河边预订船只，等自己辞过同僚，再赶往码头会合，一齐出发。

　　家童安排冯太守的夫人、女儿冯玉兰、儿子憨哥上车，押着行李，来到江边。他找见一位艄公，问："船家，我家大人要去福建泉州赴任，只有五六个人，行李也不多，你可趁便带些私货。愿不愿走一趟？"船家答应道："行！你们搬行李，请家小上船。"家童叮问一句："你这船不会打跟头吧？""什么叫打跟头？""就是到了江心，翻起个儿来。"艄公气道："多谢你放屁的口，说了这些吉利话！"

　　一路乘车奔波，人们都困倦了。夫人带着憨哥进船舱休息，冯玉兰倚着船舵打盹儿。忽然一个强盗轻轻爬上船来，提着刀蹑手蹑脚奔往后舱，冯玉兰吓得大叫。醒来却是一梦。

　　冯太守到来。艄公在船头烧了纸马，祭过水神，撑动竹篙，拽起篷帆。木船顺风而下，不一刻已行了数十里水程。

　　这天，船只行到黄芦荡。艄公禀道："天色已晚，江风又起，恐有疏失。不如在此湾船。"说着，将船缆住。大家略略用些晚餐。艄公就喊："睡觉吧，睡觉吧，此处荒凉，你们警醒些！"冯玉兰刚十二岁，从未出过远门。此时只见水天连四野，芦花似雪铺，江景全模糊，风声伴鹧鸪。她不由有些怕意，坐在父亲身边，讲述了自己梦中情景。冯太守却满不在乎："咱们再行两日就到了泉州。梦中之境，不必想它！"正说着话，觉得身子一晃悠。听见艄公骂："是哪个棺材将我的船撞了一下？连行船不撞坐船的规矩都不懂！"对面有人答："什么棺材？是官船！我们是巡江的官船！""呸！你是官船，偏我的不是官船？我的船上载的是泉州府冯太守！""让冯大人出来相见！"家童回话："我家老爷辛苦了一天，正要收拾睡觉，明天再说吧！"冯太守却已走出舱来，拱手问道："卑职冯鸾。敢问对面巡官大人高姓？"那巡官还着礼："小官姓屠名世雄，奉上司差遣，领着水军沿江捕捉贼寇。见有舟停泊在此，怕是贼船，故来动问，勿罪勿罪！"冯太守热情地说："哪里，哪里，你我虽分文武，总是一殿之臣，今日相逢，非同容易！就请屠大人过我船上，略叙三杯如何？"屠世雄嘴里说着："小官有何德能，敢劳大人如此费心？"身子已迈步过来。冯太守吩咐家童在船头安排酒肴。道："中途暮夜，别无所备，望大人见谅。"端起酒："请大人满饮此杯。"屠世雄虚应着："大人与小官素不相识，今蒙一见如故，足知大人尊量不浅。"冯太守心里高兴，连饮数杯。道："屠大人状貌魁梧，言谈倜傥，令老夫起敬。家童，请出奶奶和小儿、小姐来参拜屠大人。"夫人来到船头，施礼递酒。屠世雄抬头一看，不由心内一惊："呀！真是个好妇人。"装做酒醉，把夫人从上到下一眼一眼仔细打量。冯玉兰在旁边发觉，心说："此人恐怕是个不良之徒！"正想着，只听屠世雄朝自己船上吆喝一声："我那心腹人在哪里？""嗖嗖"地便窜过来几个持刀的汉子，把冯太守和夫人团团围住。屠世雄也抽出刀来，比着冯太守说："你这夫人大有颜色，把她让与我为妻，万事皆休。否则，我认得你，这刀可不认得你！""这如何使得！""既然使不得，先杀了你个老匹夫！"冯太守吓得连忙改口："嗨！夫妻本是同林鸟，大限来时各自飞。夫人，我也保不得你了，你只好跟他去吧！"屠世雄："既然允了，把这妇人扶过船去！"夫人哭着往江中便跳，被屠世雄拦住，挟着回到那边船舱。冯玉兰哭着向父亲要母亲，冯太守轻声说："这姓屠的领着一班刀斧手，动不动要杀人，叫我怎能救护你母亲！且忍住这口气，等到了泉州官衙，我定不与他干休！"这些话早被屠世雄听见，冷笑着过来："嘿嘿，你打的好主意！俗话说'先下手的为强，后下手的遭殃'，我现在就杀了你们，以免后患！"冯太守还要跪下哀求，屠世雄手起刀落，把他砍为两段。接着，又四下里追赶，把憨哥、家童、艄公、梅香、仆人统统杀死。冯玉兰搬起一个书箱，扔进江中，自己躲在船舵夹缝中。屠世雄杀完人，清点着尸首："只少了那十多岁女孩儿。刚才'扑通'一声，料是落入江中，如此大风大浪，莫说女孩子，便是大人必也活不成了！"他放心地整一整衣服，回到自己船上。

这一夜，狂风怒吼，把缆绳吹断。冯玉兰缩在船舵缝中，随船漂泊。

都御史金圭，奉圣上之命巡抚江南，缉拿江南盗贼，有先斩后奏之权。他正在船上假寐，却见五六个提头的鬼魂扯住他衣服喊冤，把他惊醒，心想："莫非此处不久发生过一起杀人大案吗？"正疑惑间，听艄公嚷："不好了，不好了！上流头漂下一条空船，快用竹篙垫住，莫让它撞坏咱们的船。"金圭走出船舱观看，隐隐听见那边船上传出女子的凄惨哭声。他凛然问道："那边女子，是人是鬼？因何独守空船？"冯玉兰听见人们喝问，知道不是屠世雄一伙儿，便高喊"救命"。金圭命艄公拿起挠勾，使两船相并。问："船里的人因何啼哭？"冯玉兰站起身，讲明自己姓名及家庭情况，叙说了昨夜遭遇。金圭派衙役过船验看情况。衙役先救起冯玉兰，又回船报告："大人，那船上男女老少共六具尸首左卧右躺，黏糊糊的鲜血汪汪。寻到一把杀人刀，刀头沾着血浆！"金圭听了，心内大惊："清凉世界、朗朗乾坤，竟发生如此血案，谁想巡江官却干下这等事来！这正是老夫职内之事，老夫定要查个水落石出。"他吩咐艄公："立刻开船，到前面清江浦拢岸。"

金圭在清江浦上岸，进入官厅。命令驿官速去传达："召唤沿江一带大小官员齐来参见！"屠世雄与其他巡江官来到巡抚衙门。金圭问："你们众多巡江官，必然各有各的巡逻地方，都把各自巡视的地方报上来！"屠世雄胡乱报上个地名。金圭听罢，拍案怒道："黄芦荡是个盗贼出没的所在，为何无人巡视？哪个是总理的官员？赶快道来！"屠世雄跪倒："小人是总理的官。这黄芦荡是下官时常屯扎的信地，因此，不曾另派巡查。""哦，原来你就是屠世雄。我问你，你们巡江官擒拿盗贼，凭得什么？""凭得是兵刃锋利。""那好。左右，去往各巡官官船，将他们随身兵刃都拿来，我要验看。"衙役将各巡江官所使弓箭、腰刀、衣甲放在金圭面前。金圭问："为何这一件只有刀鞘？是谁竟敢如此戏弄俺大臣？"屠世雄慌忙说："大人息怒！这口刀是小人晚间在船上失落了，还不曾配就。"金圭命令："各官员且退，只屠世雄留下。"又接着问："你那刀是怎么失落的？""不小心，落入水中。"金圭冷笑道："恐怕不是吧？左右，把那刀拿来！"衙役拿过那把带血痕的刀来，往屠世雄的刀鞘中一插，非常合适。屠世雄惊问："不知这刀怎么到了大人手里？""哼！你在黄芦荡将冯太守全家及艄公共六人全杀死在船上。还推做不知吗？"屠世雄矢口抵赖："怎能断定不是别人假称我的名字？"金圭喝道："不怕你刁钻！冯玉兰小姐安在？"冯玉兰来到堂上，一见到屠世雄便认出来："这贼汉正是那杀人精！屠世雄，我父亲恭恭敬敬将你请，你、你、你、竟然行起凶！快说！我母亲如今可有命？"屠世雄心想："这女孩儿不是投江了吗，怎么没死呢？"于是，便紧闭其口，一言不发。金圭命令左右动刑，他咬牙死忍。冯玉兰走出大堂，找到屠世雄官船，大声哭喊着母亲。刘氏被关押在船舱底，已被折磨个半死，听见女儿的叫声，振奋起来，拼命叫着"玉兰"。冯玉兰终于听见叫声，到舱底把母亲救出来。

屠世雄被判斩刑立即执行。刘氏和冯玉兰随同金圭车载回京，接受朝廷抚恤。

关张双赴西蜀梦

此剧四折，每折只剩数支套曲，没有人物和对话。因此，故事已难以敷衍成文。根据剧名及曲词来看，此剧描述的是刘备思念关羽、张飞，在梦中与两个弟弟相会，三人回忆已往，倾诉衷肠。

❖ 关汉卿 ❖

闺怨佳人拜月亭

卷地狂风吹塞沙，映日疏林啼暮鸦；战乱征伐，白骨中原如卧麻。

老将军即将率队出征，瑞兰母女掩泪相送。千叮咛万嘱咐："父亲年纪高大，鞍马上多加小心！""可别忘了家，早早回来！"

战火继续蔓延，百姓流离失所。瑞兰小姐也改换了行装，和母亲一起加入了逃难的队伍。此时，秋风飒飒，暮雨凄凄，行路十分艰难。泥泞中，瑞兰小姐摔倒了又爬起，一对绣鞋分不出帮和底。

母女二人正挣扎在荒郊僻野，忽然一队人马冲过来，百姓四下逃散。慌乱中，老母不知去向，急得瑞兰大声哭喊。见前边有个人影，她赶忙过去打听。看时，竟是个青年男子。她顾不得往日礼节，忍羞上前搭话。那秀才名叫蒋世隆，也是离家逃难的，刚才慌乱间，妹妹走失。两人同病相怜，便相约同行。没人问时，以弟兄相称，有人问着时，就假说是夫妻。

又走了一段路，蒋世隆遇到自己的一个堂兄，此人五大三粗，十分剽悍，一副强贼模样。他见世隆、瑞兰同行，心中狐疑，便多看了瑞兰几眼，更使瑞兰心中害怕。三人坐下歇息吃酒。趁着堂兄喝得醉了，世隆、瑞兰赶紧匆忙收拾，抢先溜走。

二人艰难行走，不想，世隆身染重病，头痛如锥挑，发烧似火燎，瑞兰只好搀扶着他一步一步往前挪。好不容易挨到一家客店，瑞兰再也走不动了，露出自己女儿行装，请店家为自己"丈夫"请个郎中来。郎中把过脉，留下药，瑞兰服侍世隆喝下后，暂时安歇。

正这时，店外又路过一群人马。瑞兰一看，那为首的竟是自己父亲，急忙跑出来相认。父亲见女儿在这里，大为惊异。瑞兰哭啼啼讲述了随车驾南迁汴梁的情况。当讲到逃难路上，因赶不上大队，被乱兵轰散，母亲不知去向时，老将军着起急来，催瑞兰立刻动身，跟自己一块儿到南京去找。瑞兰却大为犹豫。老将军此时才注意到，炕上还躺着个人。便问："那是谁？"瑞兰羞答答地说："是您女婿。——您孩儿一路无依傍，深得此人仰仗。"老将军一是为夫人走失着急，二是怪女儿不该私自交往男人，三是觉得这男人不过是个穷秀才；因此，也不多说，扯起瑞兰就走。世隆惊醒，强支病体，拉住瑞兰衣裳不放手。瑞兰走也不是，留也不是。哀求父亲："您就这么狠心，眼睁睁看着他有病不管吗？要知道，他是您女儿的大恩人！"老将军哪里听这些，声色俱厉，催瑞兰快走。瑞兰只好含悲忍泪，嘱咐世隆好好将养，等身体安康，就去南京寻觅夷门巷。这真是"一时哽噎，两处凄凉"。

瑞兰母亲在那夜失散以后，和另一位女扮男装的姑娘蒋小妹搭伴到了南京。

瑞兰和父亲来到南京，与母亲团聚，一家人住在夷门巷一处宅院中，生活安定下来。可瑞兰心中片刻也忘不下那染病的蒋世隆，终日长吁短叹，暗暗埋怨父亲不该活生生把一对儿情人拆散。

这天黄昏，瑞兰在蒋小妹陪伴下，到后花园散心。看着那田田的碧绿荷叶和那明镜般莹洁池水，瑞兰不觉又加重了心事："何时能对铜镜、理红妆，成就美满姻缘啊？"蒋小妹见她痴迷，便打趣地问："姐姐是不是想女婿了？"瑞兰嗔道："你个小鬼头春心动了，却来引惹我！"二人回到闺房，瑞兰借口"夜深了，我该睡了"，把蒋小妹支走，又命丫鬟在后花园摆上香案，说自己要烧炷夜香。

瑞兰对着明月，深施一礼，口中祝念："天哪，这一炷香愿我父心中谅解，少些狠切；这二炷香愿俺那被抛闪的男儿病轻些。"正这时，身后忽然有声音："这三炷香愿天下有情人终成眷属，俺两口儿早得团圆。"瑞兰回头一看，原来是蒋小妹立在那里，不由臊得满脸通红。蒋小妹问："您那被抛闪的男儿是怎么回事儿？"瑞兰幽幽答道："唉！妹子，你不知道，我在兵火中多亏那人照顾，一辈子也忘不了他！"蒋小妹又问："他是个什么样的人？"瑞兰悲切地说："你姐夫姓蒋，名世隆，字彦通，今年二十三岁。"蒋小妹一听，忽然也悲悲切切地痛哭起来。瑞兰奇怪地问："你哭什么？"小妹答："他原是我的亲人！"瑞兰吃惊："难道你是俺男儿的旧妻吗？"小妹见她那副紧张样子，不由笑道："别误会，他是俺亲哥哥！"瑞兰这才放下心，亲热地握住蒋小妹的手说："如此说来，你是我妹妹姑姑，我是你姐姐嫂嫂。"又向蒋小妹诉说了被父亲横拖倒拽出客店，不得不和蒋世隆告别的情形。也不知道蒋世隆病体如何？现在哪里？姑嫂二人又陷入深深的忧虑中。

转眼又是一年过去。有媒人上门提亲，爹妈催瑞兰到堂上见见，瑞兰就是不肯。蒋小妹过来劝说："你好不知福，听说那位是个新科状元呢。"瑞兰说："既如此，我就把这状元让与你吧。"蒋小妹说："让不让都要等看过再说，省得后悔。"瑞兰勉强起身，来到后堂。待那状元扭过头来，瑞兰发现：他不正是自己日思夜想的蒋士隆吗？过去打了他一巴掌，急急问道："你的病全好了？你怎么不早来这里找我？谁稀罕你去考那状元？难道你考不上状元就不来找我了吗？"问得蒋世隆无言以对。瑞兰继续愤愤地说："你想不到我是怎样地提心吊胆，度日如年，把你惦念，有你妹子瑞莲便是证见！"蒋小妹（瑞莲）过来见过哥哥，又劝说安慰瑞兰一番。

瑞兰父母命人摆上定亲宴席，堂上冲满欢悦气氛。正这时，有差人传下圣旨：封蒋世隆为中京行院，赐虎头金牌；立即赶赴前线，不得耽误迟延！

邮亭上琼英卖诗　山神庙**裴度还带**

裴度是河东闻喜县人，幼习儒业，颇看诗书，学成满腹文章。只是时运不济，三十岁了，仍不能科考中第。他的父母相继去世，家中一贫如洗。

裴度的姨夫王荣，人称王员外，在洛阳开有解典库，很是富有；曾多次派人找裴度，准备资助裴度一些钱，让他学做买卖。可是裴度本性难移，一心读书，看不起生意人。这天，王员外又和妻子刘氏商量：是不是再把裴度找来？刘氏说："看他那傲慢样子，还管他干什么？"王员外说："看在他死去的父母份儿上，咱们怎忍心瞧着侄子住在破山神庙里不管，还是再找找他，设法开导开导他吧。"

裴度来到姨夫家，拜见罢，姨母问道："裴度，你父母去世后你不寻思做点买卖，仍是每天价读书，读得你穷酸饿醋，到底有什么好处？"裴度说："姨母不知，圣人曾说，富家不用买良田，书中自有千钟粟；我虽居贫贱，但身贫志不贫，抱德怀才情不移。"姨母厌烦地说："怀才怀才，你且得顿饱饭吃吃！"裴度答道："休笑我一时间命运乖，就是那孔圣人也曾绝粮陈蔡，有朝一日威风起，您看我青史标名哉！"姨母听后，撇嘴说："我本想叫你来，让你吃顿饱饭，再给你些本钱，让你学你姨夫，做些买卖，寻些利钱，可你还是这等狂傲，说这些大话。既然如此，饭也没有，钱也没有，你快给我出去！"王荣也在一旁帮腔："看你那穷嘴脸，一辈子也不能发达，快出去！"气得裴度跺脚道："真是无礼！是你们几次派人找我，我来了却又对我如此轻慢羞辱。罢罢罢，我就是冻死饿死也再也不上你家门！"

裴度被气走后，王荣对刘氏说："这下儿，侄子定然恨透了咱们，不要紧，以后等他明白过来，还会感谢咱们的，我这就去白马寺找惠明长老安排一下。"

　　王荣来到白马寺，问看门的小和尚："你师父在吗？"小和尚胡说道："俺师父不在，到姑子庵里做满月去了。"见王荣发愣，小和尚又说："我哄你玩儿呢，师父在，你快进去吧。"

　　见到惠明长老，王荣道："请问长老，有个叫裴度的书生是否每天来这里？您能见着他吗？"长老说："是有这么一个文武全才的穷书生，每天到寺里来求食三顿斋饭。"王荣听罢，从怀中取出两锭大银，交给长老，并小声嘱托长老：等裴度再来时，请您如此如此。长老答道："员外放心，这事都在老僧身上。"王荣便告辞回家。

　　这天，纷纷扬扬下着雪。裴度又来到白马寺求食。惠明长老把他让进房内，叫小和尚摆上斋饭。裴度感激道："多蒙吾师厚德管待，此恩终生不忘，将来必当重报！"正这时，又有惠明长老的朋友赵野鹤来访。这赵野鹤善能相面，料事如神，人称无虚道人。惠明长老把道人引荐给裴度，并告诉裴度："何不请赵先生帮你相上一面。"赵野鹤略略一看，大惊，言道："这位秀才恕罪，我看你冻饿纹入口，横死纹鬓角连眼，鱼尾相牵入太阴，游魂无宅死将临，下侵口角如烟雾，即日形躯入土深。可怜呀，你明日不过午，一命掩黄土，定然死在乱瓦之下！"裴度听完，心想："准是此人见我衣着褴褛，有意藐视，才这样说。"只听那赵野鹤又继续言道："秀才，看你这面貌，简直无一部可观，你眼突、耳反、鼻仰、唇掀、喉结，是为五露；经云：一露二露，有衫无裤；露若至五，夭寿孤苦。你头小、额小、目小、鼻小、口小、耳小，是为六极；经云：一极夫妻不得力，二极父母少温习，三极平生少知识，四极农作无休息，五极身无剩衣食，六极寿命暂朝夕。"他还要细细详推下去，只听裴度勃然怒道："住口！我有经纶天地之心，扶持社稷之志，何听你这家伙胡言乱语！"说罢，不辞而别。惠明长老挽留不住，返身问无虚道人："虽然相法如此，难道就没有什么可以延寿的办法吗？"无虚道人肯定地说："我相面，决无虚言！"长老和小和尚叹道："裴秀才生就此命，真是苦哇！明日午后，他若能来，万千欢喜；他若不来，咱俩就到城外山神庙乱瓦中找他尸体去。"

再说这洛阳城中，有个韩太守，为官清静。这年，上头派来个国舅傅彬，清点河南府钱粮。这傅彬一到洛阳，就向韩太守索要下马钱一千贯。韩太守未曾应酬，因此这傅彬怀恨在心。后来，傅彬因贪污官银一万贯，案发入狱。追缴赃款时，他却咬上韩太守，说韩太守窝赃三千贯。这样，行文下来，韩太守也被关进监狱。此事极难分辩，韩太守也懒得越级上诉，只嘱咐妻子女儿想办法凑齐三千贯纳赔就是。韩太守女儿韩琼英，能诗会画，每日给父亲送完饭，便忍辱怀羞，到城门内外帮人题诗写字，挣些润笔钱。半年来，加上亲戚资助、乡民捐赠，已陆续交上二千贯，尚差一千贯韩太守不能出狱。然而，攒够这一千贯谈何容易！

这天，韩琼英又提着墨罐来到城外，见邮亭上有位公子正赏雪饮酒观梅。这公子姓李名文俊，是奉圣旨下来微服采访、体察民情的。李文俊见韩琼英手提墨罐，满头雪花，便让手下人把她叫过来，问她姓甚名谁，何以大雪中立在外面。韩琼英对他讲了自己家的情况。李文俊听完之后，大为同情，从腰间解下一条玉带，对韩琼英说："你就以雪为题，作诗一首，我便把这玉带赠你。"琼英略加思索，就在纸上写下七绝一首："合是今年喜瑞新，皇天辅得玉麒麟。太平有象云连麦，曾济祯祥救万民。"李文俊看那字迹清秀，已是赞叹，又见诗意高雅，觉这女子实为不凡。便又烦琼英再吟一首，接着又指白腊梅为题，各吟一首。片刻间，琼英四首绝句作成。李文俊拿在手上，对琼英说："实不相瞒，小官是奉命下来，专察不明之事，我要把你四首诗带进京去，将你父之事奏明圣上，绝不能让廉良之臣埋没。这条玉带价值千金，你可拿去，先救你父完赃脱禁。"琼英谢了李大人，拿着玉带回去报知母亲。

琼英拿着玉带往家走，雪越下越大，正好路旁有座山神庙，她便躲进去歇息。不想因身子过于困倦，竟一觉睡着，待睁开眼时，天色已晚，她怕闭了城门，又怕母亲悬望，急忙起身就走，把个玉带丢在庙里。

裴度在寺中受了一肚子窝囊气，一路自叹着："儒冠多误身，何时才能度完这艰难日子呀！"蹭回自己睡觉的山神庙。这山神庙早已破败不堪，顶子上露着洞，雪团掉下来，四壁裂开缝，寒风透进来，更兼梁朽椽烂根糟，随时有倒的危险。早有山神潜在像后，明日午前，摧败此庙，合该砸死裴度。裴度虽知这破庙危险，然而又无别的去处，只好摘下头巾，脱了泥鞋，偎着湿衣躺在草垫上。脚冷得睡不着，便起身盘膝而坐。忽见靠墙放着一条玉带，他拿起一看，不觉吓得心头小鹿般直跳。心想："如此贵重的东西，定是那赏梅的官长在这里经过，让当差的拿着，丢在这里。倘若回到官府，问起玉带，岂不要逼出人命！"裴度手捧玉带，对山神行礼道："请山神作证，裴度虽贫，绝不贪这等钱物。"他忍着冷，一夜未睡，坐待天明有人来寻。天亮了，裴度把玉带放在神像后，走出庙门张望，看是否有人来。

韩琼英和母亲急慌慌赶来，走进庙门一看，早不见了玉带。琼英急道："丢了玉带，不能救父亲出狱，我还有何面目立于天地之间！母亲，我也顾不得你了，我解下这胸带，寻个自尽算了。"其母也说："丈夫不能脱禁，要我一身何用，不如我也死了算了！"裴度见她母女如此，急忙奔进庙门劝阻："蝼蚁尚然贪生，为人何不惜命！因何缘故，要在此寻死呢？"母女俩把得失玉带的情况叙说一遍。裴度说："夫人、娘子，假如找到这玉带呢？""找到这玉带，便是救了俺一家人性命！"裴度说："夫人娘子放心，玉带我替你们收着呢！"琼英说："先生勿戏言。"裴度说："孔子门徒，岂有戏言！"把玉带拿出来交还她们。琼英母亲感激道："先生救活我一家，此恩如山！像先生这样，处布衣窘迫之中而不改其志，实在称得上仁人君子啊！"裴度说："不敢！不敢！像小姐那样，为父题诗，真可与贾氏屠龙、杨香跨虎、曹娥嚎江相比，真可谓自古少有贞孝女子！"琼英和母亲问过裴度姓名，千恩万谢，辞别还家。裴度送出庙门。琼英说："诗云：投我以桃，报之以李。此还带之恩，异日必当重报！"裴度推辞道："不义而富且贵，于我如浮云。这正是圣人教导！"正说间，忽然山神庙

"呼隆"坍塌。琼英母亲叹道:"幸亏秀才没在里面!"裴度更是惊得张口结舌:"这真是阴阳有准,祸福无差!我现在真信服了!"琼英母亲问他为何如此惊叹,裴度向她们讲述了白马寺无虚道人相面之事,眼下果有应验。琼英母亲道:"都因你阴德太重,救我一家人性命,因此大难不死,必有后程。将来定能发迹!"三人慨叹着离开破庙。

惠明长老与小和尚担心裴度性命,眼见天近中午,不见裴度身影,料定准是死了,心中甚为悲怜。赵野鹤又来了,小和尚生他的气,通报道:"门口有个赵野猪,让进不让进?"惠明长老走到门口,见是赵野鹤,便说:"裴度满腹文章,死的可惜呀!"赵野鹤说:"这都是命运决定,毫无办法。"正这时,裴度来到白马寺门口,小和尚一见,大惊,不知是人是鬼,跑到里面通报。赵野鹤不信:"你准是看差了,哪里还会有个裴秀才来!"裴度进门,向惠明长老施礼,又对赵野鹤说:"你说我今日不过午,一命掩黄土,我为何现在还活着?"赵野鹤注目一看,连喊:"怪怪怪,他今天的气色和昨天全然不同,福禄纹眉稍侵鬓,阴骘纹耳根入口,福贵气色,四面齐起,久后必是官居相位!"小和尚讥讽道:"你这阴阳不济事了,也是多半瞎猜!"赵野鹤说:"不对,我给人相面多了,从未遇见这等怪事。一夜之间,气色全变,定有活三四个人性命的阴德。裴秀才,请你实言相告!"裴度也不再隐瞒,将昨日之事叙说一遍,叹道:"赵先生果然内眼通神,若不是为还玉带,送她母女二人出庙,我真要死于乱瓦之下了!"赵野鹤等人转忧为乐,买来酒菜,为裴度贺喜。

琼英母女给韩太守送饭,诉说了裴度还带之事。韩太守分外感激,让夫人亲自去找裴度,愿将拙女琼英许配裴度为妻。韩夫人寻到白马寺,请惠明长老、赵野鹤为媒。惠明长老说:"我就替裴秀才做主,答应下这门亲事。"赵野鹤说:"这也是凤缘早定,淑女配君子。虽然如此,裴度还当以功名为重,先进京赶考,再娶妻室未迟。"裴度说:"小生也是此心,只是囊中匮乏,难以成行。"赵野鹤说:"我有马一匹,送给你代脚。"惠明长老说:"我有白银两锭,赠你做路费。"裴度一一谢过,进京赶考去了。

李文俊回京，将韩太守蒙冤之事奏明圣上。圣上宣韩太守进京，加官为都省参知政事。韩太守又将裴度还带之事奏知。恰巧此时裴度考中状元，披红挂彩，夸官三日。圣上大喜，传旨韩太守招裴度为婿，即日成亲。韩太守命人当街搭起彩楼，抛绣球招裴状元。

裴度骑马经过彩楼，恰被绣球击中。有官媒过来，请他下马就亲。裴度不肯，说已有妻室，难就亲。媒人说："这是奉圣旨行事。"裴度不得不下马登彩楼解释。韩小姐令媒人传问："你那前妻姓甚名谁，是何人家女子？"裴度答："俺前妻姓韩名琼英，她为我守志贞，俺怎肯让别人做了夫人！"韩小姐听了，起身上前，问道："状元，你认得妾身吗？我就是韩琼英呀！"裴度喜不自禁，请出岳父岳母，跪拜行礼。媒婆讪笑道："状元，你刚才死也不肯，这会儿又慌做什么？"

惠明长老、赵野鹤前来贺喜。裴度恭恭敬敬请进大厅。裴度的姨父姨母也来贺喜，裴度却像没看见一样，仍与赵野鹤对杯喝着酒。王员外气道："裴状元，我俩再不济也是你的姨父姨母，你因何如此傲慢，只管给别人敬酒！"裴度回身反问："你怎么到这里来撒酒疯？"王员外道："我连一口酒还没尝着呢！"裴度又命人拿来银两、鞍马、春衣，分别回赠惠明、野鹤，当面羞辱王员外夫妇。惠明起身道："裴状元，我给你说破就里吧，当初王员外故意轻慢，是有意促成你鸿鹄之志，你在白马寺，斋食供应及进京路费，都是你这尊亲转送，你可别误会了双亲德行！"裴度听罢，恍然大悟，跪拜施礼道："长老不说，裴度怎知。姨父姨母请坐，我被你们瞒得好苦！我的好姨父！"王员外夫妇转怒为喜，道："我俩被你傲得好苦！我的好侄儿！"

李文俊前来贺喜，并当堂宣旨：加封韩母为贤德夫人，授裴度吏部冢宰。一家人望阙谢龙恩。

邓夫人苦痛**哭存孝**

　　李克用凭借义子李存孝神威，大破黄巢，夺了长安，准备封赏三军。原打算派存孝镇守潞州上党郡，派义子李存信和康君立镇守邢州。这邢州紧临前沿，是敌对势力朱温的后门。李存信、康君立自知武艺不精，只会吃酒肉，倘若到了邢州，遇上厮杀，难免被俘被杀。于是哭哭啼啼来到义父帐中撒娇："俺俩起早贪晚，又唱又舞，扶持阿爸欢喜，怎么舍得让我俩去镇守邢州！若是阵前被朱温拿去，俺俩死了不要紧，只是再寻不来像俺俩这样能陪您吃酒取乐的了。那时您要想俺俩成了病，生药铺里可就赎也赎不来了！还是让我俩去潞州，换存孝两口儿去镇守邢州吧。"李克用说："好两个孝顺的孩儿，我就把你俩和存孝换一换。"都总管周德威听了，表示反对，说："想飞虎将军李存孝南征北讨、东荡西除，困来马上眠，渴饮刀头血，正应该封管潞州上党郡；李存信、康君立有什么功劳，怎么能给他们这么大的封赏！"李克用听了，觉得也有理，便命人把李存孝夫妻找来，听听他们的意见。

　　这李存孝，原本姓安名敬思，幼时父母双亡，多亏邓大户扶养成人。乡间牧羊时便有打虎之力，后被李克用招为义子，封为十三太保、飞虎将军。上阵全凭一把铁飞挝，所向无敌。其妻是邓大户女儿，也很有本领。这夫妻俩来到帅府，参见义父义母。帅府堂上珠围翠绕、珍馐遍布，李克用在李存信、康君立劝诱下，早喝得醉醺醺难以坐稳。李存孝夫妻过去拜见，连说几遍："阿爸，您孩儿存孝两口儿来了。"李克用迷迷糊糊答道：

"存孝孩儿来了？别的孩儿们都各处镇守去了，今日吉日良辰，你两口儿就到邢州镇守去吧，让康君立、李存信两个孩儿到潞州上党郡镇守去。"李存孝惊奇地问："阿爸，当初未破黄巢时，您许下的言语是让我去镇守潞州的，如今怎失前言呢？"邓氏也请义母刘夫人帮存孝再说一说。刘夫人看丈夫烂醉如泥，只好对存孝夫妻说："孩儿，你们先去邢州镇守，等你父亲酒醒，我再劝说他。"存孝夫妻无奈，一面往外走一面对李存信、康君立二人说："你们有何功劳，只会帐房里闲坐，饿了抓肉吃，渴时喝酪水，闲时打骨牌，醉时歪唱起；现在倒要去镇守潞州好城池！阿爸也太偏心，全忘了征战用人之时。"

待李存孝走后，李存信拍手庆贺："我二人到潞州，潞州是富足之地，远比到邢州每日与朱温厮杀强多了。"康君立提醒道："兄弟，只是李存孝这一去，必然对我二人不满，我们应该找他一件事，调唆阿爸杀了他才能称咱心愿。这样，咱俩去一趟邢州，假传阿爸旨意，说让各位义儿家将都各自恢复原来姓名；一旦李存孝恢复了原来姓名，咱们就可搬唆阿爸，杀了他安敬思了。"

李存孝自到邢州上任，操练军马，安抚百姓，使朱温不敢侵扰其境。这天无事，正在衙门中闲坐，有门卫来报："报将军得知，有李存信、康君立请见。"存孝一听是两个哥哥来了，心想必是带来阿爸将令，连忙请进。康君立说："李存孝，阿爸将令，因为你多有功劳，怕你失迷了本姓，让你别再姓李，仍旧叫安敬思。你若不听将令，阿爸要杀了你！你就快改回原姓，我们好回阿爸话去。"李存孝心中狐疑："怎么又忽然传下这样的将令？"但将令不敢违抗，也就答应下来。吩咐小校安排酒宴。康、李二人推说得赶紧回去复命，筵席也不吃就走了。

李克用正在饮酒作乐，康、李二人急慌慌闯进来，连喊："阿爸，有祸事了！"李克用问："什么祸事？这么大惊小怪的！"康君立说："您还没听说吗？那李存孝到了邢州，因怨恨父亲不给他潞州，他又改回姓名，叫安敬思了，还扬言要领着飞虎军来杀阿爸呢！"李存信也说："杀了阿爸不要紧，剩下我们俩可怎么办哟，我那阿爸呀！”李克用听完怒道："这存孝竟敢如此无理！他愿意改姓就改姓，怎么还要领兵来杀我！这还了得！我今天就点齐人马，把这放羊的小子捉来算账！”刘夫人连忙劝阻："你怎么不细想想，咱存孝可不是那样的人！我就亲自去趟邢州，查清此事。若是他真的改了姓，也不用发兵，我自有计把他捉回来。”李克用仍不放心，调集能征惯战的家将、九千装备整齐的番兵，做好进军准备。

这天，有一老一小来李存孝衙门告状。那小的申诉说："大人可怜见，过去我父亲无儿，就让我做他儿子，如今他有了田业物产庄宅，又有了亲儿，就不要我做儿子了，要把我赶出去。求大人与我做主明断。”李存孝心想："这小的真与我相似，当初用着时便称儿，一旦有了亲儿，就要赶走。”他心中有气，也不听夫人劝告，命令小校过去，把那老的打了一顿，轰出了衙门。

刘夫人沿路打听，果然李存孝又改叫了安敬思，她气愤愤来到李存孝官宅，命左右过去通报。李存孝听说母亲来了，急忙出来迎接，邓氏也急忙换好衣服迎了出来。存孝拜道："早知母亲到来，正该远接，接待不周，望阿妈恕罪！”刘夫人阴沉着脸说："李存孝，你父亲怎么亏待你了，你竟改回了姓名，真是太无礼了！”存孝忙说："母亲先息怒，喝杯酒休息休息再听我解释。”刘夫人冷冰冰地说："我不喝你那酒！”邓氏见母亲脸色不好，陪着小心施礼，问道："母亲，您远路风尘，”话没说完，就被刘夫人打断："别见怪呀，我那安敬思夫人！”顿时吓得邓氏目瞪口呆。刘夫人指着存孝夫妇数落："俺老两口怎么亏待你们了，就改了姓名！要不是康君立李存信说呀，你阿爸还不知道，依你阿爸的主意，要领兵来捉拿你，是我不信，亲自到这里来看看。谁知你果真改了姓名！你说俺怎么亏待你了！”李存孝辩解说："阿妈，我是听了李存信康君立传来的将令，让我们五百义儿家将都改了姓，让我还改回姓安的！我多亏阿爸阿妈抬举成人，封妻荫子，有了这么大的官职，怎敢忘了阿爸阿妈的恩义呢？”讲到这里，存孝不禁号啕痛哭起来。邓氏也在一旁替丈夫申辩："存孝屡立战功，从无二心，不能因为太平了，就冷落他、错怪他！”刘夫人听了，恍然大悟，说："我就说存孝孩儿不会干出这样的勾当嘛！可是你父亲却深深地怪着你呢。这样吧，媳妇儿，你留在家中，我和存孝去见你父亲去，当面揭穿康君立李存信这俩坏东西的谎言。"邓氏不放心，说："还是别让存孝去，有康、李两人在那里，他们狡猾多端，可能白白断送了存孝性命。"刘夫人却说："孩儿放心，我带存孝去，自然有主意保他没事！"李存孝也说："我这一去，定要辩个虚实，夫人就放心在家吧。"刘夫人说："对，存孝你就赶快收拾行装跟我去见你父亲去。这真是：万丈水深须见底，只有人心难忖量。"

李克用坐在帐中思量，问李存信康君立："你们母亲去了好几天了，也不知情况如何？就怕存孝根本没有这样的事。"李存信说："阿爸，他的确改了姓，我怎敢撒谎。"康君立也说："我要是撒谎，让大风把我帽子吹走！"李克用说："既然你们说得实，就拿酒来，伺候我喝几杯。"正这时，有小校进来通报："刘夫人回来了。"李克用听了，说："那就快让你们阿妈进来，一块儿喝几杯酒。"李存孝跟着刘夫人来到帐外，见没说让自己进帐，就对刘夫人说："阿妈先进去，替孩儿解释解释。"刘夫人："你放心，我知道。"进到帐中，刘夫人说："李克用你又醉了，不是我亲自去这一趟呵，险些送了你孩儿性命！"正要往下说，李存信进来报告："阿妈，我那哑巴哥哥出去打猎的时候，从马上掉下来了！"刘夫人慌了："哎呀，这可如何是好，我得先去看看我那儿子去！"说着就跑出来。存孝扯住她说："阿妈，您得替我解释一下才好。"刘夫人却说："我去看一眼我那哑巴儿子就回来。"存孝说："阿妈离开这儿，阿爸又喝醉了，信着康、李那两人的话，必然要送了我的性命！"刘夫人却怒道："你这孩子真不通情理，我的亲儿从马上掉下来摔坏了，我这当亲娘的怎不着急。俗话说'肠里出来肠里热'，我也顾不得你了，先去看我的孩儿。"说着，一把推开李存孝走了。李存孝心中好生难受，心想："关键时刻就看出来，这义儿亲子截然不同！"不由落下泪来。

李存信又给李克用斟满了酒，李克用说："醉了，不喝了。"康君立趁机说："阿爸，那背义忘恩的李存孝就站在帐外。"李克用说："我糊里乜斜，先去歇一歇。"走了。李存信跟康君立商量："阿爸醉了，这可怎么好！咱们还是先下手，杀了李存孝！等明天阿爸酒醒问起时，咱们就说是他传令让'五裂蔑迭'的！"康君立赞成道："兄弟说的是，若不趁早杀了李存孝，明天阿妈对阿爸说明内情，咱俩也是死！"于是，二人传令："小校，给我把李存孝拿起来！"李存孝被捆绑起来，惊问："康君立李存信，你们要把我带哪里去？"李存信说："奉阿爸将令，因你背义忘恩，将你五车急裂！"李存孝闻听，如五雷轰顶，叹道："阿爸，你好狠呀！我有什么罪过，竟将我五裂！"说着，招呼另外两个义弟过来，叮嘱他们将自己身上虎皮袍、虎磕脑、铁飞挞带给邓夫人。又仰天长叹："皇天可表，我李存孝为国为家，多有功劳，今日用不着了，就将我五裂了！这就是我忠心孝义的下场啊！"

李存孝被车裂，李存信康君立得意地说："这就叫'金风未动蝉先觉，暗送无常死不知'。"

第二天，周德威听说李克用带酒杀了李存孝，大惊。直至帅府责问李克用。

刘夫人赶到围场，看视自己的哑巴亲儿，到了地方，才知自己儿子根本没有落马摔伤。她派了一个亲兵莽古歹到帅府探望李存孝情况，莽古歹听说李存孝已被五裂，急忙赶回来报告。刘夫人初听凶信，心中怀疑："想必那李存孝写了招罪状、无冤书！"莽古歹说："也不曾取罪名，也不曾有报供，就那么前推后拥，推到法场行了刑！"刘夫人还不信："那存孝有九牛之力，打虎之威，就那么容易把他杀死？"莽古歹说："九牛力当不的五辆车，二十五头牲口四下趋，把个身躯骨肉全分开，铁石人见了也伤嗟！"刘夫人这才相信李存孝确实被害死了。想到存孝立下的功劳，想到以后再不能子母团圆，刘夫人大哭道："李克用，你怎么信着那两个贼子的话，把俺存孝孩儿屈死了！哎哟，存孝孩儿呀，你可让我心痛死了！"

李克用酒醒，升堂问案，命小校把李存孝带上来。李存信、康君立心怀鬼胎，躲在一旁。正这时，刘夫人闯进帐来骂道："李克用，你干得好勾当！怎么信这两个坏东西的话，下令把存孝儿五裂了！李存信康君立这两个坏东西！李存孝改做安敬思也是你这两个坏东西假传的令！"李克用说："夫人，你不说我怎么知道！都是这两个坏东西断送了存孝孩儿！我当时醉了，我说的是'糊里乜斜'，根本没说'五裂蔑迭'，他们就把存孝五裂了！"说罢，也大哭起来，"哎哟我的存孝儿呀！只因我带酒损忠良，五裂存孝一身亡！你个有仁有义忠孝子，莫怨我无恩无义老爹娘！"又命人把康君立李存信拿下，准备将他俩剖腹剜心，为存孝报仇。

李存孝夫人邓氏，手举引魂幡来到帅府，去法场收拾了李存孝骨殖，装入匣中，背在身上，痛哭着回往邢州。刘夫人追上来叫住："媳妇邓夫人慢走！哎哟，心痛死我了，我的存孝儿！"邓夫人却冷冷地说："阿妈，是你把我丈夫断送了！你忘了带存孝来时，保他没事，保到头来却保了个人头落地！"刘夫人说："媳妇，现在还说这个有什么用，你先把骨殖匣放下，一会儿你阿爸就将李存信康君立这两个贼子押来，让你看着把他俩处死，给存孝儿报仇雪恨！"李克用赶来，劝道："媳妇，你也该向我告辞一声再走啊！快把李存信康君立也五裂了，祭祀存孝！"周德威将虎皮袍、虎磕脑、铁飞挝供奉在存孝灵前，又宣读祭文道："英雄存孝今朝表，多曾出力建功劳。赤心报国安天下，万古清风把名标。呜呼哀哉，伏惟尚飨。"李克用下令：给存孝墓顶封官，给邓夫人一座好城池养老。

❖ **关汉卿** ❖

孙仲谋独占江东地　请乔公言定三条计
鲁子敬设宴索荆州　关大王独赴单刀会

　　魏蜀吴三国已成鼎足之势。在没成事之前，刘备曾向东吴借荆州作为资本，而占西川、取益州、并汉中、成霸业之后，仍派关云长镇守此地，不肯归还。东吴自从主帅周瑜死后，中大夫鲁肃为索取荆州之事绞尽脑汁。这天，他想定三条计策，请来乔公商量。

　　乔公来到州府，鲁肃请进帐中。乔公问："大夫今日请老夫来，有何事干？"鲁肃说："商量如何索取荆州。"乔公闻听，立刻摇头道："这荆州断然不可取！想那关云长好生勇猛，你要索取荆州，谈何容易！"鲁肃说："我料关云长年迈，虽勇无谋；俺这里有雄兵百万，战将千员，怕他什么！"乔公连连摆手："哎呀，你不知道，这关云长实在不得了！他诛文丑、刺颜良、逞英豪。上阵处赤力力三缕美髯飘，雄赳赳一丈虎躯摇，恰好似六丁神簇拥着一个活神道，谁见了不吓得七魄散五魂消。纵有百万军也挡不住他那千里追风马，千员将也躲不过他那青龙偃月刀！"鲁肃说："您老人家不知，我已想出三条妙计来索取荆州。"乔公问："是什么样的三条妙计？"鲁肃说："第一计是趁现在孙刘两家结亲之时，修书一封，邀请关云长来此赴宴为庆。他必无所疑。来到之后，在酒宴上以礼索取荆州。他若痛快答应，则是万全之计。他若不痛快答应，便有第二计，将江边所有船只扣留，不放关云长回还，将他软禁拘留，时间一长，或可同意归还。如若此计不行，便有这第三条计，在屏壁后暗藏甲士，趁他酒酣，金钟为号，伏兵一拥而上，擒住关云长，将他囚禁起来。那里没了关云长，刘备失去膀臂依靠，或可同意复还荆州，如其不然，我军大举进攻，荆州没有主将，定可一鼓而下！"乔公听完，起身道："你自夸三条计策妙，我看必落个一场空谈笑。大夫勿罪，我走了。"

乔公走后，鲁肃思量半晌，对将军黄文说："我就不信关云长像乔公吹得那样威风。咱俩再去访一访江东名士司马徽，此人曾与关云长有过交往，咱们去听听他的主意。"

司马徽，字德操，道号水镜先生，在江下结一草庵，聚村叟、会诗友，自在优游。这天，道童进来禀报："有个叫紫荆的求见，我让他攀着松树等着呢。"司马徽说："有请。"鲁肃进屋施礼道："子敬俗见，久不听教。"司马徽稽首还礼，问："数年不见，今日何来？"鲁肃答："小官无事不来，特请先生赴宴。"司马徽说："贫道方外之士，有何德劳，敢劳大夫置酒张筵，想必还请有他人。"鲁肃说："别无他客，只有您的故友寿亭侯关云长一个。"司马徽一听，立刻变了态度，脑袋摇得跟拨浪鼓相似："若有关云长啊，贫道中风病发作，去不得了！去不得了！"鲁肃问："刚才先生还慨然应邀，怎么一听说有关云长就力辞不往了呢？况且，您只是伴客，有什么害怕？"司马徽说："请关云长，定是为荆州，我这做伴客的，少不的和你同病同忧，倘若一语不和惹恼那寿亭侯，咱俩呀，都落不下个完全尸首。"鲁肃说："实不相瞒，我确有三条计，准备索取荆州。请先生以故友身份赴宴相帮。"司马徽说："我先不问你那三条计，只说若坚意宴请关云长，必依贫道三件事。"鲁肃问："哪三件？""第一件，关云长一下马，咱俩就躬身施礼忙问候。""依的。""第二件，关云长一入座，咱俩就跪着膝忙劝酒，他说喝就喝，他说受就受，他说东咱就随东去，他说西咱就顺西流。""这个？""还有第三件最要紧，关云长若是醉了呀，咱俩就得快逃走！万不能提什么索荆州！"鲁肃问："提索荆州怎么了？"司马徽说："他听到你要索荆州呵，丹凤眼一睁，卧蚕眉紧皱，咱俩就得伸长脖子准备好头！"鲁肃说："我料那关云长勇有余、智不足，我事前埋伏好甲士，来个先下手为强，谅他插翅也难飞走。"司马徽摆手道："且不说关云长你难得手，就是他那些兄弟又怎肯与你甘休！那刘皇叔，仁慈德行有；那诸葛亮，抚琴弹剑鬼神愁；那黄汉升，勇猛似彪；那赵子龙，胆大如斗；那马孟起，是个杀人的领袖；那莽张飞，虎牢关力战了十八路诸侯，他黑豹马，丈八矛，当阳坡前，如雷吼，喝退了曹操一百万铁甲貔貅，他断桥边上喝一声，拍岸惊涛水逆流！"鲁肃说："你和关云长是老朋友，和他会一会有什么关系？"司马徽连说："不中，不中，我可不去！出了事，你也莫怪我没有劝你！"说着，出门走了。小道童说："鲁子敬，你肉眼不识贫道，要取荆州，为何不来问我？"鲁肃以为他真有本领，便说："道童，你师父不去，就请你去走一趟怎样？"道童说："我呀，也就是拖根拐杖家里走，穿双麻鞋屋外游，那周仓哥哥一抡刀，唬得我恰似缩了头的乌龟直往那汴河中游！"说罢，也走了。鲁肃言道："听他们这一番话，让我心里也有些怕了。不过，我这三条计策已经定下，怎能半途而废！黄文，你把这封请书送到荆州去，看看那关云长到底敢不敢来。"

关云长端坐在中军帐，周仓、关兴侍立两旁。关平进帐通报："报父亲得知，今有江东鲁肃差一将军持请书来见。"关云长说："让他进来。"黄文进帐，只见那关云长美髯一尺八，面如重枣，有如天神一般，心中害怕，战兢兢把请书递过去。关公览罢，说："你先回去，我随后便来。"黄文出得门来，松了一口气，心说："鲁肃哇，我真替你发愁哩！"

关云长对关平等人说："孩儿，鲁肃请我赴单刀会，我得去一趟。"关平说："恐怕筵无好筵，会无好会，还是不要去。"关云长说："他哪里是摆酒宴，分明是设战场！他既然谨谨相邀，我当然亲身便往。"关平说："那鲁肃是个足智多谋的人，他们又兵多将广，就怕父亲这一去，落入他们的圈套。"关云长起身道："大丈夫奋勇当先，哪把些狐朋狗党放心上！俺也曾千里独行过五关斩将，携亲眷访冀王，引阿嫂觅刘皇，三通鼓斩蔡阳，刀挑征袍出许昌。这单刀会呵，更显耀三国英雄关云长，端的是豪气三千丈！"说罢，带领周仓上船过江去了。关兴、关平调集战船，准备接应。

鲁肃照计而行，布置停当。

关云长、周仓驾一叶小舟，乘风破浪，渡过滔滔长江。鲁肃在帐外施礼迎接："君侯屈高就下，降尊临卑，实乃鲁肃之万幸！"关云长也客气地说："某有何德能，让大夫置酒张筵。既请必至。"酒席宴上，关云长开怀畅饮，谈笑自若。鲁肃旁敲侧击地说："君侯习《春秋》《左传》，匡扶社稷，真可谓仁；待玄德如骨肉，视曹操若仇雠，真可谓义；辞曹归汉、挂印封金，真可谓礼；坐服于禁，水淹七军，真可谓智。可惜只少个信字。"关云长问："我怎么失信了？"鲁肃道："不是你失信，是令兄玄德失信。""我哥哥哪里失信了？""昔日玄德公败于当阳，身无所归，暂借荆州以为养军之资，数年不还，您说这算不算失信？"关云长听至此，脸一沉，道："鲁大夫请我来是吃筵席还是索荆州？"鲁肃忙说："没没没，我说这些话，也是因为孙刘结亲，两国关系甚好。"关云长说："你我要真心相待，酒席宴上用不着攀今揽古、之乎者也！"鲁肃有些不服，说："原来君侯也如此傲物轻信！"关云长问："我怎么傲物轻信？"鲁肃说："当初诸葛亮亲口说破曹之后，荆州即还江东。我鲁肃亲身当的保人，不想你们不思旧恩，以怨报德，君侯您不觉得这是有失仁义吗？"关云长喝道："鲁肃，你听见我这剑响吗？"鲁肃说："剑响怎么了？"云长说："我这剑响，第一回诛了文丑，第二回斩了蔡阳，鲁肃呵，莫非这第三回轮到你了！"鲁肃忙说："没没，我只是说说而已。"云长问："你说这荆州是谁的？"鲁肃："是俺江东的。"云长怒道："这荆州本应是高祖基业，俺哥哥刘皇叔正该承接；你孙家和刘家毫无枝叶，凭什么说荆州是朝你借！"鲁肃还要辩解，关云长按剑而起，说："劝你莫逞三寸不烂舌，恼犯我三尺无情铁！——我这剑又有声响了！"影壁后埋伏的军士一拥而出。关云长一拍桌子，喝道："那个敢过来，一剑挥之两段！"然后一手仗剑，一手扯住鲁肃往外走。

一直走到江边，没有一个人敢过来阻拦。周仓、关云长登上小舟，劈波斩浪而去。云长施礼道："鲁大夫，承蒙管待，多谢多谢！"鲁肃嘘了一口气说："你可走了！倒少了一场麻烦。"

王闰香夜闹四春园　钱大尹智勘**绯衣梦**
李庆安绝处幸逢生　岳神庙暗处彰显报

　　汴梁城有个王员外，曾和城中李十万家指腹成亲。后来，这李十万家穷困了，王员外想悔掉这门婚约。这天，王员外叫过自己老婆，让她拿着十两银子和一双鞋到李家退亲去。

　　王家婆子来到李家，李十万正要出门讨饭。王家婆子对他说："员外让我来，给你这十两银子一双鞋，这鞋让你儿子穿上，踩断了线脚，咱两家的亲事就算从此了结了。"说罢，把东西塞给李十万，转身走了。李十万的儿子叫李庆安，此时放学回来，见父亲正站在门口犯愁，便跑过来问："父亲，你烦恼什么？"李十万："王员外家要退了你和他家闰女的亲事。"李庆安听了，满不在乎地说："亲事有什么要紧，退就退吧！父亲，您拿鞋来我穿上，再给我二百文钱，我想买个风筝玩。"李十万见事已至此，也就答应了儿子的要求。

　　李庆安买了风筝，跑着放，不想这风筝挂在了人家的梧桐树上。李庆安跳过墙去，脱了鞋，爬上树去取风筝。这人家正是王员外家。王员外的闺女叫闰香，已是十七岁，此时也带着梅香来后花园散心。只见天淡云闲，几行征雁；秋将晚，衰柳凋残。闰香感到有些凄凉，进而联想起与指腹成亲的李庆安退亲的事。梅香却说："提那穷小子干什么？"闰香责怪道："你怎么也嫌他？谁也保不定今日富，明日就穷了！"正说着，发现树下的一双鞋。闰香让梅香拿过来一看，惊奇地说："这鞋不是我给李庆安做的吗？怎么到了这里？"再看树上，有个十三四岁的男孩儿，便命梅香喊他下来。李庆安一边够风筝一边嚷："还我鞋！放下我的鞋！"梅香逗他："你下来，我们就还你。"李庆安下到地上，叫声姐姐，对闺香作揖施礼。王闺香还礼后，不禁赞叹："真是长得俊秀！"李庆安接口说："我这还是不曾洗脸呢。"闺香问："你是谁家的？"李庆安："俺是叫花家的。俺父亲以前是李十万，如今穷了，人们都叫他李叫花。""你认得指腹成亲的王闺香吗？"李庆安："不认得。"闺香："我便是！"李庆安仔细看了两眼，说："敢情您便是呀！"闺香问："你怎么不来娶我？"庆安："我家穷，没有钱。"闺香："可别这么说！从来是富贵有天数，兴衰有往还；只要你把定前程莫怠慢，我绝不把你小瞧看。"又对李庆安说："今天夜里，你到我这里来，躲在太湖石边等着，我让梅香送一包袱金银财宝给你，你倒换成钱，置备彩礼，快来娶我。"李庆安答应一声要走，闺香一再叮嘱："别忘了！早些来！"

王员外自从悔了李家亲事，心里高兴。这天，他正闲坐在当铺柜台里，有个叫裴炎的恶棍拿着两件破衣裳进来要当。王员外说："这样的破东西不要。"裴炎却撒野道："好也要当，歹也要当！"王员外骂道："你这旧景泼皮，想进监狱怎的！"裴炎心中发狠："你骂我旧景泼皮，我绝不能饶你！今天晚上我非要把你一家人全杀了不可！"

天黑后，裴炎跳过墙去，在太湖石边撞上手捧包袱的梅香。手起刀落，把梅香杀死，打开包袱一看，全是财宝，便提着回家了。

李庆安跳过墙来，走到太湖石边，被梅香的尸体绊倒。就着月光一看，沾了两手鲜血。心想："这可不好，不知是谁杀了梅香！"他也慌慌张张跳墙往家跑了。

王闺香在屋里等着梅香回来，半天不见人影，心中焦躁，骂道："这奴才真不会干事！"她来到后花园，脚下一滑，险些摔倒，再一细看，是梅香躺在那里。闺香以为这妮子喝了酒吐了，醉倒在地，便轻轻唤着，伸手去脸上一摸，才知已经是死人了。吓得闺香大叫："妈呀！快来人呀！"王家婆子出来问："你这早晚叫我干什么？"闺香此时也不敢隐瞒，把如何在后花园见到李庆安，如何让梅香送包袱给他，如何见到梅香死了的事说了一遍。王婆子言道："这凶手不是别人，就是李庆安了！"闺香："妈妈，我看不一定是李庆安。"王婆子："准是李庆安，不会是别人！"又把王员外叫醒。王员外听明情况，看罢尸体，也说："凶手定是李庆安。他见咱们悔了亲事，就杀了咱家的梅香出气！"闺香仍表怀疑："量一个十三四的孩子，怎敢做持刀杀人这一手？咱们可要谨慎从事，别弄个屈杀平人枉出丑！"王员外拉着王婆子："你拿着这刀，在后面跟着我，咱俩顺着这血脚印去探访探访。"

庆安慌慌张张推开家门，李十万问他："这是从哪里来？"庆安如实把事情叙说一遍。李十万追问："孩儿，真不是你杀的？""绝对不干您孩儿事！"李十万："那就别大惊小怪的，且关上门歇息，等明天再说。"

天刚蒙蒙亮，王员外两口子就找上门来。王员外指着门上的两个血手印说："定是这李庆安作案无疑了！"他一边敲门一边骂："李庆安小王八蛋，你干的好勾当！"庆安父子打开门，还要辩解；王员外哪里肯听，扯着李庆安去见官。

开封府府尹钱可，长的满面虬须，很像色目人，因此人称波斯钱大尹。这天，他开始升堂问案。有令史呈上一宗文卷，禀告道："这是本城人李庆安杀死王员外家梅香的案情。招供是实，只等大人判个斩字。"钱大尹接过案卷，吩咐衙役把囚犯带上堂来。

李庆安披枷戴锁往前走，看见蜘蛛网里有个苍蝇正在挣扎，便求父亲去把那苍蝇救了。李十万叹息道："孩儿，你自己的性命尚且不保，还管它做什么？"庆安："就依着我，救了它吧！"

李庆安被押上大堂跪下。钱大尹一看是个孩子，心中顿生疑惑："一个小孩儿，怎么杀得了人？"便问："李庆安，你杀了王员外家梅香，还有何话说？"李庆安："我如今实在不知该怎么说。"钱大尹："既无话说，拿过凶器来验。"令史呈上一把刀子。钱大尹看了，更觉奇怪："这么长的一把刀子，分明是个屠户使的，这男孩子怎能用得了？"正寻思着，令史插言：

"这案子是前官问定的，您按律判个斩字便可。"钱大尹一听也对，便让令史拿过笔来。刚要往下写，却见一只苍蝇抱住笔尖。让令史把它轰走，刚要动笔写，那苍蝇又抱住笔尖。如此三番。钱大尹叫令史把苍蝇捉住，将它塞进笔管之中。钱大尹刚下笔要判，那苍蝇竟爆破笔管。钱大尹心内大惊："堂下这孩子必定冤枉！"他吩咐令史开了李庆安身上枷锁，送李庆安到山神庙歇息。又让令史拿了纸笔，守在庙外，记下李庆安睡梦中的言语。

李庆安睡梦中说出四句："非衣两把火，杀人贼是我。赶得无处藏，走在井底躲。"令史急忙抄下，赶去念给钱大尹听。钱大尹听后分析道："这非衣合起来是个裴字，两把火合起来是个炎字。莫非这杀人贼姓裴名炎？莫非他被赶得急了，投井而死？看来不是。可能是躲在一个沾井字的地方。"他命人把城隍使窦鉴叫来。这窦鉴专管风火贼情，对城中街道、桥梁等地理情况十分熟悉。钱大尹问他："这城中街巷桥梁可有沾井字的吗？"窦鉴："有个棋盘街井底巷。"钱大尹觉得此地名正与末句相符，便吩咐窦鉴带上公差，去那棋盘街井底巷寻拿叫裴炎的。

窦鉴和公差来到棋盘街井底巷，在一家茶房前坐下，吩咐茶三婆做两碗汤来喝。正这时，杀人贼裴炎拿着卖剩的一条狗腿来找茶三婆，非要把肉放在她这里。茶三婆说："我半天没买卖了，你还是拿走吧。"裴炎却瞪眼道："我不管你，反正我回来就朝你要钱！"说着便走了。茶三婆叹口气："唉，这家伙算把我害苦了！"窦鉴问她刚才跟谁说话，茶三婆道："俺们这里有个叫裴炎的，好不是东西！"窦鉴一听那人就是裴炎，便和公差商量，让公差扮作货郎模样，挑着担子在巷口吆喝。裴炎的媳妇出门，看见货郎担上挂着一把刀子，转回身拿出自家的刀鞘一配，正合适。便对货郎嚷道："这把刀是我家的，怎么被你偷了去？"茶三婆说："那边就有城隍使，专管风火贼情，你何不拉上这货郎去告状！"他们来到窦鉴面前，窦鉴要过刀子，仔细看过，对那媳妇喝道："好哇，原来王员外家梅香是你杀的！"那媳妇耍赖："不干我事，我不知道。"窦鉴命令公差："把这女人拿下去打！不打不招！"那媳妇怕打，招供道："是俺丈夫图财害命，杀了王员外家梅香。"此时，裴炎来向茶三婆要狗肉钱，见自己媳妇被绑在那里，便问："你这是为什么？"那媳妇："我来认刀子，被拿住。只得全都招认了。"裴炎无奈地说："你既然招了，咱们就一起去死吧。"

窦鉴和公差押着裴炎去钱大尹处复命。

钱大尹审问裴炎后，将这真杀人贼打入死囚牢，又下令将李庆安无罪释放。李十万见儿子回来，十分激动："幸亏捉住了真杀人贼，要不然我儿子白送了一条人命！都是那王员外诬告好人，我绝不能饶他，非让他反坐不成！"

王员外知道拿住了真杀人贼，又听说李十万要追究自己诬告罪，甚是不安。叫出女儿闰香商议，让她出面去劝慰劝慰亲家。闰香对李十万施礼道："公公，您就饶过我父亲吧！"李庆安也在旁边说："父亲，饶过他吧！"李十万提醒儿子："你忘了？当初他没打你没骂你？"李庆安："他也打我来也骂我来，可是，他又没打你又没骂你呀！"李十万："唉，我也拗不过你，既然你要饶他就饶了他吧！"

钱大尹宣判："将裴炎偿还梅香性命，赏窦鉴白银绸缎；罚王员外设个筵席，贺李庆安夫妻团圆。"

◆ 关汉卿 ◆

双莺燕暗争春　诈妮子调风月

　　由于此剧剧本几乎没有对话，所以，人物之间关系难以判断。故事也只得勉强推衍如下：

　　燕燕是户部尚书家小妾，夫人派她去服侍公子小千户。这小千户是典型的公子哥儿，把燕燕不当人，"等不得水温，吆喝着要脸盆；刚递给他脸盆，又呼喊着要手巾；刚递给他手巾，又嚷嚷着快替他解纽扣，要就寝"。支使得燕燕无一刻能分身。小千户又强留燕燕陪睡，并信誓旦旦：将来一定让燕燕做夫人。

　　第二天，小千户又搂住燕燕求欢，却从衣袖中落下个香罗帕。这香罗帕分明是他与别的女人的定情之物。燕燕把手帕捡起来，斥责道："你阿妈让我来服侍你，你却玷污了奴家身体，另养着个别的！你昨日那甜言蜜语，全是些虚情假意，欺负我是半良不贱身躯。人间私语天有闻，老天爷绝不会饶过你！"

　　果然，几天后，小千户成亲。新夫人娶进门，却把门紧紧关闭，不许小千户进屋。小千户在门外又是一番甜言蜜语、山盟海誓。怎奈新夫人仍坚意不开。尚书夫妇派燕燕去替儿子说情。燕燕只得充当这个角色。她进屋后，把灯挑亮，见飞蛾朝火扑去，感叹道："唉，蛾儿，你为个好前程，舍命撞银灯。新娘啊，咱们女人都是同样的薄命！到这步田地，也只有收了火性，忍气吞声，图一个枕头上成双，被窝里不冷。"

　　户部尚书把燕燕叫到自己屋里，夸奖她会办事，伶牙俐齿说得新夫人改了脾气。燕燕却闷闷地说："谢老爷抬举！想您那小千户也该是人身人面皮，人口人言语！"

待漏院招贤纳士　状元堂**陈母教子**

寇准，字平伸，官拜莱国公。这年，他奉圣上之命，去五南路上采访贤士，将那些饱学怀德、隐居山林的高才推荐入朝。

陈婆婆姓冯，她丈夫是汉相陈平之后。自丈夫去世，陈婆婆严格训教三子一女，督催他们看书学习，又准备盖一座状元堂，激励孩子们努力上进，博取功名。

这天，陈婆婆正在屋中闲坐，忽听外面闹闹嚷嚷，出门一看，原来是刨地基时刨出一窖金银。陈婆婆让人们别动，仍照原样埋好。大儿陈良资问："这是老天爷赏给咱们的钱财，为什么又埋回去呢？"婆婆说："遗子黄金满笼，不如教子一经。就依着我，赶快埋回去！"只有三儿子陈良佐有些舍不得，吩咐施工的："要是有金元宝，就给我留下四个。"

陈婆婆把儿女们叫到状元堂，对他们说："以前三年一次大考，现在一年一次。良资不想上朝试试，得个一官半职，改换家门？"良资说："母亲说得是，我这就上朝求官应举去！"小三儿良佐也要去。陈婆婆说："就先让你大哥去，你年纪小，做官的日子多着呢。"良佐说："也是，大哥的文章最不好，就让他先去吧！"陈良资收拾琴剑书箱，辞别家人上路了。

有报子来到陈家门口，嚷道："今有陈大官人得了头名状元，小人特来报喜！"陈三儿听见，回屋告诉母亲。陈婆婆让他给了报子三两银子。一会儿，陈良资披红戴花，喜洋洋来到门口下马。拜见母亲，感谢母亲严教之恩。大家都很欢喜。唯独陈三儿连礼也不回，反倒不服气地说："大哥得官，我有个比喻：恰似抢场扬谷，粃者先行；俺是瓶内沏茶，浓者在后。"

第二年，陈婆婆让老二陈良叟上朝应举，又考了个头名状元回来。陈婆婆让陈三儿送给报子二两银子。陈三儿对报子说："我明年得了官，赏你五十两！"陈良叟拜见母亲，感谢母亲严教之恩。大家都很欢喜。

唯独陈三儿连礼也不回，反倒不服气地说："二哥得官，我有个比喻：恰似笨鸟先飞，俺灵禽在后。"

众街坊送来贺礼，陈婆婆谢道："等我家三哥也当了官，再一并置酒还礼！"

第三年，陈婆婆让老三陈良佐上朝应举。陈良佐说："不如拿过纸墨笔砚，写个帖儿寄给考官，就说陈三哥家里忙，可直接把状元送给他当。"大家都说："你无论如何也得去一趟。"陈良佐说："也罢，我就走一趟。我这一走，也有个比喻：我得那状元，犹如怀中取物，碗里拿带把儿的蒸饼！"他神吹了一通，便上路了。

有报子来到陈家门口，嚷道："有三哥得了头名状元，小人特来报喜。"良资、良叟听了，急忙报知母亲。陈婆婆让拿五两银子赏给报信的，又亲自到大门口迎接。老远看见一个人披红挂彩骑马走来，陈婆婆高兴地叫："孩儿，你快下马来吧！"谁知那状元昂头挺胸过来，也不下马，只说："你这婆婆，别把人认错了！"这一下，陈婆婆惊得站立不稳、气堵咽喉，羞答答不敢抬头。低声问道："请问您这状元尊姓大名？"那人说："我是今春头名状元王拱辰。"陈婆婆扫兴地对良资、良叟说："你们俩快去给人家解释一下。"良资、良叟过去施礼，讲明报子报错了信，老母误认为是她三儿得中状元，故而刚才冒犯。又把王拱辰请至家中。陈婆婆命人取过酒来，亲自为王拱辰把盏。问明王拱辰尚未婚配，决定把小女陈梅英嫁给他，招他为婿。王拱辰也很愿意。

陈良佐只得了个第三名探花回来，本想一头扎进自己屋里再不见人，谁知正遇上大哥。大哥问明情况，进去告诉母亲。陈婆婆传话："他不自己进来，难道让我去接他吗？"陈良佐只好觍着脸进去。陈婆婆沉颜问道："你得了个什么回来？""探花郎。""什么？""探花郎。"冯老太太伸手就打，说："你还有脸讲！你们兄弟你年幼，我偏心眼儿向着你，为你费尽心血，熬了多少点灯油！你也真争气，弄来个不良不莠！"陈良佐强辩道："是啊，我这样就不会惹得街上人们骂您了！""此话怎讲？""第一年，我大哥得了状元，人们都说是鸦窝里出凤凰，娘成了老鸦；第二年，我二哥得了状元，人们都说是粪堆上长灵芝，娘成了粪堆；现在，我虽然做了探花，人们都说是好爹好娘养的个傻小子，娘不曾受我连累。"他以为这么油嘴滑舌一番，就能把娘逗乐，谁知陈婆婆更加气恨，命人把大棒子拿来，要把陈良佐夫妻从家里赶出去，再不许进门。多亏良资、良叟跪地恳求，冯老太太才指点着说："陈良佐，自今后，你行处行、走处走，你千自在、百自由，我知你个探花郎也不记什么冤仇！"说罢，一跺脚走了。大哥二哥每人数落了良佐一顿，"呸"了一声，进屋照看母亲去了。王拱辰也过来责备良佐不知自重。陈良佐问："你是谁？"王拱辰答："我是你妹婿，今春头名状元！"陈良佐说："原来是你个馋嘴的，把我带把的蒸饼偷吃了！"王拱辰也"呸"了一声，走了。

陈婆婆生日，陈良佐夫妇也来祝寿。陈婆婆本想把他俩拒之门外，是良资、良叟、王拱辰求情："就看您孩儿面上，让他们夫妇过来敬上一杯酒，也是他为子之道。"陈婆婆这才许陈良佐夫妇进来。席间，陈婆婆又提议行酒令，一人要作四句诗，诗尾要押着"状元郎"三个字，有"状元郎"的喝酒，没"状元郎"的罚凉水。由大哥良资开始，良佐把盏。良资吟诗道："当今天子重贤良，四海无事罢刀枪。紫袍象简朝金阙，圣人敕赐状元郎。"良佐应诗道："白马红缨鏖盖下，紫袍金章气昂昂。月中失却攀蟾手，高枝留与状元郎。"良资饮完酒，令："问来！"良佐问："饮酒的是谁？""是我状元郎。把盏的是谁？"良佐羞愧地说："是我杨六郎。"又给二哥陈良叟递酒。良叟吟道："一天星斗焕文章，战退群儒独占场。龙虎榜上标名姓，头名显我状元郎。"良佐应道："时乖运蹇赴科场，命福高低不可量。八韵赋成及第本，今春必夺状元郎。"良叟喝完酒，令："问来！"良佐问："饮酒的是谁？""是我状元郎。把盏的是谁？"良佐无奈地说："是我酥麻糖。"又递酒给王拱辰。王拱辰吟道："淋漓御酒污罗裳，宴罢琼林出未央，醉里忽闻人语闹，马头高喝状元郎。"良佐应道："笔头刷刷三千字，胸次盘盘七步章。休笑绿袍官职小，才高压尽状元郎。"拱辰喝罢酒，令："问来！"良佐问："喝酒的是谁？""是我状元郎。把盏的是谁？"良佐快快答道："是我耍三郎。"接下来是自己的老婆。最后，轮到母亲。陈婆婆吟道："到阙不沾新雨露，还家犹带旧风霜。绿袍玉笏消不得，对人犹说状元郎。"良佐叹口气说："罢！罢！罢！母亲不必在人前如此羞我，我也是顶天立地男子汉大丈夫，岂肯甘居人后！我今天就辞别母亲，再次进京，若不考个状元回来，就去那深山削发为僧，再不还家！"

不久，又有报子来传喜讯："陈家第三个孩儿得了今春头名状元。"陈婆婆赏了报子十两银子，又领着大儿、二儿、女婿齐去迎接。良佐下了高头大马，拜见母亲；又对大哥二哥等人吹道："要做状元，有什么难的，下头穿了裤子便是状元！"接着，又让侍从拿过一匹锦缎来，说是自己从四川绵州经过，一个姥姥送的，正好送给母亲做衣服。陈婆婆接过锦缎，问大儿子："这锦缎能值多少钱？"良资说："这是正经的孩儿锦，价值千贯。"陈婆婆顿时勃然大怒，指着良佐骂道："辱子未曾为官，先受民财。我打死你！"抡起拐杖就打。边打边说："我打你个金鱼坠地，你这状元还当个什么！"

寇准听说陈家连着出了四个状元，又听说陈婆婆因良佐接收孩儿锦一事而打得他金鱼坠地，认为陈婆婆大贤，治家有法，教子有方。把情况奏明圣上，圣上让寇准对这一家人加官赐赏。寇准把这一家人请来，让他们跪地听旨："封陈婆婆贤德夫人，陈良资为翰林承旨，陈良叟国子祭酒，陈良佐太常博士，王拱辰参知政事。"

王阿三子母两团圆　刘夫人庆赏五侯宴

天下兵马大元帅李克用，自从破了黄巢，被封为河东晋王。李嗣源是李克用之子，奉父亲将令，领兵剿除残余草寇。

潞州长子县有个赵员外，新近死了老婆，撇下个未够满月的孩子。赵员外有心雇一个有奶的妇人帮助喂养。这天，他到城里讨债，在街头看见一个少妇怀中抱着个婴儿痛哭，过去一问，原来这少妇是此处王屠户的妻子，王屠户猝死，家中一贫如洗，连埋葬的钱也没有。万般无奈，这少妇打算卖掉亲儿，换些钱来殡葬丈夫。赵员外对她说："卖这小孩儿，谁家肯要！不如我帮你找个穿衣吃饭的人家。"那妇人说："有道是一马不背两鞍，双轮岂碾四辙！烈女不嫁二夫，我又怎肯再嫁于人！"赵员外说："你不肯嫁人也可以暂时典身嘛！我刚死了老婆，有个孩子无奶供养，你可写一纸文书，典身三年，我给你些钱，你埋葬了你那丈夫，就来我家住。帮我喂养孩子，也没有别的重活儿，不好吗？"这妇人听了，一想也对："自己若把这孩子卖了，不是绝了王家后代么？索性只苦我一人，就典身给这赵太公吧！"于是，签押了典身文书。

赵太公为富不仁，他暗做手脚，把典身三年的文书改做了卖身文契。因此，王大嫂到了赵家，不光要做奶妈，而且各种脏活累活都得干，动不动挨打受骂。

这天，赵太公叫来王大嫂，说："你来我家一个月了，你把我那孩儿抱过来让我看看。"刚看一眼，这赵太公就不问青红皂白，破口大骂："你这泼贱人，好生无礼！为什么我的孩子这样瘦，你的孩子那么壮？定是你把那有乳的奶子给你的孩子吃，把那没乳的奶子给我的孩儿吃！"说着，对王嫂拳打脚踢，又一把把她那孩子抢过来，举起要往地上摔。王嫂拼命扯住赵太公胳膊，哀求道："你把这孩子摔死，血也不能喝，肉也不能吃，白弄脏了这屋子地。"赵太公这才停住手，命令王嫂："你赶快把这孩子抱出去，扔了也行，给人也行，反正再不能让我看见，否则，你母子俩我都不饶过！"王嫂紧紧搂着孩子痛哭道："我甘心到这里为婢作奴，实指望咱母子好歹一处。眼见得那富的不能相容，怎么办才是我孩子出路？"

李嗣源领兵收捕黄巢余党，被封为节度使，夜里做了一梦，梦见虎生双翅。请人圆梦，说是有不测之喜，可收一员大将。这天，他带领兵丁到野外打猎，手起一箭，射中一只白兔，那兔带箭逃窜。李嗣源可惜那枝金鈚箭，便跃马追赶，一直追到潞州长子县荒草坡前，白兔不见了，金鈚箭却插在地上。他把箭拾起来，插回囊中。同时又看见道路旁边有一妇女，怀中抱一婴孩，她将婴孩放在地上，哭着离开了，可走了数十步，又返回来抱起孩子痛哭。如此数遍。李嗣源心中奇怪，命兵士把那妇女叫来询问。

这妇女正是王嫂，她把自身遭遇叙述一遍。李嗣源听了，叹声"可怜"，说："你要是把这婴孩扔在荒郊野外，还不如直接给人。"王嫂说："我也正是想把他给人的，可哪里有人肯要呢！"李嗣源说："就把他给我当儿子吧。我是晋王李克用之子李嗣源。等我把这孩子养大成人，再叫他来认你。你可将这孩子的生辰年月和小名告诉我。"王嫂说："这孩子小名叫王阿三，是八月十五半夜子时所生。"李嗣源记在孩子的袄襟上。又安慰王嫂："放心，我会待这孩子亲生嫡养的一般。"王嫂听完，心中欢悦，庆幸道："孩儿呀，你可算是死里逃生，遇到了真豪杰！"又心中难受："只今日，弃了你个穷母亲，认了个富爹爹！"哭着走了。

李嗣源嘱咐手下将士："这孩子如今就是我的儿，我姓李，给他起名叫李从珂。到家后，你们谁也不许泄漏，如有人泄漏，我定不轻饶！"

黄巢余党葛从周又投靠梁元帅，与李克用为敌。这年，葛从周新收了一员大将，名叫王彦章，此人使一条浑铁枪，有万夫不当之勇。而李克用方面，新近车裂了飞虎将军李存孝，可说是失去了栋梁。于是，葛从周命令王彦章点起十万雄兵，乘机向李克用挑战进攻。李克用命李嗣源为先锋，统帅二十万雄兵迎战。

　　李嗣源升帐，叫来手下五员猛将议事。这五员猛将是李亚子、石敬瑭、孟知祥、刘知远、李从珂。李嗣源命令他们各领三千人马，轮番上阵。待到李从珂出马，王彦章再也支持不住，说道："五员虎将战我一人，不中，我还是快快逃走了吧！"

　　李嗣源大获全胜，班师回营，命李从珂断后。

　　赵太公自从让王嫂扔掉亲儿阿三，转眼已是十八年过去，他自己染病在身。寻思自己儿子赵脖揪尚不知内情，把他叫过来告诉说："你从今以后，别再叫她奶妈，就叫她王嫂。她是咱家买来的奴才。当初让她来时，她把好奶给她亲儿吃，把瘦奶给你吃，因此折倒得你这么瘦！趁我还活着，你天天对她朝打暮骂，久后，她也就不敢管你了。"赵脖揪听了，立即大施淫威，把王嫂叫出来，命令道："你是我家买来的奴才！你给我饮牛去，不能湿了牛嘴，若湿了牛嘴，回来我就打你五十黄桑棍！"王嫂只好牵着牛提着桶，冒着飕飕的凉风，来到井台边。提起一桶水，可由于身冷手僵抓不住，在井口时，竟把个水桶掉回井里。王嫂不敢回家，心想还不如死了好！她拿了绳子，挂在树上，打算上吊。

　　李从珂领兵从此处经过，见一妇人啼天哭地，正打算自缢，便下了马，命侍从把那人叫过来。王嫂对李从珂深施一礼，李从珂却感觉有什么人把他推开一般。李从珂心想："难道这妇人比我福分还大？"便问道："你为何要寻自缢？能否说与我听？"王嫂把水桶落井、不敢回家的情况讲了。李从珂叹道："真是可怜，为个水桶竟要自缢。"他命士兵拿把钩镰枪，把水桶打捞上来。王嫂却不错眼珠地瞅着他啼哭。李从珂有些生气，责怪道："你这婆婆好无礼，我好意帮你捞出水桶，你为何看着我啼哭！"王嫂连忙解释："老身别无他意，只是想起当初我也曾有个孩子，自从送给一个官人，至今也有你这般年纪了。见了你，想起我那孩子，因此心里难受。"李从珂问："要你孩子的官人叫什么？""叫李嗣源，他追玉兔来到俺这地面，笑吟吟攮着一枝金铍箭。"李从珂一听，这李嗣源不是自己阿爸的名字吗？便问左右："这世上有几个李嗣源？"侍从回答："只有你阿爸一人。"李从珂便对王婆说："好，我回去对我阿爸说，要有你那孩子时，让那孩子回来看你。你那孩子几月几日什么时辰生的？叫什么名字？""俺孩儿是八月十五半夜子时生，今年应是十八岁了，小名叫做王阿三。"李从珂更加奇怪："这婆婆说的生时、年纪怎么与我完全一样？这其中必有暗昧，或许我就是那婆子的孩子。我回家定要问个详细。"

李嗣源得胜回营，河东晋王李克用大喜，封李嗣源手下五将为五侯，亲设五侯宴，犒赏三军。

李亚子、孟知祥、石敬瑭、刘知远四将陆续来到帅府，李从珂最后才到。李嗣源问："从珂为何来迟？"李从珂便讲了在潞州长子县赵家庄遇见王婆的经过，并问："父亲既然有了您的孩儿我，还要人家的孩儿干什么？快把那孩子叫出来，我让他快回去找他亲娘。"李嗣源听了，心中吃惊，故作镇静地说："我是曾要过一个孩儿，打算让他早晚扶持你。谁知这孩子没用，放马时掉下马来摔死了。你快别管这事了，赶紧回去歇息，准备参加五侯宴。"李从珂不信，认为父亲没说实话，转身出帐，说："既然你们都瞒着我不肯说，我就找我奶奶去问。"李嗣源等李从珂走了，急忙问李亚子等人："四个兄弟，这孩子若是知道真情，去找他亲生母亲，撇下我偌大年纪可怎么好哇！"石敬瑭说："哥哥，不碍事，我现在先去找咱阿妈，嘱咐她别告诉从珂真情，死死瞒住不就是了。"

李克用妻子刘夫人出席五侯宴，李嗣源、石敬瑭等人跪地谢恩，起身敬酒。刘夫人问："既是五侯宴，怎么还不见我那从珂孩儿？"李嗣源赶紧派人去叫。从珂来到宴席，也不坐下就问潞州长子县所见之事，李嗣源几次打岔，不让他问。从珂急了，说："奶奶，您孩儿有话要问，父亲三番两次阻拦，不知为何？要是不让我问，我就不喝这酒！"刘夫人说："什么事，你只管问，别人不许阻拦。"李从珂叙过了潞州长子县见闻，坚定地说："不可能这么巧，那王阿三和我同年同月同日同时生！"刘夫人暗问李嗣源："看来他是真的亲眼看见自己生母了！"李嗣源叮嘱："那也不能告诉他真情！"于是，刘夫人说道："从珂，你阿爸是曾有个孩儿来，放马摔死了！"众将也跟着哄道："快别说这些了，举杯畅饮，欢欢喜喜，不许烦恼。"李从珂却说："住住住，这桩事我非要弄明白了才喝酒，奶奶、父亲，你们就把真情告诉我怕什么？"刘夫人、李嗣源仍抵赖道："我们就有你这一个孩子，你让我们说些什么？"李从珂愤然道："罢罢罢，既然奶奶、阿爸都不肯说，我要这性命做什么，我就这里拔剑自刎了吧！"众将急忙扑过去，把李从珂手里的宝剑夺下来。李嗣源责备道："孩儿，就是没告诉你实情，你也不该这样啊！"刘夫人劝李嗣源："干脆把实情告诉他吧！"李从珂追问："奶奶，那王阿三是谁？现在哪里？您就告诉我吧！"刘夫人说："孩儿，你就是十八年前你阿爸抱回来的王阿三！"李从珂一听，顿时昏死过去。众人连捏带喊，总算缓过气来。李嗣源叫着："从珂，从珂，快醒醒！"李从珂闭眼不理。又改叫一声："王阿三，快醒醒！"李从珂立刻睁开眼答道："阿爸，我在这里。"李嗣源不由想起世上流行的《鸡鸭论》诗："鸭有子兮鸡中抱，抱成鸭兮相趁逐。一朝长大生毛羽，跟随鸡母岸边游。忽见水中苍鸭戏，小鸭入水任漂流。鸡在岸边相顾望，徘徊呼唤不回头。眼欲穿兮肠欲断，整毛敛翼志悠悠。王公见此鸭随母，劝君莫养他人子。"他不由痛哭道："唉！这就是我养别人儿女的下场头！我可是养育了你十八年啊！"李从珂起身道："阿爸，我怎能忘了您的养育之恩！只是想起我那亲娘，在那里给人家担水提浆，吃打挨骂，千辛万苦，眼看身亡；我这为子的却在这里富贵荣昌，为侯为将；我怎能忍心呀？便想想也不由雨泪千行、刀搅胸膛！我一定得回去认了母亲，再一起回来孝顺您！"李嗣源这才转悲为喜。刘夫人也说："孩儿说得对！你今天就领上百十骑人马，回去认你母亲，务必早去早回。"

李从珂走后，李嗣源仍有些放心不下，亲自领上李亚子等人，到潞州长子县接应李从珂母子。

赵太公死后，赵脖揪变本加厉，对王嫂百般虐待，每天"贱人，贱人"地骂，罚挑水一百五十桶饮牛。这天，又嫌王嫂干活儿太慢，用绳子吊起来打。

李从珂领人马来到赵家庄，破门而入，解开绳子，扶下亲娘，跪拜道："母亲，认得您孩儿王阿三吗？"王嫂看见儿子相貌堂堂、一表人才，又惊又悲，说道："孩子，若不是你赶来，我就没命了！"赵脖揪乍着胆子问李从珂："你是谁？"李从珂说："你问我是谁，告诉你，你欺负的是我亲娘！"赵脖揪傻了眼："要是这样，那我该活不成了！"

李嗣源等众将也来到宅院，与王嫂相见问候。李嗣源下令：因赵脖揪改毁文契、欺压贫民，罪当斩首！又催李从珂，快给母亲换过新衣，登车启程，同往京师赴宴。

❖ **高文秀** ❖

丈人丈母狠心肠　司公倚势要红妆
雪里公人大报冤　好酒赵元遇上皇

　　东京汴梁有户人家，老汉刘二公，老婆陈氏，独生女儿刘月仙，招赘女婿叫赵元。

　　这赵元极爱喝酒，认为人生在世，若不是这几杯酒，怎解得心间愁！因此，他不理家业，也没干什么专门的营生。月仙十分讨厌他，天天和他吵闹，让他写一纸休书离婚。这天赵元又没回家，刘月仙叫着父亲母亲，径直到长街上酒店里来找他。

　　"两袖清风和月偃，一壶春色透瓶香"，赵元打了二百钱的酒，正喝得高兴，刘二公一家三口找了来。刘月仙冲过来骂道："赵元，你这不干正事，不成半器的东西，每天只知贪杯恋酒，真是把我害苦了！"刘二公和陈氏也过来，连踢带打地吵闹不休。赵元却冷冷地说："我又没游手好闲，又没惹下祸殃，只是喝我的酒，与你们有什么关系！"刘月仙一听更气："你个乱箭射的、冷抢戳的、碎针儿签的！你如惹下祸殃倒好了，把你皮也剥了，骨节也撅折了！你有几文钱便喝了酒，我要打扮，胭脂粉你也挣不出来，你既然养活不起我，就赶紧写下休书！"赵元说："我喝酒，大多是别人请，借喝酒，会贤良聚亲朋。"刘月仙一连声地骂道："你个糟驴马、糟畜生、糟狗骨头，辱没门户败家的东西，聚得什么贤良亲朋！你必须今天戒了酒，否则绝不能容你！"刘二公和孙氏也逼问："快说，你今天戒不戒这酒？"赵元答："你们让我干什么都行，唯有这酒是断断戒不得！"于是，刘家三口扯着赵元到府衙打官司，非让赵元写出休书。

本处府尹姓臧，早就和刘月仙勾勾搭搭，一直想寻个什么借口，把赵元害死，娶刘月仙为妻。现在，赵元被拖到公堂上来，臧府尹立刻心生一计，对赵元说："这里有一些文书，要立刻送到西京河南府去，上司有明文规定，耽误一天，打四十棍；耽误两天打八十棍；耽误三天，就要处斩！"赵元说："这次递送文书应该别人去，不该小人我去。"臧府尹却说："我已差人问过六房吏典，都说该轮到你了！"刘月仙趁机说："既然该你递送文书，你就快给我写封休书，这样你去后，死活都不与我相关了。"赵元一跺脚，道："罢罢罢！我这就把休书写给你！"写完休书，赵元拿上文书走了。

臧府尹对刘月仙说："赵元让我支使走了，恐怕不会活着回来，我选个好日子就去问亲，你可不能嫁了别人。"

宋太祖带领近臣楚昭辅和石守信，打扮成白衣秀才模样，出朝私访，为避雪取暖，来到一处酒家喝酒。赵元在送信途中，也被大风雪阻住，进到酒店烤火。闻到飘来的酒香，赵元不禁酒瘾大发，让酒保打了二百钱酒。赵元对着酒碗参拜，又称颂道："酒哇，连日不见你，谁想今日在这里相会，真是太美了！"接着他端起酒碗，先洒一些浇莫天地，祝祷道："一愿皇上万岁，二愿臣宰安康，三愿风调雨顺。"宋太祖见状，心说："别看此人形貌鄙陋，倒也心意宽豁、懂些圣贤之道，可算得民间贤人了。"赵元端着酒碗凑过来，施礼毕，说："秀才，我先敬你们三位一杯。"宋太祖等三人连忙推辞。赵元却真诚地说："我虽是愚浊的匹夫，不会讲先王礼数，却尊敬你们这些说古论文的士大夫。"于是，四人推杯换盏喝了起来。一会儿，宋太祖对赵元说："这位哥哥，你慢慢地喝，我们三人酒够了，先走一步。"三人起身往外走，酒保过来拦住，说："你们这三个秀才好无礼，吃了酒，钱也不给怎么就走！"宋太祖说："俺身边没钱，改日再来还你。"酒保哪里肯信，骂道："你们三个穷酸，吃了酒不还钱，是要找打吗！"赵元听见吵闹，对酒保说："他们是国家的白衣卿相，你放了他们，酒钱由我付清。"酒保说："你若肯替他们付二百文酒钱，我自然放了他们。"赵元掏出二百文钱交给酒保，又招呼道："三位秀才，咱们再一块儿喝一杯吧。"

宋太祖一面称谢，一面说："请问这位君子，姓甚名谁？何处人氏？出门有何贵干？"这一问，赵元蓦地悲上心头，痛哭流涕地讲了自己遭遇，诉说道："那臧府尹故意作弄小人性命，如此恶劣天气，差小人去西京递送公文，误一日责四十，误二日杖八十，误三日处斩；我现已误了半月，送到公文也是个死了！"宋太祖听完，很是感动，问："赵元，我也姓赵，有心认你做个兄弟，你意下如何？"赵元答："我是个驴前马后的人，能与秀才认作兄弟当是求之不得！"宋太祖说："既是认做兄弟，我可以救你这一命。我与京城赵光普丞相有一面之交，我给他写上一封书信，他必然不再斩你！"急切间，没有信纸。宋太祖让楚昭辅、石守信两人扶住赵元，露出胳膊，就在胳膊上写了两行字又签上名。赵元高兴地说："真想不到我二百文钱买了一条命，看来好事还该多做呀！"宋太祖等人收起笔墨，对他说："你可慢慢地往京城去，我们还要去东京办事，就此告辞。"

赵元来到京城，寻见丞相府，请门卫进去通报：东京解送文书的人到了。门卫一听，呵斥道："你这家伙这么晚才来，分明是找死！"赵光普听到通报，一看时间已误了半月，命人把赵元带上来，厉声问道："你可知道递送公文的规矩？"赵元说："知道！"赵光普："既然知道，那么，左右，来人，收了文书，把这家伙推转刑场斩首！"赵元急忙喊道："大人爷爷，我身上带着你哥哥给你的信呢！"赵光普奇怪地问："你在哪里见着我哥哥了？"赵元从头至尾详细叙说一遍，又伸出胳膊让赵元普看。赵光普看罢，急忙命人快去搬来椅子，快去拿来朝衣，将赵元扶起来更衣坐好。赵光普施礼道："不知御弟前来，未曾远接，万勿见罪！"赵元被弄得莫明其妙，呆头木脑。赵光普说："御弟，圣旨加封你为东京府尹，你何时走马上任？"赵元问："让我做东京府尹？那衙门里有酒吗？"赵光普说："你要想喝酒，今天就可以去喝！"说着，把任命文书交给赵元，告诉他到了东京衙门再令人拆开。

东京已然传开：新任府尹赵元就要上任了。刘二公叫来臧府尹和刘月仙，问他们该怎么办？臧府尹说："他今日做了府尹，我自然只有'绿豆皮儿——请退了'，我把媳妇还给他，等着受死吧！"刘月仙说："把我还给他，他做了官，我就是夫人了！"

宋太祖从东京返回京城，派楚昭辅去东京把赵元宣来见面，并让他同时把赵元的丈人、丈母以及刘月仙、臧府尹一并拿来审判。

赵元拜见宋太祖，宋太祖问："赵元，你认得寡人吗？草桥店多承蒙你美意，今日特把你宣来，再对你加官封赏。"赵元说："陛下，臣不想做官！"宋太祖问："你怎么不想做官呢？"赵元答道："这龙有风云，虎有山岩，玉殿金阶龙争虎斗必起奸谗；像俺这样懵懵懂懂愚浊痴憨，怎能栖身这虎穴龙潭！"太祖又问："既然如此，寡人加你大官，为你修府建堂如何？"赵元又推辞说："我也不想要那厅堂宅院，还不如住我草舍茅庵。"太祖说："那你到底是怎么想呢？"赵元说："若准我在汴梁城为个酒都监，自斟自舞自清淡，烦恼无俺，是非无俺，便是俺最大的心愿！"宋太祖慨然应允，又问他："你要不要见见你的仇人？"赵元说："倒是想见一见。"侍卫把刘二公、陈氏、刘月仙、臧府尹押上来，这四人此时又羞又愧又怕，缩成一团不敢抬头。赵元嘲笑道："此时吓得脸如兰，索休书时却大胆！"宋太祖下断语："刘二公不识亲疏，陈氏不辨贤愚，罚同免罪，不得与赵元同居；刘月仙心怀歹意，乖劣狠毒，杖责一百；臧府尹贪淫坏法，败坏风俗，按律发配流放！"

徐元直用计破曹仁　刘玄德独赴襄阳会

徐州之战，刘、关、张兄弟失散，后来，相聚在古城。这古城地方窄狭，又缺粮草，倘曹操领兵征伐，定然无法抗拒。刘备把关羽、张飞叫来，谈了自己的计划："我打算修书一封，派人呈送荆州牧。这荆州牧刘表是我宗亲，或可答应暂时借予咱们一处城池，权且屯军养兵。"关、张二人听了，认为计划可行。于是，又选定简雍前去荆州下书。

简雍到了荆州，果然说动刘表，许诺借给新野、樊城。到了三月三，刘表又在襄阳布置酒宴，请刘备来叙宗亲之情。

刘表有两个儿子，大公子叫刘琦，二公子叫刘琮。这刘琮对父亲借城给刘备之事非常不满，埋怨父亲差之毫厘，失之千里；恐怕久后连荆州都要被人夺去。于是，暗中叫来手下大将蒯越、蔡瑁商议对策。蒯越自报家门："某乃蒯越，老子是皮匠，哥哥是轮班匠，兄弟便是芝麻酱。"蔡瑁也自我介绍："我叫蔡瑁，蒯兄没用我也不济，蒯兄翻筋斗我耍百戏。"二人见过刘琮，刘琮说明请他们来的原因。蒯越献上一计："待刘备来时，安排一桌好酒席，多备汤水，多备干饭，再备下几碗甜酱，劝他吃得酒足饭饱，走不动，撑得倒地。这时，咱们下手把他拿住，让他死无葬身之地。"蔡瑁说："此计好是好，只是别先把咱们撑倒了！"刘琮说："既是好计，就定下来，这叫'计就月中擒玉兔，谋成日里捉金乌'也。"

三月三，刘备来赴襄阳会，与刘表见面，互致寒暄。刘表道："兄弟，数年不见，你今天定要多饮几杯。"刘备说："哥哥，我今天定喝个尽醉方回。"两人喝了一会儿，刘表说："我有二子，长者刘琦，次者刘琮，也叫来与你见礼。"刘琦、刘琮进帐。刘备不好意思地对他们解释："我与你们父亲都是汉室苗裔，怎奈你叔父身无尺寸之地，只得暂借城池操兵练士，再与曹操交战。"刘琦通情达理地说："常言道人急偎亲，咱们是分形连气同亲戚，更何况，普天下都是汉华夷，都只为重磨日月扶社稷！"刘表听大儿子这么说，索性拿过荆襄九郡的牌印来，对刘备说："兄弟，我今年迈，已无力掌管这荆襄九郡，今日就把这九郡牌印让给你掌管，你意下如何？"刘备急忙推辞道："哥哥，刘备怎敢接受这个权力！况且您有两个公子，应当让他们承袭您的职位。"刘琮急忙说："是啊，父亲，您饮酒就饮酒，怎么说这牌印的事！叔父是知书达理的人，怎么肯就接受过去！"刘表却不听，仍旧说："这九郡牌印，兄弟看交给哪个孩子掌管合适呢？哪个也不行！还是你来掌管才好。"刘备坚决地说："这牌印我是断然不肯接受！我久闻大公子刘琦文武双全，宽仁厚德，完全可以承袭您的基业。"刘琮听了这话，心里气得恨不能咬刘备几口，心说："这承袭的事，要你刘备多什么嘴！你这大耳贼，一个劲儿夸俺哥哥，长别人威风，灭我的志气！"他一甩门，走出帐外，叫来蒯越蔡瑁，嘱咐他们一会儿务必动手，擒住刘备。为防刘备逃走，又命王孙先去把刘备骑的那匹的卢马盗来。

帐中刘表已然醉倒，刘备也昏昏欲睡。刘琦知道刘琮一会儿必然加害叔父，急忙将刘备唤醒，一语双关地说："叔父，吃个水果醒醒酒吧，你看这桌上，好枣好桃好梨。"刘备似懂非懂，对刘表说："哥哥，多蒙您借城池和好酒食，我该告辞回去了。"刘表说话已是含糊不清："兄弟别走！你们留住叔父再住几日。"刘琮过去说："父亲您就别管了，我扶您进去歇息去。"趁刘琮不在，刘琦急忙告诉刘备："叔父，刘琮已安排蒯越蔡瑁调集人马，准备捉您呢，您要尽早逃离才好！"刘备此时也大为后悔："早知他兄弟二人不和，我在酒席宴上多那个嘴干什么？白白得罪了刘琮。"他不敢停留，急忙起身回新野樊城。

王孙蹑手蹑脚来到马厩，正从槽上解马缰绳，刘备恰巧赶到。刘备喝问："你是什么人？为何盗我这马？"王孙说："因为你得寸进尺，在宴席上竟然索讨荆州牌印，我奉二公子之命，来盗马捉你！"刘备连忙解释说："将军有所不知，我与荆州牧哥哥都是汉室宗亲，酒席宴上，哥哥问我：荆襄牌印可由谁掌管？我说：春秋之义，立长不立庶。因此得罪二公子，二公子才挟仇要伤我性命！"王孙道："如此说来，是俺二公子做得不对！"刘备说："我的性命全在将军之手。"王孙说："我也久仰您的大名，今日就放你出城。"又告诉刘备："奔新野只有山后一条道，你要骑马快快逃！"刘备说一声："今日之恩，异日必报！"跨上马急驰而去。不想，遇一条宽宽的檀溪，刘备在马上默默祷告："皇天保佑！"双腿一夹，那匹的卢马竟然像飞彩凤走蛟龙一般跃过山涧。删越蔡瑁赶来，责问王孙为何放走刘备，并把王孙捆起来去见刘琮。

刘备跃马跳过檀溪，却在鹿门山中迷失了道路。忽听有人喊他名字："玄德公，玄德公，在襄阳会上受惊了吧！"他一看，原来那人是位道士，忙问："这位仙长，您怎么知道得如此详细！"这道士正是江夏八俊之一水镜先生司马徽。司马徽说："玄德公，你不认得贫道，贫道却认得你呀！"刘备急问："仙长，我迷失了道路，请指点一下，哪条路可往樊城新野？"司马徽却说："天色已晚，你何不在这鹿门山道庵中投上一宿！你呀，虽然手下有能征之将，却少运筹之士。"刘备问："运筹之士怎讲？"司马徽说："你难道没听说南卧龙北凤雏吗？"刘备承认："我不知这两个人。仙长能否通个姓名，再告诉我那两人情况。"司马徽却说："好好好，你别问我，直接去问那个人吧。"言罢，转身走了。刘备心想："让我问谁去？这仙长真是奇人！"此时天已黑暗，远远看见有一处灯光闪亮，刘备牵马走过去，敲门。有道童把门打开，说："玄德公请进，俺师父庞德公等候多时了。"刘备又是心中奇怪："怎么未曾见面，就先知道了我的姓字？"连忙进屋对庞德公施礼道："上告师父，刘备到此山中，迷失道路，遇着一位道长，说我虽有能征之将没有运筹之士，又讲出南卧龙北凤雏。我欲细问时，这道长却言称好好好，转身就不见了。求师父可怜刘备，万望指教一二。"

庞德公说："那道士定是司马徽，字德操，号水镜，又称好好先生。他所说南卧龙北凤雏，此二人都时运未到，不能出山相助。"刘备再三哀求："师父务必指引我荣昌之途！"庞德公说："我身边有一小将，姓寇名封，可荐与你为子；然后再给你举一人，姓徐名庶，字元直，是这颍川独树村人氏，此人不在卧龙凤雏之下。"刘备大喜，认寇封为义子，改叫刘封。天亮以后，由刘封带路，回到新野。

刘备回到新野，派赵云去独树村聘请徐庶。这徐庶学通文武、习就大才，却不肯进取功名，只在家修身养性、侍奉老母。赵云拜见说："小将奉俺玄德公将令，闻知您有经济之才、伊吕之能，特请下山，拜为军师。"徐庶推辞说："将军，贫道是一闲人，哪里懂得兵书战策！"赵云说："俺玄德公路遇好好先生和庞德公，是他们举荐师父，说师父有神鬼不测之机、安邦定国之策，这怎能有假！"徐庶仍旧推辞："扶汉室救苍生，贫道也实有此心，怎奈我有老母在堂，不能远游哇！"正说着，徐母从里屋走出来，对徐庶说："孩儿，你说得差了！玄德公是汉室宗亲，又宽仁厚德，今特派赵子龙将军来请你，这正是你大展宏图的机遇，你休要推辞，更不要为我耽误了你一世清名。"徐庶无可推脱，只得说："罢罢罢，既然母亲让孩儿去，孩儿今日就辞别老母到新野去！"赵云高兴地说："这样才对，顺父母颜情，才是大孝！"又对徐母说："老母放心，我们到了新野，再派人来接您。"

曹操派曹仁为元帅、曹章为前部先锋，统领十万大军南下，准备攻破新野樊城，捉拿刘关张。

刘备自从请来徐庶，天天在一起分析形势、研究对策。徐庶认为："目前兵微将寡，只宜按兵自守，同时应访谒贤俊、广结英豪，人事顺则贤者集，天心佑则气相交；到那时，自然能会风云、安社稷。"

正谈论间，一阵风起，徐庶掐指算道："此风不按金朔，是一阵信风，可知今日中午时分，必有军旅之事发生。"果然，有曹操手下大将许褚来到辕门，说是下战书的。刘备让关羽出去接了战书，呈递徐庶；徐庶览罢，提笔批了四字"选日交锋"，退给许褚带回。徐庶召集众将，布置迎敌。刘备发愁道："曹操雄兵百万，战将千员，我这里兵不满万余，怎么能跟他相拒厮杀！"徐庶道："此正所谓寡不敌众，不可力战只宜智取。"他叫过张飞来，令张飞率领三千军兵，趁曹仁立足未稳就冲杀过去。又令糜竺、糜芳、刘封三将带领一千军马，埋伏在左侧，一见曹兵骚乱，立刻进攻。又令巩固、简宪和二将率领一千军马，埋伏在右侧，等敌兵退过来时，即行截杀。又命赵云领一千军马，埋伏在通往许昌的路上，等候曹兵，擒拿贼将。又命关羽统领一千精兵，负责几处接应。布置完毕，徐庶对刘备说："我二人只在新野敲鼓助阵，坐等众将报功献捷。"

曹仁果然中计，大败而逃。曹章被关羽活捉，下在槛车中。

刘备设下庆功宴，亲自请徐庶入座，赞叹道："有劳师父辅佐刘备，略施小计，一阵杀退曹兵十万。师父本领确实不在管仲、乐毅之下。"众将也一齐祝贺。刘备命刀斧手把曹章押出去斩首，又对众将一一犒赏。大家举杯畅饮。刘备高兴地说："徐军师用智行兵，众将官竭力尽忠；俺刘备实乃万幸，真不虚襄阳一行。"

❖ 高文秀 ❖

赵廉颇伏礼亲负荆　保成公径赴渑池会

　　秦国自穆公任用百里奚为相，国力大增。到昭公时，已是军卒百万、战将千员，西接巴蜀，北控吐蕃，南连襄邓，东有蒲坂；齐、楚、魏、燕、韩等国都已臣服，唯有赵国不肯纳贡。那赵成公手里有块和氏玉璧，是无价之宝，秦昭公很想得到它。这天，秦昭公叫来大将白起，商议制服赵国的办法。白起说："这事容易！就让我领兵前去征讨，必然捉了成公，平了赵国！"昭公摇头："白起，那赵国多有英雄，比如老将廉颇就十分骁勇，倘若与他交兵，万一失利，必惹各国耻笑。所以，还是应该智取为好。"白起道："如何智取？"昭公："我早听说赵国有和氏玉璧，咱们派一使臣去赵国，就说愿以十五座连城换它。若赵成公同意，咱们就收起玉璧，不给连城；若赵成公不同意，咱们就以此为由，大兴问罪之师！"白起说："此计大妙！咱们就依计行事。"

　　赵成公正在看书，门卫进来报告："有秦国使臣求见。"赵成公让使臣进来，使臣拜见道："我奉昭公之命前来传语，秦国愿以十五座连城换赵国和氏玉璧。您如同意，则两国结好；您若不同意，恐怕两国就要干戈相见！"赵成公说："你先回国，等我与群臣商议，做出决定之后再通知你们。"

　　秦国使臣走后，赵成公召集老将廉颇和中大夫蔺相如商议。三人都认为秦国以城换璧之说决非真意。廉颇说："既知这是他设下的圈套就干脆拒绝，等他领兵来打，老夫与他决一胜负，再做商量。"蔺相如说："将军此言差了，岂不知一日干戈动，十年不太平！"赵成公："那咱们难道就只有白白地把玉璧给他吗？"蔺相如："秦国提出以城换璧虽非真心，然而，如若我国首先提出不同意，各国都会认为我国理亏；如若我国同意交换，秦国却不履行给城的诺言，各国都会认为秦国理亏；所以，小臣愿捧璧去一趟秦国，相机行事，完璧归赵，使秦国抓不着出兵攻赵的把柄。"廉颇反对说："秦是虎狼之国，你是懦弱书生，你若到了秦邦，必然弄个失宝丧命，枉惹英雄耻笑！"蔺相如坚定地表示："秦若不给连城，我若不能完璧归赵，则以身家性命相抵！"赵成公想想也没有别的良策，便同意蔺相如携玉入秦。

蔺相如带着和氏璧来到秦国。亲随埋怨他："大夫真不该争当这个使臣，自招其祸！"蔺相如说："为救苍生苦难，避免士马相残、生灵涂炭，我怎敢向后缩、怕危险！只凭我唇枪舌剑定江山，博一个史册上名声扬赞。"

秦昭公宣蔺相如进宫，问："赵国使官，身居何职？为何来到我国？"蔺相如说："小官是中大夫蔺相如，奉赵王之命来此，以玉璧换秦城。"昭公说："既是以玉换城，拿玉璧来我看一看。"相如献上和氏璧，昭公仔细端详，又询问这璧的来历，相如对答如流。昭公假意说："量这么一块玉，也不算什么稀罕，怎么就成了大宝呢？"又叫来白起，让白起观赏评价。白起看过玉璧，也假意说："我以为是什么无价之宝，能值十五座连城；原来不过是一块白石头而已，真是虚得其名！"相如一听这些话头，知道他们想要赖账，思索一下，顺着他们言道："是呀！国家只有忠良之臣才是大宝，这玉石，饥不可为粮饭，冻不可御风寒，只招惹古今大祸患。"蔺相如也说这玉不好，反倒使昭公、白起找不出茬儿，没有话说了。昭公只得虚言道："天色已晚，大夫且到驿馆安歇，把玉璧先放在这里，等明天再做商议。"相如客气地说："玉璧放在这儿恐怕不大合理，当初是您派使臣到赵国，主动提出要以十五座连城交换此璧的，今天小臣携璧来此，您的意思又觉此璧不值十五城。那么就请让我先把玉璧拿回，等你们君臣计议停当后再做交易，也显得秦国不失信于赵国。"白起想："他也说得在理。"私下劝昭公："就让他把玉璧带回馆驿，他既已入我秦邦，插翅也难飞走！"于是，昭公把璧还给相如，告诉他："明日我与众官商议，你再把璧拿来。"

相如来到馆驿，急忙让亲随把和氏璧收好，星夜潜逃，出潼关，回邯郸。

第二天，昭公发现相如已逃走，派人追赶吧，又追赶不上；派兵攻打赵国吧，又自己先说了不愿履约的言语。正一筹莫展，白起献计说："主公可在渑池设宴，就说请赵成公来会盟，他若来了，咱们就寻隙将其擒拿，作为人质，那时不愁玉璧不得。"秦昭公说："此计大妙，立刻就派使臣去，请赵成公择日会盟于渑池。"

赵成公正为蔺相如捧璧入秦的事担心，蔺相如回到赵国。赵成公迫不及待地问玉璧一事如何。相如叙说一遍自己如何揣情摩意，曲意奉承，使秦昭公抓不住施淫威的把柄，终于能携璧逃回的过程。成公大喜，加相如为上大夫，与廉颇同班。廉颇心中甚是不服，认为不过是凭着口舌之能，没什么了不起。成公对他说："廉将军，你难道没听古人说过，一言可以兴邦、一言可以丧邦！"

正此时，秦国使臣来到，向成公传达了秦国请他赴渑池之会的意思。廉颇说："这定是秦昭公见相如携玉潜逃，心有不忿，故设此会，要擒拿主公的。主公不可赴会，让我大起雄兵与秦国对敌！——看看，还不是蔺相如又惹起刀兵来！"相如说："若非万不得已，绝不可动凶器；干戈一动，必然是境内分崩，四方离析；商人们阻了行旅，庄农们废了田地；仓廪耗散、府库空虚、士卒疲敝；于国于民无一利。"赵成公问："那依你的意思该怎么办呢？"相如说："还是由小官独自保着主公，去赴那渑池之会。"廉颇一听就急了，说："相如，你邀买功名还不够吗？你要独自保着主公去，倘若主公有个差失，你负得了这责吗？"成公也有些害怕："是啊，倘若筵会上有点疏失，可如何是好！"相如说："你们既不放心，我现在就当着满朝官员立个誓言，倘若主公有一点儿差失，我愿输掉我这项上人头！"廉颇也赌气道："好，你若能平安保着主公回来，我愿面搽红粉，刮去胡须向你谢罪！"

赵成公只带了百十骑人马，由相如陪伴去赴渑池会。廉颇调动大军，准备接应。

秦昭公与白起早就商议好，如赵成公不来赴渑池之会，正好借机起兵征伐；如赵成公敢来赴会，一是在筵席上寻隙杀他；二是假装让康皮力、范当灾两个将军舞剑助兴杀他；三是在壁衣后暗藏甲士杀他。白起得意地说："这一来，我料赵成公稳落入咱们彀中。"

赵成公、蔺相如君臣来到渑池会上，秦昭公请入座。赵成公谦虚道："量某有何德能，蒙公子置酒张筵相请。"秦昭公也应付说："某略备菲仪，不成敬意，多谢公子肯屈高就下。"又见只蔺相如一人站在赵成公身旁，便寻衅问道："公子既来赴会，怎么就一人跟随，难道你们国家没有别的文武贤才了吗？"相如说："秦公，俺赵国并非没有文武贤才，只因您所设此会，都为修两国之好，因此只领小官一人前来。"秦昭公说："量你能知道几个文武贤才！"蔺相如从尧、舜、禹讲到李牧、廉颇，滔滔不绝。秦昭公不耐烦地听完，又寻衅说："久闻成公善能鼓瑟，就请筵前鼓瑟为乐。"相如道："我赵公鼓瑟可以，但须秦公击缶伴奏。"秦昭公说："成公可用十五城为我贺寿，即可免了两国刀兵。"相如道："以十五城贺寿可以，但您应有所回奉。""回奉什么？""只要您一座咸阳城。"秦昭公见言语上占不着便宜，又寻不着缝隙，便唤康皮力、范当灾上来舞剑助兴。相如一看不好，也立刻抽出宝剑，嘴上说："我和你们对舞。"实际一下子蹿到秦昭公身边，一把揪住他的衣领说："秦公，你赶快让他们退下去，否则我先杀了你！"秦昭公无奈，只好喝令兵将退后，蔺相如仍不松手，对秦昭公说："你这里已布下伏兵，你必须亲自送我们出城，否则就同归于尽！"秦昭公此时不敢妄动，只好答应，送赵国君臣出函谷关。廉颇已领兵前来接应。蔺相如松开秦昭公，恭敬地说："多蒙管待！"成公也施礼道："深谢大王厚遇！"秦昭公对蔺相如又是恨又是敬。

赵成公又设宴，封蔺相如为上卿。廉颇心中气恼，酒也喝不下去，起身说一声："主公，廉颇先回去了！"出了府门，吩咐手下虞侯、士卒："你们就等在这里，如那蔺相如出来，你们就一拥而上，将他打一顿，回来告诉我。这么一介书生，竟然得了如此高位，我廉颇还要对他躬身叉手，这可不成！"

蔺相如见廉颇不悦而走，心里也不痛快，向成公告辞。谁知一出府门，就遭廉颇手下人一顿拳打脚踢，由亲随搀扶着回家了。有门卫将此事告诉赵成公，赵成公十分气愤；然而，廉颇老将对国家也曾建过大功，也不好因此问罪，只能传令给廉颇：向蔺相如赔礼，双方和解，否则决无轻恕！

秦昭公派康皮力、范当灾二将，领兵十万，到赵国城外，单向蔺相如挑战；若能把蔺相如活捉来，定有重赏！

廉颇派人殴打了相如，相如称病不能上朝。廉颇出了气、显了自己威风，也觉自己所作所为有些过分，有心前去道歉和解，又怕相如记恨报复。于是，拉上副帅吕成一块儿去相如家，让吕成先进去探探语气，若相如言语中以国事为重，自己就负荆请罪；若相如言语中有不逊之意，就返身而回，另作商量。

相如染病在家，闭门不出。吕成进府探视，询问相如病情。相如叹道："俺这病内外相伤难和调，便有那扁鹊也难治疗。"吕成问："这内外相伤必是指廉将军之事，想您是堂堂丞相，为何要惧怕于他？"相如说："先生此言错了，你看廉将军和秦王哪个更厉害？"吕成："秦王有虎狼之国，战将千员，雄兵百万；廉将军自然难以并比。"相如说："是啊，可我在渑池会上，独保主公；拔剑在手，张目呵斥，秦国兵将无一人敢妄动，令秦王击缶，使其占不到丝毫便宜；我既不怕秦王，对廉将军又有什么可惧恐！如今秦国不敢犯边境，只因为有我们一文一武两柱擎；倘若我们两人内部起斗争，我看恐怕连人带国都亡命！我连日不朝假称病，并非躲着廉将军，实是先国家之急、后个人恩怨情！"吕成听完，心中赞叹："丞相不仅有济国安邦之策，又有扶危救国之忧，真是忠孝双全、人中豪杰，俺那廉将军实在万不能及一。"他辞谢出门，廉颇迎上来问："你听相如言语间有无报复的意思？"吕成气愤地说："你全都想哪儿去了！刚才相如丞相说，之所以让着你，是先国家之急而后私仇。丞相是仁人君子之心，你可是远远不如！"说罢，也不理廉颇，径自走了。廉颇愣在门口，对照人家相如的宽宏大量、尽心报国，再看自己的所作所为，顿觉惭愧得无地自容。他决定肉袒负荆，叩门谢罪。门人把他放进来，又转身急忙去禀告蔺相如。只见廉颇跪在门口地上，悔恨地说："丞相，廉颇是愚鲁之人，不晓仁义，多有失礼，万望恕罪！"相如也当面跪倒，说："何必如此，将军请起！"廉颇仍不肯起，谢罪道："君子不念旧恶，丞相千万宽恕廉颇！看在文武同僚的分上，各请捐弃前嫌。"相如答应道："俺两人文武英豪，今日订成刎颈交；你便似紫金梁架海涛，我好比白玉柱侵云表；若自伤损相残暴，只恐怕倾颓了赵国、畅快了秦朝！"廉颇边起身边说："丞相，都是我的不对，我今日悔之莫及！"

正这时，秦军康、范二将来到城外挑战。廉颇披挂上阵，蔺相如击鼓助威。只一合，廉颇便把康、范二将生擒活捉，挟了回来。

为庆祝作战胜利，更为庆祝将相和好，赵成公在朝廷设下盛大宴席。

穷秀才暗宿状元店　张商英私地叩御阶
杨太尉屈勘银匙箸　宋上皇御断**金凤钗**

郑州人赵鹗，带着妻子李氏和七岁儿子福童来京赶考，在状元店租了一间房子住。没想到等他交卷儿时，考场已闭，只好又修习一年。这年春天，考场又开，赵鹗却有些心灰意懒。店小二见状，讽刺道："秀才，看你这样儿，恐怕仍不能发迹！李嫂，你不如向他讨一纸休书，然后我给你做媒，另嫁个官员大户。"李氏附和："我心里也正这么想。赵鹗，你听见了吗？人家小二哥要房宿饭钱呢！你若不肯上朝求官应举去，我拿什么给人家！"福童也叫喊着："爹爹，我肚子饿了！"这么一闹，赵鹗只得破釜沉舟，说："我今天就去求官应举去！若得不着官，我也不回来了！"

店小二听说赵鹗得了头名状元，把自己媳妇穿的一条裙子当了，买来一瓶好酒，到朝门外祝贺；李氏也带了福童，站在店门外迎候。

赵鹗果然考中头名状元，可谁知上朝面君谢恩时，将手中笏板掉在地下，大失礼仪。皇上大怒，但念他文章写得好，饶了死罪，命殿头官收回他官袍朝靴，赶出待漏院，仍旧当老百姓去！这真是："文章冠世中高魁，争奈文齐福不齐。才蒙雨露剥官职，依旧中原一布衣。"

赵鹗走出朝门，心中无限烦恼，嘴里叫苦不迭。

店小二不知这种情况，迎着赵鹗说："您大喜，得了官，快回家，咱们喝几杯去！"李氏也迎上来说："赵鹗，你得了官，我便是夫人了！"赵鹗一句话也说不出，好半天才摇头叹道："一言难尽！刚要得官，又被剥落了！"见赵鹗如此沮丧，大家都变了脸，店小二索要房钱，李氏索要休书，连福童也嚷着："爹爹，我肚里饿了，我也不跟你了！"气得赵鹗一跺脚："你们这些人真是眼皮浅，我视那状元如同贡院里替我存放着一样，等来年我再去考，必然得官！"店小二说："你若真有如此志气，我供应你纸墨笔砚。"李氏依旧发愁："眼下无一钱用度，这日子可怎么过！"赵鹗说："你们母子别心焦，我明天去到周桥桥头题笔卖诗，挣些钱来养活你们。"

赵鹗站在周桥桥头，只见人来车往，熙熙攘攘，十分热闹；而自己这里却冷冷清清，无人问津，不禁叹道："二十载苦功名，竟半霎剥掉。卖诗桥头出四宝，枉读了圣贤之道！"好不容易来了个姓刘的读书人，让他以秀才为题，写诗一首，给了二百钱。

赵鹗把二百文钱揣在怀里，收拾东西准备回家，忽见一个汉子缠住一位老者不放。这汉子硬说老者借了他二百文钱不还，要扯着老者跳河。老者说："我是个庄农，第一次进城，跟你撞了一下，根本不认识你，又怎能向你借过钱，你一定是认错人了！"汉子仍扯住不放："你今天不还钱，就一块跳进河里去！"老汉无奈，只得说："这跳河可是人命关天的事，我向别人借二百钱给你算了。"赵鹗多管闲事，过来相劝。老汉拉住他说："老汉见你有二百钱，你能否先借给我，我一本一利交还。谁让我撞上恶人，实在没别的办法。"赵鹗犹豫道："你撞上恶人磨，我正被穷星照，忍饥在今日，受饿到明朝，还有眼巴巴家中妻小。"老汉依然求告："哥哥，见义不为是无勇，万望君子周人之急。"赵鹗拉不下脸来，一狠心，把二百钱给了老汉，说："好，君子周人之急，我就这二百钱，你拿去吧！"老汉接过钱去，给了壮汉。这壮汉是本地流氓，名叫李虎，拿着诈来的二百钱喝酒去了。老汉再次对赵鹗表示感谢："多亏哥哥借钱给我，救我一命。我如今住在南边高门楼张商英宅子里，请问你住在哪里？"赵鄂说："小生赵鹗，借居状元店。"老汉问："莫非就是失仪落简的除名状元赵鹗？""正是。"老汉说："我记住了，明日定把钱送到你住处。"

赵鹗回家，店小二、李氏和福童早等在店门口，问："听说你卖诗得了二百钱？"赵鹗说："是得了二百钱，可是因为救一老汉，把钱借给他了，他答应明天本利还清。"李氏骂道："呸，你个穷光蛋，刚讨来二百钱，又借给别人，眼见得晚饭都没有，咱吃什么！你救别人一命，不知谁救你一命！我这十日里九顿饥，还跟着你干什么，真不如让你快写一纸休书，我另外嫁个人去！"店小二也生气，说："要来休书，我给你做媒。"福童哭喊着："爹爹，饿死我了，快给我买个馒头面糕吃吧！"赵鹗只能好言相劝："有话回屋说，别拍着手当街叫；咱们一家人，总得厮守着白头到老；你们知道饥，我这肚里也饿得似火烧；可顺人情、救人急是君子之道，读书人正应该贫不忧愁富不骄。"又对他们说："你们先回去，我去找找那债主去。"

京城有个花花太岁杨衙内，准备去郊外踏青游玩，野餐的食品已派人用担子挑走了，又叫过六儿来，让他带上十把银筷子，先到城外去等着。

赵鹗在周桥桥头救助的老汉，其实就是微服私访的张商英，官居谏议大夫。他对赵鹗十分感激，吩咐仆人拿着十只金钗寻到状元店，交还赵鹗。

六儿按照杨衙内吩咐，拿着十双银筷子等在城外，竟靠着一棵柳树睡着了。

流氓李虎从树下经过，看那睡着的人怀里露出十把银筷子，顿时见财起意，拔刀杀了六儿，拿着银筷子逃了。

杨衙内牵狗驾鹰地来到城外，有个仆人跑回报告：六儿在树下被杀了！他赶过去一看，果然已死，十把银筷子也不见了。他忽然想起：在出城门时，曾见一人迎面走得慌张，这人大为可疑，他命仆人速去通知巡街的，挨家挨户搜查，一定要捉住凶手！

赵鹗昨日没找到债主，家里人骂了他一夜。这天早晨，正准备写休书，忽听有人叫门，原来是张府派人送来十只金钗还账。赵鹗大喜过望，拿出一只金钗给了店小二，算是交了房钱。店小二也奉承道："我早就说你不是个受穷的人。我这就去安排些茶饭来给你们吃。"饭菜端来，李氏也恭敬地说："秀才，你肚里饥，先吃些。"赵鹗打趣道："这时你举案齐眉待，昨日还将我恶抢白，说什么杏脸桃腮不恋我这穷秀才！"李氏惭愧地说："是我一时不晓事，你别记恨在怀。"

李虎逃到此处，叫门投宿。店小二本不打算留住单身客人，是赵鹗劝他："留一宿没关系，我做保人就是。"等开门一看，赵鹗觉得面熟，想起来："这不就是昨天在周桥桥头碰见的那个流氓吗？"回到屋里，对李氏说："不好，这店里住进歹人来了，咱们的金钗可要藏好。"李氏慌忙问："放在哪里是好？放在怀里不稳，放在枕头下也不稳。"赵鹗说："不如把它埋在门槛下。"夫妻俩把金钗埋好，上床睡觉了。不料，他们的这些言行都被李虎听在耳里、看在眼里。等他们睡熟，李虎拿着刀子在门槛掏个洞，盗出九个金钗，把那十双银筷子放在里面，然后把刀子一扔，跳墙逃走了。

杨衙内领着人挨家挨户搜查，查到状元店。赵鹗听见外面乱，慌慌张张开了门。杨衙内闯进来问："你是什么人？""我是个穷秀才。""既是秀才，以何为生？有什么包袱行李都拿出来检查！"赵鹗说："我以卖诗为生，别无行李，只是昨天得了二百钱，借给一个老汉，老汉今晨让人送了十支金钗还我。"杨衙内喝道："瞎说！借你二百钱，还你十支金钗，岂有此理！"赵鹗急忙辩解："小人不敢说谎，是还我十支金钗。给店小二一支做房钱，剩下九支埋在门槛下，我刨出来给你看。"赵鹗刨出来一看，惊叫道："呀！呀！怎么变了！"杨衙内一把把赵鹗揪住："到底把你找着了！你就是杀人贼！快说，你是怎么杀了我家六儿！"赵鹗说："小生实在不知道是怎么回事。"杨衙内："你不知道？我这十双银筷子怎么到了你这里！赃证都有了，你还口强！来人，把他剥光衣服，狠狠打！看他招不招！"店小二和李氏过来求情，没有一点儿用。把个赵鹗打得皮开肉绽、死去活来。万般无奈，赵鹗只好招认："罢罢罢，是我杀了人！"杨衙内命人给他戴上枷锁，押往死囚牢。待奏明皇上，立即典刑。赵鹗走在街上，仰天长叹："这真是鬼使神差生患害，命中注定不能改，忍冷担饥十数载，又遭这场血光灾！"

李虎拿着九把金钗，来到一个银匠铺，想让银匠给他换成钱使。可银匠说："我这手头没有这么多现钞,得去筹集一下。你先别处转一转,等会儿再来取。"

李虎刚离开,店小二也拿着他那支金钗到银匠铺来换钱。银匠接过来一看,奇怪地说："怎么与刚才那人送来的九支一模一样!"店小二急问:"那九支在哪里?让我看看。"看罢,店小二说:"就为这九支金钗,差点儿白送了一个人的性命呢!这九支金钗是谁送来的?"银匠答道:"那人来倒钱,还没拿走,一会儿就回来取。"店小二说:"等他来时,咱俩一块儿下手把他捉住,然后用他去救赵鄂秀才。你若不肯,我就连你告官!"银匠说:"告我干什么,我帮你捉住那人就是了。那家伙快该回来了,就先躲在一边。"李虎大摇大摆来取金钗钱,被店小二和银匠擒拿住,带往官府。

杨衙内奏明圣上,因赃物有了,本人也已招认,所以圣上就命杨衙内为监斩官,设起法场将赵鄂开刀问斩。赵鄂被押赴刑场,李氏带着福童跟在旁边哭喊。刽子手凶狠地说:"你这妇人靠后!"赵鄂说:"哥哥,你可怜可怜我们,我实在是冤屈呀!"刽子手:"你个读书的秀才,干下图财害命的事,有什么冤屈!""我是屈打成招,确实冤屈!""怎么就偏偏冤屈了你一个!"赵鄂见无法讲理,只能叹气:"唉,这正是阎王注定黄昏死,不能拖延到明时。"李氏哭道:"秀才,你死了,留下我们母子可怎么办呀!"赵鄂诀别道:"大嫂,我死后你千万照看好儿子,遇那清明节至,我在阴司,你给我烧些纸钱!"

时辰到了,杨衙内喝一声:"开枷行刑!"正此时,张商英骑马来到刑场。喊道:"刀下留人!"跳下马来,拜见杨衙内,对他说:"老夫刚才奏明圣上,因为这赵鄂不仅有文才,而且见义勇为,急人之难,所以圣上降旨,对他加官赐赏!"赵鄂本来已经闭目等死,此时听见又降新旨,禁不住抹泪揉眵、言语如丝。杨衙内却不依,喊叫道:"饶了他性命,我家六儿的性命可让谁偿!"张商英说:"想他是个有学问的秀才,怎么干这种杀人犯法的事!"杨衙内:"你说不是他杀的,我却在他那里搜出了十把银筷子的物证!"张商英:"我明明还他十支金钗,怎么变成十把银筷子?一定是被人换过了!"杨衙内:"这我不管,反正找不出别人来就得杀他!"

银匠、店小二押着李虎来到刑场，为赵秀才喊冤。张商英命人把他们带上来审问。店小二诉说了捉住李虎的情况。张商英也认出来："这家伙不正是在周桥桥头诈人钱财的流氓吗！"李虎此时无法抵赖，只得认罪："在桥上骗钱的是我，杀六儿的是我，盗换金钗的也是我。"杨衙内听完，言道："既然有了真凶，就放了赵秀才。只是赵秀才借了二百钱，得了十支金钗，真是赚了大便宜！"

张商英宣判："李虎市曹中明正典刑；店小二免当差役；赵鹗加官开封府尹。"

❖ 白朴 ❖

老夫人急配好姻缘　小梅香暗把诗词递
马文辅平步上鳌头　董秀英花月**东墙记**

　　三原县马县令与松江府董府尹有通家之好。董府尹愿将小女董秀英许配马县令幼子马彬为妻，后来，因两家相隔遥远，音信不通，这桩亲事就搁下来不曾成得。

　　马县令不幸身亡，剩下马彬雪案萤窗、苦攻经史、博古通今。二十五岁时，马彬打算外出走走，一是为游学寻师，二是探探先前那门亲事。

　　马彬收拾了琴剑书箱，带着一个家童，走了一月左右，来到松江府。寻见一处客店，马彬施礼问道："老公公，此处董府尹还在不在？"店主说："府尹已下世了。""他的家宅现在何处？""就在隔壁。请问您是府尹什么亲戚？""先父与府尹是好朋友，自先父下世，断了音信，一向不曾问候。""您如今要到哪里去？""小生游学至此，准备明年春天进京赴试。请问公公有无空闲房舍，借小生一间暂住？""您若肯住下，老夫东墙边有一花木堂，可供安歇。也不要您房钱，只求先生顺便教训我儿山寿攻书习文如何？"马彬答应说："如此多谢了。"

　　董府尹去世后，其妻刘氏治家甚严。这天，她听梅香说小姐身体不适，便吩咐梅香陪小姐到后花园转一转，散散心。小姐董秀英今年一十九岁，在母亲管教下，终日在闺房描鸾刺绣，如笼中之鸟，心里十分闷倦。现听到母亲吩咐，带着梅香，掩上房门，到后花园赏春。只见："三春时分，南园草木一时新；清和天气，淑景良辰……万物乘春，落花成阵，莺声嫩，垂柳黄匀，越引起心间闷。"

马彬正在花木堂读书，落花缤纷直飞到窗帘上。他也坐不住，踱到东墙边观赏。

梅香眼尖，看见了马彬，指着告诉董秀英："快看，东墙那边有个秀才！"董秀英抬眼望去，立刻被这眉清目秀、相貌堂堂的年轻异性吸引住，不禁秋波频顾，不忍错开眼珠儿。梅香见了，提醒她："姐姐，咱们快回屋去吧，你在这里留恋久了，被夫人知道可怎么办！"董秀英这才应道："走吧，咱们回去吧。"

马彬也看见了墙那边的小姐，心里说："这女子定是董秀英了。今日见她一面，不由我行思坐想，哪里还有什么心情看书！"

董秀英自从看见了马彬，更是神不附体、茶饭不进。"思念那人，不由断魂，想何年何月，能一处温存！闷昏昏、泪纷纷、自思忖，谁可帮俺通个殷勤？"梅香见她这个样子，劝道："姐姐，我猜你准是见了东墙那个秀才，看上了他，因此心神不安。"董秀英长叹一声，说："唉，一言难尽！真羡慕私奔相如的卓文君！"梅香阻止道："姐姐，可别这么说，倘若被老夫人看出来，你一个姑娘家，这事可不好办！"董秀英也正发愁母亲火性如雷，对自己坐守行跟、看管太严。梅香这一提起，更使她眉锁春恨，心怀忧愤。意中人虽咫尺近，却难勾引，怎相亲？越发得病体重三分。

马彬思念小姐，弄得朝则忘食，夜则废寝，精神恍惚，如有所失。心想：若长期这样下去，岂不是平生所学废于一旦。于是，就着风清月朗，在东墙下支起琴来，想操上一曲以洗解胸间之闷。

董秀英也在梅香陪同下，来到后花园焚香祝祷。

马彬操琴作歌："明月涓涓兮夜永生凉，花影摇风兮宿鸟惊慌；有美佳人兮牵我情肠，徘徊不见兮只隔东墙。佳期无奈兮使我惶惶，相思致疴兮汤药无方；托琴消闷兮音韵悠扬，离家千里兮身在他乡，孤眠客邸兮更漏声长。"

梅香听了琴声，也觉弹得凄凉；董秀英听了，自然更勾起惺惺意，禁不住口占一绝："客馆闲门静，闺房寂寞春；月来花弄影，疑是有情人。"

马彬觉得墙那边似有人言，起身张望，正好听清小姐所赋之诗，心中赞叹咏得妙，又依韵和道："书舍须臾恨，南园老尽春；东墙明月满，偏照意中人。"

董秀英听了和诗，心想："这弹琴的秀才真是文思敏捷！"她正绣鞋立定，心绪不宁，梅香劝道："姐姐，夜深了，咱们快回去吧！"她只好快快地转身回屋。从此，相思病更重。

马彬自与董秀英和诗，回屋后一夜未睡。辗转苦思，终于想出个办法。第二天，他把学生山寿叫过来，让他到隔壁董宅去讨花。嘱咐道："只向小姐讨，千万别让老夫人知道！"山寿遵命，见到董秀英，说："是俺师父让我来向姐姐讨花的。"董秀英问："你师父是谁？""俺师父姓马名彬，二十五岁了。"董秀英送山寿一束海棠花，把他支应走，心中却始终不能平静。她恍惚记得，父亲在时曾与母亲说过，将自己许配三原县令马昂之子马彬为妻。莫非是他来了？她左思右想，提笔写了一封短信，交给梅香，让梅香给隔壁秀才送去。

马彬拿到海棠花，正为下步该怎么走而发愁，梅香拿着信来了。马彬施礼问道："小娘子来有何事？"梅香道："俺姐姐让我送给您这一封信，我也不知里面写的是什么。"马彬接过信，拆开一看，上面有诗一首："潇洒月明中，潜身墙角东。鸣琴离恨积，入夜绣帏空。梦绕三千界，云迷十二峰。仙郎休负却，我意若春浓。"马彬读罢，对梅香说："诗中可见，小姐对小生有顾恋之心，我如今就备办礼物，找媒人去提亲如何？"梅香道："我看那样不行。我们老夫人天生劣性，倘若走透消息、泄露风声，岂不误了前程！只要我们小姐愿意，又何须什么媒证！"马彬一听，觉得也有道理，便写了一封回信，托梅香带回。

董秀英拆开梅香带回的信，上面也是题诗一首："客馆枕飘零，孤眠春夜长。瑶琴拨一弄，春色在东墙。勿问诗中意，相思病染床。情人在咫尺，何日赴高唐？"董秀英读罢，慢慢转喜悦为更大的忧愁："我与他，一个在东墙下烦恼，一个在锦帐里伤情；中间这粉墙一堵，似隔着百座连城；虽然是心心相印，却叫我寸步难行！"

马彬连日不见小姐音信，心中焦虑，不觉长吁短叹、捣枕捶床，一病难起、命在须臾。

董秀英终于又写了一封信，让梅香快给马秀才送去。

马彬一见梅香来，顿时精神大振，从床上翻身下地跪倒，问："小娘子怎么一直就不来了？"梅香说："老夫人看管十分严谨，我又怎敢轻易出来。""小姐今天有什么话说吗？""有。你看这信。"马彬拆信一看，上面只有四句："画阁销金帐，翻成离恨天。东墙相见后，疑是武陵源。"读完诗，马彬垂泪哭诉道："小生有句话，想对小娘子说一说。想先君在时，曾蒙董府尹将小姐许聘小生，后来阻滞，因此未能合成亲事。小生千里来此，目的之一便是问问这桩亲事。不想那日与小姐东墙相见，互生敬慕，就求小娘子在小姐左右多行方便，成就我二人这桩亲事。其实这也无伤礼俗。"梅香说："你难道没有听说，血气之勇，戒之在色。你是个聪明人，何必为一女子冒大风险，还是当以功名为重。"马彬道："小娘子若不肯可怜小生，只怕小生命在旦夕了。"梅香说："我把你的意思转告小姐，看看她的动静。肯与不肯，且等回报。"马彬道："如此正好。我再写封信，请小娘子带回。"

梅香回到闺房，董秀英着急地问："他怎么样？对你说什么了？"梅香说："姐姐，他快被你弄死了！"接着，又把马彬的话叙说一遍，把马彬的信交给她。董秀英见信上写的是："相思病转添，愁锁眉头上。无意读经书，引得春心况。忽见可憎才，疑是嫦娥降。盼得眼睛穿，何日同鸳帐？"梅香说："他确实病得不轻呢！你看这事怎么办吧？"董秀英又取笔写诗一首，对梅香说："这是一个期约的信简，你去送给他，他就敢来了。"

马彬见那信简上写着："待月东墙下，花阴候大才。明宵成欢会，同赴楚阳台。"马彬顿时大悦，跪地谢梅香说："今日此事能成，都是小娘子之力，异日定犬马相报！"

夜深人静，董秀英估计母亲睡熟，潜出闺门，在后花园海棠亭相等。马彬翻墙头跳进花园，也来到海棠亭下。二人相偎相亲，成就好事。

董秀英母亲偏偏这夜睡不着，到闺房中探看女儿，却不见人影，又寻到后花园。后花园的角门开着，老夫人进来，正撞见幽会中的董秀英、马彬。董、马二人吓慌了，梅香倒还镇静："不碍事，我去向老夫人回话！"老夫人骂道："好贱人！你们三个都过来！"董秀英、马彬和梅香连忙跪倒听训。"我在董家为妇，一辈子不曾有过针尖大的过失。你如今年纪轻轻，竟不遵母训，不修妇德，私自和这野男人约会，真把咱家门风辱没尽了！想来准是梅香小贱人逗引的！"梅香陈诉道："老夫人请息雷霆之怒，听我讲清事由。当初先尊曾将小姐许配三原县令马昂之子为妻，一直不曾成合。人非草木，岂无所思，而今才子佳人相配，既不失夫人治家之道，又不露骨肉和婚之丑，为什么责怪我呢？"老夫人沉吟问道："这个小子，你到底姓甚名谁？何方人氏？"马彬："不瞒老夫人说，小生正是马昂之子马彬，祖居临阳。"老夫人怒道："你个小禽兽！既然到此，为何不来见我，倒先做下这样的勾当！若是换成别人，我非把他打死不成！你这等不才！我要把你赶走吧，又看你先父母面上，有些不忍。可我家三代不招白衣之士，今天就暂许你二人婚配，明天你就得立刻上朝取应，等得第做官后再来完婚！"马彬夸口道："小生六岁攻书，八岁能文，十一岁通六经，据小生才学，不夺个状元回来，就永不见夫人！"老夫人冷冷地说："好，那就看你的了！秀英，快给他收拾行装，送他进京去！"

梅香奉命置备酒果，为马彬饯行。老夫人说了声："孩儿要尽心啊，争取早日回来！"董秀英悲悲切切与马彬道别。

转眼半年有余，马彬杳无音信。董秀英朝思暮想："好梦初成，又各西东，莫不是美满姻缘不得终，枉教我埋怨天公！"她病得越来越厉害，老夫人请了良医李郎中来诊治，李郎中拿出祖传秘方，说是专治男女伤春之病。坑了老夫人五钱银子，其实不起一点儿作用。董秀英长吁短叹："鱼沉雁杳音难送，阻碍着千里关山万重。埋怨俺狠毒娘，走上来分开了鸾凤种！"

马彬进京应试，一举状元及第。谢过皇恩，赶回松江搬取夫人。行了数日，来到松江府。下马，命人进董宅通报。老夫人听说马彬得了状元，亲自迎进屋去，又让梅香快把董秀英叫来相见。董秀英见到马彬，百感交集："相逢诉不尽心中怨，自相别已是经年。我只怕恩情断，盼归期眼望穿，谁知今朝得团圆！还记得海棠亭誓对婵娟，携手相将，笑语甜言，东墙下私约成姻眷。历尽艰难，咱夫妻总算称了平生愿！"

有使臣前来宣旨："授马彬翰林学士，其妻董氏为学士夫人，即便赴京上任。"马彬夫妻听罢，喜气洋洋，收拾车马，准备进京。

黄石公亲授兵书　张子房圯桥进履

　　张良，字子房；韩国阜城人，祖上连续五代被拜为韩国丞相。后秦始皇灭了韩国，张良发愤报仇，伺机刺杀秦始皇。谁知没能刺杀成功，先犯下砍头之罪。秦始皇派人四处捉拿，张良东躲西藏。这天，张良走在深山中，由于白雪遍野，不觉迷失了道路。正自彷徨，又猛见前边一只斑斓猛虎挡住路途，更使他失魂落魄。幸亏有个自称是上八洞神仙的乔仙游山玩水到此，对张良说："这大虫是我养熟了的大猫，我称它善哥。叫一声它便跪在我身边；叫两声，我便骑到它身上；叫三声，它便腾空驾云而起。"张良求道："师父既有这等手段，定要救小生性命！"乔仙喊了三声善哥，那虎根本不怕，将他扑倒在地，拖上走了。

　　太白金星因张良有忠烈之心，化装成一个老头儿来此为他指点迷津，叮嘱他："为臣必尽其忠，为子理当尽孝！你可顺此路直至下邳城，那里就有教导你立身扬名的师父。"

　　上界神仙黄石公，专管智斗战敌之事。他奉上帝意旨，降临凡世，教授张良六义三才安定之术。

　　张良到了下邳，寄食在本处财主李仁家。李仁对张良十分看重，这天，他摆下酒宴，请张良对坐闲聊，打算赠送张良衣服鞍马以进京考取功名。张良客气地说："感蒙长者盛情，小生如何当得起呀！"李仁道："四海之内皆兄弟，贤士不必推辞。"又说："俺这下邳圯桥边有位先生，善算阴阳祸福，贤士可去求上一卦，看命运如何？"张良答道："好，小生谨依遵命，问卜走上一遭。"

算卦的道士是天上的福星所化，见张良走来，远远地招呼一声："张良。"张良甚为奇怪："他怎么知道我的名字？"于是走过去拜见道："请问先生仙乡何处？怎么认得在下一介贫儒？"福星说："贫道是此处人氏，早听说你要来，俺在这里等候多时了。"张良道："先生，小生想问将来命运，请您帮助释解疑难。"福星问了张良的生辰八字，惊喜地说："张良，你久后必定大贵。而且今日午时便有转机，拙运去，福星临，指教于你有贤人，你可回身前去寻。"言罢，"刷"的一声不见了。

张良走到桥头，一个须发尽白的老先生叫他。等他走近，那老先生把一双鞋撒下桥去，对他说："张良孺子，你把鞋给我取上来，我收你做徒弟！"张良听了，很有些气愤，心说："这老头儿好无礼，我和他素不相识，他口口声声叫我孺子，还让我帮他取鞋。这桥上来来往往这么多人，看我去帮他取鞋，岂不笑我！"但转念又想："圣人说，老者安之，少者怀之，朋友信之。我为这老先生拾一下儿鞋，也正合着为人之道，其实算不得什么耻辱。"于是下桥把鞋取上来。那老先生伸出脚来，把鞋穿上，对张良说："孺子可教，你我有缘。你五天之后，来此桥头等候，我将传授你安身之术。"说罢，走了。

张良对老先生的话将信将疑，因此，第五天磨磨蹭蹭来到桥头。那老先生早等得急了，见了张良骂道："好你个张良小子，这么晚才来，没一点儿恭敬之意！"张良急忙道歉："师父息怒，息怒！"那老先生说："好吧，就再约你五天为期，来得早了，我传给你安邦定国之书，让你声播千古，名气扬天下；若再来迟，我可要两罪俱罚，绝不轻饶！"

又过了五天，张良不敢怠慢，天刚三更，便到圯桥桥头等候。老先生到来，又把鞋撒到桥下，命张良捡回来。张良遵命捡回，又含容折节、屈脊躬身、伏低做小、跪在尘埃帮老先生把鞋穿上。老先生笑道："张良敏而好学，不耻下问，是块无瑕美玉。我现在就把这三卷天书给你。此书非同小可，绝不能轻易传给别人。此书讲的是原始、正道、求志、道德、遵义、安理以及天、地、人六义三才之法，有一千三百三十六言，逆之难从，顺者易晓。你今后日夜孜孜读此经，扬名显耀可安身；忠心辅弼为肱股，定为朝中第一臣。"张良接过书，问道："师父哪里人氏？姓甚名谁，可否告诉小徒？"老先生说："张良，你现在不必知道我姓名，等你以后得志成功，可亲去济北谷城山下，找到一块黄石便是找到我了。"

张良回到住处，日夜苦读，把三卷天书全部弄懂记熟。这天吉日良辰，他准备离开下邳，出去建功立业。李仁为他备酒钱行，又送上许多盘费。张良感激地说："您对我恩高如华岳，情深如沧海，张良永世不忘！"李仁道："贤士可别说这样的话，你可稳登前路；我料你这一去，必遂大丈夫之志！"

相国萧何，奉沛公刘邦之命，准备收取西洛。这西洛守将申阳，不但才智过人，而且有万夫不当之勇；手下还有一大夫，名叫陆贾，也是深有谋略的奇才。如何战而胜之？萧何带了樊哙，来到帅府，召集元帅韩信及灌婴、张耳众将开会商议。韩信说："此事非同小可，必请军师张良来共同策划。"

张良自离开下邳，来到咸阳，投于沛公刘邦麾下，屡建大功，如今已是官居重职。他来到会场，问明是商议征讨申阳之事，便说："丞相，想张良投于沛公，官高禄重，并无寸箭之劳；此番征伐，就请委派在小官身上，让小官立功补报。"萧何道："既然军师愿担此任，自是最好不过。就请整点军马，收拾粮草，准备出兵吧。"张良说："小官想先不用军马，就凭三寸不烂之舌，去申阳营中，说降他们来。"韩信道："军师，这申阳本领高强，更有手下大夫陆贾用兵如神，他们自恃才能，恐难说降。"张良点头："对，我同时用计，定迫使他们投降就是！"接着，叫过大将灌婴，小声吩咐他；"领本部军马，远临西洛，暗中埋伏。"又叫过樊哙、张耳来，一一安排停当。然后对萧何、韩信说："众将领命去了，小官也不可迟误，今天就拜别丞相、元帅，亲至西洛走一遭去。"

西洛守将申阳闻听沛公派兵前来征伐，叫来陆贾商议。陆贾说："韩信用兵如神，咱们不要与他交锋，只宜固守城池。咱这洛阳左山右水，四塞险阻，深沟高垒，粮草充足。只要坚守不战，韩信自然退兵。"申阳完全同意。叫来手下大将张全，吩咐他切莫与韩信交锋。这张全本领不强，是个吃货，早饭一顿七大碗，生葱萝卜蘸黄酱。一听不让他出阵交锋，自然乐不可支，连喊："此计大妙！大妙！正合我意！将计就计！"正此时，有卒子报告："有个游方道士要见元帅、大夫。"申阳说："让他进来！"那道士进帐稽首问候。申阳问："你这先生是何方人士？姓甚名谁？"那道士答："我是韩国阜城人，本姓张。"陆贾问："你难道是张良吗？"道士答："正是，正是。"申阳说："你是沛公手下喉舌之士，来我这里，正如飞蛾投火。"张良道："我是久闻您二位才德，特来相访。"陆贾说："你来我军中，定是心存侥幸，来做说客。元帅不可让他开口，赶快命人将他拿下，看他还有何计可施！"申阳听罢，喝令众将把张良围住，绑缚结实。陆贾说："可以把这张良押送彭城，将其献给鲁公项羽。"申阳问："此人诡计多端，派谁押送才好？"陆贾沉思半晌，道："看来只有我亲自去一趟才稳安。"申阳想想也觉得无别人可差，便同意了。

　　陆贾走后，张耳领五千军马来到城下。让守城士兵进去报告申阳，说项羽手下大将张耳前来助阵。这张耳投靠沛公不久，申阳还不知道，马上开城门接见。张耳说："我是奉鲁公之命前来，鲁公听说有沛公手下大将樊哙，在您洛阳境内骚扰掳掠，怕您不敢出战，特命我来助元帅一臂之力。"申阳听了这话，自然不愿被鲁公小看，点起军马，浩浩荡荡杀出城来。

　　陆贾押着囚车，出了洛阳，赶往彭城。正走间，忽见前边来了一队楚兵。陆贾问："来将何人？"那马上的将军说："我是鲁公手下大将项庄，听说您拿住了张良，特来接应。"陆贾指着囚车道："那里面就是张良，人都说他足智多谋，却也出不得我手！"张良对项庄说："是呀，人都说他足智多谋，却也出不得我手！"项庄听了，喝令下手，众兵齐上，三下五除二把陆贾擒住，塞进囚车，换出张良。原来这项庄是灌婴假扮的，早就奉命在此埋伏。陆贾此时才叹道："饶我纵有千条计，却出不得高人之手。"

　　申阳被张耳调出城来，自然中计，成了张耳、樊哙的俘虏。

汉军高奏凯歌，乘胜进攻，势如破竹。项羽手下大将钟离昧、季布也抵挡不住，丢盔弃甲而逃。汉兵大获全胜。

韩信奉沛公之命，在帅府摆酒宴犒赏众将。张良亲入敌营，连环计拆开申、陆二人，又使他们各入圈套。申阳、陆贾也心服口服，愿意投降效忠沛公。此一仗，张良立下奇功。

萧何宣读沛公意旨：赐张良千两黄金；灌婴为左司马；张耳为右司马；樊哙为辅弼大将。

淝水河谢玄大功　破苻坚蒋神灵应

　　秦公苻坚，守治长安，经数年修整，渐渐府库充实，兵强马壮。由此便生野心，想统军南下，图谋晋朝。他召来军师王猛商议。王猛劝阻道："晋朝英才聚建康，有谢安雅量，有桓冲志刚，都是些尽全忠真栋梁。而我国刚刚灭西凉、定西羌，削平陇右立秦邦，正应该存仁布德守封疆。"苻坚听不进去，说："军师不知，我自继承祖业十余载，收蜀破鲁，天下十分已得七分，又有雄兵百万，正应该大举南下，一鼓夺取江东。又有何难！请您不要阻拦，我定要举兵征战一遭去！"王猛见劝阻不住，只得摇头叹息，"你休显耀、慢逞强，我只怕你弄一个枉徒劳、措手难防！"

　　王猛走后，苻坚又叫来阳平公苻融商议。苻融也是坚决反对出兵，他说："晋朝虽然兵微将寡，但并无可以征伐的借口；况且晋朝人才济济，又有长江险阻，未必轻易可图；而我国连年征战，兵疲民怠，今若劳师大举，恐无万全之功，枉惹塌天大祸。到那时悔之晚矣！"苻坚哪里听得进，一声断喝："住口！大事已定，不得狂言，如若违令，决无轻饶！你快退下！"苻融只得起身，说："您既然不听我的话，我只得回避；如若他日出了问题，可别怪我苻融没有劝你！"

　　苻坚一意孤行，叫来大将梁成和慕容垂，命他二人一为先锋，一为后合，各领五万军马，先取寿阳。这慕容垂本是沙陀降将，私下早已打好算盘："战胜了便封官受赏，战败了就领兵回我那沙陀夹山去。"

　　这两员将走后，苻坚点起百万大军，滚滚南下，心说："就是把马鞭子扔进江里，也能把水填塞；过江灭晋，如同儿戏。"

晋朝大司马桓冲召集众官商议，看何人能领兵破敌。侍中王坦之推荐谢安，说谢安才高德厚，定能举贤拜将。桓冲便命王坦之亲自到谢安宅上访问，听听他的意见。

谢安是晋朝吏部尚书，掌管中书大事，此时基本退休。他已经听到边庭紧急的消息，心中正琢磨抗敌的主意。王坦之求见，对谢安说："老丞相，西秦苻坚领兵入寇，统军百万，旌旗蔽日，您看保举何人为帅，才能战而胜之？"谢安答："此事容易！老夫正要保举吾侄谢玄为帅。"王坦之说："老丞相保举之人，定然不差。请问贤侄曾学兵军战策吗？"谢安道："不是老夫自夸，我这侄子虽然年幼，却是社稷之才、栋梁之臣，完全可以担当重任。"谢安知道王坦之是围棋高手，邀他与自己手谈数着。王坦之不便推辞，一边坐在棋桌旁，一边问谢安："能否请贤侄出来，一同观棋？"谢安说："当然可以！你就以棋局为战局，考考他的功力。"

谢玄离开书房，来到客厅，与王坦之见礼。王坦之说："小将军，今有秦兵进犯，令叔想保举你挂印为帅呢。"谢玄道："苻坚倚仗着兵雄将勇，不识我江南豪杰；只是我军仅十万，他却有百万，以寡敌众，着实让人费解。叔父既保举我为帅，定然有计破敌。"谢安说："谢玄，今国家用人之际，你绝不可推诿。你向我求计，我就写个字给你。"言罢，在纸上写了个"退"字交给谢玄，让他自己去思考。谢安和王坦之对弈，谢玄在一旁观战。谢安边下边讲："这围棋是尧王所制，化阴阳之像，运天地之机；棋盘四角按春夏秋冬四时，三百六十路按一年三百六十日；其中又依二十四节气，存蝴蝶绕园势、锦鲤化龙势、双鹤朝圣势、黄河九曲势、华岳三峰势、寒灰发焰势、枯木重荣势、彩凤翻身势、十面埋伏势等二十四盘大棋。下棋者要气清意美、生智添机；要观紧慢、看迟疾，外静内动、身定心逸。"谢玄在一旁看棋，若有所思。一会儿，他告辞走了。谢安说："谢玄必解我棋中之意，有了破敌之计。"王坦之也赞叹道："令侄真是相貌堂堂大丈夫，胸中造化有机谋。我这就去告知大司马。"

建康虎踞龙盘之地，东面钟山的山神生前叫蒋子文；因此，钟山也叫蒋山。这蒋神正直无私，听说苻坚领兵百万前来入侵，决定暗助晋国。

谢玄来到钟山，率领众将进蒋神庙行香跪拜。然后，升帐传令："命刘牢之为前部先锋，率精兵五千，先去占据新安县白石山洛涧栅；命桓伊、谢琰为左右二哨，赶赴前敌，摸清敌军动向。"这两股人马走后，谢玄与副帅谢石统领大军拔寨起营。蒋神也点齐本部神兵，屯集于寿春八公山中。

攻打寿阳的慕容垂、梁成在洛涧栅受到晋军阻击，这二将不是刘牢之对手，被打得大败而逃。

谢玄领人马来到淝水江边，与秦军对阵。苻坚狂妄地说："谢玄，量你只有十万人马，怎能与我对敌，不如及早投降为好！"谢玄上前谦恭地说："您说得有理，以我这点儿兵力，如何抵挡得住百万大军！请您先把兵将退回河那边，我回去商量一下便来投降。"苻坚道："好，大小三军，听我将令，退回淝水河那边，摆好阵势。若晋国不降，再与他们交战不迟！"秦军前边一退，后方以为战败，立刻阵容大乱。谢玄乘机传令："全军高声呐喊，追杀过去！"蒋神也鼓动大小鬼兵，风声鹤唳，呼啸而上。苻坚回头一看，简直满山满谷都是晋兵，势如排山倒海。而自己这边如乱了营的蚂蚁，完全失去号令。他见大势已去，只得拨马逃命去了。晋军一举成功。

苻坚虽然逃了性命，然而百万大军除了被追杀，被淹死的，已是所剩无几。他与慕容垂相遇，慕容垂反目道："苻坚，都为你跟晋朝交战，损失了我许多人马不说，还差点丢了我的命！我哪能和你作罢，你赶快下马受死！"苻坚此时只得下马跪地哀求："将军若能饶我性命，我西秦今后年年向将军称臣纳贡！"慕容垂这才饶了他。

大司马桓冲在帅府安排筵席，犒劳众将。谢安有雅量高才，举贤设计，加官太保中书省太宰；谢玄大将军八面威风，胸怀韬略，腹隐神机，封为定番房大元帅；王坦之为尚书兼中书门下，谢石为征讨副帅；刘牢之、谢琰、桓伊等众将都加官赐赏。正是：谢安举贤棋中令，谢玄智勇退秦兵；八公山蒋神灵应，淝水战草木皆兵。

崔莺莺待月西厢记

第一本　老夫人闲春院　崔莺莺烧夜香
**　　　小红娘传好事　张君瑞闹道场**

　　郑老夫人的丈夫姓崔，官拜前朝相国，不幸因病去世。老夫人和女儿莺莺扶柩回博陵安葬，因路途有阻，淹蹇在河中府。此处有一普救寺，是崔相国建造的，寺中的主持法本长老也是崔相国剃度的。老夫人把丈夫灵柩寄放在普救寺，自己和女儿及丫鬟红娘、老生儿子欢郎暂住在西厢一处宅院里。

　　此时已是暮春天气，"门掩重关萧寺中，花落水流红，闲愁万种，无语怨东风"。老夫人怕女儿憋闷坏了，吩咐红娘陪着莺莺到佛殿前闲走一走，散散心。

　　西洛人张君瑞，父母均已去世。他苦读经传，铁砚磨穿，雪窗萤火二十年。只可惜才高难入俗人眼，时乖不遂男儿愿，他至今书剑飘零，功名未就。这年，唐德宗即位，张君瑞带上书童，上朝取应。路经河中府时，想再顺便去探望一下蒲关守将杜确。因此，就在城里找了间客房住下来。他问店小二："你们这里有什么可以观游散心的名山胜境吗？"店小二说："这里有座普救寺，是则天皇后的香火院，建造不俗。南来北往、三教九流只要路过此处没有不去瞻仰的。"张君瑞听了，吩咐书童拴马喂料，置备午饭。自己迫不及待赶往普救寺。

张君瑞来到普救寺，法本长老不在，由小和尚法聪领着他参观。张君瑞瞻仰过上方佛殿，又来到下方僧院，过香厨、经钟楼、将回廊绕遍，数了罗汉，参了菩萨，拜了圣贤。正自盘桓不忍离去，忽然看见红娘后面的崔莺莺，他立刻觉得眼花缭乱口难言，魂灵儿飞在半天。只见那莺莺"樱桃红绽，恰似呖呖莺声花外啭，行一步可人怜，解舞腰肢娇又软，千般袅娜，万般旖旎，似垂柳晚风前"。

红娘发现了张君瑞，停止嬉笑，对莺莺说："那边有人，咱们回去吧。"莺莺回头看了一眼，走了。张君瑞犹自发愣，半晌，问法聪："和尚，刚才怎么观音显形了？"法聪说："别瞎说，那是崔相国家的小姐。"张君瑞叹道："世间竟有这样美的女子，真可谓天姿国色。别说模样，就那一双小脚儿，也价值百金。"法聪说："你离着老远，人家又穿着长裙，你怎么知道人家脚小？"张君瑞说："若不是履轻盈，怎显得脚印儿浅？唉，只恨这粉墙高似天，不与人行方便，小姐呀，真被你引得我意马心猿。"法聪劝道："人家小姐已回去了，你别惹事！"张君瑞哪里听得进，对法聪说："烦劳小和尚对长老说一声，我要在这里租住半间僧房，早晚温习经史。明天就搬过来。"他心里话：就她临去那秋波一转，便是铁石人也意惹情牵，若能再仔细看她几眼，便不去应举也欣然。

第二天一早，张君瑞又来到普救寺。法本长老听到法聪通报，迎出门来，说："昨日老僧不在，望先生恕罪。请方丈内坐。"张君瑞也客气道："小生久闻老和尚清誉，想来庭下听讲。今能一见，真三生有幸了。"法本长老问："先生世家何郡？上姓大名？因何到此？"张君瑞报上姓名，又答道："我先人曾拜礼部尚书多名望，五旬上因病身亡，平生正直无偏向，只留下四海一空囊。俗话说秀才人情纸半张，小生我更没什么七青八黄，奉献上这白银一两，望大师不必谦让。"法本不肯收。张君瑞坚决留下，说："这一两银子不是厚礼，权当茶钱，若肯笑纳，小生将你众和尚死生难忘！"法本问道："先生必是有什么请求吧？"张君瑞道："小生确有恳求，我因讨厌客店冗杂，早晚难以温习经史，所以想在这里借间屋住，房金按月，任意多少。"法本长老说："敝寺房屋很多，任先生挑选。要么与老僧住在一处如何？"张君瑞连忙说："不必不必，我只挑间靠着西厢的房子就行。"

正这时，红娘受老夫人指派，来问法本长老："二月十五日给崔相国做法事，各项准备都办好了没有？"张君瑞看这红娘，懂礼仪举止端详，启朱唇语言得当，禁不住胡思乱想起来："若共她多情的小姐同鸳帐，怎舍得让她叠被铺床？"忽听法本长老说："先生请稍坐，老僧同小娘子到佛殿看一趟再回来。"张君瑞起身道："我也无事，同你们一块儿去吧。"三人来到殿堂。老和尚对红娘说："这斋供道场都完备了。只等十五日夫人小姐来拈香。"张君瑞问："为何还要拈香呢？"老和尚说："这是为崔相国守孝期满之日，以后便可脱去孝服了。人家崔小姐特别孝顺，特意在这天为父亲做法事。"张君瑞忽然哭道："哀哀父母，生我劬劳。想人家小姐是个女子，尚且有报父母之心；我自父母下世之后，不曾烧过一陌纸钱。求老和尚慈悲为本，让小生也备钱五千，顺便带一份儿斋，追荐一下父母，以尽人子之心。"老和尚见他哭得可怜，便吩咐法聪："就顺便给他带一份儿。"张君瑞偷偷问法聪："明天那小姐真来吗？"法聪说："人家为自己父亲做法事，怎能不来！"张君瑞心里高兴："我这五千钱花得值！"红娘看过准备情况，说得赶紧去回老夫人话，向法本长老告辞。张君瑞借口上厕所，先溜出来在前边等着她。等红娘过来，张君瑞深施一礼，问："小娘子是崔小姐的侍女吗？"红娘说："正是。您问这干什么？"张君瑞迫不及待地自我介绍："小生姓张名瑞字君瑞，西洛人，年方二十三岁，正月十七日生，并不曾娶妻。"红娘怪道："谁问你这个来！"张君瑞轻声说："请问崔小姐经常出来吗？"红娘怒道："先生是读书君子，孟子曰：'男妇授受不亲'；又常言：'瓜田不纳履，李下不整冠'；你难道没听说：'非礼勿视，非礼勿听，非礼勿言，非礼勿动！'俺家老夫人治家极严，冷若冰霜，那天小姐没有禀告，便走出闺房，被老夫人看见，罚立于庭下，大受其责。先生习先王之道，尊周公之礼，与己无关的事就不要去想！也就是碰上我，可以饶你，要是老夫人知道，绝不与你罢休！今后该问的问，不该问的就不要胡说！"说罢就气愤愤地走了。张君瑞被数落了一顿，心中有些气馁。怨老夫人何必如此严刻古板，怨崔小姐何以如此招人爱怜，怨老天爷何以如此设下磨难。他快快走回，问法本长老：房舍能否定下来？法本长老告诉他：西厢边有一间房，环境不错，今晚就可搬过来。

张君瑞搬到寺中，"院宇深，枕簟凉，一灯孤影摇书榥"；"睡不着，如翻掌，一万声长吁短叹，五千遍捣枕捶床。"如何支吾此夜长，索性坐起身，手支腮帮把小姐的模样慢慢地想。

红娘回了老夫人话，又回到莺莺屋，笑着把遇到张君瑞的事告诉给她听："真不知那家伙想什么呢，世上竟有这样的傻角。"莺莺听了，也逗得直乐。又嘱咐红娘："别对老夫人说。天色晚了，快安排香案，咱们花园内烧香去。"

玉宇无尘，银河泻影，月色横空，花荫满庭。张君瑞早听说隔壁小姐每日花园内烧香，便侧着耳朵听，蹑着脚步行，偷偷躲在墙角边的太湖石后静等。只见崔小姐齐齐整整、娉娉婷婷；如月中嫦娥飞出广寒宫。她吩咐红娘把香桌放好，自己拈香祝告："此一炷香，愿化去的先人早生天界；此二炷香，愿堂中老母身安无事；此三炷香……"小姐说到这里不出声了。红娘接茬儿说："姐姐这一炷香说不出口，我就替姐姐祝告，愿俺姐姐早寻个姐夫，也拖带拖带红娘啊。"崔莺莺又深深拜了两拜，长吁道："无限伤心事，尽在两拜中。"张君瑞躲在一旁，听个仔细，此时按不住情思，朗声吟道："月色溶溶夜，花荫寂寂春；如何临皓魄，不见月中人。"红娘道："这声音，正是那二十三岁不曾娶妻的傻角。"莺莺夸赞说："所吟实在清新！我不妨依韵试做一首：兰闺久寂寞，无事度芳春；料得行吟者，应怜长叹人。"张君瑞听见，心中更是燥热："这小姐不仅长得美，而且才思敏捷。"他按捺不住激情，拽起罗衫从藏身处撞出来。红娘急忙说："姐姐，有人！咱们快家去吧，别让老夫人嗔怪！"莺莺扭转腰身，不免又回头看了两眼。

张君瑞回到屋里，更加坐不安、睡不宁、怨不能、恨不成。想小姐回顾一笑百媚生，又有和诗似动情，但愿这天大的好事从今定！

二月十五日，众僧排列大殿，法鼓金铎、钟声佛号一齐响起。法本长老派人去请夫人小姐出来拈香，又吩咐张君瑞："你先去拈香。一会儿若老夫人碰上问起来，你就说是我的亲戚。"张君瑞焚香祷告，嘴上说："愿活着的人间寿高，死了的天上逍遥。"心里却是："愿红娘莫阻挠，愿夫人别急躁，愿成就了我的幽期密邀。"

老夫人领着莺莺、红娘来到殿堂。张君瑞嘴上叨念着："人心志诚呵，神仙下降。"眼睛却止不住往那边瞅。法聪小和尚说："这家伙，已经说了两遍了。"法本忙向老夫人解释："这秀才是老僧敝亲，父母亡后，无可相报，央及带一分斋，追荐亡灵。贫僧一时就应允了。望老夫人莫怪。"老夫人说："长老的亲戚也就是我的亲戚，请过来见见面吧。"张君瑞拜见老夫人。崔莺莺哭啼啼焚香跪倒。一时间，老的小的、丑的俏的、击磬的、添香的，个个都装着擦泪偷眼瞧，张君瑞更是神魂颠倒心痒难挠。忽然，风把蜡烛吹灭。张君瑞急忙张张罗罗、凑过去点灯烧香。崔莺莺对红娘说："这书生忙了一夜。"红娘说："岂止此夜，恐怕早就吃不好、睡不着！"一会儿，法本长老摇响银铃、宣读祭文、焚烧纸钱，又对夫人小姐说："天亮了，请回宅院。"莺莺走了，剩下张君瑞怅然若有所失。正是：怨玉人归去得疾，恨法事收拾得早；有心哪似无心好，多情却被无情恼！

第二本　张君瑞破贼计　莽和尚生杀心
小红娘昼请客　崔莺莺夜听琴

唐将丁文雅不守国法，剽掠黎民，他手下武官也失去约束。镇守河桥的孙飞虎，听说崔莺莺貌美，正借居在普救寺，便率领五千人马，连夜进攻河中府，派兵围住普救寺，鸣锣击鼓、摇旗呐喊，要抢出崔莺莺做压寨夫人。法本长老急忙把这情况告诉老夫人，老夫人慌了神，急忙回屋和莺莺、红娘商量。

莺莺自那夜与张君瑞和诗后，很有些神魂荡漾、情思不快、茶饭少进。正在那里无情无绪地发闷，忽听寺外喊嚷："寺里人听着，限你们三日之内，将莺莺献出来与俺孙将军成亲，否则，寺庙焚烧，僧俗杀尽！"老夫人和法本长老跌跌撞撞进屋来，不住声地说："这可怎么好？这可怎么好？"莺莺吓得直哭，想来也只有去与那贼汉为妻，才能救得一家人性命。老夫人哭道："我正六十多岁，死了也不算夭寿，怎舍得让你去侍奉贼汉，这不是辱没祖宗吗？"崔莺莺说："若不去，我弟欢郎也得死，咱家留不下一条根！若去了，又怕辱没了家门！既如此，我不如立刻寻个自尽，也落得个囫囵干净身！"老夫人连忙止住。莺莺又说："要么就当众宣布，两廊下不论僧俗，谁能退了贼兵，就与谁结为夫妇！"老夫人说："此计尚可，虽做不到门当户对，总强过陷于贼中。"于是，让法本长老当众高声说明。张君瑞听见，鼓掌而出，说："我有退兵之策！"老夫人问："你有何计？"张君瑞道："重赏之下，必有勇夫；赏罚若明，其计必成。"老夫人说："刚才长老已经讲定，谁退了贼兵，就将小姐许配谁为妻！"张君瑞说："既然如此，那就别让我那妻子吓着，让她回卧房休息。"莺莺一边退下，一边祝祷："但愿这书生能成功！这书生虽不相识，却挺身而出于危难之中，真难得这一片至诚！"

张君瑞说："我的计策先得请长老出马。"法本吓得倒退："老僧不会厮杀！""是让你出去对贼兵说明：老夫人是准备把小姐送给将军的，怎奈有父丧在身，能否暂缓三天，等功德圆满，脱去孝服，换上鲜艳衣裳，再郑重其事成婚。请他们按甲束兵，后退一箭之地，更不要再鸣锣击鼓，倘若吓死小姐也于军不利。"法本长老问："三天以后怎样？"张君瑞说："你先行这缓兵之计，然后另有主意。"

法本长老出去，如前对孙飞虎讲了。孙飞虎果然同意，命令军队后撤。

张君瑞又说："小生有个同窗好友，姓杜名确，号为白马将军，现正统率十万大兵，镇守蒲关。我若写一封信去，他必定前来救援。只是蒲关离此有四十五里，找个什么人能把信送到？"法本说："若是白马将军能来，还怕什么孙飞虎！我有个徒弟，叫做惠明，平时总爱吃酒打架，此番他去送信最好。只是他脾气古怪，越求着他，他越是不肯，只能用什么话激他。"张君瑞说："这个容易。"大声朝众僧喊道："这里有一封送给白马将军的信，谁敢去？谁敢去？"惠明和尚果然愤愤地走上前来。法本长老又追问一句："张秀才想找人往蒲关送信，你敢去吗？"惠明叫道："你别问我敢不敢，只问他用咱不用咱！"张君瑞问："外面可有贼兵！他们若不放你过去你怎么办？"惠明晃一晃手中铁棒，拍一拍腰间戒刀："俺就顺着手把他们脑袋砍！"

惠明冲出普救寺，当天到了蒲关。杜将军正自疑虑："早听说君瑞兄弟住在普救寺，几次派人去请他，他怎么不来呢？"有兵卒禀报："普救寺一和尚来投故人书信。"杜将军急忙召见，接过书信，拆开观看，只见上面写道："……小弟辞家，欲诣帐下，以叙数载间阔之情。奈至河中府普救寺，忽值采薪之忧。不期有贼将孙飞虎领兵半万，欲劫故臣崔相国之女，实为迫切狼狈。小弟之命，亦在逡巡。将军倘不弃旧交之情，兴一旅之师，上以报天子之恩，下以救苍生之急，使故相国虽在九泉，亦不泯将军之德。愿将军虎视去书，使小弟鹄观来旌。伏乞台照。不宣。"杜将军放下信，立刻传令："大小三军听吾将令，速点五千人马，衔枚勒口，星夜起发，直至河中府普救寺！"

经过一阵厮杀，杜将军俘虏了孙飞虎。

张君瑞打开寺门，迎接杜将军："自别兄长台颜，一向有失听教，今得一见，如拨云见日。"又引见了崔老夫人。崔老夫人感激地说："老身一家人性命，如将军所赐，不知何以补报！"杜将军摆手道："不敢不敢。这是我职分内应做之事。"又转身问张君瑞："采薪之忧如何？"张君瑞答："小弟只是偶染微疾。今见夫人受困，说谁能退得贼兵便将小姐配谁为妻，故作书请来吾兄。"杜将军惊喜道："原来有此姻缘，可贺可贺！"老夫人张罗茶饭。杜将军推辞说："不必。还有贼兵余党未尽，小官还要领军追捕。夫人面许结亲之事，若不违前言，真可谓淑女配君子！"老夫人道："只怕小女有辱君子呢！"

送走杜将军，老夫人对张君瑞说："自今日起，先生不必再在寺里单住，可搬到家里书院中安歇。明日略备酒席，让红娘去请你，你一定要来。"

张君瑞准备赴宴，着意打扮一番，皂角使了两个，水也换了两桶，帽子擦得光光，只等红娘来请。

红娘对张君瑞也很钦敬，对小姐能找到这样的好郎君也很庆幸。此时，她见张君瑞衣冠齐楚面庞整，心说："凭着这相貌、这才情，也莫怪要引动俺莺莺，就是我从来心硬，一见也留情。"张君瑞把红娘让进书房，问她："莺莺小姐也去宴席上吗？"红娘说："这宴席一是为压惊，二是为匹聘，小姐自然应该去的。"张君瑞听了，欢天喜地，谨依来命。又不放心地对红娘说："小生屋里也没个镜子，烦劳你看我这身打扮如何？"红娘笑道："你呀，油光光头发滑倒苍蝇，亮闪闪衣帽花人眼睛，酸溜溜举止令人牙疼，还犹自前瞻后瞅来回顾影。"

张君瑞跟着红娘去赴宴，一面往前走，一面畅想："新婚燕尔今夜庆，全好了相思病，到夜来与小姐同谐鱼水、颠鸾倒凤，成就了一世前程。"

张君瑞来到席间，老夫人一番客气话之后，命红娘去叫莺莺。莺莺也正描眉画眼、着意打扮。红娘见了，叹道："瞧俺姐姐这脸儿，吹弹得破。那张生真是有福呀！"莺莺嘴上嗔怪："休瞎说！"心里却想："往常里成相思为他，他相思为我，从今后，两下里相思都随和！"她跟着红娘来到席间，刚要目转秋波，只听母亲说："莺莺近前，拜见哥哥。"这一句话，如同使了定身法，莺莺呆住了，心说："呀！俺娘变了卦了！"张君瑞也愣在那里，心说："不是定亲嘛，怎么变成了妹妹拜哥哥！"一时间，只有老夫人的声音："红娘，快烫酒！莺莺，快给哥哥把盏！"莺莺粉颈低垂、娥眉频蹙，勉强把酒倒上，递过去。张君瑞耷拉着脸，粗声粗气地推辞说："小生量窄！"他确实是金波玉液也咽不下呀。但是，酒已递过来，只好咬牙闭眼灌下去。接着，又是一阵沉默。莺莺耐不住这尴尬，借口不舒服，告辞回屋。边走边心中怨恨："俺这娘怎么口不应心、转脸就忘了允诺！这不是用甜话落定了张生他，用虚名耽误了莺莺我！"

莺莺走后，张君瑞又喝了几杯闷酒，然后晃晃悠悠起身说："小生醉了，告退。只是有句话还想问一问：前头贼寇相逼，夫人所言能退贼者以莺莺妻之的话还算不算？今日请小生赴宴，原说是议定婚期，怎么又让我俩以兄妹之礼相待，这是什么意思？"老夫人期期艾艾地说："先生对我们确有活命之恩，怎奈先夫在日，已将莺莺许配给老身的侄儿郑伯常了。前些日子，已往京城写信让他来了，不知怎么，他还没到。我想如果他来了，这件事恐怕不好办！不如多给您些金帛，您另外挑个豪门贵宅之女，你看如何？"张君瑞听了，愤然道："既然夫人这么说，小生我绝不为贪慕金帛！就此告辞！"老夫人虚意挽留："还有这么多酒，再喝些吧！要不红娘扶你哥哥回书房中歇息去，有什么话明天再说。"

红娘扶着张君瑞回到书房。张君瑞扑通跪倒，哭求红娘："我为小姐废寝忘食，魂劳梦断，常忽忽若有所失。本以为今日能成就婚姻，谁知老夫人又变了卦。真让我智竭思穷，只想解下腰带，寻个自尽！求你务必将我此意转告莺莺小姐。"红娘说："街上柴火贱，烧你个傻角！你慌什么，想想办法嘛，为何要寻死呢！"张君瑞唏嘘道："哪有办法？你要想出办法来，我甘愿筑坛拜将。"红娘说："你这里放着琴，想必会弹。今天夜里小姐烧香时，你可弹上一曲，趁机向她诉说你的心意，探探她的口气。然后再决定下一步怎地？"

张君瑞早早把琴摆好，又焚香祝祷："琴呵，今夜这一场大功全寄托在你身上了！"

红娘拉着莺莺到后花园中烧香，莺莺懒懒地说："事已无成，烧香何济！"红娘指着月亮让她看："你看那月阑，明日恐怕有风。"莺莺叹惜道："风月天边有，人间好事无！"红娘咳嗽一声，张君瑞听见，知道莺莺出来了，操动琴弦，其声幽幽，时如落花流水，时如鹤唳长空。莺莺禁不住走近书房，在窗上静听。张君瑞一曲弹罢，又吟《凤求凰》歌："有美人兮，见之不忘；一日不见兮，思之如犯。凤飞翩翩兮，四海求凰；无奈佳人兮，不在东墙。张弦代语兮，欲诉衷肠；何时见许兮，慰我彷徨。愿言配德兮，携手相将；不得于飞兮，使我沦亡！"歌声未终，莺莺已泪如泉涌，无奈伯劳飞燕各西东，尽在不言中。只听张君瑞叹道："夫人且做忘恩，小姐你也说谎呵！"莺莺心里说："张生，你这可是冤枉我了！"此时，红娘担心出来久了，老夫人寻找，便劝莺莺回屋。一边走一边埋怨道"你就知道在这里听琴，人家张生让我对你说：他要回去了。"莺莺听了，哀求红娘："好姐姐呵，你可千万要帮我去劝他一劝，让他再住一段时间！"

第三本　老夫人命医士　崔莺莺寄情诗
　　小红娘问汤药　张君瑞害相思

　　听说张君瑞生了病，莺莺放心不下，让红娘去探望。红娘假意不肯："我不去，万一夫人知道可不是玩的！"莺莺央告道："好姐姐，我拜你两拜，你就替我去一趟吧！"红娘只得前去。边走边想："只因午夜调琴手，引起春闺爱月心。张生病得重，俺家小姐也不轻。"

　　红娘来到书院，用手指润破窗纸往里窥视，只见张君瑞病恹恹面色憔悴，凄凉孤单和衣而卧。红娘敲门道："俺家小姐派红娘来探望你。"张生打开门，问："你家小姐让你来，有什么话说？""俺家小姐至今脂粉不施，嘴里总念叨你呢。""既然你家小姐想看我，那我写封短信，请你捎给她怎样？"红娘道："只怕她一下子变了脸，嗤嗤地把信撕成了纸条儿，又把我责骂一番。"张君瑞说："你就冒个险，我以后多以金帛酬谢你。"红娘："你这人好没意思，难道我是贪图你的钱财？我是可怜你单身独自！你快写吧，我帮你送去。"张君瑞提笔写道："自别颜范，鸿稀鳞绝，悲怆不胜。谁料夫人以怨报恩，变易前姻，岂不是有失信义！使小生日视东墙，恨不得腋生双翅飞到您妆台左右。忧思成患，命在不保。聊奉数字，以表寸心。您若可怜，写信回书，或能使我多活几日。造次不谨，伏乞情恕。"又附五言诗一首："相思恨转添，漫把瑶琴弄。乐事又逢春，芳心尔亦动。此情不可违，芳誉何须奉。莫负月华明，且怜花影重。"红娘把信藏好，又嘱咐张君瑞："这信，我帮你带给她。只是你务必应以功名为念，不要丧失了志气！"

红娘服侍完老夫人，到闺房回莺莺话。莺莺刚睡觉起来，几回搔耳，一声长叹。红娘本想把张君瑞的信直接交给她，又寻思："俺这小姐时常要做些假象出来！不如偷偷把信放在梳妆盒上，看她怎么说。"

莺莺照镜子时，发现了书信，拆开封皮，认真看罢，果然装出一副大怒的样子，喝问红娘："小贱人，这东西是哪儿拿来的？我是相国家的小姐，谁敢拿这东西来戏弄我！我多会儿见过这类的东西！我去告诉夫人，定把你个小贱人下半截儿打烂！"红娘回道："是您让我去探看他的，他让我把这个捎给你的。我又不识字，哪里知道他写的是什么！也不用您去对夫人说，我自己拿着这信去夫人那里自首去！"说着要走。莺莺急忙一把揪住，变了笑脸说："我是逗你玩的。张生这两天怎么样了？""不知道！""好姐姐，你就把他的情况说给我听听吧！""张生呵，这些天面黄肌瘦实难看，茶饭不思懒动弹，从早到晚望着东墙掩泪眼。""请个太医，给他看看到底是什么病嘛！""他那病恐怕吃药也好不了，到底该怎么治，你难道还不知道！"莺莺又拿捏起来："你说我知道是什么意思！他张生确实于我家有恩，我家也确实有些亏待他，但我对他只从兄妹之情出发，哪里出格了？红娘，你以后说话可要口稳些！"红娘不服地说："您哄着谁呢？都把人家弄得个七死八活了，还怎么着？撺掇得人家上了竿，却挪走梯子旁边看！"莺莺急赤白脸地说："拿笔来，我给他写封回信，让他以后别这样！"写完，扔给红娘："你去告诉他，我们不过是兄妹之礼相待而已，并无他意！"红娘把回信从地上拾起来，心说："小姐，你性儿惯得太娇了！没人处想着张生愁眉泪眼，对人前又怕露出破绽巧语花言，我好心好意传书寄简，反倒碍眼落埋怨。往后哇，还是做个缝了口的撮合山。"

张君瑞正急等回信，见红娘来了，叫道："擎天柱，大事如何了？"红娘冷冷地说："先生别犯傻了，全完了！"张君瑞惊问："我那封信就是一道会亲的符箓，怎么会没结果？该不是您不肯用心吧？"红娘道："你也责

−566−

怪我，这真是让我两下里做人难！并不是我红娘怠慢，全是你先生命蹇。你那信小姐看罢立刻翻脸。我劝你赶紧另做打算，早寻个好聚好散。"张君瑞不甘心地问："小姐难道连个回话也没有吗？"又跪下求红娘："小生性命全在您手上，您可不能撒手不管！"红娘把回信掏出来给他，说："这是俺那小姐写给你的，你自己看去！"张君瑞看完信，欢天喜地道："呀！有这样的喜事！我真该撮土焚香，行三拜之礼。早知带来这样的好信，我远远出迎才对！"红娘惊奇地问："小姐信上写了什么？"张君瑞手舞足蹈地念道："待月西厢下，迎风户半开；隔墙花影动，疑是玉人来。——你家小姐诗中之意是让我今夜花园里去，和她哩根儿隆、哩根儿隆呢。"红娘心说："俺这小姐啊，却原来早已是孟光接了梁鸿案。对人家甜言美语三冬暖，在我眼前却是恶语伤人六月寒。"只听张君瑞又发愁道："小生读书人，怎能跳过那花园里去呀？"红娘讪讽说："怕墙高怎把龙门跳，嫌花密难将仙桂攀！你放心去，休辞惮。你若不去呵，岂不让她把秋水望穿！"

张君瑞心急火燎，只盼着太阳早些下山。

红娘送信回来，明知莺莺暗中约了张君瑞却装作不知，只在旁边偷眼观察。莺莺日出时想月华，挨一刻似一夏，从下午便开始打扮，却掩盖不住浮躁不安，虽装得像没事人一样，其实又怎能锁得住意马心猿！巴不得红娘唤一声："姐姐，咱们烧香去。"便痛痛快快来到花园，立在湖山下赏月默念。红娘知趣地躲她远点儿。不料，张君瑞从曲槛闪出来，嘴里说着："小姐，是你来了！"一把搂住红娘。红娘急得骂："禽兽，是我！你看得仔细点儿，要是夫人可怎么办！"张君瑞摸着脑袋说："小生急得眼花，搂得慌了些，不知是谁，望乞恕罪！"又急问："小姐在哪儿？""在湖山下。我问你，真的是她让你来的？"张君瑞说："没错！我是猜诗破谜的专家。"红娘道："那你还是从那边墙跳过去，否则她要说是我让你来的。"

张君瑞跳过墙去，搂住莺莺。莺莺急问："是谁？"张君瑞说："是小生。"莺莺怒道："张生，你怎么是这样的人！我在这里烧香，你无故跑到这里来，让夫人知道，是何道理！"张君瑞呆若木鸡，心说："呀！她变了卦了。"红娘远远地替张君瑞着急："没人的时候，你伶牙俐嘴空奸诈，怎么关键时刻却成了个花木瓜！"只听莺莺喊："红娘，有贼！"红娘只得走过来问："是谁？"张君瑞羞得无地自容，怯怯地说："是我。"红娘："张生，你来这里干什么？"莺莺："把他拉到夫人那里去！"红娘连忙劝阻："把他拉到夫人那里，岂不坏了他的名誉。我看还是咱俩处分他一场算了。张生，你过来跪下！你既读孔孟之书，必达周公之礼，深更半夜到这里来干什么？你知罪吗？""小生不知罪！""你还不知罪？你既是秀才就该苦读寒窗，谁教你月夜跳入西厢下，不去折桂来偷花，不跳龙门来骗马！原以为你文学海样深，谁知你色胆天来大！"莺莺在一旁听着，哼道："要不是红娘劝阻，把你扯到夫人那里去，看你有何面目见江东父老！快起来吧！"红娘捅一捅张君瑞："还不快谢谢小姐贤达！"莺莺又严肃地说："先生对我家虽有活命之恩，此恩也应当回报，但是现在既已兄妹相称，也就不能再生其他念头。今后再不要这样了。"说罢，转身走了。张君瑞冲着背影说："是你让我来的，怎么又说这些话！"红娘扳过他来，轻声嘲笑道："害羞不害羞！你还说是猜诗破谜的专家呢！"张君瑞长叹一声："唉！今天起，我就死心塌地了！我再最后写一封信给她，尽诉小生衷肠。你帮我把信交给她行吗？"红娘："算了吧，我家小姐不是卓文君，你也别想学人家汉司马。"张君瑞怨恨道："你家小姐算是送了我的命了！"踉踉跄跄走回书房。

张君瑞病得很厉害。老夫人让长老赶紧去请太医给他诊治。红娘听到这消息，暗暗埋怨莺莺："人家全是因为你，枉送了性命。"莺莺写了一封信，让红娘送去。红娘不肯，说："娘啊，你又来了！是想快点把他折磨死吧！"莺莺求道："好姐姐，这是一个好药方，全凭你送去救他命的！"红娘说："是啊，要不是你，恐怕谁也救不活他。我就送一趟去。"

张君瑞躺在床上，暗自叹息："我这病，哪是太医能治好的！其实治好也简单，只要小姐美甘甘、香喷喷、凉渗渗、娇滴嫡一点唾津儿让我咽下去，我这病自然全消了。"红娘进屋，问："哥哥病体如何？"张君瑞挣扎着坐起来："我这病越来越厉害了，我要是死了呵，阎王殿去告状，少不得连你也带上！"红娘叹口气："普天下害相思病的，都不如你这个傻角！你怎么一下子就病成这样了？"张君瑞："还不是让你们气的！我救了人，反被害了。古人说痴心女子负心汉，现在这话得反过来说了！"红娘："我是奉老夫人之命来探望你，你要吃什么汤药尽管说。我家小姐也再三致意并让我送来一个好药方。"张君瑞慌忙问："药方在哪里？"红娘把信递过去。张君瑞看罢，鼓掌笑道："早知有这样的好信，我远远出迎才对！"红娘："又怎么了？你这话可是第二回说了。"张生："你不知诗上的意思。你家小姐准备和我哩根儿隆哩！"红娘："信上怎么说的？你读给我听听。"张君瑞念道："'休将闲事苦萦怀，取次摧残天赋才。不意当时完妾命，岂防今日作君灾。仰图厚德难从礼，谨奉新诗可当媒。寄语高唐休咏赋，今宵端的云雨来。'按照这诗的意思，你家小姐今晚必来。"红娘说："她来了怎么样？难道盖一条布衾，枕三尺瑶琴，就这样和你一处寝！冻得个战兢兢，还诉说些知音！"张君瑞道："小生有花银十两，求你去帮我租赁一副铺盖。"红娘说："你们不脱衣服，没有铺盖也不怕甚，又不是成亲！只是我还要叮问，信上的意思你可拿得准？别像上次她又不肯？"张君瑞："其实上次她心里也并非不肯。"

第四本　小红娘成好事　老夫人问由情
　　　　短长亭斟别酒　**草桥店梦莺莺**

　　红娘送信回来，见莺莺又装得没事人似的，吩咐收拾卧房要去睡觉。红娘急了，问："你去睡觉，怎发付那书生？""什么书生？""姐姐，你又来了！真要骗得人家送了性命可不是耍的。你若又要翻悔，我就去告诉老夫人，是你写信约了张生来的！"莺莺急道："你这小贱人倒挺刁！羞人答答的，我怎么去呀？"红娘："有什么羞的，到那里，你就合着眼就是了！快走吧，老夫人睡下了。"莺莺匆匆走在前面。

张君瑞一日十二时无一刻不想着莺莺，如热锅上的蚂蚁实难挨，越思越想心越窄，她是不是又说谎又不来？真正是冤家不自在！

红娘先过去敲门，张君瑞问："是谁？""是你前世的娘！"张君瑞急忙把门打开，问："小姐来不来？"红娘："快接过枕头被子去，小姐来了！张生，你如何谢我？"张君瑞："一言难尽，寸心相报，唯天可表！"红娘："你放轻点儿，别吓着她。"红娘把莺莺推进屋去。张君瑞给莺莺跪下，道："张君瑞有何德能，敢劳神仙下降，真不知是睡里梦里！"起身将莺莺拥在怀里。莺莺半推半就，又惊又爱。张君瑞再次跪下求道："谢小姐不弃，使小生得就枕席，异日定犬马相报！"莺莺："妾千金之躯，今晚全托付于你。切莫一旦相抛，使妾空有白头之叹！"张君瑞说："小生焉敢如此！"二人脱衣解带，共效鱼水之乐。正是"春至人间花弄色，将柳腰款摆，花心轻拆，露滴牡丹开"。

张君瑞倾诉着："自从见到你这多情小奶奶，我憔悴形骸，瘦似麻秸。今宵成就欢爱，只疑是梦中，魂飞在九天外！"

莺莺觉得时间不早，起身道："我该回去了，怕夫人睡醒了找我。"张君瑞把她送出门。红娘迎上前来对张君瑞说："你高兴了吧？还不拜谢拜谢你娘。"搀扶着莺莺回闺房去了。

老夫人这几天偷偷观察，觉得莺莺言语神思恍恍惚惚，腰肢体态也与往日不同，心里便疑惑："莫非她做下那事了？"欢郎在一旁说："前天晚上您睡着了，我见姐姐和红娘去烧香，好半天也不回来。"夫人听了，怒道："这事都在红娘身上，你给我把她叫过来！"

欢郎去叫红娘，告诉她："奶奶知道你和姐姐去花园的事了，要打你哩！"红娘暗暗吃惊："呀！小姐，这回我可受你牵累了。"她让欢郎先回，自去找莺莺商量："姐姐，事发了！老夫人叫我去呢。这可如何是好？"莺莺也慌了："好姐姐，你到那里定要小心回话，多多遮盖！"红娘怨道："老夫人准以为那穷酸做了新婿，小姐做了娇妻，我做了纤手。其实，你俩夜去明来，常使我提心在口；你俩绣帏里倒凤颠鸾百事有，我却在窗外立苍苔鞋儿冰透，今日更怕是躲不过一场棍棒抽。你说俺这通段勤到底有甚来由？"她边往外走边回头说："我去回话，瞒过去了你别高兴；瞒不过去你也别恨我。"

红娘拜见老夫人。老夫人劈头便骂："小贱人，还不跪下！你知罪吗？""红娘不知罪。""你还敢犟嘴！快实说，谁让你和小姐到花园那边去的？""没去过。谁见我们去来？""欢郎看见了。你还敢推脱，我非打死你这小贱人！"老夫人举棒就打。红娘只得求道："夫人别闪了手。您先消消气，听我把事情说明白：那天晚上，我和姐姐做完针线闲说话，提到张生哥哥病了，就背着夫人去书房问候。"夫人："你们去问候他，他说什么？""他埋怨您将恩做仇，把喜变忧。他让我先走，让小姐暂留。""小姐一个女孩儿家，你怎么让她暂留。""我以为是留她施针灸，谁知他俩燕侣莺俦。到如今已一月有余，夜夜在一处宿。"老夫人气急败坏地骂："这样的丑事，都是因为你个小贱人！"红娘："不怪我，也不怪张生和小姐，要怪就该怪您自己！""啊？你这小贱人倒指派到我头上了！你说，怎么就该怪我？"红娘："人而无信，不知其可！您退贼兵时，所许诺言明明是以女妻之；而张生退去贼兵，您又悔却前言，这不是失信么？既然失信就该索性失信到底，给张生些钱财，打发他离开才是；您却留他在书房住。让这对怨女旷夫早晚窥视，能不出事！再者，眼下这事已经做出来了，您若还不设法息事宁人，闹将起来，只能是相国家出乖露丑，牵连上自己骨肉。对张生，您须担以怨报德之名；对小姐，您须担治家不严之罪。所以，我看老夫人还是高抬贵手，饶了他俩的过错，成就了他俩的好事，不必过分追究。"老夫人长叹一声："唉！你这小贱人说得也对。我不该养下这么个不肖之女，真是有辱门风！算了，说什么也晚了，就把她给了那小子去吧。"吩咐红娘："去把她叫出来！"

红娘去叫莺莺："这回你该欢喜了，我可是差点儿挨顿毒打！老夫人被我把话说透了，如今让我来叫你，同意你俩的婚事了！"莺莺："羞人答答的，真不好意思去见母亲。"红娘："呸！你与张生欢会时不害半星儿羞，这会儿去见你亲娘还有什么羞！"

老夫人指着莺莺数落："我平日怎样把你教训，你今天竟做出这般勾当，真是我的孽障！我还怎么有脸去见你父亲，谁让俺养的闺女不长进！算了，红娘。你再去书房把那禽兽叫来。"

红娘去叫张生："你的事发了！老夫人叫你呢。小姐已然承认，你快过去吧！"张君瑞吓得脸都白了，哆哆嗦嗦地说："小生惶恐！我该怎么去见老夫人，如何跟她说呀？"红娘见状，讥讽道："既然泄漏，就别发愁，所谓是一不做二不休！瞧你吓得那样儿，却原来苗而不秀，是个银样镴枪头！"

老夫人指着张君瑞教训："好你个秀才，连先王之德都当耳旁风！我本该送你到官府去，又怕辱没我家名声。我如今就把莺莺许配给你，但有一件要对你说明：俺家三辈不招白衣女婿，你明天就给我去上朝取应。得着官回来成亲，若得不着官啊，你自己去三思而行！"张生听了，紧揪着的心轻松下来。老夫人又吩咐："快收拾去吧，明天十里长亭送你。"

悲欢聚散一杯酒，南北东西万里程。在红娘搀扶下，莺莺上车去长亭送别张生。"碧云天，黄花地，西风紧，北雁南飞。晓来谁染霜林醉？总是离人泪。"莺莺满腹哀愁满腹委屈。她怨车儿走得慢，若走得快些，便可早至长亭，跟张生多呆一会儿。她怨车儿走得快，若走得慢些，便可晚至长亭，道别的那一刻就延缓一会儿。故此，当车夫说一声"长亭到了"，莺莺只觉得"忒儿"的一声，自己的灵魂飞走了一般。

老夫人吩咐张生和长老并肩而坐，自己跟莺莺坐在对面，让红娘安排饮食，又对张生说："都是自家亲眷，不要回避。我如今把莺莺给了你，你到京城去可别辱没了俺孩儿，一定要争个状元回来！"张生答道："小生托您余荫，凭我胸中之才，视得官如顺手捡草一般。"长老忙在旁插话："老夫人眼光准，您挑的这女婿不是落后的人。"

"下西风黄叶纷飞，染寒烟衰草凄迷。"莺莺斜身而坐，双眉紧皱，半死不活。泪水强忍在眼圈儿里不敢让它流下，怕被别人看见。瞧一眼丈夫，目光一碰就赶紧把头低下，装做整理衣服的样子。虽说是将来终成佳配，可眼下离别在即，又怎不令人伤悲。心里想：只要能像并蒂莲常在一起，远强过什么状元及第。红娘劝她："姐姐，你还没吃早饭，饮口汤水吧。"莺莺摇头："什么汤水也咽不下。"勉强尝一口酒食，却恰似那土和泥；若真是土和泥也还有些土滋味、泥气息。莺莺不由暗恨："都只为些蜗角虚名，蝇头微利，拆散鸳鸯在两下里。一个在这壁，一个在那壁，一递一声地长吁气。"

老夫人要走，长老也起身告辞："先生在意，鞍马上保重，我们就等你的好消息！"莺莺与丈夫道别："张生，此去得官不得官都要及早回来！"张君瑞："我这一去，定要白夺个状元！正所谓青霄有路终须到，金榜无名誓不归。"莺莺哭着说："君行别无所赠，仅有一诗相送，'弃掷今何在，当时且自亲；还将旧来意，怜取眼前人。'"张君瑞听了，劝道："小姐想到哪里去了，我还敢再去怜谁？我也有诗一首，以剖寸心，'人生长远别，孰与最关情；不遇知音者，谁怜长叹人。'"莺莺又百般叮咛：节制饮食，注意调理，早睡晚起，爱护身体。张生一一点头答应："对，对！还有什么话要嘱咐我的？"莺莺叹气道："我不愁你文齐福不齐，只怕你停妻再娶妻。你切莫说甚金榜无名誓不归，一定要青鸾有信频频寄！"红娘提醒莺莺："夫人走了好半天了，咱们也该回去了。"莺莺捧起一杯酒递给张生，张生未饮先醉，眼中流血，心中成灰。上马扬鞭，走入夕阳古道。莺莺目送爱人远去，直到消失在疏林暮霭中才懒懒回到自己车内。"四围山色中，一鞭残照里。遍人间烦恼填胸臆，量这些大小车儿如何载得起！"

张君瑞走到草桥客店已是上灯时分，他饭也不吃，草草睡下。忽听有人敲门，打开一看，竟是气喘吁吁两脚污泥的莺莺。张君瑞吃惊地问："你是人还是鬼？"莺莺说："是我。老夫人睡了，我想你这一去，几时才能得见？因此特地赶来和你一同进京。"张君瑞听了，又是高兴又是心疼；一面拉住莺莺屋里曳，一面说："对对对，咱俩生则同衾死同穴。"

这时，院子里忽然拥进一队士兵，举着火把高声叫嚷："刚才一个女子过河，不知跑到哪里去了？准是藏在这个店里，快搜查！快搜查！"张君瑞惊道："这可怎么办？"莺莺说："你靠后，我开门对他们说去！"莺莺把门打开，被士兵们抓走了。张君瑞急得大呼小叫，惊醒过来，才知刚才是在梦里。只见外面一天露气，满地霜华，晓星初上，残月犹明。他顿觉凄凄凉凉，昏昏惨惨。不由叹道："都只为一官半职，阻碍得万水千山，弄得个新愁郁结，旧恨连绵！"

第五本　小琴童传捷报　崔莺莺寄汗衫
　　　　　郑伯常干舍命　**张君瑞庆团圆**

张君瑞进京，一举状元及第，正在客馆听候圣旨，等待除授官职，他心里惦念莺莺，修书一封，命琴童星夜送到河中府。

莺莺自张生走后，日夜思念，半年过去，身体大为消瘦。红娘劝她出去散散心，她拣起一件衣裳，竟肥大得不像是自己穿过的。红娘打趣道："这正是腰细不胜衣嘛。"

琴童送信，在前厅见了老夫人。老夫人知道张生中了状元，自然十分高兴，让琴童赶快到后堂去见小姐。

红娘在屋里听见外面咳嗽声，开门一看是琴童，高兴地笑道："你几时回来的？怪不得昨夜灯花爆，今晨喜鹊噪！快进屋吧，俺姐姐正犯愁呢。是你自己来的还是跟哥哥一块儿回来的？"琴童说："哥哥得了官，让我先回来送信。"红娘笑着转身进屋，嚷道："姐姐大喜大喜！咱姐夫得了官了！"莺莺说："你这妮子！是看我烦闷，故意哄我吧？"红娘："我哄你干啥！琴童回来送信，已然见过老夫人，现在就在门口。你叫他进来问问就都知道了。"莺莺叫过琴童来，问："你几时离开京城的？""我离京有一个多月了。动身那天，哥哥正准备去游街示众。"莺莺说："你不懂，那是他得了状元，夸官三日。""对对，夫人说得对！我这里还有一封他写给夫人的信。"莺莺接过信，只见那纸上尚有斑斑泪痕，心想："他修书时定是和泪修，我瞅信时也是和泪瞅。新泪珠儿把旧泪痕浥透，一重愁翻做了两重愁。"信上写道："自暮秋拜违，倏尔半载。上赖祖宗之荫，下托贤妻之德，举中甲第。即于招贤馆寄迹，以伺圣旨御笔除授。唯恐夫人与贤妻忧念，特令琴童奉书驰报，庶几免虑。小生身虽遥而心常迩矣，恨不得鹣鹣比翼、邛邛并驱……后成一绝，以奉清照：'玉京仙府探花郎，寄语蒲东窈窕娘。指日拜恩衣昼锦，定须休作倚门妆。'"莺莺看罢，转忧为喜，问琴童："你吃饭了吗？"琴童诉苦道："我从早晨到现在，在前厅后屋一直立着，哪有饭吃？"莺莺忙吩咐红娘去取饭来给他吃。琴童吃着饭说："就请夫人趁这空儿写封回信，哥哥让我要了你的回信，赶快回去呢！"莺莺写完信，又收拾起一领汗衫，一条裹肚，一双袜子，一张瑶琴，一枚玉簪，一枝斑管，吩咐红娘把这些东西包好，交给琴童带回，再给琴童十两银子做盘缠。红娘问："姐夫得了官，难道还缺这几样东西，寄它干什么？"莺莺说："这汗衫，是我和他一处宿；这裹肚，是紧紧地系在他心头；这袜儿，是拘管着他莫胡行乱走；这瑶琴，是提醒他别辜负了琴瑟意、生疏了弦上手；这玉簪是怕他如今功成名就，把故人撇在脑背后；这斑管呵，是倾诉我莺莺天天为他君瑞忧。"

琴童吃完饭，莺莺送他登程。嘱咐他："你见了官人，就对官人说：他那里为我愁，我这里因他瘦。若知归期遥遥水空流，真悔教夫婿觅封侯。"

张君瑞等着授官，圣旨却让他到翰林院编修国史，他一意想着莺莺，哪有写文章的心思！因此，这几天睡卧不宁、饮食少进，请了病假在驿亭中休养。

琴童回来，张君瑞大喜。琴童递过包袱，说："小夫人有信在里面。"张君瑞急忙拿过来观瞧，信上写着："薄命妾崔氏拜复，敬奉才郎君瑞文几：自音容去后，不觉许时，仰敬之心，未尝少息。纵云日近长安远，何故麟鸿之杳矣！莫因花柳之心，弃妾恩情之意。正念间，琴童至。得见翰墨，始知中科，使妾喜之如狂。郎之才望，亦不辱相国之家谱也。今因琴童回，无以奉贡，聊有瑶琴一张、玉簪一枚、斑管一支、裹肚一条、汗衫一领、袜儿一双，权表妾之真诚。匆匆草字欠恭，伏乞情恕不备。谨依来韵，遂继一绝云：'阑干倚遍盼才郎，莫恋宸京黄四娘。病里得书知中甲，窗前揽镜试新妆。'"张君瑞读罢，心说："我这风风流流的姐姐呀，似你这样的女子为妻，我就是死也死得值了！"又将包袱中的东西一件件看过，细细品味其中含意。琴童冒出句："小夫人说了，让哥哥别再另结良姻！"张君瑞叹道："小姐呀，你还不知我这心！我想你，烛成灰时才无泪，蚕到死时始无丝。我可不比那些轻薄浪荡子！"

郑伯常来到河中府，听说姑姑把表妹另许了别人，心中气恼。又不敢直接去找姑姑闹，便派人把红娘叫到住处。见面就对红娘说："姑夫亡化，我本该一同扶柩离京，怎奈家中无人，来得迟了。我现在才到，真没脸去见姑姑。求你去对姑姑说一说，就说姑夫孝期已满，先前订下的我与表妹的亲事，是否挑个吉日操办了？若说成了我定重重地谢你！"红娘一听，沉下脸来："这件事，以后别再提了，莺莺已然给了别人了！"郑伯常争辩道："有道是一马不跨双鞍！怎么她父亲在的时候许配了我，她父亲死了她母亲又悔亲呢？哪有这样的道理！"红娘说："话不能这样讲，当初孙飞虎领五千贼兵围住寺庙，哥哥你在哪里？若不是那张生呵，哪里还有俺这一家人来！如今太平无事了，你却来争亲，倘若当时被贼人掠去呵，看你哥哥如何去争！"郑伯常愤愤不平地说："要是给了富家，我也没话说，偏偏给了个穷酸饿醋的白丁，难道我还不如他！我是尚书之后，又是亲上做亲，更兼着有她父命！"红娘向他百般解释，告诉他可不能小瞧人家张君瑞，又把贼兵围寺时形势如何紧迫、老夫人如何当着众僧许下诺言、张君瑞如何火急修书、白马将军如何领兵解围等等，一一叙说给他听。郑伯常哪里听得进，气急败坏道："这桩事，都怪长老那老秃驴，我明天非找他算账不可！我过些天就牵羊担酒去上门求亲，反正这亲事是姑夫许下的，看姑姑怎么发落我！姑姑要是不肯，我豁出去找二三十个伴当，抬上轿子，把那莺莺抢出来，到了下处，脱了她衣裳，成了亲再说！"红娘怒斥："你呀，你须是郑尚书的后人，须不是孙飞虎的贼军！你比人家张君瑞，一个是肖字旁边立个人，一个是木寸马户尸口巾！""啊，你个小妮子骂我是村驴屌！眼见得你是受了招安了。我也不跟你说了，我就要娶！就要娶！"

红娘走后，郑伯常躺在床上，越想越气，决心放刁撒野，不择手段，一定要把莺莺夺回来。

　　老夫人听说红娘被侄子郑伯常叫去，吵了架，很有些左右为难。平心而论，她是愿意把女儿嫁给侄子，因为这是丈夫在时许下的亲事，自己变了卦，已是违背了丈夫遗命。可她也清楚：女儿已和那张生上床睡觉、木已成舟。怎么办？正心里发愁。郑伯常进来，哭着跪下。老夫人内疚地说："孩儿，你既来了这里，怎么不立刻见我？"郑伯常："我没脸见您呀！"老夫人："莺莺因为孙飞虎一事，等着你也不来，无法解危，只好把她改配张生了！"郑伯常假意问道："那个张生是不是二十四五岁，洛阳人？他进京考试，中了状元，夸官游街三日。在第二天头上，来到卫尚书家门口。卫尚书的女儿，十八岁，在御街楼上抛彩球招亲，正好打中他！我当时也在旁边骑着马看，还险些打中我呢！卫尚书家出来十几个丫鬟，把那张生横拖倒拽进大门里去了。那张生还喊：'我已经有妻子了，我是崔相国家女婿！'可那卫尚书权势多大，哪里听他！对他说：'俺女儿是奉圣旨抛球招亲，定为正妻；那崔小姐是先奸后娶，只能做个次妻！'这事满京城都闹动了！我因此知道是他。"老夫人一听就急了："我早就说这姓张的不可抬举，今天果然辜负了俺家！俺是相国之家，从来没有给人家当小婆的道理！既然张生奉圣旨娶了妻，孩儿，你就挑个吉日良辰，按照你姑夫原来说定的，依旧来做女婿。"郑伯常："如果张生不同意怎么办？"老夫人："放着我哩！你挑个好日子过门来成亲就是了！"郑伯常心中暗喜："中了我的计了！我赶紧准备筵席、茶礼花红，几天之内赶紧把事办了。"

　　圣旨传下张君瑞被授予河南府尹。法本长老备下菜肴酒馔，叫着老夫人一起去十里长亭接官。老夫人因又许了郑伯常的亲事，不肯去；法本长老只得独自前往。

　　白马将军杜确也知道了张君瑞授官河南府尹的消息，高高兴兴牵羊担酒直至老夫人住宅，一来庆贺君瑞兄弟状元高中；二来为他主亲，成就婚姻大事。

这天，是老夫人与郑伯常商定的婚期吉日。老夫人备下筵席，只等郑伯常前来。

张君瑞衣锦还乡，在门前下马，捧着小姐的金冠霞帔走进去，先拜见老夫人。老夫人连忙止住他："别拜，别拜！您是奉圣旨的卫尚书家女婿，我怎能承受得起呀！"张君瑞听了，大为奇怪，问："想小生进京时，夫人亲自饯行，喜不自胜。今天中选得官，怎么夫人反倒不高兴呢？"老夫人："早知今日，何必当初！我的女儿，虽然妆残貌丑，可她父亲也曾是前朝丞相！若不是因为贼兵之事，你哪有机会沾我家的边！没想到你一旦得志，就把我家不当回事，去给卫尚书家做女婿。真是岂有此理！"张君瑞越听越糊涂，起誓道："夫人这是听谁说的？真要有这样的事，天不盖地不载，让我害大大小小一身疗疮！"老夫人说："是郑伯常说的，你让绣球打着马了，做了女婿！你要不信，可叫来红娘问问。"

红娘被叫上堂来，张生迫不及待轻声问："红娘，小姐好吗？""哼，都因你另外做了女婿，俺小姐依旧嫁了郑伯常了。"张生惊奇地说："这可真是件蹊跷的事！"红娘假意问："怎么样？你那新夫人住在何处？比俺姐姐更是何如？"张君瑞气恨道："你说话怎么也这么不着边际了！小生为小姐受的苦，别人不知，你还不晓得吗？我正准备双手把这金冠霞帔、夫人诰敕分付，怎么忽然又起波澜把我赃诬！"红娘对老夫人说："我早就觉得张生不会是那样的人！快让小姐出来亲自问问他吧！"

莺莺出来，与张生见礼："先生万福！"红娘催她："快把你心里话给他说说。"莺莺长吁道："还有什么可说的！他辜负了我家，把我扔到一边，去给卫尚书家当女婿！"张生急问："这都是听谁说的？"莺莺："郑伯常对我母亲说得明明白白！"张生："小姐怎么能听那家伙说呢？我张君瑞之心，唯天可表！"红娘说："张生，你如果真的没做卫尚书家女婿，那就是郑伯常撒谎！我去给老夫人说去，一会儿郑伯常来了，让你两人对证！"

法本长老来到堂前，与张君瑞互致寒暄，又对老夫人说："夫人，今天你知道老僧当初说得不错，张生绝不是那等没品行的人，他怎敢忘了夫人呢？况且当初又有杜将军做见证！"老夫人不言语。莺莺道："对！这事恐怕非得杜将军来了才能解决！杜将军是征西元帅有权术，定能明辨贤愚不顾亲疏，正所谓无毒不丈夫。"老夫人听着不那么耳顺，又说不出什么，吩咐红娘快挽莺莺回房休息。

杜将军来到普救寺。张生见了，急忙向这位兄长申诉："我中举回来，本要准备成婚的，谁知来了个郑伯常，他是夫人的侄儿，对夫人胡说我在卫尚书家作赘了。因此夫人怒欲悔婚，还要把莺莺许配给郑伯常。真是岂有此理！这还说什么烈女不更二夫！"杜将军对夫人说："这事依我看是您错了。君瑞也是礼部尚书之子，如今又得中状元。您原来只说不招白衣秀士，现在又想罢亲，难道又有什么不顺您意的情况吗？"老夫人叹气道："唉，当初夫主在时，曾把莺莺许了那姓郑的小子。只因遭遇贼兵一事，多亏张生请将军来解除危难，老身才不负前言，招张生为婿。不想郑伯常来，对我说张生已做了卫尚书家女婿，我一怒之下又把莺莺给了那小子。"杜将军："这是他存心诽谤君瑞，您怎么就信他！"

郑伯常打扮得整整齐齐，牵羊担酒地赶来准备做女婿。谁知在门口就撞上了张君瑞。张君瑞瞪他一眼问："你来干什么？"郑伯常吓得改口说："苦了！我闻知状元回来，特来贺喜。"杜将军过来恶狠狠地说："你这小子怎么想诳骗别人的妻子，干这么不仁义的事！在我面前你还敢造谣吗？我非上奏朝廷，宰了你个坏蛋不可！"张君瑞："我看你还是识相点儿，赶紧离开这儿！"杜将军："你再不滚蛋，来人呀，给我把他拿下！"郑伯常连忙说："别拿！别拿！我退了这门亲事给张生还不行吗？"老夫人也上来劝："将军息怒，把他赶出去就算了。"郑伯常被轰出来，觉得没脸见人，一头撞在大树上自杀了。老夫人说："这可不是我逼他死的！我是他亲姑姑，他又没父母，只有我为他主葬了。"又发话："叫莺莺出来，就今天让他们两口子正式成婚吧！"

两厢内大设筵宴，许多人都来贺喜，莺莺张生这对怨女旷夫终成眷属，只有那郑伯常落得个万事皆休。

刘员外云锦百尺楼　吕蒙正风雪破窑记

　　洛阳富翁刘仲实，只有一个女儿，小字月娥。这月娥到了出嫁的年龄。刘仲实心想："姻缘是天之所定。"便在街前搭起彩楼，让梅香领着小姐，去彩楼上抛绣球招亲。不管是官员士庶，也不管是经商客旅，只要绣球落在谁身上就招谁为婿。

　　吕蒙正和寇准，虽学成满腹文章却一贫如洗，住在洛阳城外破瓦窑中，靠抄书卖字过活。听到刘员外抛球招婿的消息，也准备赶去写篇贺新婚的诗章，讨几枚赏钱。

　　彩楼下人头攒动，有那公子哥儿，骑着高头大马，穿着华丽衣裳，信心十足地等着绣球落在自己身上。月娥却拿着绣球迟迟不肯抛下，急得梅香直嚷："这样的好人家不招，非要找个穷酸饿醋不成！"月娥却说："你哪里知道！人不可貌相，有福之人不用忙。韩信偷瓜手成了元戎将，傅说筑板墙做了头厅相，姜太公八十岁遇着了周文王。这都是君子人待时安分，只等着平地一声雷振响。"梅香叹道："姐姐，若等到八十岁时，可就太老了！"

　　天色已晚，寇吕二人走来。绣球正落在吕蒙正怀里。梅香下楼，接着吕蒙正去拜见大人。刘仲实一见，便心中有气，埋怨道："孩儿呀，放着那官员人家、财主的儿男你不招，怎么偏招个城南破瓦窑中居住的吕蒙正！还是给他些钱，打发他走吧。"月娥不肯："既然抛着他了，父亲，您孩儿情愿跟着他去。"刘仲实："孩儿，我是怕你受不了那苦哇！"月娥："您孩儿受得了苦。好了，我就嫁给他了。"刘家的差役们也窃窃私语："咱家的小姐要去住破瓦窑了！"仲实听了更气："小贱人，我说话你不听，非要嫁这个吕蒙正！那你就把衣服头面都给我取下来，跟他走吧。也别想要我一文钱陪送！"

吕蒙正领着月娥走出大门。寇准迎上来向月娥贺道："小姐，您眼里有珍珠！我这兄弟早晚得官，您就是官员夫人。"吕蒙正沮丧地说："刘员外却嫌小生身贫无倚，把俺两口儿赶出来了。"寇准安慰说："你们两口儿先回去，我去找他说说。"

寇准二次三番找到刘仲实，劝他切不可小看吕蒙正："有道是石有隐玉、蚌可含珠，人怀才义终能富！"怎奈刘员外心烦意乱地说："你这小子少跟我这儿絮絮聒聒的，我才不听你这些穷言饿语！"把寇准轰出来。气得寇准恨恨地说："有朝一日金榜标名，我让你晓得贫富未定，我让你认得寇准、蒙正！"

刘仲实回后堂喝着闷酒，自恨不该一时糊涂，干下这抛球招婿的莽撞事。

吕蒙正娶妻之后，仍旧是每天上街，替人写信卖字过活。到了中午，听见白马寺钟响，便赶去蹭一顿斋饭。刘仲实听到这种情况，心里好不难过。这天，他来到白马寺，找到寺中长老，说："师父，老夫无事也不来。我的个女婿吕蒙正，每天到你这寺中赶斋，他空有满腹文章，只是安于现状，不肯进取，真令老夫心烦。今后你们先吃饭，后敲钟，让他没了这个饭辙，必然发志去找自己的出路。"长老答应："我知道了，此事容易。"

这天，吕蒙正果然听见钟响又来了。长老叫过他说："斋饭已经没了。以前寺中粮食富裕，先撞钟后吃斋，今后，改为斋后钟。你是孔子门徒，又有满腹文章，应该去进取功名，怎能总赖在寺中赶斋！既为男子汉，不识面皮羞，快回去吧！"吕蒙正往外走，心中真不是滋味，暗想："这和尚无礼，竟为我一人，改为饭后钟，这不明摆着羞辱我嘛！我有何脸面回去见我那妻子！"气得从瓦罐中取出笔，在山墙上写诗一首："男儿未遇气冲冲，懊恼阇黎斋后钟。"写下这两句，又一时想不出下面的词，也只好作罢："算了，反正斋饭也吃不成了，先回我那破窑吧。"长老嘱咐小和尚："别把这两句诗损坏了！此人将来必有峥嵘之日，那时，自会把后两句续上。"

月娥正在破窑中纳闷："怎么今日丈夫迟迟不回呢？"忽听有人敲门，开门一看，原来是父亲母亲来了。月娥惊喜地说："怪不得今早喜鹊喳喳叫。什么风把二老吹来了？"刘仲实沉着脸问："那穷家伙哪儿去了？""他上街卖字去了。""我以为他去做什么买卖，原来干这个营生！孩儿，你可真是有眼力，嫁了这么个叫花子头儿。孩儿，你还是跟我回家去住吧。你看，你母亲给你带来一套新衣服，你快换上；还有这些好茶饭，你快吃些。把换下的破衣服和吃剩的饭食留给那穷小子。"月娥却说："父亲，您说得不对！常言道，夫妻是福齐，我怎能抛下他，一人占便宜，岂不失了俺夫妻情理！"刘仲实气道："这么个穷秀才，三千年也不能发达，你恋着他干什么！快跟我回家去。"月娥说："不问一问俺秀才，俺不回去！"刘仲实暴跳起来："你真不回去？父亲的话你不听却只向着那个穷秀才！我从今以后当没有你这女儿，你至死也别进我的家门！"一边吼叫，一边把砂锅打碎，碗也摔了，筷子也撅了；拉上老婆子，拿上带来的东西，走了。月娥哭道："父亲，你好狠心！"

吕蒙正回来，见此情景，问："什么人来咱家了？"月娥只得实话实说。吕蒙正听了，叹口气道："原来是岳父岳母把我这么大的个家业全破败了。"正这时，寇准回破窑来。听完吕蒙正诉说，安慰说："老员外实在无礼，这家私还有我的一半儿呢！不过，兄弟你也不必烦恼，我刚才在街上遇着一个当官的朋友，他资助了我两锭银子，咱们正好用做盘缠，上朝应举去。"吕蒙正转忧为喜，和月娥商量："小姐，你在家守志，我得了官就回来。"月娥很是支持："你去就去，不必为我忧心。得了官，我是你的妻；得不着官，提个瓦罐回来我也不怨你！"

吕蒙正进京，一举状元及第，授官洛阳县令。回到家乡，心想："我这一去十年，还不知我那妻子在破瓦窑中如何过活呢！"他命张千找来一个媒婆，打听："你知道这里有个吕蒙正吗？"媒婆刚听到这儿就骂起来："这吕蒙正真不是好的，把他那妻子刘月娥撇在破瓦窑中，一走十年，音信皆无，恐怕早就死了。"吕蒙正喝止道："你抬起头，睁开眼，我就是吕蒙正！"媒婆慌忙告饶："早知道是您，我绝不敢胡说！"吕蒙正道："你替我去办件事，拿上这一只金钗、一套衣服，到破瓦窑中对我那娘子说，就说吕蒙正死了，有个过往的客官，送她这些礼物，想让她陪着喝杯酒。看她怎么回答。"

媒婆照吕蒙正指示，来到破瓦窑。月娥听她说吕蒙正死了，将信将疑，痛哭失声。媒婆又递上金钗、衣服，劝道："男子汉犹如南来雁，去了一千有一万，你还这么年轻，何苦死心守他一个，趁早另做个打算。"月娥一听，大怒："你胡说什么！我本该拉你去见官，看你老，饶了你，快滚！"媒婆挨了一顿骂，回来向吕蒙正汇报。吕蒙正听了，换上一件普通衣服，来到破瓦窑，闪身进屋。月娥正在涕哭，猛然发觉一个男人立在墙边，怒斥道："你是谁家男人，来我窑中！难道不晓得急风暴雨不入寡妇之门！"说着，举手向吕蒙正脸上抓去。吕蒙正连忙说："小姐，是我！是我回来了。"月娥仔细看看，又悲又喜。吕蒙正假意说："小姐，我没得着官，如今落魄了。"月娥却笑着说："但得个身安乐还家重完聚，问什么官不官便待怎的！天色晚了，蒙正，你快过来安寝了吧。"说着，扑到吕蒙正怀里，发现了吕蒙正破衣服里面藏着的玉佩和官印。吕蒙正这才说："小姐，不瞒你说，我已官授本处县令。刚才故意试探，难得小姐一片贞节之心！从今以后，我和你同享富贵。"月娥道："果然有了今天，真欢喜死我了，也算我没有白白受苦！"

吕蒙正携夫人到官衙上任，路过白马寺。长老跪地迎接。吕蒙正见墙上笼罩着一层碧纱，奇怪地问："这为什么？"长老说："这是您以前写下的两句话。"吕蒙正命揭去碧纱，读道："男儿未遇气冲冲，懊恼阇黎斋后钟。"命人拿过笔来，续道："十年前时尘土暗，今朝始得碧纱笼。"

刘仲实和老婆牵羊担酒地来为女婿女儿庆贺。吕蒙正和月娥坚决不认，让手下衙役把他俩赶走。正这时，寇准骑马赶来。寇准已升任当朝宰相，官拜莱国公之职。他向吕蒙正说明："当初咱俩进京赶考的盘缠就是你这老泰山提供的。不是你这老泰山装狠弄歹，怎能够激发你否极泰来！"事情一讲明，误会消除，皆大欢喜。杀羊造酒，做一个庆喜的筵席。

齐元吉两争锋　尉迟恭三夺槊

　　由于此剧只剩数支套曲，缺少对话，所以具体情节难以述说。大致看来，故事与《尉迟恭单鞭夺槊》相接。说的是尉迟恭投唐后，入朝待赏。却不料元吉、建成二人向高祖进献谗言，污蔑尉迟恭本是叛贼，至今心存反意。这二人妄图坏了尉迟恭，去除唐王李世民的羽翼，进而篡夺皇位。高祖果然听信这二人言语，将尉迟恭拿下，准备开刀问斩。幸亏军师刘文静和老将秦叔宝将此情况告知唐王。李世民亲自入京，替尉迟恭折辩。为判明真假，安排尉迟恭与元吉在校场比武。尉迟恭赤手空拳对付手拿长槊的元吉，最后，终于一拳将元吉天灵盖打碎。

❖石君宝 ❖

灵春马适意误功名　韩楚兰守志待前程
小秀才琴书青琐帏　诸宫调风月**紫云庭**

由于剧本缺少必要的人物对话，所以只能将故事大致推演如下：

马灵春的父亲要进京做官。临行前叮嘱儿子要好好读书，争取早建功名。

马灵春却迷上了歌妓韩楚兰，两人海誓山盟，准备终生相守。然而，却遭鸨母阻拦。那鸨母"毒害心，狠劣情，但见得鸳鸯水上才交颈，便提着棒子打过蓼花汀"。

马灵春被赶走。韩楚兰再不接客。被鸨母逼得急了，她带着梅香偷偷逃出妓院，一路辛苦，进京寻找马灵春。

在京城，韩楚兰靠梅香街头卖唱为生。一日，她们被马灵春书童发现。于是，马灵春、韩楚兰又得重逢，在紫云庭隐居度日。

此事又被马灵春的父亲知晓，扬言要打死他。韩楚兰写出《鹧鸪天》词一首："玉软香娇意更真，花攒柳寸是销魂。半生碌碌忘丹桂，千里驱驱觅彩云。鸾鉴破，凤钗分，世间多少断肠人。风流公案风流传，一度搬着一度新。"马灵春和诗："象板银鉴可意娘，玉鞭娇马画眉郎。两情迷到忘形处，落絮随风上下狂。"

王安石执拗行新法　李御史举劾报私仇
杨太守奸邪攻逐客　苏子瞻风雪贬黄州

丞相王安石，推行助役青苗新法，受到百官消极抵制。翰林学士苏轼，平时便与王安石有些言论不合，此时更是大唱反调；上疏朝廷，骂王安石志大言浮、离经叛道。王安石听到消息，一心报复，他暗令御使李定，搜集材料，以赋诗讪谤罪弹劾苏轼。

李定本是王安石的门生，自然听从王安石指挥，他向皇上呈上奏章，其中写道："陛下是飞龙在天，而苏轼却在《题古桧》诗中云'根到九泉无屈处，世间唯有蛰龙知'，这不是目无国君吗！陛下发钱救济贫民，苏轼则说'赢得儿童语音好，一年强半在城中'；陛下严明法纪、约束群臣，苏轼则说'读书万卷不读律，致君尧舜终无术'；陛下兴水利，苏轼则说'造物若知明主意，应教斥卤变桑田'；陛下议盐铁，苏轼则说'岂是闻韶解忘味，尔来三月食无盐'；这样的诗不一而足，如此欺君罔上，真是罪不容诛！"皇上闻听大怒，传旨廷尉逮捕苏轼，下在大理狱中候审。

老丞相张方平听说苏轼有此杀身之祸，急忙上朝，劝谏圣上道："依老臣之见，学士苏轼，忠信为国，所作诗词，不过遭一时之兴，并非意在朝廷。即便有些不平之鸣，也应言者无罪、闻者足戒。望圣上收回成命，以宽大为怀，恢复其官职才好。"皇上此时火气已消，听完劝告点头说："我心里也正是这样想，也怜惜苏轼人才难得。快把苏轼宣来，我亲自问他。"

苏轼被押解上殿，皇上问："你身为朝廷近臣，何故托诗讽怨！本当处以重罪，只因张丞相再三申救，朕也爱你之才，故而赦免你的死罪，谪贬黄州，降职为团练副使。"苏轼辩解道："臣蒙陛下知遇之恩，正欲竭尽愚忠、极力报效，又怎敢托诗讽怨？今日反受谪贬，实在屈死我也！"皇上说："你既然受到御史台弹劾，必然降职受罚，这是祖宗传下的成法，朕也不敢违背的。"苏轼叹道："如此说来，臣只能被摈斥海岛。此一去，只怕臣将身葬江鱼之腹，难以再见陛下了。"皇上却不以为然地说："你何必多虑！四海之内，皆归一统，黄州虽远，跟京城能有多大差别？"苏轼还要说什么，张方平连忙止住："苏学士，今圣上宽宥，你只该赎罪谢恩，不必多言！或许一两年之后，圣上还会把你调回来的。"苏轼这才把话咽回去，拜辞了圣驾，告别了张丞相，向南行进。他自我安慰道："虽说远去水云乡，总算跳出是非场。"

苏轼携带家眷，跋山涉水，一路劳苦。眼看将到黄州，偏又赶上漫天飞雪。真正是水杳山长路远，雪冻风寒云卷，蓝关马不前，哽咽人无言。书童哭着说："老爹，人们都说您是好才学，怎么反倒受这样的罪！这么大的风雪，简直把我冻死了，咱们还到得了黄州吗？"苏轼安慰他："你是个懂事的孩子，没听说韩退之、司马迁，白居易、柳宗元、杜少陵、李谪仙，都曾经无故遭贬，咱们又何必生埋怨。只慢慢地往前挨，总有熬到头的那一天。"

黄州人马正卿，因在朝为官时与王安石政见不合，辞官回家。听说名满天下的大学士苏轼被贬来黄州，心想："如此忠臣烈士，也逃不脱奸臣之手！天寒地冻，我应迎上前去，劝他饮杯水酒，也可稍御风雪。"

苏轼虽然劝着书童，其实自己心潮也难平。尤其想到在朝时，紫袍象简、每日酒宴，现如今却颠沛流离、四野萧然，也深深体会到世态炎凉、人情冷暖。

马正卿远远招呼道："苏大人，老夫在此等候多时了，快过来饮上一杯，以敌寒威。"苏轼感激地说："苏轼不才，朝廷斥逐，敢劳远迓，多蒙厚意。"马正卿递上一杯酒，问："老夫久闻学士人才，如今可有佳作见教？"苏轼连连摇头："大人，咱们饮酒就饮酒，再不要提什么写诗了！我何故流放万里？都只为因诗受贬！"马正卿说："苏学士此行，天下人都知是蒙冤受屈。以你的德才学识，不久定会召回京城重用的。"苏轼叹道："我情愿闲居荒村攻经典，躲开是是非非万万千。盖茅屋三两间，穿蓑戴笠坐江边。不愁远害，不陷危机，管他何日是归年。"

王安石见苏轼被流放黄州，仍不甘心，特意给黄州太守写了一封信，叮嘱太守：那苏轼冻死饿死也休要周济。

黄州太守姓杨，天生度量狭隘，更兼是王安石门客，因此，接到信后，自然对苏轼格外冷淡。苏轼几次请见，他都置之不理。

苏轼来到黄州，举目无亲，借了两间破房子住着，衣不盖身，食不充口。他想：自己一人受苦还则罢了，又连累妻子儿女来此受罪。因此心里格外痛苦，恍如做着一场噩梦。这天，儿子哭着说："都这么晚了，早饭还没吃，真饿死我了！"苏轼问妻子："甀里还有米吗？""从昨天就一点儿也不剩了。""既是这样，我出去求人接济接济。""你平生志气昂昂，不会低声下气，到哪里去求人接济呀？"苏轼叹气道："唉，百般无奈，只得再去拜谒杨太守，请他给些衣食补助。"

苏轼来到府衙，对把门的差役作揖施礼："这位哥哥，请你进去通禀一声，就说前翰林苏学士求见。"杨太守听说有人求见，连说："请进请进。"一见是苏轼，立刻变了脸："我道是谁，原来是安置副使苏轼。你毁谤朝廷，免死足矣，又到我这府衙来干什么？我清廉如水，没有任何东西可以给你！"又叫过把门的差役来，斥责道："你这家伙真不懂事，不分好歹就把人放进来，妨碍我的公事！左右，打这小子二十大板！"差役挨了打，把气全撒在苏轼身上，"快走！快走！"连推带搡把苏轼轰出来。苏轼还想再说什么，差役骂道："真不识相！我为你挨了一顿打，难道还让我再挨一顿打不成？快走吧！"说着，把府门关闭。苏轼白惹了一肚子气。

数年之后，皇上想起苏轼之事，命使臣把他召回京城。

苏轼一家，饱尝艰辛，多亏马正卿经常周济，才勉勉强强过着日子。

如今接到圣旨，收拾行李，准备回京。

杨太守听到消息，急忙备下酒食，拉着马正卿一块儿为苏轼送行。一见苏轼，笑脸道："下官才力短浅，数年以来，照顾不周，多有欠恭之罪，望大人海涵，原谅原谅！"苏轼说："我今日能再回京城，真如死而复生。太守大人，您也没想到我会有今日吧！"

使臣把苏轼、马正卿、杨太守等人一齐带来京城，让他们在殿外听候皇上召见。

皇上在便殿召见苏轼。问："卿远去南方，离京多年，一定吃了很多苦头，想没想朕呀？有什么感受，给朕诉说诉说。"苏轼躬身道："陛下既然从头问，微臣我又怎敢隐。这数年间真是一言难尽，臣也曾望烟波渺然思至尊，恨天涯有家难奔。"皇上又问："听说你数次被州官窘辱。你不是一向耿直，不肯屈服吗，为何也去苦苦哀求别人呢？"苏轼答道："臣为生活所迫，万般无奈，也只得学做达人知命、君子务本。"皇上说："常言道'诗穷而后工'，你有此遭际，一定会写出更胜于前的好诗，读一二篇让朕听听。"苏轼连连摇头道："非是俺推辞不逊，实在是难效殷勤。想当初俺不过闲吟些白雪阳春，反被人弹劾做罔上欺君。风雪黄州命吃紧，又怎敢再咏月嘲风、文质彬彬！"皇上不好意思地说："当初是朕一时之误。你在黄州，谁是恩人？谁是仇人？说出来朕替你报复。"说罢，召进马正卿和杨太守。封马正卿为京兆府尹，将杨太守削职为民。苏轼为杨太守求情道："杨太守虽与臣不合，然而如今世情皆如此。炎凉趋避，这也是时势使然。望陛下饶了他算了。"皇上说："今日事定，卿不必多言。今后你仍为翰林院学士，正可以发挥才能，陶情写兴，多出好诗了。"苏轼却因有了这一番经历，深感宦海艰险，荣辱无定，再不愿为官了。

李太白贬夜郎

由于剧本中很多必要的道白散失不存，所以故事的具体细节和经过难以讲述。大致内容如下：

唐明皇在杨贵妃、安禄山、高力士陪伴下，召见李白。李白醉醺醺入朝。明皇让李白奉献新词。贵妃娘娘为李白捧砚，高力士为李白脱靴，李白大出风头。

明皇又召见李白，却到处找不到他。高力士发现醉倒在花丛中的李白，请他立刻上御马入朝，李白却摇摇晃晃，数次从马上掉下来。明皇有些恼怒，李白却说："陛下，这不干臣事，是您的马的不是。"明皇问他何时才能戒酒，李白却大讲酒的好处。明皇赐他锦衣一件，意思是让他衣锦还乡，不再重用。杨贵妃又私下召见李白。李白发现她和安禄山鬼混，心中很是吃惊。安禄山为李白把盏，杨贵妃剥了荔枝送到李白嘴边，李白均加以拒绝，心说："这大唐朝龙蛇不辨，禁帏中猪狗同眠。败象已现，何不快避是非远离长安！"

李白离开长安后，仍旧终日以酒为念。这天，他乘船渡江，见水中一轮明月，格外清净，不禁想起张骞，思念屈原，认定这水底天心才是自己的归宿，便一头朝那水中明月扑去。水府龙王接见李白，尊其为谪仙。

太白星三度燕莺忙　老庄周一枕蝴蝶梦

蓬壶仙长奉太白金星之命，领着风、花、雪、月四位仙女，在杭州城边开一家酒店，只等庄周来时，将他迷住；然后再由太白金星将他点化。

庄周本是天上大罗仙、玉京上清南华至德真君，因调笑执宝幢的仙女，被玉帝贬到凡尘，托胎在山东曹州一家姓庄的大户，后因天下大乱，庄氏一家搬到四川。庄周长大，将家业托付三个哥哥掌管，自己每日只是读书、交友、饮酒、游玩，他听说杭州鱼米之乡，最好散心，便一径来到杭州。

庄周来到杭州，进了酒店，对蓬壶仙说："卖酒的，给我取二百文钱好酒来。"蓬壶仙吃惊道："只您先生一人喝酒，哪用得了二百文钱，有三四文钱足够。"庄周说："小生平日只爱花酒，我若开怀畅饮，一千钱的酒也能吃下。"蓬壶仙道："既如此，我给你找来四个歌妓，与您同席相陪如何？"庄周自然高兴："如此甚好，快去请来。"

风、花、雪、月四个女子到来，又会吹拉弹唱，又会吟诗作赋，哄得庄周忘乎所以，连呼"妙、妙！"吩咐蓬壶仙："酒保，把前后门都关了，不要放一人进来。俺五个人要一直喝到尽醉方归！"

太白金星来到杭州聚仙庄酒店，蓬壶仙急忙领四个仙女下拜。太白金星问："大罗仙在哪里？""在房中，酒醉睡着了。"太白金星进屋，晃一晃庄周身体，对着耳朵说："仅此醉生梦死，不如去做神仙。"庄周醒来，责怪道："卖酒的老头儿，我不是让你把前后门都关上吗，你怎么又放进人来？"蓬壶仙谎称："这位老人家曾是杭州城有名的富户，对我多有恩典，如今贫穷落魄了，来向我讨些酒吃，我怎能不放他进来。"庄周听了，说："富贵贫穷，流转不息，实在令人听了伤感。就让他过来，吃了这桌上酒菜吧。"太白金星过来，坐下，对庄周道："庄先生，我看你一表非俗，有仙人气。跟我一起修行去吧。"庄周说："你这老头儿，如果富贵时说这些话，我或许能听；如今穷了，生出这样的异端之心，谁还陪你受苦？你还是自己修行去吧，别来拉我。"太白金星道："我好心劝你，你怎么有眼无瞳？你沉湎酒色，可知这风花雪月正是那无毛大虫！"一边说一边把杯中酒洒在地上。庄周见了，大为气恼："有酒不喝，都浇奠在地下干什么？快出去吧，我还要睡觉！"

庄周睡着后，梦见一只特大的蝴蝶，它两翅驾起东风，把五百处名园一扫空，把一个卖花人扇过桥东。庄周被惊醒。太白金星从怀中掏出一个花盆，对庄周说："我这花盆种上花，顷刻能结果，结出的果子食用可充饥解渴。"庄周不信，太白金星演示给他看。庄周连吃六颗仙果，仍想讨要。太白金星却哭道："这花连开六遭，恰如人生已过六个春夏秋冬。怎不让人感叹！正是：百年随手过，万事转头空。人无千日好，花无百日红。"庄周听了，也不禁有些惆怅，问道："不知那神仙有无生死？"太白金星趁机向他讲神仙的好处，再次约他一道去修行，庄周却说："我又困了，再睡一会儿。"睡梦中，风、花、雪、月四个仙女把他推下山涧。

庄周在山涧中东找西寻，迷失了方向。远远看见一个道人过来，连忙作揖问路。那道士说："你往那万丈深渊舍身一跳，便是万事皆休的好出路。"庄周责怪道："谁信你这江湖术士骗人。我自己找路出去！"

庄周继续乱闯，忽见前面有一处大院落，门楼上写着：敕建李府尹宅。庄周过去敲门，对使女说："小生四川成都人，姓庄名周，迷路至此，望大姐可怜，放小生进去。"使女听了，连忙跪下道："原来是庄子叔叔，俺家老爷时常念起，快快请进！"李府尹听到消息，吟着诗迎出来："尘梦觉，荣辱升沉堪笑。蜗角虚名何足道，不须闲计较。原来是不愿出仕为官的庄先生光临，快快请进。"李府尹把庄周让进屋内，命使女摆上酒宴，庄周十分感激地说："有口饭就行了，何必如此丰盛！"李府尹却忽然转为悲伤，哭道："我虽有这么大的家业，却买不得生死！叹只叹光阴急急如流水，青春才至，白发相催。开始闹哄哄蝶起蜂飞，到头来百年身命，六道轮回。"庄周听了，惊讶地说："大人，小生在杭州时，也曾见一老者发出同样感慨。还给小生吃了花上果子。"李府尹道："他那花盆就是我这山里出的，等你走时，可带上几盆送朋友。"又命使女叫出家中歌妓相陪，一会儿，一个叫莺莺的女子，携琴而至。吟诗道："一寸光阴一寸金，持将此物寄知音。先生识破浮生梦，浑似南风一操琴。"庄周邀请她入座。那女子却说："先生必得戒酒方可。"庄周正犹豫，一个叫燕燕的女子，携棋而至。吟诗道："满眼韶光似箭催，转头白发故人稀。荣枯枕上三更梦，成败樽前一局棋。"庄周邀请她入座。那女子却说："先生必得戒色方可。"庄周正犹豫，一个叫蜂蜂的女子携书而至。吟诗道："浮利浮名总是虚，泼天富贵待何如；若能参透诗中意，尽在玄元一卷书。"庄周邀请她入座。那女子却说："先生必得戒财方可。"庄周正犹豫，一个叫蝶蝶的女子携画而至。吟诗道："秦晋交欢皆为诈，荣华一笔都勾罢。龙争虎斗是非场，图成四幅丹青画。"庄周邀请她入座。那女子却说："先生必得戒气方可。"庄周正犹豫，李府尹问道："庄先生，何故犹豫不决？"庄周坦白地说："这莺燕蜂蝶四位女子，个个可爱；她们手拿的琴棋书画四物，也正是小生所好；只是她们要求小生戒掉酒色财气，小生实在难以做到。戒不得！戒不得！"这李府尹是太白金星所化，见庄周如此执迷不悟，只得以"我今天要去洛阳上任"为由，留住庄周，自去天庭向上帝汇报。上帝仍命他设法度脱大罗仙。太白金星暗想："这庄周花酒情重，也只得以毒攻毒。"他到王母殿前借来春夏秋冬四仙女，让他们化名桃柳竹石，换回莺燕蜂蝶四女子。这桃柳竹石较莺燕蜂蝶更加妩媚可爱，她们各逞风骚，日则与庄周相倚相偎，夜则同床共枕、共效云雨。庄周一个男人怎禁得起四个女子折腾，渐觉精神萎靡、支撑不住。跪下向桃柳竹石求道："你四人简直就是神仙！请教我阴阳交合之法。"四女子承认自己是天上仙侣，告诉庄周："若知洞房玄妙，可跟我们同习大丹之道。"于是，领着庄周在后院搭起炉灶，炼起丹来。

上帝听说桃柳竹石漏泄天机、违犯天条，命太白金星捉拿四女子回宫。

庄周守着丹炉睡着了，一觉醒来，不见了桃柳竹石。心中着急："若李府尹回来，可如何向他交代！"

太白金星化作李府尹回来，叫开门，对庄周说："庄先生，我去洛阳上任三年，如今归乡，你该把我的家私、房屋、人口都还我了。"庄周支吾道："先前那莺燕蜂蝶四女子不知哪里去了，又来了桃柳竹石四仙女，如今这四仙女又不知被什么神道捉走了，只剩下小生一人在这里，好闷人呀！"太白金星厉声说："我也不逼勒你，庄周哇，你也该省悟了！"庄周跪下道："我省悟了，望星君可怜，奏准玉帝，发还我上清玉京牌，让我回天宫去吧。"太白金星说："你省悟了就好！今日正果朝元，以后再不可生出凡心。"说罢，招呼天上众位神仙一齐来迎接至德真君回宫。

回宫路上，庄周叹道："真是洞中方七日，世上几千年。也不知那四个和我一起炼丹的仙女现在哪里？受着什么惩罚？"太白金星听了，急忙低声禁止："你既已没了思凡的心，还想那四个女子干什么？要是让上帝听见，你可怎么是好！"庄周只得牢拴住意马心猿，结束了一梦六十年。

晋文公火烧介子推

晋献公宠爱皇妃骊姬，听信谗言，把太子申生和二公子重耳贬到藿地为民，把正宫皇后齐姜打入冷宫。骊姬所生两个孩子，一个叫奚齐，一个叫卓子。两人倚仗恩宠，要征调天下民夫，限期筑造一座千尺高台，这高台上再建太极宫一百二十间，供他俩观云赏月之用。朝中大臣，一个个缄口无言，只有谏议大夫介子推出班进谏："臣该万死，冒犯天颜。臣以为皇后太子无罪，不该遭贬；云月高台更不可轻易兴工！"晋献公哪里听得进，一脸的不耐烦。介子推继续谏道："当年纣王无道，宠妲己、盖摘星楼，终至亡国；而今我朝所为，与其何异？望我王思之。"晋献公和骊姬等人听了，恨得咬牙切齿，只因表面不能做得太过，才没立刻下令杀他。退朝后，介子推想："眼见得这晋朝中祸已成胎，少不得惹起场干戈横祸灾。孔子道'危邦不入，乱邦不居'，我还是弃官隐居逃离这是非场外。"

骊姬一伙儿设下毒计，诬告太子申生在祭食中下了毒药，药死了神獒。献公听了大怒，命将太子申生赐死。王安奉旨监刑，他虽深知其中冤情，却也只能违心地捧着白练、药酒、短剑去见申生，令其自裁。

申生仰天长叹："即便是药死了神獒也不过是条狗，竟因此不要了亲生骨肉。这都是骊后狠毒，献公出丑，视我这金枝玉叶不如榆柳。罢，罢，罢！我就是死了也强如留，叫世上万民咒！"说完，拿过短剑，自刎身亡。

二公子重耳见形势危急，隐姓埋名，出宫逃亡。

介子推辞官后，在家闲居。他儿子介林在府学读书，文武全才，打算进京求官。介子推劝道："唉，你有这护王保驾的志气、定国安邦的本领，其实还不如没有倒好。那高官厚禄到头来正是取你命的根苗！"介林不以为然，进京去了。

重耳逃亡至此，被介子推认出。介子推把他请进家中，暂时藏匿。

一日，介林领着几个差役回来。拜见过父母和重耳后，说明来意："我这次回家，皆因圣旨所逼。国舅吕用公手持宝剑对我说：'你家中藏着个二公子重耳，你快回去把他项上人头取来便万事皆休；若交不来人头，叫你全家都死！'"重耳和介子推听了，万分惊慌。介林却镇静地说："为臣怎肯干这伤天害理之事。我已打定主意，替二公子去死。我死之后，你们把我的人头腐烂，就说是二公子的，让差役交给国舅去。只是，父亲母亲，原谅孩儿忠孝不能两全了！"说完，拔剑自刎。

事情做完，介子推担心骊妃、国舅看破内情，背着重耳，弃家出逃。

山路崎岖，风大雪滑。介子推背着重耳艰难跋涉。走了三天，没吃一点东西。介子推怕饿着二公子，偷偷割下大腿上一块肉，让重耳烤着吃。重耳烤熟后，拿一块给介子推。介子推捂住大腿，假装说："我热疖疮发，吃不下。"

君臣挣扎着走到楚国，守城门的官员问明情况，答应护送重耳到国都去。介子推感激地说："既然楚大夫肯将二公子送去，我就放心了。我家中还有老母无人侍养，我得赶紧回去。等二公子昭雪冤屈的时候，老夫再来接他。"言罢，与重耳挥泪相别。

有一天，介子推去晋国城中，回来后，对母亲诉说："原来重耳已经回国为君，号文公。即位时封赠群臣，唯独忘了我。我不由写下一篇《龙蛇歌》，贴在宫门上。那晋文公看见了，必然会宣您孩儿进京的。"母亲听了，叹气道："求那一世之荣还不如求个万载之名。"介子推沉思片刻，明白了母亲的意思。背起母亲，往那翠巍巍崇山峻岭中走去。

晋文公看到《龙蛇歌》，想起介子推的好处，深为自己的疏漏愧疚。他带领侍从找到介子推家，知道介子推已背着老母躲进深山。他命人放火，把山林点着，心说："这样准能把介子推逼出山来，和我一同回朝。"没想到，大火中逃出的樵夫说："介子推和他老母亲也不躲那火，紧紧抱住一棵黄芦树，如今已经烧死了。"

晋文公流泪道："他曾经弃亲儿替我死、刀下剐，他曾经巴巴结结背我践红尘，他曾经血淋淋割股啖君，我正要封他做凌烟阁上人。"樵夫却直言不讳地说："大王您归国为君，每日里鼎食重茵，早把那逃亡时情景忘尽。今日里又四面放火，弄得他深山中进退无门、唯有自焚。这就是您天子重贤臣！"

❖ 孔文卿 ❖

岳枢密为宋国除患　秦太师暗结勾反谏
何宗立勾西山行者　地藏王证**东窗事犯**

岳飞领兵抗金，在朱仙镇困住金国四太子。他几次上奏朝廷，请求准许大举进攻、收复失地、夺回东京，然而，迟迟不见圣旨传下。等来的反倒是宣他回杭州的十三道金牌。他壮志难酬、神思不安，无可奈何，只得嘱咐张宪、岳云要小心在意守好边塞，自己上马回朝。

岳飞披枷戴锁，被太师秦桧以图谋造反罪拿进大理寺。回想自己掌帅府、战沙场，几经生死几处伤，重安日月定四方；扶持得帝业兴，保护得山河壮，到头来却落个功名纸半张；岳飞不由英雄泪滴在枷稍上。他忍不住仰天长啸："岳飞忠孝，皇天可表！"然而，尽管他一腔怒气冲上苍，天公却浑浑漠漠无垂象。他质问苍天："难道你也变得只是顺时光？那逆天的不令命亡，这顺天的祸从天降；那逆天的神灵不报，这顺天的九族遭殃！"

大理寺传令：杀了岳飞、岳云、张宪三人。

地藏王化做一个出家人模样，站在灵隐寺前，傻乎乎地念念有词："损人自损自身已，我疯我痴我便宜；人我场中凭试想，到底难逃死限催。"

秦桧正好来灵隐寺拜佛，见这么个脏和尚挡在路上，便喝令侍从把他赶开。那和尚却用手里火筒指着他："你说我痴，我道你奸；你笑我污秽，我恨你不廉！你干下了昧心事噩梦不断，想央告俺菩萨赦免也实在难。想当初你贤妻也曾苦苦相劝，你却是鬼迷心窍不听良言。湛湛青天不可欺，你东窗事犯在眼前！"秦桧命人夺去那和尚手里的火筒，和尚哪里肯给，躲闪着说："这可是人世间没有的宝贝，吹一吹顿时就烟灭灰飞。我还有八句诗供你参详，该自知恶贯满盈死限催。"接着，和尚诵道："久闻丞相理乾坤，占断官中第一人。都领群臣朝帝阙，堂中钦伏老勋臣。有谋解使蛮夷退，塞闭奸邪禁卫宁。贤相一心忠报国，路上行人说太平。"诵罢，把诗贴在山门上，摇摇晃晃地走了。

秦桧将诗拿回府中细读，见上面隐含"久占都堂，有塞贤路"八字，心中气恼。又见诗后署了一行小字："丞相问我归何处，家住东南第一山。"便差虞侯何宗立，务必寻到东南第一山，把那疯和尚捉来。

何宗立东寻西找，走得人困马乏，远远望见前面有个卖卦先生，便走过去想测测吉凶、问问道路。忽然，那疯和尚摇摇晃晃地走过来。何宗立心说："我正愁找不到你，却原来在这里！"刚要追过去捉拿，只觉阴风四起、天昏地暗，牛头马面等一队鬼兵押着秦太师随后走来。那秦太师披枷戴锁、哭哭啼啼被打进了东南第一山。

宋高宗睡着了。岳飞、岳云、张宪的鬼魂来到他床前哭诉："俺三人舍性命、出力气为国分忧，秦桧他没功劳、干吃俸与敌暗勾。设圈套定诡计将俺们打入死囚，绷扒吊拷、百般折磨，使忠良英雄一命休。望陛下召集文武公卿细追究，在市曹当众诛杀秦桧这禽兽！为俺们报仇，使俺屈死的冤魂有奠酒。"

岁月如奔，何宗立离开鄭都城回到京城已是二十年过去了，他已两鬓斑白，朝廷已新君换旧君。

新君召见何宗立。何宗立讲了自己在阴间目睹的一切："那阴司的刑法比阳间还狠，上刀山下油锅，凌迟罪拉得那秦太师血淋淋骨肉分。又被打入十八层地狱，终日里恶鬼缠身。太师夫人因多次规劝秦桧，未受处分。岳飞、岳云、张宪等三人已获昭雪，升天为神。"

这番话，使新君和群臣听得目瞪口呆。

报恩义延岑举荐　降桑葚蔡顺奉母

天下咸宁，八方肃靖。殿头官奉圣命，到乡间林下广泛发现人才，但有那文高武胜之士，立即向朝廷举荐，必当擢用。

汝南人蔡宁，家中颇有资财，平素又好交往，所以，人们都称他蔡员外。这天，大雪纷纷扬扬，一片银白世界。蔡员外一时兴起，想请几个年高长者，一块儿赏雪饮酒。他吩咐妻子延氏安排酒宴。延氏给了家童兴儿十两银子，让兴儿上街采购，将酒宴摆置在映雪亭上。

这兴儿谎称："我花十两银子买个大鹅，煮在锅里。不想被人掀开锅盖，那鹅扑棱棱飞了。"员外知道他贪污了银子，并不深加责怪。

一会儿，所请的刘普能、周景和、仇彦达、贾德闰四位长者相继到来，后面跟着王伴哥、白厮赖两个光棍。王伴哥自夸道："小子一生不受苦，外貌端庄内有福。筵席不请我自到，酒肉装满咱肚腹。"白厮赖接着介绍："我的名字白厮赖，又唤白吃白嚼或白塞。最近就要娶媳妇，名字仍唤萝卜白。"

酒席宴上，五位老者彬彬有礼，互相劝酒。那王伴哥却站起身说："我来得迟了，理应受罚。你们说罚几碗吧？"见没人吱声，他拿起酒壶，自己对着嘴儿喝起来。白厮赖见状，抄起一个胖猪蹄，蘸了蒜末儿啃着说："对，对！哥哥罚酒我罚菜。"这二人毫无行止，蔡员外也不介意。吩咐延氏把儿子、儿媳叫出来给众人把酒。

蔡员外的儿子名叫蔡顺，学成满腹文章，只因父母在堂，未曾离家进取功名。如今听见父亲召唤，急忙拉着妻子李氏来到映雪亭。与众人施礼见面。四位老者纷纷赞叹："为子者尽孝，为媳者大贤，这都是蔡老员外修下的德行啊！"

众人饮酒，蔡员外提议："咱们以雪为题，每人吟诗一首以助酒兴如何？"刘普能起身道："如此甚好。老夫不才，强搜枯肠，作诗一首，就先念出来献丑了：碎剪琼花满太空，彤雪万里布寒风。拥炉画屋如春暖，诗酒高谈乐盛冬。"众人都说写得好。接下去周景和、仇彦达、贾德闯、蔡老员外都有佳作。轮到蔡顺，吟道："凛凛寒风透满怀，遥空顷刻冻云埋。纷纷祥瑞天街落，四海消除黎庶灾。"众人都赞："高才，高才！"白厮赖说："高裁做的好衣服！"王伴哥说："你们的意思我明白，是显我两个愚鲁之人，不懂文学。其实，我把那五言八韵长短句作了不计其数。你们听着：纷纷大雪满阶基，好似杨花上下飞。一轮红日当天照，敢情化做一街泥。"众人听了都皱眉。只有白厮赖叫道："好，哥哥吟的好诗！如今你们都吟了诗，我再吟诗就俗了，我唱一个小小的曲儿，曲名就叫清江引，你们听了，定然拱手而伏：'这雪白来白似白厮赖，恰如一床白绫被。铺在热炕上，穿着衣服睡，醒来化了一身水。'"众人听了都笑。

忽听门外有人喊："大主人家，若有怜悯之心，把那用不了的茶饭赏我些吧！"蔡员外让蔡顺出去看看。蔡顺开了门，见讨饭的是个披枷戴锁的大汉，便问："你这壮士，因何犯罪？"那罪犯说："小人延岑，平昔刚强性勇，那天在街上闲走，见一小的追打一位老的，我路见不平，把那小的拉过来，三拳两脚打死了。我自首到官，免了死罪，脊杖六十，罚去郑州牢城。因身上单寒、肚中饥饿，讨些饭吃。"蔡顺见他雄壮，有心接济，让他稍等片刻，自己进去禀告父亲。蔡老员外听了，把延岑叫来宴席上坐，赏给他热酒、羊肉、面卷。延岑请解差一块儿吃了个饱。

蔡夫人跟老伴商量："这壮士姓延，偏老身也姓延，想五百年前还是一家。我有心义认他做个侄儿，你意下如何？"蔡员外说："那敢情好，只不知这壮士肯不肯。"跟延岑一提，延岑自然愿意，跪下认了姑父姑母，又跟蔡顺拜做兄弟。临行时，蔡员外赠送延岑一套暖衣十两银子。延岑感激地说："此恩异日必当重报！"

送走了延岑，众人又围炉畅饮。直到天气晚了，才互相搀扶着归去。

蔡夫人因早起上庙烧香，感了些风寒，以至一病不起，饮食少进、睡卧不宁。蔡顺夫妻日夜守候床前，衣不解带，寝食俱废，忧凄不止。他默默祷告：愿以己身之寿，减一半给母亲。

也是病急乱投医，这天，蔡顺请来了胡突虫和宋了人两个医生。他俩一人握住延氏一只手，说这叫双把脉。胡突虫忽然道："坏了！脉息不好。"宋了人紧接道："糟糕！快买棺材。"这个说："我看她害的是热病，这半边身子火一样热。"那个说："我看她害的是冷病，这半边身子冰一样凉。"这个说："我如今给她下一服夺命丹，保证我这边热病能好。你那边的冷病就顾不得了。"那个说："我如今给她下一服促死丸，保证我这边冷病能好。你那边的热病就顾不得了。"蔡员外道："你们这两样药让我老婆吃下去，不是弄她个死也死不得、活也活不得！"胡突虫问："蔡员外，你到底想不想让你这老婆好？"蔡员外："那当然！只要我老婆能好，什么都舍得！"宋了人："那我送你一个偏方：把你双眼珠儿剜下来，和着一钟热酒让她吃下去，准好！"蔡员外："她倒是好了，我这两眼可什么都看不见了。"蔡顺见这俩家伙一味胡说，气得把他们轰走了。

蔡员外问夫人："你好几天不吃东西了，这怎么行！你心里想吃点什么，不妨说出来。"延氏道："我倒是想吃一样东西，怎奈这天寒地冻，只怕没有此物。"蔡顺听了，急问："是什么东西？母亲尽管说出来。"延氏："我只想吃几粒美甘甘的桑葚。"听母亲这一说，真把蔡顺难住了：这盛冬时节，万木凋零，哪里去找桑葚吃！他万般无奈，在后厅摆上香案，跪地求道："皇天后土，三界神仙，此一炷香不为别事，只因老母延氏病枕在床，久治不愈。我身为人子，岂可不尽其心。如今老母想吃桑葚，望神明垂怜，降下几颗，以救我母病体。小生愿以己身之寿减半给母亲。"又颂道："百行由来孝为先，人心尽孝理当然；葚子若能从天降，救济慈亲病体痊。"他把头也磕破了，眼泪滴在地上冻成了冰，不觉昏昏沉沉扒在香案上睡着了。

蔡顺一片孝心感动神灵，上帝敕令，命增福神率鬼力下界来到人间，蔡顺家中两位门神见上圣降临，慌忙施礼。增福神让他俩暂立一边；又传唤土地、井神、灶神、净厕神来见。净厕神不知传唤何意，告状道："上圣，这小蔡儿最促狭，他前日朝着我嘴放个屁把我牙迸掉两个，我正要摆布他呢！"增福神说："你这家伙别添乱。"他向这家宅六神传达了上帝旨意，又托梦给蔡顺："因你至孝，感动天地，上帝命我传旨，把冬天变做春天。今夜三更时分，众神将普降甘露瑞雪，满山遍谷，所有桑树都生桑葚，任你采摘。你要牢记：父母恩深比昊天，子行大孝诸神怜；严冬桑树结桑葚，永播芳名万古传。"蔡顺跪谢众神，醒来。

风伯刮起春风，雷公响起春雷，电母震醒春虫，雪神飘下祥瑞，雨师降下甘霖，桑树神顷刻间发芽、长叶、开花、结果。

汝南城外有座五娄山，山高林密，道路崎岖。山里集聚的一伙强盗，约五千人马，为首的头领人称五娄大王，仗义疏财，本领高强。这五娄大王就是延岑，他是在发配郑州牢城途中，被解差开枷放了。他又不敢回家，只得在此山中落草为寇。这天，他见天气突变，喝令喽啰加紧巡山。

蔡顺带着兴儿，挎着竹篮，到五娄山来采摘桑葚。采满一篮，刚坐下休息，忽然一群强盗拥上来，把他们团团围住。那头领喝道："你们好大胆！竟敢来这里私采桑葚，犯我山界！"小喽啰说："这小子白白胖胖，正好拿上山寨，宰了下酒。"

蔡顺、兴儿被押进山寨。那头领坐在虎皮椅上问："你二人姓甚名谁？说得对时饶你们性命；说得不对，就等着受死吧！"蔡顺急忙跪下，报上自己的姓名。延岑听了，追问道："你母亲可是延氏？你父亲可是蔡员外？"蔡顺说："正是。"延岑急忙把他扶起来，请他坐在虎皮椅上。解释道："若不问，险些伤了我兄弟性命！你还认得出我吗？我就是受过你们大恩的延岑啊！"蔡顺问他何故落草为寇，延岑讲述了事情经过。延岑问姑父姑母身体如何，蔡顺讲述了为母祈祷桑葚的情况。延岑听了，连谢天地神灵，又命喽啰拿出牛蹄一只、精米三斗，请蔡顺带回家中侍奉父母。蔡顺初时有些不肯接受，延岑忙说："此非不义之财，是我自猎自种的。等你走后，我立刻散了喽啰，受朝廷招安进京赶考，再不当贼盗了！"蔡顺这才让兴儿背上礼物，下山还家。

蔡顺回到家中，用盘子托了桑葚儿给母亲食用。延氏吃下几粒，如渴思浆、如热思凉，不一会儿就疾病全消，恢复如初。

蔡顺又对父母讲述了在山中遇到延岑哥哥的情况，奉上延岑赠送的牛蹄、精米。

天朝使者到来，宣旨搬请蔡顺全家进京，加官赐赏。原来延岑进京赶考，因文武兼济、刀马过人，深得圣上喜爱，已官封太尉之职。延岑又向圣上推荐、保举了蔡顺。

殿头官奉旨在相府摆下酒宴，接待蔡顺及其亲属。延岑来了，刘善能、周景和、仇彦达、贾德闰四位长者来了，王伴哥、白厮赖也跟来蹭饭吃。

蔡顺到来后，与殿头官相见。殿头官细问了蔡顺求天降桑葚儿的情况，赞扬道："蔡秀才，你通天地，感神灵，若非至孝，怎有此举！更兼仁宏德厚、驰名朝野，延太尉所荐，丝毫不差呀！"蔡顺谦虚一番。

殿头官宣旨：封蔡顺翰林学士；其妻李氏为贤德夫人；蔡员外治家有方，赐冠带荣身；老夫人延氏心慈性善，赏十锭花银；四位员外也都受到表彰。

刘文叔醉隐三家店　严子陵垂钓七里滩

王莽篡位，杀了汉室宗亲五千七百余口，又到处张榜，捉拿刘秀。刘秀字文叔，此时不敢再用这个名字，改叫金和，隐居在三家店李二公庄上，与严子陵十分交好。他二人在一起或闲聊、或畅饮、或上山砍柴、或下河捕鱼，正是："驾孤舟荡漾，趁五湖烟浪；七里滩头蓑笠纶竿，一钩香饵钓斜阳"。

十年后，刘秀坐朝登基。他派使者驾着高车、捧着斓袍靴笏来三家店，请严子陵进京为官。严子陵正在七里滩垂钓，听使者说明来意，断然拒绝："快回去，休停住！若不回去呵，白惹得我言语粗鲁。我是个酒徒，只爱这滩头景物，只记得有个共饮的旧知交曾同眠抵足，哪认得什么中兴的汉光武！"

刘秀又多次派人来宣召，并亲笔写下书信相请。严子陵却不过情面，心想："莫说他是一国之君，就是从朋友角度考虑也该去祝贺一番。"于是，严子陵来到京城，刘秀盛宴款待。严子陵怕刘秀说出挽留的话，便有意开怀痛饮，把一瓮酒喝得半滴不剩，然后借着醉意向刘秀挑明："咱俩一樽酒罢先言定，若你这万圣主今夜还回宫，那我明日一早就登归程。你也不是我的君，我也不是你的卿。你必须起五更、聚九卿、议朝政，两班文武在丹墀等；我这平头百姓闲散惯，想睡就睡，睡到它日上三竿也唤不醒。"

光武帝刘秀仍留住严子陵不放，再次摆下接风洗尘的筵席。

严子陵不改其志，故意慢吞吞一步一个台阶走上殿来，指着屋顶的装饰画问刘秀："那不是七里滩的丹顶鹤？它是不是飞到这皇宫来探望我？"一会儿又对着酒杯自言自语："这么宝贵的玉盏若失手打破，俺可赔不过；真不如俺那小瓷瓯子使着快活！"一会儿又对着桌子上的大鱼大肉叹气："唉，动不动就这么大惊小怪，哪比俺江村里用油盐拌和的半碗野菜！"

刘秀知道留不住严子陵，只得放他归去。

❖ 郑光祖 ❖

说武庚管叔流言　辅成王周公摄政

　　周公在文王时便参与国事，后又辅佐武王克商伐纣，被武王封为太师。与此同时，武王又封兄弟叔鲜、叔度、叔处三人分别为管叔、蔡叔、霍叔，名为三监。纣王的儿子武庚也受到封赠，维持殷室宗祠。

　　武王病重，周公筑起三层高台，斋戒七日，对天祝祷：愿以己身代武王之命，求上天降福，预示吉祥。刚卜完三卦，就听使臣传来圣旨，召他进宫。武王将自己所佩宝剑赠给周公，对他说："我死后全仗你江山支撑，你要保幼主、护国安，社稷重兴；但有那叛逆臣，先斩后奏；佩此剑、掌威柄，如朕亲行。"

　　武王传下密旨后便驾崩了。

　　周公率领群臣举行祭礼，又主持新君登基的仪式。此时，新君还是个孩子。太后把周成王抱坐在御榻上，周公则持剑侍坐在天子旁，名义上称为抱孤摄政。周公怕群臣不服，厉声喝道："大小官员，扬尘舞蹈！若有谁胆敢触规犯条，就让他来看看这把先君剑，它利水吹毛！"

　　周公此时年迈体弱，但是为了宗庙社稷，他日夜操劳。他心里也明白："知道的，说我是蒙先君寄命托孤；不知道的，会说我有心窥伺皇朝。"因此，入宫出宫，常常有战战兢兢如临深渊，怯怯乔乔如履薄冰之感。

　　果然，三监递上谏章，弹劾周公欺压幼主、背反朝廷，并扬言若不惩处周公，就协同武庚一起造反。

周公闻奏，跪在阶前请求太后和君主给自己以惩处，莫因自己而坏了法度。他请求辞去官职，留下残躯回归田里。太后和君王哪肯依他，赦他无罪并坚决让他留任。周公进退两难，跪在地上，叩头出血。太后亲自端来一盆水，为周公洗去腮边血、擦净脸上尘。周公只得又乞求太后和周成王："若不放老臣归田，就请授予兵权，让我亲自领兵前去征伐，平定纣王之子武庚和东南地区的叛乱。"为加深太后和周成王的信任，周公情愿把自己的全部家私封存起来，当做抵押；把老妻和儿子伯禽软禁起来，当做人质。

三年以后，周公平定了江淮，押着武庚、管叔、霍叔、蔡叔等人回朝。当着周成王的面管叔等人承认了散布谎言、诬陷周公、图谋篡位的罪行。周成王一一对他们作出裁决。

周成王要重赏周公。周公却频频施礼，坚决要求告老还乡。他想："陛下国事已能自裁，老臣实怕被第二遍流言赶下来。今日归还了权柄无妨碍，落得个千自由来百自在。"

❖ 郑光祖 ❖

辕门外单气张飞　虎牢关**三战吕布**

　　冀州王袁绍屡次与吕布交战，没得半点儿便宜。这吕布有九牛二虎之力、万夫不当之勇，他又写下战书，向十八路诸侯挑战。袁绍无奈，只得调集天下诸侯齐来河北，与威镇虎牢关的吕布抗衡。

　　兖州太守曹操、长沙太守孙坚、荆州太守刘表、北海太守孔融、益州太守韩升、济州太守鲍信、山阳太守乔梅、河内太守王旷、潼关太守韩俞、沧州太守关慎、南阳太守张秀、徐州太守陶谦、寿春太守袁术、陕州太守赵庄、幽州太守刘羽、镇阳太守公孙瓒、青州太守田客陆续领兵到来。袁绍将人马分为前哨、左哨、右哨、合后、游兵五部分；又留下孙坚，封为监军；留下曹操，封为随军参谋；让他俩与自己一起坐领中军。

　　吕布率杨奉、侯成、高顺、李肃、李儒、何蒙、陈廉、韩先等八员健将与十八路诸侯相持厮杀。

　　日不移影，几个回合下来，十八路诸侯大败亏输，纷纷逃命。只有孙坚率领东部人马，坚守城池，不敢与吕布交战。

　　曹操奉命督催粮草，途经平原县，与县令刘备及其义弟关羽、张飞相见。曹操叙述了虎牢关战况，叹气道："吕布实在英勇，天下无敌！"张飞顿时火冒三丈，催人备马要杀奔虎牢关，会会吕布。刘备拦住他："兄弟，你好暴躁！想十八路诸侯千军万马都赢不了吕布，咱弟兄三人又怎能和他对敌？"张飞气昂昂地说："偏俺张翼德不把那吕温侯正眼看；他虽有方天戟，我这条丈八矛也非等闲；他虽有赤兔马，我这匹豹月乌骓也无阻拦！

我绝不能瞅着他这三姓家奴任意地反！"曹操禁不住喝彩："真不愧是员猛将军！"又鼓励刘备："当今正是国家用人之际，你哥仨正该前去杀敌立功。我写下一封举荐信，你们可以拿着它去虎牢关见孙坚元帅，他必然会重用你们。"

吕布天天领兵在城下挑战。这吕布虽本领高强，名声却差。他先拜丁建阳为父，却又亲手杀死丁建阳，夺了卷毛赤兔马；现拜董卓为父，父子恣意胡为，气焰嚣张。孙坚任敌军叫骂，不敢出战。这孙坚自幼读了本百家姓，长大念了几句千字经；能骑疥狗，善射软弓；射又不远，只赖顶风；对南射墙，箭箭不空。听到索战，吓得生病，上吐下泻，肚子真疼。

刘关张兄弟三人来到虎牢关，求见孙元帅，却被小卒拦在营外，说是：元帅将令，是诸侯便过去，不是诸侯不能过去。气得张飞环眼圆睁，挥拳就打："你这混蛋是个天生的看家狗，怎认得我哥哥这中山靖王的后！"吓得小卒赶紧跑进去通报。半天，卒子传下元帅将令，让刘关张三人在辕门外打躬行礼。又说："关前诛董卓，不用绿衣郎！"张飞正气得来回走，吕布的士兵又叫骂着过来索战，孙坚又吓得叫起来："哎哟，我肚子好痛！"张飞骂道："什么他娘的十八路诸侯，白吃着皇家的俸禄不害羞！还未上阵就像中了弹的斑鸠，一个个全是银样镴枪头！"孙坚闻听，恼羞成怒，竟让士卒拿下张飞要斩。

正巧曹操押粮回营，见状急喊："刀斧手，且留人！"奔进中军帐替张飞求情。曹操问孙坚："见到我的举荐书，为何不用他三人？"孙坚说："我哪儿见到什么举荐书哇？"命士卒把刘关张三人放进来。听了刘关张三人身世，孙坚仍有些看不起。无奈吕布军队百般辱骂索战，孙坚只得封张飞为掠阵使，封刘备为粮草大使、关羽为粮草副使，硬着头皮领兵出迎。

孙坚与吕布交手，二十来个回合，根本无法近身，眼看要被活捉，吓得落荒而逃；弃了战马，窜入一片密林，解下衣甲头盔，拴在一棵枯树上。吕布从后面追来，误以为是孙坚，一戟搠去，入木三分。等拔出戟来，孙坚已没了影儿。吕布便解下衣甲头盔，让杨奉拿了，先回董卓大营献功。

杨奉迎面碰上张飞。张飞喝道："快把你手里的东西献过来，否则，我一枪结果了你！"杨奉害怕地说："这是孙坚的衣袍铠甲，您要您就拿去。只是请您通个名显个姓，我也好到元帅府有个交待。"张飞道："我是吕布的第三个爷爷，让他明日单向我张飞挑战！"

吕布得胜回营。杨奉向他禀告了衣袍铠甲被夺的经过。气得吕布当即命人写下战表，单向张飞挑战。又叫过八员健将，一一进行安排，务必小心在意，捉拿刘关张三兄弟。

孙坚逃命回营。曹操问："吕布怎样了？"孙坚吹牛道："吕布那小子不该死。我正要活捉他，谁知他那铠甲穿了多年，系甲的皮条烂了，他挣断皮条逃了。"曹操又问："张飞怎样了？"孙坚胡说道："他呀，大概早让马踩死了。"正这时，张飞进帐，气恨地嚷："真是一场好厮杀呀好厮杀！"曹操不解地问："到底怎么回事儿？"张飞叙述道："孙元帅上阵不搭话，忽然间滚鞍下了马。"孙坚插言："我一时肚子痛，要出恭。"张飞接着说："只见他飞身窜入密林中，出来时赤条条只剩小裤衩。"孙坚脸红脖子粗地问："我们回来，都报了战功；你这么晚才回来，有何功劳？"张飞把衣甲头盔往地上一扔："这是元帅的穿戴，请你自来拿！"孙坚暴跳道："你这家伙好生无礼！我是用了金蝉脱壳之计，在树下安排了陷马坑、绊马索，要诱吕布上钩的！你破了我的计！左右，给我把他推出去杀了！"

卒子进来通报："报告元帅，吕布又来索战。"孙坚闻听，捂着肚子道："哎呀，又疼起来了！"卒子说："住住住，这次他没喊元帅姓名，而是单向他第三个爷爷张飞挑战。"孙坚松了一口气，道："这好！张将军，您就去应付他吧，没我的事了。"

刘关张三人整装上马，杀出城外。

张飞与吕布交手。战了半个时辰，吕布拨转马头，说："你我歇息片刻再战。"关羽在一旁看见，对张飞说："兄弟，他这是缓兵之计，不可放他歇息。"张飞听了，大喝三声："三姓家奴休走！"吕布回头又战。关羽、刘备从两侧夹攻上来。刘备的双股剑似电光，关羽的三停刀难遮挡，张飞的丈八矛更似搅海翻江。吕布哪里能支撑得住，只得败退逃命。刘关张领兵追杀，大获全胜。

袁绍升帐。曹操领刘关张三人进见。袁绍对刘关张大加褒奖："今日肃清海宇，保祚山河，全仗你们兄弟三人。"传旨，封曹操为左丞相，执掌兵权；封刘备为越殿襄王，关羽为荡寇将军，张飞为车骑将军。

晏平仲文才安国　钟离春智勇定齐

　　齐国公子昨夜做一梦，梦见一轮皓月，出离海角，正值中天，忽然被云雾遮蔽。也不知此梦主凶主吉，便叫来中大夫合眼虎圆梦。合眼虎瞎说一通："月者亮也，亮者明也，云者雾也。月里头有云，云里头有雾，月里头有云雾也。这是吉祥之兆！今天，公子不是得钱财便是有人请吃酒。"齐国公子生气道："简直是一派胡言！"又请上大夫晏婴来。晏婴圆梦说："公子，月者属阴，当谓有一贤明淑女；浮云蔽之，当谓此女正隐于乡村树林之间。公子尚未娶妻，可以寻她做夫人。"齐国公子疑惑地问："这女子怎样才能见到哇？""公子要见此女也不难，明天可去城外行围打猎，午时三刻，必能见之。"合眼虎不信，在一旁絮絮叨叨地说："梦是心头想，眼跳眉毛长；鹊噪为食忙，嚏喷鼻子痒。怎么那么巧，打猎撞见个贤人淑女！晏矮子，明日撞不见时，看我如何嘲笑你！"齐国公子叫来上将军田能和左右裨将徐弘吉、徐弘义，命他们先去布置围场、收拾行装，准备明日出发。

　　齐国无盐邑有一大户人家，老汉钟离信、老婆刘氏，其大儿及儿媳也以种田养蚕为业，唯有女儿钟离春，天生懒学女工，偏好习文演武。这天，钟离信将女儿叫出来，问："孩儿，你已年长二十，不肯学做针黹农妇活计，整天读书舞剑何用？"钟离春道："我从来意志坚、心性刚，胸中素有江湖量。我待时运、且潜藏，有朝一日，出众超群独占强，定国安邦把姓名扬！"钟离信也不好再劝，只是说："孩儿，如今春将尽、夏将临，正是蚕忙时节。你能否跟着你嫂子出去采些桑叶回来？"钟离春道："父亲吩咐怎敢不听。"回屋拿了一本书，挎上竹篮，跟嫂子去了。

齐国公子带了晏婴等人来到围场，一箭射中一只白兔。那白兔却负箭逃走，齐国公子在后面跃马追赶。白兔窜进一片桑树林就不见了。齐国公子追过来，正碰上采桑的钟离春和她嫂子邹氏。齐国公子问："你们看见一只白兔吗？"邹氏没好气地说："这桑树林中见什么兔子？你该到南海子打听去，那里连獐子都有！"齐国公子又问："那你们知道往都城临淄去的路吗？"钟离春反问道："你是什么人？""我是齐国公子。""您既是齐国公子，怎来到俺这郊墟，露出许多疏虞！""你这女子好无礼，我有什么疏虞？""你岂不知禾苗在地麦将熟，真不该践踏田亩驱骅骝！"公子无言以对，心说："真倒霉！白兔没追上，还招来一顿数落。"他出了桑林，朝跟来的晏婴撒气："都是你圆的好梦！淑女没见到，反让人家采桑妇斥责一番。"晏婴忙问："公子，采桑妇在哪里？我去看看。"晏婴赶过去一看，心中惊道："此女子相貌不俗，而且日当正午，莫非她就是应梦的贤人淑女！"于是，试问："那位女子，我作一首诗，你能听懂吗？'采桑忙来采桑忙，朝朝每日串桑行；织下绫罗和绸缎，未知哪个着衣裳。'"钟离春应声回道："将军忙来将军忙，朝朝每日斗争强；空有江山并社稷，无人敢与定封疆。"晏婴又问："那位女子，你是哪里人氏？姓字名谁？为何对我国公子毫不客气？"钟离春答："刚才的事，望君侯暂且宽恕。不过，当今春秋争霸，我国西有强秦，南有大楚。当公子的，若不勤于政事，若不千方百计谋求治国齐家之道，那实在是太危险了！"晏婴听她侃侃而谈，不卑不亢，回身对齐国公子说："公子，刚才的谈话您也听到了。这女子正是应梦的贤人。若能得此女子为夫人，齐国必大治无疑！"公子道："大夫，你再去问她，看她意下如何？"晏婴便自我介绍："我是齐国上大夫晏婴，想做个大媒，保您为齐国公子正室夫人。不知您肯与不肯？"钟离春道："妾有父母在堂，结亲大事，非同儿戏，小女子焉敢私自做主！"晏婴说："只要贤女说个肯字，我再去跟你父母议亲。"钟离春道："既然如此，我有个条件，公子今后必得退谄佞、去雕琢、选兵马、实府库、用贤良、进直言。"晏婴点头说："贤女所提条件，全是赤诚为国，理当嘉许。"又转身对齐国公子道："公子，且喜贤女已许，您可找件信物为定。"齐公子说："途中无甚宝物，就以我这紫丝鞭为定如何？"钟离春道："既要结为夫妻，岂能做执鞭之事。"齐公子说："那就以这口剑为定如何？""剑乃不祥之物，也不宜当做信物。"晏婴提醒道："公子可将腰间玉带解下，奉为信物。"钟离春接过玉带，对晏婴说："妾身暂且将它保留，请丞相早日到家，和我父母商议。"又摘下头上桑木梳，交给晏婴作为回礼，说："请公子休小瞧此梳，它能理万法。"齐公子接过梳子，动情道："这位女子句句字字皆合大道，请问姓甚名谁，何处人氏？我定然早选吉日，下财行礼，娶为正室夫人。"钟离春坦诚相告。其嫂拿过玉带，兴高采烈跑回家报喜去了。

秦国元帅秦姬辇命将军虎白长携带一幅玉连环出使齐国。说是齐国若能解开玉连环，则秦国奉齐国为上国；若齐国打不开玉连环，则齐国必得年年向秦国称臣进贡。不然，则统兵征伐。

燕国元帅孙操命将军孙做携带一张蒲琴出使齐国。说是齐国若能将琴操响，则燕国年年向齐国称臣进贡；若齐国操不响蒲琴，则齐国必得奉燕国为上国。不然，则统兵征伐。

齐国公子自从娶了钟离春为妻，当真是淑女贞良世间稀，英才智略果为奇；纲常整肃国运兴，夫妇融和家道齐。

齐国公子接见虎白长和孙做。看着这玉连环和蒲琴，满朝文武皆无计可施，只得请出钟离春。钟离春看罢言道："这有何难哉！"命人在宫门竖起一条丈二竹竿，把琴挂在高处，钟离春轻展素手，操出高山流水之音。问孙做："你听见琴响吗？""听见了。我这就回去报告元帅。"钟离春厉声喝道："左右，给我将他拿下，剥去衣服！"然后在他脊背上刺诗一首："无盐英名天下知，八方归伏罢征旗；踏翻各国为尘土，荡散偏邦化作泥。孙操愚夫生巧计，蒲琴故作惹灾危；书与小邦贼子看，怕娘及早顺东齐。"又拿过玉连环，看准中间一个玉环的纹络，朝地上一摔，再命能工巧匠粘好，看不出一丝毛病。交给虎白长，问他："解开没有？"虎白长忙说："既然玉环解开，小子告回。"钟离春喝道："左右，拿过针来。"在他脸上刺道："立国安邦齐有贤，英雄战将万千员。殿前解开秦国宝，摔碎无价玉连环。吾身颇会驱兵将，休把东齐作等闲。说与儿曹秦姬辇，怕娘休要过潼关。"

虎白长、孙做抱头鼠窜而回。

秦姬辇、孙操遭受耻辱，决心报复。他们分别点起本国雄兵，又会合魏国名将吴起，共三国军队，杀气腾腾驻扎在齐国边境。

钟离春率队迎敌，按周天二十八宿布置，设下九宫八卦阵。又命合眼虎领一千军马，到阵前诱敌，只要输不要赢。

孙操出马与合眼虎交锋。合眼虎诈败回营，孙操不知是计，在后面紧紧追赶。忽然伏兵四起，将孙操生擒活捉。钟离春指点着他说："你这厮不识咱运机，糊涂涂撞入咱阵里，正是船到江心补漏迟，马临悬崖才收骑！"孙操跪地哀求："夫人可怜见，饶过我这一遭吧！"钟离春笑道："你原来怕死，既然怕死就饶你这一回。"命卒子解开绑绳，把孙操轰出大营。

孙操回归本队，见到秦姬辇和吴起，心有余悸地说："那无盐女委实壮哉，多亏她饶了我性命！"秦姬辇和吴起骂道："呸，不知羞耻的东西！你在后面压阵，看我俩去擒拿她。"钟离春如法炮制，又把秦姬辇和吴起生擒活捉。押入大帐，钟离春耻笑他们说："你二人也是无名辈，妄逞英雄尽意追；不识兵机遭擒缚，身临危境方自悔。"秦姬辇、吴起强辩道："你使这诡计，也不算真本领。若是放俺们出去，两军阵前刀枪比试，那时再拿住我们，才服了你。"钟离春豪爽地说："既如此，就放了你们。"命卒子给他们解了绑绳，轰出大营。

钟离春亲自出战，青龙刀神出鬼没，坐下马如蟒翻腾。秦姬辇、吴起被杀得丢盔弃甲、狼狈逃走。钟离春鸣金收兵，得胜回朝。

齐国公子亲自设下酒宴，为钟离夫人庆功。又专门派人去无盐，搬请钟离大户一家老小来京，封钟离信为太师柱国，食邑三千户。席间，齐国公子举杯贺道："当初我夜梦云遮月，多亏晏婴大夫指点迷津。如今是一轮青霄齐国照，蟾影辉辉澄大朝。各国皆尊我齐国为上邦，此皆赖夫人汗马之劳！"钟离春走到父母跟前，举杯问道："如今咱一家显荣耀，可知女儿当初勤学练武立意高？"钟离大户点头称是。

秦国公子率领其他各国的公子来到齐国，争与齐国结交修好。

修德政天乙诛夏　立成汤**伊尹耕莘**

东北帝君召见文曲星，传达上帝旨意：为因夏桀不修德政，暴戾顽狠，诸侯多叛，以至禽兽不安，生民涂炭；命文曲星下凡投胎，成人之后，辅佐成汤，伐桀救民，解除苍生倒悬之苦。

义水有莘一带，有家姓赵的大户。小姐赵淑女年当二十。因父母严教，从不出闺门。不想夜间做梦，梦见斗来大一块红光从天而降，落在门前又滚到床边，慢慢变小。赵淑女把它擎在手中，不由吞入腹内。梦醒之后，赵淑女便身怀有孕。十个月后，产下一子。而淑女父母恐怕引人议论、有碍名声，让淑女偷偷把孩子扔掉。淑女只得悄悄来到西庄伊员外家院后，见四野无人，只有一棵老桑树，树身已空。赵淑女把孩子放在空桑里面，恋恋难舍。正是："孩儿貌奇不可当，光飘满室散清香。只为室女难收养，送赴空桑天主张。"

王留、伴哥是伊员外雇用的帮工，他俩看护庄稼巡游到村子后面，忽觉异香扑鼻，又发现空桑里面有婴儿啼哭。急忙跑回村报告伊员外。伊员外正和同村的李老人在槐树荫下闲坐，听到报告，赶去观瞧。把孩子抱起来一看，只见这孩子"青黧黧秀眉长，高耸耸俊鼻梁。骨骼清奇慧目朗，拳挛着手脚精神爽"。伊员外心中欢畅，十分喜爱。吩咐王留、伴哥好好地抱回家，快寻个奶母来仔细将养。他给这孩子起名伊尹。

夏朝元帅陶去南，领兵征讨反叛的诸侯，屡屡战败。自感兵力不够，叫来副帅躲入巢，命他去九夷借兵。

天乙本在夏朝任方伯之职，因见夏桀无道，起兵反叛，自立成汤。他听说义水有莘一带有个叫伊尹的，此人能察风云、辨天时、望气色、观地理，虽耕作于田亩，却有经天纬地之才。因此，天乙特意把右丞相仲虺叫来，商议如何征聘伊尹之事。仲虺说："这件事别人都不行，只可派上大夫汝方为使去一趟。"于是，上大夫汝方手持紫泥丹诏、玉帛朝章，领着驷马高车、伞盖仪仗，直至有莘，聘请伊尹。

伊尹正与好友余章闲论时事。余章问："凭哥哥大才，何不进京求官、扬名于世呢？"伊尹感叹地说："当今天下君无道，诸侯反叛争纷扰。何如咱习农务耕挥锄镐，卧烟霞、眠绿草，醒来浊酒相敬邀，养拙安乐一世好。"正说着，只见大道上尘土飞扬，汝方带着聘礼来了。

汝方拜见伊尹，道："小官久闻贤士大名，今奉命前来征聘贤士入朝，辅安天下。"伊尹竭力推辞："小生不过是山野村夫，只知播种耕耘，只识草苗麦稻，无德无能，怎敢当此重任！请大人收回成命。"汝方执意劝道："贤士怀才抱德，方今用人之际，大丈夫生于天地之间，济世安民，忠君报国是男儿所为。沉埋田野，岂不可惜了你那盖世英才！请贤士不必苦辞。况且，王命有召，固辞不行，不是犯下违抗君命之罪吗？"余章也在旁边劝："哥哥，您不是也曾称赞天乙，认为只有他能行圣人之道，上应天心，外施仁义吗？既是明主相召，正该疾速趋附，不可坚持固辞。"伊尹只得接了宣命，随汝方回朝。

躲入巢到九夷借兵，无论他怎样央告，九夷的酋长都坚意不肯。他只得空手而归，回禀陶去南："元帅，我想那个九夷不肯借兵也就算了，凭着咱两人文武不济"，陶去南纠正道："是文武兼济！""对，凭着咱两人文武兼济，也定能把天乙擒住。"陶去南也没有别的办法，只得命躲入巢为先锋，自己为合后，率兵征伐天乙。

天乙亲自下阶，迎接伊尹。握住伊尹的手说："远劳贤士，不弃降临，实乃某之万幸也。"伊尹谦虚一番。正这时，传来战报。天乙当即召见都护将军费昌，命他为前军统帅，又委任伊尹为军师，掌管全军大权。天乙慰劳道："望贤士运神机、施妙策，指顾三军定乾坤，一战而成大业。"

费昌跟躲入巢交锋。费昌且战且走。陶去南以为躲入巢得手，大声呼唤："大小众将，一齐围上去攻杀，休要叫费昌逃走！"迎面碰上伊尹和天乙。陶去南轻蔑地说："你不过是个使牛的村夫，有何高策，也敢与我对敌。"伊尹不慌不忙，挥动令旗，布成一座奇门阵，把陶去南的军队全部包围。陶去南大败亏输，全军覆没。

天乙登基正位，国号大商，建都亳邑。殿头官传下圣旨：封伊尹为太师左相，仲虺为太师右相，汝方官升二品，费昌为天下总兵。

唐秦王误看金墉村　程咬金斧劈老君堂

大唐建国以后，各处纷纷归附，唯有洛阳王王世充，杀了大唐使官，还点聚雄兵，虎视咸阳。唐王李渊御笔点差秦王李世民为元帅，刘文静为大司马，袁天罡、李淳风为谏议大夫，马三宝、段志玄为前部先锋，准备起兵征讨王世充。刘文静召集众将开会，计议出兵事宜。

魏王李密，占据金墉城。他兵有百万，将有千员，听说李世民将领兵征伐洛阳，唯恐自己金墉城遭受牵连，便叫来军师徐懋功研究对策。徐懋功建议："可差程咬金领三千人马，以巡逻边境为由，加强防守。"这程咬金黄须黑发金眼睛，容貌奇异赛天蓬，手中持定宣化斧，不怕英雄百万兵。接到将令，程咬金上马出发。

李世民率军攻取洛阳，在北邙山扎下大营。这北邙山是历代名贤的丧葬之处，远远望去，漫漫松柏翠烟寒，看不尽的碑碣藓苔斑。李世民一时兴起，要独自上山观赏一番。袁天罡劝他切莫轻易出营，无奈李世民不听，单人独骑跑到山上。忽见一只白鹿跃起，李世民拈弓搭箭射去，那鹿负箭逃窜。李世民紧紧追赶。转过山坡，那鹿忽然没了影儿。拨开柳枝，河滩对岸闪现出一座高高的城池，城门上刻着"金墉"两个大字。李世民正自观瞧，猛听一声断喝："拿住这探营的奸细！"是程咬金领兵围了上来。李世民兜战马急忙往回跑，慌不择路，迷失了方向。见前面有座老君庙，躲进去，关上门。程咬金追过来，用斧子砍开庙门，要结果李世民性命。恰巧秦叔宝赶来，用铜架住大斧，说："程将军不可莽撞，审问清楚再作处置。"当问明此人是李世民后，秦叔宝有心相救，劝说程咬金先把此人捆绑起来，押回城中听魏王吩咐。

袁天罡等人得到李世民被程咬金捉走的消息，急忙赶回大营，报告大司马刘文静。刘文静仗着自己和李密有些亲戚关系，决定自己去一趟金墉，请李密放人。谁知这李密丝毫不讲面子，拍案怒道："我是魏王，你归顺唐王。你是敌国之臣！好大的胆子，敢闯到我这里来！"喝令左右把刘文静拿下，与李世民一块儿下入南牢。

魏王李密领兵与沧州孟海公作战。获胜之后，心中高兴，写下一道诏书，准备大赦金墉城的囚犯，并把此事委托徐懋功办理。徐懋功叫来魏征和秦叔宝，打开诏书一齐观看，只见上面特意写着一句：唐元帅李世民、刘文静不可放。秦叔宝看罢，沉吟道："我有一句话，不知该说不该说？"徐懋功："我们同是瓦岗起义的好兄弟，你但说无妨。""我想唐王坐咸阳，人心拱服；特别是这李世民，上应天命，下合人心，早听说他是个英雄；那天我在老君堂见他一面，果然生得异相。再看咱这魏王，行事颇为褊狭不公，我料难成大业。你们看是否如此？"徐懋公言道："你说得极是，我也早有同感。"他命令士卒，把唐元帅、刘文静二人从牢中提来。

徐懋功对李世民说："如今魏王施行大赦，可诏书中嘱咐，单单不放你二人还乡。你说这可如何是好？"李世民听了，连忙跪倒，恳求三位恩官多行方便。秦叔宝道："良禽相木而栖，贤臣择主而佐。我们也早听说唐君德胜尧舜，钦文敬武，必成大业。只是，尚无释放你二人的好主意。"李世民继续苦求："万望恩官见怜，设法放我回还。若能救俺出倒悬，肺腑永记三位大明贤。"魏征沉思后言道："我倒想出个办法，只是此言绝不可泄漏——可将诏书中的不字出头，改成'本'字。你们看怎样？"徐懋功大喜："此计太好了！真是一字抵万金。快快开了枷锁，放他二人上路。只是你二人路上千万小心，看在我三人面子上，切莫来兴兵寻仇。"李世民、刘文静千恩万谢，拜别三人回营。

萧铣、萧虎、萧彪兄弟三人，独霸江南九郡，不服大唐。调集十万雄兵，命大将高熊为先锋，率队与唐兵对抗。高熊传令："大小三军，听我放屁；未曾上马，先吃一醉；不穿铁甲，披着锦被；撞见唐兵，和他对垒；射得箭来，舒出大腿；丢了残生，黄泉做鬼！"

刘文静和李世民被魏征等人设计放还后，李密跟王世充翻脸相争，两败俱伤。秦叔宝此时已投到李世民帐下，随同李世民南征。

两军交锋，秦叔宝一铜打死萧虎，段志玄一剑刺死萧彪。李世民也亲自上阵，一刀砍死萧铣。高熊率领余党，想拦截唐军后路，也被唐将马三宝一枪挑落马下。唐军大获全胜，班师回朝。

有探马先赶回朝廷报喜，军师李靖详细听取了战况。探子讲述了秦叔宝如何英雄不可当，段志玄如何剑斩萧彪一命亡，秦王如何纵马抡刀显英豪，马三宝如何刺死高熊立功劳。李靖激动万分，喜形于色，准备上奏朝廷，表彰这些功臣。

殿头官奉圣旨安排筵宴，犒赏班师回京的大小众将，对李世民、秦叔宝等功臣传达唐高祖褒奖、慰劳之意。李靖此时将原来李密手下的降将押过来，其中一人便是程咬金。因程咬金曾手持宣化斧追赶过秦王，并拿至金墉城，所以不知该对他如何处置，李靖征求李世民意见。李世民大度地说："岂不闻桀犬吠尧，非尧不仁。为人臣者，理当尽忠报国。程咬金追我至老君堂，当时正是他尽忠于魏王，还不认识我李世民。今天他来投我大唐，我又怎能记此前仇！"亲自为程咬金解去绑绳。程咬金激动地谢道："感蒙大王赦臣万死！大王若纳微臣为将，我愿舍一腔热血，尽忠竭力报大王不杀之恩！"李世民说："程将军请放心，我一定奏明父王，不仅不杀，还要加官重用。"众将步入宴会厅，真是：文武公卿，笑语欢声，乐陶陶龙虎风云会，喜洋洋天下太平、四海成一统。

圣旨传下，加封秦王为太子，秦叔宝等将均位至都堂。

霸王垓下别虞姬　高皇亲挂元戎印
漂母风雪叹王孙　萧何月夜**追韩信**

"淅零零洒琼瑶，乱纷纷剪鹅毛。凛凛寒风刮，扬扬大雪飘，如银河滚下飞虹桥，似玉龙喷出梨花落。"韩信冒着大雪，抱肩背剑走在路上。

一群无赖拦住韩信去路，嘲笑道："你这穷酸相，还整天背口剑。你若真有本领，就和我们比试比试，若没这胆量，就从我们胯下钻过去！"韩信真想拔剑教训教训他们，但转念沉思："量小非君子，无毒不丈夫。况且昔日孔圣人为了避祸，也曾改头换面，远走他乡，何况我韩信。"于是，他真的屈身弯腰，从他们胯下爬了两三遭。

无赖们还要纠缠，被村中漂母赶跑。韩信感谢道："婆婆，这恩情以后必报！"漂母说："我也不望你知恩图报，只愿你大丈夫能自强，是鸿鹄早离这燕雀巢。"

韩信投到楚霸王帐下，项羽只委任他做执戟郎。汉丞相萧何知他是个人才，嘱他投奔汉王刘邦，定能受到重用。谁知韩信来找汉王，汉王并不接见，很是冷淡。韩信格外伤感："恨天涯流落客孤寒，叹英雄半世成虚幻。愁塞天地间，按不住浩然气透冲霄汉。"他留下两首诗："泪洒西风怨恨多，淮阴壮士被穷磨。鲁麟周凤皆为瑞，时与不时争奈何！""身似青山气似云，也曾富贵也曾贫。时运未来君休笑，太公也作钓鱼人。"不辞而别。

萧何听说汉王没重用韩信，韩信不辞而别，急忙跨上马追来。韩信见老丞相亲自追来，跑得气喘吁吁，只得把马停住。萧何拉住他的手，劝他转回，并表示一定要亲自在汉王面前举荐韩信为帅。韩信哽咽难言，默默地跟随萧何往回返。

到了渭水，已是月亮高挂。渔夫认出他们，说："你俩不是刚才乘船过去的吗？怎么当官的不在家中快活，却披星戴月地来回奔波？"韩信感叹道："你绿波中觅衣饭，俺乘骏骑惧登山；你驾孤舟怕逢滩，俺锦征袍怯衣单；你蓑衣尽湿不曾干，俺熬煎得两鬓斑；你枉守定水潺潺，俺不能够紫罗衫；你空执着钓鱼竿，可知这烟波名利大家难！"

船回到对岸，韩信懒懒地跟着萧何回到汉营。

第二天，萧何带韩信上殿，当面向刘邦举荐。刘邦当即拜韩信为元帅。

樊哙不服，认为韩信不过是碌碌寒夫，怎能霎时间官居一品！韩信脸色一沉，喝令士卒把樊哙拿下，推出去斩首。多亏刘邦苦苦求情，樊哙才被暂且饶过。韩信当堂宣布："我今日既为元帅，必定严明军纪，再有违令怠慢者，军法从事！"又转而对刘邦说："我王万岁，您也该知道，从来将相出寒门。且不说萧丞相出身是黎民，就是樊哙自己，不也是杀狗切肉的大将军！"刘邦、樊哙无言以对。韩信又接着说："今日陛下亲授我元戎印，我定要竭忠尽智立功勋，将那楚霸王大军一扫尽，保我王拥有天下十万里锦乾坤！"刘邦听了，面露怀疑之色，摇头道："那楚霸王有叱咤风云之威，举鼎拔山之力，不可小觑！"韩信说："我王错矣！霸王虽残暴，但我王豁然大度、纳谏如流，有功虽仇必赏，有过虽亲必诛，如此仁义，霸王远远不及。我观天象，见我王帝星朗朗，依我算来，三年内定败齐破赵，五年内定灭楚兴邦！"

果然，韩信叫张良用计涣散了楚兵军心；叫周勃、郦商引铁骑四面八方把楚军割分；叫王陵作先锋九里山前摆战场；叫灌婴为合后摆好了十面埋伏阵；叫樊哙在山顶察军情摇旗传音信；把楚霸王困在垓下难脱身。又命一将扮作渔夫等在乌江滨，只说是待渡马时不渡人，逼得那楚霸王有国难投、有家难奔。

楚霸王无颜再见江东父老，进帐和虞姬诀别，悲声叹道："力拔山兮气盖世，时不利兮骓不逝，骓不逝兮奈若何，虞姬虞姬奈若何！"走出帐外，他叫了一声同乡人吕马童："你可将我首级拿去请赏。"便拔剑自刎了。

　　刘邦对韩信大加犒赏。

张归霸布阵排兵　李克用扬威耀武
长安城黄巢篡位　雁门关**存孝打虎**

　　殿头官召来陈敬思，命他赶赴沙陀传旨：赦免李克用打伤国舅段文楚之罪，加封李克用为天下兵马大元帅，立刻起兵平息黄巢叛乱。陈敬思没日没夜赶往沙陀。

　　李克用之父原名朱邪赤心，因讨庞勋有功，唐天子赐姓李名国昌。李国昌死后，李克用承袭父职，为幽州刺史。因酒后打伤国舅段文楚，被贬回沙陀原籍。他在沙陀三年，操练兵马，手下有五百义儿家将、十万鸦兵。与此同时，唐僖宗失政，四野饥荒、人民离散、盗贼并起、黄巢作乱。朝中虽有二十四镇节度使，却一个个被黄巢杀得望风披靡。这天，李克用睡醒，梦见一轮红日滚至帐中。有人圆梦说：此梦主朝中定有宣敕来。果然，陈敬思满面尘埃，出了雁门关，来到这荒天北塞。

　　李克用迎接天朝使者。陈敬思宣读完圣旨，又赐给李克用五百面金字牌、五百道空头宣敕，望他早日起兵。李克用却说："那黄巢手下有葛从周、孟截海、邓天王、张归霸、张归厚等五员大将，个个都英雄了得。小官恐不是他的对手。"陈敬思知道他有意拿捏，便连捧带求道："将军有经纶济世之才、补天完地之手，这次一定要靠你出马了！"李克用说："此事我还要和义儿家将商议一下。"叫出李亚子、李存信、李从珂、康君利、周德威五人。李从珂、康君利主张不发兵："想父亲原在幽州，只因打伤国舅，便被贬回沙陀。今日黄巢作乱，倒来宣咱们卖命。父亲不可去。"李克用听了，道："吾儿说得对，不去。"李亚子、李存信主张发兵："父亲，既有朝命在此，不可违抗圣旨。况且，畏刀避箭、不敢发兵，岂不坏了父亲声名！"李克用听了，道："你俩说得是，今日咱就发兵！"陈敬思趁势打气儿："这才是大将军八面威风！凭着您手下将个个骁勇，未出兵已是决胜千里辨出输赢！"

陈敬思回朝复旨。李克用安排出兵。

李克用领军进了雁门关。夜里又做一梦，梦见一只肋生双翅的猛虎，扑上来咬了他一口。惊醒后，他叫来周德威圆梦。周德威算道："此梦主吉，今日午时，您必能得一员大将。"李克用问："何以见得？"周德威说："您可在此处安排一次打围射猎。"于是，李克用连忙吩咐：快准备好雕弓硬弩、短剑长枪。

雁门关飞虎峪有位少年，名叫安敬思，他从小死了爹娘，又别无亲戚，只好在邓大户家牧羊度日。这天，他把羊赶到山坡上吃草，自己躺在一盘巨石上休息。

李克用打猎，士卒们呐喊着轰赶野兽。猛然惊起一只牛犊般大小的猛虎，冲出围场，蹿过山涧，往安敬思的羊群跑来。李克用怕虎伤了少年，命士卒高喊："放羊的小子快跑！老虎来了！"安敬思起身一看，真有老虎，心说："今日丢羊，明天丢羊，俺主人还怀疑是我偷偷把羊卖了，原来是你这东西叼走吃了！我今日岂能放过你！"他不仅不躲，反而飞步赶过去，和老虎打起来。

李克用见此场面，亲自擂鼓敲锣，为少年助威。只见那少年将虎按趴在地，照虎头上扑碌碌十几拳。那虎挣扎了几下，身躯瘫软，鲜血模糊了身上斑斓，数尺长的橡尾被泥污染，那兽中之王没气儿了。李克用赞叹道："此人真乃壮士也！"他手下人喊："这虎是从我们围场中跑过去的，你应把它还给我们。"那少年听了，将虎提起，一甩手，竟把老虎扔过涧来。李克用更是吃惊。让手下人叫："请少年寻路过来一叙。"那少年竟轻轻一跃，跳过涧来。李克用连忙询问："你姓甚名谁？家住何方？做什么营生？"安敬思一一作答。李克用又问："如今黄巢作乱，纵横天下。你肯跟我去破黄巢吗？"安敬思叹道："现在是有本领的好汉易找，养剑客的主人难寻！"李克用说："看你威风凛凛、相貌堂堂，正该跟我去建功立业。"安敬思感慨："我既是顶天立地男子汉，怎不想开疆展土把大业建！怎奈运拙时艰无门路，空学成浑身武艺十八般。"李克用说："你若肯跟我去破黄巢，我就收你做个义子，赐名李存孝。你用什么衣袍铠甲，我都赠你。"安敬思道："我也不要什么衣袍铠甲，只剥下这虎皮，做个虎皮袍正好。孩儿也自有二般兵器：浑铁枪、铁飞挝。"见安敬思同意做义子，李克用大喜："我得了此人，正是应梦的将军。周德威，你阴阳有准，赏你一锭金！"又命左右拿过一张空头宣敕来，当场册封李存孝为十三太保飞虎将军。

邓大户听说安敬思要去从军，想把自己女儿金定小姐嫁给他为妻，征求李克用意见。李克用替李存孝答应下这门亲事。

李克用拨给李存孝三千人马，命他做先锋，先去与黄巢交战。李存孝豪迈地说："我手中定平息黄巢造反，恢复咱天朝一统江山；救百姓出水火，保大唐国泰民安！"领兵去了。

黄巢文武双全，曾上朝应举，而唐天子嫌他貌丑，退而不用。黄巢大怒，在太行山落草为寇，聚集有雄兵百万、战将千员，攻占长安，自称帝王，要夺整个大唐江山。这天，他听说沙陀李克用派牧羊子李存孝领兵前来讨战，吩咐大将张归霸、张归厚准备迎敌。

张归霸、张归厚二人出了辕门，队前训道："大小三军，听吾将令：甲马不许骤驰，金鼓不得乱鸣。人披人甲，马披马甲，若还没甲，披上两片裤褙，用条绳子一扎。战得赢时就战，战不赢时走他妈，各自找地儿把屎拉。"

李存孝气愤愤、雄赳赳跃马横枪来到阵前。张归霸、张归厚叫道："来者何人？通名道姓。""我是你存孝老爹爹！""你这牧羊子，还不早早下马受死！"双方交战。张归霸、张归厚不是对手，拨马往长安城中逃命。李存孝率兵紧紧追进城门。黄巢的弟弟黄圭急忙领兵拦挡。哪里拦挡得住？只得弃城逃走。李存孝出了安民告示，封了仓厫府库，迎接李克用进城。

一个能行快走的探子，赶回大营向李克用报告前方战况。讲了李存孝如何大战张归霸，二柄铁飞挝险些令其命丧。讲了李存孝如何乘胜追赶，竟撞入长安城内，没一人能挡。讲了如何巷战，贼兵似小鬼儿见钟馗，一齐跪在马前忙投降。李克用听了，万分高兴，赏了探子两只羊、两瓶酒及银两，准备进入长安城。

❖ 杨梓 ❖

长安城霍山造反　海温县废王遭难
长信宫宣帝登基　承明殿**霍光鬼谏**

　　汉昭帝驾崩。大司马霍光和尚书杨敞扶立昌邑王即位。谁知这昌邑王为君不到一个月，竟制定出一千一百一十七条大罪，严刑天下，立刻引起群臣不满。大家都把怨气往霍光身上出，恨他这老东西糊涂，不该拥立昌邑王。霍光听到这种情况，抱病上朝劝谏。他怕碰上文武百官，便从后宫门进去，偏偏迎面遇上杨敞。杨敞告诉他："我已劝谏数次，无奈昌邑王不听。"霍光拍拍腰间剑，说："尚书的话都没用了吗？放心！老夫进谏去。"霍光进宫，只听得闹嚷嚷歌舞人来往，韵悠悠羌管声嘹亮。他心中更气，见到昌邑王，质问道："殿下知罪吗？"昌邑王怒目而视："吾有何罪？""你为君不到一月，就设立种种苛政，惹得天下纷乱，还不知罪吗？你昏庸好色，赛过纣王、越王，还不向群臣谢罪吗？"昌邑王听了，火冒三丈："你这是犯上作乱，该当死罪！"霍光也一不做二不休，奔上前去，扯住昌邑王的衣服，要拉着他上朝与群臣当面对质，昌邑王不动。霍光直趋前庭，呼喊道："尚书，昌邑王无道，咱俩率领文武百官，备置仪仗銮驾，另立新君去。"于是，废了昌邑王，迎立宣帝即位。

　　宣帝感念霍光功劳，继续对他委以重任。霍光坚决推辞："老臣情愿致仕闲居。"宣帝不但不允，还封霍光的两个儿子霍山霍禹为二品都堂。霍光竭力劝阻："陛下，我这两个逆子，头顶上胎发犹存，书念不得两行，弓拉不开一张，娇生惯养，性格轻狂，万不可把千钟禄位享，断不能把三台银印掌！"宣帝不听。霍光无奈，又奏请皇上："陛下，老臣打算明日辞别朝廷，到南方巡行一遭去。"宣帝点头恩准。

霍山霍禹又把自己妹子成君介绍进皇宫，整日价和宣帝厮混。

霍光巡视南方，半年后回来。一路上常梦见自己的孩子和妻子。可回到府门下马，竟只有老妻迎出来，孩子们一个不见。他问妻子："成君女孩儿为何也不出绣房来见我？"妻子把霍山霍禹将亲妹妹献给君王的情况叙说一遍。霍光没听完就气得手足乱颤，当即转身奔往皇宫见驾。宫门外遇到尚书杨敞，他请杨敞快去把那二贼子叫出来。霍山霍禹出来相见，霍光照他俩脸上劈面扇去，怒斥道："想我为皇家出力二十年，也曾舍生忘死沙场战，也曾眠霜卧雪冲在前，好不容易博得个紫袍穿。你这两个混蛋，才低智浅，凭着裙带，坐受高官，油头粉面，取悦龙颜，又把亲妹子献。我只怕你两个混蛋早晚要惹罪愆，早晚要遭刑宪，连累了我满门良贱！"宣帝听到吵嚷，出来解劝。霍光施礼哀求："乞陛下快把这两个贼子打为庶民，把成君贬入冷宫，以免耽误国事。"宣帝却冷冷地说："您也太多虑了！"带着霍山霍禹转身回宫。霍光呆呆地站在那里。杨敞劝他："皇上既然不听，我看你就算了吧。"霍光叹道："我为何倦做官？我为何不爱钱？只图个久后清名显。可偏偏养下这几个贼儿女，使我称不了平生愿！"

自从霍光打了两个儿子，气成一场大病，卧床二十多天不起。

霍山霍禹回家探望，霍光假说脚痛，等这两个儿子靠近，一脚把他们踹开，骂道："我如今活着，是你俩得志秋；等我一旦归地府，你俩必定一命收！"女儿成君回家探望，霍光谆谆告诫："孩儿，我是上天远入地近的人了。我有几句话你千万记住：一定要教君王近贤远佞莫迷花恋酒，一定要学那立齐邦的无盐女，可别学那乱汉刘的吕太后！"宣王也亲临探视，霍光挣扎着抬起上身，苦谏道："陛下，我这两个贼子，久后必然造反。求您现在就给老臣写下一纸赦书，免得将来他俩丧命街头，连累了霍光我一门老幼，叫微臣遭人唾骂，毁坟开棺戮尸首。"说罢，一口气上不来，仰身死去。眼角边一行老泪流下。

霍山霍禹串联成君，密谋害死皇后，再起兵篡夺王位。

霍光的鬼魂当夜进入皇宫，龙床边奏明天子："微臣不是邪祟，我主不必惊怕。此来只为告知陛下，霍山霍禹造反！明日请我主率兵亲赴霍宅，击金钟为号，将二贼拿下。"

宣帝梦醒。第二天，依霍光鬼魂的吩咐，安排人马把霍山霍禹捉住，押赴市曹斩首示众。圣上虽下令抄没了霍家财产，却亲自来到霍光坟前，隆重祭奠一番。

赵襄子避兵逃难　张孟谈兴心反间
贪地土智伯灭身　忠义士豫让吞炭

　　周室衰微，下面诸侯国晋国也分崩离析，由荀氏、赵氏、韩氏、魏氏、范氏、中行氏六卿分而治之。六卿中以荀氏最为强盛。荀氏名荀瑶，号智襄子，人称智伯。他一年前灭了范氏和中行氏，将两家的土地、百姓尽归自己掌管。现在，他又想把赵氏、韩氏、魏氏也并吞过来，然后自立为晋侯。他设下兰台之宴，命家臣絺疵去请赵氏、韩氏、魏氏三家主君来此会饮。

　　赵氏名赵无恤，人称赵襄子。他估计此会定非好会，其中必有奸计；但又不好不去，只得等着韩、魏两家来了，一块儿走一趟。韩氏名韩白虎，人称韩康子；魏氏名魏驹，人称魏桓子；这两人也是心存疑虑又不敢不来赴会。

　　智伯与三子相见，假意一一敬酒，献上殷勤，忽然改口说："我有一事相求：我家先世流传，兄弟亲戚众多，而又土地狭窄，无法安排。三位公子的封地跟我相邻，肯否借我一些以供生活？望勿推辞。"韩康子心说："这不是明摆着向我们索要土地吗！可我要是公然拒绝，他必定起兵讨伐。我不如暂且答应，看那另外两家的态度。若是他们不同意，智伯必定对着他们去，我就可以得免于患了。"于是，他率先答应："我有一座万家城邑，愿献给您用。"智伯说："多谢多谢！魏公子您怎么样？"魏桓子也出于投机心理，答应道："我也有一座万家之邑，希望您收下。"独有赵襄子断然拒绝："土地民众，这是先人留下的基业，我谨慎恪守，唯恐有失。今您提此无理要求，恕我死也不能同意！"智伯沉下脸来威胁道："赵公子好不识时务！你若不服，难道就没看见范氏、中行氏的例子吗？"赵襄子也不答话，站起身不辞而别。智伯气愤地对韩魏二子说："你俩都看见了，这赵襄子好生无理！我岂能和他善罢甘休！你二人可回去整顿人马，然后和我一起出兵，把赵氏不分老弱统统擒灭，将他的土地民众咱三家平分，你们看怎么样？"韩、魏二子诺诺连声："谨奉尊命！谨奉尊命！"

智伯的另一个家臣豫让，听到这种情况后心想："主不备难，难必至矣；蜂蚁尚能螫人，何况赵襄子也相当一国之君。我得进去劝一劝主人。"于是，豫让进屋，对智伯说："先主有言：志不可满，欲不可纵。今赵襄子逃走，必有防备。若苦苦相逼、出兵讨伐，恐怕不是好办法！不可，不可！"智伯却说："我好意请他来喝酒，他地不肯给，还顶撞于我，不辞而别！我的肺都快让他气炸了！""您千万不可逞一时之念，调动大军，把邻邦围困。常言说：己所不欲，勿施于人。"智伯哪里听得进，呵斥道："豫让，你胡说什么！我是晋国正卿，又得韩魏二卿拥护。今日合兵讨伐，他姓赵的小子若敢对抗，定然灭为齑粉！你不助我展疆扩土，倒护着姓赵的说话，不是诚心气我吗？"豫让说："非也。如今上有周朝天子，咱们不尊王命而无故索地，同意给，是人家出于人情；不肯给，也实属正理。如果因此而大动干戈，我看大为不祥！"智伯道："周朝天子虽在，却早已法令不行。天下诸侯，互相吞并，强者霸，弱者亡。我不充分利用这样的时机，岂不是太傻了吗？"豫让说："周室虽衰，其道尚存，正所谓：德不孤，必有邻。主公虽智慧超群，也不该以势压人，平白地翻恩成怨、变喜为嗔，全不肯行义施仁、偃武修文，依我看，这只能同类商纣，不可比似尧舜！"智伯听到此，气急败坏："豫让，我已决意吞并赵氏，用不着你比张比李地说我！给我滚出去！"侍卫把豫让推出宫门。豫让却转回身，又沿着台阶走回来。智伯见了，瞪眼道："豫让，你再敢多言，我一剑挥为两段！"豫让说："忠臣不怕死，怕死非忠臣。主公不听我言，只怕落得个有国不能回，有家不能奔！"智伯下令："左右，给我拿下豫让，斩首报来！"韩康子、魏桓子见状，劝道："主公不可。今未出兵，先斩家臣，于军不利。不如先把他囚起来，等平了赵氏再杀不迟。""好，看你二人面上，先寄存下豫让这颗头！"

智伯合韩、魏二公子人马，亲自督阵，攻伐赵襄子。

赵襄子回到自己领地后，积极备战，固守晋阳。

智伯领兵攻城不下，便心生恶计：命令军队在城外筑起高堤，又引来河水，打算水淹晋阳。

晋阳城中水位上涨，百姓房倒灶塌，锅能产蛙。然而，没有一个人愿意屈服投降。面对这严峻形势，赵襄子叫来张孟谈商议："而今之计，只有请你偷偷潜出城外，找到韩、魏二公子，向他俩说明唇齿相依的道理，促他俩反戈智伯，方能解救危亡。"张孟谈依计乘小船出城。

韩、魏二公子奉命领兵守护大堤，二人私下计议，韩康子说："我想来，智伯平了赵子，祸必殃及咱两家，不如先下手为强。"魏桓子点头道："我也早有此意。咱们可以将计就计，决开大堤，让水灌向安邑、平阳的智伯军队，他们必然不战自乱。咱俩再率兵掩杀过去，定能成功！"韩康子说："此事关系重大，咱俩须对天歃血盟誓，谁也不可泄露出去。"张孟谈潜入军营，在门口窃听到二人议论，声言道："我是智伯使臣，帐中快来人迎接。"韩康子、魏桓子哆哆嗦嗦把张孟谈请进营帐。张孟谈说："您二位的话，我刚才都听到了。我要将这些话禀告智伯，你们害怕不害怕？"韩、魏二人吓得体似筛糠，跪地哀求："求使官万勿告发，您就是我们的再生父母，我们愿犬马相报！"张孟谈将二人扶起，对他俩说："两位国卿不必害怕。实对你们说，我并非智伯差官，而是奉赵襄子之命前来。"接着，张孟谈说明来意，又恳切言道："那智伯有才无德，劝二君起义倒戈，即便不为赵襄子唇亡齿寒，也应怜满城百姓水深火热。"韩魏二人被说得心服口服。三人定下计划：明夜五更，以城中金鼓为号，吸引智伯的注意。韩魏趁机杀了守堤差官，掘开大堤，水淹智伯军营，然后内外夹击，定能一战成功。

果然，智伯全军覆没，智伯本人也被擒获。赵襄子命人将他押上大堂，历数其罪："荀瑶，你虐焰熏天，神人共怒，谋吞众卿，妄窥晋室，罪在不赦，死有余辜！左右，快把他推下去斩讫报来。将其首骨，漆作饮器！"

赵、韩、魏三家把智伯原有的及掠夺来的土地平分了。

荀瑶家臣缔疵逃往国外。

赵襄子听说荀氏有缔疵、豫让两个忠义之臣，有心收为己用，命人四处寻找这二人。

豫让自主公死后，仍不忘智伯国士相待之恩，决心替主公报仇。这天，他藏了一把匕首，潜入赵氏宫中，躲在厕所里面，准备赵襄子来时，将其刺杀。谁知赵襄子似乎听见动静，命左右包围了厕所进行搜查，把豫让捉住。

赵襄子听说刺客就是豫让，劝他："你那智伯，损人利己，索地弄兵，暴虐无道。"豫让接口道："他有罪也是晋国正聊，你应该告知周天子再严惩。你独断专行，将吾主凌迟处死、漆骨为樽，同样是暴虐无道、违反礼法！"赵襄子听了，也不多加责备。试探地问："你为故主报仇，可谓忠贞义士。我现在放了你，你感谢我吗？""你放了我，我就再寻机报仇！""你说要报仇，量你只有一人，我又认得你的模样，怎么可能成功呢？还是做我的家臣吧，我让你高车驷马、受用不尽。"豫让说："我既已受智伯之恩，定要舍命报答！怎肯依附在他仇人门下，岂不惹一场笑话！"赵襄子见他不服，也无计可施，还是把他放了。

缔疵躲到齐国避风，见赵襄子无寻仇之意，便又回到晋国。他想找到豫让，劝豫让别再一意孤行，老想报仇了。

豫让第一次报仇不成，又担心赵襄子认识了自己面容，便以火漆烧伤身体，像长了一身癞；又吞下热炭，烫坏嗓子，成了半哑的状态。他疯疯癫癫地在闹市中乞讨，招来一帮孩子，先朝他扔砖头，又在后面把他推倒在地，脸上抢破一大块皮。缔疵早认出他就是豫让，趁左右没人，过来劝他。伤心地说："老兄，咱主人已殁，你改变了音形，简直让人认不出了。你这是何苦呢？"豫让也哭诉道："想智伯在时，曾以国士待咱；如今他身遭惨死，那份恩情又怎能忘记啊！"缔疵说："主公已身亡族灭，你想替他报仇，又有谁能够理解？况且，你体弱身残、赤手空拳，又怎么可能成功呢？以你的才学，若臣事赵子，必得重用，你又何必不识时务，一心去做那不可能成功的事呢？"豫让收住泪，坚定地说："将在谋而不在勇！我即使是报仇不成，也要为主尽忠。我就是想为后世树个榜样：做人不能背义忘恩，有始无终！"正说着，赵襄子骑马从州桥那边过来了。缔疵知道要出事，急忙躲开。豫让快步蹿到州桥下，潜伏待动。

赵襄子行至桥头，那马忽然站住不动。赵襄子想桥下必有歹人，命令左右搜查，又把豫让捉住。

赵襄子把豫让带回宫中审问，豫让供认不讳。赵襄子问："你为何三番两次非要报仇呢？"豫让答："只为你杀人可恕，情理难容！""你这次又被我捉住，还有何打算？""我不求你饶命，只望你答应我一件事便虽死无憾。""什么事？""请你将你的衣服供我一用。"赵襄子脱下外衣借给豫让。豫让趁机夺过一把宝剑，把衣服砍得粉碎。笑道："士为知己者死，女为悦己者容。我今剁碎衣服如同杀了仇人，也算竭忠尽智报答了主公。"说罢，自刎而死。赵襄子命人将尸首抬出，以礼安葬，并准备奏过晋侯，追封豫让官爵。

敬德不伏老

唐天子设下功臣宴，按功劳大小排列座次，功劳大的坐上首，功劳小的居下位，并命房玄龄为主宴官，命徐茂公为押宴官，赐他俩金牌宝剑，严禁会场搅闹。

殷开山、程咬金、杜如晦、高士廉、尉迟恭、秦叔宝等武将都到齐了。这首座该由谁来坐？第一杯酒该由谁来喝呢？徐茂公翻开往日功劳簿，说："秦叔宝和尉迟恭功劳都很不小，让他二人商议谁占先吧。"秦叔宝、尉迟恭各自谦虚。正推让间，皇叔李道宗走过来，大喇喇地往上一坐，道："一杯酒喝了就算了，什么上首头下首头的。"尉迟恭气得皱起眉头，本想假装上厕所一走了事，秦叔宝把他拦住："老将军别生这个气。"尉迟恭说："秦将军你是活佛脾气好，我可不容忍那个老东西随便小瞧！"索性高声质问："道宗，你有何功，敢抢占我的座位？"李道宗却鄙夷地说："尉迟恭，你本是个打铁出身的武夫，如今是太平盛世，你多大的功劳也已用不着！"尉迟恭气极了，一拳挥去，打落李道宗两个门牙。李道宗撒泼打滚儿，撕扯着尉迟恭去找主宴官评理："打得好！打得好！简直无法无天了！"房玄龄是个文官，看不惯尉迟恭如此粗鲁，把宝剑一举喝道："尉迟恭，这是御赐金牌宝剑！你打伤大臣。搅闹欢宴，依法当斩！"徐茂公和秦叔宝等人一面批评着尉迟恭，一面跪地替他求情："尉迟将军确曾舍生忘死，展土开疆，困来马上眠，渴饮刀头血，立下许多功劳。今日可将功折罪，饶他一命！"房玄龄道："看在军师和列位大人面上，今日就暂且记下尉迟恭一颗人头，我去对圣上说明，免去其官职，让他回乡务农去吧！"

房玄龄走后，众人都安慰尉迟恭。尉迟恭叹道："今日事实在是一言难尽！那李道宗非文非武算个什么人，却受恩宠后来居上妄自尊！想俺榆科园赤身裸体单鞭夺槊救圣君，这盖世功勋一下子便没了半分！常言道：好事没下梢；正所谓：太平年不用俺这老将军！"

圣旨传下：贬尉迟恭去职田庄闲居。徐茂公等人在十里长亭为他饯行。

尉迟恭命家童护着奶奶的车子在前面先行，自己到十里长亭与众人道别。

尉迟恭四下环顾，只不见秦叔宝。众人告诉他："秦将军染病在家。"尉迟恭伤感地说："咱们这些人再相聚不知何时有，叫我怎喝得下这西出阳关饯行酒！"

高丽国国王听说唐朝病了秦叔宝，贬了尉迟恭，觉得有机可乘；加上新得了一员大将名叫铁肋金牙，此人有万夫不当之勇；因此更是野心勃勃。他命铁肋金牙领大兵十万，屯集鸭绿江边，又写下战书，单向尉迟恭挑战。

战书传到唐朝京城，圣上十分忧愁。因找不到合适的人率队出征，只得叫房玄龄跟徐茂公商议，派徐茂公去职田庄探看一下尉迟恭的近况。

尉迟恭在职田庄务农，三年来倒也悠闲。谁知一日去邻居家喝酒，酒没喝完他竟风瘫倒地，被人搀扶回家，从此卧床不起。

这天，他让夫人关上房门，悄悄对夫人说："我这瘫病是假装的。为何假装？因为我在邻居家听人讲到一个新闻，说是高丽国王命铁肋金牙统兵十万前来进犯，写下战书单挑我出战。我想此时圣上必定又要用俺老将，必定派人来宣我回朝，因此猝然倒地装病。我已征战半世，又遭贬斥，刚得清闲，不愿再去卖命。所以，若朝中有人来问我时，夫人你只推说老爷病重。"夫人点头称是。果然，徐茂公奉圣旨来到职田庄，敲门求见。一听是徐茂公来了，尉迟恭精神紧张起来："呀，夫人不好了，那徐茂公是个足智多谋的人，我若不出去见他，他必定疑我没病；我若出去见他，提起以往心事，难免激动，露出破绽。所以，夫人，你在旁边一定要时刻警惕，一旦我走了样儿，便示意说：'老爷，你的拐杖'，我就忘不了装瘫了。"

徐茂公进屋，施礼道："久别尊颜，我这里有一拜。"尉迟恭说："军师，老夫回不了礼了。天有不测风云，人有旦夕祸福，谁知我老了老了，又得了偏瘫的病症。朝中其他老友都好吗？"徐茂公伤感地说："殷开山、程咬金都已亡了；刘文静、秦叔宝还在病里；高士廉、杜如晦也已告老还乡；如今只剩下咱们两个相聚，真正是白发故人稀。""军师，您来我小庄，有何贵干？""我是奉旨前来。今有高丽国下了战书，领兵进犯。圣上命你星夜回朝，官复鄂国公之职，即刻率军迎敌。""呀，圣上怎么让我这老头子去安邦定国，何不令那李道宗前去相持对垒？"尉迟夫人接口："老爷，你的拐杖！"徐茂公说："常言道'虎老雄风在'，扶保社稷当然离不开你。你就是真有风疾，也得去阵前走一遭！"尉迟恭赶紧躺倒："军师，你看俺现在这个模样，到了阵前，还得两个小卒抬着，岂不羞死人了！"尉迟夫人也说："他实在去不得了。""既是老将军实在去不得，我便告辞回京，复旨去了。"

徐茂公走出屋门，心中暗想："我想尉迟恭容貌，哪里像个有病的人！刚才挺直身子，伸出胳膊，犹如铁柱一般。要想弄明真相，除非这般。"他命令随从前来的士卒："你们包围了村子，闯入各家，抢钱财，索粮草，让女人做饭伺候；就说是高丽国的军队要在此处歇营。"士卒们依计而行。闯入尉迟恭家高声叫嚷："老头子，快起来给我们铡草喂马！老婆子，快去给我们准备酒饭、嫩鸡儿；吃饱了，再让我们洗洗澡，给我们捶捶腰，揉揉屁股！"尉迟夫人怒道："你们是什么人！竟敢如此无礼！""老爷是高丽国军人，你敢不服！""诸位长官，我们房屋窄小，养不得马，请你们到别人家去吧。""放屁！你若不肯，打你个半死！"尉迟恭再也躺不住，从床上蹿下来，纵虎躯、伸猿臂揪住两个士卒的头发就往一块儿撞。徐茂公轻轻地走到他身后，拍着他的肩膀问："尉迟将军，你的风症好了吗？"尉迟夫人赶紧说："老爷，你的拐杖！""嗨，迟了呀！已被军师看破，只得随他走一遭。"徐茂公说："虽然老将军无病，也只怕不是那铁肋金牙的对手。常言道：人老不以筋骨为能。老将军还是不要去了。"这句话，顿时激发起尉迟恭万丈豪情："军师说的哪里话！俺老虽老，却没老掉浑身武艺；俺老虽老，却没老掉报国情义；俺老虽老，依然是万夫莫敌；俺老虽老，定叫他高丽国早竖降旗！"

铁肋金牙在阵前安排："众小校，把马军摆一边，把步卒摆一边，中间留下一条路，待我输了好走。"小校问："走往哪里？""走你娘床上去！"正此时，只见对面尘土飞扬，大唐军马到了。

尉迟恭与铁肋金牙互通姓名，走马交锋。没有两个回合，尉迟恭抖擞精神，一鞭将铁肋金牙打落马下。命小卒把他绑了，押解回朝。

徐茂公宣读圣旨："尉迟老将忠心为国报朝廷，生擒了铁肋金牙又立大功。官复原职仍为鄂国公，安天下万国来朝贺太平。"尉迟恭谢恩罢，起身对徐茂公说："老夫已年近七十，怎能再掌这将相大权？请军师奏明圣上，就说尉迟恭不愿升迁，只图身安，求陛下赐老臣洛阳城边二顷薄田。"

伏降四国咨谋议　雪夜亲临赵普第
君相当时一梦中　今朝龙虎**风云会**

周世宗登基，命石守信为马步亲兵都指挥使，统领八十万禁军，掌管征伐。石守信手下有两个帐前统制官，一个叫王全斌，一个叫潘美，三人是结拜兄弟。这天，有圣旨传下：为因四方扰攘，干戈不息，要广召智勇之士，量才授职。王全斌闻旨，向石守信推荐说："马军副指挥使赵弘殷长子赵匡胤，文武全才，智勇过人，少年时曾独行千里，游历关东关西。若得此人领兵打仗，不愁草寇不除。"石守信听了，派潘美带了礼币鞍马，去请赵匡胤。

赵匡胤自幼喜好舞弄枪棒，而且交游甚广，尤其与赵普、郑恩、曹彬、楚昭辅四人更是亲如手足。这天，赵匡胤和郑恩行至汴梁桥下，郑恩见前面有一卦铺，便拉着赵匡胤过去问卜。算卦的名叫苗光裔，精通周易、博学多才，赵匡胤一来，他竟慌忙跪倒，口称："早知我主到来，只合远接。接待不周，勿令见罪！"赵匡胤喝道："先生，休胡说！你莫不是吃酒来？"苗光裔说："我看您这尧眉舜目禹背汤肩，正是四百年开基帝王之相，正应着九五飞龙在天之数。"赵匡胤忙制止道："我本是粗鲁寻常百姓家，你莫要信口乱逗夸。这街市上人来人往耳目杂，若让人听到这些话，该万剐，不是耍！"他指着郑恩说："你再给我这位兄弟相相面。"苗光裔说："这个丑汉是一个凶神太岁，将来可为一路诸侯。"郑恩听了，骂："你这牛鼻子老道，若说得不对，我一刀把你宰了！"这时，潘美带着聘礼聘书寻找赵匡胤，来到洛阳桥头。与赵匡胤相见并说明来意，赵匡胤见潘美一貌非俗，很是喜爱，当场与潘美结为兄弟，并随他同往元帅府，拜见石守信。石守信领着赵匡胤进殿面君，授予赵匡胤都点检之职。赵匡胤的结义兄弟赵普听到这个消息，心中暗想："去年同赵匡胤同游随州时，曾梦见十余丈一条黑蛇忽然变龙而去，接着又有群虎乘风随之。看来，这龙虎风云梦，已有征兆了。"

北汉军队入侵。周王朝派赵匡胤率兵北伐。赵匡胤统领本部人马及赵普、曹彬、苗光裔、李处耘、楚昭辅、郑恩等众兄弟出征。大军行至陈桥驿，天色已晚，便扎下营寨安歇。苗光裔观天象，见两日相叠，黑光荡漾。便把这种情况对李处耘、郑恩等人说了。李处耘道："眼下世宗驾崩，幼子宗训继位。我辈为他出力死战，他知道什么！咱赵点检掌军六年，屡建大功，人望已归。士卒中多有议论：先立赵点检为天子，然后才愿北征。"郑恩也说："李将军说得太对了！咱们再去找赵普商量商量。"赵普听了，沉吟道："只怕赵点检忠心，绝不肯听咱们的。"李处耘说："士兵发出这种议论，已犯下弥天大罪，若赵点检不从，士兵必然心寒，哗变逃窜。"赵普厉声说："所以现在一是要严束部下，二是要促赵点检接受民意。"郑恩道："第一项容易，第二项看我的！"说完，扯下一面黄旗披在伏案睡觉的赵匡胤身上。然后，领着众军齐声呐喊："拥赵点检为天子！"赵匡胤被喊声吵醒，走出帐外，赵普等将山呼万岁向前跪倒。赵匡胤见状，惊得浑身发抖，连声埋怨："你们怎可如此胡行乱闹，把一个篡君的歹名儿让我挑！"苗光裔说："主公上应天心，下合人望，乃是真命帝王！"赵匡胤骂道："住口！都是你谎阴阳惹得诸军闹，你们一个个都该剐当剚！"郑恩高声说："哥哥，您也不要总说我们的不是，不见您身上已经加了黄袍了！"赵匡胤这才发现自己身披了一面杏黄旗。事已至此，他倒镇静下来："你们既要尊我为主，必遵我命！"众将忙跪地应道："唯命是听！""那好，我命令你们各回本营，一不许喧哗妄言，二不许搅扰黎民，三不许劫掠府库！违令者满门抄斩！"

太后听到军队陈桥哗变的消息，自知大势所趋，不如顺其自然。于是，领着幼主柴宗训，在石守信、陶谷陪同下，来到军营。赵匡胤听说太后、幼主到了，急忙迎出来拜见。太后扶住他说："五代离乱，生民涂炭。将军功盖天下，堪秉国政，老身母子，情愿仿效尧舜故事，禅让皇位。"赵匡胤推辞道："臣名微德薄，绝不可登此高位！"太后说："幼子孤弱，不能驾驭四方；将军威望齐天，人心推戴，正宜受禅！"柴宗训也表示："将军请听从太后旨意，我甘愿退位藩服。"赵匡胤还是犹豫不肯："这件事我实在是不敢当，你们君臣要再认真商量。"郑恩见状，拔出宝剑威胁道："哥哥，您再如此不爽快，我索性就把他们姓柴的统统杀了！"赵匡胤慌忙制止："不可！不可！我遵从太后旨意就是。唉！这真是老鸦占了凤凰巢，枉惹得后世史官笑。笑我欺负柴家孤儿寡母老和小，笑我强把周朝改姓赵。"陶谷宣读了恭帝柴宗训的退位诏书。赵匡胤登上皇帝位，改国号为宋，并当众宣布："寡人今后尊太后如母，待幼主如弟！"又将赵普、石守信、苗光裔等人一一加官晋爵。

吴越王钱俶、南唐主李煜、蜀主孟昶、南汉王刘鋹等人，听说中原宋皇帝赵匡胤登基，有的称臣纳贡，有的则操练军马，加强防御。

赵普被封为中书大丞相，为了辅佐皇帝，勤勤恳恳，晓夜无眠。这天夜里，风雪甚紧，料无人来，他命张千关了府门，自己在灯下看书。

忽然，外面有人敲门。张千问："谁呀？""我是万岁山前赵大郎。""你来做什么？""探望你家老丞相。""俺家丞相正看书呢。""那我正好来听讲。""你要听讲，应当去寺庙找和尚，你走错门了！"赵普已听出是皇帝的声音，急忙跑出来，亲自把门打开，跪在地上说："主公不求安逸，冒雪而来，微臣迎接不周，万望恕罪。"张千吓得躲一边去了。

赵匡胤进到屋里，问："卿正读什么书？""是《论语》。"赵匡胤说："寡人听说童子一入学便先读《论语》，你为何也看它？"赵普道："《论语》记录圣人治国之道。臣只要读懂半部，便可辅佐我主平定天下。"君臣二人商议天下大事。制定两条国策：对内广施仁政，尽快提高民力；对外准备打仗，先收取江南四国。赵匡胤又叫过张千，命他宣唤石守信、王全斌、潘美、曹彬等四人来，进一步明确了战略方针。

石守信领兵攻取吴越。钱俶甘愿纳贡投降。石守信带他一起回朝面君。

曹彬领兵攻取南唐。十天时间，直逼石头城。李煜见大势已去，也情愿投降。

潘美领兵攻取南汉，一路势如破竹。两军阵前，刘鋹战败，也下马投降。

王全斌领十万大军攻取四川。孟昶仰仗蜀地兵强粮足，竭力抵抗。相持不过数日，成都便被攻陷，孟昶只得投降。

赵普、郑恩、苗光裔听到石守信等四将收平四国、不久即回京献俘奏捷的消息，十分欢喜。议论道："五代离乱，人心汹涌。今圣人一出，群妖顿息。从此天下可以一统太平了。"

石、王、曹、潘四将入朝献捷："臣等托朝廷洪福，兵不血刃，收平四国。所有四国君臣，均在朝外跪拜听宣呢。"赵普道："宣四国君臣上殿。"四国君臣跪伏在堂前。赵普训斥说："尔等为骄奢破国，吾皇以勤俭开基，这正是天数轮回、造物盈亏！"四王服罪道："我等愚昧，不能守土。若蒙圣恩，赦免我等死罪，我等甘愿退位，永为大宋臣民。"圣旨传下：对四王既往不咎，设宴款待。

宴席间，文官武将分两边，金杯玉液斟满，仙音韶乐更陶然。正是：真龙出蛟蜃潜藏，大风起云雾扫荡。圣主贤臣聚一堂，龙虎风云会一场。

西游记

第一本 贼刘洪杀秀士 老和尚救江流
观音佛说因果 **陈玄奘大报仇**

观世音是西天如来佛高徒，自称观自在，能寻声普救世间人，居住在南海普陀洛伽山。如今西天天竺有大藏金经五千零四十八卷，准备传到东土。观世音选定取经人是陈光蕊之子，而陈光蕊又有十八年水灾。观世音传旨沿海龙王，对陈光蕊多加保护。

陈光蕊是淮阴海州弘农县人，新近中举，被授予洪州知府。他准备携带家眷前去就任。他的妻子殷氏此时已有八个月身孕。出发之前，陈光蕊命家人王安去雇一条船，自己在江边买了一尾金色鲤鱼。那鱼忽然眨眼，陈光蕊想："鱼眨眼必是龙。"就又把鱼放回江中。王安雇来的船夫名叫刘洪，是个为非作歹的不法之徒。殷氏见这刘洪面色可恶，本不想雇他，可王安却说："夫人放心，我这眼里识人。"陈光蕊也劝："夫人不必多心。"于是，三人上了船。

船行至大姑山脚下。刘洪把王安推入水中，又把船停住，拿着钢刀，把陈光蕊揪出船舱，也推入水中。殷氏哭喊着，往江中跳，被刘洪扯住，威胁道："我是看上了你才毁了你丈夫。你若肯与我为妻，我便带着你丈夫的上任文书去洪州，你仍为府尹夫人。你若不从，一刀砍为两段！"殷氏心想："我死了没关系，可肚子里八个月的孩子若死了，还有谁能替我们报仇！罢罢罢！只得暂时随顺了他！"于是，对刘洪说："若要我和你做夫妻，除非依我两件事：一我要为丈夫守孝三年；二要等我分娩了身孕，孩儿长到三岁。"刘洪答应下来。

南海小龙正是陈光蕊放生的鲤鱼，他早存报恩之心，如今又接到观世音法旨，急忙赶至出事地点，待陈光蕊落水后，救回水晶宫内。

刘洪到了洪州，窃取知府之职。殷氏母子成了他的一块心病，他多次声称："快把这孩子弄死，否则，我就把你二人一块儿杀了！"殷氏无奈，只得把孩子用一个大梳妆匣子盛了，咬破手指，在褓褓上写明孩子生辰日月，父母情况，又放上折断的一股金钗，把匣子置于江中。她哭哭啼啼，祈望仁者能见而救之。

水中龙王把匣子托到金山寺前面。有个渔人发现了这匣子，把匣子交给金山寺丹霞禅师。丹霞禅师将血书收藏，把孩子抚养成人。

刘洪不久就患了残疾，只好辞官。殷氏常劝他看些经文做些善事，他也只得依允了。

眨眼十八年过去。丹霞禅师收养的江流儿已长大成人。此子七岁能文，十五岁无经不通。丹霞禅师给他起个法名玄奘。这天，丹霞禅师把玄奘叫来，给他看了血书。玄奘明白了自己身世，又气又痛，晕了过去。丹霞禅师把他救醒，命他快下山去寻找自己的生母。

玄奘来到洪州，打听到旧太守陈光蕊家，在门口叫一声"阿弥陀佛"。殷氏听到声音，从屋里拿出绸绢、斋粮等物布施。问："小师父从哪里来？""我从金山寺来。""金山寺至此，几日能到？""风顺二十天可到，风不顺则需月余。"谈话间，殷氏怎么看怎么觉得这小和尚像自己的丈夫陈光蕊，便贸然问道："小师父法算多少？""小僧年十八岁了。""你几岁上出家？出家前可有什么亲人？""我一出母腹，便做僧人。我父姓陈，母姓殷。贞观三年八月间，上任途中遇害江心。"接着，把丹霞禅师所述血书内容叙说一遍。殷氏听了，只觉幽幽顶门上去了三魂，凄凄切切叫道："果然是我那江流儿来寻母亲！"玄奘上前扶住，问："夫人，您因何说我就是你的儿子？"殷氏强忍悲痛，言道："你是贞观三年十月十五日子时所生。因贼人逼迫，无奈投于江中，匣内有金钗、血书，血书后有求'仁者怜而救之'的字样。唉！谁想到天神佑助，我十八年的泪水赚回本，我十八年的枯树又逢春！"母子二人抱头痛哭。忽然听到屋内有响动。殷氏忙止住悲声，对玄奘说："那贼人虽患残疾，可狐朋狗友不少。你可星夜赶回金山寺去，请你师父跟你一起来报仇雪恨。"玄奘点头答应，拜辞母亲上船走了。

新任洪州知府名叫虞世南，这天，他升堂问案。丹霞禅师领着玄奘来告状。虞世南与丹霞禅师曾有过交往，因此，对丹霞禅师很是敬重。听完丹霞禅师所述案情，立刻命差役换了便服，怀揣暗器，把刘洪秘密逮捕到庭。

刘洪见原告是个小和尚，不由问道："他是谁？"殷夫人诉道："他就是陈家剪不断的草根，他就是我丈夫索你命的冤魂！"刘洪无所抵赖，低头认罪。虞世南命人把刘洪押至江边开刀问斩，祭奠陈光蕊。玄奘诵读祭文。

忽然，陈光蕊身影远远地站在江面上。众人齐呼"有鬼！"陈光蕊说："我不是鬼，是得观音菩萨佑助，让我回转阳世。"说着，走上江岸，与殷氏、玄奘团圆。观音菩萨此时也现出身形，众人连忙拜倒。观音道："今年夏天，长安大旱，可让玄奘前往京师，祈雨救民。另外，我佛有五千零四十八卷大藏真经，单等玄奘取回东土。玄奘应勉力完成此任。"

第二本　唐三藏登途路　村姑儿逞嚣顽
木叉送火龙马　华光下宝德关

洪州太守虞世南领玄奘进京，朝见天子后，设坛祈雨。玄奘打坐片刻，大雨便连降三日，旱象全解。天子大喜，赐玄奘金襕袈裟、九环锡杖及经、法、轮各一藏，号称三藏法师。

唐三藏的父亲、母亲已被封为楚国公、楚国夫人，退休后荣归故里。唐三藏的师父丹霞禅师也已回金山寺圆寂。唐三藏心想："我如今已报了父仇，荣显了父母，报答了祖师，所有这些，皆赖天神佑助，甚至我这条命也是佛天给的。我如今就是舍了性命，也要完成西天取经的使命！"

圣旨传下，命三藏法师去西天取经，百官齐来相送。十六大总管尉迟恭老将军也赶来了。这尉迟恭曾出生入死，久经沙场，而今却落得一身症候。他见到唐三藏献上送行诗一首："十万里程多少难，沙中弹舌授降龙。五天到日头应白，月落长安半夜钟。"唐僧听了，连赞好诗，应和道："禅心善伏山中虎，慧性能降海内龙。直下顿然成一悟，浑如梦觉五更钟。"尉迟恭回首往事，有心归依佛门，向唐僧求取法名。唐僧说："将军今后定能阐扬佛法，真乃禅林中大宝也。就名曰宝林吧。我给你摩顶受记。"尉迟恭谢了师父。唐僧又折下一根松树枝，插在长安道旁，对众人言道："我今西去，此松也朝西；待此松朝东时，便是小僧回来了。"言罢，上马登程。

长安城外的村民们也争先恐后地到城里去看热闹儿。张老汉走不动，只得等在家里。孙女胖姑回来后向他学说："黑压压人群拥着一个光葫芦头，无数的官人跟在后面撅腚弯腰拱着手。""那官人们什么打扮？""一个个手拿一块白树皮，身上穿着紫搭衣。石头铜片腰间系，一对儿脚像踏在两个黑瓮里。""还有什么热闹儿？快说给爷爷听。""只听得咿咿呜呜吹竹管，只听得扑扑通通打牛皮，只听得叽叽咕咕放臭屁，又乱又挤无法看仔细。呀！反正是百般打扮千般戏！"

南海小龙因行雨迟误，犯了死罪，被押往斩龙台。观音直上九天，奏明玉帝，救下小龙，让小龙化为一匹白马，随唐僧前去西天驮经。

唐僧离开长安，走了半年，道路越来越荒凉。正打算买匹马，却见一客商连呼"卖马，卖马"。那马长一丈，高八尺，浑身雪白如玉玲珑，一声长鸣似传在明月中。唐僧打听马的价钱。客商说："就把这马赊给你骑。"唐僧奇怪地问："我与你素不相识，怎么就把这样的好马赊给我？"客商说："实不相瞒，我非凡人，乃是木叉，奉观音师父之命，来此献上这匹火龙马。"说着，现出自己本来面目，又对唐僧施礼道："师兄一道小心。前边花果山处，咱师父已预先替你找到一个徒弟，保护你西天取经。”

观音老僧为唐三藏西游，奏过玉帝。玉帝委托十方保官。这十方保官分别是观世音、李天王、哪吒三太子、灌口二郎、九曜星辰、华光天王、木叉行者、韦驮天尊、火龙太子、回来大权修利。观世音召集诸神齐聚海外蓬莱三岛，在保书上签字画押。华光天王首先离了仙境阆苑，到下界保唐僧一路平安。

第三本　李天王捉妖怪　孙行者会师徒
沙和尚拜三藏　**鬼子母救爱奴**

花果山有个妖怪，号称通天大圣，共是兄弟姐妹五人：大姐骊山老母，大哥齐天大圣，二妹巫枝祇圣母，三弟耍耍三郎。这通天大圣本领高强，曾偷食了太上老君的九转金丹，炼成铜筋铁骨、火眼金睛、陨石屁眼儿、铅锡鸡巴。最近，他又虏来金鼎国公主为妻。为讨妻子喜欢，他又偷来王母娘娘仙桃百颗、仙衣一套、长春帽一顶。

西池王母丢了东西，玉帝大怒，命李天王查明此事。李天王高擎镇妖金塔，点起八百万天兵、数千员神将直往花果山云罗洞来。将山洞团团围住后，李天王命儿子哪吒下界捉拿通天大圣。

云罗洞中，通天大圣把天宫中偷来的仙衣仙帽、仙桃仙酒摆好，请妻子享受。金鼎公主却怏怏不乐：“也是我为人不肖，与这朝三暮四的猴精成了交。看他们狐变美女舞细腰，看他们虎变娇娃歌韵巧，执壶的是老树妖，把酒的是小山魈。唉，让我既惊怕来又好笑！”

李天王命士卒放起天火。通天大圣弃洞而逃。天兵搜山，发现金鼎公主。李天王命风、云、雷、雨四员神将护送她回归本国。

通天大圣神通广大，一个筋斗可去十万八千里。可因他恋着媳妇，不肯远走，被哪吒等诸神将拿住。李天王要下令杀死他，灭其形象，被观音老佛赶来拦住：“天王休要杀他。我特来抄化这猢狲，让他给唐僧做徒弟，保唐僧西天取经去。"说罢，念动真经，将通天大圣压在花果山下，又命山神严密看守。

通天大圣求山神相救，山神说："我没有法力救你，只有你师父唐僧来时才能放你出来。"

唐僧来到花果山，与守护在那里的金甲山神相见。通天大圣听到唐僧与山神谈话，知道师父来了。连忙高喊："师父快救救弟子。"唐僧问明情况，爬上山，把"花果山"的"花"字揭去。放通天大圣出来。通天大圣拜过师父，心想："好个白嫩和尚！到前边我饱饱地吃了他，依旧回我那花果山去，能把我怎样！"他正想着美事，观音老僧降临。观音老僧与唐三藏见过面，转身对通天大圣说："通天大圣，你本应毁形灭性，是老僧救了你。今天我赐你一个法名，名叫孙悟空；再给你一个铁戒箍，一件皂直裰，一把戒刀；铁戒箍戒你凡性，皂直裰遮你兽身，戒刀豁你恩爱。你好好跟你师父去西天取经，回来后，也可成其正果。"这孙悟空佯做答应。观世音又叫过唐三藏来："玄奘，这畜生凡心不退，我教你一套紧箍咒，他若不听你话时，你便念起来，他头上那箍便紧，若不告饶，须臾之间，便刺死他。"唐僧记住紧箍咒，演示一番，果然痛得孙悟空满地打滚。唐僧停住念，救起悟空。悟空想把那箍扔掉，谁知无论如何也摘不下来。金甲山神劝他："只因你常有杀人机，你师父才留这防身计。从今后你劣心肠切莫生歹意，尽至诚服佛法才是正理！"又对他说："前边流沙河中有一妖怪，能伤人。孙行者，你要多加小心，保护好师父。"孙悟空听了，服侍唐三藏上马前行。

流沙河中的妖怪，发誓要吃一百个和尚，已吃了九个，将九个骷髅挂在脖子上。

孙悟空比师父先来到河边，假意招呼渡船过河。那妖怪见他和尚打扮，张嘴把他咬住，却硌得牙齿生痛。孙悟空笑道："你爷爷我是钢筋铁骨，不怕你吃！"那妖怪忙问："你是何人？"悟空答道："我是大唐国师三藏的弟子，保护师父西天取经去。我劝你也随我们一起去，回来便得正果朝元。

你若不听，我耳朵眼儿里取出生金棍，一棍子打你个稀烂！"那妖怪说："也罢，我就投降你们。"孙悟空押着他去见师父。唐僧问："善哉善哉，你原是何等妖怪？"那妖怪答道："我本是玉皇殿前卷帘将军，因带酒思凡，被罚在此河推沙受罪。今日得见师父，万望师父度脱。"唐僧同意收下他。

黄风山山高洞深路险，其中有一妖怪，自称银额将军。他见刘太公的女儿刘大姐长得好看，便摄来洞中。吩咐小妖安排酒宴，要与娘子对饮几杯。

刘太公只有一个独生女儿，还指望她养老送终，不想她却被山中妖怪摄去。因此，刘老汉珠泪垂、柔肠结，两眉攒、寸心裂，正是痛不欲生。唐僧一行人来到庄院前，请求借宿一夜，明日早行。刘老汉只是哭着拒绝："这里歇不得。"孙悟空生气地说："住一夜能麻烦你多少，也值得哭天哭地的！"老汉道："行者哥哥，你不知道。我这苦哇，实在难言！"接着，把自家的遭遇哭诉一遍。孙悟空听了，急问："那妖怪在何处安身？""就住在前边黄风山三绝洞。"孙悟空转身对三藏说："师父，您就在这庄上歇息。我和沙和尚去找那妖怪，把刘老汉女儿夺回来！"

银额将军正在洞中饮酒作乐，被孙悟空等人冲进来围住。一番打斗，孙悟空一棍把妖怪打死。又带刘大姐回村，父女二人抱头痛哭。刘老汉对唐僧师徒千恩万谢。

唐僧等人行至一座深山，忽见有个小孩儿在一旁啼哭。唐僧怜道："善哉善哉，这孩子准是迷踪失路。一会儿天黑下来，豺狼毒虫岂不坏他性命！咱出家人慈悲为怀，见死不救便是破戒。行者，你给我驮上他，把他带到前面庄上去吧。"孙悟空说："山林中妖怪极多，师父还是不要管他。""你这猢狲，又不听我说！我非要你背上他不可！"孙悟空只得蹲下身去背那孩子。谁知那孩子重似花果山一般。孙悟空知道遇上妖怪，挥起戒刀把他砍下山涧。刚要快步去追师父，却见沙和尚跑回来惊慌地说："师兄，祸事了！让那孩子把师父摄走了！"孙悟空等人急忙向观世音求救。观世音也看不出那妖怪本来面目，只得又一起去参见世尊佛。世尊佛领文殊、普贤现身，对观世音等人说："你等不必惊慌，我已差四揭谛捧着老僧钵盂去擒拿此妖。孙悟空可仍回原处等你师父。"又说："此妖名叫爱奴儿，我把他收入钵盂，压在法座之下，七日之后，化为黄水。此妖母亲名叫鬼子母，必然来救。那时，我收她在座下为徒。这也是她的缘法。"

鬼子母果然气冲冲赶来救子，骂道："你们这些秃头沙弥，嘴里说的是慈悲为本、方便为门，却为何千方百计，坏我儿身体！"一边骂，一边举起铁胎弓，嗖嗖射出数支狼牙箭。世尊佛用莲花一一挡落。文殊、普贤怒道："贱人！快快皈依佛道！"鬼子母哪里肯听，命令鬼兵齐去夺那钵盂。鬼兵挥刀抢棍，对着钵盂连砍带砸，那钵盂却丝毫无伤。世尊佛喝一声："哪吒在哪里，给我拿住这贱人！"哪吒与鬼子母战在一处。鬼子母见斗不过哪吒，只得闪身躲开，径奔钵盂，打算把钵盂抢走。谁知那钵盂重似泰山，把她双手压住。哪吒上前把她捆绑起来。唐僧被救，走到此处，拜见世尊等诸佛，又对鬼子母说："你这妖魔，若肯皈依我佛，我可去向祖师求情，收你座下为徒，让你母子团圆，若是不肯，必然将你发付酆都地府，永无轮回！"鬼子母无奈，只得同意皈依。

第四本　朱太公告官司　裴海棠遇妖怪
三藏托孙悟空　**二郎收猪八戒**

摩利支天部下御车将军，生于亥地，长自乾宫。他盗了金铃、顿开金锁，私离天门，潜藏在黑风洞，自号黑风大王。这家伙得天地之精华，秉山川之秀丽，生得项阔嘴长、蹄硬鬃刚，前后左右没有敢与他抗争的。

黑风山西南五十里有个裴家庄，裴太公早年将女儿裴海棠许配北山朱太公之子为妻，后来朱家遭受火灾，家业凋敝，裴太公便生出悔婚之意。裴海棠却对未婚夫一往情深，这天，她写了一封信，让梅香给朱郎送去，信中约朱郎深夜来后花园相会。不想，这封信被变化成朱郎的黑风大王骗走。

夜间，裴海棠正在太湖石边焚香祷告。黑风大王鬼鬼祟祟地跳进墙来，裴海裳问："足下是谁？""我就是朱太公之子，往常白白净净的一个人，都因婚事焦虑，想娘子想得我黑干消瘦了。""我给郎君的信可曾收到？"
"我正是依信而来。"裴海棠说："我私相约会非是贪淫滥，都只为婚约既定
不能变，更不该富时同意贫时嫌。"黑风大王忙说："对对对，我已在外面
备下花轿，小娘子随我私奔了吧。"裴海棠不知其中有鬼，被黑风大王摄进
黑风洞。

唐僧师徒自离了红孩儿之难，又行月余，来到火轮金鼎国地界。眼看
日已西斜，打算找所庄院住下。

裴海棠被摄进山洞，终日忧伤："唉，原指望郎才女貌好婚姻，谁承想
天数无缘枉自寻。离开了狠爹娘，入了这妖精群。"黑风大王过来纠缠讨
好："你丈夫姓朱，我也姓朱，你是一朵好花，正可插在我这粪堆上。你想
你爹娘吗？""爹娘怎能不想！""那好，我明天就带上金银首饰，办些礼
物，到你家中去一趟。把我俩已成亲的事告诉你爹娘。"

唐僧等人途经黑风山。孙悟空上山撒尿，看见半山腰中一个黑汉子搂
着一个女人说笑："姐姐，你给我唱曲念奴娇吧。"孙悟空想："这一定又是
妖怪！还听什么念奴娇，先吃我一块大石头。"抓起一块石头打去，打得那
黑汉子咕噜噜滚下山。孙悟空跳出来，对那女子说："小娘子，你那丈夫
好丑脸！"那女子正是裴海棠，心说："你那模样也不好看。"孙悟空问：
"你也是妖怪吗？"裴海棠哭哭啼啼把自己的姓名和遭遇叙说出来。孙悟空
说："你可知那黑汉是什么妖精？""他自称摩利支天御车将军，又号黑风
大王，常说自己诸佛不怕，只怕二郎细犬。不知您是何方尊神，能否救我
回村？"孙悟空说："我不是尊神，是唐三藏的大徒弟。我们去西天取经，
今日正好路过裴家庄，我可以帮你捎封家书。"裴海棠连忙寻找纸笔，可一
时又找不到，便将怀中手帕掏出来交给孙悟空："这手帕是我父亲给的，他
见到手帕，定然相信。"孙悟空拿上手帕走了。

裴太公不见了女儿，听梅香说是跟朱公子私奔了，便急匆匆赶到北山
朱家庄要人。朱老汉听了，反过来骂："你个老东西嫌贫爱富，早想悔婚。

如今一定是将我那儿媳妇另嫁了别人，倒赖我家拐走你女儿！我好歹一定要和你见官去！"于是，双方互相撕扯着往县衙走。路上碰见唐僧师徒。孙悟空叫住他们，问："你们当中哪个姓裴？你那女儿是否唤作裴海棠？"裴老汉连忙答应，跑过来问："你见过我那女儿？"孙悟空说："老裴，听着，我一一言仔细，只因你想换女婿，给妖魔可乘之机，将你女儿摄在洞里。你若不信，这手帕便是证据。"裴老汉看过手帕，哭着说："这手帕确实是我女儿的。"唐僧奇怪地问："孙悟空，你是怎么知道这些的？"孙悟空把经过叙说一遍。裴老汉拉住他求道："请师父们就到我家去住，商量如何救我女儿。"

　　唐僧师徒来到裴太公家。孙悟空叫出此处山神土地，问："你可知道那摄走裴海棠的是何等妖怪？"土地说："小圣也知道的不详细。只是那年八月十五，忽见黑松林中出现一只大猪，蹄高八尺，身长一丈。"孙悟空说："想来定是个猪精了，等我去收拾他。"

　　孙悟空又找到黑风洞，偏那猪精不在，便带了裴海棠下山。裴家母女相见，抱头痛哭，对唐僧师徒千恩万谢。唐僧说："你们这两家老人，快择个好日子让儿女配合了吧，也可免了许多祸患。"裴、朱二老汉诺诺连声："谨依法旨！谨依法旨！"孙悟空道："那猪精定不会善罢甘休！今天夜里，你们可让小姐别处安顿，我穿了她的衣裳，坐在她屋里，等那猪精来时我设法料理了他，也绝了你两家后患。"

　　那猪精果然找上门来，裴老汉让他进了女儿卧室。那猪精摸索到床边，嘴里哼哼着："姐姐，你怎么不等我陪你一起回家，自己先来了？"摸到孙悟空一条腿，惊道："呀，怎么如此粗而多毛！"孙悟空忍不住笑："你想赋高唐，我欲梦襄王，咱俩正是细棍逢粗棍，长枪对短枪。"说着，耳朵里掏出铁棍便打，那猪精转身逃走。孙悟空追上来，却见白龙马惊慌地说："师兄，咱师父被那魔怪摄走了！"孙悟空想："这猪精果然有些手段。看来只有再求观音佛，让他派二郎带细犬前去擒拿了。"

　　二郎神擎鹰牵犬、背弓挟弹来到黑风山，命令神将把黑风洞紧紧围住。猪精跳出来，怒喝："二郎神，我与你往日无冤近日无仇，因何领兵拿我？"二郎道："我奉观音法旨，一要将你拿获，二要救护唐三僧。"猪精摇头晃脑地说："别人怕你，偏我不怕你！"二人战在一处。二郎命令金头奴放犬。那细犬扑上来，吓得猪精心惊胆战，抽身欲逃，怎奈猪腿被细犬死死咬住，逃脱不得。众神将一拥而上，把猪精捆绑结实。唐僧获释，向二郎神拜谢，又求情道："上告二郎大圣，出家人以慈悲为念，救物为心。望神圣看佛天三宝之面，饶了这朱将军，让他随我同去西天护法吧！"二郎转身问："那猪精可曾听见？你若真心皈依我佛，我替你拜告观世音，让你也成正果。若不皈依，你就死于细犬口中！"猪精忙说："谨依法旨！谨依法旨！"

唐僧师徒又上路了。

第五本　女人国遭险难　采药仙说艰难
孙行者借扇子　**唐僧过火焰山**

唐僧师徒离了黑风山，来到女儿国地面。

女儿国国王美貌似嫦娥样，夜夜孤眠守家邦；平生不识男儿像，见一幅画来也情动，看一尊泥塑也心伤。她听说大唐国师去西天取经，要路过此地，急忙吩咐手下女官杀羊造酒，准备接待。她一见唐僧，抑不住春心激荡，亲手捧起一杯酒，对唐僧说："我给师父接风。"唐僧躲闪着推辞："小僧不饮酒，不吃荤。娘娘也宜自重，及早修行，免得人生有限。"娘娘却一把抱住唐僧，说："但能够两意多情，哪怕它明日就死！"孙悟空见状，急忙劝阻："娘娘，我师父是童男子，没经过大阵仗，要不就让我来替他。"女王道："不是我苦苦害真僧，实在是广寒宫中太凄凉，怎舍得解开这花罗网！"一边说，一边把唐僧往后殿扯。唐僧大叫："徒弟们救我！"可此时孙悟空、猪八戒、沙和尚都被一群女官围住，自顾不暇。唐僧被扯进后宫，女王把他往床上推，说："我和你成其夫妻，你今日就做国王。"唐僧挣扎着："善哉善哉！不行不行！我还要去取经去呢！"女王道："你若不从，我就把你锁进空冷房，熬煎得你镜中白发三千丈！我劝你乖乖成就咱一宵恩爱，远比那受苦受难取经强！"正在危急关头，韦驮奉观音法旨来救唐僧。对女王喝道："你这泼贱人！怎敢毁吾师法体！"女王抬头看这韦驮，也是相貌堂堂的男身，便千娇百媚地问："你是何人？来我这卧房做啥？"韦驮厉声说："快放唐僧出来，否则一杵将你打作泥尘！"女王只得恨恨地放开手。

唐僧出了卧房，叫来悟空，责备道："我被女王拿住，若非尊神护持，险些毁了法体。你们不来救我，全跑哪儿去了？"孙悟空说："师父不知，我也被一个婆娘按倒在地。不想头上金箍竖起来，浑身骨节疼痛，鸡巴也像腌软的黄瓜。那婆娘见我如此，只得把我放了。"猪八戒、沙和尚也叙述了各自遭遇。师徒又往前行。

又走了一个来月，行至深山旷野之中，也不知前面是什么所在。好不容易遇到一位采药老者，孙悟空等人急忙过去询问。老者告诉他们："前面不到五百里，有一座火焰山。要想过这火焰山，除非借到铁扇公主的扇子，把火扇灭。这铁扇公主住在山东边的铁锸峰。"孙悟空却不以为然地说："什么火焰山！我一泡尿也就把它浇灭了！"

来到山前，只见一片火海，烟焰连天。孙悟空只得去找铁扇公主。他找到铁锸峰，叫来山神土地问："此处可住着一个铁扇公主？""是的。""她有丈夫吗？""没有。""她肯招我做女婿吗？""肯！""你怎么知道！""只要是个人物，都可被她选中。""我去向她借扇子，她肯借吗？""这个我可不敢说。只怕她一扇子把您扇成个疯猢狲！"孙悟空说："我就不信会输给她这婆娘！我去找她。"

铁扇公主乃是风部祖师，因与王母娘娘酒席间一语不合，吵了起来，气得躲到此间居住。她有一柄扇子，重一千余斤，上有二十四骨，可扇出二十四节气之风，其威力不可度量。她正在洞中闲坐，小鬼通报："外面有大唐国师三藏的徒弟孙悟空求见。"铁扇公主说："我知道这猢狲本是通天大圣。让他进来。"孙悟空大大咧咧进到洞里，胡说道："弟子不浅，娘子不深，我俩各出一物，便可凑成一对妖精。我特来借你法宝，好过火焰山。"铁扇公主大怒："你这贼猢狲，胆敢对我轻薄无礼！有扇子也不能借你！快滚出去，否则将你钢刀剁成泥。"孙悟空嬉皮笑脸地说："我是火眼金睛、铜筋铁骨，你那钢刀能剁下我鸟来！咱俩外面比试比试，我要把你擒住啊，也不打你也不骂你，你猜猜我把你怎么着吧？"铁扇公主怒不可遏，命令鬼兵把兵器拿来，与孙悟空斗在一处。战了数合，铁扇公主见赢不了孙悟空，掏出铁扇朝他扇去。那孙悟空便像狂风中的落叶，滴溜溜一连串跟头滚到半空中。等他靠着一座山定了定神儿，心想："这婆娘的法宝果然举世无双，看来只有再去投奔观世音做个主张。"

观世音派雷公、电母、风伯、雨师、箕水豹、避水狳、参水猿等所有水部通神齐到火焰山灭火。一时间飞沙走石山摇撼，电光忽忽刺破天，雷声隆隆如车转，骤雨滂沱倾盆灌。火焰山终于火灭烟消变平川。唐僧谢过诸神，又带领弟子向前赶路。

第六本　胡麻婆问心字　孙行者答空禅
　　　灵鹫山广聚会　唐三藏大朝元

唐僧师徒进了天竺国界，已是暮色降临。唐僧吩咐孙悟空先去前边找个住处，并叮嘱他："此处便是佛国了，参禅问道的人极多，你千万不要妄自开口说话，否则让人家问住了，实在丢脸。"孙悟空答应着走了。

孙悟空见一个老婆婆站在门前卖饼，忙高声叫着："老母，老母，请问此处是何处？"那老婆婆却反问："客人，客人，请问你是何人？"孙悟空说："我是唐三藏的徒弟。"那老婆婆道："那唐三藏他本姓陈。"孙悟空惊讶地问："我跟随师父这么多年，还不知道他姓什么；您这婆婆相去十万里，怎么就知道呢？""我呀，虽说脚不出门，却知道天下事因；你呀，虽说守着戒律，却一卷金刚经也讲不真。"孙悟空听了，毫不虚心："谁说我不晓得金刚经，我常听师父念它的，你先卖我一百文面饼，等我点了心再慢慢讲给你听。"那老婆婆却问:"你说要点了心,请问是点你那过去的心呢,还是现在心,还是将来心?"孙悟空被问得莫明其妙。老婆婆又问:"心乃性之体,性乃心之用,或有抑或无,只看动不动。请问你有心没有?"孙悟空不知怎么答,胡言乱语道:"我原来是有心的,后来屁眼儿一松,拉屎时拉掉了。"老婆婆斥责说:"你这浑猢狲!过去的尚未知,未来的如何信。快回去找你师父仔细参问。"孙悟空跑回来见到师父,讲述了自己被老婆子问倒的经过。唐僧道:"我叮嘱过你不要随便开口的,你偏偏要逞能。如今只有我和你一起去见她了。"

卖饼老婆婆见到唐僧,心里暗自赞叹:"果然才俊超群!"嘴上说:"我问师兄,心可点乎?"唐僧朗朗答道:"心无所住,将何以点。"老婆婆说:"人无心何主?心乃人之根本。"唐僧道:"未得时,在他非在我;既得时,在我非他。这就如同筏能度人,筏尚应舍,何况非法!"老婆婆说:"那么你远涉万里,来此取经度人,是身来还是心来?"唐僧道:"身自在,心常在。"老婆婆对唐僧的回答表示满意,向他介绍了佛国情况。唐僧等人用过斋饭,便急急奔往雷音寺,参见诸佛大圣。

灵鹫山神传佛祖法旨,命众人齐至中竺十里之外迎接唐僧。又命给孤独长者负责接待。给孤独长者引荐唐僧与诸佛圣贤一一见面。唐僧心想:"虽然这一路上受了些驱驰作践,到今日终于是恶姻缘翻作了好姻缘。"给孤独长者又领着唐僧参拜世尊佛。世尊佛对玄奘表彰一番,吩咐大权修利菩萨把经文法宝交付玄奘,令座下弟子成基、惠光、恩昉、敬测四人护送玄奘早回东土,阐扬佛法。孙悟空、猪八戒、沙和尚帮着师父把金刚经、心经、莲花经等经文装在龙马身上。之后,三人辞别师父,圆寂成其正果。

唐僧在基、光、昉、测四人护持下,回到东土大唐。长安百姓见当年松枝忽然向东,知道国师就要回来,纷纷持着香茶甘露,排列在大道两旁迎候,尉迟恭将唐僧接回自己官府。唐僧准备休息一晚,明早朝见大唐天子后，即开坛讲经说法。

　　唐僧开坛阐教，只见旌幡宝幢肃穆，铜钟玉磬齐鸣。唐僧身披紫袈裟，手持白锡杖，讲得天花乱坠。与此同时，唐僧也功成行满，由飞仙引领，回归西天，正果朝元。

❖ **贾仲名** ❖

汉钟离助道用机关　吕纯阳桃柳升仙梦

南极长眉仙召来吕洞宾，对他说："唤你来不为别事，今下方汴京梁园馆聚香亭畔有桃柳二株，年深日久，有仙风道骨。请你不避驱驰，往下方走一遭。"吕洞宾领命来到下界，在聚香亭边酒馆中坐下饮酒。一直饮到日落西山，吕洞宾呼呼睡着。酒保叫道："道长，这亭中夜晚有妖精，你快醒来别处睡吧！"二次三番地叫不醒，酒保只得收拾家伙回家去了。

一会儿，翠柳出现，自夸道："绿阴翠盖，依稀袅娜映楼台。近水柔条多雅趣，临风对月助吟怀。"娇桃随后也到，自赞说："嫩香蕊，多娇态，艳如霞，四季开，风流可喜惹人爱。"二人相见，互致爱意，携手走向聚香亭。猛然发现吕洞宾，叫声不好，转身要走，却被吕洞宾喝住："小鬼头，哪里去！"翠柳娇桃急忙跪倒哀求："我俩不是山妖地鬼，求师父开恩，搭救我俩超凡入圣登仙界。"吕洞宾说："你们既有此意，听我吩咐：翠柳，你往长安柳氏门中，托化为男身；娇桃，你去长安陶氏门中，托化为女身；二人成其配偶。三十年后，再点化你二人由人身而登仙。"

时值九月重阳，长安富户柳景阳携妻子陶氏到郊外登高赏玩，并在秀野园备下茶饭果盒酒肴，请陈员外、李大户等众街坊一起吃喝。有个刘社长不请自到，他也不知客气，连吃带拿，什么馒头、羊肉、螃蟹，全往怀里揣，被众邻居连推带搡地轰出来。

吕洞宾来到秀野园，劝柳、陶二人出家。这二人哪里听得进，反驳道："俺夫妻双双正欢美，三十岁，更富贵，怎肯弃家隐退！"言罢，也不理睬吕洞宾，小两口儿相拥着找个花荫下睡觉歇息去了。吕洞宾施用法术，让柳、陶二人进入梦境。柳景阳梦见自己接到圣旨，官封江西南昌府通判，立刻上任，不得误期。

上八洞神仙汉钟离扮作强盗，率领喽啰守在山中。柳景阳不辞山高路远，携带妻子上任经过此地。强盗跳出来喝道："留下买路钱！"吓得这夫妻二人如痴似傻、眼花心惊腿麻。强盗又喊："快快留下金珠财宝！"柳、陶二人急忙下马，跪在强盗面前哀告："太保，我们本是长安富户，家中钱财尽有。只因前去江西上任，途中盘缠不多，能否暂放我们过去，金银以后送来？"强盗说："这些话谁知是真是假！留够钱便走，没有钱便杀！"一边说，一边从喽啰手中拿过一把快刀。揪起陶氏问："这妇人是谁？"柳景阳磕头如捣蒜："她是小人的妻子，求您万万不要杀她！您若饶过我俩，我把您当重生父母报答！"强盗横眉立目："休要废话，无钱便杀！"说着就要动手。吓得柳、陶二人大汗淋漓醒来。吕洞宾问："柳景阳、陶氏，你二人明白了吗？"柳、陶二人感悟到人生如梦，急忙对吕洞宾拜道："师父，弟子明白了。""既是明白了，你二人跟我出家去，待你们认真修行一年半载，我引你们成仙了道。"

柳景阳和陶氏在深山草庵中修行。这一天，他俩上山采药，忽见前面一株桃树一株柳树，一个艳若香腮，一个嫩似烟雾。他俩不禁凡心荡漾，每人折下一枝带回庵中。晚上，桃树神和柳树精化作两个强盗，闯进草庵，也不管柳景阳和陶氏如何哀求，举刀就砍。吕洞宾赶来，向柳、陶二人说明："这桃精、柳怪便是你们的原身，因为你们俗缘未退，特让这两个强盗来魔障你们。自今日起，你们才得功行完满了。桃哇，你再不要年年结子；柳哇，你再不要风里癫狂。今日起成仙了道，拜真人同赴天堂。"

❖ 秦简夫 ❖

范学士荐贤举善　晋陶母剪发待宾

　　学士范逵，奉圣命为五路采访史，离京巡视四方，访求并向朝廷举荐才德兼备、孝廉仁义之士。

　　丹阳县有个青年，名叫陶侃。他父亲辞世早，全靠母亲湛氏拉扯大。湛氏为训育儿子成人，每日给人家缝缝补补、洗衣刮裳，省下钱来换成纸笔，教陶侃读书写字。陶侃二十岁了，已学成满腹文章。

　　陶侃听说京城太学有位姓范的老先生来丹阳巡视府学，很是仰慕。有心请这位先生来家指教，又愁身无分文。于是，写下"钱""信"两个大字，拿到当铺想当三五贯大钱。开当铺的女人姓韩，人称韩夫人。她见陶侃眉清目秀、谈吐文雅，心中喜爱。有意加深了解，把自己十八岁女儿许配给他。因此，真的当给陶侃五贯钱，并吩咐手下人摆上酒席，请陶侃共饮三杯。陶侃推辞说："母亲严教，小生不敢吃酒。"韩夫人却拉住不放："没关系，你母亲问时，你就说是我非要请你。"陶侃却不过夫人面皮，只得勉强饮了三杯，匆匆回家。

　　陶母做好饭，等着儿子下学。陶侃红头涨脸地进屋，陶母一见便心中有气，问："你莫不是吃酒了？"陶侃不敢言语。陶母更恼："你未学读书，先学吃酒。你吃酒恐怕还早一点！我为供你上学，使碎了心尖；你却不求上进，喝酒消遣！"陶侃见母亲生气，连忙跪倒："不瞒母亲说，孩儿是在韩夫人家饮酒来。""你为何到她家去？"陶侃将自己当字求钱，想请请范老先生的事叙说一遍。陶母听了，忍住气，让陶侃再写一个"信"字一个

"钱"字，问："陶侃，你说这两个字哪个好？"陶侃嗫嚅着说："孩儿觉得还是钱字好。钱是人之胆，财是富之苗；有钱的出则受人敬，坐则有人让，口吃香美之食，身穿锦绣之衣；无钱的口吃糙米，身穿破衣，枉自奔波，难成事业。"陶母再压不住心头火，命陶侃过来趴下，要重重责罚。然而，手举起来又可怜儿子，改成严词训斥："岂不知人无信不能立！孔子重信，万世尊称圣贤；石崇巨富，杀身招致祸怨。你枉读书，心不专，还得去那六经中苦研两三年！"又耐心给儿子讲了些安贫守志、功到自然成的道理，命陶侃站起："快把五贯钱退回去，把那信字赎回来！我再苦再累，也会挣钱让你把宾客待。"陶侃诺诺连声，谢了母亲，表示今后再不敢喝酒，再不敢意马心猿。

　　陶母将自己头顶上一绺长发剪下，拿到街头去卖。

　　韩夫人正在典当铺坐着，见这老婆婆行止可怪，让手下人把陶母叫过来，问："你这头发，打算卖多少钱？""不加不减，只要五贯。""看您这模样，听您这声音，与陶秀才一般。婆婆，您莫不是陶侃的母亲吗？""正是。您莫不是韩夫人？""对。请婆婆进我家来，我有事相问：您那儿子当个信字，我请他吃酒。这有什么要紧，何苦将他痛责一番？"陶母正色道；"我儿年幼，正该立志读书，望夫人莫往歪道上引他。"韩夫人说："婆婆，我是看上了你那秀才，有心招他为婿，倒贴嫁妆，将女儿给他为妻。"陶母断然道："夫人，我今天到这里，只为卖头发。您要提亲，可另外找个媒人商议。况且，圣人云：先功名而后妻室。等俺孩儿得了官，那时再成就这门亲事也不为迟。"说罢，放下头发，拿起五贯钱走了。

　　范逵应邀来到陶侃家。陶家母子殷勤相待："学士大人贵脚来踏贱地，真使蓬荜生辉！"范逵谦虚道："不敢。久闻老母教子有方，今日登堂瞻拜，实乃小官万幸。"陶母备置酒席，对范逵说："疏食薄味，箪食壶浆，不堪管待，聊表芹心。望学士莫笑咱。"

　　正此时，闯进两个无赖子，一个叫杜里饥，一个叫世不饱。这二人听说陶侃家今日请客，不叫自来。来了也不讲斯文，呼噜呼噜连吃带喝，不一会儿，一壶酒就没了。陶侃见状，心中厌烦，转身与母亲商议："这么两位不速之客来了可怎么办？酒没了哪有钱再去买？"陶母却宽宏地说："是客人就应待之以礼，不能皱着眉头分什么贤愚高低。我再去想办法打些酒，你快去席面上应酬料理。"这话被杜里饥、世不饱听见，反倒挑了理，搅闹起来："陶侃，你有钱就请客，没钱就拉倒，怎么逼着你母亲剪头发卖钱！真是个忤逆不孝的东西！"陶侃听了，顿时气得晕倒在地。两个无赖见闯下祸，溜了。

陶侃醒来，哭着对母亲说："孩儿实不知办这酒席是您剪头发换来的钱！"陶母劝导："儿呀，此事你休要在意，昔日陵母伏剑、孟母三移，为娘我正是向她们学习。"

范逵把这些看在眼里，很是感动。将陶侃叫过去说："陶秀才，今天是个好时辰，你快收拾琴剑书箱，随我进京应举去吧。"陶侃犹豫道："等小生禀告母亲，再回大人话。"陶母听到这个情况，过来感谢范逵："学士，量陶侃有多少学问，劳您如此费心。"范逵说："老母您放心，我领秀才前往京师，必然中举为官。"陶母又转身叮嘱儿子："孩儿，你未到京城娘的心已去，你行千里娘也跟着行千里。你及第时休扬扬得意，不及第时也莫快快失了志气。无论得官不得官都早些回来，别让为娘我惶惶凄凄、独自叹息。"陶侃捧上一杯酒敬母亲，陶母不接，说："等你得官回家门，你父亲亡灵前咱再一块儿饮。"陶侃别了母亲，随范逵进京。

范逵向圣上讲述陶母剪发待宾之事，并竭力推荐陶侃。圣上大悦，点陶侃为头名状元，又写下圣旨，封湛氏为盖国义烈夫人，赐黄金千两。命范逵再赴丹阳宣旨。

韩夫人听说陶侃得了官，牵羊担酒来到陶家，一为庆喜，二为议定儿女亲事。

范逵宣读完圣谕，感慨地说："常言不谬，公卿生于白屋，将相出于寒门；吃得苦中苦，方为人上人。"

韩夫人过来，对陶母贺喜，又问："您儿子得了官，咱俩先前商定的亲事该当如何？"范逵听她们二人谈的是这种好事，高兴地说："小官甘愿为媒，促成你两家秦晋之好。趁这吉日良辰，韩夫人女儿今天就可过门。"正是：陶侃行志苦心坚，韩夫人不失前言。一家子荣华富贵，新状元夫妻团圆。

❖ 无名氏 ❖

悍妇贪淫生恶计　　良人好义结相知
贤朋待制翻疑狱　　耿直张千替杀妻

张千是个屠户，母亲年迈，家中贫穷，多亏邻居员外时常接济。那员外敬重张千耿直孝顺，一心要与张千拜做结义兄弟。张千推却不过，只得当堂跪倒盟誓。员外认张千为弟，认张母为母。结拜之后，员外去直西讨债去了。

员外去直西讨债，半年多了还没回来。时值清明，家家都忙着祭祖上坟。这天，嫂嫂让张千陪伴着，往郊外祖坟去。嫂嫂在马上左顾右盼，只见莺声恰恰，燕语喧喧，蝉鸣唧唧，蝶翅翩翩，不由春心荡漾。到了一处坟园，嫂嫂让张千搀扶下马，迟迟扒在张千身上不肯起身。张千在坟前设下祭台，整办好祭物。嫂嫂把烧纸铺在地上，让张千过来同坐，又脱下外套，露出薄薄罗衣，搂抱着张千撒娇作痴。吓得张千手脚打战，心说："这婆娘这胆大如天，全不怕外人瞧见，往日里那贤，都做了鬼狐缠。"便问："嫂嫂，您和俺哥哥是多少年夫妻了？"那婆娘说："二十年了，早厌倦他这该死的了！"张又劝道："嫂嫂，您是良人宅眷，不是娼妇妓院；虽说俺哥哥离家半年，很快会回来与您团圆！"那婆娘却说："我只恨他不死，谁想与他团圆！"说着，又黏上来，要跟张千行苟且之事。张千情急无奈，只得推托："坟墓中哪里是寻欢场所，有啥话且等回家再说。"

婆娘到家，兴冲冲置备酒食，等待小叔叔成其好事。听见敲门，以为是张千来了，连忙满脸堆笑把门打开，一看，原来是自己丈夫回来了，顿时败了兴致。员外见了桌上酒食，问是等谁。婆娘支吾道："还不是为了等你。"员外说："可请弟弟张千来一起进餐。"张千初时不信，不肯过来；后将信将疑来了，见到哥哥，连忙施礼："哥哥一路辛苦，鞍马劳顿。"员外也忙着打听母亲平安及家中情况。张千搪塞着："托哥哥福荫，母亲无半星儿疾病缠身。俺嫂嫂嘛，也十分孝顺本分。"员外听了高兴，一连喝了十几杯酒，加上身体困乏，竟趴着桌子呼呼睡着。那婆娘又缠住张千，把他往床帏里拉。张千挣脱出来，忙往外走。那婆娘却跑过去挡住大门。张千斥责道："如今我哥哥回来，你怎么仍不收心！早知如此，真不该替你把丑行遮隐！"那婆娘恼羞成怒；"你走吧！走了我就把那老家伙杀死！"说着，真的从屋内拿出一把尖刀。张千急忙摇晃着员外，呼唤哥哥快醒，怎奈那员外如同醉死，毫无知觉。张千离开也不是，不离开也不是，不由暗生恨心："我哥哥怎么娶了这样个女人，表面上胭脂红粉，骨子里如妖勾魂。我今日若不除了她，早晚让她败坏了家门！到那时，我岂不辜负了哥哥深恩？"于是，他假意说："嫂嫂把刀给我，让我动手。"那婆娘真的以为张千回心转意，把尖刀递过来。张千接过刀，一下子把那婆娘捅死。拜了哥哥四拜，潜回家中。

案子发了，州官怀疑员外就是凶手，刑罚之下，屈打成招，员外被解往开封府。包待制再审，发现这件案子有许多疑点。消息传回乡里，母亲高兴地告诉张千："听说你那嫂嫂另有杀人贼！"张千听了，更加心慌意乱，叹气道："这杀人贼，我若不说谁知道。"接着把自己为何杀了那婆娘的经过讲述一遍，又对母亲说："我早就想去府中首告，只担心母亲您寿高，白指望着养儿防老；我若是不去自招，又恐怕哥哥他坐死监牢。"母亲听了，顿足捶胸、号啕大哭，让张千自己做主。张千说："我已经想好，现在就去开封府报告，无论官衙是杀是饶，绝不能惹得普天下英雄耻笑！"

张千来到开封府，向包待制交代了作案缘由，承认了罪责。包待制命人把他下入死囚牢，把员外换出来。张千对员外说："只望哥哥把白发老母服侍好，我便死啊也无悔懊！"

这天，张千被押赴刑场，午时三刻开刀问斩。员外送来酒食，张千谢道："这就是咱兄弟的长离饭、永别酒了。"又嘱咐哥哥："您以后再若求妻，一定要找个端方稳重的，不能只看她面皮。"忽然背后传来母亲呼天抢地的哭声："儿呀，你就这么撇下我走了！"围观的街坊邻居也由怜悯转为责怪："你这张千忤逆不孝，不顾老娘，倒替别人把命偿！"张千被推进刑场，跪在中央，闭眼等死。猛然间又有使者传来包待制新令，不但赦免张千死罪，而且表彰道："张千替兄杀妻，舍身就义，将他好名儿万古标题！"

❖ 无名氏 ❖

炳灵公府君神怒　速报司梦中分付
王员外好赂贪财　小张屠焚儿救母

　　汴梁城西北角隐贤庄住着一个王员外，家财万贯却心术不正，干着一桩瞒心昧己的勾当：他把别人上供给神灵的纸马等物又拿来卖给别人还愿。他有个孩儿，取名万宝奴，真看得像神珠玉颗般宝贵。

　　张屠的母亲二十岁上守寡，已经六十二岁，忽然得病，日渐沉重，看着将死。她把儿子叫来，说想喝口米汤。张屠十分孝顺，他与妻子商量："咱家无米，我把我这件棉袄拿到王员外家去当几个钱如何？"妻子说："这棉袄也是咱家最值钱之物了，你千万别当得太少。"可王员外却冷冰冰道："这棉袄不过是件旧衣服，最多当二升米！"

　　张屠把米拿回家，让妻子煮些米汤给母亲吃。妻子嫌当得太少，不大高兴，张屠劝她："你别那么愁眉苦脸的。你脸上欢喜些，让母亲看着也欢喜。"又给妻子讲了些郭巨埋儿、王祥卧鱼等二十四孝故事。

　　张屠夫妻请来医生给母亲看病，医生开出药方，说还需一钱朱砂做引子。这朱砂也只有王员外家才有。张屠妻子说："让我和我父亲去给他家打长工，以此换些朱砂回来不行吗？"此时别无办法，张屠只得答应。可那王员外竟给了些假朱砂。母亲吃下去后，把药全都吐了，病情更加严重。张屠拉着妻子朝东跪倒，乞求神灵道："俺两口子情愿把三岁的儿子喜孙做成纸马烧了，送给神仙，只求神仙能好歹救了母亲的病。"

过了两天，母亲果然病好，又恢复了往日模样。张屠见了，不由喜气三千丈。然而，想到再过几天便是三月二十八日，自己曾许下誓愿，要在这天把儿子献给神仙，儿子的神灵将随着焰腾腾一炉火光飞去，不由得暗自伤心落泪。

　　三月二十八日将近，张屠告诉母亲要去太安神州东岳庙烧香还愿。母亲问："你夫妻俩去还愿，为何还带着小喜孙？"张屠含糊答道："许愿时曾提到他，必须得让他去一趟。"三人翻山越岭，来到东岳庙山门下，准备歇上一宿，明日一早去还愿。望着喜孙，夫妻俩想到自己的骨肉明天一早就要捐献给神仙，从此恩断义绝，不由两行清泪眸中堕，九曲柔肠似刀割。

　　王员外也来为他那宝贝儿子万宝奴求福，并趁机做他那纸线、纸马的买卖。

　　病灵、恶祸神、速报司三位神灵奉上圣之命，来到庙会惩恶扬善。他们派急脚李能在后半夜把王员外的儿子万宝奴偷偷抱出，放在火池之内，明日午时焚化；换出喜孙，让喜孙仍活生生地先回张屠母亲跟前去。

　　急脚李能照令行事，送回了喜孙，摄走了万宝奴。三月二十八日中午，张屠焚儿救母，一炷香名扬四海，全境百姓都要为他妻子立一座九烈三贞忠孝牌坊。与此同时，王员外的母亲发现自己的孙子万宝奴不见了。她料到准是儿子净干些不合神道之事，如今遭到断子绝孙的报应。

　　张屠夫妻下山回家，一路眼泪汪汪、心情沉重。最担心的就是倘若母亲问起喜孙来，该如何回答呀！果然，母亲一开门就问："张屠，你两口儿回来了，孩子哪里去了？"张屠夫妻连忙跪倒，谎言道："都怪我们没看管好，喜孙在山上丢了。"母亲听完，哈哈大笑："不要骗我了，你两口儿要把喜孙火焚，没想到你那李能哥哥把他送回了家门。若是不信，快进屋看看是不是咱们那活生生的喜孙。"张屠两口子一见儿子，惊得如呆似痴，半晌张着嘴说不出话。接着，又敬又畏，朝着太安神州东岳方向顶礼膜拜。母亲又拿出一个包袱来，说这是李能留下的腰带。张屠见上面写着："莫骂天地莫谩神，远在儿孙近在身。焚儿救母行忠信，报效爷娘养育恩。"

❖ 无名氏 ❖

关云长提闸放水　诸葛亮博望烧屯

　　刘备与二弟关羽、三弟张飞占据新野，深感没有军师之苦。想起徐庶曾向自己推荐：南阳邓州卧龙冈有位诸葛先生，此人才欺管乐、智压孙吴，论医能起死回生，论卜能知凶定吉，剑挥星斗怕，书动鬼神惊，六韬三略，妙策神机，若得此人为军师，天下大事定矣。可惜刘备两次前去拜访，都没有碰到面。如今，他召来关、张商议，准备再去卧龙冈一趟。张飞却不愿去，暴躁地说："打仗靠的是勇猛。量那村夫，懂得什么？一年三访，枉费工夫！我断然不去。"可是，当大哥二哥上马走后，张飞又急忙追上来，嘟着嘴说："今年再碰不上人，看我放火烧了他那草庐！"

　　诸葛亮算定这一日刘备必将来访，吩咐道童打扫庭院、布置香桌相迎。刘关张三人来到门前下马，刘备问那道童："你师父在家吗？"道童说："俺师父正在屋里睡觉。"张飞气道："这村夫倒是不交房钱，只管睡！"道童"呸"了一声："真是晦气！碰上这么个粗鲁莽汉，正跟村牛一般。"刘备连忙赔礼："请道童入内通报，就说门口有新野太守刘关张三兄弟特来拜见。"道童答应一声，转身进屋。诸葛亮心想："这刘备一年三访，果有诚心，我不可不见。"于是，让道童请刘备进来。刘备躬身施礼："上告师父，俺今日得见尊颜，真乃三生有幸！"诸葛亮回礼道："请问玄德公，数次光临敝宅，究竟有何事？"刘备恳切地说："求师父屈高就下，帮助俺孤穷刘备同扶汉室，再立炎刘。"诸葛亮推辞说："贫道不过是南阳一耕夫，只可修身养性、蒙头睡觉；既不能解饥又不会挡寒，更无救民济世的智量。玄德公实是找错人了。"刘备苦苦请求，又叫关羽、张飞进来相劝。张飞怒道："呔，你这道人好不晓事！我这两个哥哥鞠躬撅腚地相请，你为何坚意推托？"诸葛亮也不责怪，只是叹道："你兄弟三人，一个有称帝之相，一个有神武之气，一个有霸王之威，只可惜生不逢时啊！"刘关张正无可奈何，赵云飞马跑来向刘备贺喜："报得主公得知，甘夫人刚才生下一子。"刘备闻听，不动声色，对赵云说："这里师父还不肯下山呢，你再过去劝上一劝。"谁知没等赵云开口，诸葛亮却主动言道："玄德公不必再劝，贫道今日就随你下山去！"张飞奇怪地说："这老道真是令人不解，我三人磨破嘴皮都不顶事，赵云一来，不曾开口他倒同意了。"诸葛亮道："不然。赵将军一来，贫道观玄德公神态大振，喜气生、旺气长，一扫孤贫之自卑，所以愿意随同下山。"接着，诸葛亮又对刘备等人分析了天下形势："如今曹操已据中原七十二郡，占尽天时；孙权已领江东八十一郡，占尽地利。玄德公欲图天下，只可向西发展，以良法谋取西川五十四州，凭人和，造就鼎足三分之势。"刘备等人听得心悦诚服。

曹操得知刘关张请诸葛亮下山拜为军师的消息，派上将张辽亲赴新野，一下战书，二观动态。张辽走后，曹操又叫来大将夏侯惇，命他率领十万雄兵，先收博望后攻新野。夏侯惇传下将令："我做元帅威风胜，大小三军听分明：人人舍命要当先，个个赏本百家姓。"

刘备率领众将，拜诸葛亮为军师。忽然一阵大风吹过。诸葛亮算道："这是一阵信风，不一会儿便会有人来下战书。"果然，卫兵来报："门外有曹丞相使者张辽求见。"诸葛亮吩咐："放他进来！"览罢战书，诸葛亮从从容容在后面批了"来日交战"四字，掷还张辽。等张辽走后，诸葛亮布置人马迎战。先点赵云为先锋，命他领五百军兵，引夏侯惇进博望城南门，不许赢只准输。张飞笑道："我看这村夫不会用兵，打仗厮杀，哪有不许赢只准输的道理！"诸葛亮又点刘封，领五百人藏在博望城外，一人一个簸箕，只等风起，尽力播土扬尘。张飞又笑："这岂非儿戏，迷人眼睛！"诸葛亮又叫来糜竺、糜芳，命他二人领五百军马，带足火种硫黄，等曹兵一进博望，便点着粮草窝棚。张飞跺脚道："这叫什么打仗！不动刀枪，却要玩火。"又命关羽率领五百军兵，在漯陵渡口用沙袋堵住流水，待曹兵过时，开闸放水。张飞拍手说："好，又派二哥去玩水了。"人马调拨完毕，张飞见没有点到自己，好生气恼，闯进大帐吼叫道："众将都去了，为何单不用我！我好歹也要厮杀去！"诸葛亮说："张飞，不是贫道不用你，是你不中用！"这下儿更把张飞气得暴跳如雷。刘备跪下替他求情："军师，张飞是员虎将，看我之面，就给他个差事吧！"诸葛亮道："玄德公请起。这里确实还有一个差事：明日午时，夏侯惇必领一百残兵败将由小路逃回许昌，若守住路口，定能将其全获。我本不想用张飞，因怕他一人也擒拿不来。"张飞火冒三丈："村夫，我若拿住一个，你输些什么？"诸葛亮说："你若拿将一个来，我就输给你这军师牌印！你若拿不来一个呢？""真要如你所说，我拿不来夏侯惇，情愿输了这颗项上牛头！"二人立下军令状。

赵云迎住夏侯惇厮杀，佯输诈败。夏侯惇追进博望城，见草垛粮仓林立，以为夺了敌军给养，立下大功。命令士兵："怕冷的钻进草垛中睡一夜，明日再战。"糜竺糜芳趁机放起火来，只见烈焰腾腾、火燎北斗；曹兵烧死无数。夏侯惇领着没烧死的士兵冲出城门，又迎面扑来一阵灰土黄沙，夹带着滚木檑石。正头晕眼花之际，刘封领兵冲杀过来，杀死曹兵上万。剩下的曹兵逃往漯陵渡口，见水漫脚面，一个个跑进河里连喝带洗。正在这时，关羽提闸放水，水势滔滔，淹得曹兵鬼哭狼嚎。夏侯惇领着挣扎活命的一百残兵败将，顺着蜒蚰小道儿往许昌跑。忽听一声断喝："张飞在此！夏侯惇，你敢与我交战吗？"夏侯惇哀求说："张三叔，你是个知理的名将。您侄儿我被赵云骗入博望，连烧带淹，如同乏兔一般，哪还有劲儿跟您厮杀？您此时拿了我去，显不得您有本领，反会让人骂你一世。您若肯放我一箭之地，让我埋锅造饭，吃饱之后，两阵之间刀枪相见，那时拿了我去，方是您英雄本色！您是个聪明人，请您思之。"张飞气昂昂道："罢罢罢！就依你所说，让你吃饱歇足，阵上擒拿你！"夏侯惇跑出一箭之地，命令士兵点着破马鞍、湿衣服，故意熏起黑烟，又在马尾上拴些树枝，就着烟幕逃走了，张飞一个曹兵也没捉到。

众将一一回营，向诸葛亮交令报功。只有张飞垂头耷脑、祖臂负荆进帐请罪。诸葛亮责问道："你如今知罪否？""粗鲁张飞知罪了！求军师饶过。"众将都为张飞求情，诸葛亮准其戴罪立功。

曹操损失十万雄兵，怎肯善罢甘休，他召来军师管通商议。这管通也是南阳邓县人，幼年曾跟诸葛亮同堂学业。他被曹操聘为军师后，身体不佳，在家养病，一直不曾出谋划策。今日听说是诸葛亮施计大破夏侯惇时，管通说："这件事就包在我身上，我与诸葛亮是同窗故友，不妨去一趟新野，一席话劝得他来许昌共佐丞相。那时再破刘关张易如反掌。"曹操言道："果能如此，自然大妙！军师，你若能劝得诸葛亮来，当是奇功一件！"管通说："我今日便登程，赴新野，访卧龙。"

刘备正摆下酒宴，与众将同贺诸葛军师指挥成功。忽听卫兵来报："有个云游先生管通，自称军师故友，特来相访。"诸葛亮掐算一番，建议宴席且停，连刘备也暂回避。又叫过赵云，附耳密嘱：如此如此。然后，请进管通，见礼罢，让在上座。诸葛亮对糜竺糜芳说："你二人不知，我这哥哥善藏机之术，无论你将何物藏于何处，他一算便知。"糜竺糜芳不信，手中藏下黑白两个棋子，让管通猜。管通果然猜中，糜竺糜芳惊讶不止。管通轻声对诸葛亮说："我看这两员将的气象，毫无能智。不如依着我，咱俩同去辅佐曹操，指挥他战将千员，雄兵百万，必能成就一番事业。"诸葛亮言道："我这里有几间屋子，里面锁着几件东西，哥哥若猜得对，兄弟便跟随哥哥去。"管通一一猜来。第一间屋子走出来赵云；第二间屋子走出刘封；第三间屋子闯出张飞；第四间屋子显现关羽。到第五间屋子，管通更感觉祥云笼罩、紫气腾腾、气象迥然，简直不敢再猜。士兵将房门打开，刘备堂皇而出。诸葛亮赞颂道："这正是顿开金锁走蛟龙，继统创业一世雄。"管通目瞪口呆。刘备斥责说："大胆管通，好生无礼！竟敢妄下说词，劝我军师投降曹操。罪该问斩！"诸葛亮忙替管通求情："看贫道薄面，饶了他吧！"管通千恩万谢，感叹道："这真是强中更有强中手，俺管通再不敢胡乱说项妄出头。"

灞陵桥曹操赐袍　关云长**千里独行**

　　曹操亲自为帅，命夏侯惇为先锋，统领三十万雄兵，直向徐州，擒拿刘关张。

　　刘备、关羽、张飞三人桃园结义，对天盟誓：不求同日生，只愿同日死。而今，这三人占据徐州，不听曹操调遣。

　　牙将张虎巡境归来，急急求见刘备，报告说："发现曹丞相率领大批军兵，现驻扎在清风岭一带，离徐州不远。"刘备连忙召集两个弟兄商议。关羽献策说："咱们可以分兵三处，大哥统领主军镇守徐州；我领五百校刀手，守住下邳；三弟领五百军马，守住小沛；摆成一个'一字长蛇阵'。蛇头、蛇身、蛇尾三下里互相救应，定能与曹操抗拒。"张飞却说："此计不好，不如我的'热奔阵'。今天夜里，趁着曹操人困马乏，我领些军兵，直闯曹营，找见那曹贼，一抢把他刺死。岂不快捷！"张虎在一旁插言："三将军之计不如二将军！二将军的'一字长蛇阵'是兵书里有的，三将军的'热奔阵'却是瞎编的！"张飞一听就恼了："你是什么东西，敢在这里胡乱评议！来人，打他四十军棍，轰出去！"又对关羽说："二哥，我反正不离开大哥！要么你自往下邳，我和大哥同守徐州。"事情就这样定下来。

　　张虎被责打四十军棍，心中气恨，暗中逃往曹营。

　　曹操正与张辽商议军务，门卫来报："有徐州刘备手下牙将张虎特来投降，现在辕门外等候。"曹操说："让他进来。"问张虎："你为何来投降我？"张虎把自己无端遭受张飞责打的经过叙说一遍。曹操听完，叹道：

"若刘备真用了关羽的'一字长蛇阵',咱们还真是不易对付!"张辽说："关羽之计固然好!若不是张虎来降,张飞的'热奔阵'也甚是厉害!"于是,重赏了张虎,同时设好埋伏,等待张飞当夜劫营。

张飞和刘备闯入曹营,立刻被重兵包围,只听四下里齐喊："休要叫刘备、张飞跑了!"这兄弟二人只得倒戈而走。天黑人乱,张飞不知逃往何方。刘备被赶到一条河边,把衣甲、头盔扔在岸上,跳水潜藏。张辽捡到刘备盔甲,带回营中报信,又向曹操献计："可将咱们军马换为刘备旗号,骗开徐州城门,俘虏了刘备家小,然后去下邳城招安关羽。这关羽文武双全,若肯归降丞相,胜似夺个徐州!"曹操连说："此计大妙,我也早有敬重关羽之心。"

曹操、张辽命士卒挑着刘备的盔甲,用车推着甘、糜两位夫人来到下邳城外。高声叫嚷："关羽,你的两位兄弟都已死了!你若投降,保你高官得做,骏马得骑;你若不降,你的两位嫂嫂可都被拿在我们手里!"关羽站在城楼,向外细看,果然真是哥哥的盔甲,果然真是两位嫂嫂。他急忙呼唤嫂嫂近前来答话。甘、糜二夫人叙说了事情经过,叹道:"想当初也曾劝你哥莫妄动、守为上智;到如今恰正是船到江心补漏迟!"关羽此时左右寻思:"以我两位兄弟的武艺,虽然兵败,但绝不至战死。我若投降,岂不有违当年誓!而不投降,两位嫂嫂的性命便在此时。"无可奈何,他叫过张辽来,说:"请将军转告曹丞相,若依我三件事,我便投降:一、我是降汉不降曹;二、我与我哥哥家属一宅两院;三、我若打听到俺哥哥的信息,必去寻找,不得阻拦。"曹操听完,都予依允。关羽打开城门,先安慰了嫂嫂,后拜见曹操。随同曹操回归许昌。

张飞夜间混战,不见了哥哥,正自焦虑,忽见刘备骑马过来,兄弟二人相见。刘备告诉张飞:"徐州已被曹军占领!"张飞则大骂张虎:"若捉住这个叛徒,定将他碎尸万段!"二人同到下邳寻找关羽,听到的竟是关羽已投降曹操的消息。二人又到河北依附太守袁绍。谁想在一次与曹兵交战中，袁绍手下大将颜良、文丑竟被关羽所杀。袁绍闻听大怒，要找刘备、张飞算账，多亏刘、张二人逃得快，才保住性命。张飞听说古城守将就是张虎，便拉着刘备寻到古城报仇。张虎哪里是张飞的对手，弃了古城逃往许昌报信。

关羽自从到了许昌，被圣上封为寿亭侯。近日，他领兵大破袁绍，刺颜良、诛文丑，得胜回营。曹操对他是格外厚待，上马赠金下马赠银，每日盛宴庆功。这天，正筵席间，张虎逃回许昌，到丞相府求见。曹操命门卫放他进来。关羽认识张虎，此时转过身去，趴在桌子上偷听。听到这小子说张飞、刘备夺了古城，关羽身体一震，暗想："我总算知道两个兄弟的下落了！"曹操觉悟到张虎的话不该让关羽听见，喝道："你这张虎，一派胡言！"命张辽："快把张虎推出去杀了！"关羽假装喝醉，告辞回府，先到另一处宅院向嫂嫂报告自己听来的消息。甘、糜二夫人大喜，跪地询问关羽有何主意。关羽斩钉截铁地说："一旦打听到哥哥消息，不远万里也要寻去！我挂印封金，你们快收拾行李，咱们趁着星夜悄悄离开！"

张辽到关羽住宅看望，发现人去室空，再一询问，知道关羽挂印封金，带着哥哥家眷往古城去了。张辽急忙回身去相府报告曹操。曹操叹道："我如此厚待他，谁想他仍不忘那刘备，竟不辞而别了！"许褚自告奋勇，要领兵把关羽捉回。张辽献策道："如今只能智取，不可强擒。我有三条妙计：丞相亲自赶去送行，抢先下马，那关羽必然下马还礼。那时，许褚上前将他拦腰抱住。他若不肯下马，丞相可送酒钱行，酒里下了毒药，将他麻翻。他酒若不喝，丞相则以馈赠为名，送他一领西川锦征袍，他必定下马来穿，那时众将一齐下手！"曹操说："就依你计行事！"

关羽正骑着马，保护着嫂嫂车驾前行，忽见身后烟尘大起，是曹操领众兵追来了。曹操喊道："寿亭侯兄弟，怎么不辞而别呢？"说着从马上跳下来。关羽却端坐马鞍桥不动："丞相勿罪，我不下马了。"曹操又吩咐："拿酒来！"亲自把酒杯递上："寿亭侯，既然你要走，我就为你钱行，请饮了这一杯。"甘、糜二夫人忙说："叔叔不要喝，只怕那酒里藏有机妙。"

关羽被提醒，谢道："难得丞相好心，就请丞相代饮了吧。"曹操见二计未成，又招呼许褚："把那饯行礼拿来。"许褚用银盘托着一领锦征袍过来。曹操说："寿亭侯，想咱兄弟厮守多时，也没有什么东西送你，这领征袍，请你下马来试穿一下。"关羽手中举起大刀，用刀尖轻轻把锦袍挑起，搭在肩上。吩咐手下人："快让嫂嫂先行，我随后赶来。"又对曹操拱手道："感谢丞相厚意。丞相之恩，我异日必报！"说罢，催马走了。曹操对张辽说："三条妙计都不济。你快追上去，向他要件回奉礼物。"张辽追上关羽，关羽把刀一挡，对张辽说："昔日我刺颜良、诛文丑，也算对得起丞相，丞相如今要回奉礼物，只可惜我身上没有值钱之物，只好等以后我们兄弟相会，那时必定再与曹丞相交锋对峙，我这青龙刀下，饶丞相一个死就是！"张辽回马将此话告诉曹操，曹操叹道："唉，我正是使碎自己心，笑破他人口，罢了，就让他去吧！"

曹军上将蔡阳，手中刀重约百斤，有万夫不当之勇，他听说关羽背恩而去，点齐五百健卒，直奔古城，要找关羽比试刀法。

刘备、张飞占据古城，正在怨恨关羽背义降曹，关羽恰巧领着家眷来到城外叫门。刘备、张飞怒冲冲走上城楼质问："你为何全不想桃园结义之情，投降了曹操，我们断然不能认你！"关羽苦苦解释："你兄弟决非背信弃义之人！"甘、糜二夫人也求情："那一时实在是迫不得已！"张飞仍是不信："嫂嫂，你们别替他掩护！他若不降曹，怎么被封为寿亭侯？他既被封为寿亭侯，还有何脸面来见我们！"正相持不下，蔡阳领人马来到古城，摆开阵势。张飞见状，更是怀疑："关羽，你说你不顺曹操，为何蔡阳又跟随你来？"关羽说："这蔡阳定是来追赶我的。如若不信，看我把他杀了！"张飞道："我当然不信！你和他是一家，怎肯杀他！"关羽不再答话，提刀上马，问蔡阳："你为何来？""特来擒你！"关羽说："既如此，我与你言定：一通鼓，埋锅造饭；二通鼓，戴盔披甲；三通鼓，交锋厮杀。你同意吗？"蔡阳不知是计，大咧咧道："好，你就去埋锅造饭去吧！"实际关羽退走不远，猛然回马，将蔡阳斩了首级。张飞一见，大喜，开了城门，喊着二哥，与关羽相见。关羽拜见大哥刘备。刘备一面吩咐手下设宴庆喜，一面赞叹："二弟，你不得已而降曹，虽身居重职却不改其志，此为仁也；你不远千里而来，被我和张飞百般怒骂而口不出怨恨之语，此为义也；你挂印封金，辞曹归汉，此为礼也；不一时立斩蔡阳，此为智也；你按照约定，一听到我和张飞在古城，便带领家小前来，此为信也。由此观之，兄弟您真是仁义礼智信俱全啊！"

王安石谗课满庭词　苏子瞻醉写赤壁赋

苏轼官拜端明殿大学士，王安石在府宅安排夜宴，为苏轼庆贺升迁，席间请了秦少游、贺方回作陪。王安石劝着酒，道："筵前无乐，不成欢笑。小官有家乐数人，可让她们吹弹歌舞助兴。"于是，十几名侍女隔着帘子演奏起来。王安石的夫人久闻苏轼有冠世之才，想亲眼见上一面，便混在侍女之中。

苏轼开怀畅饮，不觉有些酒醉，再看那些侍女，一个个美若天仙，不由心中高兴，故意开玩笑道："小娘子金钗掉了！"王安石夫人以为说的是自己，急忙伸手往头上去摸，逗得众人笑个不止。接着，苏轼又乘兴写下《满庭芳》词一首："香霭雕盘，寒生冰箸，画堂别是风光。主人情重，开宴出红妆。腻玉圆搓素颈，藕丝嫩新织仙裳。双歌罢虚檐转月，余韵尚悠扬。人问何处，有司空见惯，应谓寻常。坐中有狂客，恼乱愁肠，报道金钗坠也，十指露春笋纤长。亲曾见全胜宋玉，想像赋高唐。"

苏轼走后，王安石十分气恨，心想："这姓苏的怎能如此无礼！我设家宴款待他，他却淫词戏弄！我绝不能跟他善罢甘休，明日就去皇上跟前告他一状。"

殿头官传旨：因苏轼戏弄大臣之妻，贬去黄州三年。

苏轼带着书童，在解差监押下朝黄州进发。飞雪迷了前路，彤云蔽了日头；寒风冷飕飕，瘦马载离愁；恰正是官身不自由。

邵尧夫、秦少游、贺方回等官员在十里长亭等候，为苏轼送行，见苏轼到来，请他到亭中饮几杯。苏轼叹道："唉，都只为当时几杯狂酒，害得我如今无人救！"贺方回说："劝君更尽一杯酒。"苏轼接吟："只怕这酒入愁肠愁更愁！"邵尧夫劝道："学士不必忧心，异日必有相会之期。"苏轼问："难道先生您以为我还能活着回京与大家共聚吗？"邵尧夫不正面回答，却把自己的家谱告诉苏轼，让苏轼牢记。

苏轼到黄州，生活艰难，数次拜谒黄州刺史。可那刺史竟然全不念旧情，以身体困倦为由，命差役在衙前挡驾，不予接见。

转年秋天，七月十五日夜，黄鲁直和佛印禅师邀请苏轼一起泛游赤壁。苏轼经过此番磨炼，对于人生有了新的认识。他把酒高歌："桂棹兮兰桨，击空明兮溯流光。渺渺兮余怀，望美人兮天一方。"又提笔写出惊世名篇《赤壁赋》。

大臣邵尧夫病逝，圣上准备为他树碑立传。可是，无人晓其家谱。邵的子女奏本说只有苏轼知道详情。因此，圣上特派使官直往黄州传旨：调苏轼星夜回朝，免其旧罪，官复原职。

黄州刺史听到宣苏轼回京复职的消息，后悔自己过去不该对他冷淡，亲自带上一壶酒，到苏轼宅中来赔礼道歉。苏轼假装不认识，问："老兄，你是何人？"黄州刺史慌忙双手递上一杯酒，羞着脸说："求大人恕免这一次，过去都是我的不是了！"苏轼摆手道："您哪里有什么不是，说起来您还是我的师傅呢！"使官惊奇地问："怎么他是您师傅？"苏轼："他教我懂得：莫夸什么自己醒，莫说什么他人醉，从今以后，大家就糊里糊涂只管睡！"

❖ 无名氏 ❖

张秀才奋登龙虎榜　郑月莲秋夜**云窗梦**

　　汴梁妓女郑月莲，爱上秀才张均卿，两人誓结生死。怎奈鸨母嫌贫爱富，看着张秀才钱财用尽，便生见外之心。江西有个茶商姓李名多，到汴梁来做生意，听说郑月莲生得大有颜色，愿出高价跟她住上一住。只因张秀才挡在前面，使他难得插足。鸨母为他设计：可在酒楼摆个宴席，请张秀才、郑月莲同来。席间用言语挑拨，用金钱蛊惑，定能使月莲回心转意。

　　这李多依计行事。酒席间大献殷勤，为卖弄学问、钱财，他丑态百出。郑月莲对他爱答不理，只依偎着张秀才。

　　鸨母见状，只得亲自出马，闯进屋内帮忙。张秀才见鸨母进来，起身回避。鸨母对月莲说："孩子，你先清退张秀才，陪这李官人几日，挣些钱养家不好吗？"李多忙插话："小子我长得也中看，钱物也尽有！"月莲却说："你虽有钱我不爱，我只守着张秀才！"鸨母气急败坏地说："若是这些你也不依，我便索性把你嫁给这李官人！"月莲哭哭啼啼走了，鸨母对李多说："你放心，我好歹让你完备这件事。"

　　鸨母不让张均卿登门，张均卿无奈，打点行装准备上朝取应。郑月莲听到消息，让梅香送来些金银首饰当盘缠，叮嘱道："若得了官时，一定快回来娶人！"

　　张均卿走后，李多喜滋滋再来妓院，对鸨母喊道："奶奶，您儿子初进门来，备下酒席，快请大姐出来，咱们一块儿吃几杯。"鸨母让梅香去叫郑月莲。郑月莲正独自思念张秀才："我为他心忙意紧，他为我行眠立盹，一样相思两断魂。间别一二日，胜似两三春，各自病损。"听母亲催逼得紧，她只得起身来到席间，愁眉苦脸在旁边一坐。鸨母叱责道："李官人在此，你也该搽些胭粉，戴些花朵，多讨些赏钱！"郑月莲说："我哪里还有这个心情！"鸨母道："你呀，命在烟花之中，还是别做什么夫人梦吧！"李多也忙说："大姐，我钱多着呢，茶也有几船，你要时，都搬来！"郑月莲低头不语，跟没听见一般。鸨母跟李多喝了一会儿酒，见天色已晚，起身道："我先走了，你二人且再喝。"李多见屋内没了别人，捧着酒杯来纠缠郑月莲。郑月莲假意问："你见我可喜欢吗？""当然是喜欢死了！""既是喜欢，就跟我再对上几杯。"不一会儿，李多被灌了个十分醉，趔趔趄趄过来要搂着月莲睡。月莲一推，把他推倒在床上，自己走出屋来。李多酒醒，发觉月莲根本不在身边，自己白做了一夜风月梦，不由羞恨交加，找鸨母算账。鸨母没挣到钱，赌气以五十两银子把月莲卖给洛阳张妈妈妓院，并嘱咐张妈妈要对她严加管束。

月莲被卖到洛阳，又早过了半年光景。适逢中秋佳节，她按不住"情脉脉唱然声，又添个孤零零清瘦影，今日月圆人不圆，怎不让人格外伤情"。

有同院的姐姐拿了些酒食来陪伴她，劝她想开些，不要自伤身体。月莲心中委屈，只是泣涕叹息。待那姐姐走后，她独自借酒浇愁，直喝得迷迷糊糊。忽然，张均卿叫着她的名字笑盈盈走过来，郑月莲惊喜地扑过去，喊道："秀才，我见了你就没了病了。"张均卿抱住她，脉脉含情地看着她："大姐，我该走了。"郑月莲蓦然惊醒，却原来是一场梦。她"闷腾腾半晌呆愣，扑簌簌泪珠零零，离别人纵然是心肠硬，也受不住这万种萧萧落叶声"。

李多又到妓院来找月莲。鸨母告诉他："郑月莲已被卖到洛阳张妈妈家。"李多听了，高兴地说："洛阳府判是我叔父，我立刻到洛阳去找他，让他帮忙，好歹把月莲娶过来！"

洛阳府判名叫李敬，他正忙着安排筵席，准备宴请新上任的洛阳县尹，并打算把自己十八岁的女儿许聘给这新县尹。李多闯了来，见到李敬，叫道："叔父，受你孩儿两拜。"李敬问："孩儿，你这是从哪儿来？"李多忙说："孩儿从汴梁来。因有个妇人，叫郑月莲，您孩儿一心想娶她为妻。如今她在洛阳，请您派人说去，替我完成这亲事！"李敬劝道："孩儿别急。我今日招婿，等事情完了，明天一定替你去说。你先暂到后堂歇息。"

张均卿进京赶考，一举及第，官授洛阳县尹。他也曾打听过郑月莲消息，风闻郑月莲已转卖别人，此外音信皆无。因此，也就含糊答应下李敬的提亲。这天，他来到李府赴宴。

郑月莲等一群歌妓被李府叫来，歌舞助兴。李敬特意嘱咐："我今日招婿，你们都要小心在意！"命郑月莲为新女婿把盏斟酒。郑月莲捧着酒壶，一见这新女婿，登时痴迷，掐掐皮肉，仍怀疑是在梦里。她不由轻声恨道："张秀才，你好狠心呀！"张均卿也吃惊地说："呀！原来是俺大姐，你怎么到的这里？这可叫我怎么好！"两人眉来眼去，悄声低语，一旁气坏了李敬夫妻。李敬怒斥道："你这妮子，让你把盏，你为何不把盏？"郑月莲从容回答："您听我说，我与张郎早有婚约。"正这时，李多跑过来，扯着李敬的手："叔父，这妇人正是我要找的媳妇！"李敬好生恼怒，吆喝左右公人拿大棒子过来，要拷问郑月莲。张均卿忙说："这妇人确实是小官旧室！"李多嚷道："她是我的老婆！"李敬喝道："不要乱！这妮子你说，当初到底是怎么回事？"郑月莲把经过叙说一遍，又求李大人可怜，多行方便。李敬沉思半晌，问张均卿："新婿，你心中到底是个什么意思？"张均卿说："唉！这真叫小官一言难尽。当初我与她确曾是夫妻。今天又蒙您恩顾，招我为婿，这真让我不知说什么好！"李敬又想了想，吩咐夫人小姐回后堂去，对大家说："人间天上，方便第一。我今天就着这场筵席，成就了张县尹两口儿，让您二位夫妻团圆！"张均卿、郑月莲连忙跪下拜谢。李多看着没趣，"呸"了一声："真没意思，替别人挣了个老婆！我也走了。"

❖ 无名氏 ❖

般般社火上东岳　刘千病打**独角牛**

深州饶阳县有个刘老汉，刘老汉的弟弟人唤折拆驴，很有些力气，前两年去泰安神州打擂，一直不曾回家；刘老汉的儿子名叫刘千，也喜欢刺枪弄棒、学拳摔跤，常常不服管教。

折拆驴一直不曾回家，不是因为别的，因为他去泰安打擂，第一年被擂主独角牛打掉两个牙，第二年被打掉四颗牙。他觉得脸上无光，便在邻村开个武馆，教练着快吃饭、世不饱等几个徒弟过活。

这天，刘千假说去放牛，瞒着父亲，绕到村外。忽听邻村有相搏互斗的比武声，急忙跑去观瞧，只见台上世不饱和快吃饭正你一拳我一脚地比划着。刘千看得无趣，跳上台去，对他们说："我跟你们练几下如何？"折拆驴见这年轻人麻秆儿般四肢，泥鳅般体态，浑身上下无四两山鸡肉，很是瞧不起。便傲慢地问："你凭什么本事，敢到这儿比试！你先吐个架子让我看看。"这刘千也不说话，左拳照折拆驴脸前一晃，右脚轻轻一勾，立时把折拆驴摔了个大屁股蹲儿。折拆驴气急败坏，爬起来拼命，却数次被刘千打倒在地。刘千嘲笑道："呸，简直是个糠布袋，还不如一头肉春牛，也不怕害你娘羞！"

和刘千一块儿玩儿的孩子，跑回村向刘老汉报告："刘千哥哥又打架呢！"刘老汉急忙赶来，揪住刘千就骂："叫你别惹事，你偏不听，跑到这里来闯祸！我今天非打死你这小禽兽！"折拆驴在地下喊："老人家你别打，打他便是打我一般！"刘老汉仔细一看，认出是自己的兄弟，连忙把他扶起来，问："兄弟，你认得这孩子吗？他就是你侄儿刘千呀！"折拆驴惊讶地说："原来他是我的侄儿！我离开家时，他才那么小，如今已这么大。"刘千过来施礼："叔叔，早知我是您侄儿，绝不敢如此冒犯！"折拆驴拍着衣服上的土，问刘老汉："哥哥，咱这孩儿忙还是闲？""孩儿忙着呢。""既是忙呀，也就算了。我是想，若是闲呢，我就教他几手儿。"刘老汉说："算了，你还是先顾你自己吧。"

刘老汉回家去安排茶饭。折拆驴和刘千边走边聊。折拆驴问："孩儿，你听说过三月二十八日泰安神州摆擂台的事吗？有个独角牛，生得身凛凛、貌堂堂，谁要敢跟他争跤赌胜，那才是天下第一的好汉！"刘千听了，急切地说："叔叔，哪儿有这样的好擂？您一定要带我去看看！"折拆驴装出发愁的样子："只怕你瘦巴巴地，根本近不得他！"这更激起刘千的好胜之心。

三月二十八日将近，刘千却身患重病，卧床不起。他妻子为他求神拜佛，对天许下施舍一百日义粥的心愿。这天，她正站在自家门前舍粥，一大汉带着两个喽啰过来。那大汉下了马，支使喽啰去把粥端来饮马。刘千妻子斥责道："你这人好不懂事，这粥是给人吃的，怎可用它饮马！"那大汉却调戏道："你这妇人倒长得好看！你家男人也是像我这样的好汉吗？让他出来！"原来，这大汉便是独角牛，他风闻折拆驴的侄子刘千很有本领，怕打擂时被挫了锐气，特地寻上门来，事先摸摸底细。

刘千妻被气哭了，转身回家告诉父亲刘老汉。刘老汉气愤地嚷着："这小子好生无礼，他在哪里？"走出大门。独角牛迎上前来，骂道："你个老东西，骂谁呢？徒弟们，给我打这老小子！"一声令下，把刘老汉打倒在地。独角牛指着刘老汉说："你个老东西不禁打，你家里还有什么年纪小的后生没有？让他出来，我和他交交手。"刘千妻听了，急忙去找叔叔折拆驴。折拆驴正在古门洞里坐着捉虱子，听说哥哥挨打，急忙赶了来。远处一看，认出那壮汉是独角牛，不敢正面攻上，绕到独角牛背后，想突然袭击，把独角牛扳倒。哪知独角牛早有提防，用胳膊一撞，把折拆驴撞翻在地。独角牛用脚踩住折拆驴说："我以为是谁，原来是你个手下败将。你叫我十声老子，我就饶了你。"折拆驴道："羞人化化的，怎么叫得出口？"
"你不叫，我就打死你！"折拆驴万般无奈，只得一声声叫了。独角牛耀武
扬威地说："徒弟们，这小子被我打怕了。咱们喝酒去！"说着，晃着膀
子，上马走了。

　　独角牛走后，刘老汉和折拆驴从地上爬起来，刘千妻搀扶着他们回屋。
刘千看见妻子，呻吟道："大嫂，你快去给我熬口粥汤来。哎哟，我的娘！
我这头疼死了！"折拆驴也呻吟道："哎哟，我的爹！我这牙疼死了！"刘
千问："叔叔，你这是怎么了？怎么满身满脸都是土？"折拆驴："我刚才
在地上打滚儿来。""别骗人了，打滚儿怎么嘴角流着血？"折拆驴只得讲
了实情，末了又说："这独角牛，他打掉我六个牙，又打倒你父亲，又调戏
你媳妇。孩儿呀，你若是顶天立地的男子汉，你就不能不报这仇冤！"刘
千听着，气得大汗淋漓，身子倒觉得轻快不少，脑袋也不怎么痛了。他咬
牙切齿发誓：若不在擂台上打倒独角牛，报了这山海般深仇，誓不为人！

　　三月二十八日，东岳天齐庙前搭好擂台。擂台下人山人海、万头攒聚。
擂台上摆着银碗、花红、绸缎等利物。四个公人把住四角，京城派来的降
香大使亲自登台主持开擂仪式，宣布："今天是东岳圣诞之日，依古礼智斗
相搏开始。"

　　独角牛趾高气扬上了场，对台下喝道："打遍天下无敌手，独占哪吒第
一人！自家独角牛的便是。有哪个好汉，敢出来跟我擂上三合吗？"

　　刘千一个箭步蹿上擂台，对公人说："哥哥，请报复一声，小人刘千，
深州饶阳人氏，特来打擂。"公人将他引到降香使官跟前登记。降香使官见
刘千如此瘦小、一脸病态，劝告道："打擂非同儿戏，你恐怕不是独角牛的
对手。"刘千说："我今天是特地来会会这独角牛的！"降香使官又问："打
擂是要立下生死文书的，你有亲人作保吗？"刘千要叔叔折拆驴过来签字画
押。独角牛见折拆驴上台，以为又是他来打擂，脱下外面衣衫，过来揪他。
折拆驴边躲边嚷："你怎么只认得我？今天跟你打擂的是我侄子刘千！"独
角牛看那刘千，身量还不及自己一条大腿，根本不把刘千放在眼里。

公人将独角牛、刘千两人左右分开，喊一声："相搏开始！"只见刘千三转二转，闪到独角牛背后，一手抓住腰带，一手拽住裤裆，登时将独角牛举起摔在台上。独角牛被摔得满脸鼻涕，爬起来，用手抹一抹，在靴子上擦了擦。公人宣布："第一合刘千胜，看第二合。"刘千对独角牛说："这第二合让你尝尝我拳脚厉害！"说着，双拳在独角牛眼前一晃，接着一脚朝对方胸部踹去。只见独角牛如同一个空桶般倾倒在地，一动不动了。折拆驴上台，朝独角牛头上喷了一口水。独角牛醒来，认输道："我败了。"擂台下一片欢腾。

降香官接见刘千，高兴地说："这银碗、花红、绸缎等利物都赏给你。另外，从今日起，就加封你为深州饶阳县县令，你走马上任去吧！"

刘老汉正在家中焦急地等待打擂的消息，邻居出山彪赶回来向他报喜。出山彪将刘千如何战胜对手、如何立功受赏的详细情况叙说一遍。刘老汉感叹地说："俺不高兴出任什么深州县，只赢了那独角牛便心欢意满。从今后且休论他长我短，莫惹事守本分大家平安。"

受贫穷李逊托妻　施仁义**刘弘嫁婢**

　　汴梁人李逊，赴钱塘就任，途中病倒在望京店。他自知命在旦夕，更担心自己一死，娇妻幼子将归于何处？因此，他有意把妻子张氏、儿子春郎支使开，打算写封遗书，使这母子二人有所投奔。然而，思来想去，自己平生没有一个亲朋好友可以信赖；唯听说洛阳有个叫刘弘的，是个仗义疏财之人，虽然素不相识，却一直敬慕在心。于是，他将信纸封好，等妻子儿子回来，对他们说："趁我此时明白，我嘱咐你们：我死之后，你母子二人可以拿着这封信直去洛阳，投奔刘弘伯父。他一见是我的书呈，必然收留你们。"言罢，长叹一声："我也顾不得你们了！"死了过去。张氏、春郎将李逊骨殖暂时寄放在南门外报国寺里，边哭边走投奔洛阳。

　　刘弘是洛阳巨富，当年四十五岁。这天，他在街上闲吃了几杯闷茶，骑马回家，迎面碰上一位道士呼唤他的名字。刘弘连忙下马，作揖施礼道："老先生如何认识在下？"那道士回礼说："我善能风鉴，愿与刘员外决疑。"刘弘很高兴："就请道长为我相上一相。"那道长看完相，严肃地说："我这阴阳不顺人情，我说了你可别恼：你这命中注定有两桩缺欠不全！"刘弘着急地问："敢问先生，我有哪两桩缺欠？""你一者是夭寿，寿不过五旬，只还有五年的限次；你二者是乏嗣，纵然有万贯家财，无人承继，这可是最当紧的！"道士此言正戳到刘弘心中隐痛，刘弘不由泪流满面，恳求道："求师父指点迷津，我如何才能全寿数？如何才能有子嗣？"道士说："刘弘，我教你八个字：婚姻死葬，邻保相助。你若依我此语，自然福寿俱齐。"正说着，一阵大风吹来。刘弘擦眼的功夫，再一看，道士已无踪迹。原来，这道士是上界太白金星所化，是特地下凡来劝导刘弘的。

刘弘的老婆王氏、侄儿王秀才正在典当铺里清理账目，那王秀才一边拨拉着算盘珠，一边嘴里念着："一八得八，二八一十九，三八二十六，四八一十七……"刘弘从外边进来，烦躁地说："王秀才，你在那里瞎算个屁！"王秀才赶紧站起来作揖，暗想："这老头儿今天怎么更倔了？"王氏也问："老的，你为何满脸不高兴？"刘弘把在街上遇到道士给自己相面的经过叙说一遍，叹气道："唉！想咱这人贫人富，都有那天公暗里乘除。贫的们多生些子嗣，富的们广积些金珠。有子嗣的安贫无虑、乐在其中；有金珠的妄自贪图、如坠云雾，犹不知中了杀人术！"王氏闻言，哭着说："想咱俩口儿也没做什么歹事，怎么就偏偏尺男寸女皆无！"刘弘发狠道："依我看，都是这不义之财积得多了，妨害了咱这子嗣！王秀才，你给我四下里贴出帖子，就说刘弘员外自今日起只放赎不收利，再不开这典当库了！"王秀才急忙劝说："姑夫您这是想到哪儿去了！常言道'早晨栽下树，到晚要乘凉''吃酒的望醉，放债的图利'，您两口儿没有子嗣，与这开当铺哪有关系！"王氏也劝刘弘："老的，有句话我一直想对你说：怪我无能，不能给你生下一男半女，你就依着我，安排一桌酒席，把我的爹娘请来，陪上一句话，然后你就再娶个年纪小的、长的好的，近身服侍你。那时或许会有结果。"刘弘摇头道："算了吧，日月逝兮岁不延，青镜晓照两鬓斑；我这暮景桑榆无子女，皆因天公不见怜！"他催促王秀才："快去写帖子！快去把当铺关了！"王秀才稍有迟疑，刘弘便骂着："都是你这东西在典当库中做下手脚，坑人骗钱，导致我折乏子嗣！从今日起，你就离开我这门，休在我家里住！"王秀才气得收拾了行李，带着大包小包的东西要走，可走到门口，转念一想："哪里有这里好？"于是又转身回屋，把行李往床上一放，对姑夫道："您老人家说了几句，谁和您一般见识。"刘弘拿他也没办法，只得说："你既不走，到门外瞅着去，看有什么人来没有。"

春郎、张氏子母二人离开望京店，来到洛阳，打听得刘弘住宅，见门口立着一人，忙过去作揖："哥哥，此处可是刘弘伯父家？"王秀才点头问道："你们是什么人？""亲眷。""青绢这两日卖五钱银子。""不是青绢是亲戚。""从哪里来的亲戚？""从汴梁来。""哦，光脊背躺青石板上，自然便凉了。"王秀才唠叨着，进门通报。刘弘一听，奇怪地说："我在汴梁哪有什么亲戚，定是你这小子诳骗我！"王秀才急乎乎地辩白："我怎敢骗你，确有一个男子一个妇女在门口求见，不信，你自己去看看。"刘弘来到门外，一见这穿着孝服的母子二人，十分惊讶："你们是哪里人氏？姓甚名谁？因何来到此处，请慢慢讲来。"李春郎把事情经过叙说一遍，递上父亲写好的书呈。刘弘接过书呈，只见封皮上写着"守鲁奉呈尊兄刘弘阁下开拆，辱弟李逊谨封"，而封皮里面，却只有一张无字白纸。刘弘拿着这白纸，思索片刻，叹道："李逊兄弟，你的心意我全领会了。白者素也，你有满怀的心腹事，只因与我素不相识，故无法诉说；纸者居也，你正意是托妻寄子，让我给他们一个安身之所。哎呀，记得遇见老道士时，曾嘱我八字'婚姻死葬，邻保相助'，今日便有这样的善事找上门来，我不可不行！"于是，他恳切地把春郎、张氏往家里请，解释说："我与李逊心心相印，情谊胜过八拜之交！如今他不幸身亡，您子母二人到我这里来得正好，到我这里就跟到了自家一样。"他一面吩咐王秀才赶紧去报恩寺取来李逊骨殖安葬；一面命令家人赶紧收拾西头一所宅子让张氏母子住下。王氏疑惑地问："老的，我看他子母二人都身披重孝，留他们在家，怕有什么不吉利。是否赠些银两，让他们别处居住？"刘弘摆手道："不行不行！人家是有子嗣无居处，咱们是无子嗣空盖些画堂锦屋，留人家在咱家住，正可以将有余来补不足。"

襄阳裴使君，为官正直耿介，不为小人所容，终于被害身死。停丧在地，无钱埋殡。他的女儿裴兰孙，为筹钱来到洛阳，身上插根草标，站在街头，打算自卖自身。

有个媒婆，见到兰孙，忽然记起刘员外之妻王氏曾对自己提及，想找个女孩儿。于是，她凑过去问兰孙："你打算要多少钱？""五百贯长钱。"

"既然有价，那么你跟我来。这里有个员外，你到他家，有吃有穿。"媒婆领着兰孙来到刘员外家。王氏见了兰孙，很是满意，决定留下。五两银子打发走媒婆后，便带着兰孙拜见刘弘。刘弘问："那女孩儿，你姓甚名谁？哪里人氏？为何到这洛阳来自卖自身？"裴兰孙将自家遭遇叙说一遍，言道："只要能一席地殡葬了父亲，我兰孙就是厨头灶底、作婢为奴，也平生愿足！"刘弘一面嘴上夸赞着兰孙孝顺，一面心里联想到自己："唉，裴使君仅有这么个女儿，尸骨也能得以安葬了。那有儿子的人家就更别说了。我却无儿无女，死后靠谁收尸！"不禁神色黯然。王氏过来悄声说："老的，这小姐模样不错，我看你就把她收在你房中，近身服侍你如何？"刘弘气恼地说："婆婆，你这是什么话！幸亏那孩儿离得远，没听见，若是听见了，把咱们当成什么人！她虽贫贱，却是官家小姐，咱虽富贵，仍是庶民百姓。有道是：履虽新不可加之于首，冠虽弊不可弃之于足。你懂得吗？！"说完，叫过王秀才来，让他赶紧寻人破木造棺、高原选地、建起坟茔，安葬兰孙父亲。又吩咐王氏领着兰孙到后堂梳洗更衣。

安排完毕，刘弘问王秀才："今日是好时辰吗？"王秀才算了一番："天黄道，地黄道，日月双黄道。子丑寅卯，今日正好；过了今日，明日糟糕。"刘弘听了，言道："既然如此，我今日就给裴小姐成就婚事。侄儿，我问你，我给小阻陪送妆奁房钱三千贯，金银玉头面三副，春夏秋冬四季衣服四套，你说少吗？"王秀才以为姑夫是要把裴小姐嫁给自己，连说："不少，不少。"刘弘道："既是不少，你就给我把西头宅院的春郎子母二人请来。"王秀才不解地问："这事既是您主定了，又请他们干吗？""你去把他们请来，你身上的事务就完备了。"王秀才疑疑惑惑把春郎母子叫到堂屋。春郎母子与刘弘见礼。刘弘又叫："后堂中请出小姐来。"王氏陪着打扮得干干净净的裴小姐来到堂屋。刘弘指着裴小姐向春郎母子介绍了她的身世，问张氏："我今天想把这一十八岁兰孙小姐许配你儿为妻，你意下如何？"张氏感激地说："像这样的恩情，可让我如何报答！春郎，快谢过伯父伯母大人！"春郎弯腰施礼。刘弘看着这一对儿年轻人郎才女貌，心中高兴，问王秀才："我这婚事主得如何？"王秀才此时美梦做完，气恨地把头一扭："主得是我那脚后跟！"王氏也不解地问："老的，你错了！春郎母子拿着一张白纸来投奔咱们，咱们又是照顾吃穿住，又是倒陪奁房把个媳妇给了他，咱们和他到底是什么亲？"刘弘道："你只知一张白纸没什么墨迹，怎晓得这内中含有倾心吐胆的情谊。我这样一个婚姻一个死葬，与其说是顺人情不如说是合天意。"张氏见刘弘夫妇意见不合，悲伤地说："伯父伯母，这媳妇儿俺也不敢要了，就今天辞别了二位恩人，俺母子二人回去了。"刘弘急忙拦住，解释道："他伯母并没说什么话，只是要落实咱们两家的关系。春郎，你从今日就是我亲侄儿，不论什么姓刘姓李，都是一家一计，你与王秀才便是兄弟。"王秀才恼怒地说："什么兄弟，气破我肚皮！眼看一块到口的肉反被他夺去，我恨不得今夜就跳窗而入把他杀死在被窝里！"刘弘闻听，对春郎低声道："这小子说出来就可能做出来。你今日成婚，明日就带上媳妇进京赶考去吧。"

春郎夫妻告别了母亲及刘弘、王氏，进京赶考去了。

李逊死后，因其正直而成上界增福神。他在玉帝前叩头出血，陈述刘弘贤德，请求玉帝满足刘弘求嗣之愿。玉帝降旨：送刘弘一子，名叫刘奇童。李逊驾起祥云，去往洛阳刘弘宅院，准备把这一喜信托梦告知。

裴使君死后也成了神，为西川五十四州城隍都土地。他在玉帝前叩头出血，陈述刘弘贤德，请求玉帝满足刘弘增寿之愿。玉帝降旨：赐刘弘二纪之寿，让他直活到七十四岁方尽天年。裴使君驾起祥云，去往洛阳刘弘宅院，准备把这一喜信托梦告知。

李逊与裴使君途中相遇，攀谈起来，始知互为亲家。

刘弘睡梦中只觉得一阵香风飘过，眼前立着腰金衣紫的两位尊神，刘弘急忙下拜。两位尊神把他扶起，对他恤孤怜寡、救困扶危、婚姻死葬、邻保相助表示感谢，并向他传达了玉帝旨意。

刘弘醒后，果然梦应：王氏产下一子，起名刘奇童。这奇童天生识字，七岁能文，而且懂礼，一声爹爹，叫得刘弘心花怒放，说不出的舒服意。

李春郎携裴兰孙进京赶考，一举状元及第，十三年后，被皇上点为主司考。考场中有位十三岁婴童，考中解元。李春郎一打听，原来这解元正是刘弘伯父之子刘奇童。李春郎就此在皇上面前陈述刘弘伯父托妻寄子的旧事，皇上听了大喜，命春郎即刻去往洛阳，对刘弘加官赐赏。

刘弘正为儿子奇童考中解元而喜不自胜，忽闻京城使官到来，急忙摆下香案迎接。李春郎宣读了圣旨，对刘弘全家大为褒奖，并加刘弘为本处县令。接着，李春郎又以侄儿身份，拜见伯父伯母。李春郎母亲张氏，在当日夫亡之时，已有半年身孕，后来产下一女，名为桂花，如今已是一十四岁。张氏带着桂花出来与春郎相见，见春郎功成名就，感慨万千，对刘弘说："孩儿能有今日，全赖伯伯之恩。若伯伯不嫌貌丑，我有心将桂花许配奇童为妻，不知伯伯意下如何？"刘弘满口答应："果能如此，真把老夫高兴死了！就今天咱们做个庆喜的筵席。"

李逊、裴使君二位神仙也来到筵席上，向刘弘贺喜并传达上帝旨意：只为你积德累行阴功厚，布道施恩神天祐；只为你仁义礼智信，保全你妻财子禄寿。

❖ **无名氏** ❖

刘玄德醉走黄鹤楼

　　诸葛亮协助周瑜，赤壁一战，火烧曹兵八十三万。而今，他又带领关羽、张飞去华容道追赶曹操去了。

　　周瑜赤壁大捷虽然高兴，同时又深深嫉恨诸葛亮才能，更怕刘备以荆州为根据地，成就大事。他心生一计，在黄鹤楼设下碧莲会，然后派鲁肃请刘备过江，打算擒住刘备，将其困在江东。

　　鲁肃来到刘备大营，与刘备相见并说明来意。刘备听后言道："鲁大夫你先回去，告知周元帅，说我随后便到。"

　　鲁肃走后，刘备又有些拿不定主意：到底是去好呢，还是不去好呢？他叫来大将赵云、义子刘封商量。赵云说："我看主公还是不去为好，恐怕周瑜此宴暗藏歹意。"刘封却不以为然："我说老赵，你真是越老越胆小。凭着我十八般武艺，无不通晓；凭着二叔三叔一个赤兔马一个丈八矛；凭着诸葛军师智量高；凭着父亲坐下那匹的卢马，四十里檀溪也敢跳，莫说周瑜没有恶意，便有恶意又能怎么着？"赵云仍是苦劝："诸葛军师及关、张二将军此时都不在家，还应听听他们的意见再作主张。"刘封仍是一个劲儿怂恿："没事儿没事儿，父亲您尽管大口地嚼食去！"刘备终于拿定主意，对赵云说："将军放心，想此次赤壁之战，我与周瑜已结为唇齿之邦，他今日请我赴会，怎能含有歹心！你们紧守城池，我赴完宴很快就回。"

　　诸葛亮在军营观看天象，叫一声："不好，周瑜在黄鹤楼设宴，要加害主公！"他眉头一皱，计上心来。叫过关平，吩咐道："如今你伯父有难，被困黄鹤楼。你快假借送暖衣的名义，把暖衣中裹着的一支令箭给他送去。"关平走后，诸葛亮又叫来姜维，在他手心写上"彼骄必褒，彼醉必逃"八个字，令他扮作渔翁，混上黄鹤楼，设法与刘备取得联系。

关平过江，向村民问明路径，急急奔往黄鹤楼。

刘备中计，来到黄鹤楼。周瑜假意殷勤接待，实际派了军马，四面埋伏，威慑刘备。

关平来到黄鹤楼，请卫兵通报："我叫关平，奉军师将令，特来给伯父送暖衣。"周瑜同意。关平见到刘备，一面献上暖衣，一面暗示其中藏着东西，嘴上说："军师叮嘱伯父，饮宴罢，赶紧回去。"

关平走后，周瑜以为诸葛亮没看破自己意图，心中颇为得意。他叫过卫队长于樊来，吩咐道："我与玄德公在此欢宴，严防外人打搅。这里有两只令箭，你拿着一只把着楼门，一切人等，不许放上放下。如有下楼的，须对上我这一只，才可放行；如无令箭，休说别人，便是我也不准下去！"于樊："得令！就是我老子我也不放他下去。"

姜维扮成渔翁，提着两尾金色鲤鱼来到黄鹤楼下。对于樊说："我是鱼儿张，照你们前日的吩咐，特地带两尾鲤鱼来给元帅献鲜，请通报一声。"这于樊以为真有其事，带着姜维上楼，又勒索道："你明日可得挑一担鲜鱼活虾给我送来！"姜维奉承着："好说，好说。"

刘备此时已知中计，后悔不该听刘封之言，独自来到江东，如今成了人家网中之鱼。他猛然发现这献鱼的鱼儿张正是姜维，刚要张口发问，姜维连忙冲他摆手，并将手心"彼骄必褒，彼醉必逃"八个字让他看清。周瑜发现这二人动作，问刘备："玄德公难道认识这渔翁吗？"刘备谎言道："不是，不是！我是惊奇这鱼实在新鲜，这渔翁实在孝顺。"周瑜拎起鱼，对着鱼说："鱼儿鱼儿碧波游，不防撒网触钓钩；只因失计误贪食，今日落俺渔翁手。你若做小伏低顺从俺，俺让你活泼泼池中仍享受；你若弄巧逞乖不顺从，俺让你断头去尾一命休！"刘备知道周瑜此话是讽喻自己，故意装作不知，反而夸赞道："元帅出口成章，高才高才！"周瑜被捧得傲气十足，把酒临风，纵谈古今，大有天下唯我独尊之态，不一会儿便醉倒了。刘备心想："等他昏睡过去，偷了他身上那只令箭便可逃走了。"谁知周瑜像看出刘备心思，起身道："玄德公，你慢慢地多住几日再走。我在你身上决无歹意，我若有歹意，就像这只令箭一般。"说着，取出令箭，一下子从中间撅断，扔到窗外江心去了。刘备大失所望，心中叫苦，眼看着周瑜呼呼酣睡，却又无计可施。猛然发现暖衣中藏着一只令箭，不由大喜过望，顾不得细想，拿着令箭走下楼来。于樊验看了令箭，准予放行。

周瑜睡醒，见没了刘备，急忙下楼责问于樊："谁让你放他走了？"于樊说："他拿着你的令箭，我不敢不放他走。"周瑜想："我记得我那只令箭撅折了扔到江心去了，他怎么又有一只？"猛然发现刘备留下的暖衣，有些明白："定是关平送暖衣时，夹带在里面。可夹带的那只令箭又是怎么来的？啊！我想起来了！火烧赤壁，诸葛亮祭东风时曾向我借了一只令箭镇坛，没有还我。唉，我又中了这村夫之计了！这真是'使碎自己心，笑破他人口'。"周瑜又气又急，点起甘宁、凌统、韩当、程普四员大将，快去追赶刘备，务必将刘备擒拿回来！

诸葛亮回到大营，关羽、张飞陆续来中军帐交令。关羽问："我大哥怎么不见？到哪里去了？"诸葛亮说："二将军不要问我，问你侄儿刘封便知。"刘封撒谎道："是周瑜派鲁肃来，请我父亲过江赴宴。我劝他莫去，可他恼了，扯出剑来要杀我，吓得我躲一边儿去了。"关羽大怒："你这小子胡说，准是你撺掇我哥哥过江，倘若哥哥有个疏失可怎么得了！"张飞更是气急，命令士兵用麻绳把刘封捆起来，高高吊在柳树上，骂道："若俺哥哥无事回来便罢，若俺哥哥出事，看我怎么收拾你这王八羔子！"

正这时，刘备安全回营。替刘封说情，饶了刘封。又摆下喜庆筵席，庆贺这次脱险。

❖ 无名氏 ❖

黄轹军前赖功劳　狄青复夺衣袄车

天章阁大学士范仲淹命张千唤来狄青，对狄青说："今有五百辆衣袄扛车，派你押运到西延边赏赐三军。你要小心在意，回来后自有重赏。"这狄青是汾州西河县人氏，自幼学成十八般武艺，寸铁在手，万夫莫敌，现在巩胜营做个军健，人称"小健儿"。

狄青接到任务，准备登程，只发愁没有一套像样的盔甲。不料，走在街头，恰巧遇到一位卖兵器披挂的老将军。老将军对他十分赏识，竟不要钱把兵器披挂赊给他。狄青穿戴整齐，正是：红抹额、皂罗袍，鹊桦弓、两刃刀，好一个威风凛凛小英豪。

转眼过了半个月假限，还不见狄青回营交令。"是不是衣袄车又被河西国贼兵劫走了呢？"范仲淹心中疑惑。他命令飞山虎刘庆："速去寻找狄青！若狄青能夺回衣袄车，便将功折过；若夺不回衣袄车，二罪俱罚。"

大雪纷飞，天寒地冻，道路十分难走。狄青命令衣袄扛车先行，自己坐在牢山小酒店中吃杯热酒。

飞山虎刘庆奉命追赶狄青，一路上又冷又饿，深深体会到这趟差事的艰难。他来到牢山酒店，打了二百钱酒烫烫寒。吃完酒，起身就走。店小二扯住他，吵嚷道："你不还我酒钱，怎么就要溜走！"刘庆耍赖："我是个当差的，哪来的钱还你！"狄青起身打个圆场道："店小二，他欠的钱我替他还上就是了。请问这位差官，为何来到这鬼地方？""我奉大人将令，催促小健儿狄青护送的衣袄扛车。这小子已误了半个月的假限，我若见到他，非鼻凹里打他五百铁索不可！"狄青急忙说："我就是狄青！差官你没见这道路难行吗？"刘庆一听说他就是狄青，高声叫道："哎呀！我到这里来时，看见一队番兵把衣袄扛车劫走了！你还在这里吃酒，还不快去把东西夺回来！"狄青吃惊地说："你所见是真？快走！你跟我赶上去！"

狄青、刘庆追到杏子河边，只见一员番将正在敲冰饮马。刘庆指着说："此人是镇守河西的番兵大将呰雄，勇武超群，劫扛车的有他一个。"狄青闻听，拈弓搭箭要射。刘庆慌忙阻止："阿哥，你一箭射击，射中了万事皆休；倘若射不中，你骑着龙也似快马跑了，我却跑不快，被他拿住，我这脑袋便不由我做主了！"狄青说："你放心！我这箭，发无不中，中无不倒，倒无不死。"说着，弓弦一响，呰雄应声落马。狄、刘二人又往前赶，追到野牛岭。北沙陀第一员大将史牙恰正催促着扛车急行，眼看进了黑松林。狄青高叫："番将史牙恰，快还我扛车，饶你一命！"史牙恰摆开阵势，喝道："你敢跟我厮杀吗？"狄青拍马向前，言道："量你一个番将，能有多大脓水！吃我一刀！"话音刚落，已将史牙恰劈于马下。刘庆看在眼里，心中惊叹："有道是鹤随鸾凤飞还远，人伴贤良志转高；这狄青真好比个活神道，我飞虎将军今天可算开眼了！"狄青说："刘将军，你先带上呰雄的金牌和史牙恰的三叉紫金冠回营，向范大人讲明细情。我把这五百衣袄扛车送到西延边；随后便去交令。"

刘庆走在半路，遇到黄轸。这黄轸也是奉范大人将令，前去催促狄青衣袄车的。他见了刘庆手中提的呰雄、史牙恰首级，心想："我若得了这颗首级，拿到大人府里，岂不就独占了这份功劳？"于是，他假意嚷道："快看，山涧下有两只老虎在斗！"把刘庆骗到崖边，趁刘庆不备，推下涧去。

刘庆被推下深涧，亏得涧底多年树叶子厚，没有摔死。他挣扎着爬上涧来，赶回大营，向范大人揭发黄轸这赖功的贼。

沙陀国元帅李滚，派出呰雄、史牙恰两员大将去抢劫衣袄车，半日不见回还。他正在营中焦急，有探子气喘吁吁跑回来报告了两员将统统阵亡的消息。李滚听罢，呆立半晌，心想："看来天朝威风浩大，猛将英雄，我再不能犯境作乱了！"他收拾好数箱金珠宝贝，准备亲自进京请罪，向大宋纳贡称臣。

黄轸带了两颗首级，谎报战功，骗取范仲淹重赏。

狄青回营交令，范仲淹不由分说，命小卒将他拿下，午时三刻开刀问斩。

正在危急关头，刘庆赶到，向范大人诉说真情。

范大人知错改错，命令处斩黄轸，加封狄青为征西都招讨金吾上将军。

❖ 无名氏 ❖

薛仁贵跨海征东　摩利支飞刀对箭

高丽国新收一员上将，名叫盖苏文，官封大将摩利支。他率领十万雄兵，在鸭绿江白额坡前，拦劫了海东十六国献给大唐的贡物，并且下了战书，向大唐名将挑战。大唐皇帝听到这些情况，很是焦虑。夜间做梦，梦见与摩利支交战，忽出一员白袍小将，跨白马、持方天画戟，一阵杀退摩利支。唐皇问这小将姓名，小将回答说："我家住在虹霓三刀。"刚讲到此处，唐皇猛然惊醒。他叫来英国公军师徐茂公圆梦。徐茂公想："虹霓者绛也，三刀者州也。这应梦之人必出在绛州龙门镇。于是，徐茂公派军官张士贵到绛州一带广贴黄榜，招擢义勇好汉。可是过了好些日子也不见消息，徐茂公决定亲自走一遭。

绛州龙门镇大黄庄住着一家人家，老头儿薛大伯，老婆儿王氏，媳妇叫柳迎春，儿子叫薛仁贵，小名薛驴哥。这薛驴哥不爱农活儿，好舞刀弄棒，从早到晚不着家。这天，薛大伯又生了气，让柳迎春不管前街后巷，一定把薛仁贵找回来。薛仁贵回到家，父亲问："你到哪儿去了？""耕地去了。""耕了多少？""二亩。""好哇，你一天才耕两亩！"薛大伯拿过一根棍子要打，嘴上骂着："你个不长进的东西！放着农活儿不做，非要刺枪弄棍地给我惹事！"薛仁贵分辩道："孩儿这是练习武艺，要去那两军阵前夺取功名。现如今绛州龙门镇贴起黄榜，您孩儿正要去投军呢！"王氏一听，哭喊着说："驴哥呀，你看我们这两个老的，眼睛一对儿，胳膊一双，就指着你来养活。你可不能抛下我们走哇！"薛大伯口气也软了："孩子，你就伴着那沙三、伴哥、王留，饮酒耍闹去吧，我以后不管你就是了。"薛仁贵却说："父亲，母亲，孩儿我若留在家中，既不能尽忠又不能尽孝，枉惹村里人耻笑，白费了我武略文韬。我下定决心去从军，博一个青史名标！"薛大伯见劝不转他，只得同意："这正是'心去意难留，留下结冤仇'。你非要去，我们也没办法，只望你勤捎信来，免得我们惦念。"

薛仁贵告别父母，又嘱咐妻子柳迎春好好在家照料两位老人，然后就上路了。

张士贵在绛州贴出黄榜，可是，数日过去，有人看无人揭。

薛仁贵来到绛州城，见一簇人围着黄榜，他分开人丛，将榜揭下，请小校进去通报。

张士贵听到通报，让薛仁贵过来，只见这薛仁贵虎背熊腰，两条臂膀恰似栏杆，两个拳头恰似石鼓，两条腿恰似井桩。张士贵一见便有些心惊，问："你是什么出身？""小人是庄家农夫。"张士贵一听是农夫，顿生鄙夷："既是农夫，不在家中使牛，到我这里来干什么？""小人特来投军，为国立功。""投军谈何容易！逢山开路遇水架桥，你能去吗？前边有个老虎，你敢射吗？""大人若肯招募我这勇夫，我马到处写满您那功劳簿！"张士贵把眼一瞪："你这小子好大话！我当总管三十年，那功劳簿上还没我一个字呢。你叫什么名字？""小人姓薛名仁贵。"张士贵把桌子一拍："呔，你这小子好生无礼，连'入城问税，入衙问讳'都不懂吗！如今大人我叫张士贵，你又叫个薛仁贵，我也贵你也贵，贱的让谁买？你这是误犯大官讳字，该当何罪！"薛仁贵忙说："小人不知，就求大人给小人改个名字。"张士贵摇头晃脑道："好吧！我就给你改个好名儿，薛，希谢切，楔子儿，雪里梅，干脆你就叫穷雪里吧！"薛仁贵谢了大人。张士贵又问："你可知十八般武艺，什么打头？"薛仁贵："弓箭打头。"张士贵："你能拽开硬弓吗？""拽得！"张士贵吩咐士卒拿了几张弓来，薛仁贵都嫌太软。张士贵说："有一张镇库的铜胎铁把宝雕弓，我拿回家去，绑在梁上，我全家大小七八十口人打着千斤坠也没坠开。你今天若能把它拽开，我就招募了你。"薛仁贵接了过来，使了七八成力气，竟把那宝弓拽折了。张士贵先惊后怒，喝令："这厮狂妄无礼！小校，给我把他推出辕门斩了！"

薛仁贵被推出辕门，大呼"冤枉！"正巧徐茂公来到，问明薛仁贵是个揭黄榜投军的，吩咐刀斧手："且手下留人，我去见过张总管再作主张。"

徐茂公进了将军府，张士贵见礼："军师鞍马劳神了！"徐茂公问："张总管招了多少英雄好汉？"张士贵叹口气道："唉，苍蝇狗蚤也没有一个。""怎么没有一个？辕门外被押着的那个不是吗？他身犯何罪，为何要杀他呢？""他毫无礼貌，触犯我名讳不说，而且过于野蛮，将一把镇库铜胎铁把宝雕弓撅成两段！这样的家伙桀骜难驯，不如杀掉。"徐茂公说："眼看就要打仗，我们正需要这样的人才。我看将军您还是饶了他吧。"张士贵只得同意，命人把薛仁贵带回来。徐茂公问："薛仁贵，你敢跟张总管去鸭绿江边对付摩利支吗？"薛仁贵连呼："我敢去！我敢去！"张士贵说："那摩利支可不是好对付的！听说他身凛凛、貌堂堂，像那烟熏的子路，似那墨洒的金刚，横里一丈，竖里一丈。背后有五口飞刀，十分厉害。只怕你近不得他。"薛仁贵道："我若被他战败，甘愿两罪俱罚！"徐茂公听了，心里甚是高兴，问："你用的是什么衣甲头盔、刀枪器械？"薛仁贵答："小人用的是白袍白甲素银盔，丈二方天画戟。"徐茂公心说："这位就是天子应梦的小将了。"

张士贵率领大小三军，开赴前线。

盖苏文见大唐军马到来，摆开阵势迎敌。

张士贵来到阵前，跟盖苏文"爷爷""孙子"地对骂半天后，走马交锋。张士贵不是对手，仅一个回合便落荒而逃，盖苏文紧追不舍。薛仁贵挺身挡住追路，问："我是大唐薛仁贵，哪个敢过来交手？"盖苏文命令士卒擂鼓，自己拍马向前。猛然抛出一口飞刀，电一般射向薛仁贵咽喉。薛仁贵不慌不忙，"嗖"地发出一箭，把飞刀击落在地，一连三次，盖苏文不能得逞，吓得拨转马头逃跑了。

高丽国国王正在宫中焦急等待盖苏文战况。有探子汗流浃背赶回来报告："好一场厮杀呀！咱摩利支大胜唐将张士贵。不想半路杀出一员白袍小将，马骑西海雪麟儿，人若天王玉戟枝。摩利支逞绝技'忽、忽、忽'连撇三口飞刀；白袍将施武艺'着、着、着'连射三支神箭。"国王急问："怎样了？""只听'当啷啷'半空响，只见'刺溜溜'火光飞，三支箭射落了刀三口，咱摩利支斗输了！"高丽国王听完，叹气道："我以为大唐病了秦琼，贬了尉迟恭，兵微将寡，定能一战而胜。谁知他圣明天子百灵扶，江山代有才人出。得，俺只得收拾宝物，亲自去大唐求饶走一遭。"

徐茂公听说薛仁贵三箭定了天山，差人去绛州搬取薛仁贵父母家属来京，准备在帅府安排筵宴，加官赐赏。

张士贵先回到大营，谎报战功道："是我屁崩摩利支，口咬高丽将，杀得敌兵片甲不回！"徐茂公听了，气恼地说："张士贵，你还有脸戏闹什么？你被摩利支杀得大败亏输，若非薛仁贵挡住海口，三箭定了天山，哪还有国家今日！你混赖人家战功，本该斩首，今日且饶你项上一刀，打为庶民，永不叙用！小校，把他叉出辕门去！"

薛仁贵被加封为天下兵马大元帅。他推辞道："小人不敢受此官职，小人家中一双父母，年纪高大，尚无人侍养。"徐茂公笑道："薛仁贵，你去那班部丛中看看，你的父母家眷已在那里了。"原来，圣上已封薛大伯为老评事，月支三品俸；王氏为太平郡夫人；柳迎春为贤德夫人。

❖ **无名氏** ❖

牛员外得悟平康巷　瘸李岳诗酒酽江亭

东华帝君召来上洞八仙，对他们说："西池王母殿下金童玉女，因犯戒思凡，本当罚往酆都受罪，但上帝有好生之德，让这二人下界托生为人，金童名叫牛璘，玉女唤做赵江梅。只怕这二人恋着酒色财气，迷失仙道，请你们差一位去下方度脱这二人。"钟离汉推荐道："我看铁拐李可当此任，他神通广大，变化多端，能造逡巡酒，善开顷刻花。正可去得。"东华帝君说："既如此，就请铁拐李直至下方，度脱二人走一趟吧。"

牛璘家中很有些钱财，人称牛员外。他在江心小岛盖起一座酽江亭，经常携妻子赵江梅在亭上饮酒、赏玩。这天是赵江梅生日，牛员外特地在酽江亭上安排下酒肴，请妻子来共饮。牛员外见妻子到来，送给她金、银、玉三副头面，每副二十八件，又有纱罗三十匹做贺礼。为了玩个痛快，不让人打搅，牛员外吩咐江边船只一律靠岸，不要再渡人过来。

铁拐李喊一声"疾！"施法术来到酽江亭，跟牛璘见礼。赵江梅没好气地问："哪来的这么个瘸子？"牛璘说："看这道人一表非俗，大姐切莫毁谤他。请问师父：你来这里做什么？"铁拐李道："我来给你妻子做生日。"赵江梅闻听，问："你既来给我做生日，牵的那羊呢？担的那酒呢？"铁拐李说："俺出家人，一钵千家饭，孤身万里游，哪有什么羊酒？我只有四句诗，正可为你上寿。这诗是：'一树寒梅恰正开，可怜春尽落香阶。仙家冷眼偷窥觑，移向瑶池槛内栽。'"赵江梅不解地问："这诗是什么意思？"铁拐李说："这诗是劝你们跟我出家，拜我做师父，我度你二人成仙！"赵江梅撇嘴道："看你这一条腿的道人，不在寺庙中养性修身，倒生出度人的闲心！"牛员外也说："师父，俺俩不出家。大姐，咱们收拾了酒食，上船回家去吧。"铁拐李被晾在一边儿，叹道："牛璘、赵江梅，你两个好生缘分浅薄呀！"

　　自那日在酰江亭见了铁拐李，牛璘无一日不做梦，做梦便梦见铁拐李缠着自己出家，他心里十分烦恼。这天，他来到自家所开酒店，打算躲个清静。一进店，他就吩咐店小二速速把几重大门关闭。谁知他刚刚在内室坐稳，铁拐李又闪身站在面前。牛璘吃惊地问："师父，你是怎么进来的？"又叫过店小二来，打骂道："你个没用的东西！让你把门关好，怎么放这道人进来！"店小二哭着说："我确实已把门关紧。谁知这老道是如何从猫洞钻进来的！"牛璘假意道："师父，你到这里来是要喝酒吗？你略坐一坐，我到街上买些新鲜的酒菜。"言罢，一溜风开了后门，骑上一匹快马往野外跑去，心想："我躲你这老道远远的，看你这道人能追上我！"跑到一片荒郊，他下马歇息。刚把马在树上拴好，就见铁拐李站在身后，笑着问："牛璘，你干吗老躲着我？"牛璘惊得张口结舌："我，我是来这里饮马的。这位师父，你扰得我好苦哇！我如今又饥又渴，我，我要回家去！"铁拐李道："你既是又饥渴，我在这里请你吃一顿。""这里荒郊野外，哪有吃处？"刚刚问完，只听铁拐李喊一声"疾！"眼前立刻现出青堂瓦舍、雕梁画栋的一处院落。牛璘又说："只有房舍，没有酒哇。"只见铁拐李在地上用拐杖一划，立刻现出一条小溪，溪里流着甘醇美酒。牛璘又强口道："有房有酒，没有好景致，我还要回家去！"只见铁拐李朝那些枯树萎草一指，眼前立刻桃红柳绿，梨花白，杏花艳，芍药紫，牡丹浓，莺歌燕舞，春景融融。牛璘目瞪口呆，服气地说："罢，罢，罢！牛璘今日情愿跟师父出家。"铁拐李发话："既是如此，我给你换了衣服，挽起鬃髻。"

　　赵江梅不见了丈夫，叮嘱梅香天天在门口注意观察，若发现牛璘，立刻拉他回家。

　　牛璘一身道童打扮，手中敲着渔鼓简子在街上闲行，嘴里念念有词：

"未生我时谁是我？生下我来我是谁？今日方知我是我，合眼亦知谁是谁。"梅香瞧见他，一把扯住，朝屋里嚷："大姐快来！姐夫在这里了。"牛璘挣扎着："你们两个妇道快别这样，我如今做了神仙了！"赵江梅哪肯松手，把牛璘拽进屋门，按坐在椅子上。牛璘念叨着："俺出家人，行如风，立如松，睡如弯狗，精神不走。一手扳脚，一手捂口，若要翻身，不敢松手，若要松手，熏倒母狗。"赵江梅怨恨道："怎么几日不见，你竟疯癫成这样！"她叫过梅香来，给牛璘梳开头发，换了衣服，又摆上茶饭酒菜。牛璘大吃大喝一顿，见旁边无人，神秘地对赵江梅说："我那师父可是个活神仙，能指石为屋，划地为溪。"赵江梅痛哭道："不就是那个瘌老道吗！全是他害得你疯癫迷离！全是他搬调得你舍家抛妻！"正这时，铁拐李到来，拉起牛璘不见了。

赵江梅的母亲听说女婿出了家，叮嘱赵江梅无论如何也要把他找回来。赵江梅东寻西问，终于在山边一座茅草庵见到牛璘。她死说活劝，牛璘仍是不肯还俗。眼看天色已晚，赵江梅假意说："员外，我走不动了，你快背我回家。你若不背我回家，我便睡在这里。"牛璘无可奈何，只得曲脊低头，背着赵江梅来到家中。一进屋门，赵江梅就叉腰把门挡住，再不放牛璘出去。

赵江梅插上门栓，将牛璘拉到床边坐下，劝道："你何苦来忍着那饥皮瘦肉，不来吃我这白嫩馒头？何苦来停下那朝云暮雨，误了这春种秋收？"牛璘说："俺出家人自有受用，不近女色。你若想与我同行，我可领你去见师父。那时，咱俩乘鸾跨凤，共为仙友。"赵江梅撒娇道："我身子困倦，要睡觉。"牛璘说："你要睡就让梅香拿过枕头、打开铺，你睡去。"赵江梅："不，我不要枕头，只要枕着你腿睡！"牛员外正无计可施，忽觉自己铁拐李附身，言道："好吧，你就枕着睡吧。"赵江梅昏沉沉睡去。忽然，铁拐李又来了，扯了牛璘就走。赵江梅连忙起身去追。追到一条江边，铁拐李和牛璘踩着水面过去。赵江梅只得雇了一条船。船行至江心，那船夫过来，面目狰狞，言道："上有天，下有地，此处只有我和你。你若随顺我，跟我做个夫妻，万事休提；你若不肯随顺，我便一篙把你打到水里去！"赵江梅又急又气："你这狠心贼，好没道理！"船夫一面故意把船踏得摇摇晃晃，一面过来动手动脚。赵江梅拼命挣扎左右拦挡。船夫恼了，把赵江梅抛入江心。

赵江梅惊醒，原来是一场噩梦，只见身旁站着牛璘和铁拐李。铁拐李问："赵江梅，你省了吗？"赵江梅连忙施礼："师父，弟子省了。"铁拐李笑呵呵道："你二人本是天上神仙，在人间数十余年。今日里功成行满，且随我去正果朝元。"

❖ 无名氏 ❖

古撇令史大断案　海门张仲村乐堂

　　苏州王同知，军人出身，有两个老婆，大夫人姓张，二夫人叫王腊梅。这天，是王同知生日，他吩咐家中都管王六斤到大门外守候，一为迎接来祝寿的客人；二为挡岳父的驾，别叫老头子进来搅扰了生日筵席。

　　不一会儿，苏州府尹来了，王同知摆好酒菜，殷勤接待。王同知的岳父闯了来。这老头儿是大夫人的父亲，名叫张仲，早年也曾做过县官，如今年迈，致仕闲居，在苏州城郊海门村盖了几间房子，种了些瓜果梨桃，人称海门张仲。

　　张仲已经进来，王同知只得虚声应付："呀，是父亲，请请请。"张仲大大咧咧坐了上座，端起酒杯："来，我与同知递一杯！""来，我与府尹大人递一杯！""来，我跟女儿饮一饮！""来，我跟王都管对一杯！"张夫人提醒他："父亲，小夫人还不曾吃酒呢！"张仲忙说："对对对，一来老夫年纪高大，二来光顾说话，忘了与二夫人把盏，夫人休怪老夫。"王腊梅嘴上道："不敢，不敢。"心里却恨恨地说："一席好酒，都让这老东西来打搅了！"

　　张仲也不管别人爱听不爱听，只顾和苏州府尹攀谈，聊的都是些桑麻农事及村乐堂如何清闲自在之类。府尹听得不耐烦，起身道："酒够了，老夫告回！"张仲急忙拉住："时间还早呢，再坐一会儿。"王同知憋了满肚子气，叫过王六斤来，"啪啪"扇了两耳刮子，咬着牙训道："我当初是怎么吩咐你的！"张仲知道女婿这是冲自己来的，不由责怪说："常言道'对客不嗔狗’，你何苦来如此气啾啾！我劝你从今后少要贪色恋酒，提防些脑后忧。唉，这也是我常为儿孙作马牛！”

张仲走后，王同知责怪了大夫人一顿，把酒菜搬到后堂，由二夫人王腊梅陪着，找回快乐。

这王腊梅早与王六斤有些不伶俐的勾当。她见王同知醉倒，偷偷约着王六斤到后花园亭子上去。二人摸黑走路，经过牲口棚，正踩在草堆旁睡觉的马夫身上。马夫惊醒，起身要打，见是都管和夫人，也只得作罢，躲到一边儿去了。王腊梅和王六斤迫不及待，在草垛旁干起苟且之事。

马夫把这些情况报告了王同知，并把草垛边儿捡到的二夫人的金钗作为证见。可这王同知一味宠着王腊梅，竟把此事含含糊糊过去了。

王腊梅恨透了马夫，在王同知跟前进谗言：“这家伙，不像个好人，偷东摸西，打发他走算了！”王同知道：“夫人说得是。王六斤，把马夫叫来。”马夫来了，王同知问：“你在我这里干了多长时间。”“干了半年。”“行，我多给你半年工钱，你到别处去吧！”王六斤送马夫出了大门。马夫劝王六斤说：“她是个二夫人，你是个伴当，你俩有那样的勾当，免不了瓦罐不离井口儿破。我劝你老兄还是小心为妙。”王六斤哪里听得进，不耐烦地催促：“啰唆什么，快走吧！”

马夫虽然走了，王腊梅仍不满足，她与王六斤密谋：“你去合一服毒药来，给那老头子下在茶里饭里，把那老头子毒死。那时，咱俩自自在在永远做夫妻多好。”王六斤说：“我这里早有现成的毒药。”

王同知外面喝酒回来，觉得身体不爽，吩咐大夫人去做一碗酸汤。大夫人把汤做好端来，王腊梅说：“我尝一尝。哎呀，没滋味儿。姐姐，你再去取些盐、醋来。”趁大夫人不在，王腊梅把毒药下在碗里。大夫人拿来盐、醋，王腊梅假意说：“我刚才跟他吵了两句，他有些生我的气，这汤还是你给他端进去吧。”大夫人不知有鬼，端了进去。王同知刚要喝，却见那汤洒在地上，立刻火花四溅。王同知大惊失色，喝问：“这汤是谁做的？”

王腊梅立刻闪身进屋，道："是姐姐做的！"王同知气急败坏地说："好哇！你这婆子竟有这样的歹心，要暗害我！快拿大棒子来！"王腊梅却挡住道："相公，你不要打她，她是你的儿女夫妻，怎能私自动手打她呢？你不如去官府告她，我给这事做个证人。"王同知一听有理，便亲自去拜见苏州府尹。苏州府尹本不愿管这事儿，无奈王同知坚决要告，只得问："这事儿的原告儿是谁？难道你来出庭吗？"王同知想了想，说："就让二夫人做原告儿，我料定，合毒药的准是那王六斤，下毒药害我的是大夫人！"府尹道："好吧，你且回去，我自有主意。"

王同知走后，苏州府尹心想："我与王同知本是同僚，此案怎好插手。"于是，把这案子交给令史张本去办。

大夫人、二夫人、王六斤都被下在牢里。王腊梅拉着王六斤嚷："俺两个又没罪，关起俺两个做什么？"狱卒制止道："不准大呼小叫的，一会儿令史就来问案。"

张本叫开牢门进来，令狱卒带过三人跪下。张本喝问："你姓什么？"狱卒糊里糊涂回答："姓王，三画王。""叫什么？"王六斤沉不住气，急忙答："叫王六斤。"张本一见他这哆哆嗦嗦的样儿，看出他心里发虚，诈道："你这小子，不打自招了！"王六斤喊着："我没干什么事儿，实在冤枉呀！"王腊梅故作镇静，起身道："我又没什么罪过，干吗在这里听你问案，我回家去了。"张本说："三画王，给他开了牢门让她走！"王腊梅此时反倒不敢走了，站在那里，冲张本挤眉弄眼儿，卖弄风情。张本料定此妇决非好人，心想："三人中唯有那个姐姐，沉静自若，想来此案必与她无关。"

王同知听说府尹将此案交与张本审理，放心不下，赶到牢狱来给张本递话儿："张本，你不知道，我家这桩事，药丈夫的是大夫人，合毒药的是王六斤，并不干我那二夫人的事！"张本脾性古怪，回言道："既是同知大人知道得这么清楚，你就自家去问吧，何必让我来费事！"王同知无奈，只得从牢狱中出来，迎面碰上张本的儿子，提着瓦罐来给父亲送饭。王同知把这孩子叫过来，在瓦罐里放进一锭金子。张本一看见这金子，厉声问儿子："这金子是哪里来的？"孩子吞吞吐吐回答："不知道。大概是门外的一个当官儿的放入的。"张本听了，愤恨地说："好你个王同知，竟敢私下行贿！"他大喝一声："把这王腊梅、王六斤重枷铐了，大棍子打！"王腊梅、王六斤此时再也不敢抵赖，把作案经过招认、画供。张本押着犯人，提着上了封条的瓦罐往府衙去。王同知在牢门外一看不好，急忙抢先跑到苏州府尹那里，哀求府尹帮忙救护，想个法子把这桩丑行遮掩过去。府尹想了半天，对王同知说："要想保住你这顶乌纱，看来只有去求你那岳父张仲替你认罪了！"王同知叹气道："唉！我那岳父正怪着我，怎肯替我认罪？"府尹说："我如今和你同去村乐堂央告央告他，只看他肯与不肯了。"

王同知又哀求大夫人："夫人，此事除非你父亲替我认罪，否则我因行贿只有丢官罢职了！"大夫人想想也确实如此，同意跟丈夫、府尹一块儿去往村乐堂。

大夫人一进村，便拉着王同知给张仲跪下，哭着诉说了案情经过，求父亲："只有您老人家出面，承认这金子是您送的，才能保住我丈夫无事。"张仲听了，气恨地指着这两口子说："你可真是个贤德夫人！你可真是个如意郎君！你们一直嫌俺多言多语心中怀恨，到如今却找个罪名儿求我去认！我才不知道什么金不金！"苏州府尹见状，凑过来求情。张仲愤怒地说："您呀，也是个糊涂人，快给我统统滚出门！"府尹恼羞成怒，威胁道："好，你自己不肯替认，那么，这行贿的罪名便是你女儿女婿的了！来人呀，给我把这二人上了枷锁，大棍子打着！"张仲见女儿受刑，毕竟心中不忍，只得替女婿认了罪，说是自己为回护姻亲，送了礼金。这样，王同知又保住了官职，大夫人无事开释；王腊梅、王六斤被明正典刑。

八府相聚集枢密院　十探子大闹延安府

　　延安府太公庄上住着一户人家，老汉刘荣祖、婆婆王氏；儿子刘彦芳在京师做个把笔司吏，不在家住；儿媳妇与公公婆婆一块儿过活。这天清明，刘荣祖备好肥鸡、米酒，打算去上坟。他吩咐道："若要富，敬上祖。婆婆，你和媳妇先去，我锁上大门便来。"

　　婆媳二人正慢慢走，被骑马而来的葛彪望见。这葛彪仗着父亲是葛监军，权高势大，无一日不为非作歹，甚至抢男霸女，打死人不偿命。他望见柳荫下行走的婆媳二人，顿时生出邪念，吩咐手下人张千："你去对那老婆子说一声，借那个年轻的大姐来给我递三杯酒，缀三根带儿，叫我三声义男儿。"张千跑过来对王氏说知，王氏大怒，骂道："这小子好生无礼，旁人妻，良人妇，怎能替你把盏！他的娘肯替我男儿把盏吗？"张千把这话回禀葛彪。葛彪哪能容人这么说他，纵马过来，连冲带撞，又命令手下喽啰："你们给我打死他娘的！"顷刻之间，把婆媳二人打倒在地，死了。葛彪等人扬长而去。

　　刘荣祖锁上门赶来，只见婆婆、媳妇躺在荒郊野外，不由哭喊道："老天爷，这是怎么了？"有街坊告诉他："是葛监军的儿子葛彪把这娘儿俩打死的！"刘老汉听了，草草掩埋了尸首，连夜赶往京师，打算与儿子刘彦芳商议，找个大大的衙门告状报仇。

　　刘老汉来到京师，在开封府门口正碰上儿子刘彦芳，急忙将此凶事相告。刘彦芳听了，又悲又恨，哭道："母亲呀，真是心痛死孩儿了！父亲，您放心，我如今正在这开封府跟着庞衙内大人办事，他平日对我很是看重，如今我去大人跟前苦苦哀告，必然能与我做主。"说罢，让父亲在衙门外等着，自己转身进了大堂。

刘彦芳见了庞衙门，跪倒哭诉："小生的母亲与妻子同去上坟，行至郊外，撞见倚势挟权的葛彪，马踏死我母亲，又打死我妻子！小生待告天，天又高；待告地，地又厚；求大人可怜，一定要替我做主哇！"庞衙内听了，心中暗惊："这葛彪是我小舅子，我怎能不回护！幸亏这书呆子告在我这里。"于是，他假意答应："刘彦芳，你的事，我替你去办就是。可是，我的事你也要替我去办，府衙中尚有三牛车文书，你要尽快抄写出来，限你三天之内攒造完毕！"刘彦芳叫道："哎呀，三牛车的文书让我三天之内抄写完，我就是有那七手八脚也赶不出来呀！"庞衙内立刻把脸一沉："刘彦芳，你骂谁呢？我姓庞，你说什么七手八脚，这不是把我比作螃蟹吗！差役们过来，把这小子重枷枷了，下到死囚牢里去！"

刘彦芳喊着冤枉被押往死囚牢。刘荣祖见了，急忙迎上去问："孩儿，你这是怎么了？"刘彦芳叙述了事情经过，又说："我刚才听别人说了，原来这庞衙内是葛彪的姐夫！父亲呀，看来只有靠您了，您别管哪儿，找个大大的衙门告他去！"刘老汉祸不单行，又人生地不熟，只有坐在大街上痛不欲生。

廉访使李圭，奉圣命微服私访，来到西延边。正看见刘老汉顿足捶胸、泪流满面地哭喊："天呀，冤枉啊，有谁能替我做主哇！"李圭凑过去问："这位老人家，您这样寻死觅活，到底有什么冤屈事，能不能跟我说说？"刘老汉打量李圭也是一身庄稼人打扮，赌气道："你该干什么干什么去，我就是跟你说了，你也管不了！"李圭从人群中挤出来，吩咐随从悄声把刘老汉引到一个没人的地方，自己脱去外衣，露出官服，问："你这老头儿，现在有什么话，肯对我诉说了吧？"刘老汉"扑通"跪倒，讲述了自己悲惨遭遇。李圭听完，心想："这西延边果然是下情不能上达，官浊吏弊，恶党横行，无法无天！"他对刘荣祖说："小官是按察司廉访使，正要为民除害，只是这葛彪乃权豪势要之家，别处也近他不得，你只有跟我去丞相府告他。"

中书平章吕夷简正在相府设宴，宴请回回官人、汉儿官人、女直官人、达达官人等八府宰相。

庞衙内从西延边开封府赶来，请门卫通报："庞衙内有事禀复。"吕夷简让他进到堂内，问："衙内有何事禀复？"庞衙内说："我手下有个典吏，名叫刘彦芳。我为公事，让他攒造文书，他不愿意干，明知我姓庞，竟毁骂我七手八脚！这不是要把我下到锅里，煮红了，酱烹我吗！您说这事该不该处理？"吕夷简听了，言道："这是你们府衙内的事，又不太大，你就自己发落去吧。"庞衙内正等着这句话，高兴地说："谢了大人。"转身要走。吕夷简又道："庞衙内，今日俺八府宰相在此饮宴，你也不妨吃几杯酒再走。"庞衙内已无顾虑，放心坐下。众宰相都不愿搭理他。

李圭领着刘老汉来到相府。让刘老汉等在门外，自己进堂诉事。吕夷简问："李廉使，你这是从哪里来？""我奉圣旨到西延边微服私访，有事特来禀告。"庞衙内一听李圭是从西延边私访回来，担心他知道那桩案情。站起身，推说肚子疼，想拉屎，打算溜走。李圭拉住他，对吕夷简说："门外有个老汉要告状，案情正与他庞衙内有关。"吕夷简吩咐把刘荣祖带上堂来。刘老汉详细诉说了葛彪、庞衙内相通作案的经过。庞衙内气急败坏地对李圭嚷道："你这人好多事！吕大人在这里宴请八府宰相，你却领着人来告状，把众位大人的雅兴都搅扰了！"众位大人却没一个替他说话。吕夷简考虑半晌，言道："李廉使，你先领这老汉下堂歇息，等我将此事奏明圣上，自然有个裁断。庞衙内，你妻弟打死平人，你却将原告下在牢中，又到我这里来巧言掩饰！老夫险些让你钻了空子。你罪非轻，等着听候处理去吧！"说完，起身退席。八宰相也纷纷退席，从庞衙内身边经过，汉儿官人："呸，庞衙内，你小子做事实在歹！"女直官人："呸，庞衙内，你仗势欺人把民害！"达达官人："呸，庞衙内，你败坏王法实在歹！"回回官人："呸，庞衙内，真该将你去头、剥腿、揭了盖！"

天章阁待制范仲淹奉圣旨赐给李圭金牌势剑，命李圭再次去往延安府，勘问葛彪一案，并授予李圭便宜行事、先斩后奏之权。

李圭来到延安府，命张千、李万去往葛彪家中，谎称："有您姐夫庞大人的书信托李廉使带来，请您去取。"葛彪不知是计，大大咧咧来到府衙。问"李廉使，我来了。有什么书信，拿来我看？"李圭把脸一沉："你这家伙，打死平人，因何不跪！"葛彪耍赖道："你这个廉使，我怎么打死人了？我不跪！"李圭喝一声："你小子还敢顽抗，侍卫们，给我拿下去打！"没打两下，葛彪杀猪般叫："哎哟哎哟，打出屁来了！我现在招认了，将来再让我父亲找你算账！"他在罪状上签字画押，李圭命令把他下往死囚牢。

葛彪的父亲葛监军，官居都统制天下兵马大元帅，镇守西延边防。他听说自己儿子被捉获到官，殴打问讯，顿时大怒，心想："你这李圭，芥子般大小一个官儿，竟敢如此无礼！我要叫你尝尝我的厉害！"他派出十名探子，两个一队，陆续出发，直闯延安府，务必把李圭擒拿到元帅帐下。

头批探子来了，李圭正坐在大堂上问事。探子闯进来，搅扰道："俺俩是葛元帅派来的，你跟我们走一趟吧！"李圭把惊堂木一拍："哪里来的两个狂徒！给我拿下去重责四十，轰走！"两个探子挨了一通打，癞皮狗一般，夹着尾巴逃了。后面的四对儿也同样如此。

李圭将葛彪杀人一案的材料写成呈文，申报范仲淹，范仲淹奏请皇上御览。皇上传旨，命范仲淹疾驰驿马，亲往延安府主持了结此案。

葛监军见自己派去的十名探子都被打回，气不打一处来。他统领大军，离开边防，来到延安府。命大军在城外扎营，自己气昂昂闯入府门。李圭端坐大堂，庄严喝道："现有势剑金牌在此，葛监军，你擅离汛地，想造反吗？"葛监军顿时如泄了气的皮球，嗫嚅道："你不该拷打我儿。"李圭道："我身居台省，执掌提刑，奉旨查证；你身为元帅，不遵号令，目无朝廷！"正此时，范仲淹下马步入大堂。李圭、葛监军都过来施礼。范仲淹冷眼对葛监军说："你儿打死平人，你又擅离军营，到府衙逞强，意欲何为？"葛监军吓得体似筛糠。

范仲淹坐定，命令把案犯带上堂来，宣布道："李圭行公正辅助朝廷，升为尚书之职。刘彦芳申冤告状，无故被囚，授祥符县主簿。刘荣祖归乡养老，赏赐十两白银。葛监军私离汛地，纵子行凶，削去兵权免死充军。庞衙门徇私枉法，扭直为曲，罢官职贬为庶人。葛彪作恶多端，败坏人伦，市曹中处斩当刑。"

❖ 无名氏 ❖

李山儿打探水南寨　鲁智深喜赏黄花峪

时遇重阳，梁山头目宋江传下将令：众兄弟放假三天，可下山观赏红叶黄花；三日后必须归返，违令者斩。

济州人刘庆甫，是个秀才，携带妻子李幼奴到泰安神州烧香还愿。回家路上，在草桥店酒馆中歇息。刘庆甫打了二百文长钱的酒，跟妻子对唱对饮。

花花太岁蔡衙内，领了几个仆人出来游玩，也到这草桥店酒馆歇息。听到隔壁声响，问："店小二，那边什么人唱？"店小二答："官人，俺这里没有卖唱的，那是一个秀才和他妻子对饮呢。""既是这样，店小二，你去对那秀才说，就说我要借他那媳妇来，让她递三杯酒，唱三支曲儿，叫我三声义男儿，便各自相安无事。"店小二不肯去，被这蔡衙内踹了一脚，只得去对刘庆甫说知。刘庆甫怒道："他的姑娘肯给我递三杯酒，唱三支曲儿，叫我三声义男儿吗？"店小二忙说："这并不干小人事！"回来对蔡衙内说了。蔡衙内起身闯入隔壁，对秀才道："借你媳妇一会儿，又不坏了你的，有何不可！"刘庆甫驳斥说："他人妻，良人妇，岂有出借之理！你这家伙好不晓事！"蔡衙内道："你竟敢骂我，看来你还不晓得我的厉害。小的们，拿绳子来，给我将此人吊着打！"李幼奴在一旁哭着求饶。

梁山第十七个头领病关索杨雄恰巧来到酒馆儿。他听到哭声，过去劝解。听完事情经过，杨雄指着蔡衙内说："这就是你的不是了。"蔡衙内一听就炸了，骂道："你这小子好无礼，竟敢说是我的不是！"边骂边挥拳打来。杨雄左手一挡，右手照蔡衙内面门就是一拳。只听"扑"的一声，蔡衙内躺倒在地，眼窝青，唇齿豁，鼻子破，他连滚带爬地逃走了。

杨雄解开绳索，放下刘庆甫。刘庆甫万分感激，问："这位救命的哥哥姓甚名谁？"杨雄答道："我乃梁山好汉病关索杨雄。你们夫妻二人快走。若再有事，可到梁山来告诉俺哥哥宋江。"

刘庆甫拉着妻子走小路，怕再撞见蔡衙内。李幼奴对丈夫说："万一再撞见蔡衙内那贼，必然强夺我去。我这里有把枣木梳子，给你做个信物，以后见了这梳子，就跟见我一样。"刘庆甫刚把梳子收好，就听一阵锣响，闯出蔡衙内等人，拦住去路，把李幼奴掳到马上，拐到十八层水南寨去了。刘庆甫万般无奈，上梁山宋江处投诉。

宋江、吴用、关胜、李俊、燕青等好汉端坐聚义厅，等着下山的兄弟回营。

刘庆甫赶到梁山来，诉说自己的遭遇，请求帮助。宋江听完，问："哪个好男儿，敢去那十八层水南寨打探打探？"李逵跳出来喊："我敢去！"这李逵绰号"黑旋风"，小名"山儿"，性情如烈火，耿直似弓弦。刘庆甫一见，惊恐地问："哥哥，他是人还是鬼？"宋江道："刘秀才，你不要怕，他是我梁山第十三员好汉，他若肯去那十八层水南寨，定能替你做主。"李逵问："这个秀才，你有何信物，让你老婆一见便能认出？"刘庆甫说："有有有！我这把枣木梳子便是信物。"李逵接过梳子便要出发。宋江拦住："看你这身打扮儿，红褡膊、八答鞋、脸似墨染，莫说白天，就是夜晚见了也看你不是一般人。还是化化装再去吧。另外，你在路上千万要戒酒戒躁，别人骂你、打你都不许还手！"李逵答应了，化装成买卖的货郎下山。宋江又派鲁智深随后接应。

蔡衙内把李幼奴拐到水南寨，锁在屋里不许出门。李幼奴思念丈夫，暗自垂泪。忽听窗外有人叫唤："买来买来，枣木梳子、宫粉、胭脂、破铁也换。"李幼奴听着奇怪，把货郎叫到窗边，问："你那枣木梳子是何样子？让我看看。"李逵把梳子递过去。李幼奴接过梳子看了，心想："见鞍思骏马，视物想情人。这梳子是我给丈夫的信物，怎么到了这货郎手中？"便轻声问："哥哥，这梳子是什么人给你的？"李逵道："是个秀才捶胸跌脚、啼天哭地，求我凭它找老婆的！"李幼奴不禁又流下泪来，叹道："那个秀才正是我丈夫。"李逵闻听，对李幼奴说："你既是秀才老婆，就赶快收拾一下，我撞坏这门，救你逃走。"

正这时，蔡衙内在外面吃酒回来，见李逵在门口，骂道："你是什么人？精驴禽兽在这里干什么！找打吗？"说着，和几个喽啰舞动棍棒抢过来。李逵再也压不住心头怒火，如下山猛虎，一把揪住蔡衙内脖领子，挥拳朝脸上打去。蔡衙内挨了打，急忙逃走，找人来报仇。李逵领着李幼奴，向寨外跑去。

蔡衙内连续挨了梁山好汉两次打，觉得十八层水南寨也不安全，便打算到自家佛堂云岩寺躲避一时。他吩咐小和尚打扫僧房、铺床、安帐、摆凳子。自己去外面吃酒。

鲁知深吃酒吃得醉醺醺的，想找个地方安歇，恰巧来到云岩寺门外。他敲开山门便往里闯："天色已晚，特来借宿。"小和尚拦不住他，对他说："这间房子是蔡大人定下的，蔡大人吃酒去了，一会儿就回来。这蔡大人十分厉害，我劝你别在这儿惹事。"鲁智深却满不在乎往床上一躺："不碍事，我不会连累你，你到一边歇着去吧！"小和尚又急又怕："唉，这可怎么办？我干脆躲走吧。"

蔡衙内喝完酒回到寺里，推开门，屋里黑洞洞的不见五指。他伸手摸床，正摸在鲁智深光头上。心想："这是个什么东西？是我让小和尚买回的肥羊头吗？怎么毛尾都没择净？"鲁智深睡梦中觉得脑袋被摸来摸去，挥手把蔡衙内打了一下。蔡衙内吃了一惊，把灯点亮，一看床上躺个胖大和尚，顿时大怒："这混蛋怎敢睡在我这里！"拽住鲁智深双腿就往地上甩。谁知鲁智深像钉子钉住一样，纹丝不动。他抡拳朝鲁智深身上乱打，把鲁智深打醒。鲁智深睡眼蒙眬地问："你这人怎么这么不讲理，打我做什么？"蔡衙内骂："这僧房是俺蔡衙内的，你小子还不快给老子滚！"鲁智深问："你就是那个为非作歹，强夺良人之妇的蔡衙内吗？"蔡衙内："老子的事，你管得着吗！让你尝尝我拳头的厉害。"说着，又打过来。鲁智深也不躲闪，坐起身笑道："我正奉宋江哥哥将令要擒拿你，想不到在这里撞上了。"铁拳一挥，蔡衙内顿时牙掉嘴破，一跟头翻在地上。蔡衙内呼喊着："打死我了！寺里和尚们，都快来救我呀！"没人答应。他只好跪在地上哀求："爹爹饶命！爹爹饶命！"鲁智深将他捆绑了，揪着他衣领像牵牛一样带回梁山。

宋江升帐，命令喽啰把蔡衙内推出去砍头，又吩咐设宴，庆贺众好汉又为地方除去一害；庆贺刘庆甫、李幼奴夫妇团圆。

大惠堂修公设讲　龙济山野猿听经

　　龙济山怪石嵯峨，奇泉潺湲，花开掩映，树影婆娑，曲径通幽，人迹罕至。山中有座普光寺，长老修公禅师在山内修行数十年，是位得道的高僧。这天，他诵经礼佛毕，在寺前闲行游玩。忽遇一位樵夫上山砍柴。

　　这樵夫向修公禅师施礼问询，自称姓侯名玄，自幼攻习儒业，怎奈家业凋零，功名未遂，好生伤感。他对禅师说："小生凡尘俗士，陋巷儒生，名未成而潜闾里，功未遂而隐荒村，负薪为业，采木为生，今入仙山，幸遇法师，实乃小生之万幸。"修公禅师谦虚道："贫僧闲居山野，隐一身之清幽；闲向荒林，远半世之人我；道微德浅，岂足称羡！君子既临于此，可一同观赏山中景致如何？"

　　侯玄与禅师在寺前盘桓半晌，恋恋不舍而去。

　　修公禅师正在后山禅堂入定，猛听得佛殿内有些响动，便来到殿门前向里观察。只见一只猿猴正穿上袈裟，坐到禅座翻阅经书。

　　这猿猴乃是龙济山中一只千年修炼的道妙灵仙。自那日化成人形，扮作樵夫与修公禅师交谈后，更是一心向佛。它看普光寺寂静无人，殿门关闭，便偷偷溜进去，喝了净水，嗅了檀香，跪了蒲团，吹了笙箫，又大模大样穿上佛祖袈裟，看起如来经典。

　　修公禅师心想："此猿虽有善缘，终非人类，难以超升。况且，万一它要扯碎经文、毁伤佛像也不是耍。还是把它吓走吧。"于是，他喊一声

"疾！"叫来山神。令山神只把此猿吓走，慎勿伤害。

山神闯入殿内，按剑喝道："何方业畜，竟敢偷入法堂做戏，还不快快出去受死！"那玄猿战战兢兢走出殿门来求饶。山神威胁说："本当杀坏了你，然上天尚有好生之德，就且饶你一回，以后不许再来！"

修公禅师准备设坛讲道，估计那玄猿必定再化人形前来听讲，安排小和尚到寺门守候。

果然，那玄猿装成一个秀才，自称姓袁名逊，请求禅师接见，对禅师说："小生袁逊，峡山中人，曾受知己好友推荐，做过端州巡官，未满一年，妻妾子女丧尽。而今憔悴一身，心灰意懒，唯愿向道参禅。闻听尊寺建大法幢，故不远千里而来，如蒙不弃，再无所求。"禅师道："先生高才绝学，不该舍弃功名。"袁逊答："人间尘世荣华，恰似朝霜暮霞，今古兴亡可鉴察。我无意为官，宁可衣冠不加，拴住了心猿意马，弃却了玉锁金枷，只求隐遁在桑田下。白云为榻，道出河沙。"禅师听罢，言道："你的心情，我已尽知。只是你若须巾束发，在我教则称为沐猴而冠，而如果让你削发披缁，又不知先生肯与不肯？"袁逊说："心本元明，色相皆空，人生唯望耳根清净，坚心修行！"禅师道："既然你坚心修行，且去僧房中住下，待来日听讲。"

袁逊僧房住下，小和尚通知他："奉师父法旨，让我请袁先生明日法堂中听讲。"

众僧安排香灯花果，禅床净几，又响动法乐。修公禅师执杖升座，拈香、垂钩，言道："今日移舟到海津，丝竿常在手中伸，大众若有学未明，老僧愿助获巨鳞。"众僧纷纷提问，禅师一一解答。轮到袁逊，问："敢问我师，如何是妙法？如何是如来法？如何是祖师法？如何是正法？"禅师答道："万法千门总是空，莫思嘲月更吟风。泉石烟霞水木中，皮毛虽异性灵通。"袁逊鞠躬施礼："多谢禅师偈言点化。小生实非人类，乃此山中千载老猿。今日兽心顿悟，灵台无染，确实是参透得净了！"禅师又言"无色无相万法空，体自如来般若同。若把诸缘都放下，俱在毗卢顶上峰。"袁逊应道："无去亦无来，心花五叶开。尘缘都放下，位正宝莲台。"说罢，竟坐化身亡。禅师亲自为他下火入葬。

金童引路，玉女相随，袁逊灵魂升至天宫。有圣僧罗汉前来迎接，领袁逊去往西方极乐世界。

❖ 无名氏 ❖

三太子大闹黑风山　　二郎神醉射锁魔镜

二郎神姓赵名昱字从道，幼年曾为嘉州太守。嘉州有冷河、源河，河中有一恶蛟，兴风作浪，损害百姓。嘉州父老报知二郎，二郎亲身仗剑入河，将恶蛟斩首。同时，又收服了眉山七圣。自此，二郎神神威大振。玉帝降旨，加封其为灌口二郎清源妙道真君，镇守西川。这天，他朝拜玉帝回返，途经玉结连环寨，心想："有哪吒三太子在此，我何不去探望这位兄弟走一遭。"

哪吒三太子因收服八角师陀鬼、铁头蓝天鬼、独角逆鳞龙、无边大刀鬼、天魔女、地魔女、运魔女、色魔女等众多妖魔，被玉帝加封为八百八十一万天兵降妖大元帅。他听说二郎神特来相访，急忙请入，设宴相待。二人飞觥走壶。几轮之后，二郎不觉有些醉意，对哪吒说："兄弟，久闻你弓马娴熟，咱俩今日在这里演习武艺如何？"哪吒答应，命鬼力把弓箭拿来。哪吒拈弓搭箭，喊一声"着！"正中靶心。一连三箭，箭箭如此。二郎夸奖着，把弓箭接在手，也是一箭正中靶心。他迷迷糊糊见更远处有一红点儿，便第二箭射过去。只见那方向火光一闪，映红了半边天，又是一声雷吼，震耳欲聋。哪吒吃惊道："哥哥，你惹祸了！那里是天狱，有三面镜子，一面是照妖镜，一面是锁魔镜，一面是驱邪镜。这三面镜子，镇着数洞魔君。倘若你射破镜子，走了魔君，驱邪院主必然见罪，这可如何是好！"二郎神闻听，吓得酒醒，匆匆与哪吒道别，回转西川。

二郎果然是一箭射破了锁魔镜，被镇在里面的两个魔头：九首牛魔王和金睛百眼鬼逃了出来，二人急忙躲进黑风山黑风洞里藏身。

驱邪院主命韩元帅追捕逃走的两个妖魔，可是，这两个妖魔已无影无踪，追赶不上，韩元帅只得回营禀报。驱邪院主道："此祸皆因二郎神射破锁魔镜所至。天神过来，背负贫道法旨，直至西川，跟二郎神说知，令他与哪吒三太子速去擒拿逃走的妖魔，若拿住，将功折罪；拿不住啊，二罪俱罚！"

天神带着驱邪院主法旨来到西川，向二郎神作了传达。二郎神听完，言道："量那两个孽畜，能到哪里去！我今天就去擒拿他们走一遭。"天神预祝说："愿你个二郎神，显英灵，威伏天下鬼神惊，那时节，天下太平。"

二郎神点起本部神兵，会同哪吒军马，开往黑风山黑风洞。

九首牛魔王和金睛百眼鬼岂肯束手就擒，他俩敲锣打鼓，聚集山精鬼怪，准备与天兵对抗。

二郎神与哪吒指挥人马围住洞口。只见洞口烟尘骤起，牛魔王同百眼鬼率领鬼兵杀将出来。那百眼鬼施起魔法，每只眼亮似灯盏，晃得人眼痛泪流。那牛魔王雷吼一声，变得身长万丈，腰阔千围，青面赤发，巨口獠牙。哪吒见状，催动脚下风火轮，现出三头六臂，直取百眼鬼。二郎神舞动三尖两刃刀，策战马直扑牛魔王。一时间，征尘蔽日，杀气盈天，双方一来一往，一上一下，斗在一处。

百眼鬼和牛魔王终不敌哪吒、二郎神本领高强，急忙逃窜。无奈天兵布下天罗地网，二妖双双被擒。二郎神吩咐："把这两个妖魔绑缚定，带去见玉帝。"

驱邪院主听探子回来汇报战场情况。探子将擒妖经过绘声绘色叙说一遍。驱邪院主高兴地说："杀气腾腾万道光，鬼怪山精遍地亡。一场大战妖魔怕，方显神通法力强。"

二郎神、哪吒押着牛魔王、百眼鬼来见驱邪院主。驱邪院主责怪二郎神、哪吒不该饮酒比武，射破锁魔宝镜；又褒奖他俩擒回二妖，正可将功折罪。驱邪院主命令："将二妖押入酆都！众神将复还本位。"

❖ 无名氏 ❖

引儿童到处笑呵呵　　老神仙揎手醉高歌
吕洞宾点化伶伦客　　汉钟离度脱**蓝采和**

　　钟离权，字云房，道号正阳子。这天，他赴天斋回还，忽见下界一道青气直冲九霄，仔细一看，乃是洛阳梁园戏棚中一个伶人，姓许名坚，乐名蓝采和，此人已有半仙之分。钟离权决意走一遭，去度脱此人。

　　蓝采和的妻子喜千金带着儿子小采和、儿媳蓝山景，姑舅兄弟王把色、两姨兄弟李薄头，一行五人来到梁园戏棚，准备收拾一番，化妆、演出。谁知打开后台门，却见里面坐着一个老道。王把色说："这个先生，您应该坐到看台或包厢那边去，这里是妇人们化妆的地方。"老道却不肯起身，问："你们那班主蓝采和到哪儿去了？"李薄头说："他一会儿就来，师父找他干什么？"这老道正是钟离权，答道："他来了，我自然跟他有话说。"

　　蓝采和来到戏班，向老道施礼。钟离权问："你到哪儿闲散去了？""街上遇到几个朋友，请我吃了一杯茶，因此来迟。""你迟到了，让我白等半天，我是特地来看你作杂剧的。你今天演个什么给我看？"蓝采和问："师父想看什么？"钟离权："你都会些什么？说出来让我听听。"蓝采和说出几段，钟离权都摇头说："不听，不听。"蓝采和不再理他，让王把色帮忙把旗牌、帐额、靠背等披挂停当，准备开场。见钟离权还坐在那里，催促道："老师父，你快去看台上坐吧。""我就爱在这乐床上坐！"蓝采和见这道士如此不懂事，气恼地说："你这人真是无理！显然是每天河里洗脸庙里睡，一辈子没进过戏园子的。"钟离权道："你别笑我没见过世面，其实你们不过是逢场作戏，骗些钱花而已。""我们是靠演戏挣钱，总比你们沿门乞讨化缘强得多。""你这样逢场作戏，到几时是个头儿？不如趁早跟我出家受用快活。"蓝采和再也压不住心头火气，驱逐道："你这老道快出去吧，别在这里捣乱磨牙，搅得我们半天没法儿演戏！"钟离权却稳坐在那里，说："我偏不出去，就在这里看你们如何装扮！"蓝采和又急又气："你既不肯出去，就在这里呆着吧！王把色，咱们把门锁了，先去吃饭，然后找几个大汉来，狠狠打这老东西一顿！"说罢，锁上戏园大门，领着戏班儿走了。钟离权叹一声："唉！这蓝采和愚眉肉眼，不识贫道。看来要度脱他，还须费些功夫。"他喊一声"疾"，开了戏园大门；又喊一声"疾"，请来吕洞宾帮忙。

这天是蓝采和生日，众亲友送来贺礼。摆下酒宴，大家共饮。蓝采和忽然见景生情，百感交集："常言道：五十而后知天命。我已是年过半百诸事经。每日里粉墨登场装点得精神盛，开口饭向达官贵人讨营生。暗自愁，再往后能有个什么前程！"

钟离权来到门口，大哭三声大笑三声。蓝采和在屋里听见，很是气恼。打开门一看，见又是那个混账老道，待要发作，又想今天是自己生日，何苦来与这疯子争竞。便道："今日我是寿星，不和你计较，你快走开！"钟离权却说："你今日是寿星，明日恐怕就要做灾星！"蓝采和拿这老道没办法，更害怕他再说些不吉利的话，急忙转身，把大门紧闭，对众人道："这老道穷疯了，看咱们吃喝受用，故意来这里捣乱。咱们吃咱们的，偏不理他！"钟离汉在门外想："看来，这蓝采和毫无省悟，不让他碰个大钉子，他是不肯回头了。"

蓝采和等人正在屋里大吃大喝，忽听门外有公差叫喊："蓝采和，快开门！知府大人叫你马上去伺候演出。"蓝采和开门求道："今天是小人的生日，能不能换个别的戏班去？""不行！不行！只要你们戏班去。""能不能让王把色、李薄头领着戏班去？""不行！不行！大人点名让你去！"蓝采和万般无奈，只得辞别亲友，带了戏装，赶往府衙伺候。

吕洞宾奉钟离权法旨，装做州官，坐在大堂。蓝采和一到，州官喝令左右：“给我将其拿下！”蓝采和跪下求饶，州官骂道：“好你个蓝采和，竟敢不遵官府，失误官身！给我拖下去重责四十大板！”蓝采和被吓得半死不活，嘴里哀告：“这可如何是好？有谁来救我一救哇？”钟离权走过来，对蓝采和说：“怎么样？我说得不错吧！你此时省悟了么？”蓝采和叹道：“我如今寿星成了灾星，师父果然说得真！原以为您狂言诈语、信口胡喷，现在才知道您是救我命的活神！”钟离权：“我救了你，你肯跟我出家吗？”蓝采和：“小人情愿跟师父出家。”“既然如此，你且等我去上堂对州官说知。”钟离权来到大堂，为蓝采和求情。州官命令把蓝采和押回来，言道：“蓝采和，若无这师父求情，四十大板要了你的命！如今这位师父要收你做个徒弟，你若跟了他去，便饶了你的罪过。”蓝采和满口应承。

　　蓝采和的妻子喜千金见丈夫久不回家，叫来王把色、李薄头，带上儿子小采和、小叔子蓝山景到处去找。街上迎面走来一位道士，歪戴唐帽，身穿道袍，手执云板，嘴里“咿咿呀呀”乱唱。喜千金仔细一看，此人正是蓝采和，连忙拦住：“蓝采和，你不赶紧回家，还往哪里去？”蓝采和迷迷怔怔问：“你们都是谁？”“我是你的妻子，这是你的孩儿、兄弟！”小采和上前拉住父亲道：“爹爹，快回家吧。”蓝采和却说：“你们别在我耳边噪噪聒聒，儿女不过是玉锁金枷。”王把色上前道：“自从哥哥走后，咱们戏班都快散了，没人到戏园子里来看咱们的戏了。”蓝采和却说：“从今后我独自个儿过活，再不去乔装打扮，戏台上信口开河。”言罢，手舞足蹈唱道：“踏踏歌，蓝采和，人生得几何？红颜三春树，流光一掷梭。埋的埋，拖的拖，生前不肯追欢笑，死后让人唱挽歌。遇饮酒时须饮酒，得快活时且快活。”喜千金拉住他哭着说：“既然是这样，我也跟你出家去！”蓝采和抚慰道：“你且回家守分随缘过，等俺修行得正果，定回来把你个贤妻度脱。”

　　三十年过去。小采和、蓝山景成了戏班的主角。李薄头已七十岁，王把色已八十岁，喜千金已成了近九十岁的老婆婆。这天，他们正收拾后台，准备做场演出，蓝采和到这里故地重游。

众人都认出蓝采和，因为他模样丝毫未变。而蓝采和却奇怪地问："我只去了三年光景，你们怎么一个个就变得白发苍苍、老态龙钟了？"看着戏台上那刀枪剑戟、锣鼓板笛，蓝采和颇生感慨。王把色拉住他的手说："哥哥，你做杂剧时穿的那些衣服等物，都还替你保存着。你不想看看吗？"蓝采和禁不住揭起帐幔往里看，却见帐幔里坐着钟离权、吕洞宾二人。钟离权嘲笑道："蓝采和，看来你凡心还未退净哩！"蓝采和揉揉眼睛，回过神来，只觉魂魄悠悠，恰似南柯梦醒。钟离权向他说明："蓝采和，你本不是凡人，乃上八仙数内之一。你今日功成行满，快与我们同登仙界去吧。"

强风情韩松抢绣球 赵匡义智娶**符金锭**

殿前都指挥赵弘殷，生有二子，老大赵匡胤，老二赵匡义。这兄弟二人广交朋友，在京城汴梁，很有名气。

这年初春，皇上降旨，让全城士族都去聚锦园观赏游玩，一来以应良辰；二来壮观京师。赵匡胤因出差去了关西五路，不在家中，越匡义便约来义弟郑恩结伴前往。

京城恶少韩松，仗着父亲势力，一贯游手好闲、胡作非为。像这样的好机会他自然不肯放过，叫上胡缠、歪缠两个伴当，往聚锦园走去。

聚锦园，是朝廷赏赐给汴梁太守符彦卿的一所花园。园中花木繁盛，是京师第一个可玩赏的地方。符彦卿接到圣旨，心中有些忧愁。为什么呢？因为他有个女儿，名叫符金锭，今年十八岁，尚未许聘。倘若游客来时，多有不便。于是，他与夫人张氏将符金锭叫出绣房，叮嘱道："女儿，你就在屋中忍耐两日，不要随便出去走动。"符金锭满口答应，请父亲母亲放心。

赵匡义和郑恩在酒肆中多饮了几杯，再到符家花园时已是黄昏时分，游客散尽，园中格外幽静。二人坐在山石下小憩。

符金锭在房中坐了一天，看看天色晚了，料想已无赏春之人，便带着梅香踱出院外。只见那绿柳低垂，燕雏成对，莺声碎。山影花媚，秋千闲控，游人归。梅香嘟着嘴说："连个人影儿也没有了，真让人闷得慌。"

赵匡义和郑恩发现两个女子走过来，连忙闪身躲在花丛后偷偷观瞧。只见那小姐苗条俊秀、步履款款，赵匡义不由心中赞叹："真是个好女子！"他轻声对郑恩说："兄弟，你离远一点，我吟首诗挑逗挑逗她，看她如何反应。"赵匡义诵诗道："姮娥离月殿，织女渡天河。不遇知音者，空劳长叹多。"符金锭闻声，不由吃了一惊，想要退去。梅香却说："姐姐，咱们怕他干什么！你也作首诗，让他也听听。"符金锭心里告诫自己：千万别因踏青惹下弥天罪，因赏春引起鸳鸯会。嘴上却不由自主吟出来："紫燕双双起，鸳鸯对对飞；无言匀粉面，只有落花知。"赵匡义听了，从花丛后站出来，施礼道："小娘子拜揖。"符金锭连忙还礼："先生万福。"心中赞叹："好一个聪明俊秀才！"赵匡义问："小娘子是谁家之女？"符金锭："妾身符彦卿之女符金锭。敢问先生高姓大名。"赵匡义："小生赵弘殷之子赵匡义。小娘子年方几何？"符金锭："正二九青年际。""可曾许聘？""尚未得见良媒。""小生为你做个媒证如何？""多谢你的好意，我只怕招蜂惹蝶漏春机。"二人正一问一答，谈得投合，猛然间，韩松领着胡缠、歪缠闯过来。

　　韩松叫喊着："一个小娘子。你是哪里来的？跟着我回家吧。"赵匡义怒道："你这家伙好生无礼！"郑恩也从远处山石后跳过来骂："你这小子要找死吗？"韩松骄横惯了，捋胳膊挽袖子要打架，歪缠、胡缠拉住他，劝："那二位，一个是赵匡义，一个是郑恩，你惹他们干吃亏。咱们还是走了吧。"韩松道："好吧，今天就让着他。明天我就派人来问这门亲事，不怕这小娘子不嫁我！"

　　韩松一伙刚走，有家童来传唤："小姐，老爷叫你们呢。"符金锭只得慌慌忙忙转身回屋。赵匡义也只得快快回家。

　　韩松回到家中，跟胡缠、歪缠商议："昨天若不是你们俩说知，险些让郑恩烂羊头打我一顿。如今可怎样才能称我的心？"歪缠说："这不要紧，赶紧找个媒人来，多赏她些银子，让她替你提这门亲去，还怕那符家不肯吗？"于是，他们请来陈媒婆，许给她十个大银子。陈媒婆满口应承道：

"你们只管放心，我这一去，定能一箭上垛，把事办成！"

赵匡义回到家中，忽然病体沉重，一卧不起。赵弘殷和夫人李氏分外焦虑，心想："这孩儿怎么同郑恩去了一趟符家花园，回来就病成这样儿呢？这孩子为人软善，看来这其中定有些难言的缘由。"老两口儿派人去叫赵匡义的姐姐赵满堂，打算让她单独与弟弟谈谈。

赵匡义的朋友张光远、罗彦威、石守信、王审琦、周霸、李汉升、杨廷干、史彦昭等人，听说兄弟病了，齐来探望，嚷着："若是匡义兄弟受了欺负，我们定要为他报仇。"赵弘殷将他们拦在客厅，请他们回去。

赵满堂是汴京节度使王朴的夫人，她听到父母召唤，急忙赶回家中。按父母吩咐，她来到弟弟书房。匡义见姐姐到来，连忙让郑恩把自己扶直。满堂问："怎么几日不见，二弟就变得如此清瘦？这到底是因为什么？"匡义吞吞吐吐欲言又止。满堂劝他："你有什么心间事、腹内愁，跟姐姐但说无碍。"郑恩憋不住，直言道："那天我和二哥赏花去，不想遇着符太守之女符金锭，因此上就得了这个病症。"满堂听了，奇怪地问："这是好事呀，为何就愁出病来，是那符金锭不肯？"赵匡义这才讲出实情："那符金锭小姐也深有顾盼我之意。只是又闯来了韩松，他言三语四的，仗着其父是朝中一品，要强娶符小姐为妻。我既不敢对父母言明此事，又不知父母肯不肯惹这个麻烦。"此时，赵弘殷夫妇正在书房外偷听。听到这里，推门进来，对赵匡义说："孩儿呀，原来你是为此惹下病来。爹妈替你做主，今日就让你姐夫王朴替你去问这门亲事去。"赵匡义听了，起身拜谢了父母、姐姐，病也没了。

符金锭自花园中被父亲叫回屋，也得了莫明其妙的病症。符彦卿老两口儿甚是着急。

陈媒婆来到符太守府上，替韩松提亲。符彦卿让她在客厅坐下。正此时，王朴也来到符府，与符彦卿相见毕，言道："符大人，小官特来保举一桩亲事。"符彦卿问："你保举的是谁家之子，姓甚名谁？""我保举的是我外家赵弘殷的二子赵匡义。"符彦卿听了，为难地说："刚才韩大人的孩儿韩松差这个官媒来问亲，如今您又后脚到。两位所提，又都是同僚之子。看来此事还得叫我夫人来一起商量。"张氏被叫上堂来，听罢事情缘由，言道："两家同来提亲，两家又都不错，看来只能由俺女儿决定了。明日不妨临街搭座彩楼，让俺女儿抛绣球定婚，打着哪家便是哪家，不知你们意下如何？"事情便这样定下来。

当街搭起彩楼。韩松带着胡缠、歪缠和许多打手，早早来到彩楼下，溜溜达达，卖弄轻狂。

符金锭带着梅香上了彩楼。她手把绣球迟迟不肯出手。梅香着急地说："小姐，你快把绣球扔下去呀！打着个丑的，你若不肯嫁他我就替你去。"符金锭听着心里好笑。

赵匡义带着郑恩来了。符小姐一见，反倒有些心慌，羞得不敢抬头，用袖子遮住脸，把绣球扔过去。

绣球打在赵匡义身上，却被韩松冲过来一把抢去，嘴里叫着："俺得了绣球，新郎是我的。"领着胡缠、歪缠等人往家跑。郑恩气得要死，扯住赵匡义去追："明明这绣球是你的，却让这小子抢去。走！咱们打这小子去！"符彦卿连忙跑过来拦住，对赵匡义说："你们别去追了，我已看见绣球打中你了。你先回家，明日拣个好日辰来娶亲就是。千万不要打闹起来，把事弄糟。"赵匡义向符彦卿深施一礼："多谢了泰岳老大人。"然后，拉着郑恩转身回家。对郑恩说："韩松那小子从我手中抢去绣球时，我就要打他，只害怕惊吓了楼上小姐，才忍下来。"郑恩"哼"了一声："我看这架是非打不可！今日让了他，明日娶亲，必定要从他家大门经过，那时，他不会善罢甘休的！"赵匡义思索片刻，伏在郑恩耳朵边轻声说："我已想好一条计策。明日咱们就……"

赵弘殷听说儿子婚事已定，心中高兴，安排喜庆宴席和迎亲事宜。

韩松抢了绣球回家，正自以为得计，却又听人报告："符太守已答应将女儿给赵家做媳妇。"他又气又恼，吩咐胡缠、歪缠："等迎亲队伍从咱大门前经过，你们截住新娘子乘坐的花轿，把人给我抢进府中！"

娶亲的队伍过来了，最前边是乐队吹吹打打，紧跟着一顶小轿，坐着赵匡义的姐姐赵满堂，再后面便是由张光远、罗彦威等人簇拥的花轿。韩松认定其中坐的必是新娘，喊一声："众人一齐下手！"围了过来。韩松揭开轿帘嚷着："符小姐快跟我家里去！"却不料黑大汉郑恩从轿子里窜出来，骂道："韩松小子，认得我吗？我是你公公呢！"揪住韩松一顿暴打。张光远、罗彦威等人也施展本领，打得韩松手下喽啰四散奔逃。此时，赵满堂返身喊："众兄弟不要打了，你们嫂嫂已安安稳稳抬过去了。"众人这才住手。韩松屁滚尿流，钻回府门。郑恩笑哈哈地说："匡义兄弟好计策！若不是因为今天是他的好事，我早把韩松小子打死多时了！"

赵弘殷夫妇设下丰盛酒宴。众人齐来贺喜。席间，大家聊起这门亲事的经过，都十分开心。王朴作为司仪宣布："赵匡义文武兼济，符金锭本性善良。今日里夫妻完备，一齐地拜谢吾皇。"

忠孝门三朝旌表　张公艺九世同居

寿张县有义门张氏，自北齐至隋，九世同居，曾两次受到朝廷表彰。而今户主名叫张公艺，三个儿子已长大成人，大儿张悦，持家能手；二儿张翊，攻书习文；三儿张英，学兵演武。这天是八月十五，张公艺命仆人行钱摆下桌案，祭祀祖宗毕，又坐在堂上，序长幼之礼。问到儿孙学业，张翊、张英言道："闻听朝廷广开学校，招贤纳士，您孩儿想进京应举走一遭。"张公艺对他们鼓励一番："老夫如今年纪高大，只能靠你们自己发奋努力了。"

江右县王伯清，父亲亡化，只有老母在堂，因家私穷薄，停枢在家，无钱埋殡。想起父亲在时，曾提起过张公艺是仗义疏财之人，王伯清决意到寿张县去一趟，请求资助。

这年，张公艺已过七旬，将家务事全都托付给大儿子，并一再嘱咐："对读书人要格外尊敬，对贫穷朋友要特别照顾。"正此时，王伯清来到张家。张公艺听完王伯清从头至尾说因由，不禁也雨泪交流，立即拿出二十两银子和一套鞍马，交给王伯清："十两银子用来埋葬你父亲，十两银子作为你上朝求官的盘缠，这套鞍马权作代步。因为路远，我不能亲去吊讣，请勿责怪。"王伯清连声称谢，走了。

京城开放选场，天下文武举子都来应试。考官名叫赃皮，是个贪赃受财之徒。有张狂、李奈两个秀才来到考场。赃皮问："你们二位来应举，会吟诗吗？"张狂道："不但会吟诗，还会算卦，丢了斧子，还能拽锯。"李奈说："不但会吟诗，还有十九般武艺。"赃皮："只有十八般武艺，偏你十九般。"李奈："我还多一般翻筋斗。"赃皮让他们坐到位子上。张珝、张英也来到考场。赃皮还没来得及勒索钱财，考官总裁王伯清到来。王伯清自从受到张公艺资助，进京赶考，日不移影，应对百篇，皇上加封他为黄门侍郎。现在，又派他来考场选拔人才。王伯清让张狂、李奈、张珝、张英等人各写文卷。时间一到，命赃皮把考卷收上来。赃皮先把张狂、李奈的卷子递上去，说："我看这两个人可以做官。"又收张珝、张英的卷子，轻声说："你两个若想做官，只有通过我才能把考卷递上去；若想让我把考卷递上去，你俩就得凑些人事儿送我。"忽听王伯清喊一声："张狂、李奈的文章狗屁不通，连做秀才都不够格，快给我轰出考场！再把剩下的考卷也递上来。"王伯清读完张珝、张英的考卷儿，不由赞叹："这一个文如锦绣，笔走龙蛇；那一个机谋广大，策论熟滑；正可选做文武两名状元。试问，您二位哪里人氏？"张珝、张英答："小生兄弟二人，是江左寿张县张公艺之子。"王伯清惊问："张公艺？莫不是九世不分居的张公艺吗？"张氏兄弟："正是。"王伯清："呀！原来是恩公之子。我要立刻上朝，保举你二人为文武状元，并将你父亲之事奏明圣上。"

圣上听到王伯清保奏，派出使臣来到寿张。张公艺急忙焚香跪地迎接。使臣传达圣旨："张公艺，圣上派我来问你九世不分居，有何齐家之道？你可取笔墨来写好，我替你上达。"张公艺在表章上写了百十个忍字，交给使臣。使臣大惑不解："你写这许多忍字做什么？倘若圣上问起来，叫小官如何回答！"张公艺说："我的齐家之道，只不过在此忍字而已。能忍呵，怨恨成欢仇变恩；不能忍呵，恩爱为仇喜做嗔。能忍呵，谁是谁非尽休问，他弱他强莫争论；宽裕温柔和六亲，避祸远害保全身。"使臣听了，叹道："原来这忍字有这么多说道，小官不敢久停久住，立刻回圣上话去。"

圣上听了使臣回话，见了张公艺所写百余个忍字，龙颜大悦，派王伯清带了诏书，再去寿张。

张翊、张英得了文武状元，衣锦还乡，拜见父亲。

王伯清随后来到。问张公艺："长者，还记得小官吗？"张公艺仔细端详，摇头道："恕我年纪高大，记不得了。""我就是曾受您厚赠的王伯清呀！"说着，王伯清拿出一包银子，拜谢道："长者当时所赐银两，今日在此奉还，长者助葬我父之恩，终身难报！"张公艺听了，坚决不收。王伯清则坚决要给。仆人行钱打圆场说："这银子你们都不要，我就拿去买酒吃了。"王伯清宣读诏书："张公艺九世同居，行孝义赐色绢百匹；免除其一应差役，立牌坊旌表门闾！"

❖ 无名氏 ❖

显英才丑虏走边疆　阀阅舞**射柳捶丸**记

北番耶律万户，不时领兵侵扰大宋江山，现屯军延州，把各处进贡朝廷的礼物拦劫，又写下战书，向宋朝名将挑战。

大宋皇帝闻讯大怒，让魏国公韩琦传旨八府宰相范仲淹等，立刻保举一员名将，领兵前去剿除虏寇。

范仲淹在省堂召集八府商议。大司徒吕夷简、大司空文彦博、大将葛监军、翰林院大学士陈光佐、御史唐介等官员相继到来。范仲淹向他们讲明开会目的："您众位仔细考虑一下，保举一员上将，若将耶律万户降服，定有重赏。"葛监军听了，大大咧咧地说："众老大儿，我以为什么事，原来是对付耶律万户那个小畜生。我擒拿他，有如扑苍蝇一般。你们众官人也不必再费脑筋了，我老葛去一趟就行了。"吕夷简道："住住住，葛监军，咱们大家还是应该认真商议商议。自古以来，用将举师不是小事，哪有自己推荐一下就算了的？"范仲淹也说："吕大人说得对，那耶律手下有数十万雄兵，凶猛难敌，甚是厉害，我们绝不能把事情看得太简单。"葛监军却仍是不服："且休说我人才相貌，只论俺腹中兵书，委实有神鬼不测之机，有拿猫捉鼠之法；我曾一箭射杀一个癞蛤蟆，一枪扎死一个屎壳郎。凭着我这手段，量那耶律也没什么！"范仲淹没理他，问御史唐介："你看保举何人能去？"唐介道："小官推举一人，是娄宿太尉之子、完颜女真人延寿马，此人骁勇异常、胆略过人、善能骑射。先帝时，他因获罪，被贬至云州。而今，他手下有十万精兵，若能派他出征，我看草寇一鼓而破。"葛监军听了，气急败坏地说："我身为监军，你们不保我，却保个犯罪之人。我是绝不同意！"吕夷简调和道："我看不妨让延寿马为先锋，让葛监军为后合，二人一齐出征。"众大臣都表示认可。范仲淹对大学士陈光佐说："既然如此，就请您为特使，往云州跑一趟，搬取延寿马。就说免去他以前一切罪过，官复旧职。破虏之后，再有加官赐赏。"陈光佐领命，辞别了众大臣，带着宣诏帅印，赶往云州。

延寿马正与参谋李信研究军情，陈光佐来到大帐。向延寿马宣读诏书，令延寿马星夜进京，商议出征事宜。延寿马听完，犹豫道："听说那耶律万户好生英勇，只怕小官近不得他。"陈光佐忙说："将军有伊吕之才、管乐之术，凭着您手下将勇兵强，无人可及。"延寿马仍有推辞之意。参谋李信沉思片刻，劝道："将军，为臣者理应赤心报国、竭力尽忠。您正应趁此机会，施展才能，博一个青史留名，古今不朽。况且，若再迟误，便是违抗宣敕了。"延寿马这才下了决心，听宣进京。

延寿马随陈光佐进京。范仲淹等大臣在相府门前迎接。议事毕，延寿马威风凛凛奔赴前方。葛监军作为后应，也点齐本部人马，训诫道："大小三军，听我将令：我要你们人人歪战，个个胡缠；刀剑出鞘，弓弩上弦；擒住虏寇，切莫迟延；按住鼻子，咬破他脸。"

耶律万户听说朝廷派延寿马和葛监军前来征剿，急忙召集部下阻孛、党项二将商议对策。令这二将各带三千番兵，先到阵前迎敌；然后，穿上锁子连环甲，拿起虎爪狼牙棒，挎上鲨鱼皮鞘雁翎刀，揣好暗器五色石，擎着苍鹰，骑上骆驼，点起数万番军，奔往阵前。

宋朝葛监军，率领队伍来到雁门关外。按计划，他应与延寿马部队会合后再一齐征进，可是，他为了夺个头功，单独摆开阵势，与阻孛、党项所领番兵对阵。阻孛、党项二人不是葛监军对手，败阵而逃。葛监军更加骄傲，在后面猛追，迎面碰上耶律万户。二人交锋，没有两个回合，葛监军险些被砍死，吓得落荒而逃。正在危急关头，延寿马与李信率领本部人马赶到。耶律万户趾高气扬地问:"来者何人?""大将延寿马。""刚才你们葛监军已被我杀败,量你何足为道,赶快逃命去吧!"延寿马恼怒道:"你敢对我无礼!众将操鼓助阵!"随着鼓声,延寿马扑刺刺跃马向前。两将交锋,激战数合。趁二马一错镫的工夫,延寿马拈弓搭箭,回身射去,耶律万户随声落马而亡。宋军士兵齐声欢呼,呐喊向前,杀得番兵尸横遍野。延寿马大获全胜,凯旋归京。

消息传到京城,皇上命范仲淹、吕夷简等官员在御花园设宴相迎。葛监军先回来,仍是一副得意洋洋的样子。葛监军想:"反正我的面子比延寿马大得多,就赖了他的功劳,众人又能把我怎样!"于是,当范仲淹问候:"葛监军,你去战耶律万户,有何功劳?"葛监军答:"我与耶律万户大战二百回合,不分胜负,我使出佯输诈败之计,那家伙赶过来,被我一锁喉箭射死了!"范仲淹奇怪地说:"先有飞报传来,说你被耶律万户杀得大败亏输,是延寿马一箭射死了耶律万户。怎么如今你又说是你射死的呢?"葛监军道:"本来就是我射死的!我要赖他的功劳,我就是偷吃蜜蜂屎!我和耶律万户交战时,哪见他个影儿来!"正说着,延寿马与参谋李信两位将军到了。

范仲淹喊声"开宴",立刻鼓乐齐鸣,众人开怀畅饮。席间,范仲淹对葛监军、延寿马说:"你二人究竟是谁射死的耶律万户,此时也无人作证。一会儿,让你俩射柳打球,谁能射折柳枝、打中球门,谁便武艺高强,这功劳便归谁。你俩以为如何?"二人都表示同意。葛监军先射。他嘴里嘟囔着:"射这柳枝算什么,我看着就跟捻烂杏一般容易。"可是三箭射出,没一箭射中。倒是延寿马,跨上坐骑,回身一箭,柳枝被齐刷刷射断。又比打球。葛监军唠叨着:"刚才我是马走了眼。这打球门我可是从小弄得熟。"他将球出去,连续三次,没一次球中球门。倒是延寿马,棒起如轮月,球飞似流星,正从球门穿过。众官齐声惊叹。范仲淹捧杯贺道:"延寿马将军,这功劳是你的。葛监军,你靠后边呆着去!"

韩琦传来圣旨:加封延寿马为兵马大元帅,赐黄金千两,香酒百瓶,锦袍一领,玉带一条;又授诰命丹书铁券,子孙世代荫袭。